IL

Derek Van Arman

IL

Traduit de l'anglais (États-Unis)
par Johan-Frédérik Hel Guedj

SONATINE ÉDITIONS

Directeur de collection : Arnaud Hofmarcher
Coordination éditoriale : Henri Marcel et Anne-Claire Andrault

Titre original : *Just Killing Time*
Éditeur original : New English Library Hardbacks, 1992

Sonatine Éditions
21, rue Weber
75116 Paris
www.sonatine-editions.fr

À Susan

Prologue
Lieux secrets

Le gosse monté sur son Schwinn rouge fonçait juste devant le chien à trois pattes, dévalant une colline sombre et boisée avant de remonter dans la lumière du soleil. Leurs ombres rivales glissaient au-dessus de cette rue résidentielle comme deux cerfs-volants insolites, progressant lentement sur les arbres et puis plus vite le long du trottoir.

Juste après le grand carrefour de Ridgefield Drive et River Road, Elmer Winfield Janson se dressa debout sur ses pédales, émit un bref sifflement et s'éleva d'une détente puissante, grimpant à toute blinde sur un trottoir et une bande de gazon, avant de foncer à travers une haie. Il déboucha sur un parking désert où il pencha son vélo pour enchaîner des ronds paresseux, braquant ses pneus sur les mauvaises herbes, ces petits êtres verts proliférant qui, s'imaginait-il, lançaient leur invasion généralisée depuis leur repaire sous la terre.

Le bitume était fissuré d'herbes folles qui pointaient en tous sens, cibles faciles pour les profondes dents de caoutchouc du vélo tout-terrain. Pour la première fois de la journée, il se sentait libre. D'un coup de guidon, il décrivit des courbes de plus en plus larges jusqu'à ce que ses roues fassent gicler des mottes de terre, à mesure que la vitesse croissait. Les cercles se resserraient. Pneus et herbes folles, herbes folles et pneus, le chien à la poursuite du garçon, le garçon à la poursuite du chien, ils accéléraient l'allure, comme une toupie géante ; ça tournait, tournait de plus en plus vite, jusqu'à ce que l'univers tourbillonne et se brouille et qu'un bourdonnement batte entre les tempes d'Elmer.

– Ouah ! (Le garçon souffla, freina à fond et descendit de vélo, pris de vertige.) Écrabouiller les envahisseurs, y a rien de plus génial !

Planté sur une langue de terre d'un vert intense, il sourit fièrement.

Dans la lumière de plus en plus grise, ses fins cheveux roussâtres prenaient une teinte saumon fumé assortie à son masque de taches de rousseur, un peu plus fourni autour de l'arête du nez. Ses yeux étaient d'un vert pétillant, à peine plus foncé que de la menthe, et donnaient toujours l'impression de fixer un point très loin, quelque part au fond de lui-même. Dressé du haut de son mètre trente, il pouvait caresser l'épaisse fourrure du chien sans avoir à se pencher.

Elmer Janson était petit pour son âge, il le savait, et sa tignasse rouquine, avec ses taches de rousseur, lui donnait plutôt sept ans ; or, il en avait dix et neuf mois. Il retenait ce genre de détail, tout comme il connaissait ou croyait connaître le moindre centimètre carré de ce parking sur lequel il avait ses habitudes. L'air était chargé de cette sorte de brume épaisse qui dépose partout un givre cireux quand il gèle et le garçon sentit cette froideur mouillée sur la toison pelucheuse du chien. « Allez, Tripode », souffla-t-il et, jetant par-dessus son épaule un dernier regard furtif dans le pâle soleil de l'après-midi, il se dirigea vers l'édifice condamné, au fond du parking.

Le bâtiment était vieux, triste et malade. Cet entrepôt de style années 1950, bas et tout en longueur, avec ses fenêtres obstruées par des planches et ses murs de parpaing effrités avait été jadis un bowling de vingt-six pistes avec salon de billard et salle de jeu. Sur le devant, face à la rue, prise en sandwich entre deux panneaux bleu pastel, une plaque d'aluminium lisse et rose de la taille d'un panneau d'affichage avait jadis annoncé le « bowling des Patriotes » en grandes lettres blanches. Cette combinaison de couleurs, bleu, blanc, rouge, donnait le sentiment qu'aller au bowling était à la fois un loisir et un devoir, mais les caractères blancs, arrachés depuis longtemps, n'avaient laissé que des auréoles rouge foncé. Longeant ce mur gigantesque, le jeune Elmer passa à l'arrière du bâtiment, puis hésita juste un instant vers le fond du bowling, là où la bande d'asphalte se resserrait, à l'endroit des écriteaux.

Défense d'entrer ! Propriété privée !

Il se faufila, le corps d'abord, puis le vélo, par une étroite ouverture entre un poteau de clôture en acier galvanisé et le coin d'un mur en béton, et poussa son VTT sous un auvent dégoulinant d'eau de pluie qui barrait le soleil. Le temps que ses yeux s'adaptent, il s'immobilisa, tâtant le revêtement spongieux sous ses pieds. Le macadam s'était presque entièrement désagrégé, l'érosion creusant une tranchée, et il s'enfonça dans un long canyon crapoteux, plus de cent mètres d'obscurité humide et tourmentée. Un orteil pris ici ou là dans une fissure, la voûte plantaire heurtant un morceau de béton, le garçon et le chien progressaient sans faiblir vers la petite enceinte clôturée, à l'extrémité de ce tunnel.

Pour Elmer Janson, l'endroit était secret et, arrivé à mi-parcours, il ne voyait plus qu'une flaque de soleil se reflétant au loin sur le macadam. Il savait que c'était un ancien parking, à présent un simple dépotoir, mais dans son esprit cela ressemblait plutôt à la surface d'une planète lumineuse et bizarre livrée aux ravages du temps. Surtout, ce dépotoir était rempli de choses étranges, inaccessibles à un adulte sans devoir escalader presque quatre mètres de clôture grillagée. Tout en continuant d'avancer, il tâchait de s'imaginer l'endroit à la grande époque du bowling, rempli de Chevrolet 1957, de Thunderbird et d'énormes Ford Galaxy. Dans sa tête, toutes ces voitures étaient rouges, parce qu'il avait une photo de ce style dans un calendrier, à la maison. Et on avait beau être fin mars, grâce à cette photo, la chambre d'Elmer restait figée en juillet pour l'éternité.

– Dans le monde libre, juillet, c'est l'indépendance, et il n'y a rien de mieux, décréta-t-il avec un sourire, le sourire insouciant des vacances d'été.

L'école était presque finie, c'était ça l'important, et il fit des slaloms avec son VTT, esquivant les bouteilles brisées et les débris, un tas de planches humides percées de clous et des pièces de voiture, dont une batterie fracassée et un filtre à huile tout suintant. Il s'immobilisa, son regard se fixant sur une flaque d'eau de pluie, nappée d'une pellicule brune et huileuse, et son œil fut attiré par quelque chose. Une chose morte. Gonflée et à moitié immergée dans ce puits d'un noir d'encre.

– Tripode, assis ! ordonna-t-il à l'animal au pelage couleur paille, déjà trop fouineur.

Le jeune garçon appuya son vélo contre un mur et s'empara d'un morceau de planche hérissé de clous. Il se mit à ratisser.

L'eau se rida et la membrane se rompit en dégageant une puanteur d'œuf pourri. Il venait d'accrocher quelque chose. Même s'il faisait sombre, il put clairement discerner la tête, ou ce qu'il prit pour une tête, vilainement enflée, difforme, plus un poing velu et spongieux qu'une tête, avec des yeux de la couleur d'un crachat sur l'asphalte. Il piqua dedans et examina les traits en détail : un groin graisseux, des oreilles en forme de corolles et de longues incisives, comme des aiguilles jaunies. Un tremblement le saisit tout entier, comme un vent glacial et impur.

– Ça me fout les boules, chuchota-t-il en repoussant le gros rat ventru au fond de la flaque, et il sentit une éclaboussure huileuse et un filet d'eau lui dégouliner sur le visage.

Il faisait froid, il le remarqua pour la première fois. Le soleil déclinait. Le temps se rafraîchissait.

Au bowling des Patriotes, derrière le bâtiment, il y avait deux endroits où les mauvaises herbes poussaient plus haut. La première touffe formait un écheveau désordonné qui se dressait en une gerbe d'herbe isolée. La seconde dessinait au ras du sol un carré d'envahisseurs à la tête lie-de-vin, différents des autres plantes, qui étaient vertes ou jaunes. Elmer savait que les végétaux ordinaires évoluaient au gré des saisons, mais pas ces plantes, qui demeuraient inchangées. Elles ne fleurissaient pas. Et elles ne mouraient pas non plus.

Elles survivaient juste après l'écriteau DÉFENSE DE JETER DES ORDURES, à l'intérieur de la parcelle grillagée, à côté d'un bloc-moteur de V-8 au rebut. Guidant son VTT hors de la tranchée, en haut d'une pente, il vit Tripode fouetter l'air de sa queue taillée comme un balai : l'arrière-train en extension, tout son corps tendu dans l'effort, il creusait avec son unique patte de devant.

Pendant l'hiver, le duo avait effectué une bonne dizaine d'expéditions sur les lieux, pour n'y trouver que de l'asphalte gelé. Avec un grand sourire, Elmer adossa son vélo contre le moteur, puis il s'étira comme un chat et observa la scène, extrêmement concentré. Le chien avait réussi à percer le bitume et s'attaquait à la couche d'argile.

– Aujourd'hui, c'est le grand jour ! exulta Elmer, accroupi à côté de Tripode, scrutant le bitume déchiqueté et humant cette odeur de terre capiteuse.

À présent, l'hiver était derrière eux, se dit-il, et le sol serait forcé de capituler. S'appuyant fermement des deux mains, arc-bouté contre l'asphalte au point d'en avoir les jointures des doigts blanches, il continua de pousser jusqu'à ce que le revêtement détrempé bouge. Le chien était en transe, il grattait la terre de ses griffes, écumant d'excitation, tandis que le garçon tirait un magazine de sous son sweat-shirt.

– « Il vaut mieux explorer quand le sol est encore humide, surtout après une inondation, lut-il d'une voix tremblante d'excitation. Recherchez d'éventuelles empreintes de pas à l'endroit où a pu être caché le trésor. Examinez la pousse des plantes. Toute perturbation antérieure aura laissé des traces notables dans la végétation. Réglez le détecteur de métaux sur basse fréquence. »

Un sourire plein de fierté envahit son visage, car il s'était déjà occupé de cette partie-là des mois auparavant. Comme il avait plu trois jours de suite – pas de la bruine, mais de grosses gouttes qui avaient martelé les fissures –, il avait respecté les instructions à la lettre. Des portions de macadam s'enfonçaient nettement, certaines n'étaient pas plus grandes qu'une soucoupe, d'autres avaient la taille d'une bassine et, d'après lui, ce n'était pas une coïncidence si les envahisseurs à la peau lie-de-vin poussaient là où le revêtement s'était le plus affaissé. Méticuleusement, il roula le magazine sous son sweat-shirt, au sec et en lieu sûr.

Pour Elmer Janson, ce guide était une sorte de legs, l'un des livres que son père lui avait laissés à sa mort, tous soigneusement rangés avec le détecteur de métaux sous l'escalier de la cave. Il avait puisé en eux tout un éventail d'émotions fortes : des histoires de trésors et d'explorateurs, des caches pillées par des espions confédérés, des grottes d'Indiens regorgeant de bijoux, d'or perdu, de poteries anciennes, et tout cet univers lui tendait les bras. Jusqu'à cette découverte, il n'avait entendu parler d'histoire qu'à l'école, mais connaître l'existence de ces trésors et posséder un détecteur de métaux, c'était pour de vrai – aussi différent que d'entendre parler des microbes et d'attraper vraiment la grippe.

Toutes ses tentatives précédentes ne lui avaient rapporté que des boîtes en fer, des pièces de voiture, des clous rouillés et une malle remplie de capsules de bouteille, mais il s'en fichait complètement. Ce jeune garçon avait en lui une fougue, une curiosité et une solitude qui l'incitaient à poursuivre là où d'autres auraient renoncé.

Tripode aboya. Ils se mirent à creuser.

Une heure s'écoula très vite et ils étaient crottés d'une boue rouge comme de la tomate cuite, mais aussi épaisse que du béton à moitié séché. Tous les envahisseurs à la peau lie-de-vin avaient disparu, arrachés du sol, et le duo se trouvait au fond d'une petite fosse noire d'un bon mètre vingt de circonférence.

Ils creusaient, encore et encore, remuant de plus en plus de terre. À chaque coup de patte, Tripode avait l'arrière-train qui pointait en l'air, et on aurait dit un ours au pelage de miel pêchant dans un trou d'eau. Il émettait un grognement sourd et hypnotique, il se tortillait comme un fou, sans mollir, creusant de plus en plus profond, au milieu de ce cratère rouge, le balai de sa queue giflant la surface goudronneuse. Tandis que les derniers vestiges de la lumière du jour se refermaient sur eux, Elmer sentit le désespoir s'insinuer en lui. Des nuages noirs s'étaient amoncelés. L'odeur de l'hiver flottait de nouveau dans l'air.

– Rien ne se passe jamais comme prévu, dit-il, et il se sentit submergé par une vague de solitude.

Il avait attendu le dégel six mois et il se sentait miné par la tristesse. Il avait tellement eu envie d'y croire, de découvrir quelque chose, n'importe quoi, cela ne devait pas obligatoirement être un vrai trésor. Sa lèvre inférieure se mit à trembler – et là, tout devint limpide. Quelque chose venait d'attirer son regard.

Un éclat, une promesse, une joie.

Une paillette de métal pointait de la paroi terreuse et reflétait la lumière, un éclat, l'éclat brûlant d'un diamant surgi de l'origine écarlate des temps.

Bouche bée, Elmer en oublia de respirer. Une bouffée d'exaltation nerveuse lui remonta du ventre dans la poitrine, le remplissant de joie. Ce n'était pas une capsule de bouteille. Il se laissa tomber dans la fosse, gratta fébrilement l'objet avec ses ongles, l'agrippa avant qu'il ne puisse disparaître. C'était froid, mouillé et glissant, une lamelle aplatie qui pointait de travers dans la terre.

Il tira un coup sec et la paroi d'argile lâcha un râle venu du tréfonds. En serrant fort des deux pouces, les talons plantés dans le sol, il tira encore. De petites fissures en zigzag fendillèrent la terre rouge tout autour, ses yeux verts luisaient d'excitation. Les contours étaient bien nets. Il les voyait distinctement, à présent.

– Une pièce d'or ! s'exclama-t-il, et ces mots se perdirent dans le vent vif.

Au premier coup d'œil, il avait compris: cet objet était très ancien. Aussi ancien qu'une malédiction. Plus vieux que le temps.

Sans attendre, il entortilla chaque pouce dans un pan de sa chemise, agrippa l'objet et tira de toutes ses forces. La glaise gorgée de pluie moussa et, dans une ultime convulsion, lâcha son trésor comme une dent récalcitrante que l'on extrait de sa gangue d'os et de tissus, envoyant le garçon basculer en arrière, les quatre fers en l'air.

– Ouais, chuchota-t-il dans une bouffée d'air froid, et son souffle se cristallisa en petits nuages.

Un médaillon tout incrusté de terre, visqueux, noir et rongé de pourriture, accroché à ce qui ressemblait à un fil de fer, scintillait dans sa main ouverte. Il en frotta fiévreusement la surface avec ses pouces, nettoyant l'argile jusqu'à ce que des mots brillent en dessous. Plissant les yeux, il approcha l'objet tout près de son nez.

– *L'Union... Doit Être Préservée... et Le Sera*, lut-il lentement. Ah, ouais !

Le chien à trois pattes n'avait plus cessé de gratter.

En tandem, ils dégagèrent une tranchée latérale dans la paroi d'argile. Ensuite, à quatre pattes, Elmer se faufila devant l'animal et glissa la main plus loin dans la pénombre humide, au fond de la cavité. À l'intérieur, juste au bord, hors de portée, il sentit un objet rond – rond comme une balle. Le contact glissant de cette surface froide l'émoustillait, cette dureté lisse lui enflammait les sens. Il poussa encore un peu plus loin et, son masque de taches de rousseur tout froncé de ténacité, tenta de fourrer le visage dans l'orifice exigu.

– Tripode, cria-t-il, on a trouvé un trésor, un vrai !

Il n'entrevit que le fond incurvé d'un récipient qui saillait comme un bol de soupe renversé, mais il creusa en élargissant le trou, cogitant déjà sur l'enchantement et l'étrangeté de cette découverte. L'objet ressemblait bien à un bol, mais avec de minces montants de bois pointés vers l'extérieur, ce qui lui donnait l'air d'un minuscule satellite avec des antennes bizarres. Il écarta cette idée.

– Ça appartenait peut-être à un esclave, c'est peut-être un truc africain ! fit-il, essoufflé, car il avait lu des récits historiques. Les esclaves n'avaient pas le droit de posséder des objets précieux, alors ils les enterraient. Peut-être que ça vient d'un espion sudiste !

Toutes sortes d'hypothèses lui traversant l'esprit, il empoigna le montant le plus long et tira. Le sol céda et le bol bascula en pivotant vers lui. Il y eut un craquement mat, l'un des montants de bois venait de se briser, et Elmer retomba en arrière.

Il tenait l'objet dans sa main. C'était noir. Ça ressemblait à une vieille baguette chinoise. Il le cacha en vitesse sous son sweat-shirt, tendit de nouveau la main, attrapa un autre montant. La baguette pivota, se bloqua, elle tenait fermement en place. Il plaqua le visage contre la paroi. À présent, il pouvait nettement distinguer chacun des montants, pointant hors de la glaise rouge comme une pelote d'épingles géante, et sa main se glissa de nouveau comme une taupe dans l'obscurité. Elmer caressa, flatta sa trouvaille de la main, quand il sentit le gros lot sous ses doigts.

– Un manche ! hurla-t-il. Ce bidule a un manche !

Le visage blême, concentré, le bras droit tout entier plongé dans la cavité, il tendit la main à travers les siècles et empoigna la chose. Il tira. Des blocs d'argile rouge se détachèrent. L'épaule droite tendue à bloc, pesant de tout son poids contre la paroi, il tira encore. À l'infini. Épuisé. Résolu.

La terre gronda. De l'argile rouge se déversa à flots sur sa ceinture et ses souliers ; la paroi commençait à s'effondrer. Elle s'abattit complètement et la cavité se transforma en grotte ; l'objet fut happé contre son ventre, son pouce cassa le bol, perçant un trou dedans, et une arête collante lui entailla une phalange. C'était mince, cassant et aussi acéré que de la porcelaine, et il eut beau tressaillir de douleur, il refusa de lâcher prise. Ça se dégageait. La terre bouillonnait.

Avec un gémissement sourd et humide, le mur succomba devant la force de la volonté d'Elmer Janson. Tandis que cette vision s'imprimait lentement dans sa tête, sa peau se plissa sous l'effort, ses muscles se contractèrent, se relâchèrent, se contractèrent à nouveau. Du sang lui coulait du bout des doigts et, après un dernier coup sec, il libéra enfin son butin, qu'il laissa rouler loin de son corps. Tripode aboya et il resta à l'écart en grondant.

C'était la mort.

Le garçon avait trouvé la mort, elle avait atterri avec un bruit sourd, s'était plantée dans le sol mouillé et lui souriait, de toutes ses dents humaines – un sourire grimaçant, comme celui de milliers d'autres images de la mort.

La mort par essence. Une mort picturale. Un sourire capable d'arrêter une horloge mais qui quémandait davantage, qui quémandait quelque chose de vivant ; et Elmer eut beau ordonner à ses pieds de courir, ils refusaient de lui obéir.

– Tripode ! essaya-t-il de crier, mais la peur lui coupait la respiration, le forçant à reculer tandis que le chien se penchait en avant.

Le crâne était petit et rose, taché par des années passées au repos, avec un résidu d'argile rouge suintant au travers. Du fond de la fosse, des orbites osseuses et chatoyantes le scrutaient fixement, le nez dessinant un triangle sombre et de guingois. La bouche pendait, béante, déchiquetée, avec une seule articulation en place, et les dents brillant du sang d'Elmer.

– L'anse du bol, fit-il, en remuant à peine les lèvres.

Mais c'était ce sourire qui le paralysait, ces dents d'ivoire qui ne lui offraient que du silence, créant une explosion dans sa tête. Et qui lui riaient au nez. Et s'esclaffaient.

Le sang battait dans les cavités de son cœur de jeune garçon, et il savait qu'il ferait mieux de partir et de ramener Tripode à la maison. Mais Elmer Janson regarda le monde, de toutes ses forces et, désormais, il refusait de regarder ailleurs.

ViCAT

La seule condition au triomphe du mal,
c'est l'inaction des gens de bien.
Edmund Burke, 1751

Car ils ne dormiraient pas
s'ils n'avaient fait le mal,
Le sommeil leur serait ravi
s'ils n'avaient fait tomber personne ;
Car c'est le pain de la méchanceté
qu'ils mangent,
C'est le vin de la violence
qu'ils boivent.
Proverbes 4 : 16-17

Parlez du diable et il se montrera...
Érasme, *Adages* XVII, 1500

1

La maison était en brique rouge, une demeure de style colonial paisible située dans une banlieue aisée de Washington. Les feuilles de la pelouse étaient soigneusement ratissées, des cerisiers donnaient leurs premières fleurs, les haies rectilignes étaient taillées de frais. Au-delà, on apercevait des résidences similaires sur neuf rangées de profondeur, avec leurs vastes pelouses masquées par des palissades et des murets tapissés de lierre.

Tard dans la soirée du 31 mars, la maison était fermée à double tour. Dans une chambre du premier étage, assise devant sa coiffeuse, Diana Clayton était occupée à planifier son agenda plusieurs mois à l'avance et tournait les pages de son calendrier de bureau, préparant des listes : les courses, l'école, le travail, les réunions, les vacances. Ensuite, elle irait se coucher. Diana Clayton avait trente-neuf ans, et la vie était devenue pour elle une chose précieuse, un objet de convoitise et d'organisation que l'on devait mériter et savourer.

Kim – 8e anniv, écrivit-elle en travers de la première page de juin, en jetant un bref regard au portrait de famille sur son bureau et au visage de sa cadette. Kimberly Ann Clayton était une fillette à la fragilité trompeuse, à l'allure presque parfaite, et quand Diana rapprocha la photo du calendrier, son petit sourire espiègle, dans le cadre argenté, lui parut s'animer.

La ressemblance entre elles était frappante. Des yeux d'un bleu d'azur éclatant et une peau légèrement tachée de son, un flot de cheveux blonds d'une invariable beauté, qu'ils soient en désordre ou coiffés. Elles partageaient cette inflexion de la bouche à la fois naturelle et narquoise, une inflexion sensuelle qui avait l'air d'être une moue, sans en être une.

Sur la photo, derrière Kimberly, il y avait Leslie, de trois ans son aînée, plus grande d'une bonne tête, plus confiante, moins timide. Elle ressemblait davantage à son père, Mark Clayton. La jeune femme resta un moment assise, immobile, à examiner cette image, et esquissa un sourire nostalgique. À la mort de son père, Leslie n'avait que six ans et, avec le temps, elle avait fini par lui ressembler, dans son allure comme dans ses manières d'être. C'était une fillette d'une profonde sensibilité et ce simple trait de caractère la rapprochait encore davantage de son défunt père que ses cheveux bruns, qui commençaient maintenant à foncer d'une belle nuance châtain. Ou même que ses yeux noisette au regard pénétrant.

– Le meilleur de son père, chuchota-t-elle avec un soupir affectueux.

Elle but une gorgée de tisane encore chaude et revint à son carnet, les yeux parcourant les mois, les semaines et les jours. Sur toute la largeur du mois de juin, elle inscrivit les mots *Nag's Head*, en appuyant assez fort pour imprimer une marque au travers, dans les pages suivantes de juillet et août. Cette annotation énergique se référait à une île formant une barrière sur la côte de la Caroline du Nord, où les Clayton passaient traditionnellement leurs vacances, et elle projetait de s'y rendre à l'occasion de l'anniversaire de Kimberly.

Plongée dans ses pensées, le stylo contre sa joue, elle sourit. Comme pour son mari, songea-t-elle, la plage était la première passion des enfants. Enfin, la première après Tofu, une grosse lapine angora au pelage crème et aux oreilles beurre frais qui évoquaient deux pantoufles géantes en velours. L'esprit ailleurs, elle secoua la tête. *Tofu chez le véto*, griffonna-t-elle en travers de la case du 2 juin, et elle repensa à la réflexion de Leslie – si on la laissait seule un mois, cette lapine allait mourir de solitude.

Les enfants avaient envie d'emmener leur animal de compagnie à la plage. Une lapine au bord de la mer ?

– C'est idiot, murmura-t-elle en tapotant la page de son stylo, le front barré d'une ride soucieuse.

Les enfants auraient l'impression d'abandonner Tofu et ce n'était pas une question à prendre à la légère. *Loin des yeux, près du cœur !* Elle inscrivit cette formule énigmatique en haut de la page, en prenant soin de réserver un peu de temps pour une petite conversation maternelle dans la matinée du 4 avril, quand elle se rendit compte que ses filles cédaient aux moindres envies de Tofu comme si elles étaient elles-mêmes de petites mamans. À cette pensée, elle sentit tout son corps s'affaisser sous le poids de l'âge.

Et voilà, la lassitude était de retour. Elle avait dans les yeux un picotement et dans les muscles une raideur qui refusaient de s'effacer. Avec un bâillement soudain, elle cambra le dos en jetant un œil à la pendule en cuivre sur sa commode. 23 h 45. Le ruissellement chatoyant de ses cheveux blonds ondoyait sur la soie bleue de sa robe de chambre et elle en ôta un peigne de couleur sombre. Elle fermait les yeux quand un froid étrange s'empara de son corps. Elle serra le poing. Et ne put réprimer un bref frisson quand ce courant glacial lui pénétra dans la moelle. *Bizarre,* songea-t-elle en se redressant à son secrétaire, laissant la tasse glisser de ses mains. *Je suis en train d'attraper froid ?*

Elle se massa le front, sentit ses poils se hérisser et son cœur battre sous l'effet d'une sensation étrange. C'était comme si une haleine aigre était entrée dans son corps avant d'en ressortir aussitôt, un battement de cœur manqué, rien de plus.

Un frisson. Un doute. Une sensation lugubre.

À cette même milliseconde, Diana Clayton inspira en secouant la tête et lança un regard à l'autre bout du couloir où ses enfants dormaient. Elle écouta un instant en relâchant sa respiration, mais il n'y avait que le silence, rassurant et familier.

– La saison de la grippe, chuchota-t-elle en griffonnant d'ajouter de la vitamine C au menu du petit déjeuner, et l'arc naturel de sa bouche se changea en moue.

Agenouillée dans la grande salle de bains, elle écarta un rideau à fleurs et régla la température de l'eau pour qu'elle soit tiède. Les premiers litres prêtèrent une vie fantomatique à un coussin gonflable qui gisait mollement dans un coin de la baignoire. Elle sortit une serviette couleur pêche de sous le lavabo et s'en emmaillota la tête comme d'un turban, qu'elle attacha d'un nœud lâche dans la nuque.

Dans la vapeur de plus en plus dense, elle entrebâilla la fenêtre de la salle de bains, puis laissa glisser la robe de chambre en soie de ses épaules, révélant une silhouette joliment galbée qu'elle inspecta un moment dans le miroir. Même si elle s'inquiétait du temps qui passait et, si elle vit dans ce reflet une image plus vieille d'elle-même, à la vérité, elle restait une belle femme avec de longues jambes de danseuse et un corps qui avait la chance d'être dotée de courbes amples et généreuses.

Elle se dégagea les sinus en respirant à fond, atténua l'éclairage trop cru, entra dans l'eau qui se rida et la chaleur l'enveloppa comme un gant; si relaxante, si paisible qu'elle pouvait entendre les cigales par la fenêtre. Elle s'installa, cala sa tête contre le coussin et ses pensées repartirent vers le rivage.

Elle ferma les yeux. Elle se souvenait des poneys sauvages lorsqu'ils achevaient leur migration annuelle, filant au galop devant la marée montante, jusqu'au bout de la plage. Et Mark, encore à moitié endormi, parti à leur poursuite en pyjama, un enfant dans chaque bras.

– Je n'ai pas le temps de tomber malade, murmura-t-elle.

Diana Clayton rêva de poneys sauvages.

Rez-de-chaussée.

Se déplaçant aussi silencieusement que la pensée, attendant que la lumière s'éteigne dans la chambre, un inconnu traversa le salon sans se presser. Il avait le corps entièrement recouvert d'une combinaison en Dacron sans coutures de couleur sombre, terminée par une capuche qui lui enveloppait la tête, le tissu moulant lui masquant la gorge, le menton et les oreilles, en ne révélant qu'un visage ovale et pâle qui donnait l'impression de flotter.

La bouche se détachait. Les lèvres étaient aussi fines que de l'émincé de veau. Le nez, étonnamment discret, était retroussé de suffisance. Autour de chaque œil, la peau était noircie avec de la poix et l'expression trahissait plus l'absence de vie que la cruauté.

Il s'immobilisa pour admirer cette image dans le miroir, au-dessus du piano demi-queue de Diana Clayton, jouant avec son propre reflet, juste histoire de tuer le temps.

Il retroussa la lèvre supérieure : une grimace qui se voulait un sourire lui déforma le visage, révélant l'éclat de deux rangées de dents blanches bien alignées. Le masque se tendit sur les joues et lui plaqua les oreilles quand il tira dessus d'un coup sec pour l'ajuster, envoûté par la sensation d'être invisible, vêtu pour se fondre dans l'ombre. Sous ce déguisement, il le savait, il aurait pu être n'importe qui, homme ou femme, ange ou bête ; un instituteur, un représentant de commerce, un flic.

Mais il n'était rien de tout cela. D'une main gantée, il effleura les touches blanches, en menus allers-retours du bout des doigts, amusé par l'image du clavier qu'il pourrait fracasser soudain. Sans pitié. Des coups terribles, alternés, un martèlement lent et méthodique qui composerait un tempo et un appel à Diana, accélérant la cadence pour réclamer chaque enfant en l'appelant par son prénom.

Gorgé d'encaustique citronnée, le bois laqué du piano miroitait et, quand il manipula le métronome à côté de la pendule, sa respiration se fit plus profonde. Il était 23 h 40. Il savait que les enfants dormaient et cela le ravissait.

Et puis il était au courant de leurs petites vies creuses et ennuyeuses comme la pluie, aussi régulières qu'un goutte-à-goutte de plasma sanguin.

Le chauffage se déclencha.

Il se sentit enveloppé d'une vague d'air chaud et renifla une odeur de pommes portée par le courant d'air. Il ferma les yeux pour se concentrer, car il y avait là un parfum caché, quelque chose de plus profond, de plus prégnant que le fruit ou la cire d'ameublement. Son corps et son esprit errèrent sans but tandis qu'il laissait le piano derrière lui, se déplaçant dans la maison d'un pas tranquille, avant d'entrer dans la cuisine, guidé par son odorat.

Une odeur forte. Aussi âcre que celle du bois mouillé, mais plus amère ; et il se tint là, devant l'îlot central près du coin petit déjeuner, avalant de petites goulées d'air. Il rouvrit ses paupières noircies, les referma de nouveau et laissa défiler ses souvenirs, tous les nerfs subitement en éveil sous l'effet de la perplexité suscitée par cette odeur singulière, quand il entendit un léger tapotement.

Une fois, deux fois, une fois encore, et cela provenait du fond de la cuisine.

– Une canalisation lâche.

Telle fut sa première idée.

Il s'approcha. Le chauffage s'éteignit dans un hoquet. Les bottines de toile noire s'avancèrent sur le brillant du linoléum, s'approchèrent en douceur, s'arrêtant devant le double évier où des casseroles avaient été soigneusement mises à sécher sur un torchon. Il resta là et il écouta. Le *floc-floc-floc* maussade de l'évier. Il réfléchit vite, de façon méthodique ; il avait du mal à situer cette odeur inhabituelle par rapport à ce léger bruit.

Il entendit le crissement lointain de pneus sur la chaussée. Le vent giflant une branche au feuillage épais. Le sifflement de meule d'un jet décollant de Washington International Airport. Et un tapotement. Presque écœurant. Comme un murmure contre une paroi de verre, songea-t-il, ou des doigts sectionnés grattant l'intérieur d'une coquille d'œuf.

Ses lèvres fines retroussées d'amusement, pas un sourire, mais une entaille qui lui fendit le visage. Il s'avança encore, s'arrêta pour tendre l'oreille, se pencha au-dessus du comptoir de la cuisine pour scruter l'obscurité, identifier cette odeur piquante de copeaux de cèdre humides près du sol.

– Tiens, tiens, chuchota-t-il, tout émoustillé.

Entre de longues oreilles beurre frais, un petit être se réveillait et, tout ensommeillé, clignait des yeux vers lui, ses tendres naseaux palpitant en quête d'un parfum familier.

– Bien sûr, fit-il d'une voix à peine audible.

Il s'accroupit, approcha le visage à quelques centimètres de la cage.

Tofu, la lapine angora, était incapable de détecter le danger. Elle n'avait jamais rien connu d'autre dans la vie que le contact délicat du baiser humide d'un enfant, des baisers humides et tièdes par milliers, et l'animal fit un gentil petit bond en avant, pointant en l'air son museau velouté.

Avec une infinie lenteur, des gants noirs et confiants soulevèrent la petite porte et la lapine cligna des yeux, tranquillisée par cette haleine humaine. Il caressa lentement la tête à poils de ses trois doigts et, sous chaque caresse, les longues oreilles se couchaient, se plaquaient contre les copeaux de cèdre.

– Et qui es-tu, toi ? murmura-t-il d'une voix chantante à la petite boule de fourrure aux oreilles pendantes, et il glissa les mains sous ses pattes pour la soulever délicatement.

Au contact de la chaleur de son corps, Tofu y enfouit une joue, ses yeux ensommeillés clignant en cadence sous chacune de ces caresses admiratives, son museau tout doux palpitant contre le Dacron.

À l'étage, Diana Clayton s'était sentie parcourue d'un frisson subit qui s'était dissipé en un instant. D'instinct, elle avait lancé un regard dans le couloir, vers l'endroit où dormaient ses enfants, puis elle avait cessé de sonder la nuit.

« La saison de la grippe », avait-elle chuchoté.

« Je n'ai pas le temps de tomber malade », avait-elle dit.

Il entendit la baignoire se remplir.

Il vit des ombres mourir sur le palier quand Diana baissa l'éclairage de la salle de bains.

Il sentit le cœur de Tofu battre comme une montre que l'on remonte jusqu'à la casser, presque éclater de terreur quand il lui souffla une seconde fois sa mauvaise haleine au museau. Les puissantes pattes de derrière lui frappèrent la poitrine – une supplique effrénée pour sa propre survie.

Empoignant le pli de peau autour du cou de Tofu avec une dextérité chirurgicale, il en confectionna un garrot et il étrangla petit à petit l'animal avec sa propre chair. Il regarda les pattes sautiller en vain, le torse se tortiller et danser dans le vide.

Il relâcha sa prise. Puis il pinça la peau de l'animal et le conduisit à l'autre bout du comptoir, jusque dans l'évier.

Les yeux naguère confiants s'écarquillèrent, se dilatèrent en deux flaques noires, le choc pulvérisant le seuil biologique de tolérance de la douleur. Et Tofu lâcha une pulsion involontaire, un spasme, sa vessie libéra un jet bref, mais régulier.

Il l'empoigna par les pattes de devant, tira d'un coup sec, sans pitié, et le corps trembla violemment, une seconde, avant de se figer en une immobilité prédatrice prenant le temps au piège. Pure et informe. Dans une noirceur presque palpable.

Intime. Excitante.

Il y eut un courant froid dans l'air nocturne.

Il referma la porte d'entrée derrière lui, remonta son col pour se protéger du vent et fut accueilli par une banlieue paisible et assoupie.

Il se sentait étrangement alerte, son sang battant dans les recoins obscurs de son cœur, fortifiant chacun de ses muscles, chacune de ses fibres, chacun de ses nerfs, attisant en lui un plaisir presque insoutenable.

Pas un chien n'arriva en aboyant. Pas une voiture ne rôdait. Aucun signe d'une banlieue en proie à la terreur.

Il traversa la pelouse, toujours confiant, toujours à l'aise. Il aperçut le crachotement muet d'une télévision projetant son halo, des hommes comme des papillons de nuit collés à une ampoule électrique, songea-t-il, des existences vides papillonnant stupidement.

Et il les connaissait tous par leurs noms. En passant de maison en maison, rangée par rangée, il était capable d'énumérer leurs problèmes les plus intimes. Un couple avait un idiot du village pour fils. Un autre un épagneul affligé d'indigestion. Une femme s'était fait violer dans sa jeunesse. Une autre était sur le point de prendre sa retraite.

Marchant d'un pas nonchalant, flanquant un coup de pied dans un amas de feuilles, il se sentait comme un roi, comme si c'était son village, comme s'ils étaient ses sujets.

Il recula dans la pénombre.

Des phares approchèrent, filtrant à travers une futaie clairsemée, mais ils vinrent et disparurent comme un faisceau dérisoire dans un paysage rêvé. Il sentait sur ses joues le parfum de l'huile pour le bain de Diana Clayton, qui lui chatouillait la gorge.

Il s'arrêta brièvement, jeta un regard par-dessus son épaule. La maison était désormais plongée dans l'obscurité, sauf une lampe allumée à la fenêtre d'une chambre du premier étage, et il la vit là-haut, habillée et prête à partir pour l'école.

– Oui ! laissa-t-il échapper avec force, en fermant les yeux. Oui, oui, oui.

De là-haut, Kimberly Clayton le dévisageait et elle observait chacun de ses gestes quand il disparut dans la nuit.

2

Un homme en imperméable gris élimé marchait d'un pas lent sur le trottoir et traversa le carrefour de la 37e Rue et de Park Avenue, après avoir roulé sous une brume froide qui n'avait cessé de menacer de se transformer en pluie. Il semblait parler tout seul en marchant, des grommellements silencieux que personne d'autre ne pouvait entendre ou comprendre.

– Tofu, murmura-t-il, et il prononça ce nom comme s'il s'adressait à un vieil ami.

Ses yeux gris perle étaient rouges et gonflés et, quand il retira son manteau, ses mains douloureuses tremblaient légèrement à cause de l'arthrite. Pressant le pas, il fit vaguement l'effort d'épousseter des peluches et de la cendre de son costume gris foncé. Rejoignant une file de gens qui entraient dans le hall de l'hôtel Sheraton, il retrouva sa contenance en consultant sa montre. Il était en retard. Il était 16h06, le 8 avril; à cinquante-six ans, il avait la solidité d'une borne d'incendie, celle d'un homme bien charpenté, d'une taille à peine inférieure à la moyenne, qui se demandait combien d'heures son énergie le porterait, combien de temps avant qu'il ne doive retourner aux dossiers silencieux qui, chez lui, encombraient son bureau.

Il s'appelait John F. Scott. Et, tandis qu'il traversait le hall en obliquant vers les salles de réunion de l'hôtel, il se sentit vide et inapte, comme s'il avait abandonné les victimes les plus désespérées et les plus malheureuses, comme si, après avoir tenté de les ramener à la vie, il les avait laissées mourir, mourir sans relâche. À chacune de ces morts, le chagrin était aigu. Tout le chagrin était pour lui.

Du coin de l'œil, il remarqua un petit écriteau annonçant BIENVENUE AUX MEMBRES DU PROGRAMME CAP, en lettres rouges sur fond blanc, avec une petite flèche qui pointait vers un couloir immaculé. Il emprunta une suite de coudes et de bifurcations, jusqu'à se retrouver devant une porte majestueuse à double battant. Il passa les doigts dans sa crinière de cheveux blonds et grisonnants qui bouclaient en désordre, se boutonna le col d'une main, avant de rajuster le nœud de sa cravate Dior en soie. Il entrouvrit la porte, respira à fond et s'avança vers une petite armée de visages plus jeunes.

Il y avait là une centaine d'hommes et de femmes en tenue civile qui écoutaient attentivement une dame d'environ cinquante ans, debout à la tribune, sur une estrade étroite.

– ... donc, comme le montre notre profil, à bien des égards, Dennis Statler appartenait à la même catégorie de tueurs en série que Theodore Bundy, avec quelques différences assez subtiles. Au plan du comportement, c'était le même type d'individu, mais étaient-ce bien les mêmes motivations qui les poussaient à tuer, et quelles étaient-elles ? se demandait-elle, tout en adressant un signe de tête à Scott qui s'approchait.

Il répondit par un sourire, car il avait remarqué une pointe de lassitude dans sa voix et savait qu'elle avait fait son possible pour meubler. Cette femme était l'une de ses collègues instructrices, au laboratoire fédéral de recherche sur le comportement de Quantico, en Virginie, et la salle était remplie d'officiers de police qui prenaient part à une formation spéciale, le CAP, acronyme du Criminal Apprehension Program national. Ce séminaire consacré aux méthodes d'enquêtes criminelles, organisé une fois par an à l'initiative du gouvernement des États-Unis, s'adressait aux forces de police du pays entier. Il comprenait des sessions de formation animées par des experts d'une douzaine d'agences fédérales.

– Mesdames et messieurs, poursuivit-elle avec vivacité, ces deux hommes enlevaient l'un comme l'autre leurs victimes et leur faisaient subir des sévices sexuels, ce qu'ils préféraient l'un et l'autre, c'était tuer au moyen d'un instrument contondant, et ils s'en débarrassaient tous deux en inhumant les dépouilles dans une sépulture improvisée. Leurs mobiles étaient-ils identiques et de quelle autre manière se ressemblaient-ils ?

Scott leva la main et monta sur scène.

– Bundy était avocat, déclara-t-il posément en s'adressant directement aux hommes et aux femmes installés dans leurs fauteuils confortables. Statler était comptable. Plus encore que leurs mobiles, il est important de souligner qu'ils exerçaient l'un et l'autre des professions indépendantes et qu'ils habitaient dans de paisibles quartiers résidentiels. En outre, Bundy était sur le point de se marier ; Statler l'était déjà et il avait deux enfants.

Il plongea la main dans la poche de son imperméable, en sortit une liasse de notes et s'efforça de suivre un cheminement de pensée logique.

– Désolé d'être en retard, Dorothy, dit-il doucement tandis que la jeune femme rassemblait les papiers qu'elle avait déployés sur le pupitre.

Avec un sourire, il se tourna de nouveau vers les stagiaires, tandis que sa collègue se penchait vers le micro.

– Notre orateur vedette est arrivé, annonça-t-elle, et un bref éclat de rire emplit la salle, tandis qu'il sortait des fiches de sa veste et les étalait sur le pupitre.

– Concernant ces deux tueurs, le point essentiel n'est pas qu'il y avait entre eux des similitudes de comportement dans leur façon de traquer leur proie ou même de la mettre à mort. Non, insista-t-il avec une ferme conviction, la main levée, en croisant le regard de plusieurs stagiaires. (Il marqua un temps de silence, scruta l'assistance d'un regard perçant.) L'élément important, c'est leur camouflage, la méthode qui leur a permis d'échapper aux enquêteurs. Au cours de ces six prochaines semaines, vous allez vous former au contact d'experts de premier plan, des spécialistes de la récidive en matière de crimes violents, et si vous ne deviez rien apprendre d'autre, je vous invite à retenir ceci. La plupart des tueurs en série n'ont rien à voir avec les mythes qu'ils ont engendrés. Ils ne vivent pas isolés, au milieu des bois ou au fin fond d'un asile. Ce sont vos propres voisins. Comme Bundy, Statler, Gacey, Williams, Merrin et des centaines d'autres sur cette liste, ce sont des individus que vous croisez aux réunions de parents d'élèves ou aux matchs de baseball de Little League, ils prennent le bus avec vous, leurs enfants jouent avec les vôtres et ils récitent peut-être même le Notre Père avec vous, lors de vos réunions de famille.

Un murmure feutré parcourut la salle et il eut un hochement de tête entendu.

– Pour commencer, comme vous l'avez peut-être deviné, je suis Jack Scott, directeur d'un programme de la police fédérale que l'on a baptisé le ViCAT, le Violent Criminal Apprehension Team, spécialisé dans l'arrestation des criminels violents. Toute notre mission est contenue dans cet intitulé. Si vous n'y voyez pas d'inconvénient, commençons par quelques chiffres qui pointent clairement la menace spécifique pesant sur la population civile et la sécurité intérieure de notre pays.

Il marqua un temps d'arrêt, avant de lire une première fiche.

– En 1985, 14 516 meurtres ont été commis en Amérique, classés *Sans mobile apparent*, autrement dit, il s'agit là d'homicides perpétrés par de complets « inconnus », des individus qui n'en retirent rien, si ce n'est le meurtre en soi et pour soi. Pour répondre à ces meurtres, seuls seize suspects ont pu être appréhendés. Neuf ont été condamnés et, comme je suis convaincu qu'aucun de nous ici ce soir ne s'imagine que neuf hommes aient pu accomplir autant de forfaits en aussi peu de temps, on en tirera les conclusions qui s'imposent. Notons également que ce chiffre n'inclut pas les cinq mille cadavres supplémentaires qui relèvent chaque année de la catégorie des *Personnes non identifiées*, et il s'agit apparemment là de victimes de meurtres. Il convient donc de noter que ce sont là des estimations prudentes.

Scott observa le parterre de ces jeunes officiers de police judiciaire sélectionnés par leurs supérieurs pour représenter leurs États respectifs. Ils étaient attentifs et silencieux.

– La question reste posée, poursuivit-il. Quelle sorte de bête humaine irait ôter la vie d'autrui sans mobile apparent, et pourquoi, et quel sens faut-il accorder à ces chiffres ? Premièrement, appuya-t-il, ce soi-disant meurtre sans mobile apparent est commis par un être relevant de deux catégories au choix. La première est constituée d'individus qui souffrent d'une anormalité psychologique grave, d'une forme de maladie mentale. Je suis sûr que tout le monde ici a vu *Psychose*, un classique du cinéma, inspiré d'une affaire réelle que vous pouvez considérer comme représentative du premier groupe.

– La seconde catégorie, qui constitue aussi la population la plus importante, des centaines de fois supérieure, regroupe les *Tueurs récréatifs*, représentés par notre Ted Bundy. À l'inverse de tous les sociopathes que compte l'Amérique, ils sont considérés comme tout à fait sains d'esprit et mentalement équilibrés. Alors qui sont-ils ? Pourquoi tuent-ils ?

L'auditoire demeura silencieux et il se tut, recoiffant ses cheveux blonds grisonnants et se dégageant quelques mèches du front, pour leur laisser le temps d'assimiler son schéma d'analyse.

– Les tueurs récréatifs, que nous appelons aussi les T-Recs, sont invariablement de sexe masculin, alors que leurs victimes sont en écrasante majorité des femmes ou des enfants, et parfois des femmes avec enfants. (Il cligna des yeux, et fut assailli d'images mentales qu'il réussit à refouler grâce au détachement que lui procurait son discours.) Les meurtres qu'ils commettent sont en général intra-raciaux... c'est-à-dire que les Blancs tuent des Blancs, les Noirs tuent des Noirs, et ainsi de suite. Tandis que la population américaine augmente de manière exponentielle, le nombre des tueurs récréatifs croît aussi, et ce dans une période où le système judiciaire est incapable de répondre efficacement à cette menace croissante. Au ViCAT, nous avons besoin de votre aide, du soutien de forces de police correctement formées. Mais, avant tout, en dehors de l'ampleur même du problème, nous devons appréhender ce qui distingue tant cette population de tueurs du commun des mortels.

De nouveau, il se tut, balayant son public du regard, une manière de souligner son propos.

– En recourant à l'intelligence artificielle informatisée, nous avons pu élaborer une règle statistique qui doit servir de signal d'alarme à tous les hommes, toutes les femmes et tous les enfants d'Amérique. Elle s'énonce de la façon suivante : si vous êtes une famille de quatre personnes, appartenant à la classe moyenne ou moyenne supérieure, vous avez 37 % de chances de croiser un tueur en série au cours de votre existence et 99 % de chances qu'il provienne de notre second groupe.

Une main se leva dans la salle. D'un signe de tête, Scott invita le policier à s'exprimer.

– Pourquoi maintenant ? lui demanda ce dernier, un garçon mince, la tenue soignée, âgé d'une trentaine d'années. Ce chiffre paraît très élevé. Pourquoi un tel résultat, tout d'un coup ?

Scott acquiesça, d'un air réfléchi.

– Eh bien, malgré les apparences, cela n'a pas été si soudain. Simplement, la population a tellement augmenté que nous avons atteint une sorte de seuil critique. Le monde actuel obéit à la règle du « toujours plus »... et les tueurs en série ne font pas exception. Ils ont toujours été parmi nous et leur nombre croît en même temps que la population.

Il marqua de nouveau un temps, car il venait de reconnaître un grand gaillard en gilet marron, debout au fond de la salle.

– Désolé de vous interrompre, monsieur, je suis le sergent Howard Means, California Highway Patrol. L'aliénation mentale est-elle ce qui distingue essentiellement ces deux groupes de tueurs ?

Scott sourit.

– La maladie et l'aliénation mentale sont des termes de type juridique et, même si nous considérions leurs actes comme délirants selon tous les critères humains, en l'état actuel des recherches, les tueurs récréatifs ne sont pas des malades. Bundy n'était pas malade, et je l'ai bien connu. En termes psychologiques, il souffrait d'un manque ou d'un déficit.

Aussitôt, les participants ouvrirent leurs blocs-notes et il patienta un instant.

– La plupart des tueurs en série, poursuivit-il, sont aussi sains d'esprit que vous et moi, et pourtant ils traitent les autres sans aucun égard pour la souffrance humaine, tout en possédant la pleine et entière maîtrise de leurs actes. Ils tuent en connaissance de cause... d'ailleurs, ce sont souvent des prédateurs rusés. La différence fondamentale entre eux et les individus apparemment normaux, c'est que ces tueurs sont nés sans la faculté de ressentir la moindre émotion.

Une main se leva au premier rang.

– Kevin Mullin, police de Boston, monsieur. N'est-il pas vrai que tous les êtres humains éprouvent des émotions, mais à des degrés divers, et que beaucoup de ces tueurs ont pu être victimes dans l'enfance de maltraitances graves qui les auraient rendus insensibles ?

Scott réagit avec un sourire narquois, mais empreint de compréhension.

– Agent Mullin, c'est bien cela ?

– Oui, monsieur.

– Je vous remercie d'avoir mis en plein dans le mille et je vous enrôle pour une première expérience.

– Pardon ?

Il toisa le jeune policier du regard, en veillant à ce que son auditoire note bien son manège.

– Agent Mullin, veuillez faire plaisir à un vieil homme et vous masquer les yeux juste un moment. Nous allons vous soumettre à un test rapide.

Kevin Mullin regarda en vitesse autour de lui, se préparant au cas où l'on solliciterait ses facultés d'observation, et se couvrit les yeux.

– Je vous remercie, fit poliment Scott. Aujourd'hui, je porte un costume gris. Je voudrais que vous m'en fassiez la description... pas le costume, mais la couleur.

– Eh bien, soupira l'autre en hésitant, c'est une question difficile. Ce gris se rapprocherait sans doute du bleu, sans être aussi clair... en fait, ce n'est pas vraiment une couleur. Zut, fit-il en secouant la tête. Désolé, je ne sais pas comment vous décrire ce gris, sauf en le comparant à d'autres objets de couleur identique.

– Nous sommes d'accord, concéda Scott. Vous avez besoin de comparer la couleur de mon costume à d'autres objets familiers, ce qui met un terme à cette petite expérience. Maintenant, que représente la couleur pour un homme qui a toujours souffert de cécité ?

Le policier eut l'air de réfléchir et la salle fut parcourue d'une vague de chuchotements.

– N'importe qui peut intervenir à tout moment et répondre à cette question à la place de l'officier Mullin, proposa Scott, préférant ne pas le mettre dans l'embarras. (Mais il n'y eut que le silence et ses yeux se tournèrent vers son interlocuteur, au premier rang.) Vous voulez tenter votre chance ? lui suggéra-t-il posément.

– Eh bien, s'avança l'autre, en fait, un aveugle de naissance serait incapable de réellement appréhender la couleur, cela resterait un simple concept. Pour la comprendre, il faut avoir perdu la vue.

– C'est tout à fait juste. Bien, poussons le raisonnement un peu plus loin. Mesdames et messieurs, quelqu'un pourrait-il m'expliquer, je vous prie, les émotions liées aux sensations suivantes ? (Et il leva la main en énumérant lentement sur ses doigts.) La joie, le chagrin, la colère, la peur et la haine. En réalité, il existe six émotions élémentaires, mais j'ai intentionnellement omis l'amour de notre liste, afin d'éviter de tomber dans la guerre des sexes.

Une petite vague de rires enfla et reflua aussitôt.

– Ce sont donc les six émotions de base. Toutes les autres ne sont que des dérivés ou des variantes. Maintenant que je les ai énumérées, supposons que je ne sache pas quelles sensations elles provoquent, poursuivit-il avec une certaine gravité dans la voix. Au plan affectif, je suis né aveugle. Alors, s'il vous plaît, quelqu'un peut-il m'aider ?

Une rumeur parcourut la salle et un petit bonhomme se leva en remuant les deux bras, l'air agité.

– Inspecteur D'Angelo, monsieur, police de New York. Pour expliquer la couleur ou les émotions, il faut d'abord en avoir fait l'expérience.

Scott approuva.

– C'est très juste. Et que nous procurent les émotions, inspecteur ? À quoi nous servent-elles ?

– Eh bien, glousa l'autre, levant les yeux au ciel, les émotions donnent aux hommes et aux femmes des choses à partager.

D'un geste autoritaire de la main, Scott coupa court aux bavardages des rieurs.

– Il a raison, laissons-le aller jusqu'au bout, je vous prie. Et après, inspecteur D'Angelo ? Quel autre rôle les émotions jouent-elles dans notre vie ?

– Un rôle central, je pense. Les émotions nous permettent de prendre plaisir aux choses et nous empêchent aussi de déraper. Je veux dire, les émotions servent aussi à équilibrer notre comportement.

– C'est exact. Sans elles, que nous resterait-il dans l'existence ? À coup sûr, ni hauts ni bas, ni joie, ni chagrin, ni amour. Sans elles, tous les stimuli sur cette planète seraient plus influents que notre seul intellect et, si je ne vous demande pas d'en saisir dès maintenant l'importance, j'aimerais au moins que vous reteniez ce concept.

Il se tut et se mit à arpenter l'estrade, les mains croisées dans le dos.

– Sans les sensations, tout est dénué de signification, sauf sur le plan purement intellectuel. Les problèmes, les péripéties, les personnages que nous rencontrons, la comédie et le drame de la vie, tout cela perd son sens. Sans émotions, rien ne compte et tout devient possible. Les tueurs récréatifs sont nés sans émotions... De fait, nous les appelons les désaffectés et, si vous vouliez leur expliquer ce que sont les sensations, je vous conseillerais de vous entraîner en décrivant la couleur à un aveugle.

Instantanément, les chuchotements de l'auditoire augmentèrent, se transformant en bavardage généralisé. En quelques enjambées, Scott s'approcha du bord de l'estrade.

– Nos études indiquent que les individus de ce genre, ces êtres désaffectés, privés de toute émotion, constituent la population la plus vaste et la plus dangereuse susceptible de menacer l'existence du corps social. Comme c'est le cas de Ted Bundy, la plupart d'entre eux ont reçu dans l'enfance une éducation très correcte, mais à l'âge adulte ils tuent des femmes et des enfants avec autant de compassion que vous en témoigneriez à un cafard.

Il consulta sa montre.

– Au plan individuel, ces tueurs ont tendance à être discrets, leur apparence physique est généralement soignée et ils peuvent être les piliers d'une collectivité. Ils se conduisent très bien en société et sont capables de partager certaines expériences avec les autres, à une exception essentielle près : comme ils sont nés presque dénués d'émotions, ils doivent constamment adapter leur propre comportement à celui des autres gens. Par exemple, au cinéma, s'ils nous voient rire ou pleurer, ils se savent tenus de nous imiter, sinon, tôt ou tard, ils risquent de se faire repérer. Ils singent nos manifestations d'émotion, et c'est une des clefs pour les repérer, sujet que nous approfondirons lors de notre prochaine réunion. Pour nourrir votre réflexion, j'ajouterai qu'ils sont tout à fait conscients de leur inaptitude à ressentir, ce qui peut les faire ressortir du lot.

Il commença à rassembler ses notes, tandis qu'une discussion enfiévrée s'engageait déjà dans l'auditoire.

– C'était un plaisir de faire votre connaissance. Je vous souhaite bonne chance pour cette session. Prenez vos stylos et notez notre thème de recherche suivant. J'aimerais entendre vos explications, la prochaine fois que nous nous verrons.

L'auditoire se tut.

– Auschwitz, lâcha-t-il froidement. Aucun autre lieu, dans l'histoire, n'a attiré autant de désaffectés en un laps de temps aussi court.

– Mais ce n'est pas une question ! s'écria une jeune femme, l'air désorienté.

– Si, c'en est une, et il se dirigea vers la sortie en hochant sombrement la tête. Tout comme Dachau. Treblinka. Bergen-Belsen. Buchenwald...

Scott marcha sous l'averse, monta dans sa voiture, garée au carrefour de la 37e Rue et de Park Avenue, et démarra au quart de tour. Il s'engagea dans la circulation, se dirigea vers le World Trade Center au sud, le bruissement lancinant des pneus sur l'asphalte détrempé produisant sur lui un effet monotone et hypnotique. Incapable de se concentrer davantage, il laissa ses pensées filer à la dérive avec le trafic.

Il connaissait bien le quartier. Obéissant presque à un automatisme, ses essuie-glaces giflant des rideaux de pluie, il ralentit devant l'auvent de chez Enrico annonçant « Fine cuisine italienne ». Un jour, il y avait longtemps de cela, le petit David avait travaillé là comme serveur, se souvint-il, et Scott eut un sourire sombre.

– Je savais que vous étiez le seul, l'unique. Je savais que vous sauriez parler à Sam, bredouilla-t-il avant de fondre en larmes.

David Berkowitz croyait ferme à ce qu'il racontait – il était un « Messager divin ». Et Scott avait rassemblé un à un tous les morceaux de sa triste existence pour reconstituer l'ensemble. Qu'il ait assassiné au moins treize femmes, cela ne faisait aucun doute. Le motif, lui, demeurait un mystère. Le petit David restait bouche cousue.

Par une soirée d'août 1977, après des heures d'entretien sans queue ni tête, il se trouvait face au miroir sans tain de la salle d'interrogatoire, sur le point de faire signe qu'on le relâche, quand ce reflet l'avait fait sursauter. C'était là, dans la glace.

– D-O-G ?

Scott avala de travers, se retournant vers ce jeune homme atteint de démence : il venait de résoudre l'énigme du mobile de ses actes. C'est cette anagramme qui l'envoyait tuer la nuit. À bout de nerfs, il avait griffonné les éléments de l'affaire en lettres majuscules sur son bloc. Depuis des jours et des jours, Berkowitz déblatérait au sujet du beagle qui aboyait dans le jardin, en l'empêchant de dormir – les nuits où il avait supprimé des vies humaines.

– C'est le chien qui t'a soufflé ça, hein, David ? lui avait-il demandé, avec de la pitié dans la voix. Le chien t'a soufflé ça !

– Oui, oh oui ! (Berkowitz était aussi excité que soulagé.) Je savais que vous comprendriez... Je savais que vous étiez le seul, l'unique... Je le savais...

Et il avait eu une crise de larmes, il avait tendu la main pour agripper l'agent Scott, dans un geste d'amour vers le messager qui le dégageait de son fardeau en l'endossant.

Ce salopard, ce pauvre malade torturé. Dans son monde tordu et solitaire, David avait tué parce que le chien le réveillait en pleine nuit et lui soufflait de commettre cet acte. Le beagle, qui s'appelait Sam, avait demandé à David de tuer et il lui avait obéi. Car David était son fils. David avait besoin d'amour. D-O-G, écrit à l'envers, cela donne G-O-D.

Et le fils de Sam était incapable de distinguer le bien du mal, et tout juste la gauche de la droite. Un malade mental, un authentique psychopathe jamais troublé par la réalité, incapable de comprendre le monde dans lequel il était né. Comparé à ce que le ViCAT était contraint d'affronter au quotidien, David faisait presque figure de garçon timide, au tempérament excitable et désorienté.

Ce n'était pas le diable incarné, ce n'était ni le chef d'une secte, ni un conspirateur, et pas non plus le « maître de la mort » dont les pisse-copies des tabloïds avaient dressé le portrait.

David Berkowitz était un homme malade, très malade.

Mais ce n'était pas un tueur récréatif.

3

19 H 38,
WORLD TRADE CENTER

Il y eut un déclic sec et un flot de lumière noya la table jonchée de photographies, le temps qu'une main réduise le faisceau éblouissant. C'était une main fatiguée, constellée de taches brunes qui trahissaient l'avancée de l'âge.

– Le moment de la mort n'est pas aussi excitant, pas aussi important pour toi que le simple fait de tout maîtriser… c'est ça que tu recherches, dit Scott à voix haute, en notant quelque chose sur un bloc jaune. (Il secoua la tête, les deux coudes plantés sur le bureau, le corps légèrement penché en avant.) La faculté de décider de la vie ou de la mort, ce rituel, répéta-t-il, en se passant la paume sur le front. C'était après ça que tu cavalais pendant tout ce temps-là, après ce foutu rituel ?

Il avait l'impression d'observer son objet à travers un kaléidoscope qu'il remuait en vain depuis des heures, l'œil rivé sur des fragments et des motifs dénués de sens, pour finalement l'immobiliser par hasard pile dans la bonne position et voir ces cristaux lumineux former une image fidèle de la réalité. Il griffonna encore une note et sortit une photo d'une série de clichés apparemment infinie.

Sous le faisceau de lumière correctement réglé, il étudia l'image un instant, avant de parcourir une succession de gros plans où chaque détail était magnifié, intact.

Il y avait là une coupe de pommes et il se remémora de nouveau ce parfum de fruit mûr. Sa fille avait eu un lapin, elle aussi, et il resta interdit devant cette masse horrible, Tofu, ligotée dans un anorak bleu, gisant, morte, sur la table de la cuisine.

Sa gorge se serra. Subitement, il se sentit à l'étroit dans ses vêtements, tira sur le col de sa chemise blanche, puis ôta ses boutons de manchettes qu'il glissa dans sa poche poitrine. La fatigue était de retour et il vida un fond de tasse de café froid en se levant de son bureau, écarta les lattes des stores de sa fenêtre située au quatorzième étage, en espérant un rayon de soleil. Il regarda au dehors la ligne des toits de Manhattan, mais le monde de John F. Scott s'était obscurci.

Ce matin-là, dans une banlieue de Washington, environ quatre cents kilomètres plus au sud, on avait inhumé Diana Clayton. Elle était morte neuf jours plus tôt – sauf dans son esprit à lui. L'esprit de Scott, directeur du discret service d'investigation d'élite de la National Security Agency, le ViCAT. En regagnant son siège, il se demanda combien d'heures encore il conserverait cette endurance.

– Je suis le tueur, dit-il, en fermant les yeux. Sa peau, c'est mon corps.

D'une douceur impossible.

Il s'imagina étalant le corps de Tofu sur le sol de la cuisine en tirant et en caressant chaque oreille, puis fourrant l'animal à l'intérieur de l'anorak de Kimberly Clayton. Il se plongea dans l'examen de cette photo, la fixa délicatement sur un panneau de liège avec une punaise en plastique transparent.

Puisant dans ses émotions, son imagination et son entraînement, il se figura plaçant la tête de la lapine dans l'anorak à capuche, le museau relevé, et le refermant en remontant lentement la fermeture Éclair.

– Qu'est-ce qui t'a pris ? se murmura-t-il d'une voix monocorde en remuant les deux mains, comme s'il nouait de longues oreilles en un nœud abominable. C'est comme d'emballer un cadeau, mais un paquet destiné à qui, dans quel but, à quelle occasion ?

Il sollicita de nouveau sa mémoire, l'odeur suave des pommes, tranquille et paresseuse, comme une matinée vivifiante en des jours lointains, loin de son bureau, tout en glissant un fruit bien ferme dans chaque manche, en pensée, sans se presser, disposant les bras au mieux, ajoutant masse et volume à la carcasse de l'animal.

L'anorak était suspendu dans le placard de la cuisine, près de la porte de derrière et, en s'aidant du plan, il vérifia la distance avec la cage : deux mètres soixante-dix environ. Ce qui la plaçait en gros à trois mètres soixante de la fenêtre, éclairée au mieux par la lumière des réverbères.

– Bien, fit-il, en consultant un tableau de séquences chronologiques générées par ordinateur, supposons que l'on ferme le robinet de la baignoire, maintenant.

Il tâcha de reconstituer cette expérience sensorielle : l'absence de bruit, la fin de l'écoulement de l'eau dans les tuyauteries, le retour à une petite maison rassurante à l'immobilité endormie. L'attente étant terminée, aussi silencieux que la pensée, il s'avança doucement vers l'escalier, vers Diana et les enfants, se déplaçant de pièce en pièce selon une séquence photographique. Il progressa sur la moquette champagne, en commençant par un cliché des marches pris au grand-angle, le couloir du palier et l'entrée d'une chambre faiblement éclairée. La porte s'ouvrit en grand. Il punaisa cette photographie au centre et, ensuite, il en plaça deux de plus de part et d'autre, chaque cliché détaillant la configuration du palier.

Même si des aspects essentiels avaient échappé à l'objectif, il voyait bien que le portrait de famille était du style de ceux que l'on prend en studio, dans les grands magasins les plus luxueux. Il nota qu'on aille récupérer ce cliché dans la maison pour en joindre un tirage aux dossiers et il lâcha un lourd soupir en se massant d'une main le bas du dos.

Ensuite, c'était le tour de la chambre parentale, et il ajouta un cliché au mur, délicatement, au centre, au-dessus des autres.

La chambre de Diana paraissait intacte, pas du tout en désordre. Un tailleur gris anthracite, nettoyé et repassé, restait accroché à un cintre sur la porte de la penderie. Un chemisier écru, au col ruché, plié et disposé sur une chaise. Des chaussures, à côté. Un sac à main brun clair par terre, sur la moquette, près d'un porte-documents en cuir marron, tous deux fermés, le porte-documents appuyé contre la coiffeuse. La pièce était ordonnée, de façon très féminine ; il ne faisait aucun doute que Diana Clayton n'avait pas prévu de mourir si tôt.

Il examina un agrandissement d'un instantané prélevé dans la salle de séjour. Elle était debout au bord de l'eau, en maillot de bain, une pièce rouge et argent. À Nag's Head, peut-être, et tout de suite les yeux de Scott s'imprégnèrent de cette image comme une éponge : des jambes musclées, un ventre plat, un décolleté généreux, des cheveux châtain et courts, aux reflets blonds. Il consulta ses notes.

Mariée en 1972, à vingt-cinq ans, un premier enfant né en 1974. Les années avaient été clémentes, songea-t-il. La maturité ou la maternité avaient mis en valeur une femme raffinée qui avait perdu ses allures d'adolescente. Une jolie femme, sans être une beauté, mais qui sortait de l'ordinaire.

Les fiches défilaient sous ses doigts.

Une troisième photo : le corps nu de Diana Clayton, dans sa baignoire, les yeux ouverts fixant le plafond. La main droite tendue, paume vers le sol, vers le lavabo. Orientée au nord. Vers ses enfants. La poitrine relevée, le dos cambré, aucun relâchement, pas même dans la mort. Il se racla la gorge pour se débarrasser d'une mucosité, déglutit. Quatre marques de griffures. Des cheveux blonds englués dans la noirceur du sang coagulé répandu en une flaque horrible. Il examina cette photo un peu plus longtemps, avant de la placer au sommet de la colonne du milieu, désormais haute de quatre clichés. Il nota quelque chose en cherchant une cigarette à tâtons dans le tiroir du haut de son bureau. « *Reste clinique*, l'avertit une voix intérieure. *Ne t'emballe pas.* »

L'odeur âcre du soufre et, en quelques bouffées, la fumée lui emplit les poumons. L'âpreté de la brûlure noya d'autres sensations plus étouffantes et il appuya sur le bouton d'un dictaphone de bureau.

– Bien que la victime ait été retrouvée dans sa baignoire, le corps s'est soulevé de l'eau pendant quelques secondes, ce qui a projeté des taches de sang sur le tapis de bain. On l'a maintenue au fond un court instant. Les éraflures et les hématomes sur le côté gauche, le haut du torse et le cou tendraient à démontrer que l'assaillant est gaucher ou ambidextre, poursuivit-il. L'extension du bras droit et les doigts écartés indiquent un choc réflexe.

Il vérifia de nouveau le rapport d'autopsie.

« Cause de la mort : arrêt cardio-pulmonaire suite à un traumatisme provoqué par une balle dans le crâne. » Ceci confirmait l'impact mortel d'une unique balle de calibre 22 à culot tronqué et pointe creuse, qui avait pénétré dans la bouche par la lèvre supérieure, fait éclater plusieurs dents avant de ressortir par la zone crânienne latérale postérieure, autrement dit l'arrière de la tête. Il ferma les yeux et eut du mal à avaler sa salive, forcé qu'il était, comme la majorité des policiers, de déboulonner le mythe médiatique selon lequel une balle dans la tête a toujours un effet mortel instantané.

– À quoi pensait-elle ? Que percevait-elle de ce qui arrivait ? s'interrogea-t-il à voix haute. Elle ne pouvait même pas bouger.

À présent, il respirait péniblement, son pouls s'accélérait et ses pensées devenaient floues. D'après le coroner, même si la balle l'avait immédiatement paralysée, il lui avait fallu entre trois et cinq minutes pour mourir. Et le tueur avait attendu. Le tueur ne voulait pas user une seconde balle.

– Le rituel.

Le commandant Scott déglutit enfin, une bile noire lui remonta dans la gorge et une rage silencieuse le poussa à se lever. Subitement, son pied droit alla percuter une corbeille à papier en métal gris qui vola à travers la pièce en tournoyant avec fracas.

– Qu'est-ce que tu lui as fait, pendant ces dernières minutes, espèce d'immonde salopard ?

Il resta figé : le sang lui battait aux tempes, ses yeux gris brûlaient, perçants et impitoyables.

Il ferma les yeux.

Dans la chambre, debout, je suis le tueur.

Elle se détend dans un bain chaud, donc elle ne me voit pas m'approcher, monter les marches et entrer dans sa chambre.

Sans bruit, je pousse la porte de la salle de bains, je la fais pivoter sur ses gonds, je l'ouvre en grand et le supplice de Diana commence par un soudain courant d'air froid.

– Qui est là ? demande-t-elle, scrutant l'intérieur de la chambre par la porte entrebâillée, sentant ce froid inexpliqué sur sa peau mouillée.

Je ne réponds pas, se dit Scott, *j'attends, pour que la victime ne crie pas. Elle s'imagine à présent que ce sont les fondations de la maison qui se sont légèrement tassées, faisant craquer les gonds de la porte, ou que le chauffage s'est allumé et que le courant d'air chaud a repoussé le battant. Elle cherche une raison mais je sais, moi, que sa désorientation durera juste le temps nécessaire.*

J'entre, en lui parlant.

– Ne nous affolons pas, dis-je, très décontracté. Je me suis perdu, je suis bien chez les Smith ? C'est la bonne adresse ?

Elle se réveille dans ce cauchemar qui explose, éclate dans sa tête, le sang qui bat si fort, si vite, elle est incapable d'entendre, incapable de penser. Agissant d'instinct, elle essaie de se lever, tâche de se ressaisir – quand une main puissante vient la frapper, au cou et à la poitrine.

Impitoyable réalité.

Elle tente de comprendre, de voir, mais la pièce se déplace image par image, dans un ralenti angoissé.

– Oh, mon Dieu ! implore-t-elle aussitôt. Qui êtes-vous ?

Elle tâche de trouver une logique à tout cela en essayant de se redresser et la main frappe, la fait retomber en arrière, l'empoigne par les cheveux et la retient dans sa chute.

« Est-il au courant pour les enfants ? Kimberly, Leslie ? »

Pensée n° 1.

« Il est perdu ? Il veut de l'argent ? Mes enfants ! Mon Dieu, non ! »

De toute son âme, Diana lutte pour se redresser, mais la paroi lisse de la baignoire se dérobe sous ses pieds. Scott se tourne vers le mur, il réfléchit. *Je me trouve entre elle, la porte et ses bébés adorés. Je la repousse, je la roue de coups, des deux poings.*

– C'est seulement toi que je veux, lui dis-je, pour la réconforter.

Le rituel. Je comprends ce qu'elle protège. Je sais à quel espoir elle se raccroche.

Elle hoche la tête sans proférer un bruit, tandis que je regagne mon siège.

Dans mon dos, mon poing se resserre sur mon arme, je la braque contre elle et le projectile jaillit, avec un claquement mat ; une balle étouffée par un silencieux lui fracasse les dents. Son torse part en arrière dans un crachement de sang, ses mains battent l'air, son corps se fige.

Je retire mes gants, cinq minutes s'écoulent.

C'est là qu'elle meurt.

Des bruits de pas.

Dieu merci, songea Scott – il entendait des bruits de pas se rapprocher. Une porte s'ouvrit et une voix familière lança :

– Dis-moi, Jack, tu as besoin de quelque chose ?

Et il tenta d'échapper à la mort incarnée par Diana Clayton, à ses pensées qu'il ne parvenait ni à pousser plus avant, ni à formuler. La voix se transforma en main, puis en mug, puis en arômes de café fraîchement passé, ces arômes lui titillèrent les sens et cette réalité le réchauffa : il se pencha en avant, sa main cherchant à l'aveuglette comme un petit animal, s'avançant à tâtons sur le bureau. La tasse qu'il souleva semblait faite de plomb.

Le liquide chaud lui inonda la gorge, se mélangea à de la bile et il eut du mal à avaler. Il leva brièvement ses yeux, rouges et gonflés, sur la silhouette qui se tenait debout à côté de lui et les détourna très vite en fouillant dans ses tiroirs.

– Dans le cendrier, indiqua la voix, et Scott vit une spirale blanche et sinueuse s'élever de sa table.

– Désolé, dit-il avec un soupir avant de tirer une longue bouffée bien chaude et de s'en emplir les poumons. (Il se rassit dans son siège.) Quelle était la question ? demanda-t-il sur un ton distant.

– Rien d'urgent.

Matthew W. Brennon lui souriait.

L'agent spécial Brennon était un homme de grande taille, près de quarante ans, en costume bleu foncé et cravate rouge. Il était en train d'examiner le montage photographique au mur, pendant que Scott buvait son café et terminait une Marlboro au goût rance.

– Étant donné tout ce qu'on affronte, je ne comprends pas pourquoi la mort d'une lapine me démonte à ce point, mais c'est ainsi, avoua Brennon, quittant des yeux cette série de clichés pour examiner le corps de Diana Clayton.

Ne recevant aucune réponse, il se retourna et planta son regard dans celui du commandant.

– Tofu, dit calmement ce dernier, signifiant qu'il comprenait, et il lâcha un soupir contrarié, retira ses lunettes et se frotta les yeux des deux poings. J'apprécie vraiment ce café, ajouta-t-il, en buvant une autre gorgée. Tu n'as pas idée.

Brennon se détourna de la mosaïque de clichés et se pencha vers lui, les deux mains posées sur le bureau.

– Tu es là-dessus depuis trois heures. Tu ne veux pas lâcher un peu de lest ?

Son chef haussa les épaules.

– Tofu était un membre de la famille, sinon ce salopard ne se serait même pas donné la peine de lui ficher une claque. Tuer pour tuer, ça ne lui suffit pas. Il a un besoin maladif de domination, de maîtrise absolue, c'est la clef de tout.

Il se leva, s'étira et, d'un pouce soigneusement manucuré, effaça le terme *Lepus angorus* de la marge blanche d'un tirage sur papier brillant format 20×25. Ensuite, il y inscrivit le surnom du lapin au crayon gras noir et se rassit.

– Tu viens à mon secours ou j'ai loupé un rendez-vous ?

Matthew Brennon lui tendit une liasse de fiches roses : des messages.

– Le capitaine Drury n'a pas arrêté d'appeler. Il s'est rendu à l'enterrement des Clayton et il veut te parler. Il s'est déclaré disposé à mettre toute la police d'État du Maryland sur cette affaire si tu l'ordonnes, donc je lui ai répondu que tu le contacterais.

– Merci, soupira-t-il. Rien d'autre ?

– Une femme a téléphoné, membre de la Surveillance nationale des quartiers, le programme de prévention de la délinquance : elle va écrire une lettre salée au ministère de la Justice. Je lui ai signalé qu'elle se trompait d'administration. Ses commentaires figurent sur la note.

Scott secoua la tête.

– Voilà pour les demandes les plus pressées.

Brennon ramassa un dossier sur le bureau et se le cala sous le bras.

– Matt, as-tu parcouru les rapports d'analyses relatifs à l'affaire Clayton ? s'enquit Scott en écartant de son bureau le faisceau de la lampe qu'il braqua plus haut vers le mur, sur son montage photo, tout en ouvrant l'agenda de Diana Clayton.

– Deux fois ; la deuxième, c'était pour passer tes notes en revue.

Le commandant opina.

– Tu te rappelles s'ils ont trouvé des traces d'infection, que ce soit bactérienne ou virale ?

– Négatif. Elles étaient toutes les trois en excellente santé. Pourquoi ?

– Juste une intuition, mais cela pourrait modifier le cours de l'enquête. J'avais prévu de suivre la procédure uniquement en tant que consultant, de leur rendre ce service avant de renvoyer le dossier à la police du Maryland.

– Ah, nous y voilà, fit Brennon en souriant. Raconte-moi un peu, Jack, et voyons si tu arrives à me convaincre.

En tant qu'agent de terrain expérimenté, Brennon n'ignorait pas que, pour qu'une affaire puisse être reprise par le ViCAT, il fallait qu'elle entre dans la catégorie des crimes en série ou qu'il s'agisse d'une atrocité commise par un inconnu, ce que l'on appelait un homicide sans mobile apparent. Il s'agissait de deux types de forfaits que les forces de police locale avaient peu de chances de résoudre sans soutien extérieur.

– Jusqu'à présent, nous avons opéré en partant du principe que Diana connaissait le tueur et que l'agression était motivée par un sentiment de colère ou de vengeance, reprit John F. Scott d'une voix neutre, ce qui, cela va de soi, aurait suffi à maintenir cette affaire en dehors de notre champ de compétences officiel.

Brennon s'appuya contre le bureau.

– C'est une sale affaire, Jack, mais je n'ai encore relevé aucune preuve du contraire.

– Jette un œil, fit-il en ignorant sa remarque et en lui désignant la mention *Vit. C* dans l'agenda de Diana Clayton. Chaque page était soigneusement protégée par une pochette souple plastifiée et il avait entouré ces mots au crayon gras rouge. Brennon ne réagit pas. Son visage pensif était encadré de cheveux noirs soigneusement coupés ; il ne broncha pas, mais ses yeux noisette trahissaient la perplexité.

– Nom de Dieu ! éructa Scott. Elle a senti son assassin venir et elle a pris ça pour un début de grippe...

Sa voix s'étrangla.

– Intuition féminine, soupira Matthew Brennon. On a déjà vu ça, mais je ne sais pas, Jack. Tu suggères que cette annotation reflète une erreur instinctive et que d'une manière ou d'une autre, et Dieu sait que tu finiras bien par en arriver là, cela modifie la portée de notre implication.

Scott tapota l'agenda avec son stylo, puis recula de son bureau avant de se lever et de faire les cent pas.

– Je n'ai pas souvenir du contenu de son estomac ou de sa formule sanguine, si ce n'est qu'elle était vierge de toute trace suspecte, mais nous n'avons recherché que des substances toxiques, des médicaments ou du poison, pas des vitamines.

N'ayant pas l'intention de discuter, Brennon plaça son index sur la mention inscrite dans l'agenda.

– Tu as raison, Jack. Si elle prenait des vitamines, cela apparaîtrait dans les analyses du laboratoire, et je m'en souviendrais.

– Et si elle connaissait cet homme, si ce tueur lui était familier, crois-tu qu'elle aurait réagi à sa présence de façon si viscérale ? Non, elle a cru qu'elle attrapait la grippe et je pense aussi qu'elle prenait un bain chaud pour calmer ses frissons. Avec son instinct maternel, Diana Clayton a senti le type venir, c'était comme entendre le tic-tac d'une bombe à retardement, sauf qu'elle était sur une fausse piste. Autrement, pourquoi cette ultime inscription, afin de ne pas oublier de prendre des vitamines – à moins que son instinct ne l'ait égarée, à moins que son corps ne l'ait avertie, à moins qu'elle ait su, mais qu'elle ait été incapable d'interpréter ses sensations, ou alors... ?

Sa voix s'étrangla. Il en avait les narines dilatées de dégoût.

Brennon restait attentif. Les choses commençaient à prendre une tournure logique. À partir d'une micro-analyse de son écriture – des éléments tels que la pression décroissante vers le bas, le relâchement des volutes et des spirales, le degré d'imprégnation de la page, l'inachèvement des boucles et des cercles –, les techniciens du ViCAT avaient replacé chacune des annotations de Diana Clayton dans une chronologie prenant en compte les effets combinés de la fatigue sur la calligraphie. *Vit. C* était bien la dernière chose de sa vie qu'elle eût écrite dans son agenda.

– Non, elle ne le connaissait pas, conclut Scott en arpentant la pièce, les mains dans le dos. Le tueur était un inconnu, étranger à cette famille et pour cette simple raison elle l'a senti venir.

Il traversa le bureau, attrapa la corbeille en métal gris et la remit d'aplomb.

– Ce tueur veut nous faire croire qu'il la connaissait, mais il ne la connaissait pas. Il les a choisies, les Clayton, il les a traquées. Et j'ajouterais même que ce rituel n'est sûrement pas le fruit du hasard.

Brennon se rembrunit. Il savait que moins de 1 % des meurtres sans mobile apparent étaient élucidés et que Scott s'orientait vers une demande de reclassification de l'affaire Clayton. Plus exactement, en vertu du décret présidentiel 14595 signé par Jimmy Carter et de la législation du National Security Act, le ViCAT pouvait se saisir du dossier.

Le commandant se rassit.

– Recherchons des cas où des mères célibataires ont été agressées par des inconnus.

Il s'efforça de présenter cette requête comme une proposition et non comme un ordre à prise d'effet immédiate.

– Oublions les autres similitudes, blessures, armes, positions du corps, contact sexuel et ainsi de suite, poursuivit-il. En repartant de zéro, cette fois-ci, l'ordinateur nous sortira peut-être quelque chose.

Brennon griffonnait dans un carnet noir.

– Il y a là-dedans un élément familier, Matt, je le sens. Pour l'heure, je parie que cet homme va correspondre à un criminel déjà identifié de nos services et qui vient juste d'entrer dans la cour des grands. La dernière fois, l'ordinateur nous a baladés, mais là, on va mettre dans le mille.

Brennon secoua la tête, songeant à leur charge de travail qui ne cessait de s'alourdir.

– Quelle priorité ? demanda-t-il, non sans crainte.

– D'après le schéma médico-légal qu'on a pu relever sur la scène du crime, notre tueur a pris la peine de redresser les poils du tapis, là où il avait marché, afin d'effacer ses traces. Il a une certaine connaissance des méthodes scientifiques de la police, et ça, mon vieux, ça me tracasse énormément. Allons-y pour une priorité maximale.

Brennon lâcha un soupir contrarié.

– D'accord, Jack. Si tu as besoin de moi, tu tapes sur le bouton d'intercom gris, lâcha-t-il, tandis que Scott, braquant le faisceau de la lampe sur son bureau, soulevait un cadre argenté dans la lumière enveloppé de plastique transparent et scellé avec de l'adhésif. N'oublie pas ton dîner de ce soir. J'ai promis de te jeter dehors à peu près à cette heure-ci, l'avertit Brennon en se dirigeant vers la porte. Et puis dors un peu, tu as l'air d'un cadavre dans un funérarium.

Scott préféra ignorer ce commentaire. Une fois encore, le sourire malicieux de Kimberly Clayton lui fit fondre le cœur et, avant que le bruit des pas ne s'estompe et que la porte ne se referme en silence, il sentit les rouages de son esprit se remettre en branle.

– Une fillette à l'allure presque parfaite, murmura-t-il en se replongeant dans cet abîme de cruauté.

Après un instant d'hésitation, il alla puiser une profonde inspiration dans sa propre enfance, puis fit un grand saut en avant dans le temps.

Selon le capitaine Maxwell Drury, de la police d'État du Maryland, une voisine avait été la première à découvrir la scène du crime. Elle s'appelait Martha Cory. Selon le rapport, elle promenait son chien devant la maison quand elle avait remarqué Kimberly et sa sœur, qui regardaient fixement au-dehors, par la fenêtre d'une chambre.

Martha leur avait fait signe de la main et les fillettes n'avaient pas réagi.

Martha avait sonné à la porte et il n'y avait pas eu de réponse.

Elle était restée interdite devant les yeux sans vie des fillettes Clayton, toutes deux vêtues et positionnées comme les mannequins d'une devanture, dans la chambre où elles s'étaient endormies.

4

Au quatorzième étage du World Trade Center, au bout du couloir, Matthew Brennon retourna au Mix Master, un ordinateur capable de passer au crible près de trois millions de dossiers répertoriant des criminels identifiés et des affaires passées, les recoupant avec des informations pertinentes avant de recracher des données par micro-paquets.

L'arme a-t-elle été correctement enregistrée ? Ce message surgit sur l'écran vidéo verdâtre du terminal au moment même où Brennon était de retour pour livrer ses instructions à un diplômé de fraîche date de l'École de formation des forces de police fédérale, un dénommé Daniel Flores.

Flores avait vingt-six ans, il était sorti premier de sa promotion et il avait spécifiquement demandé à être affecté au ViCAT de New York. Travailler aux côtés du commandant Scott, se former sur des équipements de dernière génération, étudier avec l'élite des chasseurs de criminels d'Amérique, telle était son ambition. Dossiers en main, Brennon se pencha sur le clavier, tandis que Flores, attentif et muet, observait l'écriteau au-dessus de la porte que l'autre venait d'emprunter.

NOUS SOMMES LA DERNIÈRE LIGNE DE DÉFENSE,
NOUS SOMMES L'ULTIME DÉTACHEMENT.
SENTINELLES AUX PORTES DE L'ENFER,
SANS DROIT À LA MOINDRE DÉFAILLANCE.

N. DOBBS

Pour un diplômé de fraîche date, c'était là des propos assez grisants et Brennon attendit patiemment avant de s'éclaircir la gorge.

– Qui est Dobbs ? s'enquit Flores.

– Qui était Dobbs ? rectifia l'agent spécial. Le premier commandant du ViCAT. Il est mort depuis longtemps.

L'agent Flores leva la tête en souriant à cet officier de police qui se dressait du haut de son mètre quatre-vingt-cinq, ses cheveux noirs contrastant avec un visage très pâle, après tant de nuits passées à travailler. Matt Brennon avait trente-neuf ans et la voix douce. Il était svelte et comptait bien le rester.

– Bien, regardez donc ce message sur l'écran, le programme vous lance un défi. Il vous demande si vous avez correctement saisi les données sur l'arme du meurtre. Pourquoi fait-il cela ?

Flores eut l'air déconcerté.

– L'intelligence artificielle ne laisse aucune latitude à l'erreur humaine. Elle fonctionne selon une probabilité stricte ; l'arme, dans cette affaire, une arme à feu, n'est pas cohérente avec ce que le système sait déjà des individus coupables d'effraction, en particulier ceux qui tuent, lui expliqua Brennon. D'ordinaire, dans ce type de meurtre, on frappe, on étrangle, on poignarde... tout, sauf des coups de feu. L'ordinateur estime le choix d'un pistolet trop impersonnel pour ce type de tueur.

– Le logiciel s'attendait à un objet requérant le toucher, un contact physique ?

– Exactement. Maintenant, lisez la deuxième question : le système demande si l'arme a été retrouvée sur les lieux, en d'autres termes il essaie de cerner la personnalité de l'individu.

– Comme un possible récidiviste ?

– Pas encore, mais c'est à cela que l'on aboutira. Si le tueur s'est servi de la première arme qu'il a trouvée – un couteau de cuisine ou le fil d'une lampe électrique –, cela nous oriente vers une personnalité plutôt désorganisée. S'il a amené son arme avec lui, ce qui est le cas ici, cela désigne un traqueur, quelqu'un de rusé. Si le traqueur portait un pistolet sur lui, ajouta-t-il en haussant les épaules, qui sait ce que le système va nous sortir ? Saisissez « pistolet de calibre 22... apporté sur la scène du crime par le tueur ».

– Nous en détenons la preuve matérielle ? insista Flores, non sans logique.

Brennon ouvrit le dossier et lui tendit un agrandissement noir et blanc produit par un microscope électronique à haut voltage, ou MEHV. La photo ressemblait à la surface d'une planète étrange en pleine explosion.

– Toutes les balles étaient de calibre 22, ce qu'on appelle des Hornet, production de masse, faciles à se procurer. La vitesse initiale est évaluée à un peu moins de 500 mètres/seconde. Pas de douilles ; ils n'ont récupéré que quelques fragments de balle comme celui-ci dans la langue de Diana Clayton et elle ne possédait pas de pistolet.

Ses mains tremblant légèrement, l'agent Flores tapa les données essentielles dans un formulaire affiché à l'écran. Il appuya sur *Enter*. L'écran se vida et un autre message apparut.

Entrée par effraction // Type d'effraction ? demanda la machine.

– Le logiciel compare le degré de sophistication des instruments utilisés par le tueur, en recherchant du matériel de cambrioleurs. Nous avons appliqué le même raisonnement, mais lui le fait sous une forme purement mathématique. Le programme assigne des niveaux de compétence basés sur le codage de différents outils. Malheureusement, nous n'avons rien à lui fournir, alors tapez *Inconnu*, indiqua-t-il en sortant un feuillet du dossier. Aucune trace d'entrée par effraction ; en réalité, aucune trace d'entrée du tout. Vous noterez également que les serrures de la maison sont enregistrées et qu'elles ont été installées par une entreprise agréée, qui affirme qu'aucune clef n'a été distribuée, excepté celles que l'on a retrouvées avec les corps.

Cela lui prit quelques instants, mais Flores commençait à comprendre la complexité de l'affaire et celle de la machine.

L'écran intégra les nouvelles données, se vida de nouveau et un autre message s'afficha :

Autres preuves matérielles notables ?

Brennon se tenait prêt.

– Deux fibres de Dacron récupérées entre les pattes de derrière de l'animal de compagnie de la famille. (Il marqua un temps d'arrêt.) Mettez Tofu, fit-il. Identifiez l'animal sous le nom de Tofu.

Flores le dévisagea.

– Le salopard... le malade ! cracha-t-il. Ce lapin se débattait de toutes ses forces et...

– ... le lapin, une femelle, a accroché le vêtement du tueur avec les griffes de ses pattes postérieures, nous laissant ainsi des données plus exploitables.

L'agent spécial venait d'achever la phrase du jeune analyste sur une note plus positive, en plaçant un autre cliché MEHV sur le bureau. Les fibres de Dacron y étaient reproduites, aussi poreuses que du gruyère, leurs contours évoquant des guêpes mutantes. L'agent Flores saisit lentement ces informations.

– On a aussi prélevé une dizaine de fils provenant d'une corde en nylon recueillie dans la chambre des enfants, examinés sous MEHV. Il doit exister vingt-cinq fabricants possibles de ces fibres aux États-Unis, davantage à l'étranger. On peut se les procurer n'importe où... accastillage, quincailleries, magasins de sport.

Le jeune diplômé tapa et l'écran avala les données.

Groupe sanguin du coupable // Code ADN ? fit le message suivant.

Brennon lâcha un soupir, sortit du dossier une série de rapports et de clichés.

– Preuves corporelles négligeables, fit-il. De la salive signalant un groupe AB positif, mais les techniciens du FBI n'en possèdent pas assez pour un décryptage ADN. Même pas un poil de sourcil. Il a dû se les protéger avec de l'adhésif ou alors il était complètement rasé, mais Jack pense plutôt qu'il portait une cagoule en Dacron.

L'agent Flores l'écoutait, le menton rentré.

– Alors elle a été violée, en conclut-il.

– Non, répondit l'autre, le visage figé, tel un masque froid. Tapez que nous ne possédons pas d'empreintes digitales ou de chaussures, pas de traces latentes.

Flores se leva, le visage et la nuque écarlates. Une véritable borne d'incendie humaine, moins d'un mètre soixante-dix, ses yeux noisette étaient vifs et ses lèvres charnues avaient l'air desséchées.

– Matt, est-ce qu'on va choper ce type ? demanda-t-il, avec une soudaine tristesse.

L'officier s'étira comme un chat, puis il désigna l'écriteau au-dessus de la porte.

– Ça se terminera comme l'a dit le commandant Dobbs, fit-il en souriant. Prenez une pause et je vais aller chercher du café.

Daniel Flores avait presque consacré une semaine entière à étudier les principales affaires traitées par le ViCAT, toutes les variétés de crimes violents que l'esprit humain était capable d'inventer, avec des détails d'une horrible crudité, des enquêtes qui allaient du viol multiple et de sévices à enfants jusqu'aux massacres de masse et aux meurtres en série. Grâce à l'ordinateur Mix Master, il avait déjà rencontré plus de monstres humains que la plupart des flics n'en croisaient de toute leur vie, et il continua de saisir les données, ou ce que le programme considérait comme un manque de données, l'écran absorbant les informations en temps réel.

Le processeur livra ses réponses et les yeux de Flores s'écarquillèrent d'horreur.

(1) Preuves matérielles négligeables au vu de la gravité du crime.

(2) Évaluation pré-médico-légale experte de la part du suspect.

(3) Officier de police ou des forces de l'ordre suspect probable.

Abasourdi, Daniel Flores recula son siège et se rua pour aller rejoindre son officier formateur.

5

16 H 40,
BANLIEUE DE WASHINGTON

C'était un chien d'âge indéterminé, car il avait été découvert, déjà adulte, en bordure de River Road, à Bethesda, Maryland, non loin du quartier huppé de Kenwood Forest.

C'était Elmer Janson qui l'avait déniché en rentrant de l'école à vélo, après avoir entendu un gémissement monter d'un fossé. Le garçon avait tiré l'animal blessé hors du trou, puis, se servant de sa veste comme d'une civière, il l'avait traîné sur plusieurs kilomètres jusqu'à la caserne des pompiers de Glen Echo. Un auxiliaire médical avait posé un garrot sur la patte avant gauche vilainement mutilée, stabilisé les signes vitaux de l'animal et appelé un vétérinaire. Selon un article paru dans le journal, c'était il y a deux ans et les banlieusards, à l'heure de pointe, n'avaient pas remarqué cet enfant qui progressait laborieusement le long de la route en tirant de toutes ses forces pour sauver un chien moribond.

– Et puis quoi encore ! maugréa l'homme au visage dur, à bord d'une Ford Crown Victoria marron clair, et un mollard vola par la fenêtre avant d'atterrir sur le parking du petit supermarché 7-Eleven. Un gosse qui traîne un berger allemand adulte le long de la route et personne ne se rend compte de rien ?

Il s'adressait au pare-brise sale en buvant une gorgée de son gobelet en plastique et il rangea la coupure de presse dans la poche poitrine de son sweat-shirt. Un flot de véhicules embouteillait déjà River Road et le scénario le plus probable, d'après lui, c'était que des centaines d'automobilistes avaient remarqué le geste de compassion de cet enfant, mais que tout le monde s'en foutait. *Ce serait tout à fait le genre de Bethesda*, songea-t-il, et de ses conducteurs qui juraient systématiquement comme des putains flouées, réagissant à la moindre provocation par des gestes obscènes. Et il se rappelait un avocat qui avait percuté un bus scolaire sur le flanc non sans continuer de déblatérer dans son téléphone de voiture avant de porter plainte contre le rectorat en prétextant que la couleur jaune, non réfléchissante, constituait un danger sur la route. C'était ça, le Bethesda qu'il connaissait. Il reluqua deux femmes en BMW rouge qui s'étaient garées et filaient maintenant vers l'entrée du supermarché dans un bruissement chic.

La plus grande des deux souffrait apparemment d'un écoulement post-nasal et se tiraillait la lèvre supérieure en se stimulant les gencives de l'index, les signes typiques de l'excès de cocaïne. Le cheveu blond sale, des fringues bleu foncé de marque, à peu près un mètre soixante-douze, dans les soixante-dix kilos, cicatrice discrète au menton, montre du style Rolex, ongles vernis rouge. Il les laissa passer en examinant son reflet dans le rétroviseur et en attrapant un paquet de Marlboro tout déformé sur le tableau de bord.

Il s'appelait Frank Rivers. À trente-huit ans, son ancienne allure de jeune Américain pur sucre s'était estompée sous les chairs fatiguées de l'âge mûr, laissant place à un personnage à l'air sévère. Le menton ferme semblait taillé à la serpe, les yeux juvéniles et agréables paraissaient désormais menaçants, d'un bleu perçant, quasi assassin. Le cheveu était épais, d'un jaune intense, celui du maïs mur, une auréole au sommet du crâne clairsemé révélant une cicatrice inquiétante qui serpentait vers le côté de la tête comme un ver pâle. Il se lécha la paume et se plaqua les cheveux en arrière des deux mains.

– Central, ici One-Echo-Twenty, fit-il posément dans le micro, son pouce actionnant avec impatience le commutateur dentelé.

– Allez-y, Echo-Twenty...

– Avis de recherche et mandats... (Il jeta un œil à la plaque d'immatriculation.) Victor-Alpha-Kilo, 5-2-5, Maryland, indiqua-t-il. Une BMW décapotable année 1987.

– Bien reçu, Echo-Twenty.

La radio se tut et il se replongea dans l'étude d'un dossier au nom de X, portant sur une femme non identifiée, des restes humains retrouvés au 178 County Plat, endroit plus connu sous le nom de River Bowl. Il reprit la chronologie.

Ces restes avaient été exhumés mardi dernier, l'affaire close jeudi. En deux jours, le médecin légiste du comté avait déterminé que les ossements déterrés par le jeune Elmer Janson appartenaient à une jeune fille décédée de causes inconnues à la fin du XIXe siècle, et c'était tout ce que l'on savait d'elle. À ce jour, vendredi 8 avril, Rivers savait que les autorités locales allaient classer ces ossements dans un tiroir, aux oubliettes, jusqu'à ce qu'une génération future fasse le ménage dans les archives du médecin légiste. Il revint à l'examen de la coupure de presse, un article consacré aux activités aventureuses d'Elmer et de sa famille. Ce papier était paru dans le cahier *Tempo* d'un grand quotidien de Washington, le lendemain de la découverte du garçon, et Rivers le parcourut avec attention.

Le père d'Elmer Janson y était décrit comme un mondain, un jet-setter qui préférait sillonner l'Europe plutôt que d'élever son enfant, et la rédaction de *Tempo* s'était mise en quatre pour étayer cette théorie. « Un vrai joueur, déclarait une source, le goût du risque pur et dur. » En plus de cela, la mère du garçon était un spécimen des plus croustillants.

« C'est une fêtarde, elle n'en a rien à faire de cet enfant, déclarait une voisine qui tenait à conserver son anonymat. Tout ça, c'est de la comédie, un mariage de convenance. Pas étonnant que ce garçon aille creuser dans les tombes, on devrait le placer dans un foyer... »

Rivers s'arrêta de lire pour cracher par la fenêtre, lâcha *Tempo* sur le siège et attrapa un rapport de police, histoire de confronter l'article de presse à la vérité des faits.

Après être allée voir la sépulture, la mère d'Elmer avait prévenu la police de Montgomery County, qui s'était adressée à la police d'État, et celle-ci avait informé le médecin légiste qui, à son tour, avait déclaré l'affaire sans intérêt. Le dossier avait été classé, décision de pure routine, et lorsque Rivers avait protesté auprès de son capitaine, on lui avait ordonné de se tenir à l'écart, au motif que toute investigation supplémentaire gâcherait de précieuses heures de travail.

Il secoua la tête. Si le corps avait été enterré cent ans plus tôt, comment se faisait-il qu'Elmer ait découvert le site si facilement, puis l'ait exhumé ? Il rechercha une datation des os réalisée au moyen d'une méthode ou une autre – radiocarbone, traçage isotopique –, mais il n'y avait qu'une demande. Les examens proprement dits n'avaient pas été effectués. Le comté ayant renoncé d'emblée à faire intervenir une équipe de la police scientifique pour mener des fouilles sur place, comment pouvaient-ils être certains que ce garçon n'avait pas découvert le corps ailleurs, se contentant de s'en débarrasser à cet endroit ? Et, autre aspect plus important, pourquoi personne n'avait l'air de se soucier de cette enfant morte, quelle que soit la date de son décès ? C'était là un mystère qui le dérangeait. Face à toutes ces questions qui lui assaillaient l'esprit, Rivers était de plus en plus ulcéré par l'intolérable médiocrité de cette investigation. Le contenu de ces pages d'apparence officielle transpirait l'incompétence.

– Central à Echo-Twenty, fit une voix de jeune fille dans le haut-parleur, le tirant de ses pensées au moment où les deux femmes quittaient le supermarché et se dirigeaient vers leur voiture.

– One-Echo-Twenty, allez-y.

Il cracha et son mollard luisant scintilla sur la chaussée.

– Immatriculation BMW, Dr Alan R. Munstein, pas d'avis de recherche, pas de mandats, lui répondit la standardiste.

Les épaules soudain lourdes, il regarda démarrer les deux bourgeoises sniffeuses de poudre. Il contracta la mâchoire. Il se sentait l'envie de les expédier dans l'autre monde à coups de pied.

– D'autres questions, Echo-Twenty ? le relança la voix féminine.

Il hésita.

– Négatif. One-Echo-Twenty terminé.

Elles passèrent devant lui sans se presser ; il en profita pour étudier leurs visages, et puis elles se rapprochèrent d'un véhicule de patrouille de la police de Montgomery County, s'arrêtant un instant pour flirter avec le conducteur. Gloussant comme deux écolières, elles planaient plus haut que des cerfs-volants.

La voiture de police traversa le parking du 7-Eleven, se gara, et un agent de forte stature, le ceinturon bas sur la panse, lui adressa un salut enjoué de la main en venant se dandiner à sa hauteur. À contrecœur, Rivers lui rendit son salut, remarquant non sans dégoût l'abdomen imposant, tout taché de sauce tomate, de l'agent en patrouille.

– Va t'empiffrer de cochonneries, Gros Lard, grinça-t-il sans desserrer les lèvres, en attendant que l'agent s'éloigne.

Il démarra et sortit du parking au ralenti. Plaçant un gyrophare portatif sur le tableau de bord, il s'engagea dans la circulation.

Il consulta sa montre : 16 h 50. La sortie de l'école était terminée depuis une heure. Il remonta sa vitre, força sur la sirène et les civils sur son passage le maudirent.

Frank Rivers fit le tour du pâté de maisons avant un dernier virage pour pénétrer dans la galerie marchande située en face du bowling désaffecté. Il gara la Crown Victoria face au croisement de River Road.

Descendant de voiture dans les ombres froides de la fin d'après-midi, il resserra les lacets de ses chaussures de jogging et vérifia discrètement la position du soleil. Pour les jeunes garçons, après l'école, c'était une heure délicieuse, se souvint-il, trop tôt pour se soucier des devoirs de l'après-dîner, mais assez tard pour lever la pression subie au contact des mathématiques modernes – enfin, quel que soit le nom qu'on avait encore pu leur inventer dernièrement. *Et si quelqu'un comprend les gamins du genre d'Elmer Janson, c'est bien moi, Frank Rivers*, se dit-il fièrement. Aucun gosse doté d'un peu de caractère ne se laisserait enfermer par une journée de début de printemps comme celle-ci.

Il examina rapidement la configuration du bâtiment, avant de se décider sur sa méthode d'approche – il contournerait la station-service Mobil par l'arrière. Depuis la partie surélevée de la chaussée, il pouvait apercevoir une ouverture grillagée, un terrain vague jonché d'ordures et ponctué de touffes de mauvaises herbes derrière un écriteau DÉFENSE DE JETER DES ORDURES. Il discernait à peine la silhouette d'un gamin au cheveu d'un roux léger, assis sur un bloc-moteur que l'on avait bazardé là, occupé à gratter la terre en cercles paresseux avec un bâton, tout en caressant un gros chien au pelage blond.

Rivers lâcha un sifflement feutré, puis attendit que le vent l'emporte tout là-bas. Le chien venait de relever son museau massif et il lui adressa un signe de tête.

Le policier partit aussitôt vers le bâtiment au petit trot, ni trop vite, ni trop lentement, une foulée sûre et régulière. De loin, le garçon observa l'aisance avec laquelle il se déplaçait sur le béton défoncé, parmi les éclats de verre et les détritus – avec une souplesse de chat, une force tranquille, une détermination presque prédatrice.

Tandis que l'homme se rapprochait, le jeune Elmer aperçut les yeux bleus perçants, le front impassible, en alerte, et il sentit son cœur battre à toute vitesse. L'inconnu s'avançait rapidement vers eux, sans cesser de surveiller sur sa droite, sur sa gauche et devant lui, jaugeant tout, ne manquant rien.

En quelques foulées, il franchit une ravine étroite, enjamba des flaques d'huile et d'acide de batterie, et subitement le garçon se leva, le cœur battant, les yeux rivés sur cette silhouette sombre et menaçante qui avançait prestement dans leur direction. Il y avait dans ses mouvements une nonchalance indiquant le danger, une foulée d'une aisance qui suggérait la tension.

C'était la tension d'un piège imminent. Saisi de frayeur, le garçon se retourna et commença à s'enfuir, mais l'homme escalada le grillage d'un bond puissant, atterrit avec légèreté sur la pointe des pieds et lui barra la route.

Elmer Janson trébucha, perdit l'équilibre en reculant et son chien gronda, les babines tremblantes.

Rivers se dressait au milieu de la décharge du haut de toute sa stature, mais pour le berger allemand il eut l'instinct de garder les mains bien visibles, les paumes tournées vers l'extérieur, le long du corps. Il s'adossa contre la clôture et son sourire révéla des dents blanches et régulières.

– C'est vraiment une belle bête, dit-il tranquillement, et le son de sa voix suffit à hérisser et rider l'échine de l'animal. (Rivers observa attentivement le gamin, qui fit une caresse apaisante dans la fourrure du chien et se redressa contre le bloc-moteur derrière lui, avant de s'épousseter.) J'ai eu un retriever, il y a longtemps, mais à mon avis il n'était pas aussi intelligent que ce berger, continua Rivers en faisant un pas. Je parie qu'il t'avait déjà signalé mon arrivée avant même que je ne me décide à venir te voir.

Le chien avança une patte, dans un équilibre parfait, quarante kilos de crocs dénudés et menaçants.

– Du calme, toi, chuchota l'enfant, en lui caressant les reins tout en levant fixement les yeux vers l'inconnu. Assis, dit-il encore, et l'animal obéit.

Rivers attendit. Il l'avait un peu bousculé, ce gosse, c'était intentionnel, et le gamin avait le cœur qui cognait, la respiration visiblement haletante.

– Vous êtes qui ? s'écria-t-il tout à coup.

À cette question, l'inconnu hocha pensivement la tête.

– Eh bien, fit-il lentement, d'après toi, qui suis-je, Elmer, ami ou ennemi ?

En entendant son nom, le gamin écarquilla ses yeux vert menthe et recula contre le bloc-moteur.

Rivers lui sourit de plus belle.

– À ton avis ! insista-t-il en adoptant une posture décontractée et en sortant une clope de sous son sweat-shirt.

D'un petit geste sec du pouce, il l'alluma.

– J'espère bien que vous êtes flic ! lui lança le garçon à toute allure, et sa voix s'étrangla.

Ce qui titilla Frank Rivers. Il eut un sourire affectueux.

– Tu as fait mouche du premier coup, petit mec, je suis flic, confirma-t-il.

Le garçon décolla prestement les fesses du moteur et se redressa, les yeux levés vers ce grand policier.

Rivers rectifia sa position, de manière à soigner son effet. Il avait beau mesurer un mètre quatre-vingt-cinq en chaussettes, il considérait que c'était à peine mieux que la moyenne.

– Vous n'avez pas l'air d'un flic, remarqua le garçon, méfiant. Les autres avec qui j'ai parlé, ils étaient en costume et en cravate – il baissa les yeux sur les chaussures de sport crasseuses, avec leur double nœud – et avaient des godasses de ville. (Ensuite, il pointa le doigt vers le globe rouge et l'ancre brodés sur son sweat-shirt gris à capuche.) Vous êtes un marine, en conclut-il, inquiet.

Rivers scruta les yeux de l'enfant : ils brûlaient des flammes de l'intelligence. Le petit l'observait avec prudence, puis il recula contre le V-8 rouillé, le grand chien dressé entre eux deux.

– J'ai été marine, Elmer, admit-il en recrachant un nuage de fumée. Je suis inspecteur dans la police du Maryland et je voudrais te parler.

– Et comment puis-je être sûr de ça ? lui lança-t-il, l'air tendu. Vous n'avez pas pris rendez-vous...

Rivers recracha une bouffée de sa cigarette.

– Je vais te montrer mon badge, lui proposa-t-il, et ma carte.

– Vous portez une arme ? continua le gamin, en allant droit au but.

Il lorgnait la hanche de l'homme, guettant un renflement, et le chien s'avança de quelques centimètres, sans bruit.

Bien sûr, songea Rivers, *à l'heure qu'il est, il a déjà vu tellement de badges qu'il s'en fiche.*

– Pistolet, badge, menottes, la panoplie complète, lui promit-il. Je vais me retourner, tu vas pouvoir jeter un œil, mais ne viens pas me coller de trop près. Si tu te jettes sur moi, là, je ferai bouffer un de mes pruneaux à ton chien. C'est clair ?

– C'est clair.

Et le garçon lui sourit, pour la première fois.

Rivers pivota, lui montra son flanc droit et souleva son sweat-shirt pour dévoiler un gros automatique à crosse en ivoire dans un holster en cuir fauve. Ce n'était pas un pétard de flic de quartier. Juste à côté, il avait deux lames-chargeurs remplies de .45 à pointe creuse, noires et mortelles, et un jeu de menottes Smith & Wesson dans leur pochette en cuir. Quand il se remit de face, la frimousse tachée de son du garçon lui souriait et même le chien à trois pattes tapait de la queue contre le sol. Rivers lui sourit à nouveau de toutes ses dents – *Garçons et chiens, armes et secrets*, songea-t-il. *Au moins, dans cette usine à névroses, certaines choses n'ont pas changé.*

– Je peux voir votre badge ? demanda timidement Elmer.

Il ne se fiait aux choses que s'il les maîtrisait.

– Pas question, je suis plus d'ac, fit Rivers. Je t'ai déjà mis un bout de ferraille des flics sous le nez, ça devrait suffire.

– Les flics, c'est rien qu'une bande de guimauves. Ce que je veux voir, c'est votre badge.

– Des guimauves ?

– Rien que du sucre et du vent, lâcha le gosse avec un sourire.

L'inspecteur s'esclaffa : ce môme était plus mûr que son âge.

– Tu disais que tu te moquais de voir mon badge. Tout ce qui t'intéresse, c'est les flingues.

– C'était tout à l'heure.

– Et maintenant, c'est plus pareil, hein ? (Il rit, et c'était un rire nostalgique – il se remémorait l'époque où les minutes s'écoulaient à une allure d'escargot.) Pas question, monsieur Janson, j'ai du boulot, moi, répliqua-t-il en gloussant, et il fit mine de s'éloigner.

Sans perdre un instant, le gamin lui emboîta le pas, calquant son allure sur la sienne, avec le chien qui trottait devant eux.

– Hé, là, attendez une minute, j'ai un autre marché à vous proposer... lança-t-il, et sa voix trahissait une pointe de solitude.

Rivers s'arrêta brusquement et fixa les yeux verts d'Elmer, un regard frontal et cinglant.

– Vous me laissez voir votre badge et je vous laisse caresser Tripode. Il est intelligent, je lui ai appris des tours...

Rivers réprima un rire.

– C'est son nom, Tripode ? C'est un nom génial. Il a l'air d'un berger belge.

– Il est à moitié loup.

Le gamin plaçait la barre encore un peu plus haut.

– Sans déconner ?

– Sans déconner.

– D'accord, acquiesça le policier, tu me présentes Tripode et je te confie ça un moment, mais ne t'avise pas de me filer entre les pattes.

Il sortit un étui en cuir noir de la poche poitrine de son sweat-shirt et, d'une chiquenaude, il bascula le rabat, découvrant une étoile à sept branches qui brillait d'un éclat jaune.

– C'est clair ? demanda-t-il en lui tendant l'étui.

– Ouah ! s'écria le garçon, tout excité, en empoignant le badge, puis il tira le chien par sa crinière. Tripode, regarde, c'est... (Il lut la carte d'identité logée dans l'étui.) L'inspecteur Francis Dale Rivers, police d'État du Maryland, unité des crimes violents...

Sa voix toute tremblante s'étrangla et sa gorge se serra.

– Frank pour les amis, ajouta calmement l'inspecteur.

Le garçon laissa échapper un soupir, les yeux rivés sur l'étoile étincelante.

– OK, fit-il en avalant sa salive, moi, je m'appelle Elmer Janson. (Il lui tendit la main, que Rivers serra avec fermeté.) Et lui – le garçon tira un coup sec sur le collier de l'animal, en le poussant de la hanche – c'est Tripode.

Le berger se redressa sur son arrière-train, révélant un poitrail tout blanc.

– Il voudrait vous serrer la main, fit Elmer.

Le policier plaça la sienne sous le museau de l'animal, paume vers le sol, puis il plia le genou et serra une patte droite bien velue.

– Tu es un bon gars, toi ! s'écria-t-il. Notre petit rouquin, là, c'est dans le fossé que tu l'as rencontré ? C'est ce que j'ai lu dans le journal, hein ?

Ses doigts grattèrent dans l'épaisse fourrure et il sentit que ce chien était souvent toiletté. Tripode agita la queue et souleva un petit tourbillon de poussière.

L'œil admiratif, le garçon inspecta longuement le badge, puis le laissa tomber au fond d'une de ses poches.

Avec le chien à sa hauteur, Elmer Janson, suivi de l'inspecteur, quitta le trottoir pour emprunter un petit terrain communal planté de gazon, puis ils remontèrent une allée bétonnée qui menait à la véranda de la maison des Janson, construite toute d'un bloc. C'était un bâtiment indépendant et spacieux, avec un petit jardin et un portail en fer forgé ; Rivers observa attentivement le garçon retirer un canif de sa poche de pantalon, puis une clef qui pendait à un seul anneau. Tripode frappant de la queue contre son jeans, ils grimpèrent les marches en quatrième vitesse.

– Frank ? demanda Elmer, un peu craintif, en introduisant la clef dans la serrure.

S'il avait insisté pour que l'inspecteur Rivers rencontre sa mère, cette requête paraissait maintenant le mettre mal à l'aise.

– Quel est le problème ? fit l'inspecteur avec sollicitude, en s'arrêtant près des marches, d'où il pouvait plonger le regard dans celui du garçon.

L'air à cran, Elmer serra les poings.

– Je viens juste de me rappeler que j'ai oublié mon vélo.

Rivers hocha la tête.

– On va parler avec ta mère, et ensuite je te raccompagnerai là-bas.

Le garçon se tourna vers la porte, tendit une main hésitante, s'arrêta de nouveau.

– Frank, reprit-il subitement avec un soupir, ma maman pose tout le temps plein de questions...

– Je comprends, fit Rivers, pensif, réfléchissant au dilemme du garçon. Et elle voudra savoir où tu as laissé ton vélo. Et tu n'as pas le droit d'aller au bowling ?

Elmer acquiesça.

– Elmer, ajouta Rivers, en s'avançant d'un pas. Ce ne sont pas mes affaires, mais pour cette fois, si elle pose la question, je te laisserai répondre.

– Merci, fit-il avec sincérité, et il se retourna pour introduire la clef dans la serrure, qui se déroba subitement.

Le battant venait de s'ouvrir en grand et une femme fit son apparition.

Le chien se dressa sur ses pattes de derrière pour la saluer en agitant vigoureusement la queue.

– Coucou, maman !

Aussitôt, Elmer, écarlate, laissa retomber son bras. Sa mère toisa l'inconnu du regard.

– Bonjour, répondit-elle, totalement inexpressive, avant d'attirer doucement son fils à elle, la main posée sur son épaule.

Le pouls de Rivers se mit aussitôt à pulser.

Il se trouvait face à une femme véritablement belle, ceinte d'un tablier rose constellé de farine et de miettes : mince et bien roulée, les cheveux blonds et brillants attachés très haut, en une curieuse petite queue-de-cheval. Convaincu que son souffle devait produire un râle gênant, il ravala sa salive afin de mieux contenir les palpitations qui l'agitaient.

– Bonjour, madame Janson, dit-il, incapable de regarder ailleurs. Se souvenant de sa mission, il palpa promptement ses poches à la recherche du badge qu'Elmer tendait déjà à sa mère.

– Maman, annonça-t-il fièrement, voici Frank. Il est policier de l'État.

Elle sourit imperceptiblement, prit le badge dans la main droite et l'examina en détail avant de comparer la photo avec l'inconnu qui se tenait devant eux. Elle avait des yeux verts, deux grands lacs miroitants qui flottaient au-dessus de Rivers, et une voix qui n'était pas moins fluide.

– Elmer est allé jouer autour du bowling ? lui demanda-t-elle, le visage soucieux.

Elle se pencha pour lui restituer sa pièce d'identité, alors que Rivers achevait à peine de fouiller ses poches, ce qui suscita en lui un petit rire intérieur silencieux.

– Ravi de vous rencontrer, madame Janson, fit-il en tendant une main qu'elle serra délicatement, et il sentit son sourire prudent lui chatouiller légèrement les côtes.

– Jessica, fit-elle en inclinant la tête.

– Maman, s'écria Elmer, est-ce que Frank peut rester dîner ?

Rivers sourit de toutes ses dents.

– Je passais juste vous poser quelques questions, expliqua-t-il. Je me suis dit qu'on aurait tout intérêt à venir d'abord se renseigner auprès de vous.

Elmer inclina la tête.

– Vous êtes au courant, n'est-ce pas, soupira-t-elle, que nous avons déjà longuement parlé aux inspecteurs du comté ?

– Je comprends, madame Janson, et je n'insisterai pas. J'ai habité pas loin d'ici, alors c'était juste par simple curiosité.

Il baissa brièvement les yeux. Le garçon avait du mal à tenir en place, il s'efforçait de conserver sa position et ses pieds en tremblaient presque.

– Il doit vous donner du fil à retordre. C'est une bonne chose qu'il ait un chien comme Tripode.

Le regard posé sur ce grand policier, Jessica caressait les cheveux si fins de son fils et ses yeux verts s'emplirent de fierté.

– Avez-vous des enfants ? demanda-t-elle doucement.

Rivers secoua la tête.

– Non, madame, je ne suis pas marié.

– Ces derniers mois, Elmer est devenu explorateur, et avant cela, il était cascadeur, expliqua-t-elle. Mais ses intentions ne sont pas mauvaises.

– Oh, ça, je sais, madame Janson ! (Il lui sourit avec chaleur.) C'est un honneur d'avoir fait sa connaissance.

Elle acquiesça.

– Si vous n'y voyez pas d'inconvénients, je vais accompagner Elmer pour récupérer sa bicyclette. Je lui poserai quelques questions et ensuite je repartirai de mon côté. Je suis désolé du dérangement.

Rivers sentit ses yeux l'envelopper, le considérer véritablement, pour la première fois – elle le jaugeait. Il se demanda ce qu'elle voyait, regrettant subitement de ne pas s'être mieux habillé – et puis il s'aperçut qu'il se retenait de respirer. Cessant de bloquer son souffle, il laissa échapper un filet d'air de ses poumons.

– Si vous voulez rester, vous êtes le bienvenu, lui proposa-t-elle, en prenant Elmer par la main.

– Merci, maman ! s'exclama le garçon tout sourires, et il rejoignit instantanément Rivers à l'autre bout de la petite véranda. Hé, Frank, annonça-t-il, aux anges, pour le dessert, on aura une tarte préparée par maman...

Il était presque 19 heures lorsqu'il raccompagna Elmer chez lui et le garçon l'avait encore supplié de rester dîner. L'inspecteur avait décliné son invitation et il avait lu la déception dans ses yeux.

– Une autre fois, lui avait-il promis, et il s'était demandé ce qui avait pu changer aussi radicalement, dans une société aussi riche, pour qu'un jeune garçon ait pour meilleur ami un bâtard abandonné dans la solitude d'un bâtiment désaffecté. Il ignorait la réponse et cela lui laissait une sensation de vide ; il en attribuait la faute à Bethesda.

C'était un endroit étrange, aliénant, prétentieux, une banlieue dortoir de Washington où des adultes au comportement odieux avaient rarement à répondre de leurs actes – et ceux qui jouissaient de l'immunité diplomatique, jamais. C'était jadis un modeste village assoupi du Sud, mais par la suite, en vingt petites années, la ville avait connu une expansion tentaculaire, jusqu'à ce que cette concentration urbaine d'une extrême densité finisse par craquer le long de ses coutures bétonnées pour former brusquement une mégabanlieue, alors que, au sens strict du terme, Bethesda n'était jamais qu'une ville comme une autre, sans en détenir le titre. Bethesda était une cité sans âme.

C'était peut-être ça, songea-t-il : le petit Elmer Janson et son chien à trois pattes étaient l'âme d'une ville qui, par ailleurs, était totalement impitoyable et indifférente. En vérité, le geste de générosité d'Elmer avait en partie restauré sa foi dans cette ville où il avait grandi. Pas sa foi en l'humanité : il l'avait perdue il y a bien longtemps.

– C'était ici qu'ils se garaient, Frank ! s'était exclamé Elmer, surexcité, en le conduisant par la main pour lui montrer les vestiges d'une Pontiac GTO modèle 1964 incendiée qui avait fini par rouiller, tout en parlant de la grande époque du bowling, quand les gens roulaient au volant de ces voitures surpuissantes. Ils jouaient au bowling jusqu'à la fermeture et ils improvisaient des courses de dragsters toute la soirée.

L'inspecteur avait souri au souvenir de ces années-là et il avait eu droit à la visite complète, inspecté la fosse où l'on avait retrouvé les ossements, piétiné les mauvaises herbes qui avaient poussé dans les fissures de l'asphalte, examiné chaque centimètre carré du repaire d'Elmer. Sur le chemin du retour, le garçon, son chien à ses côtés, lui demanda s'il pouvait garder l'étoile dorée.

– Ils ne vous la donnent pas en double ?

– Non, un inspecteur n'a qu'un seul insigne et il est en or véritable, un objet très précieux.

– On peut échanger ?

– Aucun marché possible là-dessus.

Mais le gamin lui avait fait la meilleure offre qui soit.

– J'ai une pièce qui est vraiment très, très ancienne, lui annonça-t-il fièrement. Elle date de la guerre de Sécession, elle est unique. Je me suis vraiment donné du mal pour l'avoir.

– Alors il faut que tu la gardes, que tu la conserves avec toi, si jamais tu avais besoin de l'échanger un jour contre autre chose de mieux.

Sans avertissement, l'enfant s'arrêta pour se tourner vers le chien à la robe chamois.

– Tripode, assis ! lui ordonna-t-il. (L'animal obéit et Elmer déboucla son collier en cuir, le lui retira.) Regardez, Frank – il lui tendit le collier en le tenant par sa plaque d'identité. Regardez cette pièce, je l'ai donnée à Tripode, c'est écrit dessus *L'Union Doit Être Préservée et Le Sera !*

Rivers était fasciné. Elle était de la taille d'une pièce de vingt-cinq cents. Sur une face, il y avait une cabane autour de laquelle s'enroulait un serpent, avec ces mots, *Prends garde*, inscrits en bas. Elle ne comportait aucune indication monétaire. Il se demanda d'où elle venait, ce qu'elle faisait accrochée au collier de ce chien. Elle devait avoir une grande valeur. Les parents d'Elmer étaient-ils au courant ? Une odeur s'en dégageait.

– Elle appartenait à un esclave, décréta le petit historien en herbe, elle vaut une fortune. Allez, on échange !

– Une fortune, j'en suis convaincu, fit Rivers, avec un sourire songeur. D'où vient-elle ?

– Ça reste entre nous ?

– Bien sûr.

– Entre nous et personne d'autre ?

L'inspecteur sentait un truc qui clochait : l'enfant évitait de croiser son regard. Il avait d'abord été très impatient et il était maintenant réticent.

– Elmer, dis-moi d'où vient cette pièce. S'il y a un souci, je pourrai t'aider.

Savoir si quelqu'un était digne de sa confiance n'était pas une mince affaire ; pendant qu'ils longeaient le pâté de maisons en direction du lotissement de Ridgewell Hamlet, Elmer réfléchit à ce grand policier en tenue de jogging, aux histoires que Frank venait de lui raconter sur Bethesda quand il était enfant et surtout celle du braqueur de banque dont la voiture était tombée en panne et qu'il avait pris en stop, et à d'autres dans River Road, avant les immeubles de bureaux et les galeries marchandes. Cet inconnu avait passé du temps avec eux, il lui avait confié son unique insigne et ce n'était pas un blason argenté comme les autres. Frank Rivers était un vrai flic. Et Tripode l'aimait bien. Et c'était encore lui le meilleur juge, en fin de compte.

– Vous promettez de ne rien répéter ? lui fit jurer le garçon.

– Je te promets que, si jamais tu as besoin d'un équipier, tu peux compter sur moi.

L'enfant avait l'air anxieux ; il rechignait à avancer et il finit par s'arrêter.

– J'ai menti aux policiers du comté, bredouilla-t-il.

C'était dit sans détour, la vérité brute.

– Et ils m'ont posé la question, ajouta-t-il timidement.

– Donc tu leur as menti, reprit Rivers, et il s'accroupit, les coudes calés sur les genoux, en regardant le gamin droit dans les yeux. Tu as menti à quel sujet, Elmer ? Tu as trouvé cette pièce dans la tombe ?

Le petit hocha la tête.

– Ils ont demandé à ma mère si j'avais trouvé quelque chose d'autre et ensuite elle m'a posé la question, et ça m'a semblé... moins important, comme une sorte de rumeur, comme si ça ne me concernait pas. Et on m'a toujours dit de ne pas me mêler des rumeurs... alors j'ai répondu que non. Voilà, c'est tout.

Rivers s'aperçut que sa logique renfermait une curieuse vérité.

– Très bien, fit-il, cherchant à approfondir, et de quoi s'agit-il, au juste ?

– De la pièce ! lança le garçon, le visage saisi d'inquiétude. (Rivers remarqua que ses yeux verts devenaient vitreux et que les larmes affleuraient sous la surface.) C'est à ce sujet que j'ai menti, déclara-t-il avec solennité. La pièce était attachée au corps par une chaîne, sauf qu'au début je le savais pas. Vraiment, je savais pas. Je leur ai dit que c'était Tripode qui avait trouvé les os. J'ai un détecteur de métaux et...

– Tu n'as aucun souci à te faire, Elmer, personne ne te reprochera rien, le rassura-t-il. Je crois que j'ai compris. Tu te servais de ton détecteur de métaux et la pièce l'a déclenché ?

– Oui, monsieur, confirma Elmer. Ensuite, j'ai creusé et je l'ai trouvée. Elle était attachée par une chaîne, alors j'ai tiré dessus pour la dégager. Ensuite, je l'ai nettoyée... (Il avait la voix tremblante.) Tripode s'est mis à aboyer et c'est là que j'ai découvert...

– Les os ?

Le gamin acquiesça.

– Et tu ne crois pas que tu devrais me raconter ce que tu as trouvé d'autre ?

Elmer secoua la tête.

– Des bâtons bizarres, c'est tout, ils étaient piqués dessus, ils dépassaient, juste à côté de la pièce. Je crois que les esclaves s'en servaient comme monnaie d'échange.

Le policier se concentra sur ce mystère qui ne cessait de s'épaissir. Le garçon était au courant de quelque chose, mais de quoi ?

– Elmer, reprit-il, pourquoi es-tu si sûr que ces bâtonnets et cette pièce appartenaient à des esclaves ?

Le gosse se tortilla. Il respira très fort. Il se massa la nuque et se pinça une oreille.

– La date qui figure sur la pièce, c'est 1863, et dans ce temps-là, ici, c'était le Sud, avec rien que des rebelles et des esclaves. Les sudistes ont enterré un esclave là-bas. Et moi, j'ai pillé une tombe.

Une violation de sépulture devant un club de bowling ? Rivers hocha la tête. Le pauvre gosse croyait vraiment avoir commis un grave délit.

– Elmer, dit-il, il est impossible de savoir d'où vient ce corps, mais tu n'as violé aucune sépulture. Tu explorais, il n'y a aucune loi contre ça. Parle-moi de ces bâtons. Il y en avait combien ?

Il sortit une Marlboro, qu'il alluma avec un Zippo tout cabossé.

– Dix, mais il y en a deux qui sont cassés. Il y en avait qui étaient plantés profond dans la terre et j'ai dû aller chercher une pince pour tirer dessus.

Rivers repensa à une mention accessoire, dans le rapport de la police du comté, une allusion à un orifice pratiqué dans le crâne *post mortem*, demeuré inexpliqué.

– C'est sûr que j'aimerais bien t'emprunter ta collection, si cela ne t'ennuie pas.

– Tripode et moi, on va avoir des embêtements ?

– Pas le moindre embêtement. D'ici quelques jours, je reviendrai te voir.

– Super. (Un sourire lui éclaira de nouveau le visage.) Pourquoi vous les voulez ? ajouta-t-il d'une voix déjà plus hésitante.

Le policier lui sourit à son tour.

– Juste histoire de pouvoir attraper un plus gros poisson. Tu n'es jamais allé à la pêche ?

Le gamin secoua la tête.

Rivers lui ébouriffa ses cheveux roux et en même temps se pencha pour gratter le poitrail de Tripode.

– Alors demande à tes parents si je peux t'emmener pêcher.

Le visage rayonnant, Elmer courut en haut de la rue, vers sa maison, le chien à trois pattes le suivant comme son ombre, et Rivers les regarda disparaître au bout du trottoir.

L'idée d'un enfant mort, oublié durant toutes ces années, et dont on se serait débarrassé sous la surface d'un parking jadis très fréquenté, cela n'avait aucun sens. Ces trois dernières décennies, pas un centimètre carré du sol de Bethesda qui n'ait été creusé au moins une fois pour y recevoir les fondations de cette banlieue et, autant qu'il se souvienne, le bowling n'y faisait pas exception. Quelle que soit l'hypothèse – un site archéologique qu'auraient épargné les engins de terrassement, un enfant de la guerre de Sécession inhumé jadis, une tombe de fortune pour la victime d'un meurtre ancien –, l'idée lui laissait un goût saumâtre, comme une gorgée de litière pour chat souillée. Et d'après ce qu'Elmer lui en avait montré, la sépulture était peu profonde – on était très loin du mètre quatre-vingts requis par les lois sanitaires du XIXe siècle.

Le duo fut de retour avant qu'il ait pu terminer sa cigarette et Elmer Janson lui tendait un sac en papier kraft tout moucheté d'argile séchée.

– C'est tout ce que j'ai, annonça-t-il, tout essoufflé. Ma mère m'a dit que je devais rentrer... Avant qu'on aille pêcher, il faut qu'elle vous reparle... vous pouvez rester pour le dîner ? S'il vous plaît ? Vous pouvez rester dîner, Frank ?

– Une autre fois, répondit-il, et il entendit l'enfant qui respirait péniblement et vit sa lèvre inférieure trembler.

– Qu'est-ce qui ne va pas ? lui glissa-t-il doucement, alors qu'Elmer se détournait déjà pour repartir.

– Vous croyez à tous ces mensonges sur nous, lâcha-t-il amèrement et, d'une seule enjambée de géant, Rivers lui coupa toute retraite.

– Tu parles de l'article dans *Tempo* ?

Le garçon acquiesça en silence.

– C'est juste Washington qui s'écoute causer, ne prends pas ça au sérieux, dit-il, mais les yeux du gamin n'en étaient pas moins humides et lourds de questions.

– Alors pourquoi ils racontent des trucs pour faire du mal aux gens, pourquoi ils impriment des rumeurs ?

Ce ne fut pas cette question qui donna de quoi réfléchir à Rivers, mais la voix innocente de l'enfant qui lui transperça le cœur et il se dit : *Parce que pour alimenter leur sale mécanique, ils ont besoin de carburant, Elmer. N'essaie pas de comprendre ce qui les démange, leurs ricanements à la lecture des notices nécrologiques du petit déjeuner, leur soif de souffrance humaine qui n'est jamais étanchée.* Il baissa les yeux sur le gamin et lui caressa les cheveux.

– Ils font du mal parce qu'ils ne savent rien faire d'autre, lui dit calmement Frank Rivers, et il s'en fut, juste une ombre parmi les ombres dans le jour qui s'éteignait autour d'eux.

6

19 H 45,
ROCKVILLE, MARYLAND

Pour peu que l'on s'y intéressât, on savait que le commissariat de police d'État du Maryland, à Rockville Pike, était jadis considéré comme un avant-poste désolé du bout du monde. Cet édifice de brique tout en longueur était perché sur une petite éminence, au milieu de la campagne vallonnée, loin de la trop célèbre Washington Beltway, de sa banlieue proliférante et destructrice.

C'était un petit endroit sans histoires, jusqu'à ce jour de 1976 où des vandales avaient dérobé l'unique distributeur de Coca du poste. Rétrospectivement, cet acte marquait la sinistre irruption de la grande ville dans ce coin paisible et, pour le poste de police, la fin de la tranquillité. En 1980, l'explosion démographique avait repoussé la frontière entre le district de Columbia et l'État du Maryland de près de cinquante kilomètres, jusqu'à la porte d'entrée du commissariat, et les choses changèrent pour ainsi dire du jour au lendemain.

On avait abattu des cloisons, ajouté des annexes, asphalté des aires de stationnement, relevé les plafonds et embauché des décorateurs pour peaufiner l'espace intérieur. En raison de son emplacement stratégique, non loin de l'agglomération tentaculaire réunissant Bethesda, Rockville, Gaithersburg et Wheaton, l'antenne de police n° 4 était devenue le quartier général de la police d'État du Maryland, un département à part entière, que rien ne différenciait de n'importe lequel de ces centres névralgiques concentrant sur eux tous les troubles du milieu urbain. Rassemblant son courage, Frank Rivers poussa les portes vitrées modernes pour faire face à la cohue d'une communauté agressive.

Pour un poste de police, le hall d'accueil était plutôt cossu et meublé avec soin, moquetté de bout en bout, banquettes, tables basses et tableaux idylliques de paysages disparus. Il fit son entrée dans une cacophonie de dealers de mauvaise poudre, de prostituées agrippées à leurs reçus de carte de crédit, d'étrangers en situation irrégulière, de voleurs et de pickpockets, de chauffards et d'ivrognes – toutes les variétés de losers imaginables que l'on pouvait interpeller lors d'une banale journée de travail en grande banlieue. De leurs voix querelleuses, ils faisaient valoir leur droit à une procédure accélérée, exigeant des actes de la part d'une bureaucratie indifférente et incapable de trouver des solutions rapides. Au milieu de ce vacarme, Frank reconnut l'aboiement familier du sergent Sven Tompkins, l'agent de permanence en uniforme qui avait le courage de traiter les plaintes dans l'ordre strict de leur numéro d'appel.

– Attendez votre tour !

Il pointait un gros index vers un automobiliste d'âge mûr qui s'approchait dans son costume bien coupé. Rivers reconnut l'archétype de l'automobiliste non assuré.

Dans des endroits comme l'annexe 4, le véritable caractère de Bethesda remontait très vite à la surface et cela n'avait généralement rien de très plaisant.

– Numéro 31.

Tompkins agita un ticket en l'air et une famille se précipita, libérant deux banquettes complètes. La mère, le père et cinq enfants mineurs, tous impeccablement habillés, se dirigèrent vers le bureau, encerclant au passage Frank Rivers, comme une colonne de fourmis affairées contournant un arbre. Il lui avait fallu quasiment une heure pour parcourir les vingt kilomètres depuis le domicile d'Elmer Janson et se retrouver de nouveau contraint au ralentissement ne le désarçonnait pas. En tendant son long bras, il attrapa une pile de messages sur le bureau, en haussant le sourcil à l'intention du sergent, visiblement las.

– Allez jeter un œil aux cellules, lui conseilla l'officier à la forte carrure.

Hochant la tête, Rivers s'avança, esquiva des civils, contourna des joujoux et des bambins, franchit une porte à deux battants pour pénétrer dans un couloir qui menait vers l'arrière du bâtiment. Il fit une halte aux toilettes pour se soulager : il était en train de secouer la chose devant l'urinoir, pour déclencher le flux, quand il entendit un gémissement étrange monter du fond de la rangée de cabines. Il reconnut ce bruit, qui ressemblait au râle mortel d'un petit animal.

– Est-ce que ça va, mon pote ? demanda-t-il avec un sourire.

– Putain de boyaux, éructa la voix depuis une cabine du fond, et Rivers capta les bruits éloquents d'un flacon de Maalox qu'on débouchait et des comprimés de la taille d'un oreiller que mâchaient des molaires voraces.

– Ça boume, capitaine ? s'enquit-il, flegmatique, en tirant la chasse. C'est Frank Rivers.

– Ah, salut, Frank. Comment se passent les interrogatoires ? Du solide, des trucs qu'on peut exploiter ?

Le capitaine Maxwell Drury, chef de la police d'État du Maryland, avait une voix qui évoquait le son du gravier passé au mixeur.

– Vous êtes là, Frank ? gronda-t-il.

– Max, j'ai épluché votre Miss X et vous avez un gros souci, là, déclara Rivers avec circonspection. Il se peut qu'on soit tombé sur un...

– Oh, bon Dieu, Frank ! grogna l'autre, en frappant la cloison des toilettes du plat de la main. C'est à ça que vous vous êtes occupé ? s'emporta son supérieur. Miss X, ce n'est pas une affaire, c'est un site archéologique. Vous avez quitté votre unité depuis 14 heures et je vous avais prié de revérifier les sources au sujet des Clayton. Vous étiez censé aller en costume cravate causer avec les voisins. Pourquoi, gémit-il depuis son box, bon sang mais pourquoi êtes-vous incapable de respecter les instructions ?

Rivers s'adossa contre les lavabos, s'alluma une cigarette en attendant que le vieux ait terminé. Dans ce silence gênant, il haussa les épaules.

– Écoutez, Max, le gamin qui a trouvé les ossements nous a caché des choses. J'ai besoin du rapport complet du labo d'analyses, il ne figure pas dans le dossier...

– Non ! On a d'autres problèmes, et des vrais, le coupa l'autre. Frank, oubliez ce merdier. Je vous en prie, je vous en supplie... Je suis en train de crever, moi, là-dedans. Pourquoi vous me martyrisez comme ça ? Le meurtre des Clayton est en train de chauffer la presse à bloc et j'ai passé ma journée à esquiver les coups de fil. Attendez de voir les infos de ce soir, ces vers de terre s'en donnent à cœur joie. L'enterrement a donné lieu à un vrai cirque médiatique...

Le capitaine croqua un autre comprimé.

– Max, je crois que la petite Miss X a été torturée. J'ai récupéré des matériaux, lâcha froidement Rivers.

– Quoi ? (Drury aspira entre ses dents tout en mâchant.) OK, Frank, de quoi s'agit-il, au juste ?

– Dans son rapport, le médecin légiste fait une vague allusion à des perforations crâniennes, sauf qu'il indique qu'elles ont été causées par des vers ou quelque chose dans ce goût-là, *post mortem*, longtemps après le décès. J'ai besoin d'examiner le crâne.

– Ah, non, Frank, pas question ! tonna la voix, répercutée par l'écho. Ce sac d'os est assez minuscule pour tenir dans la main. Oubliez ça, elle est morte depuis cent ans, d'accord ? On n'a pas le temps. Tout cela est très déplaisant, mais n'avancerait à rien.

Rivers l'entendit actionner la chasse d'eau et se retourna vers les miroirs, histoire de vérifier son sourire. Le capitaine Drury fit son apparition, le visage couleur de cendre, les traits tirés.

Il était petit mais bien habillé, une coupe en brosse qui virait au gris sur la frange avec une calvitie naissante. Son uniforme vert bouteille était taillé sur mesure et constellé d'étoiles dorées aux épaulettes. En se penchant au-dessus du lavabo pour régler le jet du robinet, il fusilla Rivers du regard, dans le miroir.

– Vous avez déjà deux inspecteurs sur les Clayton, Max. Quelques minutes de mon temps, ça représente quoi ? En plus, on a ordonné un test de datation au carbone et on n'a pas encore le retour du labo.

Drury secoua la tête, excédé.

– Admettons qu'elle ait été assassinée. Cela signifie que le tueur a mené une existence bien remplie et qu'il est mort dans son lit... il y a de ça cinquante ans, Frank ! (Il planta de nouveau son regard dans celui de Rivers, qui tripotait un sac en papier.) Si je ne vous connaissais pas, je dirais que vous essayez de faire dérailler l'enquête. Tout cela est très contre-productif.

L'inspecteur tira une poignée de serviettes d'un distributeur en métal émaillé et les tendit à Drury. Le capitaine en imbiba une sous le robinet et s'en tamponna la figure, le cou et le sommet du crâne. Rivers en profita pour sortir en vitesse du sac l'une des chevilles en bois d'Elmer Janson et l'examina une seconde fois.

Il y en avait dix, toutes identiques, comme des baguettes chinoises. Elles étaient de section carrée, plus épaisses à une extrémité, effilées à l'autre, pour s'achever en une pointe aussi acérée qu'un pic à glace, même après être restées enfouies dans l'argile humide pendant toutes ces années. Il en plaça une en équilibre sur son doigt et la pointe, ou ce qu'il prenait pour tel, bascula.

– Elles ressemblent à de petites piques, capitaine, remarqua-t-il en détachant ses mots, de manière à attirer l'attention de son supérieur. On a déjà vu des instruments similaires en 1968. Utilisés avec une corde mouillée, très efficaces pour soutirer des informations. Je me souviens, nous avions retrouvé un type du 3e peloton, il parlait encore quand...

Le capitaine lui lança un regard furibond.

– La Corée, c'était tout aussi cruel, Frank, marmonna-t-il. Demain, à la première heure, je vous colle aux stups. Sur ce coup-là, je suis vraiment en colère.

– Max, fit Rivers prudemment, c'est qui votre type du service qui suit les Clayton ?

– Frank, pourquoi vous me poussez à bout ? (Il se tourna vers son inspecteur.) J'ai de sérieux problèmes.

– Balancez tout dans la machine et voyons un peu ce qui en ressort.

La formule eut le don de hérisser Drury qui le dévisagea, avant de masser son ventre douloureux.

– Vous avez vu ces ossements ? reprit Rivers, en le suivant comme son ombre, lui emboîtant le pas jusque dans son bureau.

Drury secoua la tête en soupirant et regagna son fauteuil pivotant juste à l'instant où une secrétaire venait lui remettre un formulaire. Tout en réfléchissant aux propos de Frank Rivers, il parcourut rapidement un mandat de perquisition concernant une affaire de stupéfiants. Drury connaissait le jeu de son subordonné : la guerre d'usure. Ce salopard adorait tanner les gens.

– Oui, Frank, je les ai vus, répliqua-t-il sans s'énerver. J'ai examiné ces ossements et il n'y a rien là-dedans, rien du tout, vous essayez de m'embobiner, ajouta-t-il en apposant sa signature, mais sur la mauvaise ligne. Bordel ! cracha-t-il, les yeux rivés sur le document, avant de le tendre à la grande policière en uniforme vert de l'État.

– Je suis navré, s'excusa-t-il, vous pouvez me blanchir ça ?

La secrétaire sourit mollement et ressortit avec le mandat à la main, tandis que Drury guettait du regard Rivers qui souriait, la mine faussement contrite.

– C'est bon, Frank, une chance, une seule. À la première heure demain matin, vous passez le quartier des Clayton au peigne fin.

– Dites-le-lui, s'il vous plaît.

– Dire quoi à qui ?

– Dites-le à votre ami. J'ai entendu par la standardiste que le ViCAT s'en mêlait, cela n'a rien de secret. Vous avez bien été formé avec ces vieux fossiles ?

– Avec un vieux fossile, oui, Frank, et je vous souhaite de vivre aussi longtemps que lui.

– Dites-lui, capitaine, que j'ai un mauvais pressentiment sur toute cette histoire...

– Seigneur Jésus, à quoi ça rime, Frank ? (Drury se leva d'un bond et, très en colère, se mit à faire les cent pas derrière son bureau.) Je vais lui dire quoi ? Que je suis incapable de contrôler mes troupes ? Moi aussi, j'ai un mauvais pressentiment – il se frappa le ventre –, le sentiment que ce détraqué va encore tuer, et si ce n'est pas ici, ce sera ailleurs. Alors vous voulez que je lui raconte quoi, que vous me tapez franchement sur les nerfs ?

Rivers planta ses yeux dans ceux de son chef.

– Max, j'ignore de quoi il s'agit, mais je suis absolument certain de tenir quelque chose, fit-il d'un ton pressant. Dites-lui que le vieux principe des générations sonne juste, du style tel père, tel fils, tel petit-fils, tel arrière-petit-fils... Bon sang, capitaine, je ne sais pas quoi dire, moi, sinon je vous le dirais. Racontez-lui juste que nous, les policiers en patrouille, on ne croit pas aux coïncidences... qu'on a un meurtre très bizarroïde sur les bras, à moins de deux kilomètres de l'endroit où les Clayton ont été tués.

– Mais oui, Frank, on va lui dire ça, fit Drury, et son mensonge suait le sarcasme.

Se penchant sur son bureau, il tria les messages qui s'y étaient accumulés et en laissa retomber quelques-uns dans la corbeille, comme s'il distribuait des cartes.

– Pouvez-vous prendre le risque de ne rien faire ?

Son chef l'ignora.

– Et si vous vous trompiez, Max ? insista-t-il, sa voix résonnant de la sensation calme et inquiète de l'échec.

Le capitaine examina la chose en profondeur, ce qui prit à peu près le temps qu'il fallut à Frank Rivers pour quitter la pièce.

7

18 h 10,
Sarasota, Floride

– Quelle salope, siffla Gregory Corless, un individu mou, la cinquantaine obèse, en s'éloignant à pied du Bakker's Diner, sur l'Interstate 41. Il faisait encore doux, autour de 22 degrés, une température normale pour la saison, en ce début d'avril. L'index de sa main droite s'engouffrait sans arrêt à l'intérieur de ses joues naturellement rouges et bouffies : il se curait les dents de devant, où il récoltait des reliquats de ragoût de mouton.

– Tu as entendu ce qu'elle a répondu, quand j'ai réclamé un cure-dents ?

– Non, Greg, je n'ai pas entendu, répliqua Seymor Blatt, un type anguleux, le cou maigre et le larynx disproportionné qui évoquait un caillou coincé dans un tuyau en caoutchouc.

– Payez-vous une brosse à dents ! fit Corless avec hargne. Cette salope m'a dit d'aller me payer une brosse à dents, bordel.

– Moi, je l'ai bien baisée, balança Blatt fièrement alors qu'ils traversaient le parking.

– Toi, t'es incapable de baiser qui que ce soit.

Corless ricana et aussitôt Blatt rougit sous l'insulte.

– Je lui ai filé 5 % de pourboire, à cette sale pute.

– Ouais, fit Corless en s'arrêtant, ce qu'il lui faut, c'est une bonne raclée et se la faire mettre bien profond.

Le duo s'arrêta à la hauteur d'un van Dodge blanc et Corless fouilla dans les poches de son pantalon bleu pastel trop étroit pour sa grosse carcasse. Remuant les clefs, il fit ensuite coulisser la portière latérale. Il récupéra un blouson de sport bleu foncé à boutons dorés, suspendu à un crochet.

– Faut que je conduise ? demanda Blatt.

– Toi, tu vas lire le plan, siffla Corless, en enfilant son blouson. Allons-y pour le ménage.

Et, avec l'efficacité d'un binôme surentraîné, ils rampèrent dans la cabine et jetèrent dehors les emballages, les gobelets vides et les vieux journaux qu'ils avaient accumulés sur tout le trajet. Seymor Blatt inspectait sous le siège du conducteur quand sa main rencontra l'un des trophées de Greg et cela lui rappela le ton railleur que Corless avait employé avec lui toute la journée.

– Celle-là, avant de la balancer, on ferait mieux de la déchirer en petits morceaux, glissa-t-il avec un sourire.

Quand il parlait, sa pomme d'Adam remuait de bas en haut.

Affalé sur le tapis de sol, Gregory Corless jeta un bref regard à la photo d'une fille entièrement nue, avec pour seuls atours un collier et une laisse. Son visage gras se figea en un masque de haine.

– Je te crèverai ! souffla-t-il d'une voix sourde et posée. Je te crèverai, jusqu'à ce que tu me supplies de mourir !

Sans un mot, Seymor Blatt remit la photo là où il l'avait trouvée, sous le siège de Greg, et non pas dans la boîte à l'arrière du van, avec les autres. Il avait trop peur de lui pour contester quoi que ce soit. Avec un pistolet, un couteau ou une matraque, le gros Corless était l'homme le plus effrayant qu'il ait jamais rencontré, un parfait Père Noël, mais avec une passion pour la haine et la violence. S'il y avait bien une chose qu'il savait concernant son associé, c'était que Gregory Corless ne proférait jamais une menace sans être prêt à la mettre à exécution.

– Je plaisante, fit Blatt en reniflant.

– Jette donc un œil sur elle, lui ordonna son acolyte en s'installant au volant et en attachant sa ceinture.

Blatt écarta le rideau des sièges et frappa un coup sur la forme enveloppée dans une vieille couverture, derrière Corless. Il y eut du mouvement et un geignement.

– Ça va, assura Blatt en se retournant, et puis il ouvrit le guide Rand McNally.

L'obèse le dévisagea avec mépris.

– Ta dernière chance, décréta-t-il d'une voix blanche.

Mais Blatt ne réagit pas ; il se contenta de regarder fixement par la fenêtre les personnes qui déjeunaient dans ce restaurant de bord de route. Lors de ses expéditions avec le gros Corless, il passait beaucoup de temps à observer les gens. Et, après toutes les insultes qu'il avait encaissées depuis le début de la journée, il avait envie de lui jeter à la figure : « Tout ce que je vois en toi, Corless, c'est un obèse, un gros lard monstrueux. » Au lieu de quoi, il se rappela que Greg avait le courage de rendre bien réel ce qui chez les autres restait à l'état de fantasme. Son vrai point fort.

– J'ai causé avec Maxine avant qu'on parte. (Le sourire de Blatt dévoila des dents fragiles et grises, trop petites pour sa bouche.) Elle m'a dit que Donald a été reçu à Yale...

– Ah, douce Maxine, ma femme, mon rêve, l'interrompit Corless en chantonnant. (Il démarra et quitta leur place de stationnement.) Pour elle, tout ce qui compte, c'est qu'un de nos enfants soit diplômé de Yale. Pas une minute elle ne pense à ce que ça va coûter, vingt mille par an, tu savais ça ? Et à la même époque, l'année prochaine, j'aurai mes trois gamins à la fac en même temps. Ce que ça peut filer, hein ?

– L'argent ?

– Le temps, espèce d'idiot.

Il secoua sa tête ronde coiffée d'une perruque noire bon marché.

– Ça file tellement vite, Greg. Dans ma tête, c'est toujours des bébés.

– Et moi, à la retraite, qui pensais m'acheter un jet, un Beechcraft. Pense un peu à tout ce que j'aurais pu faire... (Sa voix resta en suspens.) Je ne vois plus trop ça se réaliser avant très, très longtemps, maintenant.

– Tu y arriveras, dit Blatt sur un ton plein d'entrain. Tout le monde t'envie, à l'aéroclub.

– Tu as raison, acquiesça l'autre, mais c'est quand même pas pareil que de posséder son coucou à soi... je veux dire, un beau, quoi.

– Tu trouveras bien un moyen.

Et les trois passagers poursuivirent leur route en silence, la camionnette s'engagea sur une bretelle et reprit l'Interstate en direction du sud et des Keys de Floride.

Le dîner leur avait permis d'éviter l'heure de pointe.

Ils avaient de l'avance.

8

21 H 05,
LONG ISLAND, NEW YORK

Scott roulait au pas dans le quartier de Greenlawn, laissant au passage la lumière de ses phares s'attarder sur quelques pelouses où il guettait les signes du printemps, les signes du renouveau. Le jardin de l'autre côté de la rue commençait à verdir. Des fleurs s'ouvraient dans celui des voisins. Mais les plantes vivaces de Jack Scott, elles, ne trouvaient rien de mieux que de s'offrir en pâture aux écureuils. Le résultat, c'était une rangée multicolore de pétales mutilés, qui menait à sa porte d'entrée.

La pluie avait cessé. Il gara sa Chrysler bleue dans l'allée, retira une lourde serviette noire du coffre, s'avança sur le sentier d'un pas lent, évaluant les ravages d'un pied droit rageur et proférant un juron devant chaque bulbe de crocus à moitié dévoré.

– Sales petits merdeux, grinça-t-il en comblant du bout du soulier un trou dans la terre détrempée.

Sa maison était la plus ancienne du quartier, de style victorien, sur deux niveaux ; les Scott habitaient là depuis trente ans. Linda, son épouse depuis trente-six ans, avait laissé la lumière du portique allumée, et il ouvrit la porte sur un grand vide prometteur de recoins cachés. Jadis, il était souvent accueilli par une cacophonie de télévisions qui hurlaient, de tourne-disques qui rivalisaient avec des téléphones, le tout assorti d'une avalanche de pas dans l'escalier qui se ruaient sur lui, dans une grande agitation adolescente : questions impatientes et larmes désespérées, chaque triomphe et chaque contrariété – la trame d'une famille. Leurs existences se confondaient avec cette vieille bâtisse et, pour Jack Scott, ce silence était assourdissant.

De la main droite, il tapa un code sur un pavé numérique à touches souples, désactivant le système d'alarme qui émit deux bips, puis consulta son courrier posé sur une vieille table de bibliothèque. Quelques factures à son nom. Une carte postale. Il examina un instant ce paysage lunaire de montagnes et de cactus, et puis la signature. « Jody est en plein désert », murmura-t-il, moqueur, en laissant tomber la carte dans une coupe décorative en argent.

– Et qui est Jody, bon sang ?

Il débloqua les serrures de sa serviette et, un dossier sous le bras, se rendit en cuisine, près de la porte de derrière, où il se débarrassa de ses chaussures mouillées. Un mot était fixé au réfrigérateur couleur amande, sous un aimant en forme de coquillage – ce frigo armoire servait à la fois de poste de ravitaillement et de centre d'information.

« Dîner, annonçait le mot. Réchauffe côtelettes trois minutes à feu moyen, compote de pommes dans bol blanc, fais cuire un peu de riz. » Il attrapa le message et continua de lire en farfouillant dans un assortiment de flacons et de récipients.

« Tu as oublié la fête de Bill et Judy », poursuivait le mot, ce qui lui tira une grimace, et il souleva un plat recouvert d'un film plastique, deux épaisses côtelettes d'agneau déjà cuites plusieurs heures auparavant. Il chercha, plus au fond, la gelée de menthe.

« Matt Brennon t'a appelé deux fois, mange d'abord. » Il ne se donna pas la peine de réchauffer son plat, mais posa le tout, froid, sur la table. Ôtant sa veste d'une main, il se débarrassa ensuite de son holster et suspendit la masse de cuir et d'acier bleuté sur le dossier d'une chaise. Il enfourna une cuillerée de compote de pommes, s'en remplit les joues et laissa couler cette saveur fraîche dans sa gorge.

« Jody, précisait le mot, est l'agent du Secret Service que tu as consulté dans l'affaire Meade il y a deux ans, il est en semi-retraite dans l'Arizona. Il a quinze ans de moins que toi, John. »

– Ah, fit Scott en secouant la tête.

Linda le connaissait mieux qu'il ne se connaissait lui-même. Il étala une cuillerée de gelée verte sur les côtelettes, découpa la viande froide en tranches bien tendres, tout un monde de saveurs merveilleuses – dans son esprit, cette saveur, c'était tout simplement celle de son foyer. Il en coupa d'autres, dégustant la sauce, rechargeant un corps usé qui avait presque oublié ce que c'était que de manger, quand le téléphone retentit. Il décrocha à la quatrième sonnerie.

– Commandant Scott, fit-il d'une voix ferme, en déplaçant le téléphone du plan de travail à la table.

– Tu as mangé, Jack ? s'enquit l'agent Brennon.

– Qu'est-ce qui se passe ?

– Deux tuyaux dont il faut que je t'informe. Nous avons repassé les données de la scène du crime dans le Mix Master...

Il marqua un temps d'arrêt, se demandant si ces infos ne pouvaient pas attendre jusqu'à demain matin.

– Oui, fit Scott, en portant à sa bouche une cuiller de compote de pommes. Et l'ordinateur a répondu qu'il fallait orienter les recherches vers un officier de police. C'est un flic qu'on recherche.

– Tu le savais ? s'écria Brennon, stupéfait.

– Non, fit Scott, impassible. En réalité, on ne sait jamais rien. C'est juste logique que le tueur ait étudié les techniques de la police scientifique. Quel meilleur moyen de jouir de tous les plaisirs qu'il y a à trucider les gens que d'apprendre à travailler en toute impunité ? Tu as poussé le programme à fond ?

– J'ai cru que j'allais tout faire imploser, Jack. Chaque fois, l'ordinateur a produit des réponses négatives. Cette saleté de machine ne nous sort aucun criminel connu. Je pense qu'il faudrait que tu me suggères des éléments de comportement *post mortem*, ce qu'il a fait après les meurtres, pour que je puisse dégager un profil. Je veux dire, demain, on obtiendra peut-être un recoupement avec un autre mode comportemental.

Brennon l'appelait depuis le bureau de Scott.

– C'est une perte de temps. J'ai déjà saisi toutes les postures dans lesquelles on a retrouvé les corps, en recherchant des comportements criminels similaires au sein de la population existante. Il n'en est rien ressorti et il ne nous reste rien d'autre à investiguer. Les moindres gestes de ce salopard sont destinés à effacer les preuves. Il tue comme un peintre crée : conception, imagination, technique, méthode, mode d'action. J'ai décomposé chaque étape, chacun de ses gestes et, sur le plan comportemental, ce qu'on obtient, c'est un flic.

– L'ordure, grommela Brennon.

– Je vais te fournir un exemple de ce qui nous reste... Jette un œil à la reconstitution.

– Volontiers, répondit l'autre, qui était assis au bureau de Scott, et il se redressa dans son siège, fixant son attention sur l'étalage d'horribles clichés, fixés au mur et disposés verticalement et horizontalement.

Scott poussa un profond soupir.

– Reprends depuis le début, c'est-à-dire depuis les photos prises par les experts sur la scène du crime, tout à fait à gauche. À partir de là, ça ne fait qu'empirer.

Brennon obtempéra ; il observait une photo du salon, la moquette couleur champagne, un piano demi-queue, d'élégants canapés.

– Tu savais que notre criminel était revenu sur ses pas pour redresser les poils de la moquette là où il avait marché, afin d'effacer ses empreintes et compromettre toute estimation exacte de sa masse corporelle ou de sa taille. Qui d'autre qu'un professionnel posséderait une connaissance aussi pointue de nos meilleures technologies ?

– J'ai déjà rentré tout ça dans le logiciel.

– Oui, Matt, j'en suis bien convaincu, mais j'ai intentionnellement omis de mentionner la manière dont il s'y est pris, en espérant que la machine trouverait une correspondance en ratissant plus large, et j'ai essayé de ne pas influencer ton interprétation. Compte neuf photos en partant de la gauche, traverse la cuisine en direction de la porte de derrière, et que vois-tu ? Tu as l'agrandissement.

Les yeux de Brennon filèrent de pièce en pièce, le corps de Tofu gisant sur la table, la cage vide, la porte de la cuisine où avait été pendu l'anorak de Kimberly et une forme vague et floue. Ses yeux se posèrent sur le dernier cliché. C'était un agrandissement d'un aspirateur, contre la porte de la cuisine, pendu à un crochet, à côté de l'anorak vert de Leslie Clayton.

– Seigneur ! s'exclama Brennon. Cet enfoiré savait comment...

– Il a vraiment pris son temps, Matt. C'est l'aspirateur-balai Hoover de Diana Clayton, qu'elle rangeait dans un placard à l'autre bout de la pièce. Il a repéré les endroits où il a marché et, en repartant, il a tout nettoyé avec cet aspirateur. Il a emporté le sac plein avec lui. C'est assez parlant, à deux égards. Non seulement il connaît tout des techniques microbiologiques de la police scientifique, mais en plus il en savait assez sur Diana pour utiliser en toute confiance l'aspirateur de cette femme, n'ignorant pas que l'appareil était en parfait état, sinon il aurait apporté le sien.

– Dieu du ciel, Jack, fit Brennon en ravalant sa salive. Y a-t-il autre chose qui aurait pu nous échapper, un mobile complémentaire, peut-être ?

– Il a laissé deux billets de vingt dollars et un de cinq dans la salle de bains, avec une bague sertie d'un diamant d'un carat, une pierre sans défaut, tout ça le laissait parfaitement indifférent. Tu as lu les entretiens de terrain réalisés par le capitaine Drury ?

– Bien sûr que je les ai lus, soupira-t-il. Ils sont suffisamment détaillés, Drury a une équipe très qualifiée. Il n'y avait pas de double des clefs de la maison, même pas chez les voisins. Les serrures sont de première qualité, enregistrées, installées par une entreprise agréée et les numéros de série ont été vérifiés par un technicien, qui se trouve être une serrurière, une femme, mariée, quatre enfants. On ne connaissait aux Clayton aucun ami de sexe masculin. Et personne n'a rien vu, rien entendu. Un quartier paisible.

– C'est sinistre, admit Scott, c'est la main du diable. Cela me rappelle l'une de mes premières affaires, quand la science policière en était encore à ses débuts, un tueur en série, un criminel sexuel qui s'était abonné au *FBI Law Enforcement Journal* par l'intermédiaire d'une bibliothèque publique. Pour moi, tout cela ne présage rien de bon...

Sa phrase resta en suspens.

– Je ne me souviens pas d'en avoir entendu parler... Nom de Dieu ! s'écria subitement Brennon. (Il s'était un peu reculé du mur, découvrant pour la première fois une vue d'ensemble du montage photographique.) Jack, tu as tracé une croix.

– Quoi ?

– Sur le mur, tu as dessiné une croix, un crucifix.

Scott s'arracha à sa rêverie rétrospective. Il lui répondit d'un ton plus léger.

– C'est parce que je n'ai pas encore terminé, petit malin, fit-il. Il me reste encore deux séquences.

Mais, en réalité, il n'en était rien. Il avait fini. Sur le mur, il avait laissé des emplacements vides, réservés à Kimberly et Leslie Clayton... Il n'avait pu se résoudre à y punaiser ces images gravées dans sa mémoire. Si leurs brèves existences pouvaient servir à quelque chose, c'était que d'autres enfants et d'autres familles puissent être à l'abri de toute cette destruction, de cette obscénité.

– Depuis combien de temps connais-tu le capitaine Drury ? demanda Brennon.

– Pourquoi ?

– Il a téléphoné plusieurs fois, mais il n'a pas arrêté de répéter qu'il ne fallait surtout pas te déranger et, pour moi, ça sent la relation déjà ancienne. J'essaie de conserver mon esprit de déduction.

– Dans le mille, Matthew, répondit Scott. Maxwell Drury et moi, nous avons fréquenté ensemble l'École fédérale de formation des forces de police, il y a de ça environ trente-six ans. Je ferais mieux de l'appeler, le pauvre bougre. Diriger un service de police dans la région de Washington, c'est comme gérer un asile d'aliénés par une nuit de pleine lune. Il a sur sa zone de compétence une bonne partie des personnalités les plus importantes de cette planète, tu n'as qu'à leur demander.

– Il se raccroche à un semblant d'espoir.

– Nous aussi.

– Mais son dernier appel concernait une découverte archéologique. Le bonhomme avait l'air à bout. Tout ça le dépasse un peu, il l'a lui-même reconnu.

– Je vais le rappeler. Et donc, l'archéologie… ?

– Il m'a raconté qu'on a découvert un site dans le sous-sol d'un parking situé près de la maison des Clayton. Apparemment, ça remonterait à la guerre de Sécession, il a dit que tu devais être au courant.

– Effectivement. J'ai indiqué à Drury que je voulais des informations sur tout ce qui paraissait sortir de l'ordinaire, surtout aux abords immédiats du domicile des Clayton. Qu'est-ce qu'on a d'autre ?

– Selon lui, ces ossements datent du milieu des années 1860.

– Quels ossements ? éructa Scott. Tu ne m'as jamais parlé d'ossements.

– Et c'est quoi, un site archéologique, Jack ? On se calme. Ne t'emballe pas : les deux affaires n'ont aucun rapport.

– Et comment le sait-on ? Quelle est la sommité qui a décrété ça ?

Brennon soupira et plongea la main dans sa poche revolver, pour en sortir un carnet à la reliure noire. Il en tourna les pages.

– Les restes d'un squelette d'enfant ont été découverts par un garçon qui a passé au détecteur de métaux le terrain situé derrière un bâtiment désaffecté. Le garçon a cru qu'il déterrait un trésor, quand il s'est retrouvé avec un morceau de mâchoire entre les mains. Sa mère a appelé la police du comté, qui a appelé la police locale, qui a appelé…

– Les détecteurs de métaux ne réagissent pas aux ossements, Matt. Qu'est-ce qu'il a déniché au juste, ce gamin ?

– Mais enfin, je n'en sais rien, Jack. Tout cela s'est passé le mois dernier. Le gamin a découvert ce site, la mère a appelé le comté, et le bureau du médecin légiste a récupéré tout un tas d'ossements humains. L'un des inspecteurs de Drury a aussi mis la main sur une pièce de monnaie datant de la guerre de Sécession.

Scott avait cessé de s'intéresser à cette histoire, à l'exception de cette enquête manifestement bâclée, ce qui n'était pas le style de Drury. C'était un homme respectueux des procédures, très attentif aux détails.

– Pourquoi la pièce n'a-t-elle pas été récupérée en même temps que ces restes humains ?

– Désolé, Jack, je n'en sais rien. (Il jeta de nouveau un œil à ses notes.) Le jour où ces ossements ont été signalés, le 25 mars, le médecin légiste du comté a appliqué la procédure habituelle. Un individu de sexe féminin, de petite taille, une défunte vieille d'un siècle.

– Tu ne réponds pas à ma question, Matt.

– Exact, soupira-t-il. Je ne suis pas sûr de pouvoir. On vient juste de récupérer la pièce de monnaie et cette découverte est sans doute due à une initiative personnelle. Après la clôture du dossier, un inspecteur de police d'État a lu le rapport de terrain et il est allé voir ce jeune garçon. Drury n'était pas au courant de ce que mijotait son inspecteur, qui n'était pas officiellement chargé de l'enquête. J'imagine que le type a juste agi par simple curiosité. J'ai cru comprendre qu'il avait grandi dans le coin.

– Continue, fit Scott, qui cala le combiné contre son oreille, en explorant le frigo pour se choisir un dessert.

– Nous y voilà, Jack, *Archéologie*. Je viens de trouver la définition dans la rubrique « Rebuts du passé, reliques, monuments oubliés »... c'est l'étude de la vie d'autrefois, des cultures barbantes à mourir, des civilisations perdues. (Sa voix prit soudain une intonation joyeuse.) Ah, oui, je vois ça d'ici. « Évadez-vous avec Indiana Scott vers l'âge d'or du temps jadis ! Envoyez au ViCAT vos vidéos du monde d'antan et vous recevrez alors... »

– Tu es un vrai comique, Matt.

Scott trouva finalement ce qui ressemblait à un reste de cheesecake, qu'il posa sur la table.

– Alors, comment s'est déroulée ta réunion ? demanda Brennon, en changeant de sujet. De quoi remplir nos obligations de service pour le trimestre, et largement.

– Ils étaient très attentifs, répondit Scott avec le sourire, en plantant sa fourchette dans le cheesecake à la fraise, avant de faire glisser le tout avec un verre de lait. Dis-m'en plus sur cette pièce de monnaie, Matt.

Brennon consulta ses notes.

– Pas grand-chose à raconter, dit-il. D'après Drury, elle aurait été fondue pendant la guerre de Sécession. On n'a trouvé aucun autre objet métallique, ni boucles de ceinture ni boutons, juste un bout de collier en argent massif.

– Et la découverte de cette pièce par le gamin a entraîné l'exhumation des ossements ?

– Exact.

– Du côté de l'autopsie, où en sont-ils ?

Scott se concentra sur sa dernière bouchée de dessert.

– Jack ! fit Brennon en riant, ils ne pratiquent pas d'autopsie sur les fossiles, et nous non plus, donc j'ai remercié Drury pour l'information et j'ai raccroché. Ils ont aussi déterré des ustensiles en bois noir...

Scott se figea ; une image lui traversa soudain l'esprit, une image horrible, insoutenable, vaincue depuis des années, qui lui tordit et lui poignarda discrètement les entrailles, ses contours se précisant lentement. Il sentit son corps se raidir.

– ... et c'est tout, Jack. Mais à mon avis tu devrais en parler avec Drury.

Scott ferma les yeux ; il avala sa bouchée, avec ce martèlement entre les tempes.

– Jack ?

– C'était pointu ? demanda l'autre d'un ton neutre. L'ustensile était pointu ?

Brennon perçut son inquiétude.

– Je ne saurais le dire, fit-il, perplexe. Pourquoi ça ?

– Cela ressemble à quoi ?

Scott élevait le ton et sa tension grimpait elle aussi. Ses phalanges blanchirent contre le combiné et il changea de main.

– Qu'est-ce que tu es en train de me demander, Jack ?

– Ces ustensiles en bois, à quoi ressemblent-ils ?

– Il n'y en a qu'un, un manche, une fourchette, quelque chose comme ça, je n'en sais rien, moi. Drury m'a dit, je crois, que ça ressemblait à une baguette chinoise, une baguette noire.

Scott grimaça, puis s'éclaircit la gorge.

– Des baguettes chinoises, répéta-t-il froidement.

– Exact, c'est ce qu'il m'a dit.

– Ça ne pourrait pas être... (Il plaqua son oreille contre le téléphone, le souffle un peu haletant.) Elles étaient durcies par le feu ? Noircies par le feu ?

Sa voix monta d'un ton.

Matt Brennon recula d'un pas.

– Dis-moi, insista Scott, avec colère. Il n'y avait qu'un bâton ? Tu es sûr ? Les gars de l'équipe d'analyse de la scène du crime ont été exhaustifs ? Ils n'ont pas regardé partout, ils n'ont pas pris la chose assez au sérieux, hein, c'est ça ?

Il était écarlate, le sang lui affluait au visage, une vague de colère lui fouettait les bras, les jambes, le torse.

Brennon eut du mal à déglutir.

– Ils n'ont pas envoyé d'équipe, Jack. Comme je te l'ai dit, il y a d'abord eu quelques gars du bureau du médecin légiste, le mois dernier, et puis aujourd'hui cet inspecteur a donné suite. Qu'est-ce qu'il y a ? Tu veux que j'obtienne d'autres informations sur le bâton ?

– Non, fit Scott, subitement apaisé, résolu. Qui était cet inspecteur, celui qui est intervenu sur le terrain de sa propre initiative, disais-tu ?

– Je ne sais pas.

– Retrouve-moi son dossier, je veux ses états de service complets, police d'État et police fédérale, sur mon bureau, dans une heure. Fais-leur faxer de Washington et ne lui mets pas la puce à l'oreille. Je veux tout connaître sur ce type, où il vit, comment il vit, son téléphone de domicile, tout. N'oublie pas les informations fiscales, ses diplômes et son dossier militaire. Et tu appelles immédiatement Drury, tu ne t'adresses qu'à lui. Je veux des stats sur ce bâton et on s'occupera de l'interprétation. Procure-toi aussi d'autres spécimens de cette pièce de monnaie, c'est très important, ajouta-t-il en ralentissant le rythme. Je ne veux plus qu'on touche à ces restes humains, compris ? S'ils possèdent une série de clichés de l'exhumation, je la veux.

– Bien, chef, répliqua sèchement Brennon. Il y a un lien quelconque avec Diana Clayton et ses enfants ? Cet inspecteur est-il suspect ?

Mais Scott n'entendit pas ses questions.

– J'arrive dès que possible, dit-il, aveugle au monde extérieur, opérant déjà d'instinct, dès qu'il eut raccroché.

Dans son esprit, il revoyait des visages du passé et les mots que ces visages prononçaient étaient pleins de douceur et de gentillesse.

– Elle ne reprend pas connaissance, lui répéta la voix.

Scott ignora cette remarque, en s'allumant une autre cigarette. *À partir de maintenant, plus rien ne sera fait pour elle, plus rien ne sera fait pour sa famille,* telles étaient ses pensées. *Pas un mot de réconfort, pas la moindre promesse de protection de la part de la police, aucun soutien psychologique. Rien.* Il se tenait là, plein de désespoir, un imbécile comme un autre, faisant le guet et comptant les minutes, en attendant qu'elle meure.

Mary Beth Dodson avait seize ans. Un appareil respirait à sa place, désormais, et Scott entendit encore une fois les pistons du poumon artificiel plonger, insuffler de l'air dans sa cage thoracique en miettes. Debout devant la fenêtre de sa cuisine, il revoyait, avec une clarté terrible, le visage pâle et contusionné de la jeune fille, le mouvement des mains fouettant l'air comme si elle chassait des insectes meurtriers ; et il savait qu'il s'en souviendrait toujours, chaque semaine, à chaque tournant de son existence torturée. Souviens-toi. Souviens-toi des yeux de Mary Beth restés ouverts, écarquillés de terreur, mais incapables de voir. Et les sanglots de ses parents et de ses frères et sœurs lui parvenaient de la salle d'attente, à l'extérieur.

Ils l'avaient sanglée, Scott s'était détourné du lit, vers la fenêtre d'hôpital, et il avait suivi ce défilé ahurissant : médecins, infirmières, techniciens et visiteurs. Certains souriaient, se saluaient, s'avançaient bras dessus bras dessous, indifférents à l'horreur de ce qu'il vivait. En sortant de la pièce, il avait croisé brièvement le regard du père de Mary Beth, et son silence de martyre était plus tranchant que toutes les paroles de reproche. Scott avait hésité un moment, avant de remonter péniblement le couloir. Le Dr Chet Sanders, chef du service de médecine interne, l'y avait retrouvé un moment après.

– Jack, avait murmuré cet homme à la taille imposante, à la peau hâlée et ridée.

Sanders se tenait là, l'air pénétré, en blouse chirurgicale bleue, tamponnant des taches de sang sur ses manches de chemise, retirant un masque de gaze.

– Il y a encore un espoir, avait dit Scott, en refusant de soutenir son regard.

Mary Beth Dodson était la seule victime à avoir survécu à l'agression d'un tueur sadique qui, depuis plusieurs années, écumait les banlieues de la Nouvelle-Angleterre.

– Elle a reçu trop de coups, Jack. Les méninges ont été perforées, lui avait-il expliqué, ce sont les membranes protectrices qui enveloppent le cerveau et la moelle épinière, et elle a été si violemment secouée que sa cervelle a littéralement rebondi à l'intérieur de la boîte crânienne. Elle enfle trop rapidement. Les organes risquent de lâcher les uns après les autres.

Les yeux gris-bleu de Scott lançaient de violents éclairs.

– Il reste encore de l'espoir, avait-il répété, les dents serrées.

Le Dr Sanders lui avait posé doucement la main sur l'épaule.

– Si nous parvenions à maîtriser ce gonflement, elle aurait une chance, mais je crains que cela n'échappe à tout contrôle. Quand vous avez franchi cette porte, elle était pratiquement déjà morte. Je suis désolé.

L'adolescente était portée disparue depuis dix jours quand le commandant Nicholas Dobbs et l'agent spécial Scott avaient resserré leurs recherches autour d'un seul quartier. On l'avait découverte dans l'armoire de service d'un immeuble abandonné.

– Vous avez l'air fatigué, Jack, vous avez perdu du poids. Ici, vous n'êtes plus d'aucune utilité... lui confia Sanders. Si elle devait survivre, de fait, elle souffrirait de graves lésions cérébrales. Ce n'est pas une vie. Vous avez tenté tout ce qui était en votre pouvoir. Cela vaut mieux ainsi...

– Oui, cela vaut mieux... l'avait interrompu Scott d'une voix mécanique, en allumant cigarette sur cigarette.

Il s'était frotté les yeux du bout de ses doigts jaunis par la nicotine.

– Jack, je m'occupe de patients depuis trente ans, certains d'entre eux avaient le corps déchiqueté, alors écoutez ce conseil...

Scott avait respiré profondément.

– *Guéris-toi toi-même*, avait ajouté le chirurgien.

Scott s'était détourné, les yeux brûlants.

– Qu'est-ce que vous racontez ?

– Quel âge avez-vous, Jack ?

Ces mots-là remontaient comme des bulles, par-delà le temps.

– Vingt-quatre ans.

Du haut de toute sa stature, le vieux praticien s'était courbé en deux, jusqu'à ce que Scott sente son haleine contre son visage.

– Acceptez ce conseil d'un homme âgé, avait-il chuchoté. Vous devez apprendre le détachement, un détachement clinique, sinon vous ne survivrez pas à votre métier.

Scott avait levé les yeux vers les siens, deux lacs d'une sagesse pleine de compassion.

– À l'intérieur de vous-même – le Dr Sanders avait frappé contre la poitrine de Scott –, vous devez vous habituer à prendre du recul, sans quoi vous allez y laisser toute votre humanité. Tout ce qui nous protège, c'est notre formation, notre métier, et aucun de nous ne doit jamais oublier cette dimension professionnelle, à aucun moment, sans exception.

Scott s'était massé la nuque, car subitement il avait froid.

– À la minute où vous cessez de penser comme un policier, avait continué le médecin, ou dès que je cesse de réfléchir en médecin, je perds mon aptitude à exercer efficacement. C'est, je crois, le pire de tous les échecs. Si nous affrontions cette violence en hommes ordinaires, nous nous égarerions, nous perdrions toute faculté de nous aimer nous-mêmes et toute faculté de souffrir.

Scott avait ressenti toute l'horreur perceptible derrière l'attitude posée du Dr Sanders ; elle était gravée dans les rides de son visage.

– Mais j'ai bel et bien échoué et, désormais, cette ordure va s'en prendre à une gamine de dix-sept ans, à n'importe quelle ado de dix-sept ans. Quelles chances me reste-t-il d'y arriver, maintenant ?

Chet Sanders lui avait retiré la cigarette qu'il tenait entre ses doigts et l'avait éteinte dans un cendrier sur pied.

– Jack, lui avait-il promis, vous l'attraperez. Vous parviendrez à vos fins, malgré un système conçu pour échouer...

Soudain, les paroles de Scott avaient pris le praticien à la gorge.

– Pourquoi dix-sept ans ? avait-il demandé avec incrédulité.

Scott avait fait les cent pas, la haine effaçant toute humanité de ses traits. À la fenêtre de sa cuisine, le Scott d'aujourd'hui revoyait très distinctement l'homme jeune, aux yeux gris-bleu, à l'épaisse chevelure blonde, qui s'exprimait ainsi.

– Il joue à un jeu sadique et je pense que ce jeu m'est destiné, avait-il dit d'un ton calme. Mary Beth Dodson était sa dernière victime, elle a seize ans. Genie Katz en avait quinze. Lora Baker, quatorze. Linda Carr, treize. Nous n'avons pas retrouvé les autres. Notre homme remonte progressivement l'échelle des dates de naissance, il s'offre une victime par an, comme un trophée. La prochaine devrait donc avoir dix-sept ans.

Le Dr Sanders s'était frotté les yeux des deux mains, laissant échapper un lent souffle d'air entre ses lèvres, et Scott lui sourit faiblement.

– Chet, qu'est-ce qu'on sait d'autre ? lui avait-il encore demandé.

Il se sentait sur les nerfs et s'était allumé une autre cigarette.

Le Dr Sanders avait plongé la main dans la poche de sa blouse.

– La patiente a le poumon perforé, l'extrémité inférieure – il lui montra l'emplacement en pointant le doigt sur sa sixième côte – et cette déchirure semble s'étendre vers le bas, au troisième lobe du foie, qui est très profond. Pendant l'opération, nous avons extrait ceci, avait-il ajouté en tirant la main de sa poche et il tenait entre ses doigts une sorte de cheville en bois scellée dans une pochette plastique, qu'il lui avait tendue.

– Qu'est-ce que c'est ?

– Un indice, Jack. Franchement, je n'en ai pas la moindre idée.

– Et elle avait ça fiché dans son poumon ?

– Le poumon et le foie. Il a fallu pas mal de force pour l'enfoncer là.

Scott avait grimacé.

– Le traumatisme a donc été causé par un coup perforant ?

– C'est possible, mais je ne le pense pas... du moins ce n'est pas la conséquence d'un geste de la main. La blessure était trop nette et sans hématome superficiel.

Scott avait glissé l'objet dans sa poche. Sanders lui avait désigné sa cigarette.

– Je viens de recevoir un article de Suède qui suggère un lien entre ceci et le cancer.

Et cette dernière phrase lui revint en mémoire, alors que la fumée âcre qui lui rongeait les poumons recouvrait d'autres sensations encore plus cuisantes.

Mary Beth Dodson était morte ce soir-là, le 31 mars 1957.

Le Dr Chet Sanders avait été emporté par une crise cardiaque, en 1963, à soixante-deux ans.

Et, à la douleur arthritique qui lui parcourait les phalanges, Jack Scott sentait peser sur lui le poids du temps. Il quitta la maison d'un vieil homme avec ses fantômes trop familiers et roula dans cette nuit qui n'aurait guère pu être plus solitaire.

9

22 H 12,
NEW YORK

Sous l'œil attentif de Matthew Brennon, l'agent Flores quitta sa place habituelle pour rejoindre le poste de sa première permanence, au centre d'un vaste bureau circulaire qui luisait d'une couche de peinture fraîche, couleur gris cuirassé. On en avait récemment capitonné le dessus, mais le bureau proprement dit était une relique, récupérée dans les locaux d'un vieux quotidien du soir.

Cet emplacement portait un nom : la nacelle. C'était le poste avancé, le cœur du ViCAT, et Daniel Richard Flores était resté des mois en réserve, cantonné à la périphérie, avec son officier formateur – en attente.

Tôt ou tard, tous les agents du ViCAT occupaient ce poste, entourés d'écrans verdâtres d'ordinateurs. Il y en avait huit, représentant chaque région du pays. Juste au-dessus de la nacelle, suspendu au plafond, presque à hauteur de regard, il y avait l'équipement d'imagerie, des télécopieurs et une panoplie d'appareils enregistreurs. À bien des égards, pour l'agent de permanence, prendre position dans la nacelle, c'était comme s'asseoir devant le tableau de commande d'un silo à missile et, sur le plan émotionnel, c'était beaucoup plus dangereux. Il ne s'écoulait jamais une heure sans qu'un nouveau défi se présente, une menace directe aux conséquences potentielles horribles.

– Si vous êtes incapable de répondre à une question ou si vous ne trouvez pas la réponse exacte à partir des modèles informatiques, vous les mettez en attente, lui indiqua Brennon. Il vaut toujours mieux différer que de fournir une réponse erronée. Si c'est une demande urgente, si l'information est vitale, l'un de nous sera toujours là. À votre arrivée, consultez toujours la feuille de présence, comme cela vous saurez qui est disponible.

– Et le commandant Scott ? s'enquit Flores. Quand est-ce qu'il faut l'appeler ?

Brennon sourit en haussant le sourcil.

– Croyez-moi, dit-il, vous saurez quand, votre instinct vous le soufflera. La ligne 1 du rappel automatique est celle de son domicile.

Il désigna un clavier, puis continua de recueillir un flot de formulaires et de dossiers en provenance d'une dizaine de services différents, en réponse à une demande générale de renseignements émanant du ViCAT. Le bureau commençait à prendre des airs de local à déchiqueteuses dans une ambassade assaillie par l'ennemi. Il y avait des papiers partout, que Flores confrontait méthodiquement à une liste de questions.

– Six années de déclarations fiscales, de 1982 à 1987, fit Brennon, en reclassant une pile de documents. Et quatre propositions de report de paiement. (Il en leva une en l'air, avec un gloussement.) Où Jack va-t-il dénicher tout ça ? s'écria-t-il en riant. Regardez-moi ça. (Il poussa le document vers la nacelle.) Ce type a prétexté une saison médiocre des Washington Redskins pour un retard de paiement d'impôts et il a fini par s'acquitter d'une amende de six cents dollars.

– Ça fait cher le sens de l'humour, admit Flores.

Ils rassemblèrent les éléments de la vie de Frank Rivers pour élaborer un portrait composite du personnage, commençant par son premier dossier administratif : une demande d'attribution de numéro de Sécurité sociale, non datée, revêtue de la signature de son père. La Defense Intelligence Agency leur avait transmis un formulaire fastidieux, une demande de justification officielle pour l'obtention de son dossier militaire – *ou quand des bureaucrates emmerdent d'autres bureaucrates*, songea Brennon, et il mit ce document de côté, sur une pile spéciale. Chose surprenante, la CIA avait admis qu'elle détenait un fichier et leur avait expédié un bref fax, l'ordre de libération de Rivers du corps des marines, ce que Brennon trouvait un peu curieux, car il ne subsistait aucune trace de son enrôlement direct au sein de cette armée. JRS, une société de garantie des paiements par chèque, leur avait communiqué un historique financier complet, situé dans une honnête moyenne pour un flic, mais en signalant un chèque sans provision de cinquante dollars pour un dîner au restaurant chinois. Un carillon, guère différent de celui d'une porte d'entrée, sonna doucement l'alerte dans la salle. Brennon contourna le bureau et Flores coiffa son micro-casque.

– C'est Duncan Powell, en Floride, lui expliqua Brennon, en reconnaissant un code alphanumérique qui défilait sur l'écran n° 2, la partie sud des États-Unis.

Pour accéder au ViCAT, il suffisait d'avoir une affaire en cours pourvue d'un code préalablement assigné et la recrue tapait l'autorisation sur le pavé numérique. Un disque dur se mit à ronronner et des caractères verdâtres remplirent l'écran vidéo. Brennon appuya sur un bouton d'intercom.

– Duncan, fit-il d'une voix monocorde, nous recevons ton fichier à l'instant.

– Rapport d'enquête 217, lui répondit une voix grave. Nous pensons avoir une sixième victime.

Brennon pointa le doigt sur le jeune agent qui attendait au clavier. Dès l'instant où la communication téléphonique avait été établie, la bande avait commencé de tourner. Depuis un mois, Daniel Flores avait étudié la coordination des Multi-Agency Investigative Teams, les MAITs, comme on les appelait, en utilisant un équipement de haute technologie et des analyses accessibles en permanence aux agents sur le terrain. On recevait un flot d'appels ininterrompus : rapports ou demandes d'informations, requêtes d'avis urgent sur des schémas de comportement de criminels violents récidivistes. Comme c'était le cas avec Duncan Powell, leur contact local était en général le chef de la police, même si cela pouvait varier selon les États.

– J'aimerais vous présenter Daniel Flores, qui gère la nacelle ce soir, annonça Brennon. Voici le capitaine Duncan Powell de la police de Floride...

Les deux hommes échangèrent de brèves salutations, pendant que Matthew Brennon regagnait son poste et rassemblait des piles de documents. Flores pivota dans la nacelle juste à temps pour le voir sortir de la salle et la voix détachée de l'inconnu tonna dans ses oreilles.

– Victime découverte le 8 avril à 20 heures, description suit, fit la voix grave qui lui communiquait les données essentielles pendant qu'une photographie télécopiée flottait au-dessus de sa tête comme une aile noire, gagnant peu à peu en précision pour finalement former une image parfaitement nette.

La petite fille que découvrit Flores avait été défigurée par les coups.

– Nous pensons que l'agresseur est le criminel récidiviste du dossier 217. Nous venons à peine de commencer l'investigation *post mortem*, mais la victime présente la même odeur inhabituelle émanant de la cavité buccale. Nous aimerions avoir votre décision quant à votre éventuel embargo sur cette affaire.

Powell décrivit la victime, un mètre trente, des cheveux châtains et courts, des yeux noisette, la peau claire, même si Flores savait qu'ils n'avaient pas pu le vérifier d'après l'état du corps. Il supposa que, en opérant à partir d'une liste de personnes portées disparues, ils avaient obtenu une correspondance potentielle sur la base de caractéristiques physiques plus évidentes. La voix grave et monotone continuait de résonner dans ses oreilles.

– Nom probable, Lisa Darlynne Caymann, née le 01-07-81. Portée disparue le 27-03-89, à Clearwater, Floride. Adresse des parents, 1606 McDowell Drive, parcelle de Silver Shores. Les informations principales suivent...

L'agent Flores avait sorti une liste informatisée de personnes disparues, dressée pour l'ensemble des cinq comtés de Floride, d'où il avait tiré ce nom. Il entra un code et lut en vitesse. Lisa Caymann avait été enlevée en plein jour dans le jardin familial, où elle jouait sur une balançoire. Les parents et le reste de la famille, suspects potentiels, avaient été mis hors de cause. Sa mère, Denise, était entrée dans la maison pour répondre au téléphone. À son retour, son enfant avait disparu. Flores se mordit la lèvre inférieure et attendit qu'une sortie papier du portrait de Lisa Caymann se matérialise.

– Emplacement et position de la victime quand on l'a découverte ? demanda-t-il, et sa voix tremblait.

– Bras en croix et jambes écartées, répondit le capitaine Powell d'un ton neutre. À plat ventre, dans un ravin, en rase campagne, à l'écart d'une voie secondaire, à proximité de la route 41.

Flores avait devant lui un écran de trente-six pouces affichant une carte détaillée du sud de la Floride, avec la côte du golfe du Mexique.

– Capitaine, dit-il, aidez-moi à me repérer.

– Tapez Sarasota et déplacez-vous vers le sud jusqu'à ce que vous aperceviez la bretelle de sortie Hillside Cemetery. Si vous arrivez sur la ville de Saint Luke, c'est que vous êtes allé trop loin.

Flores déplaça un curseur vert sur la carte, puis remonta, en mettant en surbrillance toute la zone aux abords de l'autoroute Interstate de Floride et, à cet instant, Jack Scott fit son apparition dans son dos. Il n'avait pas de cravate, mais était encore en chemise blanche et en blouson de sport gris. Il avait l'air accablé, les yeux rouges et fatigués. Au-dessus de la nacelle, trois brèves tonalités annoncèrent une sortie photo et Flores récupéra un tirage dans le bac d'images. Scott regarda l'agent comparer cette photo de classe de Lisa Caymann prise en CE2 avec l'image meurtrie qui s'affichait sur le côté de la grande table. Mû par son devoir d'officier de la police fédérale, Flores se leva en silence et parcourut les renseignements qu'une imprimante laser crachait en rafale.

– Agent Flores ? demanda subitement le capitaine Powell, et, lorsque cette voix tonna aux oreilles de la nouvelle recrue, Scott vit bien qu'il en était ébranlé, qu'il subissait une secousse proprement physique.

Les deux photographies, mises l'une à côté de l'autre, avaient de quoi vous flanquer la nausée.

– Oui, monsieur, bredouilla Flores.

Sans un mot, Scott tendit le bras vers la nacelle et bascula l'appel sur l'intercom radio, posant une main chaude et réconfortante dans le dos de son jeune collègue tout en tirant un siège contre le rebord métallique du bureau.

– Comment allez-vous, Duncan ? Ici Jack Scott, fit-il. Pouvez-vous nous renseigner sur la position du corps, s'il vous plaît ?

– Bras et jambes écartés, sur le ventre, sans aucun vêtement ou effet personnel. Une couverture, le site est une carrière de cailloux...

– Procédons par étapes, Duncan, l'interrompit-il avec un signe de tête à l'agent Flores, qui restait attentif, mais avait l'air soulagé. Vous n'avez pas trouvé de vêtements, donc vous êtes en train de nous dire que le corps était complètement exposé aux intempéries ?

– Elle était partiellement masquée par une couverture, Jack. Nous l'envoyons pour des examens de lab...

– Transmettez-nous une photographie du corps tel qu'il a été retrouvé, je vous prie, avec ce qui le recouvrait. Tant que vous y êtes, parlez-moi du site où il s'en est débarrassé.

– Tout près d'une bretelle d'accès goudronnée, en retrait de la route 41, totalement gravillonnée, aucun espoir d'empreintes de pas. La chaussée ne porte aucune trace de pneus récente.

– Facilement visible d'où ?

– La nuit, de nulle part. Il n'y a pas beaucoup de circulation et c'est trop loin de l'Interstate. Le corps a été repéré par une jeune femme qui a fait une embardée pour éviter un cerf aveuglé par les phares. Voulez-vous que…

– Duncan, le corps donnait-il l'impression d'avoir été manipulé, comme si on l'avait soigneusement positionné ? Les bras et les jambes étaient-ils allongés ?

– Non, il était plutôt disposé un peu n'importe comment.

– Et la couverture ressemblait à quoi, jetée dessus ou étalée avec soin ?

– Je ne sais pas trop, Jack, un peu en bouchon, peut-être. Nous vous transmettons la pellicule en ce moment même, vous allez la recevoir d'une seconde à l'autre.

Scott eut un regard vers Flores, qui ne pouvait dissimuler la rage qui le consumait.

– Duncan, reprit-il, j'ai manqué le début. Lui a-t-on nettoyé la bouche de toute souillure ?

– Ça y ressemble, Jack. C'est ce que j'expliquais à l'agent Flores. Nous pensons qu'il s'agit de la même odeur médicinale. Ses dents ne présentaient aucune des traces de tartre auxquelles on aurait pu s'attendre, ce qui est aussi cohérent avec…

– Cause de la mort, par strangulation ?

– Affirmatif.

– C'est lui, soupira Scott.

L'agent Flores attrapa un cliché retransmis par Wirephoto dans le panier au-dessus de sa tête et le tendit aussitôt au-dessus de la table. Scott l'étudia un moment, examinant, au-delà des évidences, les petits détails, les indices en apparence insignifiants qui pouvaient aisément échapper au policier ordinaire.

– Duncan, reprit-il, je vous mets en attente n° 1. (Il se tourna vers l'occupant de la nacelle.) Agent Flores, dit-il d'un ton ferme, pour l'instant, les minutes ne comptent plus. Cette enfant est déjà morte, alors prenez votre temps. Attachez-vous aux sensations que vous inspire cette tragédie, dites-moi ce que vous voyez. (Il tenait la photographie à la hauteur de la poitrine de Flores.) Allez-y, racontez-nous cette histoire.

Flores opina et mit de l'ordre dans ses pensées.

– Oui, monsieur. L'affaire 217 implique une série de meurtres dans les États du golfe du Mexique, deux victimes à Mobile, trois en Floride ; Lisa Caymann serait la victime n° 6. Bien qu'il y ait certaines preuves de viol oral, on n'a retrouvé aucune trace de sperme. Des dents ont été extraites de certaines victimes. Dans chaque cas, la cause de la mort est identique : strangulation par-derrière, avec de légères variantes.

Scott hocha la tête en signe d'approbation, alors que son interlocuteur se penchait sur le tirage, l'examinant de près. On y voyait une forme drapée d'une couverture vert foncé, se détachant sur la surface grisâtre d'une carrière de gravier. Un bras pâle en dépassait. Une jambe était dénudée.

– Que pouvez-vous m'en dire ? insista Scott. Prenez votre temps, pour le moment, nous n'avons rien d'autre.

Flores savait qu'il était fortement probable qu'il soit en train de contempler l'œuvre d'un tueur récréatif, un sauvage dépourvu d'émotions. Mais, en se remémorant les séminaires de profilage de Scott, il sut que quelque chose clochait. Son cerveau se mit en branle. Si un homme habille ou recouvre une victime, c'est en général que son acte lui inspire une certaine dose de honte ou de culpabilité ; recouvrir le corps, c'est sa façon de dire « je m'en veux ». Et puis, si le cadavre était placé à un endroit où l'on pouvait facilement le retrouver, cela tendait à désigner un tueur un peu sensible souhaitant que sa victime reçoive une sépulture décente et ne reste pas exposée à tous les vents. S'il y avait le moindre remords, si infime soit-il, certains microcomportements trahissaient ce sentiment. Et, comme on l'avait enseigné à Flores, un tueur éprouvant un soupçon d'émotion est un tueur que l'on peut capturer.

– Capitaine Powell, demanda-t-il donc sans hésitation, considéreriez-vous l'endroit où le corps a été trouvé comme une cache ?

– C'est un endroit qui est loin de tout, répondit la voix grave, et le corps gisait au fond d'une fosse assez large, donc il a fait quelques efforts pour le dissimuler, sans plus. Cela vous éclaire ?

– Oui, monsieur, veuillez patienter, je vous prie.

Il se tourna vers son voisin.

– Ça ne colle pas. Si le lieu où il a déposé le cadavre se trouvait à l'écart, alors cela dénote une volonté de dissimuler le corps de la victime, et ce comportement désigne un homme impitoyable, sans émotion. Pourtant, l'emploi de cette couverture suggère que notre tueur éprouve bel et bien une certaine culpabilité. Nous obtenons deux comportements contradictoires.

Scott sourit.

– Pourquoi cette couverture ? Si cet homme a honte, pourquoi n'autorise-t-il pas simplement la victime à s'habiller ?

Flores réfléchit un instant, mais sans aboutir à rien.

Scott reformula sa question.

– Pourquoi abandonner une couverture en parfait état et en recouvrir un corps qui, comme vous l'avez souligné, était déjà caché au fond de ce ravin ?

Flores secoua la tête.

– Il se sent coupable ?

– Oui, en effet, mais alors pourquoi ne pas avoir placé le corps à un endroit où l'on pouvait facilement le retrouver ? S'il se sert de la couverture pour la protéger des agressions extérieures, n'aurait-il pas aussi pu souhaiter qu'elle ait une sépulture rapide et décente ?

– Je n'en sais rien, avoua le jeune agent.

Son supérieur lui glissa un regard entendu.

– Nous avons affaire à deux personnes, conclut-il.

Flores ouvrit de grands yeux.

– Il faut que vous compreniez bien ceci, Daniel – c'était la première fois qu'il appelait son subordonné par son prénom –, vous avez affaire à un monde de violence et de brutalité où la coïncidence n'a pas lieu d'être. Elle n'existe pas, alors sortez-vous toute possibilité de coïncidence de l'esprit.

L'autre opina.

– La coïncidence est un luxe auquel les civils ont recours pour évacuer la réalité. Nous faisons exactement le contraire.

– Oui, monsieur.

– Cela dit, vous aviez raison au sujet de ces comportements contradictoires – cacher un corps sans le moindre remords et ensuite le recouvrir parce qu'on éprouve un sentiment de honte –, mais vous n'avez pas pris en compte le coup de téléphone. (Flores se frappa le front de la paume.) Si j'ai bonne mémoire, Lisa jouait dans le jardin, derrière la maison, quand sa mère est allée répondre au téléphone ?

– Deux personnes, fit Flores, en se sentant stupide. (Ses doux yeux noisette s'enflammèrent de colère.) C'était précisément cette fillette qu'ils traquaient.

Scott appuya sur le commutateur du micro.

– Désolé pour cette attente, Duncan. Avez-vous déjà contacté les parents ?

– Négatif, nous attendons les examens dentaires. Et puis un journaliste a capté notre appel radio, alors je vais devoir bientôt y aller.

– Mme Caymann était dans son jardin quand le téléphone a sonné et elle n'a laissé l'enfant que quelques minutes. Retournez lui parler, notez tout ce que vous pourrez au sujet de la voix à l'autre bout du fil, avant que la presse ne recueille d'autres informations. D'après nous, la personne qui a téléphoné est aussi celle qui a recouvert le corps de la couverture. Était-ce un homme ou une femme ?

– C'était une voix d'homme. Vous croyez réellement que c'est lié ?

– Oui, lui assura-t-il. Nos amis se sont fourvoyés. Nous avons là des comportements contradictoires, l'indication qu'il faut nous concentrer sur une équipe. Deux hommes au moins. Le début de la cinquantaine, peut-être la fin de la quarantaine.

Il y eut un silence sur la ligne.

– Nous n'avons relevé aucune empreinte de pas, objecta Powell.

– Les autres victimes sont restées en vie trois jours, dans le meilleur des cas, et leurs cadavres ont été difficiles à dépister, si je me souviens bien.

– Affirmatif.

– Duncan, pour une raison que j'ignore, ils ont détenu cette enfant-là plus longtemps. Ils la connaissaient. Et même si le tueur véritable se serait volontiers contenté de la balancer au fond d'un fossé, l'autre a eu un remords, après coup, et l'a recouverte. C'est ce deuxième homme qui ressent quelque chose, qui a honte, il éprouve peut-être une sensation de perte, c'est difficile à dire. C'est son équipier qui possède la personnalité dominante. Le deuxième homme, c'est le type que la simple vision d'une chemise froissée contrarie.

– Vous êtes sidérant, Jack. Comment en arrivez-vous à cette conclusion ?

Scott considéra l'agent Flores, dont les yeux brillaient d'admiration.

– La strangulation, ça sent la personnalité désorganisée, poursuivit-il, pas le style d'individu aux habitudes rangées, et c'est ce qui m'a tracassé. Chaque victime a subi un lavement de bouche, ce qui nous a privés du moindre espoir de récupérer des fluides en vue d'un décryptage ADN. En somme, un personnage très organisé. Je parie que l'homme qui a passé le coup de téléphone pour piéger la mère et qui plus tard a recouvert le corps est aussi le responsable de toute cette hygiène buccale. Il exécute les ordres de l'autre, le mâle dominant qui est au courant de toutes nos techniques sophistiquées.

– C'est des tantouses ? lança Powell.

– Comment le savoir, Duncan ? Ici, il ne s'agit pas de sexe. Le sexe est un acte secondaire, qui vient après l'excitation de l'enlèvement et du meurtre. Le premier est un tueur récréatif et son camarade de jeu est probablement un voyeur psychopathe qui aime regarder les autres se faire dominer, ce qui lui tient lieu d'activité sexuelle.

– Il faut que je les coffre, Jack, et j'ai besoin d'aide, insista Powell.

– Je comprends, Duncan, mais jusqu'à présent, c'est notre première touche. J'ai neuf agents sur le terrain et je ne peux pas me permettre d'aller au-delà pour le moment. Je charge l'agent Flores de cette affaire et, comme d'habitude, je serai disponible à tout moment.

Le visage de Flores vira à l'écarlate, l'air interdit.

– Duncan, poursuivit Scott, entre-temps, vous devriez concentrer vos recherches sur un break ou un van d'un modèle récent. L'un des deux suspects devrait être plutôt maigre et soigné, l'autre a des kilos en trop, il est même peut-être obèse, c'est juste une supposition.

– Fondée sur quoi ?

– Sur l'attirance des contraires. L'équipier émotif fait une fixation sur sa santé et son hygiène, donc je suis certain qu'il se surveille sur la moindre calorie. Et vous pourriez suggérer à vos inspecteurs d'observer de près certains signes relativement désarmants sur le plan émotionnel.

– Je ne vous suis pas.

– Ces deux spécimens sont des malins, se moquent de l'autorité, traitent les parents avec un degré de mépris hors du commun. Ils déploient des trésors d'ingéniosité pour s'affranchir de tout soupçon, alors guettez tout ce qui serait susceptible d'éviter une réaction normale de suspicion chez ceux qui les remarqueraient en compagnie d'un enfant, un autocollant collé sur leur lunette arrière, du style PENSÉ À EMBRASSER SON GAMIN, CE MATIN ? Vous voyez le genre.

– Je vois le genre, confirma Powell, l'air sombre.

Jack Scott rendit la nacelle à Daniel Flores, qui se débrouilla tout seul, jusque tard dans la nuit, avec en tête l'écho des instructions du commandant Scott : « C'est votre affaire. Vous allez lui attribuer un nom. Vous êtes désormais l'agent responsable de la gestion de ce dossier. »

Scott quitta les lieux pour regagner son propre bureau, d'où il suivit les vingt-trois autres affaires en cours qui transitèrent par la nacelle jusqu'à minuit.

Scott braqua un cône de lumière sur sa table de travail et examina la photographie de ces ossements humains nichés au fond d'une tombe de fortune. Sans la quitter des yeux, il tâta les poches intérieures de sa veste, en ressortit un paquet de cigarettes tout fripé et s'en alluma une.

Ces restes humains étaient sans aucun doute ceux d'un enfant. Le crâne était étroit et les mains peu développées, dont les doigts cartilagineux s'émiettaient. La cage thoracique était friable et fracturée en plusieurs endroits. Les dents avaient commencé de se déchausser de la mâchoire et certaines gisaient dans la terre, entourées d'une gangue de tissus partant en poussière. Il observait le travail de la décomposition et du temps.

Selon le capitaine Maxwell Drury, le site avait été découvert par un jeune garçon, Elmer Janson, qui traînait dans le quartier accompagné de son chien à trois pattes. En creusant pour dénicher un trésor, ils avaient exhumé une mâchoire humaine ; tout cela paraissait déjà très étrange, mais personne ne s'en était visiblement inquiété. Ni le capitaine, ni le médecin légiste, ni l'unité des homicides du comté. Un flic, un dénommé Frank Rivers, avait mystérieusement retrouvé la trace du gamin – un flic qui savait comment s'y prendre avec Maxwell Drury.

Mais pourquoi ? Face à de si maigres éléments de preuve, Scott réfléchit à cette coïncidence, progressivement envahi par une sensation intérieure de noyade, de lente désintégration, sous l'effet de la fatigue.

Ces ossements semblaient vieux d'une centaine d'années. La pièce de monnaie comportait une date : 1863. Cependant, au lieu de se concentrer, il se surprit à écouter le bourdonnement régulier de l'équipement d'imagerie, sondant les vies humaines depuis la nacelle du ViCAT et générant son lot de victimes. Il était familier depuis des dizaines d'années de toutes les sortes de détails macabres que générait ce bourdonnement, jour et nuit, sans relâche, un ronflement démentiel qui lui rappelait la chaise électrique. D'un coup, son esprit bifurqua et il visualisa la façon dont les volts grésillants s'étaient attaqués à Theodore Bundy, le laissant la cervelle fumante, grillée, le corps recroquevillé tel un escargot humain. Et ses yeux: jusqu'au dernier moment, ils brûlaient encore de cette lumière froide, étrange, qu'aucun homme doué de conscience ne pouvait espérer sonder. Ensuite, il se remémora tous les tueurs qui possédaient ce regard fixe, glacial, inhumain – et toutes ces accusations rejetées pour absence de preuves, les gesticulations d'avocats surpayés en salle d'audience, les juges et les politiciens médiocres graciant des hommes qui avaient massacré des femmes et des enfants à titre récréatif.

Il traversa son bureau, ferma sa porte pour se protéger de tout risque de distraction, puis attrapa les deux agrandissements posés sur son bureau. Une pièce de monnaie ancienne. *L'Union Doit Être Préservée et Le Sera*. Son cerveau s'embruma.

Si on leur en laissait le temps, il savait qu'ils finiraient par remonter la piste de cet objet avec précision, jusqu'à son créateur. Les vestiges de la guerre de Sécession étaient un domaine bien documenté du patrimoine culturel américain et il se nota d'en faire prélever un échantillon afin de pratiquer une datation au radiocarbone et d'en déterminer l'âge. Mais, sauf erreur de sa part, le temps était un luxe dont il était privé depuis bien longtemps.

Monnaie ancienne ou pas, cette tombe avait été creusée par un prédateur, un animal qui traquait ses victimes dans un jeu sans pitié, homme contre enfant, tueur contre mère. Il sentait le sang battre derrière ses oreilles. Une aigreur lui remonta dans l'arrière-gorge, il la refoula en avalant un café qu'il venait de préparer. Il allait s'attaquer à ce site désaffecté, tout disposé à manipuler les faits si nécessaire, afin de bâtir un dossier suffisamment nourri pour donner lieu à une investigation. Une justification. Il détestait le terme et, pourtant, il plaça les photos du médaillon sous l'intitulé *Similitudes de cas* et se mit au travail sur un bloc-notes jaune.

Les filles Clayton avaient été retrouvées parées de leurs bijoux, des croix en or, dans le style des croix latines – elles n'intéressaient pas le tueur. Il émit aussi l'hypothèse qu'une enfant avait porté cette pièce autour du cou comme un souvenir, une sorte d'amulette, car elle avait été percée pour recevoir une chaîne – on avait aussi récupéré presque huit centimètres de cette chaîne d'argent corrodé. Il y avait de part et d'autre de l'orifice des lettres majuscules presque parfaitement alignées. D'un côté, « JO », et de l'autre, « IN ». *JOIN*. « UNIR ». Mais unir quoi ? Cette relique avait-elle même appartenu à un enfant de ce siècle ?

– Miss X, soupira-t-il, en reprenant la photographie de ces fragiles ossements, tu mérites mieux.

Il plongea dans une montagne de documents, pour en ressortir un tirage couleur sur papier brillant du bâtonnet d'Elmer Janson. Plongé dans ses pensées, Scott n'était pas disposé à examiner ce cliché et, alors qu'il le tenait ainsi en main, son esprit, son corps et son âme le mirent en garde.

– Miss X ? fit-il calmement, en revenant à la première image, et sa voix était celle d'un homme qui s'était égaré en chemin. Cela a toujours été l'un de mes dossiers préférés.

Il reprit le rapport du médecin légiste et relut l'examen du laboratoire. Femme de petit gabarit, taille et poids impossibles à déterminer. Les plaques crâniennes et l'évolution de la dentition fournissent une estimation de l'âge, de dix à quinze années de maturité. Date, heure et cause de la mort inconnues.

Il savait qu'il était presque impossible, d'après une photo, de déterminer beaucoup plus d'éléments, mais il rapprocha quand même le téléphone et manipula un classeur rotatif Rolodex gris pour rechercher un numéro. Ce fut seulement en le composant qu'il pensa à consulter sa montre.

Il était 23 h 33, en ce vendredi 8 avril. Douze petites heures s'étaient écoulées depuis qu'il avait reçu les fichiers Clayton. Au matin, cela semblait déjà presque une semaine. Le soir, une vie entière. On décrocha à la quatrième sonnerie.

– J'ai besoin qu'une personne de confiance me parle de cette enfant, de sa vie, commença-t-il d'une voix pressante, coupant court aux bonsoirs et autres échanges de points de vue.

L'autre éclata de rire, un rire retentissant, profondément amusé. Scott venait de joindre le Dr Charles McQuade à son domicile ; c'était la première fois qu'ils se parlaient depuis presque un an et leur conversation commençait plus ou moins par le milieu, comme d'habitude.

– Bien sûr que vous avez besoin de quelqu'un, Scotty, lui répondit l'autre posément. S'il n'y avait aucun problème, vous n'appelleriez pas. Alors, si j'y jetais un œil ?

Et c'était aussi simple que cela. McQuade, cet ours imposant en blouse blanche, était un ogre autoritaire qui enchaînait les menus bavardages et les besognes les plus écrasantes comme s'il s'agissait de simples fétus de paille. Et, chez ce spécialiste, Scott savait ce que signifiait « jeter un œil ».

Le Dr Charles Rand McQuade était le champion discret de la chasse en laboratoire aux personnes disparues. Son titre officiel : médecin légiste en chef de l'Institut de pathologie des forces armées de Washington. Il était devenu un praticien éminent à la fin des années 1960 pour avoir su identifier les victimes d'accidents aériens, carbonisées au point d'en être méconnaissables, en recréant leurs visages à partir de simples fragments d'os.

– Selon eux, elle devrait dater de la guerre de Sécession, mais je n'y crois guère, reprit Scott.

Il était sur le point de continuer quand le spécialiste des os l'interrompit.

– Avez-vous un dossier, Jack ? Quel service a commandité ce travail ?

Scott lâcha un soupir inquiet. Il n'y avait pas de dossier. Il n'y avait pas d'autorité tutélaire. La besogne qu'il lui demandait pourrait facilement coûter soixante mille dollars au contribuable, sur les fonds de la recette fédérale ; le budget des services de police qui n'occupaient pas le dessus du panier était si serré que, lors des audits, les dépenses de chaque département étaient décortiquées au quart de dollar près. Ce qu'il exigeait là était un service colossal.

– Allez, allez, Scotty ! tonna McQuade. Vous savez que je suis toujours disposé à me lancer sur votre seul accord verbal, alors on y va.

– Je n'ai pas la moindre miette de preuve, prévint-il mollement. Si vous préférez remettre à plus tard...

– Bon Dieu, fiez-vous à votre instinct, Jack, c'est ce que vous répétez sans arrêt. Demandez-leur de m'envoyer cet enfant et on verra ce que l'on peut obtenir. Vous avez l'air fatigué, rentrez chez vous, accordez-vous un peu de sommeil. Dès que j'ai quelque chose, je vous appelle.

McQuade raccrocha, laissant Scott rouge de culpabilité, avec l'impression d'exploiter une vieille amitié. Mais, grâce à ce médecin, il était subitement convaincu que le monde allait enfin reconnaître cette enfant que l'on avait brutalement fait disparaître. En l'espace de quelques heures, le directeur de l'Institut de pathologie des forces armées allait utiliser ses gouttières, ses règles, ses rayons X, ses loupes, ses carnets de croquis et de l'argile pour exhumer son visage de la tombe. Scott s'était plus d'une fois émerveillé du talent stupéfiant de cet homme.

Cela commencerait par de longues heures fastidieuses, sans nourriture et sans sommeil : McQuade, voûté au-dessus d'une table d'opération chromée, ne s'accorderait pas le moindre répit. Il déterminerait d'abord l'âge et le sexe de la victime. Ensuite, il calculerait l'épaisseur des tissus musculaires et faciaux, rapportée à celle de l'os. Tous les fragments manquants seraient moulés dans du plâtre et ajoutés, afin de combler les vides. À partir de là, il calculerait et reproduirait les volumes faciaux de la victime, retrouvant la réalité avec l'argile du sculpteur. Peu de détails lui échapperaient.

Si les tissus mous comme ceux de l'oreille et les paupières ne peuvent être déterminés à partir de l'os, McQuade avait établi des mesures pour la chair fondées sur des moyennes anatomiques. La bouche est de la largeur des huit dents de devant. Si les dents sont manquantes, il faut les aligner sur le centre des orbites et les points les plus écartés du menton. Le nez est environ deux fois plus long que l'arête nasale ; les oreilles font à peu près la taille du nez. Et la touche finale : il ajoutait deux yeux de verre, d'une couleur neutre.

L'état dans lequel se trouvaient les restes ou leur nombre n'avait guère d'importance. Si nécessaire, on aurait recours aux ordinateurs et à des modèles mathématiques.

McQuade le pacifiste, l'ancien militant hostile à la guerre du Vietnam, avait recomposé des visages entiers à partir de fragments crâniens, identifié des restes renvoyés de Hanoï dans des boîtes en carton. Et alors qu'il s'était mis au travail, en vouant une confiance absolue à l'instinct de son ami, Scott lui-même sentait le doute suppurer, telle une plaie ouverte.

10

Selon Matthew Brennon, il n'y avait qu'une raison de vivre à New York. La disponibilité. De jour comme de nuit, on trouvait tout ce qu'on voulait, à Manhattan. Cette ville ne fermait jamais. Il s'était garé en double file devant Central Records Building, un immense édifice de marbre percé de verrières et, une fois à l'intérieur, il se sentit comme un caneton à bout de force, pris au piège dans une prison de pierre. La rotonde centrale comptait seize piliers soutenant une coupole géante et le double de couloirs partait de là, dont les portes donnaient sur des lieux inconnus. À 23 h 12, on fermait toutes les salles à clef, excepté la cloche de marbre sous laquelle il faisait la queue face à un écran.

De part et d'autre de cette chambre d'écho, des vigiles en uniforme scrutaient chacun des visiteurs qui se présentaient à l'entrée, avant de balayer à nouveau la foule des yeux. Brennon devina qu'il s'agissait d'anciens de la police de New York, à la fin de la cinquantaine ou au début de la soixantaine, qui évitaient soigneusement de se croiser du regard. Un cordon de protection assuré par deux hommes. Un grand officier noir aux cheveux poivre et sel lui avait adressé un signe de tête au passage et, toutes les deux ou trois minutes, il se retournait, guettant un problème potentiel.

Brennon savait que, derrière les portes verrouillées qu'ils gardaient, il y avait des salles aménagées pour toutes sortes de recherches – depuis le service cartographique, où l'on conservait les plans originaux de New York et de presque toutes les grandes municipalités de la côte Est, jusqu'à des salles de lecture consacrées à des sujets spécialisés, allant de l'art à la zoologie. Chacune de ces salles était reliée à la bibliothèque centrale et à la rotonde par des couloirs labyrinthiques, et c'est absorbé par cette topographie familière que Brennon prit place dans la file, où les chevilles fermes de la femme devant lui devinrent un nouveau sujet d'étude. Avec ses longues jambes toniques et longilignes, elle aurait pu être danseuse, songea-t-il vaguement. Il y avait mieux à faire tard un vendredi soir, se dit-il, que de venir découvrir une collection intitulée *Trophées de la guerre de Sécession.* La file avança et il sourit distraitement.

Moins d'une demi-heure plus tard, il se retrouvait devant la première vitrine, un caisson de près de trois mètres de longueur encombré de vestiges de la guerre, gamelles, boucles de ceinturon, poignards, chapeaux et diverses tenues des États du Sud, rien de tout cela ne lui paraissant très digne d'intérêt. Il passa rapidement la deuxième vitrine, un drapeau percé de balles dans sa châsse de verre, avec les étoiles et les trois barres des États confédérés. *Par pitié,* se dit-il, *un étendard de bataille mangé aux mites... Où sont les trucs vraiment intéressants ?*

Il jeta un œil autour de lui, cherchant un représentant de l'autorité, le rond-de-cuir responsable de cet étalage stérile de reliques totalement dénuées d'intérêt et que personne n'avait le droit de toucher. Il le repéra vers le fond de la salle, un vieux dandy dodu, avec une frange de cheveux blancs et un blazer bleu orné d'un écusson. Sous le regard scrutateur de cette sentinelle, Brennon s'avança à pas mesurés, une initiative qui parut hérisser le bonhomme.

Brennon mesurait plus d'un mètre quatre-vingts, tandis que le dandy, aussi rondouillard qu'un chat d'appartement châtré, s'arrêtait à un petit mètre soixante.

– Bonsoir. Êtes-vous le professeur Robert Perry ?

– Oui, c'est moi, fit l'homme en levant les yeux vers lui et en tire-bouchonnant la pointe droite de sa moustache en guidon de vélo. Et à qui ai-je l'honneur, je vous prie ?

– Agent spécial Matthew Brennon, monsieur. Nous nous sommes parlé au téléphone il y a une heure.

Il lui montra son badge, avant de le ranger dans la poche de sa veste.

– Oui, monsieur Brennon, comme je vous l'ai dit, je n'apprécie guère le téléphone... ces appareils me paraissent absolument d'aucune utilité.

– En effet, monsieur, c'est pour cela que je suis ici. (Il sortit de la poche intérieure de sa veste deux tirages photo au format 20×25 et en retira l'élastique qui les maintenait roulés.) Je me demandais ce que vous pourriez nous apprendre sur cette pièce de monnaie, fit-il en lui tendant les photos.

Le visage du professeur Perry se ferma.

– Je pensais que vous m'apporteriez la pièce elle-même. À partir d'une photo, je ne peux pas analyser grand-chose, soupira-t-il.

– Oui, monsieur, mais pour le moment cette pièce n'est pas en notre possession, donc je crains qu'il ne faille se contenter de la photo. Vous voulez bien essayer, s'il vous plaît ?

– Oh, très bien, jeune homme, mais j'aurais vraiment préféré voir la véritable pièce.

L'air contrarié, il plaça une paire de bésicles du temps de la guerre de Sécession en équilibre sur un nez pas plus gros qu'un bouton.

Brennon se trouvait un peu cinglé – il aurait dû attendre lundi et harceler le labo à Washington –, mais vu le comportement de Scott, tout cela paraissait urgent.

– Alors, monsieur, qu'en dites-vous ? demanda-t-il, après avoir laissé au professeur Perry le temps d'examiner ces clichés au grain très prononcé.

– Très intéressant. Voudriez-vous en faire donation ?

– Je suis navré, mais non. Nous voulons juste savoir de quoi il s'agit. La pièce ne semble comporter aucune valeur monétaire. Est-elle authentique ?

– Oh, tout à fait authentique, et assez rare. Mais il ne s'agit pas d'une pièce de monnaie.

Il jeta encore un regard attentif aux agrandissements.

– Alors qu'est-ce que c'est ?

Brennon avait l'impression de procéder à une extraction dentaire.

– N'allez pas trop vite en besogne ! rétorqua le dandy, en étalant les clichés sur le couvercle de la vitrine. Afin de respecter l'ordre dans lequel vous m'avez tendu ces documents, nous allons commencer par le côté face.

Il sortit une baguette télescopique chromée de la poche intérieure de son blazer et déploya l'instrument, pour en faire une longue canne. Ensuite, il mesura sa position par rapport à la table et la rectifia en reculant d'un pas.

Devant la vision de ce conservateur de musée bouffi, à moins d'un mètre de lui, dont la ceinture arrivait à la hauteur du comptoir de verre, Brennon réprima un rire. Tout cela pour regarder des photos ?

– Le buste d'un *gentleman* barbu, déclara le professeur Perry avec autorité, en pointant sur l'objet l'extrémité rouge de sa baguette argentée. Il s'agit du général de division Andrew Jackson.

Brennon n'était guère convaincu de l'importance de la chose, mais il sortit un carnet et griffonna quelques notes, de manière à signaler son intérêt et sa capacité d'écoute, et que l'avis de son interlocuteur était déterminant. Le professeur Perry le remarqua et se tut un instant, afin de permettre à son visiteur de suivre – c'était l'inconvénient de cette méthode.

– Et cette formule, ici, *L'Union Doit Être Préservée et Le Sera*, c'est une variante d'une citation tirée du célèbre discours de Jackson sur les droits des États et la théorie constitutionnelle, qu'il a prononcée, laissez-moi réfléchir... en 1830, ce qui nous situe évidemment pas mal d'années avant la guerre. Vous pourrez reprendre mes propos.

Brennon regardait son propre reflet, dans la vitrine. Jamais il n'aurait cru posséder un visage aussi stupide.

– Les étoiles, en bas, représentent les États de l'Union, naturellement.

– Naturellement.

Le professeur Perry retourna le second cliché et le posa sur le premier.

– Ceci, fit-il, avec un silence, est le recto.

Exact, se dit Brennon, *côté pile, côté face.* Son regard se fixa sur l'image de la cabane autour de laquelle s'enroulait un serpent.

– L'élément clef, ici, c'est le serpent, symbole d'un confédéré ou d'un sympathisant du Sud, d'où cet avertissement, « PRENDS GARDE », en lettres capitales, au-dessous.

La pointe rouge de la baguette exécuta sèchement plusieurs va-et-vient, du haut vers le bas.

– Je ne vous suis pas, monsieur, fit Brennon.

– Regardez cette médaille, mon jeune ami ! Regardez cette médaille !

Et soudain, la pointe rouge tapota le comptoir vitré, sous le regard interdit de Brennon.

– Monsieur, fit-il prudemment, pourquoi parlez-vous de médaille ?

Perry lâcha un soupir de mécontentement.

– Parce que ce n'est pas autre chose, lâcha-t-il, d'un ton incrédule. Il ne s'agit pas d'une pièce de monnaie, mais d'une médaille patriotique coulée dans le cuivre. Ces agrandissements ne rendent pas justice à la dimension esthétique de ce travail... Dans la réalité, l'objet est légèrement plus petit qu'une pièce de vingt-cinq cents, mais beaucoup moins épais.

Brennon prit note.

– Et à quoi servaient-elles, ces médailles ? Combien y en avait-il ?

Face à ces questions, les yeux de Perry s'embrasèrent.

– Vous êtes venu ici me faire perdre un temps précieux, hein ?

Et son visage se chiffonna – on eût dit un écureuil devant une noisette. Brennon recula d'un pas, réfléchit à toute vitesse.

– Oh, non, monsieur, tout le monde m'a dit et répété qu'il n'y avait pas de spécialiste plus avisé que vous, c'est pour ça que je suis venu directement vous consulter. Je n'ai nulle intention de vous faire perdre votre temps.

Perry lâcha un profond soupir.

– Alors pourquoi ne vous êtes-vous pas donné la peine de regarder notre vitrine de médaillons ? Nous avons déployé des efforts considérables pour rassembler tous ces objets... des pièces extrêmement précieuses.

– Oui, monsieur, la vitrine. Je gardais le meilleur pour plus tard, en espérant que vous me la montreriez vous-même en personne. Pour moi, euh... pour nous, cela serait très précieux.

Il mentait et n'osait pas chercher dans la salle autour de lui ; subitement, le vieux serviteur de l'histoire l'écarta d'un geste de la main et ôta les photographies de la vitrine. Sous un reflet cireux, il y avait une plaque en bronze :

INSIGNES ET MÉDAILLES PATRIOTIQUES DU SUD

Trois médailles comparables à celle des photographies luisaient dans la lumière. Brennon se sentit aussi niais que le jour de sa naissance.

– Elles sont magnifiques ! s'exclama-t-il, et il entendit l'un des gardiens s'esclaffer dans son dos.

– Eh bien, soit, fit le conservateur, l'air soulagé par cette manifestation d'enthousiasme. Vous n'ignorez pas qu'avant et pendant la guerre beaucoup d'États du Sud étaient divisés. Certains penchaient du côté du Nord, d'autres pas.

– Oh, oui, admit-il, car cela commençait à vraiment l'intéresser, et il jeta un regard noir au gardien.

– Du Kentucky au Tennessee, jusqu'à la Caroline du Nord, la Virginie, la Virginie-Occidentale et le Maryland, opérait ce que l'on appelle le Chemin de fer clandestin, un réseau très sophistiqué visant à porter secours aux esclaves et qui assurait leur libération.

– Je vois.

– C'était une activité effroyablement dangereuse. Un homme ne pouvait se fier à ses voisins et quelquefois même pas à son propre frère. À l'époque où ces hommes s'efforçaient d'acheminer tous ces esclaves vers le nord et la liberté, où ils pourraient combattre dans les rangs des troupes fédérales, la principale menace qui pesait sur l'organisation, c'était les espions confédérés. Ils étaient partout. Les confédérés, vous le savez, possédaient un réseau d'espions très fourni.

– Oh, oui, Professeur, ça, je ne l'ignorais pas, mais de la façon dont vous le présentez, on se sent vraiment transporté dans le passé.

Ce disant, Brennon avait réellement l'impression de caresser un matou dans le sens du poil.

– Oui, évidemment, cela va de soi. Ensuite – Perry tapota la vitre –, à l'exception des réunions secrètes, les agents du Chemin de fer clandestin communiquaient surtout entre eux au cours de leurs activités quotidiennes, en faisant leurs courses, à la banque, dans les bals, les réunions de collecte de fonds et ainsi de suite. Comme les marchands et les clients ne pouvaient discuter ouvertement de leurs opinions ou de leurs activités, par crainte de représailles, ces petites médailles leur servaient de moyen de communication. Comprenez-vous ?

– Je crois comprendre. Continuez.

– Alors, revenons un instant dans le passé. Je vais me transformer en propriétaire d'une bourse de coton ou de tabac, et vous, vous êtes davantage qu'un simple planteur, car nous sommes l'un et l'autre des agents du Chemin de fer clandestin.

Brennon opina. Il remarqua que le gardien noir s'était rapproché de quelques pas et qu'il écoutait, lui aussi.

– Donc, supposons que j'aie toute raison de croire qu'un marchand venant d'arriver en ville soit en réalité un espion sudiste. Comment puis-je vous en avertir sans risquer de nous faire tous deux arrêter, enlever ou exécuter ? (Les prunelles du petit bonhomme dansaient dans la lumière, quand il leva les yeux pour regarder le grand policier à travers ses lunettes cerclées.) Hein ? Qu'allons-nous faire ? insista-t-il en martelant le comptoir de petits coups secs, de la pointe rouge de sa baguette.

– Eh bien, les réunions secrètes sont difficiles à organiser et ce ne serait pas pratique...

– Exact ! le coupa le conservateur, en fouettant l'air de son instrument.

– Alors je passerais vous voir, disons, en plein centre-ville, au milieu de tout un tas de gens, et vous me remettriez l'une de ces médailles ?

– Pas exactement, car cela pourrait sceller notre destin à tous les deux. Mais si vous veniez me vendre un peu de coton ou de tabac, ou si vous me demandiez un modeste acompte, je serais obligé de vous rendre la monnaie et là, je glisserais cette médaille au milieu des petites pièces... et tout le monde n'y verrait que du feu !

Il replaça la photo côté pile, au centre du comptoir.

Armé de sa baguette, il reprit son exposé.

– Elle n'a pas d'autre sens que celui de vous avertir : attention, il y a un espion sudiste, une vipère de confédéré dans les parages, laissez le Chemin de fer en sommeil. Passez le mot... nous sommes en danger !

– C'est sidérant. Et ce médaillon signifierait cela ?

– Oui, jeune homme, précisément. C'est un insigne, un signal patriotique qui servait à assurer la sécurité du Chemin de fer clandestin, une manière de se parler sans se faire entendre. Et vous, ensuite, naturellement, vous transmettriez le médaillon à quelqu'un d'autre.

Brennon avait noté comme un forcené, en réfléchissant au lien entre cet insigne et les restes humains retrouvés près d'un bâtiment désaffecté, au beau milieu d'une ville moderne.

– Et ce cabanon autour duquel s'enroule le serpent ?

– Eh bien, c'est le symbole de ce que l'on appelait un lieu sûr, un repaire pour les esclaves et les soldats des troupes fédérales qui s'étaient enfuis des camps de prisonniers.

Proprement stupéfait, Brennon eut un petit rire.

– Un lieu sûr... Je me demande si ce n'est pas là que la CIA a trouvé cette appellation de « *safe house* ».

– Ça, j'avoue que je n'en sais rien, se récria le conservateur. Je me désintéresse de la politique contemporaine et de la politique tout court, d'ailleurs.

– Alors cela ne désigne aucune maison en particulier ?

– Non, je ne le pense pas, mais ce n'est pas impossible, cela dépend de l'endroit où cette médaille a été frappée. Ces médaillons étaient produits par la monnaie de Californie et il y en avait aussi quelques-uns qui étaient frappés à Harpers Ferry, en Virginie-Occidentale. Jetons-y encore un coup d'œil.

L'homme aux bésicles se pencha sur la vitre, compara les photographies aux médailles de la collection.

– Regardez un peu celle-ci. (Il tapota le verre de sa pointe rouge.) Vous avez remarqué que la partie supérieure porte l'inscription « White's Ferry » ? C'est le nom d'une bourgade et l'une de ces médailles a été frappée là-bas tout spécialement afin d'alerter la population locale. Donc, cette pièce, aux détails plus grossiers que les spécimens de Californie, a été produite à Harpers Ferry. Celles de la côte Ouest ne portent pas de noms, rien d'autre que le minuscule poinçon en S de la monnaie de San Francisco, qui n'est visible qu'à l'aide d'une loupe de joaillier.

– Professeur Perry, sur la photographie, il y a un mot sur la partie supérieure, qui est percée d'un trou de chaînette. Ce mot ressemble à JOIN... UNIR. Qu'en pensez-vous ?

– Cela ne m'a pas échappé. Tragique profanation d'un objet historique. Non, il n'est pas inscrit JOIN, rectifia-t-il en étudiant l'image. Ce doit être le nom d'une ville alors tenue en haute estime par les forces fédérales, à Harpers Ferry. Une grande tragédie. Cette médaille a été très vraisemblablement percée à la main, cette perforation séparant les lettres « JO » des lettres « IN ». Plusieurs lettres ont été poinçonnées de la sorte et le sens de la formule a disparu avec elles. Une perte tragique, mais je n'en serais pas moins désireux d'acquérir cette médaille. Celle-là, je laisserais le public la tenir en main, ce qui lui fournirait l'occasion de toucher le passé du doigt. Les autres, évidemment, ne peuvent être manipulées que par des mains gantées, et encore ne faut-il pas en abuser.

Brennon sourit.

– J'ai bien peur que cette médaille ne soit la propriété d'un tiers. Connaissez-vous une ville sur le trajet du Chemin de fer clandestin dont le nom ressemblerait à ce « JOIN » ?

– Non, je suis navré, je n'en ai pas la moindre idée. Mais, en plus de notre collection de médailles, nous avons de nombreuses cartes originales et de l'argenterie qui proviennent du réseau du Chemin de fer clandestin. Allons y jeter un œil.

Le conservateur courtaud et boudiné traversa la salle en direction d'une autre vitrine, en passant devant le drapeau confédéré et des râteliers de fusils sous vitrines, puis s'arrêta devant une série de cartes tracées à la main, enchâssées derrière d'épais vitrages.

– Ce sont des cartes confédérées, expliqua-t-il, et la baguette à l'extrémité rouge cliquetait sans relâche contre les parois vitrées, s'arrêtant, cliquetant, avançant, s'arrêtant encore.

Il finit par se tourner vers lui.

– Je suis désolé, dit-il, mais aucun choix ne s'impose en toute logique. Il y a bien une bourgade, Cabin John, mais cela ne me paraît pas très proche.

À cet instant, le conservateur s'aperçut qu'il ne restait plus dans la salle que Matt Brennon, les deux gardiens et lui-même.

– Jeune homme, puis-je vous suggérer de continuer demain ? Selon les stipulations du concepteur de ce bâtiment, nous devrions être en train de fermer. Vous n'ignorez pas, n'est-ce pas, qu'il ne nous reste plus qu'une nocturne, après quoi ces *Trésors* partiront trois mois pour New Haven et ensuite pour Philadelphie ?

– Non, monsieur, je n'étais pas au courant, avoua Brennon. Vous avez été très aimable. J'ai encore droit à une question ?

– Une seule, d'accord, fit l'autre avec un tic nerveux.

– Où puis-je me procurer des copies de ces cartes du Chemin de fer de la liberté ? J'aimerais...

– C'est impossible, s'écria le professeur Perry avec indignation. Il n'en existe pas et c'est pourquoi notre exposition est d'une valeur inestimable. Je serais heureux de vous fournir une liste des ouvrages illustrés sur le sujet et, même s'ils sont inexacts à bien des égards, au plan de l'échelle et des détails, pour un usage amateur, ils devraient faire l'affaire.

– Pourrais-je faire venir un technicien photographier les cartes ? demanda Brennon.

– Seigneur, non ! s'exclama l'autre, le visage écarlate. C'est hors de question ! Ce sont des parchemins fragiles, sensibles à la lumière, jamais ils ne seront agressés par le flash ou la lumière du jour. Et, oserais-je ajouter, beaucoup de gens ont essayé d'en créer des reproductions et c'est pourquoi les livres d'histoire regorgent d'inexactitudes. Vous êtes le bienvenu quand vous voulez, si vous souhaitez revoir la collection.

Il conduisait à présent Brennon par le bras ; ils passèrent devant le gardien et pénétrèrent dans la rotonde.

– Certainement, fit l'agent spécial.

Il lui serra la main et s'éloigna dans la pénombre.

Il y eut derrière lui le fracas d'une lourde porte en fer forgé que l'on verrouillait, à l'instant où il faisait un pas en avant, un siècle plus loin.

11

23 H 15,
LOTISSEMENT TARA, POTOMAC, MARYLAND

– Nom complet ?

– Debra Ralson Patterson.

– Son petit nom, c'est Dee ?

– Dee.

– Et vous disiez qu'elle était sortie faire quelques courses à l'épicerie ?

– Sortie chercher du lait, répondit Jonathan Patterson, en secouant la tête avec colère et un ressentiment silencieux.

C'était le père de Debra. Elle s'était rendue à l'épicerie en voiture et n'était pas rentrée. On n'avait même pas retrouvé son véhicule. Cela s'était produit vingt-sept heures plus tôt.

– Oh, et puis merde ! s'écria-t-il soudainement, en haussant le ton. On a déjà rabâché tout ça je ne sais combien de fois...

Jon Patterson était un petit homme à l'allure docile, au visage pâle, émacié. Lui d'ordinaire si réservé, si avenant, il se sentit sortir de ses gonds. Il n'avait plus poussé un juron sous le coup de la colère depuis l'époque où il était étudiant. Il avait quarante-huit ans.

– C'est pour le rapport, monsieur. Nous remplissons une déclaration officielle de personne disparue et il nous faut des informations précises, des documents qui aient été vérifiés.

– Mais enfin qu'est-ce qui vous prend, tous autant que vous êtes ? (Patterson s'était levé.) Vous devez forcément avoir une trace de son permis de conduire et elle a disparu depuis hier soir 20 heures. Vous avez des photos d'elle. Elle n'a jamais fugué, bon sang ! Elle n'est même jamais rentrée en retard...

– Je comprends ça, monsieur Patterson, affirma le sergent Tyler Conroy, de la police de Montgomery County qui, dans son uniforme amidonné couleur fauve, avait des airs de diplomate manucuré. (Ses cheveux épais étaient d'un noir de jais plaqués en arrière. Il avait avec lui, au lieu du porte-bloc-notes ou du registre de service classiques, une coûteuse serviette en cuir.) C'est une situation difficile, une procédure douloureuse que l'on vous impose là, et nous faisons tout notre possible. Le code de police du comté stipule que nous devons attendre au minimum soixante-douze heures, donc nous enfreignons déjà un peu le règlement.

– Vous enfreignez le règlement ? jeta froidement Patterson, moqueur. On parle de la vie de ma fille. Votre saleté de bureaucratie, je n'en ai rien à fiche !

Il se rassit dans le canapé de son salon, en grattant nerveusement le poil d'un cocker à la robe chamois.

– Oui, monsieur, reprit Conroy, et sa date de naissance est bien le 3 juillet 1972 ?

– Oui, répliqua Patterson en secouant la tête avec lassitude.

– Et que portait-elle, en quittant la maison ?

– Je ne m'en souviens pas. Comme je vous l'ai déjà dit, je ne l'ai pas vue sortir. J'étais dans le petit salon en train de remplir ma déclaration de revenus et je l'ai entendue à l'autre bout de la maison, elle m'a annoncé qu'elle allait à l'épicerie chercher un peu de lait. Son acte de naissance vous serait utile ?

– Et qu'a-t-elle dit ?

– Elle a dit... (Il se releva d'un bond, le visage grimaçant de colère, une colère sourde qui ne lui ressemblait pas.) Elle m'a dit qu'elle allait dans cette foutue épicerie !

– Je vous en prie, ne rendez pas les choses plus compliquées qu'elles ne le sont, monsieur Patterson. Vous a-t-elle précisé laquelle ?

– Non. Elle ne me l'a pas précisé.

– Et vous m'expliquiez que Mme Patterson est en ce moment à Stratford, dans le Connecticut. C'est sa mère biologique ?

– En visite chez ses parents, comme je vous l'ai dit, oui... bien sûr que c'est sa mère. Je ne me suis marié qu'une seule fois et je n'ai eu qu'un seul enfant. Laissez-moi aller chercher l'acte de naissance de Dee.

– Savez-vous ce qui aurait pu perturber Dee ? Y avait-il quelque chose dans sa vie qui aurait... ?

– Où voulez-vous en venir ? rétorqua Patterson, la mine sévère.

– Des problèmes dont nous aurions intérêt à être informés ?

– Quoi ? aboya l'autre. Quel genre de problèmes ? C'est une enfant parfaitement heureuse, très équilibrée... même ses notes sont excellentes !

Le sergent se racla la gorge.

– Monsieur Patterson, reprit-il lentement, pourquoi votre épouse se trouve-t-elle dans le Connecticut, chez ses parents ?

– Cela ne vous regarde pas, bordel, siffla-t-il en se levant de son fauteuil et en dévisageant l'officier de police droit dans les yeux. Maintenant, vous allez m'écouter, continua-t-il. Votre boulot, c'est de retrouver ma petite fille. Vous avez une photographie de sa voiture, vous avez trois photos récentes d'elle, vous savez tout ce que je sais et vous avez même fait la connaissance de son chien ! (Visiblement contrarié, le cocker s'agrippait au pantalon de Patterson.) Alors pourquoi perdez-vous votre temps à me parler, à moi ?

Et il dirigea le policier, tiré à quatre épingles, vers la porte d'entrée.

Le sergent Conroy relut sa liste de questions, puis referma sa serviette.

– Le fait que votre femme ait quitté la maison aurait-il pu contrarier Dee, pour une raison quelconque ? répéta-t-il, et à cet instant le téléphone sonna. Jonathan Patterson secoua la tête.

– Une minute, je vous prie, fit-il, en décrochant le combiné installé dans le vestibule.

Il eut une brève conversation, le dos tourné au policier qui patientait près de la porte.

– C'était Beth Meyers, dit-il ensuite au sergent.

Conroy demeura de marbre.

– La meilleure amie de ma fille. Vous savez, Beth Meyers, l'autre fillette de l'école Montessori, avec ses notes impeccables et un bel et brillant avenir.

Le ton de voix était plein d'aigreur. Le sergent évita de lui répondre directement.

– Monsieur Patterson, demanda-t-il en détachant ses mots, votre épouse et vous-même, êtes-vous... ?

– Et Beth Meyers vient de m'apprendre, l'interrompit-il, qu'elle n'a pas eu de nouvelles de la police, que personne ne s'est même adressé à elle ! Et en plus, elle affirme que tout cela ne ressemble absolument pas à Dee. Non, sergent Conroy, siffla-t-il, cela ne ressemble pas du tout à notre fille, à moins que quelqu'un n'ait décidé de la séquestrer pendant que j'étais occupé à remplir ma déclaration de revenus pour payer votre foutu salaire !

– Mme Patterson et vous, êtes-vous... ?

– La seule raison qui me pousse à répondre à votre question, c'est que la police du comté reste mon seul espoir et je n'ai aucune envie de vous faire perdre davantage votre temps.

Le sergent Conroy se dirigea vers la porte.

– Voyez-vous, sergent, la mère de ma femme doit subir une hystérectomie, rien qui soit de nature à mettre vos jours en danger, sauf si vous êtes une femme. En attendant, ma petite fille se trouve dehors, quelque part – il pointa un doigt tremblant – et ce n'est pas une fugue !

– Oui, monsieur, fit Conroy, et si nous souhaitions vérifier la chose auprès de sa mère ?

– Alors procurez-vous son nom de jeune fille et servez-vous de l'annuaire, comme tout le monde. De fait, je crois que je vais me laisser guider par mon index et trouver dans ces pages le moyen d'attaquer en justice ce misérable comté de malheur. Alors, cessez de perdre du temps et trouvez-moi Debra. S'il vous plaît. Je vous en supplie...

Mû par la force de l'habitude, Jonathan Patterson referma la porte en douceur. Dans sa tête, il la claqua, mais la peur lui avait soufflé sa colère. Il s'assit dans l'obscurité, en sanglots, et il se demanda qui il pourrait bien appeler à l'aide, sur qui il pourrait compter. Les autres pères, vers qui se tournaient-ils ?

Jon Patterson n'avait pas de réponse et il maudit son ignorance. Vingt années à exercer sa profession de conseiller fiscal ne l'avaient pas préparé aux événements survenus dans la nuit du 7 au 8 avril. Il avait appelé le FBI, qui l'avait renvoyé vers la police du comté, qui l'avait remis entre les mains du sergent Tyler Conroy. Et on perdait du temps. En l'absence de toute lettre de rançon, le FBI ne se mêlerait pas de l'affaire. Et on gâchait un temps précieux. Des minutes se changeaient en heures qui se changeaient en jours.

Son enfant avait disparu. C'était tout ce qui comptait. Au fond de ses tripes, même un homme aussi affable que Jonathan savait la bestialité dont certains hommes étaient capables – des malades, qui n'avaient rien à perdre dans l'existence. Cette seule pensée le fit trembler de tout son corps.

L'espace d'un instant, il envisagea le recours à la violence, mais il n'avait personne contre qui se battre, alors il songea à son âge, à son expérience. À quarante-huit ans, Jon Patterson n'avait jamais tiré un coup de feu, et encore moins possédé une arme, aussi pensa-t-il à solliciter les services d'un avocat, ce qui le ramenait à son point de départ. Un avocat requérait un adversaire. Il n'avait personne contre qui se battre. Ensuite, d'un coup, ce fut l'idée du médecin de famille qui lui vint à l'esprit, mais personne n'était malade. Il n'avait plus les idées claires.

Il décida d'appeler un détective privé. Il ouvrit brutalement l'annuaire et baissa les yeux sur ces colonnes d'adresses, en se demandant comment on prenait une décision aussi cruciale : en fonction de la taille de l'annonce ? Gagné par le désespoir, un désespoir infini, il décrocha le téléphone et composa un numéro, rassemblant son courage, tout en sentant son échine se liquéfier.

On lui répondit avant la fin de la première sonnerie.

Alice Patterson, son épouse depuis trente-deux ans, l'avait attendu, le combiné serré dans une main tremblante.

12

23 H 21,
VICAT

À la chasse aux ombres.

Scott rêvait, c'était un rêve flou. Le bruit de l'eau courante le guidait dans un hall faiblement éclairé. Il y avait des cris humains. Il y avait une maison vide où il arrivait chaque fois, chaque fois trop tard, et ces bruits s'effaçaient, remplacés par le son des pistons pompant de l'air dans un poumon artificiel.

Le Dr Chet Sanders était là. Et le commandant Nicholas Dobbs. Et les paroles angoissées d'Elizabeth Dodson, la mère de Mary Beth, qui s'agrippait à lui.

– Attrapez-le... je vous en prie, arrêtez-le... arrêtez-le, pour moi...

L'homme derrière son bureau était sur le point de répondre quand un lointain carillon résonna dans sa mémoire, aussi ténu qu'un paysage de songe, comme la sonnette d'une porte, ou une église au loin, ou le souvenir brumeux du tintement d'une pendule. Devant l'insistance de l'intrusion, il glissa jusqu'à son bureau, leva la tête, fixa le téléphone du regard et se prépara à reprendre contact avec le monde extérieur. Avant que son interlocuteur ait pu se faire connaître, Scott identifia la voix de Maxwell Drury.

– Désolé, Jack, fit le capitaine, j'ai insisté pour être mis en relation avec toi.

– Oui, bredouilla-t-il, oui, Max.

– Jack, veux-tu me dire ce qui se passe, nom de Dieu ? Plusieurs de mes équipes ont accédé à tes demandes toute la nuit sans désemparer, et ensuite un coursier de l'Institut de pathologie des forces armées s'est pointé pour transférer des ossements d'un site archéologique, et tout ça sous ton autorité. Est-ce qu'on a... ?

– Max, fit Scott en l'interrompant, les yeux vitreux, ça fait du bien d'entendre ta voix, mais je crains fort de ne rien avoir à te dire de plus. Je me borne à suivre une intuition. (Il se versa un verre d'eau froide d'une bouteille Thermos et en but une gorgée.) À moins que tu n'aies quelque chose de mieux à me proposer, ajouta-t-il, en s'humectant les doigts et en s'appliquant un peu d'eau fraîche au coin de chaque œil.

– Non, mon Dieu, non, Jack. C'est seulement que Matt Brennon a présenté la demande comme urgente. Qu'est-ce qui se passe ici ? Je peux t'aider ?

Scott se tourna dans son siège, attrapa une pochette cartonnée et s'obligea à procéder par ordre.

– Commençons par Francis Dale Rivers, fit-il, sa main droite cherchant une cigarette. Parle-moi de lui, est-il digne de confiance ?

Il y eut un gros soupir à l'autre bout du fil, suivi d'un silence.

– Personnellement, j'apprécie Frank, reconnut finalement Drury, mais c'est un misanthrope ; en réalité, il déteste les autres. Un personnage très asocial.

– Sois plus précis, Max, développe.

– Rivers a usé plus d'équipiers que n'importe qui. C'est un garçon qui joue en solo, un caractériel ambulant. Sur cette affaire, si tu permets, je préférerais affecter un autre inspecteur que lui.

– Ce n'est pas ce qui m'intéresse. D'où nous vient-il ?

– Géographiquement ou professionnellement ?

– Les deux.

– Bon, il est né et il a grandi dans le Maryland, et il a aussi quelques relations politiques, dit Drury d'un ton posé. Il a servi dans les marines, plus un contrat en freelance du côté de Langley, avec l'une de vos agences. J'ai entendu dire qu'il avait refusé une proposition pour devenir agent secret, et il n'aurait certainement pas été rattaché au corps diplomatique.

– Qui l'a recruté ?

– Un membre de mon équipe, Roland Russell. Le cancer l'a emporté, il y a de cela cinq ans.

Scott consulta la liste de citations et d'éloges attachés au dossier de Rivers au sein de la police d'État.

– D'après ses états de service, il a reçu deux distinctions du conseil régional en qualité d'inspecteur de l'année, deux années de suite. (Il continua sa lecture.) Il a effectué davantage d'arrestations ayant débouché sur des condamnations que n'importe quel autre flic du New Jersey, du Connecticut et de New York.

– Tout cela est exact, confirma Drury. Nommé inspecteur de l'année et pas fichu de se présenter à la réception officielle pour se faire remettre sa récompense. Le lundi suivant, il m'annonce que ce week-end-là, la rivière grouillait de poissons-chats bleus.

– Non ? Vraiment ? Des poissons-chats bleus ?

– Oh, merde, Jack ! Tu aurais dû me voir assis avec le gouverneur, jouant la comédie comme si je ne savais pas ce qui nous pendait au nez, avec la presse locale qui attendait dehors pour la séance photo. Voyez-vous, il a eu une urgence, Votre Excellence, une affaire policière ultraconfidentielle...

– Et le gouverneur a gobé ça ?

– Non, il a exigé que je rédige une note de service détaillant les activités de Rivers et expliquant pourquoi il ne s'était pas présenté. Mais, quand j'ai demandé à Frank de jouer le jeu, de faire comme s'il y avait eu des développements inattendus dans une affaire, il m'a regardé droit dans les yeux et il m'a sorti : « Je suis flic, moi, pas politicien. Racontez-leur ce que vous voulez, capitaine. » Ça, Jack, je n'oublierai jamais. Que je raconte ce que je veux au gouverneur de l'État ?

– Alors, qu'est-ce que tu lui as raconté ?

– Que Rivers était en mission secrète. Et depuis, chaque fois que je mange des fruits de mer, je repense à lui et au gouverneur.

« Alors, les poissons, ça mord ? » Ça ne m'a pas plu, Jack. Ce type a un vrai problème avec l'autorité. Heureusement, le gouverneur a une mémoire de caniche et cette année ils remettent la récompense à un jeune officier de police qui aura le bon goût de se présenter à la cérémonie.

– Alors ça s'est arrangé, murmura Scott, en continuant de lire les états de service de Rivers, qui révélaient certaines faiblesses. À quel moment ont lieu ces remises de récompenses, Max ? Ce n'est pas précisé.

– La première semaine de mai, à la même époque tous les ans, pourquoi ?

– Curieux.

– Peu importe. Comme je te l'ai dit, Jack, ce n'est pas son attitude qui pose problème. Il a tendance à créer lui-même les problèmes. On l'a promu lieutenant à trois reprises.

Scott avait remarqué : sergent de métier, d'abord dans les marines, ensuite dans la police d'État. Son formulaire DD214 de fin d'engagement faisait état de trois périodes de service en Asie du Sud-Est, une Silver Star, une Bronze Star, une Presidential Unit Citation et deux Purple Hearts. Ses activités, entre 1969 et 1972, demeuraient en *Accès restreint*, autrement dit, il avait eu la malchance de travailler pour l'Intelligence militaire, un des plus beaux oxymores qui soient. Scott nota de réclamer les fichiers gouvernementaux couvrant ses activités dans le civil avant son entrée dans la police.

– Max, les trois premières années, l'inspecteur Rivers a opéré en patrouille. Comment il s'est débrouillé, en uniforme ?

– Débrouillé ? s'exclama Drury. Le dernier incident avant que je le colle en civil, c'est une unité du Delaware qui l'a flashé en train de franchir la frontière de l'État à deux cent dix à l'heure ; il était à la poursuite de deux fugitifs. Avec moi, Frank n'arrêtait pas d'empiéter sur d'autres juridictions. On m'a appelé au milieu de la nuit et Rivers n'était même pas en service. Si le conducteur n'avait pas eu la bonté de se prendre la butée d'un pont, il les aurait pourchassés jusqu'au Canada. Merde, je me suis fait taper sur les doigts pour cette histoire aussi. Jack, tu me demandes quoi, exactement ?

– Cela ne figure pas dans le dossier. Les deux suspects étaient recherchés pour quoi ?

– Bon sang, je ne m'en souviens pas, moi, on a laissé le Delaware prendre la suite. Vol à main armée avec viol ou meurtre, je crois... Désolé, je suis incapable de me rappeler les détails, juste la bombe politique qui nous est tombée dessus quand l'État a dû enregistrer le dossier de la poursuite et identifier les deux corps tombés dans le fleuve Delaware. Rivers avait enquêté sur l'affaire sans mandat, il avait enfreint toutes les procédures. C'était le foutoir.

– Ça m'en a tout l'air, concéda Scott, mais alors pourquoi le gardes-tu ?

– Comme j'ai dit, j'aime vraiment bien Frank. C'est un grand cabot désobéissant. J'espère toujours qu'il va changer, mais j'ai de sérieux doutes. Le pilote de l'hélicoptère qui a récupéré toutes les pièces chez lui ce soir m'a signalé que Rivers l'avait accueilli avec le sourire, un vrai grand sourire de chat de Chester.

– Apparemment, il doit encore un peu mûrir.

– C'est bien ce que je pense. Alors, pourquoi lui, Jack ? Pourquoi as-tu tant besoin de lui ?

– Je me laisse juste guider par une intuition.

– À toi de voir, concéda Drury, mais je te propose deux jeunes inspecteurs vraiment prometteurs, des hommes de terrain, des types avec l'esprit d'équipe. Réfléchis-y. Et, juste au cas où tu aurais besoin de quelque chose, je vais te communiquer mon numéro de bipeur.

– Je l'ai. Ça m'a fait plaisir de te parler, Max, dit encore Scott, puis il mit fin à l'appel d'un geste du pouce.

Il se leva et entrouvrit la fenêtre pour laisser entrer l'air frais.

Dehors, les voix, les ghetto-blasters et les klaxons se faisaient écho. Il se rappela Mary Beth Dodson dans son lit d'hôpital, ses mains et ses bras, aussi faibles que ceux d'un chaton, fouettant l'air pour parer des coups invisibles. Il revint à la famille Clayton et à Miss X.

Tout ce qui les reliait, c'était leur proximité physique sur une carte. Plus les actes d'un policier de l'État, un garçon récalcitrant qui avait l'autorité en horreur. Il baissa les yeux sur les dossiers qui encombraient son bureau, puis se mit en devoir de trier les documents par catégories : *Preuves matérielles*, *Parcours personnels* et *Similitudes de cas*. Il savait qu'il lui faudrait pas loin de trois heures pour arriver à se concentrer, à se forcer à mettre de l'ordre dans ses pensées, et il s'assit, s'étira en arrière dans son siège, jusqu'à faire craquer ses vertèbres.

– Alors, après quoi courez-vous, monsieur Rivers ? s'interrogea-t-il abruptement, en vidant le reste de son verre d'eau. Quel démon combattez-vous, seul, ce soir ?

Le pêcheur errant détenait un secret dont seul Scott connaissait l'existence.

Le plus froid de tous les animaux se glissait dans les profondeurs de la nuit.

13

23 H 25,
SENECA, MARYLAND

Cet intérieur exigu de moins de quatre mètres sur quatre n'était pas une chambre, mais bien une maisonnette d'un seul bloc, sous un toit en bardeaux rouges. Il y régnait une odeur d'humidité, malgré le sol en béton recouvert de moquette. Il n'y avait qu'une seule porte. Il n'y avait qu'une seule fenêtre.

L'endroit avait jadis été conçu pour servir de garage à une demeure qui n'avait jamais été construite et la maisonnette blanche était restée posée là, virant au gris comme une dent gâtée, perdue au milieu d'un vaste terrain d'herbes folles et d'argile rouge érodée.

Cet intérieur étriqué était décoré de tout un bric-à-brac d'une autre époque. Il y avait là un canapé affaissé qui avait grandement besoin d'être réparé, au-dessus duquel était accroché le tableau d'une femme allongée sur du velours noir, dont les seins cramoisis avaient la taille de deux ballons de football et dont le visage de footballeur travesti soufflait un baiser. La photo était recouverte d'autographes. Sur un petit cabinet de curiosités tout cabossé se dressait une rangée de trophées disparate, au placage d'or ou d'argent écaillé, maculés de poussière. Il y avait aussi des batteurs de base-ball, des petits maîtres-chiens, des pêcheurs à la mouche, des voiliers et des tireurs d'élite qui pointaient sans viser des fusils recourbés au-dessous d'anciennes gloires comme James Dean, Marlon Brando et Clint Eastwood.

Au centre de la pièce trônait une affiche de cinéma représentant un surfeur tout droit sorti d'*Endless Summer* et un jeu de fléchettes dans un coffret en bois resté ouvert. Sur le mur d'en face, autour de la porte, était suspendue une série de drapeaux, un soleil levant nippon, une étoile combattante viêt-cong et l'emblème d'un bataillon figurant une Panthère rose agrippée au chiffre 1 dansant la sarabande au milieu d'un champ écarlate.

La télévision était allumée, une merveille high-tech avec un écran couleur quatre-vingt-dix centimètres qui remplissait l'espace de sa lumière et beuglait une émission de jeu en stéréo, rivalisant avec une radio amateur dont les haut-parleurs bon marché crachaient des basses saturées. La radio était réglée sur le canal de la police locale et, à l'angle opposé, le corps d'un homme se retourna sur un matelas double.

– M-P-R 280, éructa soudain le haut-parleur. Nom Debra Ralson Patterson, âge seize ans, disparue le 07-04...

Ça chauffait. L'homme sur le lit sentit que ça chauffait. Et soudain, il bondit en l'air : une braise de son cigare venait de le brûler à travers son T-shirt blanc.

– Bordel de Dieu ! s'écria-t-il en se giflant le ventre des deux mains, et à ce moment la minuterie du micro-ondes se mit à braire.

Il se tamponna la panse avec une serviette humide tout en empoignant, sur l'étagère à côté de son lit, un micro tout droit sorti des années 1950.

– Répétez date et infos, signalement personne disparue, glapit-il.

Il y eut un silence.

– Ici Country-One, M-P-R n° 280, votre numéro d'autorisation... demanda une voix féminine en retour.

– Ahhh, soupira-t-il, sentant la brûlure se calmer, et il vérifia qu'il ne restait aucune cendre en train de se consumer sur son dessus-de-lit.

Il s'était endormi au milieu de son émission de jeu préférée.

– Rivers, lâcha-t-il sèchement. Inspecteur, police d'État, matricule 140, voiture radio One-Echo-Twenty.

Il retira son T-shirt, le laissa tomber par terre puis alla chercher le lait bouillant dans le micro-ondes. Il attrapa un paquet de cookies aux pépites de chocolat, retourna au lit et, en attendant la réponse, braqua la télécommande pour monter le volume de son émission de jeu.

– ... et dans la catégorie sports, pour 500 points supplémentaires. En 1916, lors de quelle rencontre fameuse Washington State University affronta-t-elle Brown University ?

Consterné par l'idiotie de la musique, Rivers secoua la tête en émiettant une poignée de cookies dans son mug.

– Le Rose Bowl, bande de greluches. Washington, 14 à zéro.

– Chers concurrents, je suis désolé, il s'agissait du premier Rose Bowl. Washington remporta ce match 14 à zéro. Grant, c'est votre tour d'aller au tableau...

Rivers était encore à moitié endormi, les yeux réduits à deux fentes, ses cheveux blonds en pétard et collés de sueur.

– Essayons un peu du côté de la technologie, Mike, pépia le concurrent, on est tous très branchés high-tech, dans la famille...

– Hé, les Japs, planquez-vous, voilà Mike la hi-tech ! se moqua Rivers.

– Pour 100 points, en 1915, cet homme a inventé le tracteur. Qui était-ce ?

– Henry Ford, fit Rivers.

– Holà, c'est plutôt une question d'agriculture, ça, Mike. J'aimerais jouer mon joker avant le coup de gong.

Il s'avança vers le tableau.

– Question double, et Grant joue son joker, ce qui risque de l'obliger à quitter la partie...

– Je vais choisir la difficulté, Mike. On reste dans la technologie !

– Ouais, ironisa Frank Rivers, c'est ton point fort.

– En 1915, le Dr Thomas A. Watson reçut un coup de téléphone de ce personnage très célèbre à son époque...

– Al Bell, jeta Rivers, tout le monde sait ça.

Le public était debout.

– *Zip-Zap !* Je suis désolé, Grant, voulez-vous tenter le coup ?

– Ah, 1915, ce ne serait pas le président Wilson qui aurait passé ce coup de fil ?

– Pauvre con ! siffla Frank.

– C'était Alexander Graham Bell qui téléphonait de New York, le premier appel téléphonique transcontinental. Pas de chance.

– Ouais, c'est ça, pas de chance, fit Rivers en gloussant, alors que la radio se réveillait dans un crachotement.

– County à Echo-Twenty, nasilla la paire de mauvais haut-parleurs.

Avec la télécommande, Rivers baissa le son de la télévision.

– Ici Echo-Twenty, allez-y, fit-il en vidant le fond de son mug avant d'attraper son carnet de service.

Il appuya sur le bouton d'un stylo Papermate bleu et gribouilla une étoile pour faire descendre l'encre.

– M-P-R 280, fit la standardiste d'une voix neutre. Type européen, cheveux bruns, yeux verts, un mètre soixante-sept, quarante-neuf kilos, née le 03-07-72. Nom Patterson, Debra Ralson. Aperçue pour la dernière fois au croisement de River Road et de Falls Road, Mustang verte décapotable modèle 1988, immatriculée dans le Maryland. Victor-Echo-Zoulou 9-1-8. Carte grise au nom de Jonathan T. Patterson. Lien de parenté : père.

Rivers attendit.

– C'est tout ? s'impatienta-t-il.

– Echo-Twenty, veuillez suivre la procédure radio de la police, lui ordonna la femme.

– One-Echo-Twenty... County-One. (Il ravala sa salive et ironisa :) Pourquoi la police d'État n'a-t-elle pas été prévenue ?

– Echo-Twenty, reprit la femme, les directives de procédure autorisent la notification aux autorités de l'État à partir du 04-09-89 ; d'ici quarante-huit heures, contactez l'officier de police en charge de l'affaire, le sergent Tyler Conroy.

Ce qui le fit encore sourire.

– Jamais de la vie, répliqua-t-il en éteignant la radio, et il reposa le micro sur l'étagère.

Il prit l'annuaire du Maryland sur une pile posée par terre, tourna les pages jusqu'à la lettre P, repéra l'adresse en s'aidant de l'index. Il regarda sa montre et calcula *grosso modo*.

Cela faisait six heures qu'il n'était plus en service. Il était nourri. Il était reposé. Il s'ennuyait. Il composa le numéro en manipulant l'une des baguettes en bois d'Elmer Janson et jeta un œil au passage dans une vieille encyclopédie reliée au dos rouge, ouverte au chapitre de l'histoire navale.

Épissoir. L'objet était illustré. N. m. *instrument pointu en fer servant à écarter les torons des cordages ou des câbles que l'on veut marner ou épisser.*

– Allô !... Allô !...

L'homme avait une voix basse, tendue, mais pas désagréable.

– Je parle bien à Jonathan T. Patterson ?

– Oh, mon Dieu, non ! s'écria la voix, terrorisée, hagarde.

– Calmez-vous, fit doucement Rivers. Vous êtes M. Patterson ? Je vous appelle en ami.

Il y eut un silence prolongé.

– Oui. Oui, c'est bien moi... fit encore la voix, toute tremblante.

Téléphone en main, Frank Rivers se leva et se mit à arpenter son antre, en cercles étroits, laissant à Patterson le temps de reprendre ses esprits.

– Je suis de la police, monsieur Patterson, reprit-il, lentement. Je peux vous donner mon numéro de matricule, si vous le souhaitez.

– Non, non, ce n'est pas nécessaire. Vous avez des nouvelles de Debra ? Vous avez appris quelque chose concernant ma petite fille ?

Rivers sentit sa poitrine se serrer et il souffla un bon coup.

– En réalité, je ne suis pas affecté à cette enquête, monsieur. Je m'appelle Frank Rivers, inspecteur Rivers, police d'État, et je viens d'entendre à la radio le signalement d'une personne disparue. J'ai juste eu envie de vous appeler. J'ai grandi à quelques kilomètres de chez vous.

– Je n'ai reçu aucune nouvelle... Mon Dieu, quelle histoire épouvantable, pouvez-vous nous aider ? (Patterson en bredouillait de désespoir.) Nous ne savons pas quoi faire. Debra est une bonne petite, une enfant responsable...

– J'en suis convaincu, monsieur Patterson. Sincèrement.

– Cela ne lui ressemble guère. Debra n'a pas été élevée comme cela...

Rivers fronça les sourcils.

– Pourquoi êtes-vous à ce point sur la défensive, monsieur ? Je n'ai émis aucun commentaire négatif. Y aurait-il une raison de penser que cette gamine n'est pas si bien que ça ?

– Vous disiez que vous apparteniez à la police d'État ?

– Bien sûr, confirma-t-il en souriant, un policier, un 100 % authentique. Monsieur Patterson, pouvez-vous répondre à ma question ? Pourquoi éprouvez-vous le besoin de la défendre ? Y aurait-il quelque chose que je devrais savoir à son sujet ?

Il y eut un silence à l'autre bout du fil et Rivers crut entendre l'homme sangloter.

– Ils s'imaginent qu'elle a fugué... Ils s'imaginent qu'elle a quitté la maison à cause de nous, de mon épouse et moi.

L'inspecteur consulta sa montre.

– Monsieur Patterson, a-t-elle fugué ? lui demanda-t-il sans détour.

– Non ! riposta l'autre instantanément. Non, je le jure ! Il s'est passé quelque chose de grave. Aidez-nous, je vous en prie. Debra nous aurait appelés, si elle avait pu...

Rivers s'assit au bord du lit et ralluma son cigare.

– Avez-vous parlé avec ses amis ? Debra est fille unique ?

– Oui, dit l'autre, à vos deux questions, la réponse est oui. Aucun de ses amis ne l'a revue. Pouvez-vous nous aider ?

Rivers glissa son pistolet dans son étui, harnacha son holster et fourra son portefeuille, son badge, ses cigarettes, son canif et sa montre dans un coupe-vent gris ardoise. Il s'allongea en travers du lit, sangla un petit automatique à l'intérieur de sa cheville gauche, posa le combiné le temps de déplier un sweat-shirt propre sorti d'une cantine et l'enfila. Il se cala de nouveau le téléphone sous le menton et commençait à lacer ses chaussures de jogging quand il entendit Jon Patterson glapir.

– Monsieur Reever ? Monsieur Reever ? s'exclama-t-il d'une voix chevrotante.

– Oui, monsieur, je suis là. C'est Rivers, Frank Rivers, et pas besoin de vous excuser pour avoir écorché mon nom. Écoutez, monsieur Patterson, fit-il après un silence. J'arrive dès que possible, mais ce sera une visite officieuse. Cela vous convient ?

– Tout ce que vous voudrez, soupira le père affligé.

– Bon. C'est très bien, monsieur Patterson, parce que si vous voulez retrouver votre fille, il faut comprendre qui vous avez en face de vous. Vous avez affaire à des bureaucrates et des politiciens. C'est comme ça pour tous les services de police et dans ce comté c'est particulièrement gratiné. J'appartiens à la police d'État et donc je dois vraiment faire gaffe à où je mets les pieds.

– Je comprends, dit l'autre faiblement, sur un ton apaisé. Tout ce que vous voudrez...

Mais ce que voulait Frank Rivers, en réalité, c'était vivre dans un monde où la vie ne serait pas si dépréciée, où elle aurait plus de valeur que n'importe quel objet de consommation. Des dealers tuaient des innocents tombés sous leurs balles perdues, et ils en rigolaient comme s'il venait de cueillir un vulgaire champignon, du style « Aujourd'hui, la cueillette a été bonne, je crois que je vais pouvoir me payer une Porsche ». Devant le tribunal, des violeurs collectifs traitaient leurs victimes de traînées. Des pornographes qualifiaient leur torchon de littérature. Des tueurs à gages parlaient de leurs proies comme des déchets. Et les tueurs sexuels, quand ils évoquaient la traque qu'ils avaient fait subir à leurs victimes, avaient l'air d'évoquer une petite promenade de santé. La vie ne valait pas cher, aux États-Unis, pas plus cher qu'au Vietnam, et l'imbécile qui vous soutenait le contraire n'était jamais monté au feu chez les Viets. Ou n'avait jamais vu la façon dont la justice américaine traitait les petites gens.

Sur l'autre rive du fleuve, côté Maryland, Chevy Chase, Kenwood et Potomac Village avaient toujours été les trois quartiers les plus huppés, où les premiers biens immobiliers se vendaient à un demi-million de dollars l'unité. Adolescent, Frank Rivers sortait avec des jeunes donzelles de ces quartiers-là, des filles d'avocats et de hauts fonctionnaires gouvernementaux, de commerçants et de cadres d'entreprises. Il fonçait au bout de River Road au volant de sa Crown Victoria, en ralentissant juste un instant, le temps de repérer les lumières allumées à la fenêtre de Karn Foster, une chambre au premier étage d'un imposant manoir en pierre de taille avec des colonnes en marbre et un vaste terrain vallonné.

Il eut un peu le vertige au souvenir d'un lit à baldaquin rose et l'image d'une fille parfumée revint flotter dans sa mémoire : Karn et toutes ses courbes si douces et ses caresses si sensuelles. Il avait envie de revivre les péchés de cette chambre tels qu'ils étaient à l'époque : pleins d'insouciance, de jeunesse et de légèreté. Songeant à quel point les choses s'étaient gâtées depuis ce temps-là, il grimaça. À sa connaissance, la maison avait changé trois fois de mains. Et Karn avait fait un mariage malheureux qui tenait le coup depuis presque vingt ans, vivait en Californie et avait quatre enfants. La Crown Vicky franchit en souplesse le carrefour de River Road et Falls Road en direction de Tara et, là, il prit à droite, en scrutant les vastes pelouses et les perrons sous les arcades. Dans ce petit cul-de-sac, une seule maison avait la lumière encore allumée et il s'engagea dans l'allée circulaire dallée en vérifiant l'adresse, puis scruta son reflet dans le rétroviseur.

Alors que le bruit du moteur s'éteignait, il se frictionna les dents de devant du bout de l'index, puis se frotta les coins des yeux. Il se lécha la paume, se plaqua par petites touches ses mèches d'un blond jaune paille sur le sommet du crâne, puis attrapa son bloc-notes au moment où un homme faisait son apparition sur le seuil.

Les bons soirs, le trajet jusqu'à la maison de Jonathan Patterson sur le Potomac prenait quarante-cinq minutes. Avec sirène et gyrophare, il était arrivé sur place en vingt minutes. Il étudia la démarche de Patterson. L'homme était petit, plutôt frêle, le crâne dégarni, un pantalon gris et fripé, mais de bonne coupe. Il avait enfilé un épais chandail blanc torsadé, il s'approchait à petits pas rapides et ses bretelles lui pendaient aux genoux, se balançant en cadence. L'homme fut sur lui avant qu'il ait eu le temps de refermer sa portière.

– Dieu soit loué ! Je vous remercie... merci d'être venu, s'épancha-t-il en lui tendant une main tremblante dans la lumière grise.

– Ravi de vous rencontrer, monsieur Patterson, j'étais...

– Mettons-nous-y tout de suite. Par quoi commence-t-on ? bafouilla-t-il, frénétique, et Rivers entendit des chiens aboyer, à une rue de là.

– Eh bien, on pourrait commencer par entrer ? suggéra-t-il calmement.

– Oui, je suis désolé, euh, oui, oui, répéta-t-il en se mordillant la lèvre inférieure, et il fit aussitôt demi-tour.

Il poussa sa porte déjà ouverte et ils entrèrent.

Depuis le vestibule, Rivers entrevit la salle de séjour. Il y avait là un téléphone cerné de tous les indices de l'attente : verres sales, assiettes de nourriture à moitié terminée, carnets de notes, répertoire téléphonique et des vêtements dont son propriétaire s'était défait en les laissant là où il campait. Jonathan Patterson le conduisit au salon, l'intérieur le plus rupin que l'on pouvait s'imaginer, une pièce plus vaste que toute la maison de Frank Rivers. L'inspecteur resta planté là, devant une table basse en marbre, attendant les instructions.

Les canapés et les fauteuils, revêtus d'un luxueux velours vert, étaient disposés en demi-cercle au milieu de la pièce, sur un épais tapis oriental de couleur beige. Au-dessus d'un piano noir demi-queue de marque Baldwin était accroché un tableau à l'huile représentant une superbe brune en robe de dentelle décolletée. Patterson surprit le regard du policier.

– Mon épouse Alice, soupira-t-il. Elle se trouve dans le Connecticut avec ses parents, sa mère est très malade, elle rentre par avion dès demain matin, expliqua-t-il, l'air de s'excuser.

– Une belle femme, répondit Rivers avec sincérité, en regardant autour de lui. (Il remarqua la photo d'une jeune fille dans un cadre en cristal posé sur un bout de canapé.) Je peux ? fit-il en tendant la main.

– Je vous en prie, opina Patterson. Puis-je vous servir un cognac ou... (Il tâchait de se faire une idée de cet inconnu à l'air dur, en sweat-shirt noir à capuche.) Ou une bière peut-être ? ajouta-t-il, nerveusement.

– Non merci, monsieur Patterson.

– Jon, s'il vous plaît, appelez-moi Jon, l'implora-t-il, et Rivers vit la douleur s'emparer du visage du petit homme.

– C'est Debra ? s'enquit-il en regardant son interlocuteur dans les yeux.

– Le jour de sa confirmation, il y a de ça quelques années. Elle a eu seize ans au mois de juillet dernier.

– A-t-elle des amoureux ?

On eût dit que Patterson venait de recevoir une gifle.

– Elle n'a que seize ans.

– Jon... (Il se leva et lui posa doucement la main sur l'épaule.) Je vais peut-être boire quelque chose. Vous avez du Coca ou du café ? N'importe quoi de ce genre m'ira très bien.

Affichant un sourire de circonstance, reprenant machinalement son rôle de maître de maison, Patterson se dirigea vers la cuisine. Rivers le retint par le bras, le freinant dans sa fuite.

– Écoutez-moi, monsieur Patterson, reprit-il posément, si vous voulez que nous retrouvions votre fille, vous auriez intérêt à affronter la réalité. Elle a beau être votre bébé, ce que je comprends fort bien, Debra est une gosse mignonne et ils grandissent vite, à l'heure actuelle. Si vous ne connaissez pas son petit ami, vous êtes encore plus mal parti. (Il esquissa un sourire.) Je parie que la moitié des garçons de sa classe lui courent après.

Patterson lâcha un soupir gêné.

– Eh bien... (Il s'éclaircit la gorge.) Son téléphone sonne beaucoup, en effet.

Rivers lui lâcha le bras en hochant la tête.

– Réfléchissez. Moi, je vais fouiner un peu.

Frôlant la catalepsie, Patterson s'éloigna, pendant que le policier examinait la pièce. Trois lignes téléphoniques desservaient la maison et il les nota sur son bloc. Il entendit un grattement derrière une porte, au fond, et traversa le salon. Il libéra le cocker, qui aboya. Patterson était de retour avec un plateau.

– Vous aviez enfermé notre petit copain, constata Rivers.

– On ne sait jamais. Certaines personnes n'aiment pas les animaux.

Le policier s'agenouilla à côté de la table en marbre et gratta le petit chien sur la tête. Il s'assit en tailleur sur le tapis tandis que Patterson disposait les boissons devant eux.

– Vous voulez que je vous récapitule ce que j'ai déclaré à votre collègue ? demanda-t-il d'une voix plaintive en prenant place dans un fauteuil de velours vert.

Rivers attrapa un verre de Coca frappé et en but plusieurs gorgées.

– Non, je suis sûr que c'était la procédure standard. Racontez-moi juste la dernière fois que vous l'avez vue, comment elle était habillée et, selon vous, à quel endroit elle était lorsqu'elle a disparu.

Patterson s'exécuta. Ils s'entretinrent une bonne trentaine de minutes.

– En réalité, monsieur Patterson, vous ne la connaissez pas si bien que ça, observa le policier. Vous avez choisi de ne connaître que votre fillette, alors que le reste du monde s'intéresse à la femme. Tient-elle un journal ?

– Je n'en sais rien, admit-il, l'air très absorbé.

– Elle se fait toujours appeler Debra ?

– Oui, ou alors Dee, je crois.

– Et sa meilleure amie, Beth Meyers, vous pourriez la questionner ?

– Oui, oui, je pourrais.

– Et côté pognon, vous vous débrouillez comment ?

– Tout ce que vous voulez ! répondit l'autre aussitôt. Je ne suis pas riche, mais nous sommes très à l'aise. Si vous avez besoin d'argent...

– Attendez, monsieur, ce n'est pas ce que je veux dire ! (Rivers se leva et le reprit avec fermeté.) Vous êtes un contribuable et je travaille déjà pour vous.

Patterson soupira, ses épaules se voûtèrent.

– Je suis désolé. Je n'ai jamais rien vécu de pareil.

– Et vous n'êtes pas le seul. Il n'y a pas grand-chose dans la vie qui puisse vous préparer à ce genre de situations. (L'inspecteur plongea son regard dans le sien.) Voilà comment les choses se présentent, monsieur Patterson, fit-il prudemment. (Il se rassit, puis se pencha en avant au-dessus de la table basse.) Les autorités du comté sont chargées de l'affaire et elles observent la règle des soixante-douze heures. En d'autres termes, tant que votre fille n'aura pas disparu depuis au moins trois jours, mes collègues ne mettront pas tout leur poids dans la balance. Et pour le moment, la balance frémit à peine.

La tête de Patterson semblait peser lourd sur un cou qui peinait à la soutenir.

– Qui puis-je appeler ? Comment pouvez-vous les convaincre de bouger ?

– Moi, je ne peux rien y faire, avoua-t-il. Je ne suis qu'un flic parmi d'autres. Mais vous, absolument rien ne vous en empêche, et puis vous ne pouvez pas non plus vous permettre d'attendre.

– Dites-moi ! s'écria l'autre. Debra s'est peut-être fait enlever, ou a été frappée d'amnésie...

Frank Rivers songea à la multitude de fois où il avait entendu formuler cette hypothèse fantaisiste de la perte de mémoire. Dans bien des cas, les parents continuent à se raccrocher à cette croyance, des dizaines d'années après les faits.

– Monsieur Patterson, le signalement à la radio précise que la voiture de Debra n'a toujours pas été retrouvée. Il faut commencer par là et vous préparer à vraiment faire monter la pression.

– Je ne vous suis pas, dit-il, en se penchant en avant dans son fauteuil et il tendit la main pour prendre un bloc-notes.

– Exact, je ne me suis pas exprimé clairement. (Il se tut, le temps de réexaminer la question.) Il vous faut trois choses, Patterson. Hausser le ton, aligner quelques billets et vous dégotter autant de taxis aériens que possible... je veux dire, des hélicoptères.

– Bien sûr ! s'exclama-t-il. Pour retrouver sa voiture ! Comment est-ce que je peux les convaincre de bouger ?

– Le comté possède deux hélicos, l'État en a quatre et il y en a une dizaine d'autres qui appartiennent à des particuliers. Servez-vous de l'annuaire.

Jon Patterson était déjà debout, prêt à passer à l'action.

– Il va juste falloir attendre un petit moment, monsieur, le tempéra le policier. Il est exclu que je m'en mêle, à cause de notre règlement interne.

– Ah ? s'étonna l'autre, incrédule. Vous ne pouvez pas utiliser l'annuaire ?

Rivers eut un grand sourire.

– Ce n'est pas tout à fait à ce point-là, mais pas loin. Je ne peux pas prendre part à une enquête menée par un citoyen en ma présence.

Patterson opina ; il commençait à saisir.

– Cherchez la station de radio WMAL dans l'annuaire. Ils ont un pilote sous contrat, Dan l'Aviateur, il est chargé des reportages sur les bouchons, je ne connais pas son vrai nom.

– Oui, je l'ai déjà entendu.

– Commencez par lui raconter votre histoire, filez-lui deux ou trois billets. Et réveillez-le dès ce soir, n'attendez pas demain matin. Si vous ne réussissez pas à le contacter, dénichez quelqu'un d'autre. Il y a des dizaines de journalistes spécialisés dans les infos trafic, appelez les stations de radio. Vous constaterez qu'en général il est plus facile d'obtenir des informations auprès des travailleurs de la nuit que de la faune matinale. La nuit, les gens sont bien plus tranquilles, et donc plus sympathiques.

Patterson acquiesça.

– Ensuite, épluchez l'annuaire et trouvez-vous un pilote privé. Demandez un expert de la navigation par point de référence... C'est une spécialité, et dans ce domaine un ancien flic ou un pilote de combat seront toujours les meilleurs. Rencontrez plusieurs candidats, écoutez-les attentivement et ensuite retenez le meilleur. Laissez-vous guider par votre instinct. Si j'étais vous, je miserais plus sur le type qui s'intéresse à votre histoire qu'à l'argent qu'il va gagner.

– Ça, ça me plaît, approuva Patterson en hochant la tête.

– Demain, dans la matinée, vous appelez toutes les chaînes de télévision locales, elles ont toutes des pilotes. Demandez leur service d'infos de la zone métropolitaine et baratinez-les. Dites-leur l'angoisse que vous éprouvez au sujet de votre gamine et qu'un type d'une radio sillonne déjà le ciel pour votre compte. Ils vous demanderont ce que fabrique la police et vous leur répondrez qu'elle est trop occupée ailleurs. Dites-leur, ça va les rendre dingues, monsieur Patterson – Rivers avait de nouveau le sourire –, ça va rendre tout le monde dingue !

« Les gens de la télé et de la radio vont se précipiter sur cette histoire ; ils auront peur de laisser filer l'affaire du siècle. Et les flics du comté... (Il s'étrangla de rire.) Plutôt que d'enfreindre leur règle de non-intervention avant soixante-douze heures, ils vont édicter une nouvelle règle et la baptiser du nom de votre Debra.

Patterson sourit ; c'était la première fois.

– Je vous suis complètement, dit-il, sa main courant furieusement sur son bloc-notes.

– Enfin, souvenez-vous que vous ne cherchez pas à placer une info, mais à retrouver la voiture de Debra. Ne perdez pas ça de vue. C'est ce qui compte en premier, monsieur Patterson. Il faut que vous retrouviez la voiture de Debra, et tout de suite...

Sa phrase resta en suspens.

– Je comprends.

– Quand le patron du comté apprendra ce que vous avez fait, il appellera les gradés de la police et, avant que vous ayez eu le temps de vous retourner, ils ouvriront un dossier ; ensuite, je demanderai que la police d'État s'en mêle et me confie l'affaire.

– Mais je croyais qu'il y avait déjà un dossier ouvert. Ce n'est pas le cas ? lança Patterson, inquiet, écarquillant soudain ses yeux fatigués.

Rivers se passa les doigts dans ses cheveux blonds et bouclés.

– Non, monsieur, fit-il. Je sais que ça peut paraître insensé, mais comme je vous l'ai dit au téléphone, nous avons affaire à des bureaucrates. Pour le moment, tout ce que nous avons, c'est un rapport sur une personne disparue, ce qui veut dire que les unités en maraude vont ouvrir l'œil sur toute personne correspondant au signalement de Debra. Ils n'ouvriront pas de dossier, à moins que ça ne s'aggrave, avec une preuve patente d'un acte criminel, ce genre de truc...

Voyant l'expression horrifiée de son interlocuteur, il se tut brusquement.

Jonathan Patterson vivait le pire de tous les cauchemars ; il était exposé au genre d'événement qui n'arrivait qu'aux autres. Les Patterson menaient la vie saine d'une famille saine. Lui et sa femme étaient un couple aimant, avec un enfant unique. Ils n'étaient pas gros buveurs, ils n'habitaient pas à proximité d'un parc de mobile homes peuplé de travailleurs migrants. Même sous le coup de la colère ou de l'émotion, jamais ils n'élevaient la voix. Rivers vit cet homme s'égarer dans ses pensées.

– Écoutez, monsieur Patterson, si vous arrivez à provoquer suffisamment de raffut, vous obtiendrez peut-être qu'on affecte un officier de police à votre affaire, dès demain, à la même heure.

Voyant ce visage convulsé de souffrance, Rivers ignorait s'il avait réussi à se faire comprendre et si ce père aurait le courage d'aller jusqu'au bout. Patterson releva la tête avec lassitude, planta son regard dans celui de ce policier qui le dominait de sa haute taille et lui tendit la main.

– Merci, fit-il, et on voyait que tout cela lui coûtait, physiquement. (On eût dit qu'il n'avait pas dormi depuis deux jours.) Merci beaucoup.

– De rien, répondit Rivers. Vous feriez bien de vous y mettre. Avez-vous d'autres membres de votre famille dans les parages, Mme Patterson ou vous-même ?

– Non, il y a juste mon frère aîné et il est à la retraite, en Floride. Du côté d'Alice, il y a ses parents et ça s'arrête là.

– Des hommes viennent-ils travailler chez vous, jardiniers, plombiers, société spécialisée dans la désinsectisation ?

– Joseph Mallery s'occupe de tout le jardin, mais c'est un homme âgé, un brave type.

– Pourrais-je avoir son numéro de téléphone et ses horaires ? fit-il sans s'appesantir sur le sujet.

Patterson opina, passa dans la cuisine et revint avec un bout de papier. Il retrouva l'inspecteur dans le hall d'entrée, près de la porte.

– Vous partez ? fit-il en lui tendant le papier.

– Nous avons tous les deux du travail à accomplir, lui rappela-t-il en examinant les informations notées sur la feuille. À part lui, quand le dernier artisan est-il venu travailler chez vous ?

– Je ne sais pas, soupira l'autre. Il faudrait que je demande à ma femme, c'est elle qui gère ce genre de questions.

– Faites donc ça, suggéra-t-il, et autre chose, monsieur Patterson. Rendez-vous service : retournez toute la chambre de Debra.

– Retourner sa chambre ?

– Fouillez-la. Elle tient peut-être un journal ou je ne sais quoi d'autre. Si nous ne réussissons pas à la retrouver d'ici quelques jours, tous les flics vont rappliquer ici, justement pour dénicher ce genre d'objet, alors cherchez bien. Tant que sa mère est loin, ce sera plus facile.

Patterson battit des paupières, les yeux gonflés, noyés derrière un rideau de larmes. L'inspecteur avait raison : Alice Patterson considérerait un tel acte comme une violation de la vie privée de Debra.

– Je vais retourner sa chambre de fond en comble, promit-il solennellement.

Le policier eut un sourire, puis il franchit la porte. La nuit était froide et plombée. Une brise légère soufflait du Potomac et il sentit l'humidité sur son visage.

– Inspecteur Rivers, fit Patterson, en le rattrapant, et il lui tendit de nouveau la main. Je ne sais vraiment pas comment vous remercier.

– Ne vous tracassez pas pour ça, monsieur Patterson, répondit-il en lui serrant la main fermement, mais vous pourriez me rendre un petit service, en échange ?

– Tout ce que vous voudrez ! À vous de me le dire.

– Vous et moi, on ne s'est jamais rencontrés... ça ne me tracasse pas, mais je ne suis pas d'humeur à jouer leur petit jeu politique. Ça me ralentit.

– Je comprends. (Il sourit avec gravité.) J'ai déjà une certaine idée de ce que nous allons devoir affronter.

Rivers haussa les sourcils.

– Bonne chance, monsieur. Je vous reverrai quand la bureaucratie aura comblé son retard.

Il s'éloigna d'un pas nonchalant dans l'allée dallée, en prenant note mentalement de vérifier du côté de la famille dès le lendemain matin.

Il sortit de la poche de sa veste la photo couleur que Patterson lui avait confiée et, une fois assis dans la voiture, la fixa sur son porte-bloc-notes. Debra était le portrait de sa mère, remarqua-t-il. Elle avait les cheveux chatoyants et si agréables à regarder. Sa silhouette était délicate, authentique. Cela lui sapa encore plus le moral.

Moteur rugissant, il fonça au bout de River Road, dans cette obscurité si familière.

Il se sentait vraiment désolé pour Debra Patterson.

Cette petite était si ravissante.

14

Dans sa nacelle du ViCAT, Daniel Richard Flores commençait à trouver ses marques. Il avait l'impression d'ériger une palissade contre une tempête de sable.

Il classa un rapport sur l'écran n° 3, vit les colonnes lumineuses s'effacer et le curseur clignotant réapparaître. Toute la nuit, les téléphones, les ordinateurs, l'équipement d'imagerie n'avaient pas cessé de ronfler, avec une nouvelle notification d'incident à peu près toutes les vingt minutes. Les demandes en urgence affluaient de toutes les régions du pays : la plus lointaine venait d'Honolulu, la plus proche du Bronx. Le bureau résonnait des voix des officiers de police au rapport, aux timbres jeunes ou vieux, masculins ou féminins, certains boursouflés par la haine, d'autres étouffés de chagrin.

Le capitaine Duncan Powell avait faxé une correspondance dentaire positive à partir de la fiche de renseignements d'une personne disparue, une victime que les médecins légistes avaient identifiée ; il demandait maintenant à Scott de le rejoindre en Floride. Flores avait promis d'en parler à son supérieur. Il avait bien tenté de comprendre l'état d'esprit de Powell, mais il avait été incapable de lire dans ses pensées – la voix était grave et dure, avec tout le mordant de l'autorité.

Le jeune agent se concentra, tâchant d'imaginer les traits correspondant à toutes ces voix pressantes, détachées, exigeantes, composant mentalement des portraits-robots à partir de visages connus, ceux d'individus qui avaient traversé son existence. Tous ces efforts firent naître en lui un sentiment de tristesse et de solitude: se sentir seul, Flores le savait, cela pouvait constituer un danger. La nacelle était un poste difficile, surtout de nuit, et son but était de survivre jusqu'au matin. Rétrospectivement, il se rendait compte qu'il avait manqué de professionnalisme en laissant ses émotions affleurer avec le shérif de Tucson, Arizona, qui l'avait convié pour un week-end de congé.

Il avait partagé l'exaspération de cet homme et lui avait fourni des clefs d'interprétation comportementale pour sa recherche d'une jeune femme de vingt-trois ans enlevée dans une épicerie de quartier. Il était resté au téléphone avec lui très exactement 16 min 22 sec 03, et leur relation était devenue intime en aussi peu de temps. Un complet inconnu. Flores était incapable de s'expliquer la chose.

Ensuite, ce fut un appel de Santa Cruz, Californie – on avait jeté un garçon d'une voiture lancée à toute vitesse sur une autoroute plongée dans l'obscurité. La patrouille routière restait sur les lieux.

À Jacksonville, Floride, une autre jeune femme avait disparu sur un parking de grand magasin, où elle attendait son mari. Les policiers du comté de Dade signalaient que cette affaire s'inscrivait dans une série. Le comté avait connu quatre incidents similaires, sans survivants.

À 21 h 10, à Christi, Texas, des témoins signalaient avoir vu des hommes faire monter de force deux enfants dans une voiture; ils étaient incapables de décrire ces individus. Le véhicule avait été retrouvé, abandonné.

À 21 h 45, à Fort Wayne, dans l'Indiana, un violeur en série avait signalé son départ de la maison de Joyce et Suzanne Williams en lançant une chaussure de femme à travers la fenêtre d'un voisin. Joyce, âgée de dix-sept ans, avait survécu, et Flores poussait les inspecteurs à tenter d'obtenir de la jeune fille agonisante une dernière déclaration qui soit susceptible de leur fournir des pistes.

À 22 h 12, à Jackson Creek, Wyoming, Bonnie Caputo, dix-huit ans, avait été retrouvée morte, poignardée à quatre-vingt-une reprises et jetée dans un cimetière – L'Ogre au canif avait encore frappé.

Jack Scott se tenait debout sur le côté de la grande salle du ViCAT, ses yeux gris fatigués, le visage tiré, l'air extrêmement concentré. Il écoutait Daniel Flores, le regardait patiemment terminer sa communication avec Jackson Creek et il était satisfait de sa jeune recrue. C'était un vendredi soir assez paisible, en ces premières chaleurs d'avril. Seules six affaires déjà enregistrées au ViCAT étaient entrées dans leur phase active.

Scott consulta la sortie d'imprimante. Le listing comportait des meurtres, des viols et des enlèvements, et Flores avait même géré un incendie volontaire commis par un criminel en série qui terrorisait les habitants d'une petite commune de Pennsylvanie. Flores déposa son casque sur le bureau gris tout rayé en lâchant un soupir de soulagement et Scott lui tendit une tasse de café noir. Le jeune homme avait les yeux clairs et lumineux ; Scott admirait son endurance.

– Je vous ai écouté, dit-il. Vous vous débrouillez très bien, Daniel.

Flores fit à moitié pivoter son siège, comme s'il était chez lui dans la nacelle.

– Merci, répondit-il, en prenant la tasse entre ses deux mains, et il but un peu du breuvage brûlant.

Scott remarqua la relative délicatesse du geste.

– Comment prenez-vous votre café ?

– Cela me va très bien, monsieur, je vous remercie. Je ne suis pas très café, mais je crois que je vais m'y mettre.

– Des questions, à ce stade ? s'enquit Scott, en jetant un regard par-dessus sa tasse.

Flores s'accouda au bureau, réprima un bâillement.

– Rien qui soit lié à une affaire en particulier, mais je m'inquiète pour le capitaine Powell, il...

– Ne vous en faites pas pour lui, l'interrompit Scott, la main levée. Duncan Powell doit s'acclimater à sa nouvelle défroque.

Cela fait partie du jeu et cela le rend parfois un peu chatouilleux. La Floride est un État difficile : en plus de la drogue, ils ont tellement de crimes en série qu'ils sont incapables de faire face. Vous avez entendu parler du rouage qui se grippe ?

L'allusion fit sourire Flores.

– Ça, c'est tout Duncan, reprit le commandant, et nous, nous sommes l'huile de ce rouage. Croyez-moi, il n'est pas du genre à se laisser troubler facilement. Sinon, d'autres aspects vous sont-ils venus à l'esprit ?

– J'ai bien une question qui ne figure pas dans le manuel, confia Flores, en buvant une gorgée de café. J'ai lu les rapports statistiques, mais vous, sincèrement, qu'en pensez-vous ?

Scott lui glissa un sourire entendu.

– Eh bien, il y a sur le territoire en permanence un à deux cents tueurs en série en activité, peut-être davantage, peut-être moins, c'est très difficile à dire. Il n'existe pas de statistiques fiables, mais j'ai toujours pensé que nous n'avions affaire qu'à la partie émergée de l'iceberg. Cela vous éclaire ?

Le jeune homme resta silencieux, considérant ces chiffres, qui lui semblaient très élevés.

– Mais enfin, d'où viennent-ils tous ? demanda-t-il, avec gravité, ses yeux noisette s'embrasant. Je veux dire, pourquoi maintenant ? Quand j'étais enfant, tout cela n'arrivait pas.

Scott eut un sourire crispé.

– Je crains bien que si, Daniel, c'est une question d'échelle. Les tueurs en série ont toujours constitué une menace pour notre société. Aujourd'hui, notre planète étant plus peuplée, nous avons surabondance de tout. Mais les dépositaires de la parole publique, les responsables gouvernementaux, les commentateurs sont parvenus à masquer cette menace, par divers moyens. Il en a toujours été ainsi, même s'ils ont de plus en plus de mal à entretenir cette illusion.

Flores secoua la tête, déconcerté.

– Je vais vous en fournir un exemple, continua l'autre. Avez-vous déjà entendu parler de Vlad l'Empaleur ?

– Un dossier du ViCAT qui m'aurait échappé ? s'écria-t-il, gêné.

– Non, ça, j'en doute fort. (La remarque fit sourire le commandant.) Ce Vlad était dans la fleur de l'âge vers l'an 1465. De son vrai nom, il s'appelait Vlad Basarab, c'était un tueur en série, un sadique très similaire aux suspects que nous pourchassons aujourd'hui. Il était dépourvu d'émotions et il se procurait son petit frisson récréatif en enlevant des innocents dans les rues de sa ville natale, avant de les mettre à mort de la manière la plus cruelle qui soit. Il occupe une place particulière dans l'histoire à cause des réactions qu'il a suscitées à l'époque.

– Alors je devrais être au courant, renchérit Flores.

Scott s'appuya contre le rebord gris de la table et but une gorgée de café.

– Durant toutes ces années, on lui a attribué une dizaine de noms différents ; à une certaine époque, ils l'ont appelé le général Basarab, parce qu'il contrôlait l'armée. La population de la ville vivait dans la terreur, incapable de supporter l'idée que Vlad puisse investir leur maison à tout instant, les kidnapper selon son bon vouloir avant de les empaler sur un pieu acéré. Il aimait voir ses victimes souffrir.

– Cela me dit en effet quelque chose, fit Flores, en creusant dans ses souvenirs. A-t-on pu l'arrêter ?

– Non, soupira Scott. Ils lui ont trouvé toutes sortes d'excuses. Et ils ont procédé à peu près de la même manière que notre société actuelle, qui trouve des justifications à la population croissante de ces tueurs en série qui vous préoccupent tant. Ensuite, comme nous aujourd'hui, les gens de ce temps-là avaient le plus grand mal à accepter l'idée d'un prédateur humain sain d'esprit qui tue pour le plaisir.

Flores haussa le sourcil.

– Là, monsieur, je ne vous suis plus vraiment.

– Eh bien, au lieu d'affronter la réalité toute crue, ils ont fini par justifier leur inaptitude à l'arrêter, en prêtant à Basarab l'expression d'une volonté divine, en lui attribuant des pouvoirs surhumains.

Flores établit enfin le lien, frissonnant un peu.

– Le comte Dracula ? murmura-t-il, en se redressant contre le dossier de son siège.

Ce qui amusa Scott.

– Celui-là même et il a bel et bien existé ; il était tout aussi réel que vous ou moi, sauf qu'il n'y avait chez lui rien d'occulte. À dire vrai, Basarab n'avait aucun penchant pour le cannibalisme et ne s'abreuvait pas de sang humain... ça, c'est pure invention d'écrivain. Aujourd'hui, on adoucirait le tableau en lui trouvant une maladie mentale. Au lieu de lui attribuer des pouvoirs divins, on ferait de lui un psychotique. De telles fadaises rendent toute cette saleté plus facile à avaler. Mais, dans tous les cas, c'est de la mythologie, ni plus ni moins.

Flores, l'air pensif, se remémorait les exploits cinématographiques du comte des Carpates.

– Mais pourquoi se refusaient-ils à révéler la vérité sur cette histoire ? demanda-t-il d'un ton excité.

Son supérieur posa la main sur l'épaule du jeune agent, avec un grand sourire sincère.

– À vous de me dire, Daniel. Pourquoi nos gouvernants ne dévoilent-ils pas la véritable histoire de tous les petits Dracula dont nous suivons les faits et gestes jour après jour ? Il vaudrait mieux formuler la question en ces termes.

Au-dessus de leur tête, un carillon résonna dans la salle, signalant une alerte dans une enquête, et des caractères alphanumériques défilèrent sur l'écran sept, celui du nord-ouest des États-Unis. Flores coiffa en vitesse son casque et il attendit, en contrôlant le code de transmission dans la liste de son bloc-notes, son index glissant le long de la page.

– Le Visiteur, observa-t-il d'un ton neutre.

On avait baptisé ainsi le tueur qui sévissait dans une région rurale du Nord-Ouest : il élisait domicile dans les maisons de ses victimes jusqu'à ce qu'il ait consommé toutes leurs réserves de nourriture ou que leur corps ait commencé de se décomposer. Flores tapa une autorisation.

– Monsieur, voulez-vous que je traite ce dossier ? demanda-t-il à Scott en pianotant sur le clavier, sans quitter des yeux les données qui remplissaient peu à peu l'écran.

Ne recevant aucune réponse, Daniel Flores pivota sur son siège pour répéter sa question, en se préparant de la main gauche à établir la communication téléphonique.

Le commandant s'était déjà éclipsé.

Scott resta un long moment assis à son bureau, un poing calé sous le menton, à l'écoute d'une plainte intérieure. Il fouilla dans un tiroir pour en sortir un nouveau paquet de cigarettes, gratta une allumette. La minuscule flamme bleue qui en jaillit se refléta dans ses yeux doux et gris comme une braise de l'enfer.

Et Jack Scott se sentait effectivement possédé.

Matthew Brennon était de retour, avec un rapport sur ses découvertes : la pièce de monnaie d'Elmer Janson était une médaille, en métal, vieille d'un siècle. L'expert, le professeur Robert Perry, possédait d'impeccables références et le commandant reposa le dossier sur son bureau, en laissant libre cours à ses pensées.

Flores avait baptisé l'affaire de Floride les Voix désaffectées, un nom qu'il jugeait tout à fait adapté aux individus bestiaux et froids qui se servaient du téléphone pour faire diversion et enlever des enfants en une seule minute dévastatrice. Le Boy-Scout Tueur avait laissé une nouvelle victime sur le bas-côté d'une route californienne – quelques mois plus tôt, il avait donné des signes d'activité au Nouveau-Mexique. Et, d'après leurs retours d'information, le Visiteur avait trouvé un nouveau domicile où s'introduire et se sustenter. Et il y en avait d'autres.

Toutes les heures, tous les jours. À minuit, en ce vendredi 8 avril 1989, Jack Scott se sentit écrasé par le poids oppressant de toute une vie et la cigarette qui lui brûla le bout des doigts le ramena en sursaut à la réalité. Il l'éteignit.

Au prix d'un gros effort, il fit place nette dans son esprit comme il le faisait sur son bureau : en réfléchissant aux dossiers que seul lui comprenait, puis en traversant les chambres de sa mémoire, en fermant certaines portes pour en ouvrir d'autres, et il releva, tria, écarta, examina les mobiles. Dehors, il pleuvait à verse. C'était une pluie paisible. Et il mourait d'envie de trouver le repos, comme la majorité des hommes rêvent de prendre des vacances. Il s'enveloppa de cette idée comme on enfile son vieux manteau préféré et se renversa en arrière dans son fauteuil.

Il prit un dossier et l'ouvrit sur son bureau, ajusta la lumière pour diminuer les ombres. Il contenait une carte de la région de Bethesda, dans le Maryland. Il l'avait déjà parcourue une première fois en vitesse, mais là, il l'examina en détail. Cette banlieue récente s'y étalait en tous sens, ponctuée de légendes imprimées signalant les *Stations de métro*, les *Parkings publics*, la *Future Patinoire* et le *Quartier historique*, et même une *Nouvelle Sculpture* ; autant de promesses tous azimuts faites par un politicien en béton, bien gros et bien gras. Au nord, c'était une agglomération tentaculaire affublée d'intitulés comme Potomac, Cabin John, Rockville et Wheaton. Au sud, c'étaient le bourg riche de Chevy Chase et ensuite la capitale fédérale des États-Unis.

Il tourna la page et aborda la répartition statistique de la population de Bethesda communiquée par les services de recherche du département de la Justice. Interprétant les chiffres au fur et à mesure de sa lecture, il repéra ceux de Ridgewell Hamlet, le quartier des Clayton. Selon le rapport, ce quartier était relativement petit pour cette zone urbaine et ils avaient occupé l'une des soixante-sept maisons habitées par un total de 268 personnes. Ridgewell Hamlet se situait dans une couronne urbaine d'à peu près cent cinquante kilomètres carrés totalisant presque deux millions d'âmes – et il se limita plus ou moins à ce périmètre. Tous les éléments étaient réunis. Trois facteurs critiques allaient toujours de pair avec la présence d'un fort taux de meurtres en série, d'enlèvements et d'autres crimes violents du même ordre : une forte densité démographique, une croissance rapide et un grand nombre de travailleurs migrants. Diana Clayton élevait sa famille au sein d'une poche meurtrière, au sens moderne du terme. Tout ceci provoqua sa colère et il attrapa une brochure de la chambre de commerce locale qui vantait Bethesda, municipalité urbaine bien reliée avec Washington, avant d'expédier le dépliant d'une chiquenaude dans la corbeille grise.

Cette présentation de Bethesda comme une communauté résidentielle tranquille à l'écart de la multitude, c'était l'illusion qui permettait au tueur d'avancer masqué. Plus le quartier était paisible, mieux cela valait. Plus les voisins étaient éloignés les uns des autres, plus son camouflage était efficace. Avec ses communes satellites, en termes de population, Bethesda était deux fois plus importante que Buffalo, trois fois plus que New Haven, et presque de la taille de San Diego. Et pourtant, qui avait jamais entendu parler de cette étrange cité-dortoir ?

Il secoua la tête et se concentra sur le squelette retrouvé à l'est de la maison de Diana Clayton. Ayant vérifié l'adresse du bâtiment condamné, il localisa la maison d'Elmer Janson sur la carte.

Au crayon gras de couleur rouge, il entoura Ridgewell Hamlet, ombra River Road, puis traça un carré autour de la maison d'Elmer. Passant au crayon bleu, il coloria le quartier où la sépulture avait été découverte et, en se servant d'un compas, il évalua la distance à deux kilomètres, le long de la même route. Il le nota. La carte rapprochait les deux sites de façon saisissante, à l'intérieur d'un triangle aigu couvrant une portion de territoire bien précise. Même dans le contexte chronologique de la guerre de Sécession, cela allait visiblement au-delà de la simple coïncidence, et il repensa à son histoire, quand Vlad l'Empaleur, cinq siècles plus tôt, avait déjà démontré toute l'importance de l'emprise territoriale. Au plan comportemental, pour le tueur dénué d'émotions, bien connaître sa population, se sentir comme chez soi, à l'aise sur son lieu de travail, tout cela était primordial. Dans un environnement étranger, il serait incapable de parachever aussi rapidement la sélection, la traque et une étude poussée de sa proie. Il replia la carte et la rangea dans une chemise intitulée *Similitudes de cas*.

À présent, il était debout, face à son mur où était punaisé le cliché de la maison en brique à deux niveaux, au-dessous de celui de la chambre à coucher de Diana Clayton. La respiration lourde, il sortit un dossier de sa serviette et en retira une photo notée *Chambre de Kimberly*. Au moyen d'une punaise translucide, il la fixa, sur la gauche, à côté d'une vue plongeante du palier du premier étage, prise au grand-angle.

La porte de Kimberly était ouverte. L'étroit pas-de-porte se fondait dans la pénombre. Il retira un deuxième cliché de la liasse du dossier. La chambre de Kimberly était de couleur pêche ou rosâtre, avec des posters de rock stars aux murs. Il y avait ensuite un cliché de la commode, recadré en gros plan. Le miroir avait été fracassé en son centre, les fêlures zigzaguant vers l'extérieur, jusqu'au bord du cadre. Il consulta le rapport d'analyses – apparemment, aucun morceau de la glace ne manquait ou n'était tombé – et il enfonça la touche de son enregistreur. « Note, commença-t-il, en réfléchissant, miroir heurté par objet contondant, coup rapide et précis. Suggère très grande maîtrise de soi, peut-être connaissance de la capacité de résistance du verre à l'impact. Demande échantillon pour examen et type de fabrication. » Il consulta ses dossiers, chercha une indication concernant d'autres bris de verre ou de miroir dans la maison. Rien.

Un autre cliché montrait l'espace de couchage en gros plan, une table de nuit avec une photo et une lampe encore à leur place, des pantoufles roses alignées à côté du lit; une moquette récemment aspirée. Il vérifia le rapport: de la laine, épaisse de presque deux centimètres. Entre la table de nuit et le cadre du lit, juste à côté des pantoufles, il y avait une petite éclaboussure de sang. Il sortit un autre agrandissement et passa à la page suivante, celle de l'analyse de la scène du crime. Il s'agissait du groupe sanguin de Kimberly, B +, avec une légère trace de drainage de la muqueuse sinusale. Soit il avait frappé l'enfant à cet endroit, soit elle avait sursauté et s'était cogné le nez.

Où se trouvait Kimberly au moment où le meurtrier était entré? Il s'interrogeait. Même si le rapport de la police du comté concluait que « l'agresseur avait trouvé les deux fillettes ensemble, endormies dans la chambre de Leslie », il n'y croyait plus, désormais. Il enfonça la touche: « Note: le tueur n'a pas ramené Kimberly dans la chambre, comme envisagé. Plus probablement, le tueur a réveillé l'enfant au lit et l'a frappée dans la zone du visage avec petit objet contondant lancé contre le miroir. »

Les deux paumes plaquées dans le creux des reins, il s'étira, puis consulta le rapport sur la scène du crime. « Qu'as-tu emporté avec toi? susurra-t-il, en parcourant les pages. Si ce n'était pas un éclat de verre, alors quel souvenir a fait palpiter ton petit cœur vide et creux? »

Comme c'était le cas chez la plupart des tueurs récréatifs, il savait qu'il y avait de fortes chances pour que ce prédateur ait emporté un objet de la maison des Clayton, un trophée qu'il caresserait ensuite pour se créer des fantasmes encore plus intenses. Il passa rapidement chaque photo en revue, tâchant de percevoir ce qui manquait, à l'opposé de ce qui était immédiatement visible. En plus d'une mort cruelle, ces hommes-là cherchaient à se générer des souvenirs, afin d'avoir de quoi se repaître bien longtemps après les faits.

Quelque chose de tangible.

Tout en s'interrogeant, il consulta mentalement une sorte d'inventaire, ce catalogue macabre et pervers qu'il avait rassemblé durant toutes ces années : jouets et vêtements, photographies et films, dents et oreilles, doigts et orteils, ossements et cuir chevelu. Parfois même on avait arraché de la chair et soigneusement mis les organes sexuels à sécher avec des sels de tannage. Si le reste ne leur avait pas été épargné, songea-t-il, les Clayton avaient au moins échappé à cette atrocité et ses pensées le ramenèrent subitement au capitaine Duncan Powell. Si ce dernier ne s'était pas trompé, le tueur collectionnait les dents de chacune de ses victimes, mais pour des raisons qui leur étaient inconnues, il avait épargné Lisa Caymann. Scott, la gorge serrée, jeta un œil à sa montre.

Il n'ignorait rien de ce qu'endurait son vieil ami.

Le capitaine Duncan M. Powell, de la police d'État de Floride, se tenait devant une porte – un homme si impressionnant qu'il paraissait en imposer même à la vie. Ses hommes aimaient souligner qu'il ressemblait beaucoup à John Wayne, à la fois fort et bienveillant, doué d'une présence capable de rayonner dans toute une maison.

Il connaissait John F. Scott depuis leurs premières années, quand ils avaient passé tous ensemble leur diplôme à l'école de police de Glenco, avec le capitaine Maxwell Drury et lui-même. Avec Joe Taylor, Alan Grafton et Leslie Vance Doyle, ils formaient la Team Tiger, une équipe à la réputation redoutable. Des chasseurs d'hommes. Grâce à leur talent, ils s'étaient hissés en tête de la promotion 1954 et ils étaient parmi les rares vieux fossiles des temps héroïques à occuper encore la tête de la hiérarchie policière et à refuser toute idée de départ à la retraite.

Plus encore que bien des hommes, Duncan Powell était un chef doué qui refusait d'envoyer les autres faire ce qu'il estimait être de sa responsabilité. Et ce fut ainsi qu'il se retrouva au 1606 McDowell Drive, dans le lotissement de Silver Shores, ôtant sa casquette à galons dorés, campé dans une posture d'une précision militaire sur un perron faiblement éclairé.

Powell était venu en uniforme. Il s'était arrêté au presbytère de Notre-Dame de la Grâce afin de demander son concours au père Thomas O'Brian, le petit homme qui se tenait à présent debout dans l'ombre, juste à sa droite, le livre saint serré sous son bras gauche.

Depuis l'enlèvement de leur fille, douze jours plus tôt, Duncan Powell avait eu le temps de découvrir en M. et Mme Phillip Caymann d'honnêtes gens, bons et braves, et le capitaine était maintenant confronté à cette besogne qu'il savait être la plus pénible au monde. Il venait de sonner quand la porte s'entrouvrit, révélant une silhouette pathétique, la tête baissée sous le poids de la résignation. Il put entendre une femme secouée de sanglots convulsifs, quelque part dans le fond de la maison.

– Je suis vraiment désolé, dit le capitaine en tendant à l'homme son énorme main droite.

Phillip Caymann la prit mollement dans la sienne.

– Nous vous avons vu vous garer dans l'allée, s'écria-t-il. Vous avez des nouvelles de Lisa ?

À la vue du pasteur, il ouvrit grands ses yeux brûlants, luttant pour garder une contenance.

– Pouvons-nous entrer ? demanda Powell avec bienveillance.

– Je suis navré, mais je ne veux pas que sa mère entende. Dites-moi tout, Duncan, d'abord à moi, je vous en supplie, vraiment. C'est Lisa ? Vous avez retrouvé Lisa ? Elle est morte ?

Le capitaine Powell resta silencieux sur le seuil et il vit le visage de l'homme se déformer d'effroi. Il lâcha un lourd soupir, laissant à l'autre le temps de s'armer de courage, si tant est que ce fût possible.

– En début de soirée, fit-il en détachant ses mots, une voiture de patrouille a découvert le corps d'une jeune fille près de la nationale...

Phillip Caymann recula brusquement d'un pas, heurta la porte avec son dos.

– Je vous en prie ! s'exclama-t-il, sentant ses genoux vibrer, une main levée pour faire taire cet officier de police chevronné. Je vous en prie, sa mère va entendre...

Et, peu à peu, la réalité s'imposant avec la logique d'une scène se déroulant comme une bobine au ralenti, l'homme se mit à trembler violemment. À moins d'être sûr de son fait, ce policier ne serait pas venu sans avoir appelé au préalable. Les gyrophares rouges palpitaient dans l'allée, il n'y avait pas de sirène, aucune précipitation suggérant qu'une vie serait encore en danger. Au lieu de quoi, la police avait amené l'Église...

La pulsion primitive du père prit vite le dessus sur le rôle plus courageux de l'homme et du protecteur. Ses genoux se dérobèrent sous lui et Phillip Caymann tituba, trébucha contre la poitrine massive du capitaine.

– Quel genre d'animal a pu faire ça ? s'écria-t-il, impuissant. Quel genre de monstre a pu tuer mon bébé ?

Le capitaine le soutint et Caymann lâcha un cri horrible, un rugissement douloureux, assourdissant, terrifiant, celui d'un lion dont on vient d'arracher le cœur.

À cet instant tragique, tandis que le pasteur entamait une prière, Duncan Powell tourna le visage vers la nuit froide, serra contre lui cet homme brisé, avec tout ce qu'il possédait d'humanité. Une seule pensée lui vint à l'esprit.

Trouver Jack Scott.

Il ne leur restait personne d'autre.

15

23 H 55,
ViCAT

Le bureau de Scott était presque vide.

Un cendrier et un mug de café étaient restés là, qu'il écarta et, d'une main fatiguée, il tira sur le tiroir du bas, une grande boîte de classement en bois qui lui avait servi de fourre-tout depuis 1956, l'année où il avait acheté ce bureau, véritable char d'assaut de style directorial.

Il se sentait hanté, comme si, alors qu'il en passait le contenu en revue, il se retrouvait cerné par une horde de fantômes ressurgis des recoins les plus sombres de sa vie. Il braqua la lampe articulée, chassant les ombres, puis baissa les yeux. Et là, dans le tiroir, c'était tout le bric-à-brac accumulé de son existence qui le dévisageait.

Sur le dessus, il y avait un assortiment de journaux jetés là dans le désordre, chacun d'entre eux couvrant des affaires traitées par le ViCAT : il en saisit une pile entière, qu'il lâcha dans la corbeille. Une édition spéciale du magazine *Look* fit surface ; il s'arrêta un instant, tâcha de se souvenir quand il avait caressé l'idée de vivre à la campagne, thème de ce numéro hors série. La date figurait sur la couverture : 1968. Il s'empressa de lâcher le magazine dans la poubelle. Ensuite, ce fut un exemplaire usé du *World Almanach* de l'année 1964, lui-même posé sur une calculatrice à peu près de la même épaisseur et du même poids. Il les jeta l'une et l'autre. Dessous, il y avait une grande enveloppe kraft contenant une affiche originale de *Speech*, l'une des *Quatre Libertés* peintes par Norman Rockwell et, se rappelant son intention de les encadrer pour sa maison de campagne, il la mit de côté.

Il y avait une boîte de mouchoirs en lin blanc qu'il avait complètement oubliée, jaunie par la fumée et par l'âge, et, quand il la prit en main, un briquet plaqué or roula sur le tapis. Cela le fit sourire. Celui-là, il s'en souvenait ; on le lui avait offert – et il l'avait cassé – dix-neuf ans plus tôt et il le prit dans sa paume. *Félicitations, professeur Scott.* On y avait gravé ces mots, pour son diplôme. Il le retourna. *Tendresse, Linda.* Il ne pouvait pas le jeter.

Il sortit encore une épingle de cravate, un insigne et des boutons assortis, et puis toute une panoplie de reliques accumulées dans une boîte à cigares Belvédère gonflée et fendillée. Il était sur le point de la jeter quand il interrompit son geste.

« Que cette journée soit bénie par un enfant en bonne santé. » La voix de Nicholas Dobbs se rappela à son souvenir et lui emplit les oreilles. Scott avait acheté ces cigares en 1959, à la naissance de son premier enfant, et il avait ouvert cette boîte en l'honneur de son commandant. Le vieil Irlandais en avait été si touché qu'il s'était précipité vers la porte et il était revenu avec une sucette à la menthe, que Scott devait cacher sous son lit.

Sous la boîte était posé un rasoir de sûreté obsolète, à lame à double tranchant, des lames usées depuis longtemps devant le miroir de sa jeunesse. Ensuite, ce fut une petite boîte en carton marquée « colt », contenant un pistolet de poche. Et il atteignit enfin le fond.

Ils étaient là.

Au milieu d'une masse de peluches et de menus détritus, constellée de cendre grise et recouverte de poussière, il y avait une pile épaisse de rapports reliés et de comptes rendus d'affaires criminelles, de la taille d'un annuaire téléphonique. Il n'avait pas conservé la majorité d'entre eux comme des trophées, mais en tant que documents importants constituant un précédent en matière de techniques avancées d'enquête. Les autres avaient simplement été classés sur ordre après épuisement des pistes et des budgets. Le cœur battant, il fouilla plus profond dans la pénombre. La bouche de plus en plus sèche, il était incapable d'avaler.

Et il était là. Dans le noir. Il l'attendait, comme une dette ancienne et néfaste.

Il hésita, avec le regard de l'archiviste obsessionnel fixant l'objet de haut, et ce dossier jaune, là, tout en bas, lui renvoyait son regard. Gorgé d'adrénaline, les sphincters désagréablement contractés, il frémit en reconnaissant ces griffonnages de jeunesse, son écriture, sur la tranche du dossier. Pas de secrétaire, pas d'assistante, à l'époque. Il sentit une douleur lancinante lui parcourir le haut des phalanges.

Lâchant un profond soupir, il dégagea le dossier, en maintenant le contenu de la main gauche pour l'empêcher de se répandre. Avec un léger tremblement, il le posa sur son bureau. À présent, Scott respirait profondément. Il avala sa salive.

ZACHARIE – TOUT LE CIRQUE À LUI TOUT SEUL !
MAGIE * CLOWNS * BONNE AVENTURE * MARIONNETTES
POUR LES ENFANTS DE TOUS ÂGES !
– MAÎTRE ZAK –

Cette publicité, il la relisait déjà en esprit avant même de rouvrir le dossier et, quand il sortit le prospectus, il sentit une brûlure gênante dans le fond de la bouche. Il but une gorgée de café froid.

Le temps ne l'avait pas changé d'un iota, songea-t-il en le plaçant dans le halo de lumière. Des centaines de ces prospectus avaient été déposées dans les boîtes aux lettres le jour où ils avaient arrêté Zak. Il se redressa, le regard vague, se remémorant une époque plus civilisée, moins compliquée.

Les valeurs américaines étaient plus pures, en ce temps-là. Ou peut-être mieux définies. Sa jeunesse d'alors entrait sans doute aussi en ligne de compte et le ressentiment de l'âge déformait sûrement le passé. Il s'arrêta sur le souvenir de cette vision : la collection de Zacharie, émergeant du sol de cette salle de bains. En 1989, son contenu aurait paru assez fade, mais en 1960, les supports autorisés par la loi se bornaient à exhiber des pin-up en bikini et, comme la plupart des professionnels des services de police, Scott savait qu'il y avait un lien direct entre la pornographie et les comportements violents.

La fouille de l'appartement de Zacharie avait révélé un assortiment de photos et de films obscènes, notamment des clichés très explicites de femmes et d'enfants soumis à des rituels sexuels avilissants. Plus préjudiciable encore, cette saisie incluait aussi des piles de manuels de procédure policière, certains comportant des instructions détaillées sur les techniques d'investigation en vigueur. Et subitement Scott se mit à parler tout seul.

– Sale fils de pute ! sifflait-il. Sale fils de pute ! Nick, par ici ! Il se souvenait, avec une netteté qui le mettait mal à l'aise, d'avoir lâché ces jurons en ôtant un carreau de la salle de bains au moyen d'un couteau de poche. L'instant d'après, Nicholas Dobbs était là, debout, au-dessus de lui, l'incitant à la prudence de sa voix autoritaire pendant que six autres agents s'attaquaient au sol et aux murs.

– Dans le respect des règles, les gars, leur avait rappelé Dobbs. Scott, tu veilles à la procédure...

Scott avait attendu son supérieur avant de desceller quatre carreaux de ses mains gantées, en refoulant le flot d'adrénaline qui montait en lui. Il avait rangé chacun des éléments de la collection dans un sac pour pièces à conviction, pendant que Dobbs photographiait la scène avec un petit appareil automatique.

Scott avait à présent l'une de ces photos sous les yeux, un document montrant la douche de Zak, démontée par un autre Jack Scott, plus jeune. Sous le faisceau de lumière crue, il distingua une forme aux contours flous, à l'endroit où se trouvaient ses mains, tremblantes comme ce soir, et qui s'engouffraient dans une niche peu profonde, soigneusement aménagée sous l'écoulement de la cabine de douche.

Il avait extrait les éléments de la collection, un par un, manuel après manuel, livre après livre, livre pour enfants après livre pour enfants, plus des schémas, des photographies et des films. Il s'était remis en position accroupie et il avait tendu un livre au commandant Dobbs ; c'était cette séquence photographique qu'il avait à cette minute sous les yeux, celle d'un homme de l'âge de Daniel Flores tendant un livre à un vieil ami de confiance.

– *Maîtriser les entraves. Le dressage du bétail à la corde*, avait lu Dobbs à voix haute.

– Je vais l'écorcher, cracha Scott, en se rappelant ce qu'il avait dit en lisant les annotations en marge du cahier d'exercices du tueur. Je vais lui extraire le foie au couteau !

Immédiatement, Dobbs était entré dans la douche et s'était penché vers lui, afin que Scott soit le seul à l'entendre.

– Que je me fasse bien comprendre, lui avait-il chuchoté, en détachant chaque mot. Nous allons traduire cet homme en justice et il finira dans la chambre à gaz, alors pour le moment on modère nos commentaires, comme si un juge nous surveillait.

– Mais comment pouvez-vous être sûr, Nick ?

Scott avait écouté attentivement, comme il écoutait en cet instant, mais c'était un homme plus âgé, moins courageux et plus seul qui attendait son commandant sous le crépitement de la pluie qui battait les hautes fenêtres.

Le bruit de la pluie. Qui n'était même pas un bruit.

Le Cirque À Lui Tout Seul.

Son nom complet était Zacharie Leslie Dorani et, entre 1955 et 1960, il avait distribué ses prospectus à des parents de toute la Nouvelle-Angleterre. Durant cette période, on avait retrouvé quatre cadavres, des femmes et des enfants, et même si l'on avait signalé d'autres disparitions, ces autres corps ne furent jamais retrouvés. Zak Dorani était un tueur récréatif, un maître autodidacte de la cruauté, de l'illusion et de la tromperie.

Après cette brève conversation avec Dobbs, Scott avait repris la fouille de l'appartement, exhumant pléthore d'objets macabres, parmi lesquels toute une documentation médicale, des notices sur les poisons, de l'arsenic au Zyklon B, et une collection de manuels datant de la Seconde Guerre mondiale relatifs aux armes équipées de silencieux. Ces ouvrages côtoyaient des textes classiques sur l'art mortuaire, avec des chapitres consacrés à l'embaumement et la crémation. Au fond, après une série de publications pornographiques, il avait découvert plusieurs ouvrages féminins autour du thème du développement personnel – c'était bien avant toute la folie éditoriale sur le sujet –, rangés à côté d'une *Encyclopédie complète de la psychologie enfantine.*

Jamais ils n'avaient douté d'avoir arrêté le bon type le 5 septembre 1960, car les enlèvements avaient aussitôt cessé. Mary Beth Dodson avait été la dernière victime de Zak. Scott l'avait vue mourir. Elle aurait pu être la seule personne sur Terre dont les paroles étaient susceptibles d'envoyer Zak dans le couloir de la mort mais, sans son témoignage, le dossier s'était effondré comme un château de cartes.

La police scientifique en était encore à ses balbutiements : les éléments de l'affaire ne furent pas présentés avec le luxe d'analyse criminologique exhaustive que l'on exige de nos jours et les preuves contre Zacharie étaient au mieux fondées sur des présomptions. À en juger d'après les hématomes et les fibres de chanvre retrouvées sur les victimes, il était clair qu'elles avaient été ligotées avec des bouts de corde et selon une méthode remarquablement similaire à celles que l'on avait pu relever dans ces manuels. Et le décès était toujours causé par des perforations cérébrales mortelles.

Les pathologistes n'avaient jamais pu déterminer ce qui avait provoqué ces perforations crâniennes dévastatrices, quelle sorte d'instrument criminel en était la cause, car Zak supprimait toutes ces preuves létales, très précisément dès le début de l'agonie. Ainsi que l'attestait la déposition du Dr Chet Sanders, la réaction du cerveau à toute atteinte grave consiste en un gonflement, jusqu'à éclatement des parties organiques qui se changent en gelée à l'intérieur de l'étroite boîte crânienne, détruisant ainsi la trace des blessures tout en tuant la victime. Quelle qu'ait pu être cette technique, elle rendait impossible l'analyse des professionnels de la médecine : contraints de se fonder sur des boîtes crâniennes transformées en une espèce de collection de bols cassés remplis d'une soupe gélatineuse, ils n'avaient jamais été en mesure de reconstruire précisément le déroulement des événements.

Recourant à l'analyse des séries temporelles, Dobbs et Scott avaient tenté de relier Zak à ses crimes odieux à travers une reconstitution de la chronologie. Toutes ces femmes et tous ces enfants morts avaient une chose en commun : ils avaient reçu une invitation du Cirque À Lui Tout Seul. Deux enfants avaient témoigné que Zak leur avait offert une séance de magie gratuite, dans un endroit très spécial où ils pourraient découvrir leur avenir, une invitation qu'ils avaient sagement déclinée – et pourtant, ils le connaissaient bien, lui, il était leur ami, l'attraction principale de leurs fêtes d'anniversaire.

La défense avait présenté tout cela sous le jour le plus innocent qui soit, dressant le portrait du tueur en personnage tragique cruellement privé de sa propre famille. En 1953, Zak avait perdu sa femme et ses deux enfants dans un terrible accident automobile et, avec l'aide de son avocat, Meyer Coleman, il avait expliqué, justifié tout ce qui lui était reproché, en composant habilement l'image d'un mari modèle dévasté par le chagrin. David Satter, qui accomplissait là sa dernière année au poste de procureur fédéral adjoint, dirigeait l'accusation.

– Votre Honneur, le ministère public aimerait souligner que cet accident fait du prévenu le seul et unique bénéficiaire d'une police d'assurance substantielle, souscrite par lui...

– Objection ! (Meyer Coleman s'était vivement levé de sa chaise, pour se placer devant le jury.) Le procès de M. Dorani ne concerne aucunement cette grande perte personnelle qu'il a subie, Votre Honneur.

– Objection retenue, avait décidé le juge Owen Lymann, sans hésitation.

Et c'était ainsi que Zak avait pu distiller cette histoire invraisemblable et pourtant convaincante, un tissu de coïncidences et d'associations étranges expliquant la présence des documents que l'on avait découverts dans sa douche.

– Tout cela est bien innocent, s'était-il écrié en sanglotant à l'intention des trois femmes du jury. Ils appartenaient à ma femme. Elle étudiait les comportements sexuels, elle espérait décrocher une licence et devenir conseillère sociopsychologique, une spécialiste des problèmes sexuels. (Il s'était essuyé les yeux, en ménageant un silence, histoire de soigner son effet.) Elle ne souhaitait qu'une chose, aider les autres...

Coleman avait présenté les notes de cours de la défunte. Elle avait suivi deux cursus sur la sexualité humaine, d'un niveau tout à fait élémentaire, et Zak avait su manipuler le public avec audace et talent, en acteur consommé qui se livrait là au numéro de sa vie – pour sauver sa vie.

Le jury était son public et il avait tout noyé dans les pleurs, jusqu'au moment où le procureur avait présenté ces guides illustrés sur le bétail. Avisant cela, ses yeux s'étaient enflammés de colère.

– Je ne les ai jamais vus ! s'était-il étranglé, en croisant les bras, le visage écarlate face à une allusion aussi blessante. Je vous l'ai dit en toute sincérité, oui, ma femme et moi possédions toute cette littérature. Il s'agissait de recherches scientifiques et nous les cachions pour que les enfants n'y soient pas exposés. Ces ouvrages-là appartenaient peut-être à un précédent locataire. Pourquoi mentirais-je à propos de livres sur l'élevage ?

Et ainsi de suite.

Au terme d'un procès interminable qui avait duré neuf mois, Zak Dorani, faute de preuves concluantes, avait été déclaré non coupable de neuf chefs d'accusation d'enlèvement et de meurtre, mais coupable de possession criminelle de documents pornographiques au troisième degré, condamnation motivée par son aliénation mentale. Aujourd'hui, songea Scott, une telle possession ne serait même pas jugée digne du tribunal, mais à l'époque, c'était à la fois inexplicable et révoltant, le genre de saletés qui se déversait des égouts de l'humanité. Sur ce point au moins, le jury s'était accordé, en recommandant la peine maximale, et Zak avait été condamné à neuf années de détention dans l'établissement psychiatrique auxiliaire de la prison de Woodside, à New York.

Immédiatement après, Scott avait sombré dans une profonde dépression. Il avait pris un congé exceptionnel, retournant à Yale achever ses études. Dobbs avait assisté à la cérémonie de remise des diplômes, avant d'intégrer le jeune agent à la nouvelle entité de profilage du comportement criminel. Ils n'avaient plus jamais reparlé de Zak l'Aiguille.

– Quand nous avons échoué dans cette affaire, pourquoi m'avez-vous promu ? se demanda Scott, sans détacher le regard de cette marque circulaire, sur la chemise en carton, celle d'une tasse de café, imprimée près de trente ans auparavant, quand on pouvait encore effacer l'épuisement et les matins blêmes en se rasant de frais, tout laver, dissoudre au fond d'un évier.

Il avait toujours regretté de ne pas lui avoir réclamé d'explication et Dobbs avait emporté la réponse dans la tombe, voilà plus de dix ans.

Comme tant d'autres, le commandant Nicholas Alan Dobbs avait succombé à la malédiction de l'agent, la maladie du flic. Après sa retraite, quand le rugissement douloureux des images silencieuses accumulées durant une vie entière lui eut envahi les oreilles une fois de trop, pour ne plus lâcher prise, il avait placé le canon de son arme dans sa bouche et il avait appuyé sur la détente. Au final, c'était le symbole de son échec, de son humanité, tout ce que son cœur ne pouvait supporter d'abandonner.

Pour certaines professions – enseignants, journalistes, comptables, commerçants et même médecins –, l'échec faisait partie du métier. Il faisait de vous le membre d'une espèce pleine d'humilité. On s'excusait pour ses erreurs, on les oubliait, et on les rectifiait souvent. Quand Nick Dobbs ou Jack Scott échouaient, des mères innocentes mouraient avec leurs enfants. Des bombes explosaient. Des nouveau-nés et des animaux étaient déchiquetés. On lançait un jet d'acide sur des touristes sans méfiance. Des grands-parents endeuillés pleuraient devant des cercueils scellés. Et il n'y avait personne à qui présenter des excuses, même pas entre soi. Le commandant Dobbs avait succombé à une hantise personnelle qui s'était emparée de lui, qui l'avait ensorcelé, avant de finalement l'emporter, une fois pour toutes.

D'un sachet de pièces à conviction en glassine, il sortit une pointe effilée, affûtée, que lui avait remise le Dr Chet Sanders, extraite du poumon gauche de Mary Beth Dodson. Il la tint dans la lumière. Elle était noire, durcie au feu, aussi pointue qu'une aiguille. Il la serra fermement dans sa main et la compara à la photographie du trophée d'Elmer Janson.

Sur la base d'une estimation approximative, on avait là un objet en bois d'une quinzaine de centimètres, mais sur une photo, les détails étaient difficiles à discerner. Le bâtonnet du garçon était usé, rogné par les années passées sous terre. Dans leur aspect, les deux objets n'étaient pas exactement semblables, mais dans l'esprit de Scott, c'étaient bien les mêmes.

– Vous paierez, lui avait lancé Zak Dorani en quittant pour la dernière fois le tribunal, les poignets menottés à la ceinture, les jambes entravées par une chaîne.

Scott ferma les paupières, s'efforça de se remémorer la voix du tueur, mais ce souvenir lui échappa. Tout ce dont il se souvenait, c'étaient ces yeux, brûlant comme deux lanternes froides et vides et, juste à cet instant, une sensation de chaleur vint lui lécher le poignet, l'arrachant brutalement à ses pensées.

Son sang coulait, mais il ne ressentait aucune douleur.

Il avait fini par se ficher la pointe dans la paume.

16

23 H 58,
WASHINGTON D.C.

Le week-end, après la fermeture des bars, Georgetown était à trente minutes à peine de Bethesda, Maryland, une trajectoire en ligne droite le long de Wisconsin Avenue, en traversant le nord-ouest de la ville.

Plus tôt dans la soirée, une nécessité urgente s'était imposée à lui : il était sur les nerfs et il avait quitté son domicile pour s'accorder un bref répit, juste tuer le temps en roulant à petite allure dans les rues. Ces derniers jours, son dos lui faisait mal, pas une douleur insoutenable, mais un élancement épisodique et sourd qui lui courait le long de la colonne vertébrale, lui causant des migraines, et, il le savait, il lui suffirait d'une distraction pour que cela passe. Il s'engagea dans la ruelle derrière le Zephyr Bar & Grill, sur Wisconsin Avenue, un rade miteux à cinq minutes de Georgetown University.

Ce bar était une sorte de haut lieu du quartier, qu'il connaissait bien, lui qui le fréquentait depuis la fin des années 1960. C'était central et l'endroit était bien connu pour servir de l'alcool aux mineurs. En sortant de sa voiture, il se plaqua la main dans le creux des reins, puis s'étira en lâchant un bâillement satisfait. La seule lumière, dans cette ruelle, provenait d'une ampoule nue suspendue au-dessus de la porte de service du Zephyr, une lueur rougeâtre trop faible pour révéler beaucoup de détails.

L'individu qui se tenait là, debout, dans la lumière, un petit homme ordinaire, aurait pu être n'importe qui : un représentant en assurances, un vendeur de voitures ou un employé dans un magasin. Il avait un visage ovale aux traits indistincts et le front dégarni. Les fins cheveux bruns qu'il lui restait étaient séparés par une raie sur la gauche et il était peigné comme un enfant de chœur attendant de subir une inspection.

Plus tôt dans la soirée, il s'était senti stressé. Maintenant, l'heure tardive le cueillait par surprise, il était fatigué, usé jusqu'à l'os, et il lâcha encore un profond bâillement. Quand il ouvrit la portière côté passager, l'obscurité persista, accrochée à cette ruelle comme une toile d'araignée poisseuse, car l'ampoule du plafonnier était dévissée. Impassible, il fixa du regard la jeune femme étendue sur le siège en cuir rouge. Elle avait une respiration lourde et pénible.

Une Mercedes argentée surgit depuis une rue de traverse et continua lentement en dépassant l'entrée de la ruelle. Deux femmes d'âge mûr en manteau de fourrure lancèrent un coup d'œil dans sa direction, l'homme leur sourit et elles détournèrent le regard. « Mon genre de ville », dit-il avec un hochement de tête, car tous les paradoxes et toute l'illusion raffinée qui alimentaient cette cité si particulière lui étaient très familiers. Pour lui, c'était juste un endroit où il pouvait aisément se procurer de la chair humaine, de nuit comme de jour, cela ne faisait aucune différence. Vous pouviez l'obtenir par la séduction, par l'argent ou par la force. C'était un choix strictement personnel qui dépendait plus d'un caprice que d'une ligne de conduite, car il existait peu de règles, dans la capitale de ce pays, à part *ne pas se faire prendre*. De jour, une terre de monuments. De nuit, une ville qui engloutissait la vie.

Il l'empoigna, la traîna hors de l'habitacle et la lâcha le long du trottoir, comme un sac de cailloux. Dans un état second, elle releva la tête vers son agresseur en gémissant, ses yeux bleus se révulsèrent, ses paupières zébrées de mascara clignèrent et se refermèrent sous le poids d'un sommeil narcotique. Il la repoussa contre le trottoir, puis s'agenouilla pour lui replier les jambes et lui retirer ses chaussures.

– On n'a plus le temps, dit-il d'une voix neutre en surveillant la rangée d'arbres, guettant des phares, mais la femme était incapable de l'entendre.

Elle ne savait pas que le cocktail qu'elle avait bu était additionné de succinylcholine, un relaxant musculaire puissant mais sans aucune saveur, aux effets hypnotiques.

De la ruelle au trottoir, c'était une vingtaine de pas tout au plus, et entre les deux se dressait un collecteur d'eaux pluviales fermé par une plaque circulaire, au sommet d'une butte gazonnée. Il tira la femme sur ce carré d'herbe, puis il fit basculer le couvercle en ferronnerie en s'aidant d'une simple clef en T qu'il portait à sa ceinture. Il se cala une lampe stylo entre les dents et glissa la tête à l'intérieur pour inspecter la fosse.

Le faisceau rencontra des parois en béton, mais sans atteindre le fond, et l'odeur corrosive du fer et de la pierre humide lui emplit les sinus. À moitié essoufflé, le petit homme se retourna pour examiner le corps de la fille affalé, le pantalon et le chemisier débraillés, les bas déchirés sur les pieds nus. Sans cérémonie, il l'empoigna sous les aisselles, la retourna et la traîna, les orteils pointés vers le ciel.

Comme il soutenait tout le poids de la fille, ses pieds gainés de bas ne laissèrent aucune marque visible dans l'herbe brune et drue ; il la relâcha et, de sa main libre, se fouilla à tâtons, dans le bas du dos.

Avec une précision rodée, il lui renversa les épaules et la tête en arrière au-dessus de l'obscurité béante, dénudant ses seins pâles et admirant la cascade de ses cheveux châtains. Ses paupières entrouvertes sur ses yeux impuissants s'imprégnèrent dans la tête de l'homme comme une tache vitreuse et bleue.

– On s'est bien marrés, fit-il, en lui massant le cou.

Et puis, agrippant une poignée de cheveux, il attira subitement son visage vers le sien et, d'un geste fluide, tira une seule balle de son pistolet équipé d'un silencieux.

Il y eut un claquement mat suite à l'impact du projectile sur le béton en contrebas.

Clonk, clonk.

Et son corps suivit dans la noirceur fatale, en chute libre dans les airs tandis que le monde redevenait immobile et silencieux autour de lui, les bruits de la circulation s'estompant, les sirènes faiblissant, les avions très haut dans les nuages traversant un vide calme, et le corps de la fille toucha le fond du trou avec un cognement sourd.

Là, debout, dans cette lumière faiblarde, il ferma les yeux, serra très fort les paupières, les ombres refluant dans l'obscurité, l'obscurité refluant dans la mort.

– Oui, fit-il, le souffle rauque, et la buée sortie de ses poumons resta en suspension comme un nuage pâle. Oui, oui, oui...

Et il balança ses escarpins dans la noirceur uniforme, avant de remettre le couvercle en place. Le deuxième et le troisième coup de feu avaient détruit tout vestige dentaire médico-légal, et il savait que le temps et les rongeurs des égouts accompliraient le reste.

Il était heureux, maintenant. Il regagna sa voiture.

Tenant le volant d'une main, il remonta la ruelle au pas, attentif au code de la route, veillant bien à ralentir au feu rouge clignotant du croisement de Wisconsin Avenue et Foxhall Road. Une voiture de police du district de Columbia, une épave de guerre, se dirigeait vers lui, et il adressa un signe de tête las à un policier en tenue à l'air fatigué.

Non pas que cela eût de l'importance, mais il conduisait une BMW noire aux sièges en cuir rouge et il inséra une cassette dans le lecteur, s'installa dans son siège pour son trajet de minuit, prenant la direction de son domicile. Il se piquait d'être un homme cultivé, alors il écoutait des œuvres comme les *Nocturnes* de Chopin, qu'il avait découvertes posées sur le demi-queue à côté d'une ballerine en porcelaine.

« Cela vous ennuie si je vous emprunte l'une de vos cassettes ? avait-il demandé à Diana Clayton le soir du 31 mars en tâtant l'eau de son bain de l'index, en jouant avec l'esprit, le corps et le cœur de la jeune femme.

– Non, avait-il ajouté aussitôt, sur un ton consentant. Si vous me posez la question gentiment, je vais réfléchir. »

17

Bien après minuit, un téléphone sonna.

Une main s'éleva, passa devant la télévision, survola une cantine qui tenait lieu de table basse et souleva le combiné Mickey Mouse jusqu'au lit. Frank Dale Rivers regardait une émission que tous les flics de la région de Washington appelaient la « Messe de minuit », un magazine d'infos régionales en direct dont le style lugubre et la production miteuse restaient inégalés. Comme ils allaient enchaîner sur une pub, il laissa le téléphone sonner, en attendant de voir s'ils allaient annoncer son message concernant la disparition de Debra Patterson.

On avait déjà eu droit à cinq meurtres liés à la drogue, un rapport sur un violeur en série à Bethesda, un chauffard avec délit de fuite, deux suicides, une bombe, trois cambriolages et une rediffusion du dernier discours de Bush sur la loi et l'ordre public. Une tranche de 18 heures très ordinaire. Il supputait qu'ils avaient dû supprimer le reportage sur la petite Patterson, alors même qu'il avait fait un saut au siège de la chaîne pour leur demander leur soutien.

– Ouais, répondit-il, en croquant une aspirine dans l'oreille du Mickeyphone.

– Sergent, je m'appelle Scott, fit la voix. Commandant Jack Scott, j'appartiens au ViCAT de New York.

– Ah, c'est donc comme ça que vous vous appelez, répondit Rivers avec un sourire.

Plus tôt dans la soirée, à la demande de Scott, le capitaine Maxwell Drury avait envoyé un hélicoptère chez Rivers afin de récupérer la pièce à conviction d'Elmer Janson. Scott avait bien conscience de la nature intrusive de cette opération et, se passant la main dans ses cheveux gris, il choisit ses mots avec précaution.

– J'aimerais vous remercier pour les éléments que vous avez transmis à mon intention. Je suis désolé de cet appel tardif et j'espère pouvoir compter sur votre collaboration.

Rivers fut immédiatement fasciné par cette voix. Elle était sereine et courtoise, l'élocution d'un homme cultivé, et pourtant on y percevait un soupçon de colère, comme une main d'acier dans un gant de velours.

– Ma collaboration, monsieur Scott ? s'étonna-t-il, sarcastique. Je ne savais pas à qui j'avais affaire, ou même si j'avais vraiment affaire à quelqu'un. Drury a envoyé un hélico devant chez moi et c'est à peu près tout ce que je sais. Quel est votre matricule ?

Ce ton soupçonneux n'échappa guère à Scott.

– Matricule n° 1, fit-il.

– Simple routine. J'aime toujours savoir à qui je m'adresse. Ce serait donc l'insigne n° 1, ViCAT, NSA, USA, répéta-t-il.

– C'est exact. Vous faut-il une confirmation ?

– Négatif, rétorqua-t-il aussi sec. Alors, qu'est-ce qui vous tracasse, monsieur Scott, et que puis-je faire pour vous ?

L'autre marqua un temps.

– Qui sait ? Quantité de choses, ou peut-être rien du tout, mais votre style me plaît assez, Frank. Pourrais-je vous poser quelques questions ?

– Bien sûr, fit-il, taquin, en s'affalant en travers de son lit. Tirez le premier, mais vous n'êtes pas obligé de commencer par me caresser dans le sens du poil.

– Je vous dérange en plein dans quelque chose ?

– Pas de nana, pas de match, un vendredi soir assez creux. Je faisais juste quelques recherches et j'adressais un message à toutes les patrouilles concernant une certaine Debra Patterson, une gamine du coin, âgée d'à peu près seize ans.

– Quoi ? siffla Scott. Une adolescente disparue, pourquoi n'en ai-je pas été informé...

Rivers écouta attentivement le ton de sa voix ; il sentait qu'il prenait déjà moins de précautions.

– ... j'ai exigé d'être tenu informé du moindre incident.

– Eh bien, je dois avouer que je ne suis pas au courant, monsieur Scott, car vous ne posez sans doute pas la question au bon gratte-papier. Mais, si vous voulez mon avis, c'est une gamine vraiment mignonne, et un jeune trou du cul est peut-être en train de lui faire passer un sale quart d'heure. L'information ne remontera pas dans les tuyaux avant vingt-quatre heures. Règlements, paperasse, le merdier habituel, vous connaissez la chanson.

– Je connais la chanson, se lamenta Scott.

– Ça les rend dingues ses parents et je ne peux pas leur en vouloir. Pourquoi vous ne leur donnez pas un coup de main ? Je veux dire, insigne n° 1 et tout, c'est très impressionnant.

– OK, Frank, rétorqua l'autre, coupant court à ce nouveau sarcasme. Je vais voir ce que je peux faire. Alors, quel est votre pedigree ? Qu'est-ce qui fait battre votre petit cœur rebelle ?

– Le mien ? fit Rivers en gloussant. Les Chevrolet et la tarte aux pommes. J'ai l'impression que vous avez déjà lu mon dossier.

– Jusqu'au dernier mot, un profil intéressant, constata-t-il, sans s'étendre.

– Eh bien, je n'ai rien à ajouter, mais j'ai vraiment horreur d'être pris pour une petite pucelle à la botte d'une vieille bimbo avec quelques heures au compteur, alors pourquoi vous ne commencez pas par m'expliquer ce que vous cherchez ? Ça nous permettra éventuellement de concocter quelque chose...

– Appelez-moi Jack.

Rivers ne réagit pas.

– La vieille bimbo, c'est le capitaine Drury ? reprit Scott, amusé.

Pas de réponse.

– Frank, nous avons un sérieux problème lié à une procédure d'arrestation et j'ai besoin de votre aide. Si on vous a marché sur les pieds, j'en suis le premier navré.

Rivers se redressa sur ses coudes.

– Alors ça, Scott, j'apprécie, surtout venant de vous, le Grand Sachem. Écoutez, aussi vrai qu'on brûle en enfer, j'aimerais aider les Clayton, mais avez-vous un pouvoir d'habilitation ?

– Au plus haut niveau, fit-il, dans l'intérêt de la sécurité nationale.

– Ouais, ouais, ce n'est pas que je voulais dire, Jack. Et quand vous vous baissez pour esquiver, qui se prend la giclée de merde ?

Scott recula de son bureau et s'enfonça dans le dossier de son fauteuil. Il y avait chez Frank Rivers une forme d'honnêteté brutale, presque austère.

– Mes collaborateurs comptent plus à mes yeux que ma carrière. Et j'ai tenu le même propos à trois présidents.

– Intéressant, commenta distraitement Rivers. Dites-moi une chose, vous êtes psy ? On ne cause que de ça depuis des années, vous savez, comme quoi la NSA serait dirigée par une bande de psys.

– J'ai un diplôme de psychologie. Un psy est docteur en médecine et distribue des comprimés. Moi, je suis flic.

– J'aime bien ça, ricana-t-il. En quoi puis-je vous aider ?

– Commençons par les Clayton. Que savez-vous concernant ces meurtres ?

– Juste ce que j'en ai entendu raconter, plus quelques entretiens que j'ai menés sur le terrain... À la minute où je vous parle, je suis prêt à parier que les transcriptions sont sur votre bureau. J'ai été le premier sur la scène du crime, c'est sans doute l'affaire la plus atroce que j'aie jamais vue. J'ai entendu dire qu'on a fait appel à vous quand l'enquête s'est mise à stagner. C'était le comté qui gérait, et ça, c'était la grosse erreur.

– Pourquoi ?

– Ils sont comme McGruff le chien policier, tout chaud tout moelleux à la maison, mais sur le terrain, oubliez ça. Cette affaire était trop sérieuse. Saviez-vous que Drury n'avait repris les commandes à titre de conseiller qu'à la demande du gouverneur, avant de s'empêtrer dans l'enquête ?

– Je m'en doutais un peu. Parlez-moi d'Elmer Janson, comment avez-vous eu l'idée de suivre sa piste ?

– Simple curiosité. J'ai lu un papier dans le canard local sur ces ossements qu'il avait découverts, je me suis procuré une copie de l'examen médico-légal et je suis allé voir sur place. J'avais aussi lu un rapport sur l'impératif territorial chez les tueurs en série, il y a de ça quelques années et, à partir de là, les petites découvertes d'Elmer m'ont tracassé. Cela se situe à moins d'un kilomètre et demi de la maison des Clayton, mais j'imagine que vous le saviez.

– Oui, je le savais, et Elmer vous a remis cette pièce à conviction ?

– Affirmatif. C'est un sacré petit gamin. Alors, qu'en pensez-vous ?

Scott se tut un instant.

– Vous, quelle est votre hypothèse ?

– Bordel, je n'en sais rien, moi, mais nous n'avons pas les mains vides. En partant de cette notion d'impératif territorial, je pensais que nous pourrions avoir affaire à une famille de givrés qui se transmettent leurs compétences de génération en génération. Le type qui a enterré cet enfant est peut-être l'arrière-grand-père du tueur des Clayton. Ça vous va, comme début ?

– En tout cas, nous sommes certains que ce meurtre est le premier du genre, rétorqua l'autre, par provocation.

– Je le croyais aussi, Jack. Cet enfant a été torturé. Des baguettes comme celles-là, j'en ai vu aussi en Asie du Sud-Est. Vous savez, c'est intéressant : pendant la guerre de Sécession, cette ville grouillait de soldats et un taré quelconque prenait son pied en faisant du mal à des gosses. L'humanité, ça craint ; j'en ai toujours été convaincu.

Scott laissa parler son interlocuteur, acquiesçant quand cela lui était possible, posant ainsi les fondements d'une confiance et d'une entente réciproques. Rivers était un type à prendre au sérieux, cela, au moins, était clair. Et s'il se présentait comme un individu ordinaire, c'était pour mieux dissimuler sa perspicacité. Mais Scott savait que le couperet n'était pas loin derrière – un grand classique. Ce numéro de l'homme sans prétention, aux dehors frustes, sentait la formation CIA à plein nez.

– Frank, l'interrompit-il en adoptant un ton empreint de réserve et d'autorité.

– Ouais ?

– La tombe qu'Elmer a découverte est récente, postérieure à la guerre de Sécession. Il s'est égaré, votre médecin légiste.

– Quoi ? s'exclama-t-il, et c'était presque un cri. Vous auriez intérêt à vous faire télétransporter, Scotty, faut redescendre au centre de contrôle.

Après cette allusion à *Star Trek*, Scott l'entendit glousser.

– Le corps découvert par Elmer Janson et les meurtres Clayton sont l'œuvre du même individu, affirma-t-il alors plus solennellement.

– Mais non, cracha Rivers avec dédain, c'est n'importe quoi.

– Vraiment ? releva tranquillement l'autre.

Rivers prit le temps de réfléchir à cette affirmation. La tombe exhumée par Elmer Janson n'était pas loin de se réduire à un sac de poussière.

– Le Dr Talbard a examiné ces ossements et c'est un bon légiste, Jack. J'en ai croisé de meilleurs, mais je doute qu'il ait loupé un truc pareil.

– Il l'a loupé.

– Donnez-moi quelques éléments de preuve.

– Pas de problème, fit Scott calmement.

– Répondez à une question, une seule, et si j'ai tort je vous paie un billet pour le match de votre choix.

– Marché conclu, fit Rivers, en se rallongeant sur son lit. Au lieu d'un match des World Series, si on la jouait World Serious ?

– Frank, vous avez bien remis à Max Drury un objet en bois analogue à une baguette chinoise noircie ?

– C'est exact.

– Et vous avez consacré un certain temps à ce jeune garçon qui a découvert la tombe ?

– Je suis un enquêteur assez potable.

– Je n'en doute pas, alors soyez honnête avec moi, Frank. Beaucoup de choses en dépendent.

Scott avait le regard fixé sur son mur, sur les yeux éteints de Diana Clayton, sa raison tentant d'étouffer son sentiment de culpabilité.

– Je serai honnête avec vous, promit Rivers.

Scott prit le temps de respirer.

– Il y a au moins neuf autres baguettes et peut-être même douze, annonça-t-il sèchement.

Le silence qui s'ensuivit était glaçant.

Une bile noire remonta dans la gorge du commandant et il avala en vitesse une rasade de café refroidi.

– N'est-ce pas exact, Frank ? insista-t-il, en se raclant la gorge, la voix encombrée de mucosités.

– Nom de Dieu ! s'écria l'inspecteur dans une douloureuse exaltation, et il sauta de son lit, attrapa le sac en papier contenant les objets d'Elmer et en secoua le contenu. (Scott attendit que son excitation se dissipe et Rivers, très nerveux, s'assit au bord du lit.) Vous n'aviez aucun moyen de savoir que j'avais conservé les pièces... commença-t-il, puis il se tut, en fermant les yeux.

– Oui, Rivers, vous les avez conservées, reprit l'autre sans ciller, ce qui vous rend suspect. Pourquoi avez-vous fait cela ?

Rivers se tut, sachant que, si Scott avait l'intention de lancer une enquête interne, sa carrière au sein de la police d'État était terminée et il était déjà en train de se dire que, de toute façon, il était grand temps de changer, que ce boulot sentait le renfermé, quand Scott reprit la parole.

– Moi, ça m'est égal, Frank, mais ces pratiques ne sont pas très correctes. Alors pourquoi avoir fait cela ?

– Simple précaution, répondit-il sans se presser. Je n'aime pas qu'on court-circuite mes affaires et, par ici, c'est l'usage, tout est politique, tout le temps. Mais comment vous l'avez su, bordel ?

– Je pense avoir déjà arrêté le même tueur, mais j'attends encore d'en trouver la preuve. De vous à moi, en dehors de l'aide que vous m'avez apportée, je n'ai plus rien à me mettre sous la dent.

– Mais comment est-ce possible ? fit Rivers, en revenant à la charge. Ça devient bizarre, ce corps très ancien qui tombe quasiment en poussière et cette pièce de monnaie...

– J'ai des doutes, en effet, admit Scott, en le coupant. Je suppose simplement que c'est le même homme.

– Et il a tué les Clayton ?

– Possible.

– Bon Dieu, ça fait combien de temps qu'il tue, ce type ? Quel est son nom ? (Sa voix commençait à s'emballer et il sentait son corps se charger d'adrénaline.) Hé, Jack, ces fillettes, il leur a fait quoi ?

– Frank, répondit prudemment Scott, aimeriez-vous travailler avec moi sur cette affaire ?

– Bien sûr. Mais ces baguettes, c'est quoi ? Je vais le massacrer, ce salopard visqueux...

– Non, sergent, vous n'allez massacrer personne, ordonna Scott aussitôt. Si vous voulez en être, il va falloir respecter quelques règles élémentaires.

– Tout ce que vous voudrez, promit-il, désinvolte.

– *Primo*, vous n'informez que moi, fit Scott, en martelant ses mots. *Deuzio*, vous ne discutez pas de cette affaire sans mon autorisation. *Tertio*, si vous me créez le moindre problème, c'est terminé... pas de seconde chance.

– Si c'est tout, commandant, marché conclu. Allez, on commence, lâcha-t-il, un brin insolent.

Scott réfléchit au statut de sa nouvelle recrue.

– Je vais d'abord remplir quelques formulaires pour vous affecter chez nous dans le cadre d'une requête interservices, ce que l'on appelle une équipe d'investigation multi-services. Vous porterez votre insigne de la police d'État en même temps que notre carte. Ensuite, ce qui est important...

– J'écoute, fit Rivers, et il prenait déjà des notes.

– Appelez le capitaine Drury chez lui... réveillez-le si nécessaire, dites-lui que la demande émane de moi. Ne discutez pas de l'affaire, dites-lui juste d'envoyer deux officiers au domicile d'Elmer Janson, en mission de surveillance. Des hommes en qui vous avez confiance. Vous choisirez ces officiers et vous en référerez à Drury.

– Oh, mon Dieu, ils sont en danger ? s'exclama-t-il.

Les images de cette mère jeune et belle et du petit garçon solitaire lui assaillirent l'esprit. Il y eut un silence interminable.

– Répondez-moi, Scott !

– Non, Frank, rectifia l'autre posément, c'est à vous de me répondre.

Rivers laissa retomber la tête dans sa main.

– Exact, soupira-t-il, en posant un regard ulcéré sur la gueule du Mickeyphone.

– Mme Janson est-elle toujours mariée ? demanda Scott. Son mari est-il présent, à leur domicile ?

Frank se mordit la lèvre.

– Merde, je n'en sais rien, moi... Maintenant que vous en parlez, d'après le journal local, il était en Europe. Ils m'ont invité à rester dîner, Jack...

– C'est une simple précaution, je ne pense pas que notre homme s'en prenne aussi vite à une autre famille. Il va s'attaquer à des cibles isolées, faire des coups moins spectaculaires.

– Seigneur ! jeta Rivers. Alors, et Elmer Janson ? Ce gamin est un protagoniste à part entière de cette affaire, il...

– Cela demanderait trop de préparatifs au tueur, du moins pour le moment, mais ils pourraient constituer une cible vraisemblable.

– Mais comment notre homme serait-il au courant ?

– Vous disiez que vous aviez lu l'histoire d'Elmer dans le journal et vous n'êtes pas leur seul abonné, Frank. Il y a aussi d'autres éléments, dans cette affaire, alors choisissez deux types compétents et demandez à Drury de les affecter à la protection des Janson. Maintenant, d'après votre dossier, vous avez presque toujours vécu près de ce quartier. Combien de temps ?

– J'ai trente-huit ans, mes parents sont venus s'installer ici quand j'étais en quatrième, cela fait donc *grosso modo* vingt-quatre ans, pourquoi ?

– Y a-t-il quelqu'un qui connaisse l'histoire locale mieux que vous ?

– Une seule personne, à ce que je sais, mais il existe aussi une société d'histoire locale...

– Non, éructa Scott, restez à l'écart de ces gens-là, c'est important. Et évitez aussi les défenseurs du patrimoine.

– Pourquoi, quel est le souci ?

– On abordera cela dans la matinée. Simplement, je ne veux pas de connaissances historiques au rabais sorties d'un crâne d'œuf qui passe son temps à fourrer son nez poilu dans les bouquins. Depuis combien de temps votre ami vit-il dans le coin ?

– Depuis toujours, Jack, il est né ici. Nous sommes très proches, c'est aussi mon propriétaire et il est originaire du Maryland, sa famille y est implantée depuis quatre générations. Il habite à Cabin John, c'est une petite ville tout près d'ici.

Scott ouvrit un dossier et entoura ce nom sur la carte de l'agglomération de Bethesda.

– Nous aurons besoin de son aide, alors passez-lui un coup de fil.

Scott était sûr que l'homme était digne de confiance. N'importe quel personnage proche de Frank Rivers devait forcément être aussi muet qu'une carpe.

– Comme vous voudrez.

– Je vous en sais gré, Frank. Maintenant, parlez-moi de Debra Patterson. Vous disiez que vous aviez besoin d'aide.

Rivers lui exposa en détail tout ce qu'il savait.

– La dernière fois qu'on l'a vue, elle était dans sa voiture, elle se dirigeait vers cette épicerie. Il me faut des moyens de recherche aérienne, moi, je ne fais pas le poids.

– Mais je parie que vous connaissez un pilote convenable !

– Affirmatif. Un super bon, trois périodes de service dans la cavalerie aéroportée. Il s'appelle Steve Adare, c'est un gars de l'État. Il serait foutu de retrouver une tique dans une...

– Demandez à Drury d'envoyer ce type dans les airs. L'ordre vient de moi.

– Vous plaisantez ? fit Rivers en riant. Aussi simple que ça, j'ordonne à Mad Max de...

– Restez poli, Frank, la vieille bimbo est un ami très cher.

– Affirmatif, fit-il sagement.

– Et, Frank, ajouta-t-il encore, en toutes circonstances, essayez de ne pas oublier que l'homme que nous pourchassons sait très exactement ce qu'il fait. Dans la pratique, il est aussi sain d'esprit que vous ou moi et il est vraiment malin.

– Qui est-ce, Jack, quel est le nom de cette enflure ?

– Peu importe. Je viens de vous le dire, il est intelligent, il change d'identité comme vous ou moi changeons de chaussettes. Mais, si vous êtes capable de suivre mes ordres, on l'aura. Nous sommes sur la même longueur d'onde ?

– Oui, m'sieur, mais je ne saisis pas, observa l'autre. Pourquoi personne ne l'a tenu à l'œil, ce salopard ? Comment il a réussi à s'en tirer, bordel ?

Scott ferma ses pâles paupières sur ses yeux assombris et injectés de sang, les yeux d'un homme plus âgé qui rumine de sombres pensées, la nuit, pendant que les gens normaux sont endormis.

Frank Rivers comprit ce silence.

– Ainsi donc, vous avez traqué la bête et vous avez foiré, Jack. Ça peut arriver à tout le monde. Oubliez la question.

Scott avait envie de suivre ce conseil, il avait envie d'oublier, de remonter le temps, afin qu'il ne soit plus nécessaire d'effacer les souvenirs.

– Je l'ai cru mort, Frank, et c'est exactement ce qu'il voulait que je croie. J'ai sa nécrologie sous les yeux, en ce moment même : Zacharie Leslie Dorani, mort à l'âge de trente-trois ans, et ça remonte à 1966. J'aurais dû examiner le corps avant la crémation.

Une fois la conversation terminée, Scott rangea cette nécro dans *Similitudes de cas* et attrapa de nouveau la chemise intitulée *La Chambre des enfants*.

Il eut un frisson. Il se sentait glacé jusqu'à la moelle.

La chambre de Leslie donnait sur la pelouse côté rue, deux fenêtres assez grandes pour permettre au soleil matinal d'irradier toute la pièce. Scott consulta le dossier. La chambre et la façade de la maison étaient orientées plein est.

Sur un autre cliché, Leslie Clayton était assise dans une chaise en rotin blanc, vêtue d'un chemisier pastel à fleurs et d'un pantalon gris anthracite, prête à partir pour l'école. Un fourre-tout en jeans bleu était posé contre la chaise. Il consulta le rapport de la police scientifique.

Même s'il n'y avait plus que des fibres, on savait qu'elle était restée ligotée à cette chaise des heures après la mort, jusqu'à ce que la raideur cadavérique s'installe, ce qui expliquait la rigidité de sa posture. La corde avait disparu, mais d'après les lacérations et les hématomes, il était certain que le tueur avait laissé l'enfant moribond pendant plus de deux heures, le cou, les bras et le dos attachés. On lui avait maintenu les paupières ouvertes jusqu'à ce que son corps se raidisse et Scott sentit ses yeux se remplir de larmes. Heureusement, la mort avait été instantanée.

Il enregistra une remarque: « Le tueur a-t-il quitté la maison et y est-il retourné ? Quand a-t-il placé l'enfant mort devant la fenêtre ? »

La cause du décès, un seul et unique coup de feu, était presque identique à celle de Diana Clayton – si l'on exceptait l'endroit de l'impact. Selon le rapport, la balle avait transpercé la voûte du palais à l'intérieur de la cavité buccale, avant de ressortir par le sommet du crâne de l'enfant. On n'avait récupéré que des traces du projectile. Remarque: « Comment le tueur a-t-il bloqué et récupéré la balle ? »

Il plaça la photo à côté de la dernière, en travaillant à partir de la gauche. Le troisième cliché était une vue de la pièce prise au grand-angle, montrant les corps sans vie des deux enfants, assises chacune dans une chaise, Leslie à la fenêtre, Kimberly positionnée juste en retrait, devant la coiffeuse de sa sœur, l'air de regarder vers la rue. Elle était en partie habillée et donnait l'impression de se dénouer les cheveux, les bras en suspens, figés dans la mort.

Il fit la comparaison: on l'avait ligotée de manière similaire à sa sœur, jusqu'à ce que son corps se raidisse. Conscient qu'il allait devoir vivre avec cette image un certain temps, Scott ne pouvait se résoudre à examiner cette photo de trop près. Des mots sur une page – c'était plus sûr, antiseptique.

Kimberly n'avait pas été abattue d'une balle. La cause de la mort était précisée – « multiples défaillances d'organes consécutives » –, un traumatisme généralisé résultant d'un rapide « mouvement d'accélération-décélération de la tête ». Quand la mort n'est pas instantanée, il ne l'ignorait pas, le corps réagit à un choc violent en suspendant les fonctions organiques. La cause la plus courante, c'est le gonflement cérébral dans l'étroite boîte crânienne, le type de traumatisme le plus fréquemment observé chez les victimes d'accidents automobiles. Le cerveau de l'enfant avait littéralement rebondi à l'intérieur de la boîte, causant un œdème généralisé, l'hémorragie et la mort. L'image ne reflétait pas le visage de la fillette.

Il punaisa délicatement chaque tirage pour composer un tableau monstrueux et, n'étant plus capable de se concentrer, il ferma les yeux, ce qui l'empêcha de remarquer Daniel Flores debout, silencieux, sur le seuil. L'horreur du mur d'images avait ébranlé le jeune agent. Il se racla la gorge.

– Je suis désolé de vous déranger, monsieur, fit-il, et il baissa les yeux, fixant le bout de ses richelieus.

Scott ne répondit rien; il fouilla dans ses tiroirs et craqua une allumette. Une fumée âcre et rance lui brûla les poumons et il s'enfonça de nouveau dans son fauteuil, au cœur de la nuit.

– Qu'y a-t-il, Daniel ? demanda-t-il, en frottant des deux mains ses yeux fatigués.

Il jeta un œil à sa montre. Il était 1 h 46. La nuit avait entamé son ascension vers le samedi matin.

– Le Dr Charles McQuade a communiqué un message par le réseau n° 1 et l'ordinateur a autorisé automatiquement sa saisie, alors je me suis dit que cela pouvait être important. J'ai essayé de le garder en ligne, mais il a mis fin à la transmission.

Le jeune agent s'avança, tendit à Scott un feuillet sorti de l'imprimante laser accompagné d'un dossier que le commandant étala sur son bureau, sans rien voir d'autre qu'un désert blanc, où des caractères d'imprimerie marchaient en rangs serrés et étroits.

– C'est le rapport que vous aviez demandé sur Mme Janson. Est-ce que je peux faire autre chose ? s'enquit-il, préoccupé.

– Non, non, je vous remercie, Daniel. À quelle heure se termine votre service ?

– Dans une heure, mais si vous avez besoin de moi, je serai encore frais.

– Brennon est rentré ? demanda-t-il encore, sans lever les yeux.

– Non, monsieur, il vient de prévenir par radio qu'il est en route.

– Dès qu'il sera arrivé, je veux le voir. Dites-lui que c'est urgent.

– Oui, monsieur, fit Flores en refermant doucement la porte derrière lui.

Les ruses du temps n'échappaient pas au Dr Charles McQuade.

– Alors, qu'y a-t-il de pire ? s'interrogea Scott à voix haute, en hésitant devant ce rapport. Un enfant qui a peur du noir ou un flic qui a peur de la lumière ?

D'une main endolorie par l'âge, il prit le premier tirage papier posé sur le bureau.

Fillette noire. Époque de la mort: printemps/été 1958. Âge: 12 ans. Cause de la mort: petites perforations mortelles de la boîte crânienne. Preuves matérielles: fibres de corde. Matériaux post mortem*: traces de CaO, oxyde de calcium, communément appelé chaux. Traces d'acide de mercure.*

Il hocha pensivement la tête. Il avait constaté personnellement les effets caustiques que pouvait avoir la chaux et, s'il lui avait été associé, l'acide aurait dû accélérer le processus de décomposition jusqu'à ce que la terre fume et bouillonne et finisse par former une saumure corrosive qui aurait arraché la chair du squelette, dissolvant ensuite ces ossements et les réduisant à leurs composants organiques. Avec colère, il prit le dossier marqué *Miss X* et en sortit une photographie du site de la sépulture, prise pendant l'excavation. En l'examinant de près, il consulta ensuite un rapport de l'US Soil and Conservation Service :

« Substrat du Maryland, lut-il à voix haute, une terre à grain fin [...] composée principalement de silicates d'aluminium hydratés », produits à travers les millénaires par la fragmentation des roches, des minéraux et des pierres. Le lit de la vallée du fleuve Potomac était formé d'une argile fine et rougeâtre, une combinaison très dure de granit et de grès, si élastique et si dense qu'elle retenait l'eau de pluie comme une bassine.

La photographie montrait une fosse, une cuvette creusée sous l'asphalte contenant un bon mètre quatre-vingts d'eau pluviale qu'elle était incapable d'évacuer. Scott en conclut immédiatement que ce dispositif nécessitait des connaissances sophistiquées. Le tueur avait intentionnellement creusé un bassin en terre afin que le corps de la victime y soit submergé, macérant des années dans un bain de vitriol. Il comprenait désormais pourquoi les restes paraissaient avoir été enterrés voilà plus d'un siècle. C'était une chance qu'il y ait encore quelque chose.

Saisi de colère, il attrapa sur son bureau le dossier au nom de *Zak* et feuilleta énergiquement les comptes rendus qu'il contenait. Se pouvait-il que ce tueur ait opéré si loin au sud et que, pour une raison ou une autre, ils ne l'aient jamais su ? Même trente ans après, Scott était encore capable de réciter le dossier de mémoire. Dobbs avait officiellement mis fin aux poursuites et ses initiales figuraient dans l'angle supérieur du dossier, une inscription effacée attestant l'échec : *Affaire classée, 14 septembre 1960.*

Il envisagea la possibilité de s'être lancé à la poursuite de vieux fantômes, dans une course à rebours, vaine et sans fin, animé par ses fantasmes les plus noirs ; que les Clayton n'étaient que pure coïncidence, que leur mort n'était pas sa faute. C'était ce qu'il avait envie de croire, qu'il était simplement la victime de la « maladie du flic » et que de telles illusions n'en étaient qu'un symptôme.

Mais son instinct lui soufflait autre chose et il en avait des spasmes glaciaux dans les tripes. Il se pencha en avant dans son fauteuil, braqua le cône lumineux sur la fiche d'informations d'Elmer Janson et, à cette lecture, il sentit des gouttes de sueur lui perler au front.

Le père du garçon était mort, sa mère ne s'était jamais remariée et cela seul suffisait à en faire la proie idéale aux yeux de Zacharie. Sa spécialité, c'était les mères isolées ; le sexe de l'enfant était indifférent. L'esprit ailleurs, il se pencha en avant, sa main agrippant le dossier.

IL

Il plaça un tampon en caoutchouc humide d'encre rouge sur la couverture de la vieille chemise, frappa dessus d'un coup sec puis, suivant la procédure, traça en lettres majuscules dans le coin supérieur droit :

AFFAIRE EN COURS.

18

Bethesda,
Maryland

– En réalité, ce dont cette femme a besoin, avait soufflé la manucure à voix basse, c'est d'un chirurgien esthétique.

Même si ce n'était pas tout à fait faux, Irma Kiernan, qui savait que c'était d'elle dont il était question, trouvait cela injuste. Ou tout au moins déplacé. C'était arrivé plus tôt dans la journée, mais, tout au long de l'après-midi et tard dans la soirée, elle avait repensé à ce propos insultant, obsédant, et finissait par être d'accord.

Il était maintenant plus de minuit. Irma était assise à la fenêtre de sa chambre du rez-de-chaussée, occupée à coiffer ses cheveux coupés court, avec cette sensation d'être une vieille Cendrillon rejetée de tous. Elle s'examina dans un miroir à main, essayant de se représenter une femme jeune à la silhouette harmonieuse, grâce au coup de pouce d'un médecin. Un peu de peau tirée par ici, un pli supprimé par là, un rien de liposuccion et pourquoi pas un implant mammaire. Ce qu'Irma Kiernan désirait, c'était la beauté, et être courtisée par les *gentlemen* les plus distingués. Pourtant, chirurgie esthétique ou non, à cinquante-quatre ans, elle savait qu'aucun cocher ne lui amènerait un prince charmant devant sa porte.

Toute la journée, elle n'avait eu qu'une idée à l'esprit, celle de la séduction, pure et simple – non pas tant un programme exigeant qu'un effort ponctuel et intense. Elle avait passé la matinée entière au salon de beauté de Jean-Claude à Bethesda, où elle avait commandé toute une série de soins : les cheveux, les ongles, le visage et l'épilation à la cire. Retour au miroir.

La grisaille avait disparu, à présent, remplacée par une coupe au bol et des reflets bruns en demi-teinte, d'allure plus juvénile, presque guillerette. Et pourtant, ses cheveux continuaient de rebiquer aux extrémités et de mener leur propre vie, les mèches s'étant mises à friser. Elle essaya de les séparer par une raie au milieu, mais on aurait dit qu'un animal malade était couché sur sa tête. Elle tenta de rentrer ces boucles, mais elles pointaient comme des rangs de maïs. Elle avait beau faire, cette image dans son face-à-main ne ressemblait ni de près ni de loin à la femme mince au port de reine et à la silhouette majestueuse qu'avait été sa mère. Irma avait eu jadis la certitude qu'en grandissant elle deviendrait à son tour une belle femme. Les cheveux de sa mère étaient d'un châtain doré harmonieux, soyeux et doux, encadrant des yeux d'un bleu de mésange ; telle était la vérité que la femme au miroir affrontait tous les jours.

– Je ne suis pas comme elle, dit-elle.

Et elle avait raison. Irma Kiernan était petite et ordinaire, l'ossature falote, une silhouette digne d'une femme de boulanger. Tous les jours, elle luttait en vain contre l'excès de poids. Elle plongea le regard dans le miroir, poudrant légèrement les rides qui lui barraient le front : même après un soin complet du visage, sa peau paraissait fatiguée et elle s'imaginait les rides que le temps ne tarderait pas à creuser. C'était là le problème, le temps, songea-t-elle. Le temps lui manquait. Ses mains se mirent à trembler et elle rangea rapidement le miroir dans un tiroir de la commode, chassant de son esprit cette image qui se moquait d'elle.

Vieillir, Irma craignait cela plus que tout. Mais vieillir seule, c'était sa terreur absolue.

Au cœur de la nuit, elle s'appliqua deux gouttes d'Heavenly Lace derrière chaque oreille, et puis directement sur son oreiller, un parfum de lilas sucré qu'elle avait acheté chez Jean-Claude ce matin. Un homme viendrait bientôt à elle et elle s'était convenablement préparée, jusque dans les moindres détails, y compris le choix des draps, qui étaient de satin rose clair.

Sa mission dans la vie consistait à préserver quelques vestiges de sa jeunesse tout en se prouvant qu'elle était apte au mariage.

Son corps tremblait.

Irma Kiernan vit les phares approcher. Il rentrait à la maison. L'attente s'achevait enfin.

Il s'appelait Jeffery L. Dorn. Et le fait qu'il sorte parfois jusqu'aux petites heures du matin, pendant qu'Irma l'attendait, et qu'ils conservent des vies séparées, plus le fait qu'il préférait dormir seul plutôt qu'avec une femme – ce n'étaient pas tant ces réalités qui dérangeaient Irma que leur raison.

Dont il n'était nullement responsable.

Jeff Dorn souffrait beaucoup physiquement, sans parler de ses blessures émotionnelles qui, elle le savait, n'avaient rien de surprenant chez un héros d'une telle trempe, aussi décoré que lui. En 1951, jeune homme servant dans l'armée pendant la guerre de Corée, il avait subi un traumatisme dorsal qui l'avait rendu quasiment infirme. Même si elles ne se voyaient pas, à cinquante-cinq ans, ses vieilles douleurs persistantes l'empêchaient de mener une existence normale. À cause de ces graves douleurs chroniques, il était incapable de travailler. Il ne pouvait se concentrer plus de quelques heures d'affilée sans souffrir de spasmes musculaires atroces dans la colonne vertébrale, des spasmes d'une violence à lui couper le souffle.

Elle avait beau ne pas réellement comprendre ce qui déclenchait ces crises de douleur épouvantables, le prix qu'il payait pour ses états de service héroïques était une chose qu'ils avaient tous deux fini par accepter et partager. Un profond sacrifice.

D'après ce qu'elle avait compris, Jeff était parti à l'assaut d'un bunker ennemi afin de sauver les vies de ses hommes, coincés dans un échange de tirs et presque à court de munitions, sans aucun espoir de renforts. En un moment unique, décisif, une grenade dans chaque main, Dorn s'était précipité à l'intérieur de cette carapace de béton. Même s'il avait pu s'en extraire avant l'explosion, échappant ainsi aux éclats d'acier mortels, les déflagrations successives avaient été si puissantes qu'elles l'avaient rattrapé alors qu'il courait pour avoir la vie sauve, le soufflant cul par-dessus tête, lui fracturant le dos en plusieurs points et lui causant un écrasement partiel de la colonne vertébrale. Même s'il fut plus tard remercié pour avoir sauvé la vie de plusieurs boys et s'il fut honoré du grade d'officier, selon Irma, il était clair que seule une partie de lui-même était rentrée au bercail. Seule une partie de lui-même avait survécu.

L'absence d'intimité entre eux, ce n'était encore rien, se dit-elle. Parfois, les douleurs de Dorn étaient si insoutenables qu'il était incapable de manger ou de marcher. Et ce n'était pas uniquement physique. Elle ne pouvait qu'imaginer ce que représentait ce traumatisme psychologique.

Il était extrêmement rare que Jeff réussisse à dormir une nuit entière sans qu'un épisode douloureux ne le réveille, le précipitant dans un monde angoissé de désespoir mutique. Il y avait aussi des nuits où il se réveillait dans un tel état de terreur que, de l'autre pièce, elle entendait les cris que faisaient naître les images terribles qui l'assaillaient dans ses rêves. Ensuite, il les lui décrivait en détail, afin qu'elle puisse comprendre et, les journées suivantes, il n'était plus le même homme.

Froid. Détaché. Silencieux.

Irma Kiernan craignait les cauchemars plus encore que lui ne les redoutait.

Les blessures de Dorn lui interdisant de gagner l'argent du foyer, un rôle qu'il désirait ardemment jouer, elle ne l'ignorait pas, elle avait volontiers accepté cette responsabilité, même s'il lui arrivait parfois de craindre de le priver ainsi de toute estime de soi, un sentiment viril un peu vain et qu'elle ne comprenait pas vraiment.

– J'ai été courageux et, en échange, la vie nous a trompés, aimait-il lui répéter, alors qu'elle considérait que c'était tout à fait l'inverse.

Sans avoir des vies parfaites, ils étaient riches de s'être rencontrés et, pour eux, la profession d'Irma était aussi une bénédiction dont ils étaient tous deux bien conscients, dans cette banlieue de Washington connue pour son coûteux mode de vie. Elle était nutritionniste et travaillait pour les établissements scolaires de Montgomery County, ce qui lui rapportait plus de cinquante mille dollars par an, près du double de la moyenne nationale pour ce type d'emploi. Son salaire leur autorisait donc quelques petits plaisirs supplémentaires qui, en temps normal, leur auraient été refusés. Comme ses visites chez Jean-Claude, songea-t-elle en regardant les phares de Jeff inonder l'allée.

Si la soirée avait été constellée de difficultés, la journée avait débuté de façon très prometteuse.

Le bureau d'Irma Kiernan était situé dans le bâtiment administratif de l'école élémentaire Westwood et, même si, en ce vendredi 8 avril, il n'y avait pas de classes ou de repas à superviser dans le comté, elle s'y était arrêtée en rentrant de chez Jean-Claude pour récupérer une pile de programmes diététiques, mais aussi pour mettre de l'ordre dans ses pensées. Elle avait flâné dans les couloirs et plusieurs collègues l'avaient complimentée pour sa nouvelle allure, qui faisait plus jeune.

Elle leur était reconnaissante de ces marques d'admiration et elle était contente d'avoir su se montrer aussi audacieuse, cela lui ressemblait tellement peu que c'en était presque un péché. C'étaient d'autres femmes qui l'y avaient poussée et elle avait consacré sa journée entière à combler ses attentes. En repartant de l'école, elle se sentait belle et sexy, désirant l'homme qui partageait sa vie et qui l'aimait, elle et aucune autre. En tant que femme, Irma Kiernan avait tellement envie de donner, mais surtout, plus encore, elle voulait qu'on la prenne.

De son bureau à chez elle, le trajet à pied n'était pas long. Elle marchait d'un pas si alerte, si juvénile qu'elle sentait sa coupe au bol la chatouiller dans la nuque et elle continua dans l'allée dallée menant à Wooded Acres. Pour un mois d'avril, il faisait chaud, bien plus chaud que les années précédentes dans son souvenir, et, afin son maquillage conserve toute sa fraîcheur, elle se tamponna délicatement le front avec un mouchoir en papier. Autour d'elle, les cerisiers et les cornouillers commençaient à fleurir et il flottait dans l'air une odeur parfumée, presque magique.

La maison d'Irma Kiernan était de style colonial, sur deux niveaux et, en s'approchant, elle constata que la façade blanche avait besoin d'un coup de peinture. Pire, les volets rouges des fenêtres de l'étage étaient vilainement écaillés et elle était en train de recalculer mentalement le budget du ménage quand elle s'arrêta devant la boîte aux lettres, constatant qu'elle n'avait pas été vidée. D'un pouce alerte et expérimenté, elle fit défiler une liasse d'enveloppes, remarquant surtout des factures, et nota au passage que la porte d'entrée aurait bien besoin d'une couche de peinture fraîche. Elle prit le temps d'observer les maisons voisines. Par comparaison, la leur commençait à se transformer en véritable horreur, aussi chassa-t-elle toute pensée désagréable de son esprit et revint au courrier, en se dirigeant à nouveau vers leur véranda.

Il y avait aussi une carte dans une enveloppe ordinaire destinée à Jeff, sans adresse de retour, ce qui la laissa perplexe, et elle la plaça sur le dessus de la pile. Il y avait un avis d'impayé d'Euro-Coupé sur son contrat d'entretien véhicule, qu'elle plaça tout en dessous. Elle farfouillait dans son sac à main pour en sortir sa clef de maison quand la porte s'ouvrit en grand.

– Coucou, mon cœur, fit-elle avec un sourire en se redressant et en tirant ses épaules vers l'arrière pour donner un peu plus de galbe à sa poitrine.

Mais il n'y eut pas de réponse.

Jeff Dorn avait ouvert sans un mot, avant de retourner au salon s'asseoir dans son fauteuil inclinable. Il avait le regard fixe et vague, le visage rouge et cireux.

– Oh, chéri ! s'écria-t-elle en posant sa serviette et son sac à main et en calant le courrier entre les deux, avant de se dépêcher de traverser le vestibule pour le rejoindre. C'est ton dos, n'est-ce pas ? Oh, laisse-moi t'aider.

Elle l'inclina légèrement en avant, lui cala un coussin dans le fond du fauteuil, juste au-dessus de la taille.

Toujours pas de réaction.

Alors qu'elle approchait la main de son front pour tâter s'il était chaud, le petit homme lui empoigna subitement le bras avec force, le lui tordant un peu.

– Combien de fois, prononça-t-il en fermant les yeux, combien de fois sommes-nous convenus de ne jamais régler la climatisation à plus de 23 degrés ?

Elle crut le voir serrer les dents de douleur.

– Oh, mon chou, soupira-t-elle, je suis si désolée. Je croyais que tu serais sorti toute la journée et nous croulons sous les factures d'électricité. J'ai oublié, je suis désolée...

Sa phrase resta en suspens et Dorn conserva ce regard vide. Pour ménager son effet, il marqua un temps de silence.

– Irma, chuchota-t-il, et sa voix se fit aussi douce qu'une prière.

Sa tête était immobile et, furieux, il pointa sur elle ses ternes yeux marron, dans la pénombre des rideaux tirés.

– Oui, chéri, je suis là, lui fit-elle, réconfortante, en lui caressant la tête comme s'il était désorienté.

– Irma, la pria-t-il encore, il faut te rappeler, c'est la douleur. Je ne supporte pas la chaleur très longtemps...

Sa voix s'éteignit peu à peu et il se tordit dans son siège, comme s'il luttait contre un spasme de douleur dorsale. Elle le regarda faire, impuissante et désespérée, et elle était sur le point de parler quand il leva le doigt pour lui intimer le silence.

– As-tu changé d'avis, en ce qui nous concerne ? lui demanda-t-il posément. Je le comprendrais, mais il faut que tu sois honnête avec moi, Irma, vraiment.

Pour la première fois, ses yeux se plantèrent dans ceux d'Irma, cette femme qui rêvait de princes de contes de fées volant à la rescousse de leur damoiselle. Elle se garda bien de lui demander pourquoi il n'avait pas tout bonnement abaissé le thermostat. Un homme comme Jeffery Dorn était trop fier pour capituler devant la douleur.

Il a dû croire que j'ai délibérément cherché à réchauffer la maison, que je voulais le chasser d'ici, songea-t-elle tristement, incapable de le regarder dans les yeux. *C'est si difficile pour lui d'admettre que je suis celle qui gagne l'argent du ménage, il ne se sent pas maître de la situation.* Instantanément rongée par la culpabilité, ses yeux s'emplirent de larmes.

– Oh, mon chou, mais je t'aime, moi ! s'écria-t-elle subitement. Rien ne changera ça !

Elle éclata en sanglots, en refermant les bras autour de son cou.

Il ne réagit pas.

– Ce coup de chaud, c'est ma faute, admit-elle d'une voix tremblante et, malgré tous les efforts qu'elle déployait, le petit colonel à la retraite se contenta de lever les yeux sur elle et de cligner faiblement des paupières. Oh, mon chéri, veux-tu que j'aille te chercher ton médicament ? demanda-t-elle, très tendue, et il s'écoula trente secondes avant que Dorn ne rompe le silence.

– Non, non, lâcha-t-il dans un souffle, ça passe. (Puis il lui caressa l'intérieur du bras gauche, en effleurant la peau fine.) Je n'étais simplement plus certain que tu veuilles encore de moi.

Inquiète et épuisée, la diététicienne alla régler le thermostat dans l'entrée, se promettant de ne plus jamais faire preuve d'une telle insouciance, quand elle se rappela les compliments qu'on lui avait faits à l'école et se remémora son rôle de séductrice et d'amante. Maîtresse d'ordinaire plutôt timide, Irma rassembla tout son courage et, dans un geste lent et suggestif, elle déboutonna son chemisier. Elle retira son soutien-gorge et, d'un pas mal assuré, retourna aussitôt aux côtés de son compagnon.

Elle attira le visage torturé de Dorn entre ses seins nus, le serra contre elle, puis le relâcha – mais il semblait ne rien voir.

– Tu n'as rien remarqué de changé ? lui demanda-t-elle avec vivacité, en usant de sa voix la plus sucrée de petite fille et en lui taquinant les cheveux d'une main.

– De changé... répéta le colonel Jeffery Dorn, en écho. Très joli ! Tu es allée chez le coiffeur. Ça te va... très bien !

Elle lui sourit avec chaleur, promena ses doigts le long de ses épaules et il lui saisit la taille de ses deux mains, en une molle étreinte. Sa réaction n'en était pas une. Irma contracta la mâchoire, le visage et le cou tremblant de la crainte d'être rejetée.

C'était un trait de comportement tout à fait mineur, ce que Dorn appelait un signe. Il avait prévu la chose, l'avait imaginée, quelques heures auparavant, quand il avait réglé le thermostat dans l'attente de son arrivée. Sentant frémir le corps d'Irma, il se demanda si elle avait prévu quelque chose pour le dîner. Une visite au salon de beauté pouvait signifier qu'elle espérait sortir, ce soir.

– Tu m'as manqué, ma chérie, dit-il, en l'attirant plus près, raffermissant son étreinte, et elle soupira de soulagement, se sentant à l'aise pour la première fois de la journée. Tout ce que j'ai pu faire, c'est aller chercher mon uniforme au pressing, au centre-ville.

En se délectant du son de sa voix, la femme n'entendit qu'un propos badin dénué de signification : une voix douce, tendre, aimante. À son contact, elle était entrée au sein de son monde secret, où elle était belle et pleine de vie, et mariée.

– Alors, Irma, parle-moi de l'école, lui demanda-t-il pour la seconde fois.

Et elle obéit.

Plus tôt dans la soirée, elle avait pensé qu'une sortie romantique en ville s'imposait. À présent, elle s'estimait déjà heureuse d'être à la maison avec lui.

Il était clair, à en juger par sa prévenance, que les spasmes douloureux se calmaient. Avant le dîner, il avait pris son antalgique, dix milligrammes de Percodan, de la morphine synthétique. En récurant l'évier de la cuisine, elle laissa ses pensées vagabonder et songea à la journée qu'il avait dû avoir. *Difficile*, en conclut-elle. Jeff était allé récupérer son uniforme au pressing, un uniforme qu'il ne portait que dans des occasions exceptionnelles. Elle savait que la routine quotidienne du service actif lui manquait. L'espace d'un instant, elle se demanda pourquoi le ministère des Anciens Combattants ne pouvait pas faire davantage pour l'aider.

– Dieu sait, dit-elle à voix haute, que je ne peux pas faire mieux que de payer ses notes de médecin et le persuader gentiment de prendre ses médicaments.

Le Percodan n'allait pas sans poser de problèmes. Selon Dorn, ces cachets le rendaient somnolent et il n'aimait pas l'état d'engourdissement qu'ils provoquaient, qui affectait ses facultés de concentration. Irma, qui avait l'esprit pratique quand il le fallait, savait aussi qu'ils n'avaient pas le choix et parvenait en général à le convaincre d'avaler les comprimés. Au bout de sept ans, elle ne comptait plus le nombre de spécialistes qu'il avait consultés et tous avaient affirmé que l'on ne pouvait rien tenter d'autre. « L'homme le plus courageux que j'aie jamais connu. » Elle sourit avec chaleur, se souvenant d'avoir exigé un jour de parler à ses médecins. Mais le colonel Jeffery Dorn ne tolérait pas que l'on s'immisce dans ses affaires.

« Irma, lui avait-il dit, et elle entendait encore ses paroles, la douleur d'un soldat est sa croix personnelle, qu'il doit supporter seul et avec fierté. » Elle avait beau admettre ne pas comprendre grand-chose aux hommes comme lui, les guerriers et les héros, cette attitude ne lui semblait pas juste. Et elle se tenait là, devant l'évier, hésitante, se demandant si elle devait jeter une portion entière de pain de viande, quand une vieille dispute lui revint à l'esprit.

Le pain de viande séchait vite, prenant un goût de sciure, se rappela-t-elle, et elle jeta tout le contenu du plat, en poussant les restes dans le broyeur, puis elle actionna l'interrupteur.

– C'est le Percodan, ajouta-t-elle, furieuse, ça lui détraque l'appétit !

Dorn ne l'avait jamais admis, mais elle savait que c'était la vérité, car pendant tout le dîner il s'était contenté de jouer avec le contenu de son assiette, histoire de lui tenir compagnie. Cela lui faisait mal de le voir repousser les pommes de terre, la viande et les carottes sur le rebord de son assiette tout en luttant pour se tenir droit.

– La gestion de la douleur, c'est l'expression qu'ont utilisée les docteurs, marmonnait-elle toute seule pendant que son homme somnolait au salon.

Elle entendit les rires enregistrés d'une sitcom à la télé, mais elle savait qu'il ne regardait pas. Quand Jeff souffrait autant, le téléviseur n'était guère qu'un scintillement distrayant.

La mission d'Irma dans la vie était de l'aider à trouver un peu de réconfort et elle l'acceptait tel qu'il était, un héros grièvement blessé qui avait l'essentiel de sa vie derrière lui.

À 21 heures, elle avait terminé la vaisselle, vérifié les factures d'épicerie du comté et préparé le plus gros du menu de la semaine. Elle n'avait pas besoin de sa montre, elle pouvait dire l'heure rien qu'en entendant le thème de *MASH*, que Jeff mettait toujours à fort volume. Même après plusieurs saisons de rediffusion, il refusait de manquer la série – elle savait que transformer une période tragique de sa vie en comédie l'aidait à apaiser ses souvenirs douloureux. Elle se leva de sa chaise et se dirigea vers la table de la salle à manger, éteignit le plafonnier et s'approcha du fauteuil de Jeff.

– Puis-je te servir quelque chose de frais à boire, mon cœur ? demanda-t-elle, en se plaçant derrière lui, agrippant les coins du fauteuil relax en peau de buffle et risquant un œil pour voir s'il était réveillé.

Le petit homme, le corps immobile, leva la main gauche par-dessus son épaule et lui tapota le poignet.

– Non, je te remercie, chérie, fit-il, absent, sans détacher les yeux de l'écran. Prends un siège.

Elle retourna dans la salle à manger, prit une chaise en bois à dos droit, qu'elle plaça consciencieusement à la droite du colonel. Elle s'assit et, attendant une coupure publicitaire pour lui demander si le médicament faisait son effet, elle l'examina.

Jeff Dorn, songea-t-elle, *avec tes yeux sombres et radieux, ton menton fort et ton allure fière, tu es mon champion. Tu n'es pas un homme comme les autres, tu es à moi, que cela te plaise ou non, pour le meilleur et pour le pire...* Et elle laissa échapper un petit gloussement, comme une écolière.

– Arrête ! fit-il d'une voix blanche, en levant le bras droit.

Elle se masqua aussitôt la bouche, sentant le rire déborder entre ses doigts, comme un courant d'air frais, devant le spectacle comique des chirurgiens de cette grosse farce, en pleine guerre de Corée.

C'était la meilleure partie de la soirée.

Toutes les deux ou trois minutes, les yeux pétillants, Jeff pointait l'index vers l'écran. Elle avait envie de lui redemander s'ils pouvaient dormir dans le même lit, juste une nuit, et elle tourna et retourna cette idée jusqu'à la fin de l'épisode.

Elle se ravisa.

La réponse était toujours la même.

Lorsqu'elle bougeait dans le lit, cela lui provoquait des spasmes, le privant de repos les rares nuits où il réussissait à sombrer naturellement dans un sommeil lourd. La plupart du temps, quand il n'arrivait pas à fermer l'œil, il craignait qu'elle-même ne puisse dormir. Il pensait tout le temps à elle. Jeffery Dorn avait passé sa vie entière à penser d'abord aux autres et, à sa connaissance, c'était cela qui avait failli lui coûter la vie, en 1951.

Elle alla se coucher tôt, à la fois somnolente et agitée. Elle avait envie de faire l'amour, d'être cajolée, caressée, serrée, de se fondre et de ruisseler dans ses bras jusqu'à ce que leurs corps et leur souffle et leur odeur ne fassent plus qu'un. Pourtant, elle comprenait les restrictions douloureuses qui le contraignaient.

Prise d'un accès de désir, Irma Kiernan se réveilla plus tard dans la nuit au son d'un défilé militaire sordide, des soldats marchant au pas au rythme de l'hymne national, un chorus de cuivres montant de la télévision du rez-de-chaussée. L'émission de toute fin de soirée était terminée et Jeff errait déjà dans la maison, seul, refusant de fermer l'œil pour mieux refouler ses cauchemars.

Un peu plus tard, elle entendit la porte du garage s'ouvrir et sa voiture s'éloigner.

Irma Kiernan redoutait les rêves plus encore qu'il ne les redoutait lui-même.

À 1 h 12 du matin, une soixantaine de kilomètres plus au nord, l'inspecteur Rivers constatait également cette vague de chaleur inhabituelle et ses pensées étaient monopolisées par des considérations d'ordre sexuel. Il était incapable de se remémorer la dernière fois qu'il s'était senti sérieusement attiré par une femme, au-delà d'un besoin physique éphémère.

Mais Jessica Janson, songea-t-il, c'était une tout autre affaire. Sa beauté était aussi authentique que sa manière d'être et il avait rarement vu femme aussi chaleureuse et maternelle. C'était dû à son métier, en conclut-il : la plupart des femmes qu'il croisait dans le cadre du service étaient des dures à cuire, parfois même hargneuses, et leur attitude lui faisait l'effet d'une douche froide.

Chez Rivers, les affaires de cœur engendraient plus de souvenirs que de dates précises, et cette nuit chaude et moite lui rappela aussitôt la vision ravissante d'une jeune femme au doux parfum du nom de Tammy McCain, une scientifique, une chercheuse, très instruite et très sensuelle, qu'il connaissait depuis l'époque où elle était encore un garçon manqué. Il sourit. Elle ressemblait énormément à Jessica Janson, songea-t-il, et il parlait en connaissance de cause ; ses cheveux étaient d'un blond sombre et chatoyant, ses yeux verts d'une sagesse désarmante et sa silhouette possédait tous les pleins et les déliés qu'il fallait aux endroits où il fallait.

Dans son souvenir, tout avait commencé à cause du temps qui s'était réchauffé, car les chaussures avaient valsé en premier, après quoi il avait ôté sa chemise. Et alors qu'il réfléchissait à la manière dont il pourrait la séduire en douceur, Tammy avait soudain fait son apparition avec un petit rire malicieux dans la voix, traînant le matelas de son lit jumeau sous le clair de lune.

À une époque, Frank Rivers avait cru qu'ils se marieraient, mais leurs carrières s'en étaient mêlées et les avaient éloignés l'un de l'autre. Le sourire aux lèvres, il s'assit dehors dans l'obscurité. Un petit chat tigré arriva en se pavanant et se frotta dans son dos, et ses doigts effleurèrent la fourrure soyeuse.

Il y avait de cela encore à peine un mois, il n'avait que deux de ces monstres. Il en comptait maintenant sept, qui tous venaient laper les petites boîtes rondes qu'il avait ouvertes pour eux. Ils étaient féroces, toujours vigilants et toujours affamés.

Son préféré était un vieux malabar au pelage tigré orangé, une entaille à l'oreille droite, un gros matou charpenté comme un poids lourd. Cet animal venait de terminer ses dernières bouchées et l'inspecteur était assis sous la véranda, en face de cet étranger si méfiant, presque prunelle contre prunelle. Le chat le regarda humecter un cigare, le rouler contre sa langue, avant d'en mordre l'extrémité d'un coup sec.

– Ah, je vois, cracha-t-il, encore une boîte et tu vas m'adopter.

Il ficha le cigare entre ses dents et l'alluma d'une flamme enveloppante, devant le matou orange qui se tenait en sentinelle, comme une bouche d'incendie, en le fixant de ses yeux de hibou. La femelle grise s'était lovée contre sa jambe.

Loin de tout réverbère et sous un ciel couvert, la petite maison se dressait sur une légère pente, au milieu d'une vaste étendue noire comme de la poix. Après avoir discuté avec Jack Scott, il avait éteint les lumières et s'était installé dehors. Il aimait le noir, l'obscurité l'aidait à réfléchir et, le ronronnement de contentement de son compagnon gris mis à part, tout était aussi paisible que la mort. Il le sentait écarquiller ses prunelles félines pour s'imprégner du peu de lignes et de formes que projetait la lueur de son cigare.

Ce Scott avait vraiment le bras long, et le bras politique, aucun doute là-dessus. Un mot au capitaine Maxwell Drury et la police d'État avait missionné son meilleur pilote, à la recherche de Debra Patterson. *Cela leur serait d'un grand secours*, pensait-il, et il savait qu'on finirait par la retrouver – il y avait de fortes chances. En même temps, c'était ce qui l'inquiétait.

Il caressait le félin gris et une image ancienne lui revint brusquement, à travers la fumée du cigare. Une image ressurgie des limbes, de cet enfer généré par le sadisme et l'agression sexuelle. Pour les survivants de sexe masculin, c'était différent, mais pour les femmes victimes d'atrocités, il y avait un entre-deux.

Elles n'étaient plus vraiment vivantes. Et elles n'étaient pas mortes non plus. Elles étaient comme des zombies. Leur corps respirait encore, il fonctionnait encore, mais leur esprit n'était que poussière. Dans la province de Phu Bai, le 1er peloton avait découvert un village entier de ces femmes qui avançaient sans but, se cognaient les unes aux autres, poussaient des cris perçants, puis se remettaient à marcher ; pendant ce temps, leurs maris et leurs pères gisaient à demi ensevelis, en décomposition dans des champs de riz balayés par la mousson.

Il frissonna, expulsa cette image de son esprit, se logea une aspirine contre ses dernières molaires et écrasa le comprimé pour le réduire en pâte. Il aimait cet afflux d'acidité qui atténuait la douleur lancinante émanant de l'articulation de son maxillaire droit et il était tout à sa mastication quand ses haut-parleurs aux basses saturées tonnèrent subitement depuis la maison et les ondes sonores percutèrent le matou orangé qui disparut dans la nuit.

– Ici Eagle One ! répéta la voix impatiente.

D'un bond, Rivers rentra à l'intérieur, traversa la pièce en tâtonnant. Il empoigna le micro.

– Ici Echo-Twenty, répondit-il d'un ton neutre, en lâchant son cigare dans un cendrier.

Le vacarme des pales d'hélicoptère se déversa par les baffles, faisant vibrer les œuvres d'art accrochées au mur.

– Nous avons repéré un Boggie, fit la voix, sans plus de cérémonie. Mustang, décapotable.

– Elle est verte, un véhicule neuf ? demanda-t-il sans se départir de son calme.

– Difficile à dire, Frankie, modèle récent, à vous.

– Abandonnée ?

– Difficile à dire. Possible. Voulez-vous unités sur zone, à vous...

Steve Adare, le pilote du Hughes 500 Loach, un hélico à turbine, demandait si l'officier de police chargé de l'affaire, en l'espèce Frank Rivers, désirait que l'on envoie une voiture de police sur les lieux.

– Immédiatement, fit ce dernier. Vous pouvez vous poser ?

– Désolé, Frank, je suis à la limite réglementaire et bientôt à court de carburant, indiqua l'autre, et il entendit le vrombissement des pales s'accélérer – Steve Adare dégageait et reprenait de l'altitude avec l'Eagle One.

À 1 h 48 très exactement, Frank Rivers prenait la direction du site, un poil au nord du carrefour de Foxhall Road et Wisconsin Avenue, juste en face d'un rade de quartier, le Zephyr Bar & Grill. Il fonçait, oubliant Jessica Janson, ses chats, Jack Scott et la bête féroce qu'ils pourchassaient tous.

Tout ce qu'il avait en tête, c'était cette fille qu'il n'avait jamais rencontrée et un village au Vietnam, et cet homme au visage torturé.

Jon Patterson.

Jon Patterson qui aimait sa fille plus encore que la vie.

Les mains légèrement tremblantes, Irma Kiernan rangea son miroir dans un tiroir de sa commode. Des phares s'approchaient. Jeff rentrait à la maison, auprès d'elle.

Enfin parvenue au terme de son attente, elle reprit vite une contenance, descendit l'escalier d'une démarche nonchalante et séductrice, prit position près de la porte et attendit, pendant que Jeff s'attardait au garage.

Il rebrancha un fusible au-dessous du tableau de bord de sa BMW et désormais, portière ouverte, l'éclairage du plafonnier fonctionnait normalement. Dans la lueur blanche qui avait fait défaut auparavant, il inspecta en vitesse l'opulente sellerie de cuir rouge. Il n'y avait pas de taches. Il n'y avait pas signe d'un autre occupant, hormis ce parfum de femme persistant. D'un geste naturel, il sortit une bombe d'Air Wick de la boîte à gants, en vaporisa un bref nuage et laissa les vitres baissées.

Il passa par la porte de derrière et se tint prêt, sachant qu'Irma l'attendait. Depuis la rue, il avait vu la lampe de sa chambre s'éteindre et il imaginait d'ici son gémissement haut perché, avant même qu'elle n'ouvre la bouche. Il en frémit d'avance, en posant ses clefs de voiture sur le comptoir de la cuisine.

– C'est toi, mon chou ? fit-elle, et Dorn tressaillit de manière visible.

– Non, siffla-t-il doucement, c'est le plombier minute qui est venu nettoyer ta merde.

Elle glissait dans le vestibule et arrivait au coin du comptoir, venant dans sa direction.

– Quoi, mon chéri ? roucoula-t-elle. J'étais en haut, je n'ai pas entendu.

– J'ai eu une rude soirée, Irma, fit-il platement. Je t'ai dit que j'étais fatigué, très fatigué, je crois que je ferais bien de dormir.

Il entra vite dans la salle de séjour en boitillant, comme cela lui arrivait parfois, et s'installa dans son fauteuil relax. Ce n'étaient pas les événements de la soirée qui l'obnubilaient, mais simplement l'idée d'avoir encore à supporter Irma. Sa vie entière avec elle lui faisait l'effet d'une éternité de souffrance.

– Oh, mon chou, s'exclama-t-elle en traversant le vestibule pour le rejoindre dans la salle de séjour, tes cauchemars t'ont réveillé, je t'ai entendu sortir. Attends, je vais chercher ton médicament.

Dorn accepta aussitôt. Le Percodan était plus efficace qu'un cache-oreilles ou un double scotch : il l'aidait à rendre le timbre grinçant de sa voix presque tolérable. Réglée comme une horloge, Irma refit son apparition avec un verre d'eau et un comprimé, qu'il engloutit aussitôt.

– Merci, fit-il. Irma, pourquoi ne montes-tu pas la première pour aller dormir un peu ? Je viens te dire bonne nuit dans une minute.

– Oh, mon cœur, je vais rester avec toi, ronronna-t-elle. Cela te fait très mal ? Tu as eu une rude soirée, n'est-ce pas ?

Elle s'assit à côté de lui en silence et le petit homme cligna des yeux, ses prunelles sombres formant deux taches humides sur son visage.

– Viens au lit, Jeff, laisse-moi te masser le dos, insista-t-elle.

Elle se pencha sur lui, empiétant sur son espace vital, et il sentait son haleine chaude et le parfum chargé du lilas, qui lui rendait déjà pénible le fait de devoir rester dans la même pièce qu'elle. Il ne pouvait s'imaginer la plaquer sur un matelas et, dans son esprit, il n'avait même jamais touché Irma Kiernan. Rien que pour la regarder, il lui fallait mobiliser tout son courage.

Le médicament commençait à faire son effet, lui diffusant un fourmillement grisant dans tout le corps et ses pensées partirent à la dérive. Il se revit une fois encore déballer la fille dans la décapotable verte. Elle avait pleuré, appelé sa mère, et ça l'avait amusé. Il avait transformé cette fille en donnée statistique dans la guerre des sexes américaine et les chiffres ne mentaient pas. Dans la catégorie « sports », songea-t-il, le viol, le meurtre, l'enlèvement et la mutilation étaient clairement en hausse. Cette salope courait un risque, dès la minute où elle était née.

Donc, raisonna-t-il intérieurement, *elle aurait pu être la gamine de n'importe qui et, si sa famille faisait preuve d'un peu de logique et acceptait de considérer quelques données chiffrées, la perte de leur fille ne leur paraîtrait pas si grande.*

– Irma, fit-il doucement, je suis vanné, monte maintenant, va dormir.

Son visage était parfaitement inexpressif. Le corps ferme de la fille avait été bien plus généreux qu'il ne l'avait envisagé et, dopée de cinquante milligrammes de poudre, elle s'était conduite comme une otarie dûment entraînée, en le pompant jusqu'à ce qu'il ne reste rien.

Clap, clap. Il entendait encore le bruit.

– Chéri, chuchota-t-elle, séductrice, je vais m'occuper de toi et ça ira mieux, tu ne veux pas ?

Elle pressait son corps contre le sien et déplaça une main fébrile pour lui caresser la cuisse. Mais l'homme qu'elle connaissait sous le nom du colonel Jeffery Dorn lui saisit subitement le poignet et lui amena de force le visage tout contre le sien.

– Laisse-moi ! exigea-t-il d'une voix blanche.

Et elle obéit.

À 2h08, Frank Rivers arriva sur la scène de crime, dans Wisconsin Avenue, et repéra une décapotable verte garée juste sous un réverbère. Il consulta sa feuille de service.

Elle appartenait à Jonathan Patterson, sans aucun doute. Les plaques correspondaient et l'autocollant de parking sur le pare-chocs arrière était celui du lycée de Debra. Il inspecta l'intérieur au moyen d'une lampe halogène, à la recherche de traces de sang ou de fluides corporels, mais il n'y avait pas de signe de lutte, uniquement les marques de semelles habituelles sur les tapis de sol à l'avant. À l'œil nu, il n'y avait aucune preuve visible, pas le moindre indice, à part une vague odeur de parfum ou d'après-rasage.

Il ouvrit la portière côté passager et regarda sous les sièges. Tout était propre. Il y avait un bâton de rouge à lèvres dans le coin du tableau de bord. Sur la banquette arrière, une poupée Raggedy Ann levait vers lui ses yeux brillants en boutons dorés. Il était sur le point de faire coulisser le siège avant quand il repéra les clefs pendues au démarreur.

Il se figea et toutes les cavités de son cœur se contractèrent, avant de se mettre à cogner. Il avait la gorge serrée.

Sans un bruit, d'une seule et gigantesque enjambée, il rejoignit sa voiture, s'empara du micro par la vitre baissée.

– Ici le sergent Rivers, lança-t-il avec un rictus, penché à moitié dans son véhicule de patrouille.

– À vous, Echo-Twenty.

C'était la réponse rituelle.

– J'ai réclamé une unité en renfort il y a trente minutes et je vous signale qu'ils auraient intérêt à se grouiller sinon j'explose quelque chose...

Il n'y eut pas de réponse. Il souffla un coup. Il chassa des images de sa tête.

– Oubliez ça, bredouilla-t-il, sa voix retrouvant un ton plus posé, plus calme. Envoyez une équipe d'analyse criminelle de toute urgence. Si nécessaire, avertissez le capitaine Drury et remuez-moi cette bande de mollusques.

Avant même de recevoir confirmation, il balança le micro sur le siège et traversa la rue.

Un taxi immatriculé dans le district de Columbia fonçait dans sa direction, klaxon hurlant. Rivers lui décocha son plus beau mollard et se prépara à la confrontation. Un doigt jaillit par la fenêtre, un majeur pointé en l'air, mais le taxi continua sa route; Rivers s'approcha de la porte d'entrée du bar, en guettant d'éventuels signes de vie par les vitres. L'endroit était désert. Les chaises étaient empilées sur les tables.

– Le tristement célèbre Zephyr, murmura-t-il.

Il s'arrêta devant la porte, se demandant si Debra Patterson était entrée là, et si oui, pourquoi. Il regarda la rue dans les deux directions, sur sa droite, sur sa gauche, mais après 23 heures il n'y avait plus rien d'ouvert. Ensuite, il tendit le bras et referma la main sur la lampe installée à côté de la porte.

Elle était chaude. On venait de l'éteindre, tout récemment, et l'ampoule commençait à peine à s'embuer, sous l'effet de la condensation.

En patientant, au lieu de penser à Debra, il ne vit que le visage éteint de Jon Patterson. Et puis les zombies, marchant dans les champs meurtriers de sa jeunesse.

19

2 H 33,
NEW YORK

John F. Scott émergea du Central Records Building face à Lexington Avenue, descendit une longue volée de marches patinée par le temps et s'immobilisa brusquement entre les colonnes de marbre.

Il s'était changé en voleur.

Dans son esprit, il n'y avait pas d'autre terme.

La serviette noire posée à côté de lui était renflée d'objets d'une valeur précieuse, inestimable : il les avait payés de ses principes. La médaille que Miss X portait sur elle était un indice privé de tout contexte. Voilà ce qu'il avait dérobé, se dit-il, un contexte. Mais il n'avait pas d'excuse. Comme l'avait expliqué Matthew Brennon, cette exposition était la raison de vivre du professeur Robert Perry. Scott était en train de voler toute la vie d'un homme.

Il allongea le pas jusqu'en bas de ces dix longues marches circulaires. Se hâtant au pied de deux griffons de pierre massifs, il leva brièvement les yeux et ces symboles menaçants se fixèrent dans sa mémoire. Le voleur se figea. Une légère bruine. Ses sens s'éveillaient.

Il traversa Lexington Avenue, continua jusqu'au bout de la 43e Rue dans l'obscurité, marcha en consultant sa montre. La nuit commençait de se dissiper. D'épaisses nappes de vapeur se disséminaient en lambeaux qui détalaient sur la chaussée comme des crabes fantômes. À l'exception d'un joggeur de temps à autre, d'un couple qui flânait, d'un camion de livraison, la rue semblait silencieuse. Par n'importe quelle autre nuit, il serait rentré chez lui, aurait quitté la ville par la voie express de Long Island.

Il laissa la 43e Rue, fila sur la gauche en prenant le trottoir baigné dans la lueur halogène de ces réverbères « antidélinquance » bon marché. Ces lampes qui ne projetaient pas d'ombre avaient quelque chose de gênant, songea-t-il, et, dans ce déluge de lumière du jour artificielle, il se sentait détaché. Une étrange sensation d'isolement.

Il s'engouffra dans une ruelle entre deux immeubles. Déserte. Un frisson lui parcourut la nuque, l'odeur de détritus humains le prit à la gorge. Ignorant sa présence, deux garçons armés d'une lampe stylo scrutaient l'intérieur d'une Chrysler bleu foncé garée le long du trottoir. Un autoradio, une couverture abîmée, des pneus corrects aux sculptures bien profondes, mais ça leur demanderait trop de travail. Ils allèrent vagabonder plus loin, beuglant des obscénités en s'avançant vers une prostituée vieillissante. Défigurée par l'acné, les yeux jaunes, elle lâcha un coup de pied un peu vain plus ou moins dans leur direction tandis qu'un homme d'âge mûr raffermissait sa prise sur la laisse de son chien, incitant le petit animal à se faufiler entre ces barrières humaines.

– Allez, bouge, chuchota Scott le voleur.

Des phares s'approchaient sur la chaussée humide et un enfant surgi soudain d'un pas-de-porte balança une brique dans leur direction. Le projectile se fracassa au sol, se fragmentant en armes de plus petite taille et d'autres trublions se joignirent à la chasse. Le véhicule tourna au coin de la rue et disparut. Ce n'était pas son affaire, pas son terrain. La ville se refermait sur lui.

Il rejoignit sa voiture, y déchargea ses trésors volés, les rangeant en sécurité dans le coffre et disposant les cartes anciennes sous une couverture. Une Cadillac remplie de messieurs entre deux âges fonçait en rugissant en direction de Times Square – il les identifia, ces quadras et ces quinquas partis à la chasse aux garçons avant l'ouverture de Big Brother Dow Jones – et, sans réfléchir, il se retrouva bientôt à suivre leurs phares dans les artères empoisonnées de la ville.

Sur Times Square, il s'engagea dans le « Deuce », comme on surnommait la 42e Rue, et la circulation ralentit, s'englua. La ville vibrait selon sa pulsation propre, sur un rythme tortueux et paralysant. Les sex-shops aux néons chatoyants. Les videurs qui promettaient d'assurer. Derrière la vitrine d'un fast-food, une grosse femme noire s'injectait de l'héroïne dans la veine, d'une main experte. Des enfants dealaient de la drogue, sous la supervision des adultes. De jour, le manque suçait la vie des nouveau-nés. Une ville devenue folle. Sa culpabilité n'avait pas de place ici.

Saisi de désespoir envers ses semblables, il poussa la Chrysler tout en bas de la rampe d'accès et pénétra dans le Lincoln Tunnel, loin de Manhattan. Il essaya la radio, mais la musique était inepte.

Il emprunta une autre rampe, serra sur la gauche en direction du péage, se dirigea à une allure régulière vers le sud, le New Jersey, filant pleins phares. Des panneaux d'affichage, des motels et des parkings bourgeonnaient dans l'obscurité, avant de s'effacer en un éclair. Des images vite apparues, qui s'évanouissaient, 100... 110... 130; la vitre baissée, une oreille brûlée par le vent. Il s'étira, se renfonça dans son siège, laissant les événements des dernières vingt-quatre heures l'accaparer.

– Il y a là-dedans un élément familier, avait-il dit à Brennon au sujet de l'affaire Clayton. Je peux le flairer.

Comme si les années enfuies leur déboulaient dessus.

Nicholas Dobbs, le Dr Chet Sanders et la voix d'une jeune mère morte de vieillesse. « Attrapez-le... je vous en prie, arrêtez-le... arrêtez-le, pour moi !... » L'esprit de Scott s'agitait en tous sens et, l'espace d'un instant, fugitivement, il considéra ces images bruyantes comme des fantômes, différents stades de la maladie du policier, dans une course mentale sans fin, une course à reculons à travers le pire de ses cauchemars.

Les Clayton n'étaient qu'une coïncidence, se dit-il. Miss X était une enfant de la guerre de Sécession. Sur des kilomètres et des kilomètres de route fluide, il se raccrocha à cette conviction, simplement parce qu'il en avait besoin. Zak était mort. Mais Scott n'était pas dupe.

Un vieil ennemi. Un vieil ami.

Cela remontait à quand ? 130... 135... 145 – l'aiguille du compteur grimpait, la Chrysler bondissait sur la route déserte, vers Washington et vers son ennemi.

Pendant plus de trente ans, des mères sans défense et leurs enfants avaient été piégés par le même prédateur humain, un animal sans âme. Scott avait soixante-cinq ans et le temps filait en arrière, et tout ce en quoi il croyait – la dignité, l'espoir, l'humanité – glissait hors de sa portée, dans la nuit.

Deuxième jour :
Les désaffectés

Je lui ai tranché la gorge
pour qu'elle ne puisse pas crier [...]
ça a duré un petit moment, mais
elle n'arrêtait pas de tourner de l'œil.

Theodore Bundy

Ted, nous sommes de tout cœur avec toi !

Écriteau d'un manifestant
lors de la veillée précédant
l'exécution de Theodore Bundy

20

SAMEDI 9 AVRIL 1989, 6H10 DU MATIN,
BETHESDA, MARYLAND

Le Carefree Diner, dans Wisconsin Avenue, était une sorte d'institution. C'était un ancien relais routier qui ressemblait maintenant davantage à une réplique de lui-même, avec ses chromes trop astiqués, son menu trop sophistiqué et trop cher, et son café qui était passé des arômes torréfiés au percolateur électrique.

Quand Scott et Rivers étaient entrés, l'endroit était tranquille, presque désert, mais avec le lever du soleil, les gens du coin commencèrent à faire la queue à la porte en lisant leur journal. On n'était admis qu'après avoir décliné son identité. Rivers suivit ce manège, non sans dédain. Il y avait un truc qui clochait : un restau qui prenait des réservations, alors que l'on n'y servait que des œufs Bénédictine... et Jack Scott qui n'avait justement toujours pas terminé les siens alors que Rivers, lui, avait fini depuis longtemps d'engloutir deux piles de crêpes à l'avoine avec des saucisses polonaises et deux œufs sur le plat.

– Alors, d'après vous, quelles sont les chances ? demanda-t-il, après lui avoir raconté sa découverte de la voiture de Debra Patterson.

– Les chances qu'elle soit encore en vie, ou qu'elle ait été enlevée par Zak Dorani ?

– Les deux.

– D'après mon expérience personnelle, pour ce qui est de sa survie, je dirais 50-50 ; quant à l'implication de Zak, j'en doute. Nous supposons simplement qu'il est vivant et nous nous trouvons dans une vaste agglomération. Voulez-vous que je vous accompagne, pour annoncer la nouvelle aux parents de Debra ?

Il but une gorgée de café et haussa les épaules.

– Ce n'est pas nécessaire, le capitaine Drury s'est déjà proposé, c'est un exercice qu'il connaît. Mais vous, Jack, par quoi allez-vous commencer ?

Rivers avait ouvert un dossier du ViCAT dont il examinait le contenu, témoignant d'une autre époque où les fichiers de police étaient exhaustifs, remplis de clichés de l'identité judiciaire, de mesures, d'empreintes digitales et d'analyses de laboratoire détaillées. Une photo en noir et blanc de l'homme avait viré au gris et l'inspecteur voyait bien qu'elle avait été prise à une époque où la loi ne vous contraignait pas à dorloter les suspects.

– On l'a menotté tout nu ? demanda-t-il en souriant.

– Fouille au corps, en complète violation de ses droits civiques, admit froidement Scott. Nous avons trouvé la bague de fiançailles d'une femme scotchée à son scrotum.

Le sourire tourna à l'aigre.

– Chez Zak, tout avait une raison d'être, continua Scott, en trempant un morceau de muffin dans un jaune d'œuf coagulé. À mon avis, il avait l'intention de forcer une femme à la lui extraire de là, mais nous n'avons jamais pu identifier la propriétaire légitime de la bague.

Il revint à ses œufs, tandis que Rivers se concentrait sur les photos.

D'après les mesures prises sur le mur de la prison au moment de la photo, Zak Dorani faisait exactement un mètre soixante-cinq, avec une posture naturelle légèrement penchée vers la gauche, et il essaya de repérer un déséquilibre physique. Les jambes étaient bien formées, l'angle des genoux était convenable, ni trop rentré, ni trop saillant. Le ventre était plat et le torse bien proportionné par rapport au reste du corps.

– Il est athlétique, mais il a le dos tordu, et avec l'âge ça doit empirer.

– Nous avons un rapport médical; Zak a suivi un traitement pour une scoliose, en 1959, traitement ostéopathique pour un cas relativement courant de déviation latérale de la colonne vertébrale. Rien de très grave, un bébé sur cent naît avec, mais cela peut être douloureux.

Rivers opina. Selon lui, le visage de Zak, ovale, glabre, et ses cheveux bruns étaient si communs qu'il aurait pu être d'à peu près n'importe quelle origine. Les yeux étaient profondément enfoncés, comme chez les Hollandais, deux petits miroirs noirs, et le menton était pointu et plat. Le nez paraissait tronqué, presque trop petit pour le visage, et les lèvres minces, comme deux fines lamelles de viande de veau.

– Vous le reconnaîtriez ?

Scott prit une gorgée de café, écarta son assiette.

– Peut-être; ces clichés ont été pris il y a plus de trente ans et il a pu modifier un peu tout, en recourant à la chirurgie esthétique, aux implants capillaires, à un lifting, que sais-je encore. Nous avons affaire à un individu plus vaniteux que la femme la plus narcissique que vous ayez jamais rencontrée et, pour ce qui est d'éviter de se faire repérer, c'est un expert, un véritable acteur. Physiquement, il est de petite taille, difficile de cacher ça, et il a des yeux marron, si sombres que dans une pièce mal éclairée ils en paraissaient noirs. Mais il a pu changer cela aussi. (Il eut un geste désabusé.) Chirurgie, lentilles de contact colorées, qui peut le dire...

Rivers fouilla dans la poche de son sweat-shirt, en sortit une boîte de cigarillos et continua de chercher jusqu'à ce qu'un paquet de Marlboro tout écrasé fasse son apparition dans sa main, et il le tendit à Scott. Ce dernier extirpa du paquet une clope toute tordue qu'il alluma avec le briquet de Rivers, actionnant la molette d'un pouce expert, avant d'examiner cette relique toute cabossée d'un œil intéressé. Il y avait d'un côté une Panthère rose, de l'autre une tête de mort grimaçante, deux images fortement contradictoires.

– Un porte-bonheur ?

– Un cadeau, répondit-il, en se souvenant de l'époque où le Zippo était l'arme favorite de l'Amérique.

Il tendit la main et Scott l'y déposa. Une serveuse fit son apparition avec un plateau, remplit leurs mugs et s'occupa de débarrasser tandis que Scott disposait deux fax de photos noir et blanc sur la table.

– Je crois que c'était un porte-bonheur, ou peut-être une espèce de cadeau, suggéra-t-il. Avez-vous déjà vu ce genre d'objets ?

Ils se penchèrent tous deux sur ces reproductions de médaillons de la guerre de Sécession.

– Négatif, fit Rivers, en allumant une cigarette. La première et unique fois que j'en ai vu un, c'était quand Elmer Janson m'a donné ceci.

Il glissa la main dans la poche de son pantalon et en retira la pochette de pièce à conviction en papier glassine contenant le petit médaillon. Il lâcha la piécette sur la table.

– Ce sera tout pour aujourd'hui, Frank ? fit la serveuse en les interrompant, et elle plaça l'addition et un pot de café entre les deux hommes.

– Oui, merci, Kathy.

Elle changea leurs cuillers et s'éloigna tandis que Scott examinait attentivement l'objet, en retournant la pochette.

– Je peux le garder ?

– On me l'a prêté.

– Et vous êtes sûr que le garçon l'a trouvé là où il le dit ?

– Absolument, c'est un bon gamin.

– Qu'en concluez-vous, Frank ?

– Bordel, commandant, j'en sais rien, moi, c'est une vieille pièce de monnaie. Vous n'auriez pas un portrait artificiellement vieilli de notre gnome, avec la tête qu'il aurait aujourd'hui ?

Scott sourit.

– Notre gnome ?

– Notre pervers.

– Nous reparlerons de lui plus tard, proposa Scott, en ramenant la conversation sur le médaillon. Vous remarquerez sur le haut de la pièce que l'on a percé un trou dans un mot, ou peut-être dans une série de mots.

Il pointa le doigt dessus et leva le regard vers les yeux fatigués de son interlocuteur.

– Ouais, fit Rivers en se contorsionnant, j'ai vu ça.

– Eh bien, nous avons pu établir que cette pièce a été frappée en 1863, à Harpers Ferry, en Virginie-Occidentale.

Rivers se redressa contre le dossier de la banquette.

– Et alors, quel rapport avec Zak ?

– C'est une preuve matérielle, Frank, et une indication de piste pour les légistes.

– Quoi ? (Il secoua la tête et se pencha au-dessus de la table, se retrouvant presque nez à nez avec son aîné.) Écoutez, Jack, fit-il d'un ton cinglant, si c'est le même bonhomme, à quoi ça rime, tout ça ? Si vous êtes capable de le repérer, c'est terminé, ce type est foutu. Partons de là.

Et il toussa, s'attendant à une réaction de colère. Mais son supérieur sourit et s'enfonça dans le dossier de cuir tendre de la banquette.

– Vous dites cela pour me faire plaisir ? demanda-t-il d'un ton désarmé.

– Bien sûr, admit Rivers.

Mais, en réalité, pas vraiment. Pour lui, si le tueur opérait sur un territoire donné, comme le lui avait expliqué Scott, alors ils savaient déjà qu'il fréquentait le quartier de River Road. Autrement dit, ils pouvaient le piéger, en l'appâtant avec un leurre et en le mettant sous surveillance. Rivers connaissait la nana idéale pour cette mission. Scott s'éclaircit la gorge.

– C'est le privilège de l'âge, inspecteur ?

Cette formule arracha un rire à Rivers.

– La dernière fois que j'ai entendu ça, j'étais gamin.

Scott sortit un tube en carton de sous la banquette et commença à dévisser le capuchon en aluminium qui en obturait l'une des extrémités.

– Qu'est-ce qu'il y a, là-dedans, pour que vous le teniez si bien planqué ?

L'autre ne répondit pas, mais passa la main dans le tube pour en extraire un rouleau de papier de fort grammage, puis essuya le plateau de la table avec un mouchoir en lin. Il déploya une carte de la vallée du Potomac, tracée à l'encre et au crayon. Cette carte était peinte, à l'aquarelle, supposa Rivers, et paraissait ancienne.

– Mais putain, où êtes-vous allé chercher ce truc ? s'exclama-t-il en se penchant au-dessus de la table, enthousiasmé.

– C'est un prêt, mentit Scott. Elle fait partie d'une série de cartes établies par les confédérés avant que ne soient tirés les premiers coups de feu de la guerre de Sécession, à fort Sumter ; c'est ainsi que les rebelles représentaient cette partie du Maryland, en 1860.

Frank étudia cette antiquité avec attention, l'odeur étrange du parchemin se mêlant à l'arôme du café et aux relents de saucisse. Il reconnut très distinctement le fleuve Potomac, le canal Chesapeake-Ohio, tous d'un bleu tropical. Mais la ville de Bethesda ne figurait pas sur cette carte.

– C'est super, Jack, dit-il, en toute sincérité.

– Prenez votre temps, ensuite vous aurez droit à une série de devinettes.

– D'accord, dit-il, et il se rapprocha, reniflant comme un chien sur une piste.

Il adorait les noms, ils étaient imagés, amusants. Le fleuve débordait de la carte, se déversait dans Old Georgetown, à Washington, sur un lieudit baptisé Frogland.

– Il y a là certaines des propriétés les plus surévaluées de tous les États-Unis. « Grenouille-ville » ? Le « coin des Français » ? Jack, c'est... fantastique ! s'écria-t-il en se rapprochant encore plus, empiétant sur l'espace vital de l'autre. (Tout près de Frogland, il y avait une propriété dénommée « Déception des conjurés ».) Visez-moi ça, s'esclaffa-t-il, je parie qu'ils sont allés dîner dans l'un des restaus français de Georgetown !

Et il suivit la courbe bleue du fleuve pour pénétrer à nouveau sur le territoire du Maryland.

Deux points de repère étaient nettement indiqués, l'aqueduc de Widewater et les Great Falls du Potomac, mais curieusement on avait omis les célèbres communes voisines de Cabin John et White's Ferry. Elles avaient disparu, ou alors à l'époque elles n'existaient pas encore. L'inspecteur secoua la tête. Il repéra River Road et, un peu plus au nord, il y avait le long des berges deux croisements dont il n'avait jamais entendu parler, le premier s'appelait John's Revenge et le second White's Crossing.

– Mais enfin, je n'arrive pas à retrouver Bethesda, je ne vois ni Cabin John, ni White's Ferry, et il n'y a là aucune ville qui s'appelle Potomac.

Scott l'observait attentivement.

– Darnestown est bien ici et Rockville aussi, continua l'autre en se guidant de son index, mais ils ont complètement foiré les abords du fleuve, Jack. Où est Cabin John ? Ma famille a longtemps eu une maison, ici.

Il pointa le doigt sur un promontoire qui dominait le canal.

– À vous de me l'expliquer, Frank. Je sais que Bethesda ne portait pas encore son nom, mais, en 1839, Cabin John et White's Ferry existaient déjà, ça, c'est une certitude.

– Regardez, reprit le policier, électrisé, ils ont tout laissé en blanc, elles devraient être là, et il écrasa le pouce sur la carte. (Scott en grinça des dents.) Oh, euh, désolé.

– Examinons ça d'un peu plus près, proposa Scott, en replaçant les photos du médaillon en face de la carte.

Rivers fit passer ses doigts sur le mot JOIN qui ressortait en lettres majuscules.

– Qu'est-ce que ça veut dire ? demanda-t-il, en prenant la véritable pièce entre ses doigts et en plissant les yeux sur la petite maison enroulée d'un serpent.

– Connaissez-vous un quartier dont le nom ait une configuration proche du mot JOIN, un nom qui comprendrait ces quatre lettres : J-O-I-N ?

Rivers appliqua la mine de son stylo contre son bloc, griffonna quelques mots et repoussa le bloc.

– Rien, fit-il, c'est bien le mot JOIN. À mon avis, ça ne signifie rien d'autre. Qu'en pensez-vous ?

– Regardez mieux, insista Scott, en désignant les lettres. Le choix logique est *Cabin John*, car nous savons que ces médaillons portaient gravés le nom d'autres villes. Chaque pièce est un signal, un gage de patriotisme frappé par l'Union. Sur la carte, White's Ferry figure sous le nom de White's Crossing, mais nous avons un médaillon similaire qui porte un autre nom et dont un de mes agents a pu retrouver la trace. La pièce indique *White's Ferry* et c'est le nom qui figure aujourd'hui dans les guides Rand McNally. À mon avis, ces cartes anciennes, tout comme nos cartes modernes, sont toutes dans l'erreur.

– Sans déconner ?

– C'est une hypothèse.

– Et c'était intentionnel ?

– Je dirais que cela s'est fait à l'insu des cartographes. Du temps de la guerre de Sécession, ces bourgs n'étaient que de petits villages, hostiles à toute présence étrangère. Un espion rebelle a pu être assez malavisé pour demander de l'aide en montrant ce plan et on l'aura induit en erreur, tout est possible. Souvenez-vous, dans les années 1860, quand il s'agissait de petites communes du Sud, on ne plaçait pas de panneaux indicateurs au bord des routes et le Maryland était un État divisé.

– Mais comment obtenez-vous les mots Cabin John à partir de tout ceci, à l'époque où la pièce a été frappée ?

– Bon, examinons ça d'un peu plus près. Mais n'oubliez pas, ce n'est qu'une hypothèse.

– D'accord.

Il dessina sur une serviette en papier.

– Prenez les lettres I-N du mot *Cabin* et les lettres J-O du mot *John*. Si vous les mettez à la suite, ça ne marche pas, mais dans l'autre sens, si. Ça ne marche que dans un sens, à moins que l'on ait affaire à un code et j'en doute.

– J-O-I-N correspond à la combinaison des deux premières et des deux dernières lettres du nom John et du mot Cabin, dans cet ordre. Donc si vous percez un trou au centre pour enfiler une chaînette, il reste J-O, suivi de I-N. Il dessina *JO()IN* dans son carnet. John Cabin. Et, avec les années, le nom est tombé dans l'oubli. Qu'en pensez-vous ?

– Vous êtes en train de me dire que, d'après ce médaillon ancien, depuis tout ce temps, le nom de la ville était en réalité John Cabin ? fit Rivers, moqueur. J'ai grandi à Cabin John, dans le Maryland. J'aurais été au courant d'un truc pareil.

– Simple déduction logique, argumenta l'autre. Jetez un œil à la maison sur cette pièce. Elle ressemble bien à une cabane ?

– D'accord.

– À New York, l'agent Brennon a interrogé un expert sur le Chemin de fer de la liberté et ces médaillons servaient à prévenir les agents du réseau clandestin qu'ils étaient repérés, ce qui explique le mot gravé au-dessous de la cabane : *Prends garde.* Il l'indiqua du bout de l'index. À mon avis, la ville qui s'appelle aujourd'hui Cabin John était un important relais pour les esclaves fuyant l'oppression et, de nos jours, ces pièces sont devenues très rares.

Rivers était à la fois captivé et déboussolé. Il se renfonça dans son siège, perplexe.

– Le tueur a laissé cette pièce sur le corps de cette petite fille il y a de ça une trentaine d'années ; il a bien dû s'en apercevoir. Impossible qu'il n'ait rien vu.

– Ça lui était égal, Frank.

– Pensez-vous qu'il savait ce que signifiait cet objet ?

– Cela ne compte pas davantage. Pensez-vous que la fillette qui la portait sur elle savait ce qu'elle signifiait ? Où cette enfant noire a-t-elle bien pu se procurer ce souvenir ?

– Ce devait être un cadeau ; en 1958, un Noir n'aurait pu se permettre une telle acquisition, donc cela devait faire partie d'un legs familial. Si ce que vous dites est juste, cette gamine aurait dû être du coin, mais j'ai vérifié les archives et aucun enfant noir, ni garçon ni fille, n'a été porté disparu dans ce comté avant 1971. Cela remonte à loin, Jack.

– Oui, en effet. À partir de quand les services du comté ont-ils commencé à embaucher des Noirs ?

– Hum, après la ratification de la loi sur l'égalité ?

– Ce devait être en 1969.

– Ils n'ont jamais rien fait avant cette date, ça, c'est une certitude. Jamais le comté n'aurait intégré quiconque était noir à moins d'y être obligé.

– D'après moi, la vie d'un enfant de la région a fini aux oubliettes. À moins qu'une famille noire ne soit allée le signaler à la police des Blancs ?

– Il y a peu de chance. Je vois où vous voulez en venir.

– Quand nous en saurons davantage sur l'histoire de ce médaillon, nous commencerons à avoir une idée plus claire sur l'identité de cette enfant, sur le moment où le tueur est arrivé par ici et éventuellement sur sa méthode de camouflage à l'époque, qui est peut-être restée la même. La liste risque d'être sans fin, mais nous ne possédons pas de meilleure piste. Ensuite, nous obtiendrons des photographies de cette fillette, ce qui facilitera l'identification des parents, et puis rien n'interdira de tirer aussi d'autres ficelles, mais ne brûlons pas les étapes.

– Très bien, concéda Rivers, mais le tueur... vous avez fait allusion à la famille Janson. Ils sont en sécurité ?

– Vous avez vérifié ?

– Jusqu'au lever du soleil, je n'ai reçu que des rapports vierges. (Il se frappa le front.) Bon Dieu, j'ai l'impression de parler d'un vampire.

– C'est pire que ça... les vampires ne peuvent pas travailler de jour.

– Et vous pensez que cette pièce constitue notre meilleure piste ?

– En dehors du corps de la fillette, c'est à peu près la seule. Du côté des meurtres Clayton, on n'a quasiment rien.

Scott vida sa tasse de café. Rivers vit battre le sang dans son cou, sous la peau de son visage. Ce type était visiblement candidat à la crise cardiaque.

– Qu'est-ce qu'il y a, Jack, est-ce que ça va ?

L'autre se racla la gorge.

– Bien sûr, je me fais trop vieux pour mon job. Ce que j'aimerais, Frank, c'est mettre en place un poste de commandement et que vous en soyez le gradé responsable.

– Tout dépend de la valeur que vous voudrez bien attribuer à l'affaire Debra Patterson, parce que ces gens comptent sur moi.

– Priorité n° 1.

Scott regarda Rivers examiner l'addition du petit déjeuner, puis il lâcha dessus un billet de vingt dollars.

– Alors la note est pour moi, offrit-il, et subitement Rivers se pencha au-dessus de la table.

– Zak leur a fait quoi, à ces gamines ? demanda-t-il froidement.

– Il les a tuées, de façon très méthodique.

– J'ai lu le rapport au moins dix fois et je n'ai rien compris. Il a violé ces fillettes, Jack ?

Les yeux bleus de l'inspecteur luisaient d'une fureur meurtrière, une veine saillant sur son cou.

– Non, Frank, il ne les a pas violées, il ne les a pas forcées à se livrer à des actes sexuels, du moins pas ceux auxquels nous pensons vous et moi.

– Vous êtes franc avec moi ?

Scott vit la mâchoire de son interlocuteur se contracter.

– Oui, je suis tout ce qu'il y a de plus sincère. Le tueur est incapable d'avoir des relations sexuelles, donc il trouve d'autres moyens d'assouvissement, mais nous pourrons toujours y revenir par la suite. Il faut qu'on accélère et vous, mon cher, vous avez du retard à rattraper.

L'autre plissa les paupières, la carotide frémissante.

– Le salopard, ça me plairait de l'étriper comme un crapaud, cracha-t-il, alors qu'ils se levaient tous les deux.

Scott ramassa ses affaires.

Ils rejoignirent en silence la file de clients qui franchissaient la porte. Rivers luttait pour garder son calme, alors que l'air frais et le café avaient fait du bien à Scott. Ses sens étaient de nouveau en alerte, chacune de ses terminaisons nerveuses aux aguets, dans cette ville qui constituait pour lui un nouveau territoire d'exploration. Depuis le trottoir du restaurant, il vit le flot de la circulation qui commençait à grossir en cette heure de pointe matinale. Toute une file était bloquée au feu de Wisconsin Avenue, une rue plus haut. Rivers ralentit le pas ; il avait remarqué que le vieux devait fournir un effort pour soutenir son allure.

– J'ai lu vos états de service, Frank, votre dossier complet. Et je ne sais toujours pas grand-chose sur vous, ajouta Scott en regardant droit devant lui, pendant qu'ils continuaient à avancer.

Rivers réfléchit un moment.

– Pas grand-chose à raconter, répliqua-t-il tranquillement.

– Tout le monde a une histoire. (Scott s'immobilisa, son regard croisa le sien.) Je suis l'aîné d'une famille catholique très nombreuse, mon père était flic, police de New York. J'avais huit frères et deux sœurs. L'un de mes frères a été tué en Corée, ma sœur jumelle a été enlevée dans une cour d'école, en 1938. Quelques années plus tard, nous avons inhumé un cercueil vide.

Il cligna des yeux.

Rivers, qui avait retenu son souffle, lâcha un petit gémissement.

– Je suis désolé, fit-il en ravalant sa salive, je me figurais bien un truc de ce genre. Cela explique pas mal de choses.

Ils s'arrêtèrent à un passage piéton, attendirent que le feu change de couleur et le signal se mit au vert clignotant.

– Je crois que les bons flics le deviennent ; ils ne sont pas nés comme ça, ils sont guidés par leur volonté et façonnés par les circonstances. Et vous, Frank, pourquoi êtes-vous flic ?

L'autre haussa les épaules, il regarda très loin devant lui.

– Putain, je ne suis pas aussi profond, moi. Je ne suis même pas sûr de le savoir.

Ils traversèrent de nouveau au croisement de Cordell Avenue et Washington Avenue avant de pénétrer dans le parking public couvert. La Chrysler et la Crown Victoria étaient garées côte à côte dans un coin et Scott s'arrêta entre les deux.

– Frank, demanda-t-il avec circonspection, Rivers était le nom de votre père ? Le numéro de Sécurité sociale sous ce nom n'est actif que depuis la chute de Saigon.

Le policier haussa le sourcil, puis il eut un signe de tête entendu, en déverrouillant sa voiture. Sans quitter Scott des yeux, il tendit le bras à l'intérieur, alluma la radio et empoigna son micro.

– Je suis de votre côté, déclara-t-il d'une voix atone, en appuyant du pouce sur le bouton dentelé. Central, ici One-Echo-Twenty, fit-il d'une voix nasillarde, celle de la routine, tandis que le commandant consultait sa montre.

Rivers remarqua son comportement et s'efforça aussitôt de changer de sujet.

– Ce métier se fait vieux, glissa-t-il.

Et Scott sourit, en hochant la tête.

Aussi vieux qu'une vie, aussi sombre qu'une cicatrice d'enfance.

21

La maison était en brique rouge, une maison de ville sur trois niveaux avec un terrassement en bitume qui faisait office de pelouse. Quelconque, sans aucune végétation autour, elle respectait vaguement le style colonial et tirait son peu d'originalité de ses volets bleu porcelaine. Côté sud, la véranda faisait face à un supermarché qui se dressait au fond d'un carré de pelouse. La façade est donnait sur une maison de retraite, de l'autre côté d'un étroit carrefour très fréquenté. En descendant Ridgefield Drive sur une centaine de mètres, on trouvait River Road, où s'élevait le bowling désaffecté.

Scott se tenait sous le soleil vif, la main en visière, le regard fixé sur cette maison décharnée.

– C'est ce qui va tenir lieu de QG ?

– Instructions du capitaine Drury.

– Il était censé nous retrouver ici ?

Rivers jeta son registre de service sur la banquette arrière de la voiture et sortit une trousse à outils du coffre.

– Aux dernières nouvelles, oui, dit-il, en se dirigeant vers la porte d'entrée.

Scott manipula le loquet pendant que Rivers contournait l'édifice, inspectant les fenêtres et les volets ; un instant plus tard, de retour à la véranda, il vit Scott choisir une lame de métal dans une trousse noire zippée.

– Je peux appeler du renfort, suggéra-t-il.

Mais Scott était déjà au travail, occupé à insérer soigneusement la lame dans la serrure. Ce spectacle était ridicule. Rivers connaissait un spécialiste qui aurait été capable de faire sauter ce pêne dormant en moins d'une minute; côté compétence d'expert, Scott était loin du compte. La tête collée au trou de serrure, ses traits étaient figés par la concentration. La poignée de la porte s'enfonçait dans son nez.

Et puis il y eut un fracas de verre brisé. Scott se releva, une main dans le creux des reins, la porte s'ouvrit et Frank Rivers en sortit. Il avait le poing droit enveloppé dans son T-shirt.

– Tout ça, c'est rien que de la frime hollywoodienne, lâcha-t-il, et Scott, reconnaissant, hocha la tête en s'essuyant le front avec son mouchoir.

Les plafonds étaient voûtés, le système d'éclairage encastré dans les murs et le décor moderne, abstrait, était assez quelconque. Le sol était recouvert d'une moquette bleue, avec de hautes sculptures en métal évoquant de gigantesques trombones. Les sièges étaient en cuir beige avec des coussins rembourrés aux couleurs fluo. Toutes les tables, en verre et chrome, contribuaient à l'atmosphère neutre et aseptisée de l'endroit. Ici, rien de chaleureux, rien de douillet, rien de souple, et Scott demeura là, abasourdi, avant de glousser en regardant Rivers emporter les sculptures vers le placard du couloir.

– Celle-là, je peux vraiment pas la supporter, fit l'inspecteur en charriant ce qui ressemblait à un pubis en cuivre tout tordu.

– Ne cassez rien, l'avertit le commandant. Sinon, que savons-nous de cet endroit ?

– D'après Drury, la baraque appartient au département d'État.

– Je redoutais une réponse de ce style. Voilà à quoi sert l'argent de nos impôts.

D'un pas prudent, Scott s'éloigna du vestibule, contourna un énorme cygne en cuivre avant de descendre dans une pièce en contrebas. Il y avait là une cheminée dorée, décorée de pommes de pin et de bûches en plastique, et il comprit qu'elle n'avait jamais servi. Franchissant un corridor voûté, il se retrouva dans une cuisine majestueuse, avec un îlot central et des plans de travail carrelés. Il s'avança d'un pas lent vers le bloc des éviers qui donnait sur une terrasse et un patio, situés à l'arrière.

Sur la droite, un escalier recouvert de moquette descendait au garage et montait vers six chambres à coucher sur deux étages supplémentaires. C'était le style de maisons de ville bâties sur un terrain de la taille d'un timbre-poste qui vous proposaient des baignoires encastrées avec vue sur la salle de bains du voisin.

– Je parie qu'un ambassadeur débutant a confié la déco à sa petite copine du moment, ironisa Rivers depuis la cuisine, en inspectant le contenu du frigo. (L'appareil était dans le mur, c'était un Sub-Zero, et il était vide.) Le salarié moyen qui voit ça, il marche sur Washington, lança-t-il, indigné.

– Pas de danger, rectifia Scott, nous sommes une nation de moutons aux ordres d'un berger électronique.

– Alors débranchons-le.

Haussant les épaules, Scott se dirigea vers l'escalier.

– Séduisante idée, mais contentons-nous de nous doucher et de nous changer.

Et il investit le deuxième étage tout entier, qui offrait une meilleure vue sur River Road, pendant que Rivers choisissait la salle de jeux au sous-sol, équipée d'une Brunswick Slate Top, le genre de table de billard de luxe qu'il avait toujours rêvé de posséder.

Alors que Scott se changeait en deux temps trois mouvements, Rivers s'accorda une trentaine de minutes à l'étuvée dans une baignoire encastrée plus vaste que son salon, en faisant tourner une tête de gargouille plaquée or ornée d'un œil en rubis pour l'eau chaude et d'une émeraude pour l'eau froide.

Malgré sa silhouette gracile, le capitaine Maxwell Drury en imposait – uniforme impeccable, maintien sévère et bottes d'un noir de jais. Sa vareuse vert olive était rehaussée de galons d'or, sa chemise blanche paraissait amidonnée à l'excès.

La bandoulière en cuir fauve qui lui barrait la poitrine depuis l'épaule gauche était rattachée à une ceinture Sam Browne à l'ancienne. Il tenait dans sa main droite un chapeau quatre-bosses et un émetteur-récepteur, et dans la gauche un petit ballot de vêtements scellés dans leur enveloppe plastique.

Il était mince, trop mince, usé par les soucis et vieilli par l'inquiétude. En refermant la porte derrière eux, Scott vit bien, à l'expression de Drury, que son vieil ami était miné par la crainte de toutes sortes de répercussions politiques.

– Max, fit-il avec chaleur, en l'étreignant.

– Désolé, je suis en retard. Tu m'as l'air en forme, Jack. Comme à la grande époque, exactement comme à la grande époque. (Il essayait de mettre un peu d'entrain dans sa voix, mais ses paroles résonnaient comme une avalanche de caillasses sur une plaque de tôle.) Je me suis arrêté voir les Patterson. Frank t'a tenu informé ?

– Viens t'asseoir, Max, dit Scott en le prenant par le bras.

– Ils ont pris la nouvelle de la voiture abandonnée de leur fille très mal, vraiment très mal. Si nous retrouvons un cadavre, je ne suis pas sûr qu'ils soient capables de survivre à ça. M. Patterson m'a dit qu'il préférerait mourir plutôt que d'accepter l'idée que sa fille ait été tuée par une ordure. Il me fait de la peine, il y a des limites à la souffrance que peut endurer l'âme d'un homme...

– Max, fit Scott, tâchant de l'interrompre.

– C'est leur seul enfant. Peut-être qu'un peu de ta psychologie les aiderait.

– Tout ce qui sera en mon pouvoir, tu le sais, mais ne l'enterrons pas trop vite. Frank m'a expliqué que la voiture ne portait aucune trace d'agression. (Il le conduisit vers une chaise de cuisine grise, qu'il écarta de la table.) Je vais chercher quelque chose à boire.

Du bas des marches, Rivers regarda les deux hommes se parler, avec une curiosité indécise. Il n'avait jamais vu Drury ému, cela ne lui ressemblait pas, c'était du moins ce qu'il avait cru. Il souleva son T-shirt, sangla dans son holster le pistolet qu'il portait haut, dans le dos, et tendit l'oreille en recoiffant ses cheveux mouillés et emmêlés.

– Debra Patterson me rappelle ma petite Martha, du moins sur les photos. C'est peut-être les cheveux, je n'en sais rien, il y a là une certaine innocence. Elle a dix-sept ans maintenant, c'est une belle jeune femme. Toi qui ne l'as pas revue depuis dix ans, tu ne la reconnaîtrais pas.

Drury posa son chapeau, son paquet et sa radio sur la table, et prit le verre d'eau que lui tendait son ami.

– Les informations sur les carrières en sciences sociales lui ont-elles été utiles, a-t-elle choisi une université ? demanda Scott.

– Pas encore, mais je te remercie de t'être donné cette peine. Martha s'est entichée d'une espèce de fou de voitures de sport, un type vraiment pas intéressant.

Cela fit sourire Scott.

– Si je me souviens bien, tu étais fou de voitures.

– Hum. Bon, dis-moi, Jack, on commence par quoi ? Combien d'hommes dans ce détachement ? enchaîna-t-il.

– On devrait commencer par le bowling des Patriotes. On creuse le bâtiment de l'intérieur, tout l'édifice, si nécessaire, et ensuite...

– Pour les mandats de perquisition, cela prendra du temps, et nous n'avons pas beaucoup d'arguments, mais j'ai quelques échanges de services à faire valoir.

– S'il faut traiter avec un juge ramolli pour obtenir une légitime présomption, on est morts.

– Sainte Marie mère de Dieu ! fit Drury, le souffle court.

– Max ?

– Ne me demande pas de cautionner ça, dit l'autre d'une voix glaciale, pas de requête devant un juge, pas de présomption motivée. Ce serait une violation de procédure flagrante.

– Max ?

– Oh, bon Dieu, Jack, la même petite manœuvre, en 1968, m'a fait perdre dix années de ma carrière.

Scott opina.

– Je me souviens, et tu disais que ça valait bien cent mises à pied.

Et il patienta, le temps que le capitaine pèse le pour et le contre. À l'évidence, ce serait une négligence caractérisée, inexcusable, impardonnable. S'il se faisait prendre, ce qui l'attendait, c'était une discrète mise à la retraite, une mesure politique, mais il toucherait quand même une pension partielle, enfin, à ce qu'il croyait, il vérifierait dans le manuel, il était quasi certain qu'ils ne pourraient pas la lui supprimer.

– Tu as cumulé vingt années, Max, ils ne peuvent pas te priver de ta pension, à moins d'un forfait de classe B, et même dans ce cas, je ne suis pas convaincu que ce soit passible de poursuites.

– Tu sais ce que tu me demandes ? dit l'autre d'une voix monocorde. De foutre les règlements au panier. Ça ressemble peut-être au Maryland ici, mais tout se joue dans le manège politique de Washington, Jack. Ne te méprends pas là-dessus.

– Je saisis.

– Et mes hommes ? Même si je m'engageais, je ne peux pas exposer mes hommes à des poursuites.

– Alors propose-moi une autre solution.

Drury commença à réfléchir, poussant de profonds soupirs. Il but une gorgée d'eau et, à cet instant, une ombre se dessina au-dessus de lui : Rivers entrait dans la cuisine.

– Ah, salut, Frank, dit le capitaine, ses yeux marron sous d'épais sourcils se tournant vers lui.

– Asseyez-vous, suggéra Scott, en tirant une deuxième chaise.

Rivers secoua la tête.

– Je vais aller chercher des provisions et faire le plein d'essence. C'est pour moi ? demanda-t-il en soulevant de la table le paquet enveloppé de plastique.

Il en examina le contenu de l'extérieur, en appuyant fort avec ses doigts. Il y avait là un T-shirt de sport, des socquettes et une culotte – vert fluo à grands pois noirs.

– Cette demande a mis M. Patterson très mal à l'aise. La plupart des vêtements de Debra avaient été récemment lavés, alors j'ai insisté pour qu'il écume sa buanderie. Nous avons trouvé cette culotte dans la panière en osier.

– Merci, capitaine, dit-il. Sa mère est chez elle ?

– La mère de Debra ?

Rivers hocha la tête.

– Oui, elle est anéantie, le médecin de famille l'a mise sous calmants.

Rivers avala une aspirine, ouvrit la porte de derrière et quitta les lieux.

– Frank a mal quelque part ? s'étonna Scott, mais Drury avait l'esprit ailleurs.

– J'ai trouvé ! s'exclama le capitaine de sa voix rocailleuse. On leur tend une embuscade et on les noie sous la paperasse, ces salopards. Ils vont rien comprendre à ce qui leur arrive. Je vais contacter le propriétaire et lui coller une citation à comparaître, ensuite on lui réclame directement les clefs en exigeant sa pleine et entière coopération !

Scott l'écoutait attentivement.

– Je ne te suis pas.

– En arrivant, j'ai vu le bowling. Techniquement, on a affaire à un édifice condamné, donc je peux prétexter une inspection : évaluation des risques pour la santé publique. Ce n'est pas mon rayon, une affaire de ce genre relève des services sanitaires et sociaux, mais avant qu'un bon avocat s'en aperçoive, il s'écoulera au moins une semaine. D'ici là, on aura passé les lieux au peigne fin et on aura rendu les clefs et les plans, en gardant des doubles.

Scott était ravi.

– Excellente idée. (Il leva son verre pour saluer la proposition.) Tu n'as pas perdu la main.

– Quelques entubages bureaucratiques.

– Cela devrait marcher, mais si tu ne parviens pas à localiser le propriétaire ou s'il ne se montre pas coopératif, tu laisses tomber et tu reviens vers moi. Je n'ai pas envie que le comté soit informé et demande une ordonnance du tribunal. Sous aucun prétexte.

– Hors de question, mais avec ma méthode, je suis déjà beaucoup plus à l'aise. Cet après-midi, je trouve quelqu'un pour déposer une plainte. Maintenant, parle-moi un peu de la main-d'œuvre, car ça pourrait nous poser problème.

– Frank et moi allons travailler le terrain depuis ce QG. L'un de mes agents devrait arriver demain dans la matinée. J'ai à peu près tout le matériel de télécommunication nécessaire mais, en attendant, peux-tu me procurer deux gardiens pour une surveillance vingt-quatre heures sur vingt-quatre à l'intérieur du bowling.

Le capitaine Drury prit note.

– Rondes du matin et du soir avec relève à 17 heures, leurs mouvements se fondront dans l'animation des heures de pointe.

– Vêtements usagés, pas de véhicules de police. Fais-les se garer ailleurs et arriver à pied.

– Je ne peux pas mettre mes inspecteurs gradés sur le coup, Jack. Le gouverneur a participé à la conférence de la Maison-Blanche, nos priorités ont été entièrement réorientées vers les stupéfiants et...

– Je comprends. (Il leva la main.) Si tu ne peux pas dégager de budget, je vais aller vendre deux trois de ces fruits. (Il désigna une coupe en argent massif remplie de pommes, posée entre eux deux.) Que tes agents s'habillent juste en tenue de week-end, qu'ils roulent au volant de leur véhicule personnel et fassent leur rapport à Frank. Ils se formeront sur le tas. Frank a aussi réclamé un camion « sous-marin », au cas où on aurait besoin d'une surveillance plus sophistiquée, et je suis d'accord. J'aimerais une parabole à visée laser, plus deux hommes affectés à cet appareil, je ne vois pas d'autre méthode.

– Un laser ? s'esclaffa le capitaine. Jack, mon service n'a pas les moyens d'un truc pareil, pour les écoutes, on se sert encore de fils électriques. Les Services secrets en ont peut-être un. Tu vas devoir user de ton pouvoir.

– Tu as bien un camion de surveillance ?

– Oui, grommela l'autre, sur la défensive, et avec tout l'équipement. Du très beau matos. Pour le moment, il sert, alors en fin d'après-midi ou ce soir, ça te convient ?

– Ce serait parfait. Rivers a trié plusieurs hommes sur le volet, qu'en penses-tu ? Je ne peux pas laisser la famille Janson sans protection. Dans ce genre de match, il n'y a pas de seconde chance.

– Des pitbulls, le même style de flic que Frank, ils travaillent dans notre unité des crimes violents.

– Disponibilité ?

– Je vais y veiller... mais on se connaît depuis trop longtemps, Jack, dit-il d'un ton sec.

– Comment cela ?

– Le ViCAT a toujours été pauvre en effectifs, alors pourquoi tu ne m'as pas tout simplement expliqué que tu avais besoin de trois hommes pour ton équipe du MAIT ?

– Parce que tu te serais défilé. Et il m'en faut sept.

– Attends un peu, une minute. (Le stress réveilla la rocaille dans sa voix.) Je t'affecte quatre hommes, plus Rivers.

– J'ai compris. J'inclus Frank, plus mon type, total cinq.

– Et encore un autre ?

– Pour surveiller la maison des Clayton. Il me faut un gradé.

– Laisse tomber, Jack, tu crois vraiment que ce tueur va revenir sur les lieux ? fit le capitaine, sarcastique.

– Peut-on se permettre d'écarter cette possibilité ? Nous venons d'avoir une affaire à Atlanta où...

Drury hocha la tête.

– J'ai l'homme qu'il faut, mais je ne peux pas te l'envoyer avant demain.

– Et les autres ?

– Pour l'heure, ils sont sur d'autres missions, mais on s'en occupe.

– Merci, Max, je sais que tu vas devoir inventer tout un tas d'excuses sur d'autres fronts. Tu me tiendras au courant du retour de flamme, côté politique ?

– Si ça menace d'affecter ton opération.

– Et, sur le principe, nous sommes d'accord que toutes les communications seront directement gérées depuis ce poste de commandement, sans interférence ?

Drury s'efforça de le prendre avec le sourire.

– On fera de notre mieux.

– Bon. Alors, quoi d'autre ?

Drury sortit de sa poche une enveloppe qu'il lui tendit.

– Les clefs du PC et le passe Riser, pour la maison des Clayton ; il fonctionne pour les portes de devant et de derrière. Et notre suspect ? Frank m'a raconté que tu avais déjà eu des antécédents avec lui ?

– C'est ce qui m'inquiète. Si c'est le même homme, son comportement est devenu imprévisible ; il ne respecte pas les règles et tout devient donc possible. S'agissant du meurtre Clayton, le concernant, aucun mobile ne s'applique.

– Tu me caches quelque chose, Jack. Qu'est-ce que c'est ?

– Je ne cache rien. (Il se passa les mains dans les cheveux.) Simplement, je n'ai pas d'image nette, aucune compréhension claire de ce que nous avons en face de nous. Pour des raisons que je ne m'explique pas, ce tueur agit avec arrogance, à découvert, avec provocation, ce qui ne cadre pas avec ce qu'on sait de lui. À une époque, il déployait des efforts minutieux pour dissimuler les restes humains ; à l'heure qu'il est, il devrait être un expert du retraitement et de l'élimination.

– Alors pourquoi les Clayton et cette mise en scène macabre ?

– Dans le passé, cette famille aurait disparu de chez elle, un soir, et avec le temps on aurait tout simplement classé l'affaire, ce qui n'est pas si rare, comme tu le sais.

– Je vois ce que tu veux dire, c'est le timing qui te chiffonne. Pourquoi maintenant ?

– C'est ça. Quelque chose le pousse à agir. Quoi, je n'en ai pas la moindre idée. Si je réussissais à le comprendre, je pourrais éventuellement mieux anticiper sa prochaine initiative, dit-il d'une voix tendue par la contrariété. Il est capable de n'importe quoi, il est imprévisible.

Drury réfléchit un moment.

– Peut-être qu'il a tout simplement perdu toute faculté de raisonner ? Ses années de tuerie ont fini par le rattraper et il est devenu cinglé ? Ou alors il est en quête d'une certaine reconnaissance, il fait acte de cruauté à seule fin de punir la société ?

Scott secoua la tête.

– Non, la préparation minutieuse, l'habileté avec laquelle les Clayton ont été massacrés n'auraient pas pu être le fait d'un déficient mental.

Drury soupira.

– Alors peut-être qu'il est simplement mourant, un type en phase terminale qui lâche ses derniers coups de griffe ?

Scott grimaça, et puis il rumina en silence.

– Je suis désolé, dit enfin Drury, mais pour moi, c'est tout à fait logique. Jack, creuse donc un peu ce scénario. Le médecin vient de t'accorder six mois à vivre ; une fois que tu as surmonté le choc, tu décides quoi ?

Scott se pencha en avant, tapota sur la table avec un stylo.

– Il y aurait beaucoup de questions à régler. Il faudrait que je mette de l'ordre dans mon petit monde sordide, que je me rapproche des compagnies d'assurance, que j'accomplisse toute une liste de formalités juridiques et, bien sûr, que je fasse quelques adieux...

– Mais encore ? insista l'autre. Tu le croyais mort et, s'il ne l'est pas, s'il est mourant, il a croisé combien d'autres flics, toutes ces années ? Combien de types de valeur ont consacré une partie de leur existence à essayer de l'arrêter ?

Les yeux de Scott s'enflammèrent d'une lumière étrange. Il recula lentement sur sa chaise.

– Ses grands adieux ! Ce salopard n'a rien à perdre, cette fois !

– C'est bien possible, admit Drury, lugubre. Allez, espérons que je me trompe.

22

Avec dégoût, il planta sa fourchette dans l'œil dur et jaune qui le dévisageait. Cette stupide garce ne pouvait jamais rien faire correctement.

Des œufs cuits sur le plat et non pochés, des toasts légèrement beurrés et pas imbibés de graisse, du jus de fruits pressés au lieu de concentré congelé – Jeff Dorn n'arrivait pas à comprendre.

Sa commande était-elle si compliquée ?

Le téléphone sonna. Le téléphone de la maison. Ce n'était pas sa ligne privée. Il jeta sa serviette sur la table de la cuisine, et, avec dédain, repoussa son assiette. « Qu'est-ce que tu es en train de faire de si important qui t'empêche de répondre ? » eut-il envie de crier, au lieu de quoi il se contenta de le marmonner sans desserrer les dents, en fixant le plafond. On en était à la cinquième sonnerie.

– Mon chou, tu peux prendre le téléphone ? lui lança Irma Kiernan, de l'étage.

– Bon Dieu, s'exclama-t-il, ce que je déteste ce son !

Sa voix se répercuta dans la tuyauterie et il comprit qu'elle était de nouveau dans la salle de bains. La septième sonnerie retentit tandis qu'une coulée d'eau fondait vers lui dans les canalisations, grondant jusque dans le sous-sol. Huit sonneries. Il ne supportait plus sa lamentable incompétence. Le téléphone se tut, enfin.

– Chéri ? cria-t-elle d'en haut. Mon chou, tu es là ?

La dose carabinée de Percodan qu'il avait prise la veille au soir lui avait fichu la gueule de bois, une légère migraine et des aigreurs d'estomac, et il ne se sentait guère d'humeur à bavarder.

– C'est pour toi, mon chou, tu veux que je prenne un message ? bêla-t-elle, et il dut rassembler toute sa patience pour accéder à ces demandes ineptes qui encombraient sa matinée.

– Non, non, non, merci, mon amour, je vais prendre l'appel, fit-il d'une voix modulée, en tendant la main depuis son fauteuil pour décrocher le combiné mural.

Il écouta attentivement, non pas les éventuelles salutations, mais le bruit de fond qui trahirait son correspondant. Il étouffa un geignement. Des machines à écrire et des voix qui se chamaillaient – il comprit aussitôt que c'était Marcy Newman, directrice de la conservation des sites chez Partenaires de l'histoire vivante (PHV).

– Colonel Dorn, aboya-t-il, adoptant parfaitement le ton du militaire de carrière.

Mais, en guise de réponse, il n'entendit que le brouhaha provenant du minuscule gourbi à peine meublé où tout résonnait.

Dans les brochures de PHV, et dans les brochures uniquement, cette association à but non lucratif était logée dans un immense bâtiment fédéral et employait des centaines de personnes. En réalité, PHV ne comptait que deux employées, Marcy Newman et une secrétaire. Aux yeux de Dorn, la différence entre les deux, c'était que la secrétaire était rémunérée pour ses heures.

PHV était une association exonérée d'impôts qui, aimait-il répéter, assurait l'avenir en préservant le passé.

– Colonel Dorn, je vous prie de patienter le temps que je vous passe Marcy...

– Grouille-toi, pauvre conne, ton salaire, c'est moi qui le paie ! la coupa-t-il.

– J... J... Juste un instant, je vous prie, et la jeune femme, paniquée, mit la ligne en attente pendant que Dorn vérifiait le contenu de sa serviette.

Il en sortit une pochette en cuir zippée contenant un petit pistolet et il eut immédiatement envie d'en vider le chargeur dans la panse épaisse de Marcy Newman. Mais il ne pouvait pas, il le savait. Il avait besoin d'elle, même si cette idée lui faisait horreur.

Quand il avait fait la connaissance de cette femme, elle était assistante au sein d'une sous-commission du Sénat à l'environnement, une vraie chienne, culottée et assoiffée de pouvoir qui, au fil des années, l'avait fait casquer pour le moindre petit service politique rendu. Maintenant qu'elle avait quitté ce poste, après un revers électoral l'ayant privée d'un allié haut placé, elle écumait les rues en s'efforçant de colporter son savoir-faire, qui était bien maigre, ses contacts, qui étaient sujets à caution, et sa silhouette qui, aux yeux de Jeff, aurait pu servir de fortification à la défense nationale.

Il restait en attente, otage d'un sale petit jeu de pouvoir, et il se divertissait beaucoup de voir à quel point Marcy sous-estimait les gens – le week-end, il le savait, elle opérait en free lance, en utilisant les bureaux de PHV pour récolter trois sous. Et elle veillait à ce qu'il ne débarque pas au bureau et vienne la déranger devant ses clients payants.

– Bonjour, Jeff, quelle matinée radieuse, ça me rappelle Paris quand...

– D'autres que moi goberont ces conneries, mais il se trouve que je sais que vous n'êtes jamais allée à Paris. Qu'est-ce que vous me voulez, Marcy ? fit-il, rabattant le caquet de cette raseuse de politicienne.

– Vous devriez être plus gentil avec moi, Jeff.

– Pourquoi, parce que j'ai raison pour Paris ? fit-il en riant. Maintenant que je sais la vérité, je vais le répéter à tout le monde.

– Oh, Jeff, s'exclama-t-elle, je suis au téléphone depuis une heure avec Mme Warren, elle m'a promis quatre mille dollars pour le projet de pont, c'est merveilleux !

Il la sentait débordante de cet enthousiasme rodé qu'elle réservait généralement à ceux de ses contacts à Washington qui comptaient vraiment ; Dorn l'ayant engagée à titre bénévole, il savait qu'il n'était pas dans ce cas – par définition.

– Merveilleux ! répéta-t-il, envoyez-lui juste une brochure sur Great Falls Park et rédigez-moi la lettre pour que je la signe.

– Jeff, venez-vous, aujourd'hui ?

– Non, j'ai des rendez-vous et maintenant vous m'avez mis en retard, dit-il, en marquant un silence pour enfoncer le clou. Mais si je loupe un rendez-vous, je débarquerai peut-être... fit-il d'une voix mélodieuse et lourde de sous-entendus.

– Je n'avais pas l'intention de vous retarder, j'étais sur l'autre ligne. Et inutile de vous déplacer : tout est sous contrôle !

Il détestait cette formule.

– Eh bien, à cause de vous, je n'ai plus le temps de rédiger un petit mot à Irma pour lui expliquer que je vais être retenu tard après dîner.

Pour Marcy Newman, c'était un air connu et, en ex-habituée du Capitole, elle joua sa partie comme une pro.

– Pourquoi ne l'appellerais-je pas pour vous un peu plus tard. À quelle heure cela vous conviendrait-il ? Quand sera-t-elle à la maison ?

Dorn baissa la garde.

– Elle sera de retour vers 17 heures, vous vous en chargeriez ?

– Oh, j'en serais ravie ! s'exclama-t-elle d'une voix repentante, mais Dorn lui coupa aussitôt le sifflet, car Irma Kiernan, après avoir descendu l'escalier d'un pas nonchalant, faisait maintenant son entrée dans la cuisine en tournoyant sur elle-même comme un derviche, dans sa nouvelle robe bain de soleil, un panier de pique-nique à la main.

Elle déposa le panier sur le comptoir, avec un sourire de sainte-nitouche qui fleurait bon le vin, les arbres ombragés et les couvertures moelleuses. Dorn ne dissimula pas sa grimace.

– Qui était-ce, mon cœur ? demanda-t-elle gaiement, en le rejoignant.

– C'était Marcy, on a besoin de moi en urgence, cela concerne une procédure d'autorisation. Ils veulent ma déposition le plus vite possible et je n'ai même pas fini de la rédiger.

– Oh, flûte, je pensais que nous irions au parc ensemble, c'est une journée superbe. (Elle vit l'assiette du petit déjeuner qu'il avait laissée.) Tu as mal, mon chéri ?

– Non, je me sens tout à fait bien et j'espérais passer un moment avec toi, mais...

– Je sais, mon cœur, fit-elle, réconfortante, tes obligations. Je peux t'aider pour le rapport ?

– Non, malheureusement, on ne peut faire ça que tout seul, tu ne peux rien pour moi.

– Je vais te manquer ? soupira-t-elle, en lui enveloppant les épaules de ses deux bras.

– Plus que tu ne peux l'imaginer, lâcha-t-il, impassible, en lui caressant le dos de la main, et il reprit la lecture de son journal du matin.

Quand il le fallait, Jeff Dorn savait se montrer très agréable.

Dans les tréfonds de la maison d'Irma Kiernan, au cœur de ce lotissement de Wooded Acres, il y avait ce qui faisait la fierté de l'existence de Jeffery Dorn. Une pièce secrète, sans fenêtre, au sous-sol, juste au-dessous de la salle de séjour et de la cuisine. Cette pièce mesurait quatre mètres cinquante sur six, mais elle paraissait plus grande ; les murs étaient revêtus de panneaux insonorisés, peints en blanc coquille d'œuf, et le sol était tapissé d'une moquette d'extérieur vert feuillage.

Au plafond, des spots encastrés étaient reliés à un commutateur, commandé depuis le pied de l'escalier en bois, et il régla le niveau de l'éclairage pour obtenir une douce luminosité romantique. C'était propre, immaculé et secret. Cet espace ne possédait qu'une seule porte, également peinte en blanc, qu'il laissait ouverte la plupart du temps, afin de ne pas éveiller les soupçons d'Irma. Il avait récemment lu dans un magazine féminin que le sexe faible ne comprenait pas le besoin des hommes d'avoir un espace à soi, et pourtant, il trouvait cela étrange, vu la façon dont ces pétasses régnaient sur leur cuisine. Chez les Clayton, il y en avait trois, chacune avec un espace personnel délimité, avec ses tenues, ses blocs-notes et ses ustensiles. C'était risible.

Il ferma la porte et se retourna pour s'examiner dans la « Solution Irma », un miroir mural en pied qui paraissait un rien décentré, car il avait fallu l'accrocher suffisamment bas pour qu'il reflète le corps compact de l'intéressée. Ce dispositif de sécurité était encadré d'un métal argenté du meilleur goût et se trouvait juste en face de la porte qu'elle était susceptible de pousser, se retrouvant ainsi nez à nez avec son propre reflet. Dorn le savait : face à la vision de son visage, elle serait incapable de rester là plus d'un court instant et il était assez fier de la simplicité de cette idée.

Au centre de la pièce, il y avait une table avec un plateau en verre sur lequel étaient posés une machine à écrire, un agenda et un enregistreur. Il traversa la moquette à pas lents, appréciant le contact des carrés de tissu sous ses pieds nus, et appuya sur le bouton « Play » de l'enregistreur. Le bureau du sous-sol entra subitement en activité, se remplissant des bruits d'une machine à écrire en plein travail : cliquetis des touches, rotation de la feuille, pauses de la ponctuation pile aux bons intervalles. Il guetta les craquements des lames du plancher au-dessus de sa tête ; Irma vaquait à ses occupations et remontait à petits pas rapides l'escalier menant à sa chambre. En silence, il ferma la porte et retira la clef, se retrouvant cerné par le blanc. Froid, désorientant, désarmant. Depuis le centre de la pièce, la porte avait disparu dans les murs sans aspérité et l'œil humain ne possédait plus aucun point de repère.

Des cylindres métalliques fixés au plafond se reflétaient dans le miroir et sur la table de verre. Il suffisait de se tourner légèrement et le sens de l'orientation était faussé. L'est devenait l'ouest. Le temps était pris au piège. La bande enregistrée diffusait le pas cadencé d'une machine à écrire. La petite pièce baignait dans une atmosphère tamisée et il adorait cela ; il entrait dans un monde qui le nourrissait, le séduisait, donnait un sens à son existence.

Il n'y avait sur les quatre murs qu'une seule photo, à l'autre bout de la pièce, tout près du miroir. Après quelques instants d'immersion dans toute cette blancheur, les couleurs de cette image jaillissaient du mur en criant presque, toutes frémissantes, exigeant d'être remarquées. C'était un étrange collage pop art représentant un bistro avec terrasse : peinture – les auvents, les gens et les tables ; photo, un cliché figurant le café baignant dans une lueur rougeâtre sous la corolle noire d'un champignon atomique ; aliments, une pluie de grains de riz tombant du ciel ; dessin à l'encre, les visages des clients esquissés avec leurs masques à gaz et leurs casques. Ils dînaient joyeusement sous des lettres en forme de flammes annonçant *Bienvenue à l'Atomic Café*. Il souleva le cadre, massif, pour le déposer sur les dalles vertes.

Sous le rebord métallique du crochet capable de supporter un poids de vingt-cinq kilos, on apercevait un trou qui, à première vue, ressemblait à une tache noire. De plus près, cela faisait penser à une tentative maladroite pour accrocher un tableau au moyen d'un clou surdimensionné. Il sortit de sa serviette une clef Allen spéciale pour les patins à roulettes des enfants – l'ancien modèle qui servait autrefois à ajuster les repose-pieds –, il l'inséra prestement puis tourna la clef tout en poussant sur la cloison jusqu'à ce qu'un boulon mécanique se libère et se dégage loin de son point d'ancrage.

En appuyant des deux mains sur la jointure invisible de la cloison, il fit pivoter sur ses gonds un panneau freiné par un ressort, qui s'ouvrit lentement, comme la porte d'une chambre forte, sur un espace obscur, informe et pur. Jeff Dorn se courba en deux et, marchant en crabe, disparut dans la gueule béante et noire, en rabattant le panneau derrière lui.

La pièce, à l'extérieur, était d'une blancheur immaculée, résonnant des seuls échos d'un rapport en train d'être dactylographié avec ardeur.

Il s'agissait d'un couloir de béton d'environ trois mètres de long, au plafond arrondi, sur un petit mètre de largeur et un mètre vingt de haut. Cela ressemblait à un tunnel ferroviaire miniature, l'obscurité conduisant à une seconde porte où une cavité en forme d'œuf était creusée à six bons mètres sous le jardin, à l'arrière de la maison d'Irma Kiernan.

Que cette structure ait été jadis destinée à protéger une famille d'un événement aussi peu probable qu'une attaque nucléaire, voilà qui avait toujours amusé Dorn, qui en oubliait l'époque de sa construction. En 1962, Khrouchtchev avait tapé du pied à la tribune des Nations unies lorsque Kennedy avait ordonné le blocus de Cuba, et les États-Unis étaient alors à la merci de la menace communiste. À Washington, la population vivait sous un feu roulant de nouvelles alarmistes, les voisins portaient des casques et on entraînait même les enfants des écoles publiques à garder la bouche ouverte pour éviter que leurs tympans ne soient endommagés en cas de déflagration. Wooded Acres, qui figurait parmi les quartiers à l'urbanisme le mieux conçu, donnait à l'acheteur d'une maison neuve le choix entre deux options luxueuses, une piscine ou un abri antiatomique. Voilà comment Dorn se retrouvait à cette minute dans la fraîcheur d'un bunker de trois mètres soixante de côté, au milieu des odeurs de Téflon liquide et de solvant Hoppe's au nitrogène. Elles imprégnaient cet espace confiné et il actionna un interrupteur, en réglant sur vitesse lente un ventilateur qui insuffla un peu de vie dans ce caveau étouffant.

Vu du jardin, une parcelle de mille mètres carrés, le seul indice repérable était un tube de ventilation qui ressemblait à un tuyau de poêle et qui avait la taille d'une petite borne d'incendie. Il pointait du sol, mais avait été soigneusement déguisé en lanterne japonaise, ce qui le rendait aussi fonctionnel qu'agréable à regarder. Dorn avait conçu ce boîtier comme un système de filtrage, encastrant les éléments à l'intérieur de la lanterne, sur trois des six facettes vitrées, avant de l'offrir en cadeau à Irma qui, à son insu, en avait parachevé le camouflage en aménageant un jardin d'agrément sophistiqué tout autour ; c'étaient essentiellement des plantes vivaces multicolores, en l'honneur des camarades de Jeff tombés en terre étrangère.

Et si vous aviez posé la question à Irma Kiernan, elle vous aurait répondu que l'abri avait disparu, qu'on l'avait dégagé, puis comblé, et que son Jeff avait pu réaliser tout cela en faisant d'énormes économies, prouvant ainsi que le monde était plein d'escrocs. La plupart de leurs voisins avaient payé – au tarif de groupe – plus de cinq mille dollars chacun pour l'excavation de leur jardin et elle ne semblait pas étonnée du fait qu'il avait fallu à Dorn presque un an pour achever ce chantier, malgré l'incident étrange et désagréable qui se produisit à cette époque.

Pendant la démolition, les événements l'avaient contrainte à résider dans un motel de deuxième catégorie car, au plus fort des travaux de Dorn, des rongeurs avaient envahi la maison. Durant un bref laps de temps, elle avait dû tolérer la présence de mulots.

Peu après, elle avait découvert deux rats morts dans son évier.

Il avait fallu près d'une année pour que l'Atomic Café prenne forme.

Une fois la ventilation installée, Dorn avait entrepris de réparer les défauts du béton, d'enduire et de peindre, de construire des rayonnages, de moquetter la dalle sur laquelle l'abri était construit, avant d'y ajouter deux fauteuils et une causeuse. Comme dans le bureau attenant, les murs étaient peints en blanc, mais ici la moquette était rouge. Il avait terminé le chantier en 1981 et, depuis cette date, il y avait ajouté quelques équipements :

un déshumidificateur, un radiateur, un ventilateur magnétique dans le sol, tout ce que permettait le budget familial.

Le plafond était formé d'une petite coupole de béton recouverte de crépi blanc et la porte d'un double panneau d'acier renforcé qui se fermait de l'intérieur avec un simple verrou et une barre transversale. Ces deux éléments étaient d'origine ; la porte avait été forgée dans un acier ultrarésistant, puis gainée de plomb afin de la lester et d'assurer une protection contre les retombées nucléaires. Avec les décennies, les gonds avaient tenu bon et il en conclut que les vendeurs de l'Atomic, dans leurs showrooms, avaient dû s'en servir comme argument de vente, car leur robustesse ne faisait aucun doute. Sur la barre transversale à verrou rotatif, du même type que celles qui équipent les grands navires, il y avait cette inscription gravée, *W. Charles & Co*, et il tira dessus, puis il descendit cinq marches de bois pour pénétrer dans la cellule confinée en contrebas.

De l'extérieur, la porte pivota et se referma sans aucun bruit perceptible. Mais, de l'intérieur, il y eut un écho assourdissant et un déplacement d'air lorsque le ventilateur magnétique du tube d'aération se mit à vrombir discrètement. Il s'immobilisa pour admirer ces marches en bois d'épicéa qu'il avait laborieusement poncé à la main et reverni dans sa teinte naturelle.

À l'intérieur du caveau, immédiatement sur la droite, il y avait une plaque comportant une série d'interrupteurs noirs à bascule et un siège capitaine. À gauche de la porte, entre une causeuse couleur taupe et un fauteuil relax, se dressait une grande armoire en bois peinte en noir mat. Il l'ouvrit, découvrant des rangées de vêtements, récemment nettoyés, certains encore suspendus dans leur enveloppe plastique, et, comptant jusqu'au septième cintre, il en retira un uniforme. C'était une combinaison de travail bleu ciel avec plus de poches à outils qu'un veilleur de nuit ne possède de clefs, avec un nom imprimé sur la poche poitrine : *Ben Johnson, Supervisor*. Dans le dos, il était inscrit *C & P Telephone Company*, et sur chaque épaule un logo était brodé, une Liberty Bell, une cloche de la liberté d'un bleu éclatant. Il étendit le vêtement sur la causeuse, puis se déshabilla.

Pendant une heure, assis dans le petit sofa, il vérifia la liste de son matériel, puis tira à lui un petit meuble classeur, dont les roulettes pivotantes glissèrent sans heurt sur le revêtement de sol extérieur. Il ouvrit un tiroir et récupéra un dossier d'où il sortit des coupures de presse d'un quotidien new-yorkais. C'était un article illustré d'une photo, long de moins de deux colonnes et non signé. Il regrettait que les rédacteurs de la page locale n'y aient pas inclus davantage de détails.

> UN HOMME DE LA RÉGION HONORÉ PAR SES FRÈRES
>
> John F. Scott, résidant à Greenlawn, a reçu aujourd'hui la médaille d'honneur pour l'ensemble de sa carrière, décernée par les Grands Frères d'Amérique pour son œuvre auprès des enfants privés de modèle paternel.
>
> Scott, analyste au sein de l'administration fédérale, doit prendre sa retraite cette année.

Il relut l'article. Ce n'était pas la première fois. Et il savait que le colis Clayton devait être en ce moment posé sur son bureau, ce qui suscita l'excitation de Jeffery Dorn.

Il l'attacha avec un trombone sur la petite enveloppe blanche qu'Irma lui avait remise la veille au soir et, quand il leva cette feuille dans la lumière, sa main eut un tremblement inhabituel. Plus tôt dans le mois, il avait spécifiquement demandé à son médecin de Foxhall Road de lui envoyer toutes les communications de ce genre, sans adresse d'expéditeur. C'était le vœu d'un mourant. En tant que patient, on ne pouvait le lui refuser.

Lors d'un contrôle de routine – la visite trimestrielle – de Dorn pour la prescription de ses comprimés divers, un examen sanguin avait révélé qu'une certaine catégorie de globules blancs était présente dans le sang à plus de mille cinq cents unités par millimètre cube, ce qui était symptomatique d'un cancer à un stade avancé. Le choc l'avait laissé plusieurs jours désemparé, le temps de se renseigner rapidement sur les possibilités de traitement : chimiothérapie, radiothérapie ou même transfusion.

Ayant pris connaissance des effets secondaires de ces traitements, pires dans bien des cas que la mort pure et simple, il avait laissé toute décision thérapeutique en suspens jusqu'à ce que l'on puisse mieux identifier et localiser la maladie. Une série d'examens approfondis était prévue pour la fin du mois et il ne voulait plus rien lire concernant le sort qui l'attendait. Ayant accepté la perspective de sa propre mort, il voulait que ses derniers jours soient pleins de vie, ce qui supposait de garder le secret vis-à-vis d'Irma, sans quoi elle allait dégouliner d'affection, au point de rendre la mort préférable.

Le Dr Thomas Landry, que Dorn considérait comme un simple fournisseur de pilules, eut d'abord du mal à trouver ses mots. Le patient allait mourir, cela ne faisait aucun doute, la numération globulaire et celle des plaquettes suffisaient à le prouver – Dorn avait beau juger ce praticien peu rigoureux, cela n'y changeait rien. C'était le quatrième message du médecin en un mois et le dernier lui décrivait à quoi s'attendre, l'affaiblissement de tout son corps, le déclin de ses forces. Dorn était fatigué d'avoir à supporter tout cela. Quelle que soit l'issue, il prévoyait de vivre jusqu'au bout, de mettre toutes ses forces dans les mois qui lui restaient.

Six mois, ou peut-être un an, personne n'en savait rien.

Rien que d'y penser, cela le mit dans une telle colère qu'il se releva et rangea vivement l'enveloppe dans la chemise. La vie le flouait. Il était encore jeune. Il n'était pas encore sorti de la fleur de l'âge. Et s'il avait cru en Dieu, ce qui n'était pas le cas, il aurait considéré cela comme un message.

Mais Jeff Dorn n'était pas si bête.

Sur la planète Terre, il n'y avait que l'homme, cet être mortel, qui laissait des messages dignes de raison. Jamais aucun chien sauvage, aucune figure christique, aucune apparition née de la sottise des sables du passé collectif de l'humanité n'en ferait autant. Il détestait la mythologie. Depuis les Grecs jusqu'à la Bible, du Dieu de l'espérance des Mormons jusqu'à ces imbéciles bredouillants dans leurs tours de verre, tous passaient leur vie à interpréter des messages, à lire dans le marc de café, à rechercher des explications.

Les hommes comme Dorn étaient à l'origine de ces messages, des messages durables, et il en avait laissé un à Scott, un jeu, un chef-d'œuvre ludique, une petite prime de retraite qui portait le nom de Clayton. Il savait que le dossier devait trôner sur le bureau de Scott et cette idée emplissait cet homme à l'article de la mort d'un plaisir mauvais et d'une singulière motivation.

Que Scott soit catholique, ce n'était que plus intéressant ; la culpabilité dominait son existence amorphe et creuse, depuis le confessionnal jusqu'à ses tournées à bord de son véhicule de patrouille ; il était incapable de lever le petit doigt sans la permission des saints de l'Église. Et il s'imaginait son ennemi devenu complaisant, avec les années, son petit métier futile n'ayant pas réussi à lui procurer le sens que l'Église lui avait promis, sans pouvoir lui donner.

– Elmer Janson, dit Dorn à voix haute, en choisissant un autre journal, dont il parcourut l'une des pages.

Le journaliste du *Tempo* était en quelque sorte son âme sœur et pourtant il ne le connaissait même pas – mais tous les deux mouraient d'envie d'en savoir plus sur cette jeune mère dévoyée.

Cela l'enchantait.

Cent fois il avait relu ce papier et il aurait pu le relire cent fois encore.

Et puis, en trois pas, il traversa le bunker jusqu'à un placard de fournitures installé contre le mur du fond. Il était grand, en métal, protégé par une porte à deux battants. Il l'ouvrit, se penchant pour examiner tout un arsenal sophistiqué : des rangées de carabines, de fusils d'assaut et de mitraillettes. Il y avait aussi un rayonnage consacré aux couteaux. Sur les deux parois latérales de cette chambre forte, des pistolets étaient suspendus par leurs sous-gardes sur trois rangées de dix de profondeur : au total, trente armes de poing semi-automatiques.

Au-dessous, une boîte fermée par un cadenas recelait de nombreux accessoires : pics, lames, silencieux, chargeurs et munitions, clefs à tube, étuis et cordons. Il passa en revue les parois intérieures et, parmi la quantité de séduisantes possibilités, il choisit un Röhm automatique calibre 22, qu'il souleva de son crochet. Pendant une bonne heure, il démonta, nettoya, remonta et briqua cette petite arme, remplissant le chargeur de balles à pointes creuses. Il le plaça dans la douce lumière du plafond, libéra la glissière qui se referma avec un claquement mortel, engageant un projectile. Cran de sûreté poussé, il inséra le chargeur.

Lubrifiée avec du Téflon liquide, cette arme en alliage poids plume, équipée d'un silencieux, était aussi rapide et insonore qu'une machine à coudre. Il sortit une trousse à outils de derrière la causeuse et commença à s'habiller.

Moins d'un quart d'heure plus tard, Ben Johnson, technicien d'une compagnie locale de téléphone envoyé en mission urgente, émergeait de l'abri – un rôle que Dorn appréciait presque autant que celui d'ancien combattant. Et il l'endossait pour les raisons les plus intimes et les plus extrêmes qui soient. Chez Jeffery Dorn, la tromperie était une forme d'amusement profondément personnel et satisfaisant, à la fois un passe-temps, un défi et un mode de vie. Le rôle qu'il jouait maintenant, il le connaissait à fond, il avait fait ses preuves, il était un ouvrier expérimenté, références à l'appui.

Avant de partir travailler, il s'arrêta, attrapa un coffret en cuir de couleur rougeâtre, petit mais raffiné, posé près d'une étagère, à côté de la porte de l'abri. Pour lui, aux États-Unis, on ne pouvait rien vous décerner de plus beau, du moins sur le plan symbolique, et il sortit l'objet de son écrin.

La Legion of Merit diffusa dans sa main une lueur jaune étincelante, une lumière irisée qui scintilla en fins rayons à l'intérieur de l'abri, dansa sur les murs de béton, se refléta contre le plafond crépi. Cet insigne récompensant l'héroïsme pendait d'un ruban bleu soigneusement replié plusieurs fois sur lui-même et, quand il le touchait, quand il le caressait et le tenait ainsi, Dorn en éprouvait une excitation qui n'avait pas diminué, même après des millions d'inspections. L'objet exerçait sur lui le même pouvoir, alors qu'il l'avait porté des années autour du col de son uniforme d'apparat, et son souffle embua le médaillon brillant, l'une des plus hautes récompenses que l'Amérique réservait à ceux qui avaient fait preuve de sacrifice et de bravoure.

Avant de partir, il laissa un mot à Irma pour qu'elle y applique de la crème d'entretien et de l'huile de coude. *Chauffée à blanc*, inscrit-il au stylo, c'était ainsi qu'il aimait toutes ses médailles, et il lui laissa ce message en haut, sur la table de la cuisine.

De fait, il était vrai qu'il avait servi dans l'armée, sous un autre nom, en tant que simple soldat, pendant la guerre de Corée. Mais il avait été traduit en cour martiale pour agression sexuelle et son ordre de radiation pour conduite déshonorante en témoignait.

23

Dans la partie nord-ouest de la vallée du Potomac, la propriété d'un *gentleman farmer* occupait un terrain situé en bordure du parc national de Great Falls.

Ce vaste domaine privé était si proche de la nationale que, les mois d'été, les touristes prenaient souvent le petit bâtiment de ferme le long de la route pour une buvette du département fédéral des Parcs nationaux et ils frappaient à la porte de la résidence, en s'attendant à ce qu'on leur présente le menu. L'homme qui leur ouvrait s'appelait James Lee Cooley.

Autrefois, il n'y avait pas si longtemps de cela, la famille Cooley maintenait encore une ferme en activité à Cabin John. Mais, avec le développement urbain galopant dans la région au début des années 1970, les impôts fonciers avaient augmenté à un point tel que le seul recours, face à une saisie administrative imminente, avait été de vendre une parcelle de terrain jadis réservée aux hangars à tabac. Et c'était ainsi que cet homme, qui se tenait devant John Scott et Frank Rivers, était devenu millionnaire du jour au lendemain.

– Salut, Jim, lança jovialement l'inspecteur quand Cooley apparut sous sa véranda.

Le *gentleman farme*r avait entendu la sirène approcher et la voiture s'engager sur les gravillons de la longue allée circulaire.

– Salut à toi, Frank, fit-il, souriant. Le menu, ça te dirait ? La spécialité du jour, c'est de la citronnade, ou alors une bière, si ton ami en veut une.

Il tendit la main à Scott, resté un peu en retrait, sur le côté. Ils échangèrent de rapides salutations, puis ils suivirent le fermier, un homme svelte, traversèrent le couloir, le salon et la cuisine, pour finalement ressortir sur un patio en plein air.

Frank Rivers connaissait tout le clan Cooley, aussi, regarder Jimmy, c'était comme retrouver un fantôme de sa petite enfance. Il reconnaissait en Jim une version plus ramassée de son père, avec une allure et des manières similaires. Il avait trente-huit ans, mais pouvait aisément paraître quinze ans plus jeune, ce qui le rendait facilement repérable pour ses anciennes relations. Il était silencieux, presque songeur, et sa tête jadis ornée de cheveux roussâtres ébouriffés avait pris une nuance châtain et s'était clairsemée.

– Je vais aller chercher les boissons, dit-il tranquillement, en jetant un regard à Rivers, puis à Scott, qui s'installaient tous deux dans des chaises longues, et il y eut un silence gêné.

– Excellente idée, dit Scott, avec un sourire.

– Ça me convient très bien, fit à son tour Rivers, et Jim Cooley traversa le patio recouvert d'ardoises grises avant de disparaître par la porte de derrière, tandis que les deux hommes restaient assis, muets d'admiration.

Si l'on contemplait le monde de Jim depuis ce patio à l'arrière de la maison, aussi loin que porte le regard, ce n'étaient que prés et collines vertes et vallonnées, un immense îlot de calme au milieu d'une ville impitoyable. Et Scott se prit à s'imaginer à quoi devait ressembler jadis la ferme Cooley : les rangs de maïs pointés vers le ciel, les champs dorés, les carrés de terre labourés en rangées rectilignes. Au loin, près de la route, devant un chêne majestueux, il nota la carcasse rouillée d'un tracteur, les lames encore attachées devant, immobilisé, figé sur le sol. Les champs dégagés, le soleil éclatant et les odeurs d'humus détrempé lui flattaient les sens, épaississant un silence lourd de présages.

À y regarder de plus près, c'était une vision mélancolique, qui laissa Scott pensif, le front plissé. Des nuages barrèrent le soleil en projetant des ombres à leurs pieds.

– Que lui est-il arrivé, Frank ? s'enquit-il discrètement, en rapprochant sa chaise de celle de l'inspecteur.

– Comment ça, Jack ? Jimmy est un gars bien.

– Ses parents, vous les connaissiez ?

– Morts à un an d'intervalle, sa mère a eu une attaque et Big Jim est décédé d'un infarctus, ils l'ont trouvé assis contre la roue de son Caterpillar. (Il désigna le tracteur.) C'est un sacré engin, huit cylindres en ligne, on n'en voit plus beaucoup des comme ça.

Le commandant insista, mais avec tact.

– Dans l'entrée, j'ai vu une photo de vous et Jim avec un autre jeune garçon ; apparemment, vous étiez partis faire du camping. Qui est-ce ?

Les yeux de Rivers vinrent se poser sur Scott, avant de repartir vers les champs.

– Rien ne vous échappe, hein, Jack ? C'était son frère aîné, Michael. Nous étions comme les trois boutons d'une même chemise, inséparables. Il s'est fait trucider au printemps 1968.

Scott le vit serrer la mâchoire et un petit vent de fraîcheur se répandit sur le paysage.

– La première semaine de mai ? demanda-t-il à voix basse, et Rivers se redressa, palpa ses poches pour s'allumer une cigarette, puis enfourna une aspirine à la place. Inspecteur d'honneur de l'année. La cérémonie de remise des récompenses a lieu à peu près à cette même période. Mais pour vous, être avec Jim, cela compte encore plus. Il le sait ?

Les yeux de Rivers se glacèrent.

– Non, et vous n'allez pas le lui répéter. Et je parle sérieusement.

Scott fouillait là une blessure, il n'en doutait pas, aussi abandonna-t-il vite le sujet, dès que Cooley fut de retour, chargé d'un plateau. Il leur servit trois verres et s'installa sur sa chaise, observant discrètement Scott, visiblement importuné à certains moments par le grondement sourd des voitures quittant le Parc national, de l'autre côté de la route. Scott but une longue gorgée de sa boisson.

– Merci, fit-il en attendant que son hôte prenne la parole, mais Cooley se leva aussitôt pour le servir à nouveau, sans prononcer un mot.

Un chat écaille de tortue fit son apparition, se frotta contre la jambe de Scott, puis s'affala à ses pieds. Il se pencha et caressa le petit animal.

– Comment s'appelle-t-il ?

– Bouton-d'or. Et il, c'est « elle ».

Au son de ces voix, un basset s'approcha d'un pas lent, lécha la chatte et se coucha près d'elle, pour attirer à son tour l'attention sur lui.

– Un ami de Bouton-d'or ?

– Ventraterre, le seul chien que vous rencontrerez qui s'effraie de ses propres aboiements, expliqua Cooley et, à cet instant, un grand félin noir bondit, lui rampa sur le dos, puis se coucha en travers de ses épaules. Horace, annonça-t-il avec un sourire en entendant le chat ronronner bruyamment, ses yeux d'ambre luisant dans la direction du commandant.

– Horace... Un nom historique, pour un chat, releva Scott. Horace Hunley, ce n'était pas l'inventeur du premier sous-marin américain ?

Cooley opina.

– En effet, monsieur, un capitaine confédéré, c'était en 1863. Le submersible a coulé au combat, avec tous ses hommes.

Du bout de sa paille, Rivers tapota les glaçons dans le fond de son verre.

– Alors, que puis-je pour vous ? s'enquit Jim Cooley, en plaçant le matou sur ses genoux. Frank a présenté la chose comme assez urgente, mais avec lui, c'est toujours urgent.

– Merci, Jim, répondit Rivers.

Jack posa son verre et sortit un carnet de son blazer, qu'il avait suspendu au dossier de sa chaise.

– Nous essayons de comprendre le lien entre...

– Vous avez sur les bras les cadavres de trois enfants et d'une femme, Frank m'a expliqué tout cela, l'interrompit l'autre. En quoi puis-je vous aider ?

– J'ai quelqu'un qui tente d'identifier la fillette noire, dit-il avec une expression de gratitude. Mais, au cas où elle aurait encore de la famille ou des amis, j'ai besoin de savoir où ils se trouvent maintenant.

– Et si c'était une gosse de la ville, de Washington ? C'est une ville noire et je ne dis pas cela de manière négative.

– Et si elle avait vécu par ici ?

Cooley regarda Rivers.

– C'était une gosse du coin ? s'enquit-il, un soupçon de tremblement dans la voix.

Scott hocha la tête.

– Nous n'en sommes pas sûrs, mais supposons que ce soit le cas.

– Et elle serait morte quand ?

– Elle a été tuée en 1958.

Cooley regarda fixement au loin et but une gorgée de son verre.

– Alors je dirais Tobytown. (Il pointa le bras.) À environ quinze kilomètres au nord, quand vous vous dirigez vers Frederick.

Scott ouvrit sa serviette noire, en sortit une carte de la région et la lui tendit.

– Vous voudriez bien me montrer ?

– Bien sûr, dit-il, en se penchant vers lui, et le chat sauta de ses genoux. Ici, c'est River Road, indiqua-t-il du doigt. Il y a plusieurs années, j'ai vendu une parcelle de terre alluviale quelques kilomètres plus au nord, on s'en servait pour le séchage du tabac. Ça vous donnera un bon point de repère.

Scott entoura l'endroit sur la vue éclatée.

– Là-bas, rejoignez un lotissement avec un écriteau doré marqué Tara et vous trouverez Tobytown, treize kilomètres plus loin.

Scott eut un petit rire.

– Le Tara d'*Autant en emporte le vent* ? Ils n'ont rien trouvé de mieux ?

Cooley haussa les épaules, se remémorant les odeurs de miel du tabac mis à sécher dans sa grange et repensant aux demeures aux portes cramoisies que les promoteurs avaient pour ainsi dire parachutées là-bas.

– De quoi attirer instantanément les voleurs, lâcha-t-il.

Il se pencha, tendit la main vers la pelouse et, avec toute l'adresse d'un ouvrier agricole, il arracha un brin d'herbe et le pinça entre ses lèvres.

Scott saisit la mimique de son interlocuteur.

– Tobytown, poursuivit Cooley, quand j'étais gosse, il a longtemps existé un village de ce nom près de là où vous résidez, Frank et vous. Il se peut qu'elle ait vécu là-bas. (Il haussa les épaules.) Mais sa famille aurait été forcée de partir vers le nord.

Scott ne put dissimuler sa perplexité. Le poste de commandement était situé quinze bons kilomètres plus au sud, dans la direction opposée, et la seule ville qui se trouvait par là, c'était Bethesda.

– Jim, vous voulez dire qu'il y avait un autre village à proximité du bowling ?

– Tobytown, répéta Cooley, en hochant la tête.

– Éclairez-moi un peu, insista Scott. Les archives fédérales ne portent aucune trace de ce que vous dites.

– Jack, intervint Rivers, un peu sur la défensive, en attrapant la carafe, si quelqu'un est au courant, c'est bien Jimmy.

– J'en suis convaincu, merci, Frank. (Il se tourna de nouveau vers le fermier à la mince silhouette.) Mais enfin, que s'est-il passé, Jim ?

– Eh bien, fit l'autre, avec un léger accent du Sud traînant, Tobytown était un village mélangé, noir et blanc, pauvre mais fier. Mon grand-père a vécu là-bas une courte période, quand il traversait une mauvaise passe. Tobytown a donc été fondé bien avant sa ferme. Pendant la guerre entre les États de l'Union, quand les gens fuyaient le Sud profond, ils suivaient le fleuve. Une fois qu'ils arrivaient à Cabin John, ils prenaient River Road en direction de Washington et s'installaient là-bas, près des voies ferrées, là où s'élèvent aujourd'hui les grandes tours. Donc, en résumé, il y avait là-bas tout un bourg qui s'étendait de Kenwood Forest jusqu'au-delà du bowling.

Le bureau de Drury leur avait fourni des relevés détaillés du cadastre de la zone et cela ne figurait nulle part.

– Je suis désolé, mais je suis perdu, admit-il. Vous dites que Tobytown se situe maintenant dans l'autre direction ?

Cooley confirma.

– Au nord, cherchez l'écriteau qui indique Tara, et puis continuez et vous le trouverez.

– Et ce bourg, ce Tobytown, s'étendait autrefois près du bowling ?

– C'est la vérité vraie.

– Alors pourquoi l'ont-ils déplacé ?

– Pourquoi ? (Cooley répéta la question avec un rire forcé, en le dévisageant.) Les pauvres n'ont pas d'avocats, voilà pourquoi, et il y avait de la colère dans sa voix. Peu importe que personne ne possédât ces terres, on les a vendues sous leurs pieds. Vous avez remarqué la petite église baptiste entre la banque et la pompe à essence ?

– Je l'ai vue, oui.

– C'est tout ce qui en reste, la seule chose que les habitants de Tobytown ont refusé d'abandonner ; elle se trouve maintenant au milieu d'un désert de béton. À côté de l'église, il y avait un cimetière, ils ont carrément construit dessus. Quand Frank m'a appelé, j'étais persuadé que quelqu'un était tombé sur une vieille sépulture de Tobytown, mais il m'a dit que je me trompais.

Ce qui fit réagir Scott. Quel endroit serait mieux choisi pour cacher des femmes et des enfants assassinés ? Le tueur avait prévu l'avenir et il se rappela la remarque d'Elmer Janson sur les enterrements d'esclaves, peut-être une rumeur floue inspirée d'un fait historique. La chaux dissoudrait rapidement les os, provoquant une décomposition précoce, dissimulant les victimes au milieu des tombes des exclus. Qui serait allé fouiller là-bas et, si l'on avait déniché quoi que ce soit, qui s'y serait intéressé ?

– Tout ce qui reste, c'est l'église, fit-il d'une voix lasse. Savez-vous ce qui s'est passé là-bas ?

– Ce n'est pas de l'histoire très ancienne, Jack, répliqua Frank sur un ton railleur. Je sais ce qui s'est passé à Tobytown parce que j'ai vu ce ciel d'enfer virer au rouge, illuminer l'horizon sur des kilomètres. Tobytown a brûlé pendant trois jours. Quelqu'un y a mis le feu et la ville est partie en cendres, c'était la semaine de mon huitième anniversaire. Je suis né le 21 juillet.

Scott s'appuya au dossier de sa chaise. Cet acte lui en évoquait d'autres, commis au tournant du XIXe et du XXe siècle.

– Alors ce devait être vers 1957 ?

– Non, Frank est né un peu avant. C'était en 1958. De ma chambre, j'ai pu voir les flammes de Tobytown et les hommes du coin se sont rassemblés dehors, ici même, ils ont causé et bu ensemble, mais ils ne pouvaient rien y faire. Ce n'étaient que des travailleurs, ils n'avaient pas envie de s'attirer de nouveaux ennuis, en plus des leurs.

Rivers vida son verre et piqua nerveusement dans ses glaçons avec la paille, pour avoir encore de quoi boire. Cooley se pencha vers lui et lui remplit son verre.

– Pas de problème, dit-il à son vieil ami, mais en regardant toujours dans la direction de Scott. Enfin, quoi qu'il en soit, on les a déménagés bien loin de là-bas et on peut vous y conduire. Vous verrez un grand écriteau qui annonce *Tobytown, Fondée en 1865*, et derrière ça, vous trouverez des appartements bon marché construits par le comté. Par ici, certains écriteaux aident certaines personnes à trouver le sommeil, la nuit. Les terrains de River Road étaient devenus trop chers pour qu'on permette aux pauvres de les conserver.

– Il y a des lois, fit observer Scott, l'esprit ailleurs.

– Non, rétorqua Cooley, en fronçant les sourcils, on est à Washington, le pays des avocats. Par ici, les voleurs inventent les règles au fur et à mesure, certains travaillent pour les fédéraux, certains pour le comté, d'autres pour des entreprises privées, mais ils sont tous pareils, corrompus, tous de mèche. Un business très sûr et très lucratif. Ils m'ont forcé à vendre un champ, j'en ai obtenu plus de deux millions et ce n'est rien comparé à ce qu'était Tobytown, surtout là où le bourg était situé. La différence, c'est que moi, je suis un Blanc : ils ont dû me payer.

Scott pinça les lèvres ; il commençait à comprendre.

– Frank me dit que la région est chargée d'histoire et que vous avez longtemps déterré des objets datant de la guerre de Sécession sur votre ferme ?

Cooley glissa un regard à Rivers et sourit.

– Frank vous a dit ça ?

Scott lui lança un coup d'œil.

– Il avait tort ?

– Non, fit l'autre en riant, mais chez Frank, l'histoire, ça s'arrête au dîner de la veille.

– Saucisses, haricots et salade de chou.

– Bon, j'ai fait des recherches sur Cabin John, poursuivit Scott, et il est mentionné très peu de chose, pas de batailles, en tout cas.

– Ça ne risquait pas. River Road était la voie de communication entre les principaux champs de bataille d'Antietam, Manassas, Gettysburg et d'autres lieux de combat. Les garçons, fédérés et confédérés, se croisaient en plein jour sans se tirer dessus. Beaucoup d'entre eux étaient des voisins.

– Donc il n'y a pas eu de combats, en conclut Scott.

Cooley se pencha en avant, redressa la carte et lui montra.

– Vous êtes ici, juste en face du parc national de Great Falls, à moins de cinq cents mètres de la grande route. Tout ce qui figure de part et d'autre, y compris cette ferme, se trouvait en plein dans la mêlée générale. Vous avez remarqué ces lotissements préfabriqués sur votre route, en venant ici ?

Scott opina.

– À l'époque, dans ces parages, il n'y avait que des champs et des fermes, surtout par ici, près du canal ou du fleuve, c'était un no man's land. Des centaines d'hommes, uniformes bleus contre uniformes gris, s'y sont battus férocement à leur retour des principales campagnes militaires et ces affrontements se déroulaient tout près de chez eux ; cette région a connu certains des combats au corps à corps les plus épouvantables de la guerre, mais pas de grands engagements qui auraient marqué l'histoire. Un type est mort par ici, il y a de ça cent vingt-cinq ans.

Et il désigna le grand chêne près de la route.

– Passionnant, admit Scott. Vous recherchiez des vestiges ?

– Non, je ne crois pas à tout ça, lui répondit-il en buvant une longue gorgée de citronnade, avant d'accrocher le regard de son interlocuteur. Quand j'avais dix ans, on labourait près de l'arbre après un orage et la lame du soc a heurté quelque chose juste à la surface ; on a déterré un garçon, un confédéré, encore agrippé à sa casquette, alors on a fait venir le pasteur et on l'a inhumé, il y est encore. Quelques semaines plus tard, on a buté sur des ossements quelque part près du parc, on a trouvé un Yankee et on l'a enterré à côté du premier. Le Yankee est orienté au nord, le rebelle au sud, c'était l'idée de mon père. D'après nous, ils devaient rentrer chez eux après Antietam, en 1862, et ils se sont entre-tués, mais qui peut le savoir ? Ils étaient jeunes, pas d'alliance ou de plombage, et si quelqu'un en exhumait d'autres aujourd'hui, fit-il en clignant des yeux, il le vendrait directement sur un marché aux puces.

Scott laissa échapper un soupir et regarda Jim Cooley droit dans les yeux.

– Donc nous avons affaire à un village déplacé, un cimetière près d'une église et des archives publiques qui ont été détruites ?

– C'est ce que je pense, personnellement.

Jack sourit, songeur.

– Cela expliquerait pas mal de choses. J'ai déjà été confronté à ce genre de rapacité. Vous avez une maison magnifique, Jim, et je vous remercie de nous avoir fait part de tout ceci.

Il allait se lever de son siège quand Cooley se mit subitement à lui aboyer dessus.

– Comment tout cela est-il arrivé ?

Voyant la colère s'emparer de son ami, Frank Rivers se leva aussitôt.

– Que voulez-vous dire ? réagit Scott, en interrogeant Rivers du regard.

Jim Cooley paraissait bouleversé, il avait les poings serrés.

– À une époque, fit-il d'une voix tremblante, c'était vraiment une jolie région, je veux dire, toutes les vallées de cette terre du Seigneur ont leurs soucis, mais c'était vraiment un bel endroit. Et, tout d'un coup, ça regorge d'escrocs, tout est rasé au bulldozer, et c'est arrivé si vite que personne n'a rien vu venir, comme si on avait tous été somnambules...

Sa voix s'étrangla de chagrin.

Scott scruta les deux jeunes hommes.

– Je ne suis pas sûr de comprendre votre question, mais la plupart des lieux qui possèdent un riche passé culturel n'auraient jamais autorisé une telle urbanisation et à une telle vitesse. Ces constructions en masse commencent en général quand on oublie l'histoire ou quand on la réécrit, et c'est à l'évidence ce qui s'est produit ici, dit-il, en surveillant l'expression de leur visage.

Ses mots semblèrent faire leur effet.

– Oh, allez, Jack, lâcha soudain Rivers. C'est quoi la putain de grande histoire qui a fait notre réputation ?

Scott écarta cette réflexion d'un revers de main, ne lui opposant que le silence.

– La liberté, déclara Cooley, qui retrouvait sa voix, en s'adressant à son ami. La liberté, pas une notion abstraite, mais le courage qu'il faut pour la trouver, la force qu'il faut pour la rendre possible. Le nom même de Bethesda signifie Maison de miséricorde, ça vient de l'Ancien Testament.

– Mais le district urbain, les gens qui ont publié le guide local des restaurants, raconte que Bethesda tire son nom d'un étang en Israël, riposta Rivers. Ils ont même importé un rocher de là-bas, c'était repris dans tous les journaux.

Cooley se redressa sur sa chaise, en secouant la tête.

– Et d'où crois-tu que tout ça venait, Frank ? Tu devrais le savoir, toi ! (Il se tourna vers Scott.) Quand on a donné son nom à Bethesda, mon père était encore petit garçon. Si la ville a reçu ce nom-là, c'était pour honorer le courage d'un homme libre, un ancien esclave.

– John ? s'enquit Scott.

Cooley hocha la tête.

– La ville a été baptisée ainsi en son honneur. Dans la Bible, il est dit : « Va sans crainte avec celui qui porte le nom de Jean, car selon sa promesse tu trouveras la ville de Bethsaïda, maison de miséricorde, de liberté et de Dieu. » C'est de là que vient ce nom, Frank. Alors, ton histoire de rocher, je ne peux vraiment pas y croire !

Et alors Scott comprit. Il comprit, avec tout son instinct, ce que Diana Clayton avait ressenti quand Zak Dorani avait pénétré sous son toit, un frisson, un froid, un coup au cœur. Il se pencha et tendit à Jim Cooley la pochette en papier glassine et vit les yeux du fermier brûlants d'angoisse.

– On a trouvé ça dans la tombe ? demanda-t-il d'une voix solennelle.

Scott hocha la tête.

– Et Frank m'a dit que cet homme tue depuis trente ans ?

– Près de trente-cinq, précisa-t-il. Qu'est-ce que c'est ?

Les yeux de Cooley n'eurent pas besoin d'examiner l'objet de plus près. Il referma les doigts autour du médaillon.

– C'est un signal de John.

– D'où Bethesda tire son nom ?

– John l'Homme libre. Ces pièces étaient diffusées comme un moyen d'avertir que des espions confédérés s'étaient infiltrés dans la région du fleuve. La seule autre pièce en circulation, c'était l'avertissement de Scarborough.

– Je ne vous suis pas.

– Il s'agit de la loi de Lynch, dans le Sud. Si on attrapait quelqu'un qui aidait des esclaves ou des prisonniers de l'Union, on le tuait sur-le-champ, il se retrouvait à se balancer au bout d'une corde. Il n'y avait que deux sortes d'avertissement, à l'époque : le signal de John, comme cette pièce, ou le signal de Scarborough, qui voulait dire « commencez par les pendre et ils saisiront le message ».

– On frappe d'abord, on prévient ensuite. Ces espions étaient des terroristes sans pitié et c'est pourquoi ces médaillons étaient si importants. Face à une telle brutalité, on ne pouvait se fier à personne.

Cooley acquiesça.

– Et cette maison, gravée sur la pièce ?

Il secoua la tête.

– C'est un symbole de toutes les cabanes qu'on avait construites par ici pour y cacher les réfugiés. Ce serait très long à expliquer.

– Peut-être pas. Quel genre d'enfant aurait porté cela ?

– Un enfant qui était très aimé, dit-il, en fixant la pièce du regard. Pour un collectionneur, un souvenir comme celui-là vaut des milliers de dollars. Mon grand-père m'en a donné un, pour que je me rappelle ce qui se rattache à cette ville et je l'ai encore.

– Et Frank m'a dit que vous étiez né dans cette propriété. (Il poursuivit, après un silence :) Votre acte de naissance ne mentionne pas Cabin John, n'est-ce pas, Jim ?

Les yeux d'un vert intense scintillèrent, une forme d'aveu. Rivers resta muet. Depuis l'enfance, Jim Cooley était son ami le plus proche et ils n'avaient pas de secrets, du moins le croyait-il.

Cooley emporta son petit chat à l'intérieur de la maison, sa maison à la dérive au milieu de ces hectares verdoyants et vallonnés, et il en revint avec un album relié plein cuir, qu'il tendit à cet étranger.

– Je suis né à un endroit qui n'existe plus, déclara-t-il, le visage pétri de haine. Une ville où peu importait de savoir de quelle couleur de peau vous étiez, de quelle religion, combien vous gagniez ou quelle terre vous possédiez. Nous étions des Américains durs à la tâche et, en ce temps-là, ça comptait pour quelque chose.

Scott commença par examiner le premier document, ses doigts effleurant les mots inscrits sur un certificat de naissance, puis Cooley lui tendit un cadre en bois doré. C'était un paysage de campagne avec une place de village gazonnée, des maisons, un clocher tout blanc, une fontaine avec, incrusté au bas du cadre, un médaillon, à l'état neuf.

– John's Cabin, Maryland, dit Scott sur un ton de défi. J'avais raison, le certificat de naissance et la pièce sont identiques !

– Jadis la plus merveilleuse petite ville de l'État libre du Maryland, répondit fièrement Cooley. Elle a changé de nom l'année où Tobytown a brûlé.

24

Il s'était mis à transpirer sous le chaud soleil matinal et il avait eu beau s'habiller en se poudrant le corps du meilleur talc, son uniforme bleu collait déjà. Ses outils et son équipement l'alourdissaient, le plus encombrant étant un testeur de ligne téléphonique, et sa tenue lui pendait aux hanches. Il grimpait les barreaux d'un pylône de Westbard Avenue et ce combiné intégré doté de poussoirs et d'un cadran rotatif enchâssé dans la poignée se balançait à sa taille au bout d'un cordon, en battant contre sa cuisse.

Sa technique n'était pas excellente, tout juste passable, et un policier en uniforme dans son véhicule de patrouille en conclut aussitôt que Jeff Dorn, cet homme âgé qui paraissait plutôt rouillé, était un technicien de C & P Telephone à qui l'on avait imposé de travailler le week-end.

D'autres outils débordaient de sa combinaison au niveau de son ventre et ses cuisses. Il grimpa plus haut et la voiture de police s'éloigna en accélérant. Il s'arrêta sur la plate-forme située à quatre mètres de hauteur, d'où partaient les supports métalliques qui servaient d'échelle aux ouvriers autorisés. Il y attacha une courroie de sécurité en cuir et, en se tenant fermement au pylône, l'enroula autour du métal poisseux, en fixant d'abord l'extrémité gauche, puis l'extrémité droite, au goupillon de sa ceinture. Il se pencha légèrement en arrière, sentant la fermeté du soutien dans le creux de ses reins, et se remit lentement à grimper, en reprenant son souffle.

Il était vrai qu'en certaines rares occasions Jeffery Dorn souffrait un peu du dos, ayant hérité d'une déviation de la colonne vertébrale qui pouvait provoquer des spasmes musculaires quand le temps n'était pas clément. Et il était vrai également que la compagnie locale du téléphone fournissait une tenue de qualité – avec davantage d'attaches qu'un veilleur de nuit ne possède de clefs –, mais l'étoffe restait quand même inférieure à ce dont il avait l'habitude. Du coton aurait mieux respiré et constitué le choix le plus logique, songea-t-il en commençant à transpirer. Cela étant, il ne se transformait en ouvrier de ligne qu'à la belle saison.

Il progressait rapidement maintenant, rampant vers le haut en s'aidant des degrés de métal ; il dépassa la marque des dix mètres, puis celle des quinze, et s'accorda encore une pause. Il atteignit assez vite le sommet et avisa le gros coffre gris d'un terminal connecté aux lignes à haute tension et à des rangées de câble de grosse section.

Pour tous les réparateurs du pays, ce type de boîtier s'appelait une boîte de raccordement ou un terminal, mais pour Dorn, c'était Hydra, un terme argotique issu du jargon de la surveillance clandestine, qu'il avait déniché dans des manuels détaillés acquis des années plus tôt lors de la vente annuelle d'ouvrages organisée par le département d'État. Les recettes de ces ventes allaient à des œuvres caritatives, ce à quoi il voyait une certaine ironie et, d'un seul coup de lame bien maîtrisé, il fendit le dos d'un logement de câble avec un rasoir de coiffeur. Ensuite, il inséra dans le tube un petit crochet en chrome et dégagea le faisceau nerveux de câbles multicolores, de toutes les nuances de l'arc-en-ciel.

Méthodiquement, il les coucha au creux de sa paume, à la recherche du petit fil aux bandes blanches, dénuda la gaine au moyen d'un outil spécial et fixa une pince alligator sur le câble de cuivre à nu. Il bascula en arrière en s'appuyant sur son ceinturon de sécurité et examina l'énorme Hydra grise, les fils noirs qui desservaient d'innombrables maisons et conduisaient à une deuxième boîte quelques centaines de mètres plus loin, dans River Road.

Tout au long de sa vie, Jeffery Dorn avait toujours dépendu du comportement prévisible et, plus généralement, de la compétence des autres, et il savait que si l'équipe de maintenance du téléphone responsable de ce pâté de maisons était bonne à quelque chose, il gagnerait des heures, en se référant aux codes de couleur et à la distance géographique. C'était simple. Plus la maison était proche, plus l'Hydra était proche ; le boîtier contenait des bornes respectant un codage échelonné, de la plus proche à la plus éloignée. À partir de chaque borne de couleur, il pouvait décompter les maisons, mais si l'équipe de maintenance avait été négligente, cela pourrait prendre la journée entière.

Il s'agrippa au poteau poisseux de goudron et, depuis les supports métalliques, regarda la rue en contrebas sous ses bottes de travail. Ils étaient bien insouciants, ces salopards, leurs petites vies chétives paraissaient minuscules, avec leurs voitures, soixante mètres plus bas. Il se mit au travail, commençant à compter à l'aide d'un carnet. En soi, songea-t-il, la vie était un processus méthodique d'élimination, c'était comme opérer sur ces câbles, les vieux contre les jeunes, les malades contre les forts, l'esprit contre la volonté, l'homme supérieur à la bête, une progression dans le temps, une mise à l'épreuve ; il compta sept brins, tira un coup sec sur un câble rouge pour le dégager et sortit un autre instrument de sa poche poitrine pour dénuder le fil. Ensuite, il en chercha un jaune et un vert, quatorze fils plus loin, en dénuda le cuivre d'un coup sec et attacha une pince alligator à chacun. Il porta le testeur à son oreille et guetta la tonalité.

Rien.

Vérifiant une éventuelle prise de terre mal ajustée, il libéra le fil rayé blanc, lécha les dents de la pince alligator et replaça le contacteur. Le combiné se réveilla d'un coup, la ligne était branchée, stable. Il numérota, regarda son compteur et un téléphone sonna deux fois.

Une voix de femme lui arriva dans l'oreille.

– École élémentaire Westwood.

– Ici le service des dérangements, fit-il d'une voix sèche et autoritaire. Nous contrôlons une ligne défectueuse, c'est bien l'école Westwood ?

– Oui, en effet... fit une voix traînante imbibée de Valium.

La femme devait avoir soixante ans.

– Vous m'entendez bien, madame ?

– Oui, je vous entends, je vous entends... chantonna-t-elle à l'intention d'un inconnu perché au sommet d'un poteau.

Il jeta un œil au VU-mètre, la voix affichait 9 ohms à l'ohm-mètre Biddle, indiquant une basse résistance de la ligne sur une distance de huit cents mètres et, sachant que cela pouvait être amélioré, il s'apprêta à mettre fin à la communication.

– Je vous remercie, je crois que nous avons rectifié le problème. (Le ton était ferme, mais de simple routine.) Si vous avez la moindre réclamation, veuillez contacter votre centre de réparation téléphonique C & P, c'était un plaisir de vous rendre service.

– Oh, merci... fit-elle encore d'une voix flûtée, alors qu'il débranchait sa fiche, griffonnait quelque chose et accrochait le carnet à une attache de ceinture.

Il remplaça la prise sur trois broches, vérifia la présence de poussière ou d'un quelconque dégât et les enduisit avec un tampon pré-humidifié d'un produit chimique. Les lignes avaient été bien connectées dans l'ordre ; le n° 14 jaune et vert correspondait au standard de l'école d'Irma, il avait établi un point de repère facile à suivre. Sans plus attendre, il s'attaqua au n° 7 rouge avec ses minuscules mâchoires de métal.

– Je m'en moque, Donna, mon père le déteste, fit la voix d'une jeune femme dans ses oreilles. Tu as entendu ça ?

– Quoi ?

– Un déclic dans l'appareil, on dirait qu'il y a quelqu'un sur la ligne.

Dorn se nettoyait les dents avec l'ongle du pouce.

– Je n'ai rien entendu de ce côté-ci, Donna. Tu es sûre de vouloir aller jusqu'au bout, je vais être en retard à l'école...

Il avait envie d'écouter, mais n'en avait pas le temps, et il s'attaqua au fil bleu.

– ... il faut qu'on s'en débarrasse, rabâchait une voix d'homme, un peu maniérée. On est resté passifs trop longtemps, on n'a pas récupéré notre retour sur investissement... tu as entendu ça ?

Il y eut un bruit parasite, puis plus rien.

– Qu'est-ce que c'est, bordel ? fit un deuxième homme en réponse.

Il y eut un silence prolongé. Dorn haussa les épaules, s'assura de garder les doigts suffisamment loin de la barre d'émission et vérifia une prise de terre.

– Je ne sais pas ce que j'ai entendu, mais j'ai entendu ! gémit l'efféminé. Tu crois qu'on est sur écoute ? Mon Dieu, c'est peut-être les stups, il faut qu'on se débarrasse de tout !

– La ferme, espèce d'abruti ! répliqua sèchement l'autre. Pas au téléphone. Je te retrouve.

– Où ?

– Dans le hall d'accueil du bâtiment de l'Air Right, près du Photomaton, à 10 heures ?

Dorn retira la fiche en rigolant. Il était fasciné par cette vie banlieusarde, ces portes fermées et ces conversations privées, ces résidents qui tournaient en rond comme des hamsters dans leur roue, à la poursuite les uns des autres, avant de se laisser choir d'épuisement, pelotonnés dans leur nid. Les charmants jeunes messieurs en bas de la rue étaient en réalité des tantouses, deux crétins qui revendaient de la dope. Donna s'inquiétait pour son père qui, pourtant, se la sautait sûrement, et lui, qui était-il pour s'immiscer de la sorte dans ces vies ? Ses doigts se faufilèrent dans la bobine à la recherche d'une ligne argentée et il se brancha.

– Oh, c'est tellement dur, Beth, pleurnichait une voix. Depuis que les enfants sont partis pour l'université, il est devenu difficile, nous ne nous parlons plus. Passer la serpillière, nettoyer les toilettes, nourrir le chien, amidonner ses chemises, et j'aurais des ambitions, moi ? Non, bien sûr, ce n'est pas pour moi.

L'ouvrier de ligne entendait aussi une série télé à l'arrière-plan.

– C'était quand, la dernière fois qu'il t'a dit qu'il t'aimait, qu'il t'appréciait, qu'il t'a emmenée dîner dehors ? demanda une femme sur un ton posé.

L'autre soupira.

– Je ne m'en souviens même pas, cela remonte à si loin.

Dorn s'était connecté sur une ligne ouverte et, comme les parasites étaient faibles, le signal clair et stable, il en conclut qu'il était très proche de sa cible. Comme les deux femmes n'avaient émis aucun commentaire sur son intrusion, il décida d'effectuer un essai pour déterminer s'il était bien dans la boucle téléphonique du voisinage. Il tapa deux coups secs sur le bouton d'émission du combiné testeur et ses yeux parcoururent une liste dans son carnet.

– C'est le réparateur du téléphone, désolé de vous embêter mesdames, il semblerait qu'il y ait un souci sur la ligne. Je suis bien au 1107 Kenwood Forest Drive ? demanda-t-il avec autorité, en les charmant avec son timbre de voix tout en rondeur.

– Non, fit la femme, affligée, c'est le 1103, vous devez avoir le mauvais numéro. Beth, tu as des problèmes de téléphone ?

– Non, Maggie, tu sais que Mark s'occupe de toute notre installation et nous n'avons jamais eu de souci. Pas une...

– Désolé du dérangement, mesdames, nous avons interverti deux câbles, fit-il d'une voix réconfortante, en notant dans son carnet. Le n° 1103, c'était Maggie Lubbo, il était vraiment tout près.

– ... tu ne connais pas ton bonheur, Beth. (La conversation avait repris, avant même que l'ouvrier de ligne se soit déconnecté.) C'est un homme tellement talentueux et si attentionné...

Était-ce vert sur vert ou blanc sur vert ? Il opta pour la première solution.

– ... mais nous n'en savons pas beaucoup sur lui, mon chéri. Je suis sûre que c'est un homme très bien, mais réfléchis un peu, combien de fois l'as-tu rencontré ? persévérait gentiment une créature à la voix élégante.

L'ouvrier de ligne était aux anges.

– Deux fois, maman, deux fois, pourquoi je ne peux pas y aller, tu l'as vu quand même, non ?

– Seulement une seconde, juste le temps de lui dire au revoir. Ce n'est absolument pas suffisant.

– Mais maman, s'il te plaît...

– Eh bien, avant de t'autoriser à partir en excursion au bord d'un étang à poissons en pleine forêt, j'aimerais lui reparler. Il a laissé un numéro ? demanda-t-elle encore avec délicatesse.

– Un as de l'arnaque qui vient filouter une maison de gogos, enlever le gamin pour un tournage de film porno, grinça-t-il à haute voix. Il y a de l'argent à se faire.

– On pourra reparler de lui plus tard. Mon chou, est-ce que tu fais tes devoirs ? Tu as deux contrôles lundi.

La voix se voulait ferme, mais caressante, et Jeff Dorn se souvint de la première fois qu'il avait vu *Bambi*, de l'amour et de l'obéissance de la petite créature envers sa mère. C'était un bon souvenir, mais un souvenir amer, il pouvait encore siffloter la musique jusqu'à la scène de la mort, la biche qui s'écroulait, fauchée net.

– Oui, maman, soupira le garçon. Quand est-ce que tu rentres ?

– Elmer, j'ai une réunion dans quelques minutes et je serai de retour à la maison juste après. Ensuite, on ira acheter de bonnes choses. Tu veux voir un film ce soir ?

– Oui, s'écria-t-il d'une voix plus guillerette. *Indiana Jones* !

– Tu l'as déjà vu deux fois. Quand tu auras terminé tes devoirs, pense à choisir un autre film et on en reparlera à mon retour. Pas de télé, et tu ne traînes pas dehors tant que tu n'as pas tout terminé, sinon il n'y aura pas de film, compris ?

– Oui, fit la voix, un peu ronchonne.

– Je t'aime, mon bébé.

– Tripode te dit bonjour.

– Salut, Tripode. Et maintenant, va faire un peu tes devoirs, s'il te plaît, et s'il y a des choses que tu ne comprends pas, tu m'appelles ?

– Oui, maman, marmonna-t-il, sans enthousiasme.

– Et plus de bonbons jusqu'au déjeuner. J'ai tout mis au frigo.

– Je sais.

– Tu m'appelles ?

– Oui, maman.

– Je t'aime.

– Je t'aime moi aussi, maman.

Et Jeffery singea leur conversation, imitant leurs voix, écoutant attentivement tandis que Jessica Janson hésitait, juste une fraction de seconde, haussant le sourcil avant de raccrocher, et son visage se durcit en un rictus cruel.

Si quelqu'un s'y connaissait en instinct maternel, c'était bien Jeffery.

25

La voiture de police avançait au pas, comme au rythme régulier des aiguilles d'une pendule, et les deux hommes furent de retour au QG de Ridgefield Drive à 15 h 10.

Pour Frank Rivers, c'était bien assez tôt, déprimé par son peu de connaissances qu'il avait de la ville où il avait grandi, alors que pour Jack Scott, c'était comme si le temps avait été contraint de s'immobiliser à un moment précis. Il se risquait dans les sombres recoins de sa vie, se revoyait comptant les visages dans une morgue, ceux qui portaient les stigmates d'un tueur récréatif. Son esprit effectua un bond de trente-cinq années en arrière à une vitesse qui figea le reste du monde dans une sorte de ralenti et l'horrible vérité lui paraissait de plus en plus inéluctable.

Au cours de cette période, Zak Dorani avait pu aisément supprimer des centaines de vies. Quand la Crown Victoria s'engagea au pas dans l'allée, il était en train de calculer la proportion de jeunes filles, de garçons et de jeunes mères, considérant leur destin comme son échec personnel, quand soudain un homme, un géant, fit son apparition près la porte du jardin.

Noir, le début de la quarantaine, en T-shirt violet, coiffé d'un béret bleu ciel, il surgit de l'ombre, menaçant, près du garage.

L'homme fit brièvement sentir sa présence, puis il retourna d'un pas dans l'obscurité. Son expression était sévère ; son visage paraissait taillé au ciseau dans un bloc de bois.

– J'espère que c'est un ami, ironisa Scott en coupant le moteur.

– Pour John's Cabin, j'aurais dû le savoir, fit Rivers, absorbé.

– Quand vous avez eu l'âge de vous y intéresser, le nom avait déjà disparu depuis longtemps. Quand il a changé, vous étiez encore bébé et vous viviez en Californie, alors arrêtez de vous torturez.

Rivers ouvrit la portière, sortit en se mordillant l'intérieur de la joue et attendit que Scott le rejoigne.

– Comment voulez-vous que nous procédions, sur un plan tactique ? demanda-t-il à ce dernier.

– Vous avez toute ma confiance, vous savez ce qu'il nous faut pour couvrir notre position. Je laisse cela entre vos mains, que je sais compétentes.

Ils se dirigeaient vers le bout de terrain sur le flanc de la maison.

– Et si ma technique ne vous plaît pas ?

– Vous avez toute ma confiance, Frank. Vous connaissez vos capacités, vos hommes et vos ressources. Si je suis libre de me concentrer sur la traque pendant que vous veillez sur la boutique, nous progresserons plus vite. Si vous vous heurtez à un mur, faites-le-moi savoir, mais je vous mets aux commandes et je réponds du capitaine Drury.

Rivers hocha la tête. Ils s'avancèrent. Travis Bernard Saul, plus connu sous le nom de Toy, les salua tous les deux, puis tapa dans les paumes de Rivers, assez fort pour que cela fasse mal. Il les guida entre les deux maisons et ils franchirent la porte du jardin, où trois autres hommes vêtus d'habits usagés attendaient dans le patio.

Il leur fallut cinq minutes pour faire connaissance et installer leur équipement à l'intérieur de la maison : radios, antenne parabolique mobile, longues-vues, appareils photo et plusieurs boîtes de rangement remplies de dossiers et de formulaires. Sous les yeux de Scott, les hommes de la police d'État discutèrent ferme de la décoration intérieure avant de prendre place dans le sofa et les fauteuils de cuir aux couleurs criardes.

– Où vous garez-vous ? demanda Rivers.

– Dans le parking de l'Institut national de la santé de Westbard Avenue, deux rues plus haut, lui répondit Dennis Murphy, un grand officier de police aux cheveux roux, dont la peau claire recouvrait un crâne et une ossature massifs.

Frank Rivers le connaissait sous le nom de Murphy la Mule, non pas à cause de sa taille, mais de sa ténacité. Ils s'étaient rencontrés lors de la trêve de Noël 1968, base aérienne de Da Nang.

– Un quelconque problème avec les clefs du bowling ? demanda-t-il à deux hommes plus jeunes en vêtements civils.

– Non, le capitaine nous a remis un jeu de doubles, répondit Marcus Koczka, le plus petit des deux, lunettes de soleil chromées relevées sur des cheveux déjà un peu clairsemés.

Il lui en tendit deux copies.

– La serrure ne vaut pas grand-chose, pas d'alarme ni de fenêtres branlantes, commenta Rudolph Marchette, un homme fluet à l'épaisse moustache noire.

– Laisse tomber la moumoute, Rudy, lança Rivers, en se retournant pour dérouler les plans d'architecte.

– Quoi, chef ? fit le jeunot avec assurance.

– La fausse bacchante. (Il tendit la main et la lui arracha.) Tu te la colles sur l'engin, comme ça tu pourras jouer avec Popol en rentrant chez madame.

Toy rigola et flanqua une tape dans le dos de son acolyte, manquant de faire tomber le petit bonhomme.

– Maintenant, écoutez-moi tous, ordonna Rivers. Je vais vous expliquer ça une fois, une seule, alors pas de plans foireux. Marchette, tu connais l'histoire de l'abruti qui est allé à la Croix-Rouge faire don de tout son sang ?

– Ah, non, chef, fit Rudy la Lippe.

– Si tu foires, tu regretteras de ne pas en avoir fait autant, alors maintenant, ouvre grandes tes oreilles !

Le visage marqué par la concentration et le sérieux, tous baissèrent les yeux vers le sol, où le plan était déroulé, fixé aux quatre coins par la paire de chaussures de jogging de Rivers, un pistolet et des menottes. Un genou à terre, il examina le plan un moment, parcourant la surface bleue tel un fin limier pourchassant des criquets. Puis il se redressa, fixant les quatre hommes postés en demi-cercle.

– Notre mission, c'est la sécurité et la surveillance. Nous avons deux équipes. Et nous avons deux cibles.

Il étudia leurs expressions. Elles étaient toutes au diapason.

– La cible n° 1 est la maison de Mme Jessica Janson. Son pavillon se trouve en bordure du périmètre, ici.

Avec un feutre, il noircit la partie nord du parking du bowling.

– Il y a deux entrées : la porte de devant, facilement visible depuis la rue, et la porte de derrière donnant sur un petit jardin qui la relie à l'arrière du parking du bowling. Mule et Toy – il eut un geste vers le duo, le Noir et le Blanc – ont surveillé la maison, hier soir. Ils connaissent les lieux.

– Entre les Janson et le parking, il y a une clôture à croisillons de bois, annonça Toy.

Rivers dessina un trait sombre, puis il sortit une photo de sa poche de chemise. Il fit circuler l'image.

– Un garçon et son chien, dit-il. L'enfant, c'est Elmer Janson, l'animal, c'est Tripode.

Toy, dont les bras étaient aussi épais que deux côtes de bœuf, pouffa de rire, en fichant un coup de coude à son massif équipier.

– J'ai dit quelque chose de drôle ? aboya Rivers.

– Non, Frank, mais le chien, il lui manque une...

– Tu en as combien, de pattes, toi ?

– Trois, fit-il en souriant, tous les frangins en ont trois.

– Le chien en a quatre, une de plus que toi. S'il arrive quoi que ce soit à ce gamin, tu te retrouveras à marcher avec deux pattes seulement, et c'est moi qui choisirai lesquelles.

Toy se calma instantanément.

– Hé, Frankie, relax, je plaisantais, dit-il avec un sourire, en se baissant dans un mouvement instinctif pour se protéger l'entrejambe, tandis que Rivers poursuivait.

– Voilà le premier acte : un garçon, une femme, un chien... pas d'autres acteurs sur scène. Compris ?

Les quatre hommes hochèrent la tête.

– Est-ce qu'on a une photo de Mme Janson ? demanda Rudy.

– D'ici demain, à cette heure-ci. C'est un véritable canon, vous pouvez me croire. Elle est mince, avec des cheveux blonds qu'elle attache très haut en une bizarre queue-de-cheval, quand elle est chez elle. (Il forma un cône de ses deux mains jointes.) On dirait une gerbe de blé. La Mule et Toy se chargeront de la façade. On a un van de surveillance ?

– Affirmatif, répondit Murphy la Mule. La camionnette commerciale. Tu veux un écriteau ?

– On en a un. Service de désinsectisation, ajouta Toy.

– Votre couverture, c'est la gestion des embouteillages dans le quartier : vous avez un rouleau de câble à l'arrière, vous le déroulez en travers de la chaussée, comme si vous mettiez en place un dispositif de comptage, et vous vous garez suffisamment près pour avoir une vue dégagée sur la maison. N'oubliez pas que le chien a l'ouïe fine. La Mule, quel est le nom de cette équipe de football dont tu faisais partie ?

– Les Huskies, dit-il fièrement.

– La première équipe, c'est les Huskies, décida l'inspecteur, responsable de l'observation de toutes les activités dans la rue et autour de la maison, y compris le jardin. Rudy, il se tourna vers la Lippe, ta femme t'a offert une petite chienne pour Noël. Comment s'appelle-t-elle ?

La stupéfaction se lut sur le maigre visage de Rudy Marchette.

– Comment vous savez ça ?

– Je voudrais éliminer toute terminologie qui pourrait éveiller l'attention, il y a toujours un risque que quelqu'un nous écoute avec un scanner radio. Donne-moi le nom de ta chienne.

– Euh, Pogo, elle s'appelle Pogo.

– La deuxième équipe, ce sera Pogo. Vous êtes entrés dans le bowling ?

– Porte latérale, du côté de la station-service, juste histoire de jeter un œil à l'intérieur, répondit Marcus Koczka.

– Servez-vous de l'entrée la plus éloignée de la rue, il y a une cage d'escalier. Faites attention aux éventuels observateurs, aux gens qui viennent faire le plein à la pompe : cet accès est directement dans le champ de vision de la station-service ouverte toute la nuit. Si vous sentez qu'un emmerdeur de civil vous observe, comportez-vous comme si vous étiez chez vous. Vous toussez, vous bâillez, vous étirez les jambes et, s'il ne détourne toujours pas le regard, vous vous prenez les couilles et vous vous les grattez. Lequel de vous va se charger des nuits ?

– Moi, pour les trois prochaines, annonça Rudy.

– Tu vas être le premier à l'intérieur. Tu prends l'équipement et tu le déposes près de la grande fenêtre à l'angle nord-est qui donne sur le jardin des Janson, ce sera ta position.

Il noircit une ligne au feutre sur le croquis.

– Rudy, tu es sorti de l'école de police depuis quoi, deux ans ?

– Non, Frank, juste une année, j'entame la deuxième.

Rivers se tourna vers Marcus Koczka.

– Tu as déjà opéré en civil ?

Son visage implorait la clémence.

– Non, chef, c'est ma première mission hors patrouille.

– Tu vas très bien t'en tirer. Maintenant, ouvrez vos oreilles. Vous deux, je veux que vous évaluiez correctement les distances. (Il pointa le doigt sur Rudy et Marcus, puis sur le plan, en désignant toute la surface du périmètre.) À vue de nez, je dirais une trentaine de mètres, peut-être même trente-cinq d'un mur à l'autre, et même plus profond quand on s'enfonce jusqu'au bout des ruelles, estima-t-il.

Ils se penchèrent sur la carte, depuis leur canapé, et opinèrent.

– Donc, à cette distance, personne ne pourra se faufiler sous votre nez, pigé ?

Ils échangèrent un regard.

– Parfois, de nuit, dans un grand bâtiment, ça peut foutre les chocottes, on entend des trucs pas réels, les ratés d'un moteur se transforment en coups de feu, une chute de branche passe pour une attaque de tueurs Ninja, un jet de bouteille dans un parking retentit comme un cocktail Molotov... il suffit d'un peu d'imagination et on se voit déjà en état de siège, compris ?

– C'est sûr, fit Marcus.

Rudy opina.

– Vous êtes tous les deux entraînés au maniement du fusil à pompe calibre 12, mais je préférerais que vous preniez mon riotgun. Vous laissez la chambre de l'arme vide et, si vous êtes certain que quelqu'un s'est introduit... et seulement si vous en avez la certitude... vous pompez une balle dans la culasse. Aucun individu sain d'esprit n'irait défier le bruit d'un riotgun qu'on arme, personne. Le commandant Scott et moi nous viendrons peut-être vous rendre visite, mais on s'identifiera très clairement. Dites-moi vous deux, vous aimez bien votre vieux sergent, pas vrai ?

Il recula d'un pas et prit un air avenant.

L'équipe Pogo sourit.

– Alors ménagez-moi, dit-il en les pointant du doigt, parce que, si vous me descendez, d'abord, ça me décevra beaucoup et, ensuite, j'irai en enfer rameuter quelques vieux potes et je reviendrai vous trucider à coups de fourche. C'est clair ?

L'équipe Pogo s'efforça de surmonter son trouble. Les Huskies restèrent de marbre.

– Des questions ?

– Qu'est-ce qu'on recherche ? demanda la Mule.

– Un tueur. Comme je vous l'ai dit hier soir, je ne peux pas vous donner plus de détails. Tout ce que nous savons, c'est qu'il travaille en solo, sans équipe ou rien de ce style, et que c'est M. l'Anguille en personne.

– C'est en rapport avec les homicides Clayton ? dit Rudy.

– Nous n'en sommes pas sûrs. Mettez vos radios sur le canal 14, haute fréquence.

Les deux équipes réglèrent leurs appareils et vérifièrent les batteries.

– OK, les gars, ensuite, si vous voyez quoi que ce soit, une voiture qui s'arrête sur le parking, un exhibo dans un buisson, un chien qui coule un bronze... je veux une photo et puis un rapport par radio. Équipe Pogo – il se tourna vers les deux visages juvéniles –, il n'y a pas de honte à avoir la pétoche et, si ça arrive, dites-le-nous. À tout moment, il y aura quelqu'un à l'écoute et vous pouvez compter sur les Huskies. De toute manière, on attend de vos nouvelles toutes les demi-heures.

Le soulagement se lut sur leurs visages.

– Maintenant, je voudrais que vous regardiez ce plan. (Il pointa le doigt vers le sol.) Pour les Huskies, le jardin des Janson est placé dans un angle mort. Vous les couvrirez et ils couvriront la famille. Vous n'êtes plus des bleus, les Pogo, tout le monde dépend de vous.

Tout sourires, Murphy fit pivoter sa tête massive et Rudy la Lippe remarqua que la Mule avait un cou inexistant. De son côté, Marcus Koczka louchait sur le géant noir, celui que l'on surnommait Toy. Même lors de l'appel, ses supérieurs utilisaient son petit nom. Soudain, Marcus remarqua un tatouage sur son avant-bras droit, une Panthère rose – et le novice sursauta, littéralement à en décoller son fond de pantalon du canapé.

Toy fixa le jeunot, le tançant du regard en se curant les molaires avec un pic à glace aiguisé.

– On se calme, Marcus, ordonna Rivers. Toy sera là, en cas de besoin.

La Mule flanqua une tape dans le dos de Toy et sourit de toutes ses dents.

– Laissez-nous cinq minutes et, ensuite, premier contrôle radio, proposa-t-il à Rivers en se levant de son siège.

À 15 h 45, les équipes Pogo et Huskies se déployèrent.

26

15 H 12,
WASHINGTON D.C.

Elle était là. Elle était belle. Elle attendait.

Exhumé de la tombe, le buste d'argile et de plâtre semblait à deux doigts de respirer, et ses yeux dorés avaient l'air de suivre le moindre mouvement de Scott dans le bureau faiblement éclairé. Il se rapprocha, lui posa une main sur la joue, elle était lisse, un peu chaude, et il eut un soupir de frustration.

– C'est la lumière, Jack, le rassura un homme taillé comme un ours, occupé à retirer sa blouse blanche de laborantin.

Ses mains puissantes ajustèrent délicatement le faisceau de la lampe de bureau.

– En réalité, les yeux sont des prothèses dont on se sert dans un but esthétique sur les patients vivants, elles captent les rayons ultraviolets de faible intensité, c'est ce qui lui donne l'air d'être en vie. Je crois que je vais prendre un cognac, vous êtes sûr de ne vouloir qu'un café ?

Scott hocha la tête. Le Dr Charles Rand McQuade le laissa seul avec ses pensées. Il se pencha au-dessus du bureau et examina intensément cette enfant obsédante.

Le visage était doux, angélique, les dents de devant brillaient entre des lèvres courbées en arc de Cupidon. Le menton était doux et sculpté, les joues avaient des pommettes hautes, un contour subtil. Elle rayonnait d'une innocence singulière qui irradiait et inondait la pièce – et ce n'était pas le soleil mourant à travers les fenêtres. *Comment est-ce possible* ? songea-t-il, et il caressa les cheveux noirs, soyeux au toucher, en se remémorant la tombe où on l'avait trouvée, et il sentit ses épaules fléchir. Pendant plus de trente ans, elle avait reposé dans un misérable abandon, une enfant anéantie, au visage sans nom, réduite à l'état de trophée dans la fosse clandestine d'un tueur.

Il s'agrippa au rebord du bureau en acajou, secoua sa crinière de boucles grisonnantes et sa tête oscilla lentement d'avant en arrière au-dessus du meuble, l'esprit en alerte, vibrant dans le marasme de ses pensées. Les bons flics sont façonnés par les circonstances et l'expérience, se rappela-t-il, alors que les artistes comme McQuade sont nés ainsi. Grâce à ses mains expertes, l'enfant qui était là devant eux arborait le visage de l'amour ; pure licence de l'artiste, ou était-ce son véritable visage ? Scott n'en savait rien et il s'apprêtait justement à poser la question, un doigt levé, mais il s'interrompit. Il n'avait pas envie de savoir. Il était tard, se dit-il, et il n'avait pas le temps pour ce genre de considérations. Le temps servait toujours de méprisable prétexte à tous ces idiots enchaînés à leur montre qui attendent dans de longues files en zigzag. Cette lâcheté pouvait conduire à l'échec. *C'est le métier qui veut ça*, se dit-il en respirant profondément et Dieu sait qu'il en avait vu de belles durant toutes ces années.

McQuade posa son verre sur le bureau et lui tendit une tasse chargée de caféine.

– Plus de trois mille jeunes non identifiés sont amenés dans nos locaux tous les ans et ce nombre est en augmentation. Vous ne pouvez pas les sauver tous, mon ami. La cause est noble, mais vous n'êtes qu'un homme.

Scott sentit à nouveau la bile lui remonter dans la gorge. Il prit un peu de café et l'avala, non sans mal.

– Les cheveux sont authentiques. (La voix de McQuade était grave et résolue, résonnant comme un tunnel creusé au cœur de la folie.) J'ai choisi une perruque à la monture très fine, pas du tout raide, en accord avec la densité et la structure de son ossature. Une jolie fillette.

Il y eut un silence. Par la fenêtre, Scott pouvait apercevoir les dernières voitures quittant l'Institut de pathologie des forces armées. Deux garçons en short entamèrent un échange de balle de base-ball sur le carré gazonné et un beagle aboyait et courait de l'un à l'autre pour attirer leur attention. À l'autre bout du complexe militaire, une sentinelle en uniforme fermait une porte de sécurité et regagnait sa guérite, et, juste à cet instant, la balle atterrit sous la fenêtre de McQuade. Une course folle commença entre les garçons et le chien, puis une fille en blue-jeans aux cheveux blonds filasse fit son apparition pour leur ravir la balle et la suite du match retourna se jouer sur l'esplanade.

– Elle est née de parents au physique avantageux, notez le front haut, le modelé splendide de l'arête nasale jusqu'aux yeux, les sourcils légers et anguleux.

Le Dr McQuade était en admiration devant son propre savoir-faire. Scott se retourna vers lui, avec une expression étonnée.

– Oui, fit-il en étudiant les traits de l'enfant, elle est belle. (Un silence.) Comment est-elle morte ?

Il prit sa tasse et but une gorgée, sombrement.

– Pas sûr de le savoir. Il ne restait pas grand-chose sur quoi travailler, essentiellement des fragments d'os éparpillés, de la chaux mélangée avec des acides, du bon boulot. La tête a été plus facile à reconstruire que le visage, mais j'ai bel et bien trouvé dix perforations crâniennes complètes et une partielle, chacune d'environ vingt-cinq millimètres de circonférence. Elles ont toutes pu être fatales, il aurait suffi d'une. Vous étiez au courant ?

Il acquiesça, les yeux baissés, concentrés sur l'enfant.

– J'ai excisé chaque zone – McQuade désigna la tête, à dix reprises – en fabriquant des répliques des plaques crâniennes, puis j'ai envoyé les originaux à Mike O'Hare, au FBI, qui les attendait. Il avait été alerté par votre bureau de New York.

Scott se détourna de l'enfant et se mit à faire les cent pas.

– Parlez-moi d'elle, Charlie. Que savons-nous ?

– Si vous excusez mes approximations...

– Allez-y, conjecturez. Pour les faits avérés, j'attendrai une prochaine fois.

– D'accord, fit le directeur du laboratoire. Je crois que le coup qui l'a tuée correspond à une perforation au milieu de la tête, un peu au-dessus de l'endroit où la colonne vertébrale se rattache au crâne. (Il imprima une délicate rotation au buste et lui montra.) Il ne s'agit pas d'un coup de feu ; le canal de la blessure révèle des éclats, très discrets. À mon avis ces éclats ont été provoqués par l'impact, la tension de surface d'un objet pénétrant rapidement à travers l'os. O'Hare m'a dit qu'il procédait à une batterie de tests sur ces baguettes en bois, il se peut que ce soit des flèches, mais c'est peu vraisemblable. Trop de pénétration selon une densité courbe, sûrement pas un outil de frappe manié à la main. Elle a été atteinte par quelque chose à distance, peut-être un mètre vingt à un mètre quatre-vingts, le FBI sera en mesure de nous en dire davantage.

– Tension de surface ? Vous voulez dire que la tige de l'instrument a frotté contre l'os assez fortement pour provoquer la fracture ?

– Oui, c'est à peu près cela, Jack. Un objet lisse qui pénètre à grande vitesse, disons une balle, éclate tout simplement à travers l'os, en perçant un trou. À haute vitesse, plus l'objet est dense, plus la blessure sera propre. Si une baguette en bois peut paraître lisse à l'œil nu, une friction se crée entre les surfaces qui s'entrechoquent ; dans ce cas-ci, l'os et le bois. Il en résulte une fracture. Je ne peux pas vous en dire beaucoup plus.

Le visage crispé, Scott dut faire un effort pour se détendre ; il chercha une cigarette dans la poche de sa veste et son manège n'échappa pas à McQuade qui alla relever la fenêtre à guillotine. Des voix de jeunes garçons emplirent la pièce et le gloussement d'une fillette se glissa par l'ouverture comme une bulle de bande dessinée, avant de s'échouer dans une volute de fumée tournoyante. Scott grimaça.

– A-t-elle souffert ? s'entendit-il demander.

– Impossible de l'affirmer, Jack. Essayons de croire que non.

Scott se le tint pour dit et se retourna vers la forme enfantine.

– Elle avait douze ans, confirma-t-il.

– Identification irréfutable, les plaques crâniennes et l'évolution de la dentition sont corroborées par la datation au carbone : enterrée en 1958. Des fibres poreuses provenant de ses vêtements contenaient des résidus d'herbe jaune, un peu comme une tache de moutarde. Nous attendons une confirmation de la part de Mike, mais nos analyses, tant chimiques qu'au microscope électronique, suggèrent une fleur sauvage, de la famille des primevères.

– Quelle est votre source ?

– Nous avons confronté la structure moléculaire au registre cellulaire de l'Institut de pathologie des forces armées, qui conserve une base de données informatique de toutes les cellules animales et végétales connues. Quelque temps avant sa mort, elle est entrée en contact avec une fleur, nous laissant un indicateur fiable quant à la période de l'année où elle a été tuée.

L'aimable Goliath se rendit à pas lents à l'armoire aux alcools et en revint avec une bouteille et plusieurs chemises cartonnées. Cela fit sourire Scott : si des matériaux de recherche étaient rangés ici, c'était que le Dr McQuade avait pris sur son temps personnel.

– Vous remarquerez les minuscules mouchetures rouges à l'intérieur des feuilles, le long de la tige.

Il les désigna d'un doigt imposant.

– Cela sort de l'ordinaire, admit Scott. Un bouquet de fleurs jaunes avec des stries rouges en éventail le long des pétales.

– Difficile à louper en examen de laboratoire. Vous avez sous les yeux une grande lysimaque, un spécimen qui fait partie de plusieurs variétés locales de cette région, mais c'est la plus rare du lot. Il y a un matricule au dos, celui d'un étudiant en licence au Smithsonian Institute, qui rédige sa thèse...

– Merci, Charlie, l'interrompit-il, en lâchant la photo sur le bureau. J'ai un consultant sur place qui saura ça. Mais comment donc arrivez-vous à déduire une époque exacte à partir de ces éléments ?

– Ce n'est qu'une approximation, nous allons continuer d'y travailler. Mais vous disiez que vous étiez pressé ?

Scott hésita.

– Je suis désolé, j'ai dû vous paraître bien ingrat.

L'éclat de rire fut tonitruant.

– Seigneur, Scotty, vous, un ingrat ? Je connais trop bien la situation. Quand vous arrêterez cet homme, vous pourrez dormir ; d'ici là, la gratitude est dans vos manières d'être, pas dans votre cœur.

Scott eut un vague sourire.

– La fleur forme une hampe qui se dresse sur un petit mètre de hauteur et l'enfant mesurait quinze centimètres de plus. La tache se situait sur un fragment d'étoffe coincé contre sa quatrième côte ; je présume que ses vêtements se sont fripés vers l'intérieur de la cage thoracique, pendant la décomposition. Si c'est le cas, cela signifie que, dans la journée, elle s'est penchée sur des fleurs, pour les examiner de près, ou qu'elle a été enterrée avec l'une d'elles. Mais je doute de cela.

– Donc elle portait un chemisier sale ?

– Non, elle avait une tache bien spécifique d'une variété assez particulière qui fleurit seulement à la fin mars et début avril, et ne conserve ces espèces de stries rouges que quelques semaines seulement. Ensuite, le jaune l'emporte complètement. Le résidu composite était augmenté de rouge. La période de sa mort correspond à début avril, avant que la lysimaque terrestre ne perde ses flammes, vers le 15 du mois. Vous pourriez faire vérifier cela par Mike, mais d'après l'analyse au microscope des prélèvements, je suis assez sûr de moi. La tache n'a jamais été nettoyée...

– Qu'avez-vous dit, la lysimaque terrestre ?

McQuade hocha la tête et la lumière déclinante du soleil jouait dans ses yeux marron et doux qui regardaient Scott tourner en rond dans la pièce.

– Tout est là, Jack. (Il lui tendit une chemise.) C'est son nom vulgaire, nous y avons aussi inclus des clichés en couleur de l'enfant sous tous les angles, et en noir et blanc au cas où vous auriez besoin d'en diffuser.

Scott jeta un rapide coup d'œil à la fillette : le comportement décrit par le Dr McQuade coïncidait avec cette image.

– Elle cueillait des fleurs, décida-t-il, sans la moindre réserve.

– Je n'ai pas dit cela, rectifia le scientifique. J'ai dit que selon moi elle est entrée en contact avec l'une de ces fleurs, mais vous, avec vos suppositions, vous essayez de bondir de trente années en arrière.

– Vous disiez que vous vous fiiez à mon instinct ?

– Absolument, mais en tant que scientifique je ne souhaite pas vous pousser à des conclusions.

– Charlie, est-ce que les lysimaques terrestres poussent près de l'eau ? demanda-t-il, en cherchant une indication dans la pièce. Nous ne sommes que le 9 du mois, c'est à peu près à cette période qu'elles devraient être en pleine floraison, jaune et rouge, faciles à repérer.

Le Dr McQuade sourit.

– Allez cueillir des fleurs, c'est cela qui me plaît chez vous, Jack. Aucune besogne n'est trop formidable, aucun défi n'est trop modeste. Je vous ressers un peu de café ?

– Non, merci, fit-il machinalement. Une communauté isolée, tranquille, dont les habitants sont attachés à une tradition sudiste, celle d'éviter les étrangers, de s'occuper de ses propres affaires...

– Là, vous allez trop vite pour moi, mon cher ami.

– Désolé, je réfléchis à voix haute. En 1958, le Vendredi saint et Pâques tombaient les deux premières semaines d'avril, peut-être préparait-elle une composition florale pour la table familiale, les fillettes sont élevées dans cette idée, les enfants pauvres improvisent. Quand la ville de Bethesda a commencé à se développer, il y avait deux petites bourgades. Tobytown, près de là où elle était ensevelie, était surtout réservée aux familles noires. L'autre bourgade était à six kilomètres de là, plus bas, vers le fleuve. Les lysimaques terrestres poussent près de l'eau, donc elle est allée là où on trouve ces fleurs.

– C'est exactement cela, les endroits marécageux, les rivages herbeux, c'est une petite plante très résistante. Selon votre scénario, elle devait se diriger vers l'eau.

– John's Cabin.

– Si vous le dites, Jack.

– Alors, supposons qu'elle aille au fleuve. À pied, il s'agit d'un trajet d'une douzaine de kilomètres, mais à l'époque les enfants étaient plus endurants. Quelqu'un a dû la voir, mais les adultes dans cette région n'avaient pas confiance dans les étrangers, évitaient de les fréquenter. Jamais ils ne se seraient méfiés d'un homme en uniforme ou d'une voiture de police, sauf en cas de danger évident, cela tombe sous le sens.

– Il opère en uniforme ?

– Et cela lui a fort bien réussi. À l'époque, le monde était moins complexe, moins peuplé. Il se peut qu'il l'ait suivie, peut-être même qu'elle était avec sa mère ou une autre enfant et, alors qu'elles étaient occupées à cueillir des fleurs, il a fait son apparition en uniforme, insistant pour les raccompagner chez elles. Il les a conduites en voiture, dans la bonne direction, de John's Cabin vers Tobytown.

– Où elles ne sont jamais arrivées. (McQuade but une lichée de cognac.) Cette théorie en vaut bien une autre. En quoi puis-je vous éclairer ?

– Eh bien, pour commencer, j'ai besoin de savoir où ces fleurs poussaient exactement à l'époque et il faut que je retrouve sa mère. J'espérais que vous me poseriez la question.

McQuade sourit.

– Cela aurait-il fait une différence ?

– Non. (Scott fit la moue, car cet aveu avait quelque chose de misérable, et il resta debout à la fenêtre, le regard perdu vers l'extérieur.) Cela va m'aider, fit-il en se retournant, face au scientifique. Et j'ai un autre problème mineur, assez pressant, je le crains.

– Je ne vous ferai pas faux bond, Jack.

– Le site de la sépulture était peut-être un cimetière à part entière, qui n'a jamais été complètement exhumé, et il faut que j'aille creuser là-bas.

McQuade haussa les épaules.

– Bien sûr, répondit-il, en tendant la main vers la patère où était suspendue sa veste sport, et vous avez besoin que vos recherches soient interprétées sur place. Je parierais que vous n'avez pas non plus de mandat de perquisition, ni même de budget.

– Vous avez tout compris.

– Oh, loin de là. (McQuade avala le fond de son verre.) On risque quoi, comme ennuis ?

Scott soupira.

– Eh bien, même s'il est vidé de son contenu, le 4ᵉ amendement, qui réglemente strictement le droit de perquisition, s'applique encore, plus les lois sur la propriété privée, sans compter les textes sur la violation de ladite propriété. Comme le site reste justement une propriété privée, je dirais que, si on se fait pincer, les retombées ne seront pas négligeables.

L'autre hocha la tête.

– Alors vous auriez intérêt à prévoir une couverture digne de ce nom, Jack, car tout cela ne mérite pas que vous ou moi allions en prison. Quant au financement, je ferai passer les frais dans un autre dossier, pour mes équipements, mes coûts de labo et le temps consacré. Mais on a vraiment intérêt à dénicher un trésor, sinon ce sont mes ossements qu'ils viendront déterrer.

Il se tourna vers son bureau, en sortit un autre dossier qu'il tendit à Scott. Il le remercia d'un sourire reconnaissant.

– Qu'est-ce que c'est ? demanda-t-il, en l'ouvrant à la première page.

– C'est la chemise que vous m'avez réclamée sur le Vietnam, l'opération Phénix, pour être plus précis. Nous en avons récupéré un exemplaire auprès de la maison mère, à Langley, sous prétexte d'identifier des crânes en provenance d'Hanoï. Mais maintenant nous avons bel et bien deux boîtes de crânes qui nous attendent au labo.

– Des boys du Vietnam ?

– Dans ce cas-ci, du Cambodge, mais nous ne serons jamais en mesure de les identifier, de cela au moins je suis à peu près certain.

Scott feuilleta le long protocole.

– C'est très intéressant à lire. J'ai déjà vu des dossiers similaires ; il y a encore une dizaine d'agents de l'opération Phénix portés disparus et cela fait donc pas mal de temps que notre unité s'occupe de leur identification. Il se pourrait que je sois en mesure de vous aider, si vous me dites ce que vous cherchez.

Scott lâcha un soupir, progressant de page en page.

– Un jeune type avec lequel je travaille en ce moment et qui possède des qualités assez inhabituelles. Son nom de famille est Rivers, mais je pense qu'il a dû en changer, ou que quelqu'un l'a changé pour lui. Cela sent le comportement criminel à plein nez, ou l'intervention administrative au plus haut niveau, et comme il a été dans les marines, je ne crois pas me tromper de direction.

McQuade haussa le sourcil.

– Éclairez-moi un peu, Charlie, poursuivit Scott. L'Opération Phénix, c'était quoi, au juste ?

– Eh bien, dans sa version officielle, c'était ce que l'on appelait un programme de pacification, mais derrière toute cette barbouzerie de façade, c'était du terrorisme de la pire espèce, avec la caution et le soutien de l'État, en l'occurrence l'Oncle Sam. Et qui vous était proposé par l'extraordinaire, l'incomparable CIA.

Regardez un peu, fit-il, en tendant la main pour ouvrir le rapport à une autre page où le programme était résumé.

– « La mission Phénix, lut Scott d'une voix forte, vise à infiltrer et à détruire les infrastructures viêt-cong par tous les moyens possibles, à l'aide d'unités spécialisées utilisant l'assassinat, le terrorisme et l'interrogatoire forcé. »

– Bel euphémisme pour « torture », précisa McQuade. Cela a commencé en 1967 et, à mon avis, l'opération tout entière relève du crime contre l'humanité. Une période noire de l'histoire américaine. (Il regarda Scott, dont l'index courait sur la page.) Vous cherchez quelque chose de précis ?

– Un nom, répondit-il d'une voix neutre.

– C'est ce que j'essayais de vous dire, Jack, vous n'en trouverez aucun. Imaginez-vous tenter d'identifier des restes humains quand vous n'avez que des chiffres et des codes pour travailler. Ce rapport n'est pas différent des autres : pas de photographies, pas de dossiers médicaux, pas de descriptions physiques, pas d'historiques personnels, et aucun nom.

– Alors comment parvenez-vous à une identification ?

– On n'y parvient pas, car les sources sont volontairement inaccessibles. C'est comme cela que l'on sait que l'on est confronté à l'opération Phénix. À chaque fois qu'Hanoï crache un lot d'ossements et, une fois qu'on a épuisé la liste actualisée des soldats portés disparus, je dois envoyer un descriptif complet de mes découvertes au département d'État, qui le transmet à la CIA pour identification éventuelle d'un agent de l'opération Phénix. Et la procédure s'arrête toujours là. J'attends encore des nouvelles de quatre crânes suite à un échange d'informations qui date de 1976.

– Je ne comprends pas. Ces agents étaient des militaires. Pourquoi verrouiller les choses à ce point, vingt ans après ?

McQuade haussa les épaules en fronçant les sourcils.

– C'est de la politique, Jack, on en revient toujours là, non ? La plupart de ces garçons étaient des militaires, mais une fois recrutés, on changeait les règles du jeu. La CIA affirme que le but est de protéger les agents de Phénix qui ont survécu, mais je crois plutôt qu'ils tiennent surtout à couvrir leurs fesses merdeuses.

– Qui se soucie de tout ça, Charlie, c'est ridicule.

– Vraiment ? réagit l'autre. Vous savez que les États-Unis cherchent à renouer des liens diplomatiques avec Hanoï et que les Nations unies sont activement impliquées ?

Scott acquiesça.

– Eh bien, les gars de l'opération Phénix sont des hommes recherchés, des criminels de guerre, stigmatisés comme tels par le gouvernement de Hanoï et plus récemment par les Soviétiques et les Allemands de l'Est. Pendant toutes les charmantes négociations politiques entre ces pays, ces pauvres bougres se retrouvent floués, une fois de plus. Vous êtes au courant de tous ces signalements de portés disparus, ces rapports verbaux et parfois même ces photographies ?

Scott opina, le visage fermé.

– Bon, pendant qu'ils gavent régulièrement le public sur l'air de « C'est épouvantable, n'est-ce pas, mais rien de tout cela n'est vrai », dans la réalité, notre gouvernement se retrouve avec tout ce merdier étalé sur la table. Le marché souhaité par Hanoï est simple : les gars de Phénix, accompagnés d'aveux publics de nos agissements et, en échange, nous obtenons tout sur nos soldats portés disparus, les noms, les lieux, une réelle reconnaissance des responsabilités. Et ça va même plus loin que cela...

D'une main levée, Scott l'arrêta.

– Je ne veux même pas en entendre parler, Charlie. Vous disiez que nos alliés potentiels les considèrent comme des hors-la-loi internationaux ?

– C'est exact, Jack. À tort ou à raison, l'essentiel pour Washington, c'est que ces garçons constituent un problème, une pierre d'achoppement diplomatique. Hanoï veut un procès public, et nous, nous leur répétons qu'ils n'existent pas et surtout qu'ils n'ont jamais existé.

– C'est n'importe quoi, siffla Scott.

– Peut-être, mais ces atrocités ont bel et bien eu lieu, ce sont des crimes qu'on peut attester et dans certains cas leurs responsables ont fait l'objet de promesses de récompenses à l'échelle internationale. Peu importe que vous soyez d'accord ou non, pour certains, la guerre continue et les États-Unis prennent des mesures draconiennes afin de dissimuler toute implication de notre gouvernement.

Le commandant acquiesça, pensif.

– Donc l'identité de ces agents Phénix reste classifiée et ceux qui sont encore du monde des vivants en ont changé ?

– Oui, fit McQuade, rien que des nombres et des codes cryptés, c'est toujours brûlant et on garde le couvercle hermétiquement clos. Auriez-vous quoi que ce soit d'autre qui puisse m'aider, un numéro d'unité, ou même le nom d'une mascotte ? Ils en avaient tous une.

Scott se souvint du briquet Zippo.

– Que diriez-vous d'un personnage de dessin animé, une Panthère rose ?

McQuade fronça les sourcils.

– Un sale groupe, les Panthères roses. Ce serait les marines Phénix. Il y avait deux pelotons, et quatre escadrons. Le groupe 1 était spécialisé dans les actions terroristes sur le terrain et les enlèvements, le 2, c'était l'équipe des embuscades, le 3, l'unité des explosifs, et le 4e escadron, une unité de snipers. Seule une poignée d'entre eux a survécu et cela n'a rien d'étonnant : ils ont effectué trois, parfois quatre périodes de service chacun.

– Que pouvez-vous me dire à leur sujet ? insista Scott, qui tâchait de déchiffrer le document, malgré les importantes biffures réalisées par un service de censure à la main lourde.

– Les Panthères étaient sous l'autorité directe de la CIA, en la personne d'un psychologue de terrain, un certain Dunn, major Bradford E. Dunn, tué au combat. Que ce salopard grille en enfer. Son unité était l'un des groupes les plus meurtriers que ce programme ait pu engendrer. Proprement légendaire.

– Dunn était un spécialiste de la psychologie, au sein de la CIA ?

– Rodé aux techniques de la terreur, précisa froidement l'autre, et il aimait son travail ; il sélectionnait ses hommes lui-même, sauf qu'en réalité la plupart étaient des gamins. D'après ce que j'ai cru comprendre, il préférait travailler avec des ados qui avaient été victimes de sévices dans leur enfance, si vous voyez le genre. Une technique assez habile, de la part de la CIA. Ces espèces de larves me font vraiment horreur.

– Et Dunn choisissait les gars en fonction de la gravité de leurs cicatrices psychologiques, en se servant de sa formation et de son entregent ?

– Ce n'était vrai que pour les Panthères, nuança le scientifique. Les autres unités possédaient leurs propres variantes et leurs propres particularités. Il y avait quatre programmes regroupés sous l'appellation Phénix ; les Panthères appartenaient à la mission Red Rover, enlèvement et terreur. Le major Dunn donnait les ordres qu'il recevait directement de Washington, en s'inspirant des règles de Red Rover, le jeu d'enfants.

Scott leva les mains en l'air. Et McQuade entonna :

– « Red Rover, Red Rover, une balle en or, c'est toi qui sors. Red Rover, Red Rover, Jackie, c'est pour toi mon kiki. »

Scott grimaça.

– C'est comme ça que Dunn décrétait l'état d'urgence et qu'il ordonnait des enlèvements derrière les lignes ennemies. Si Jackie c'était vous, les Panthères vous pistaient sans se soucier de savoir combien de personnes il fallait tuer ou torturer pour vous choper.

– Et la mascotte rose ?

– La plupart de ces hommes étaient si jeunes qu'à leur arrivée au Vietnam leurs héros étaient encore ceux des dessins animés, la Panthère rose, Bugs Bunny, Félix le Chat, Titi et Gros Minet, ce genre de truc. Je suppose que cela faisait partie de ce jeu de massacre. Les enfants sont toujours beaucoup plus partants quand c'est pour rire.

– Pas toujours, fit Scott. Est-ce que ce sont des informations de première main, étiez-vous en poste là-bas ?

– Moi ? (McQuade sourit.) Je manifestais contre la guerre sur le campus de Berkeley, ou dans tous les endroits où l'on essayait sérieusement de s'y opposer. Il y a de ça environ dix ans, je me suis servi de mes autorisations administratives pour soulager mes remords de conscience. Si votre requête est officielle, je peux vous fournir un nom au siège de la CIA, qui parlera. À titre officieux.

– Non. (Scott secoua la tête et brandit le rapport.) Brûlez-le pour moi, Charlie, la guerre est finie, ces garçons ont le droit qu'on les laisse en paix.

Et McQuade enferma le dossier dans un coffre gris derrière son bureau, puis en fit tourner la roue pour en brouiller la combinaison.

– Je vais vous raccompagner, Jack, vous ne trouverez jamais de taxi, à cette heure-ci.

Le commandant se leva et réussit à arborer un sourire.

De Georgia Avenue, à Washington, jusqu'à Ridgefield Drive, à Bethesda, ils se plongèrent plus d'une heure dans de vains débats où ils abordèrent à peu près tous les sujets sur lesquels ils pouvaient être en désaccord. Ils continuèrent avec le Vietnam, la population mondiale, l'avortement, puis abordèrent les effets culturels du rap. Lorsque la peine de mort fit son entrée en scène, McQuade comprit que les mots ne combleraient pas le gouffre qui s'ouvrait entre eux deux.

– Vous n'avez jamais envisagé le jardinage, Jack ? Je trouve ça très gratifiant.

Scott haussa le sourcil ; il songeait aux potences de l'ancien temps. Avec l'aide d'un bourreau compréhensif, le prisonnier pouvait durer encore une bonne minute après la transformation de sa moelle épinière en gelée, une technique qui permettait à un flic de venir lui glisser un dernier mot. Regardant fixement sa montre, il décompta soigneusement les paroles que l'on pouvait prononcer en soixante secondes.

– On y sera bientôt, fit son chauffeur, se méprenant sur ce geste, en attendant qu'un feu passe au vert dans Wisconsin Avenue.

Et il en revint à la question de ces fleurs jaunes en forme d'étoiles.

– Beaucoup de lysimaques s'acclimatent très bien à la culture en serre, lâcha-t-il.

Le pare-brise s'embua de l'intérieur.

La pluie rendait la chaussée glissante.

27

18 H 20,
AU NORD DE L'ÉTAT DE NEW YORK

Dans le folklore policier, on avait coutume de dire que *le Vieux Woodie ne pouvait plus rien avaler*, ce qui signifiait simplement que le cimetière d'État de Woodlawn, dans l'État de New York, n'avait plus assez de place – ou contenait trop de morts, selon le point de vue.

Il avait ouvert ses portes en 1863 et les seuls lots restants se trouvaient sur des concessions déjà occupées, au-dessus du cercueil d'un autre défunt : un détail *a priori* sans importance et c'était ce que Matthew Brennon avait toujours pensé. Mais là, dans la lumière déclinante, au lieudit baptisé Rabbit Run, au bout d'une route grimpante qui tenait plus du chemin de terre que d'une chaussée véritable, la réalité de la chose était saisissante.

Il avait garé sa voiture au bord de la route. Il se trouvait à l'arrière du cimetière, réservé aux concessions les plus anciennes, d'où il contemplait des milliers de pierres tombales. Fracassées ou renversées par des vandales, elles étaient envahies de mauvaises herbes et jonchées de détritus. Tout en marchant, il eut l'impression que cette forêt de pierres tombales gagnées par la grisaille implorait son attention et, dans une rafale soudaine de vent, des journaux jaunis voletèrent au-dessus des sépultures en dansant une ronde comme un défilé d'âmes perdues.

Sa mallette en main, Brennon avançait sans se presser le long d'une clôture envahie de feuillages, en contemplant la houle de végétation en contrebas. Les collines formaient une succession de cuvettes et d'éminences, un vallonnement infini de rangées de croix blanches. Celles-ci, il le savait, correspondaient aux Sammies de l'État de New York, les fantassins de la Première Guerre mondiale que le fossoyeur lui avait mentionnés, fauchés en pleine jeunesse, et qui se dressaient maintenant par vagues à perte de vue. Cinq bonnes minutes après avoir laissé les croix derrière lui, plus loin sur ce même chemin, il s'approcha d'une vallée de cryptes et de mausolées en travertin. On aurait dit de gigantesques citernes de marbre inclinées vers lui avec une imprudence désinvolte.

Voilà plus de cent ans que les défunts venaient reposer à Woodlawn et Brennon commençait à peine à prendre la mesure de ces vies passées, en se dirigeant vers un très ancien portail ouvragé à l'allure sombre et sévère. Il s'arrêta. C'était une énorme arche en fer forgé que l'on avait disposée sur des colonnes en grès et, dans le treillage au-dessus de lui, deux chérubins, en pleine ascension vers le paradis, pleuraient de la rouille.

Le portail massif était scellé par une vieille chaîne et un vieux cadenas, étranglé par la vigne vierge et les ronciers rampants. Au-delà, un sentier de terre s'enfonçait dans un sombre moutonnement de collines ; après, il ne voyait plus rien. Il sortit un carnet de son coupe-vent, vérifia ses notes et consulta sa montre. Les mains en porte-voix, il appela, à s'en vider les poumons.

– Ohé ! beugla-t-il, et sa voix vola de colline en colline, se répercuta entre les cryptes comme un cri profanateur, avant d'aller glisser sur d'autres sépultures au loin.

Le silence lui revint très vite aux oreilles. Pas même un oiseau ne se manifesta.

C'était le portail n° 11, arcade nord de Woodlawn et, à partir de cet emplacement, il savait que les tombes continuaient plus loin sur une quinzaine de kilomètres carrés jusqu'à Poughkeepsie, des dizaines de milliers d'âmes moissonnées, avec le temps, avant leur inhumation en ces lieux par l'État. Et pourtant, malgré tous les souvenirs qu'elles avaient laissés parmi les vivants, Brennon était incapable d'entrevoir ne fût-ce qu'une fleur flétrie le long de l'allée, sur les caveaux où ces âmes s'entassaient dans la mort comme elles l'avaient été dans la vie, avec assez de promiscuité pour que l'on entende goutter la pluie chez le voisin. Il appela de nouveau, les mains en conque.

– Ohé !

Sa voix s'envola entre les tombes et lui revint en écho comme une sœur jumelle égarée.

– Épargne ta salive ! rugit soudainement une voix criarde.

Derrière l'épaisse crinière de lierre du portail, il entendit proférer un juron.

– Foutu tas de rouille, grogna l'homme, en ahanant.

– Heu... bonjour, fit Brennon.

– Du calme, mon jeune gars, t'es chez les vivants, ici.

Et là-dessus, les ronces s'écartèrent et Brennon vit des mains gantées écarter les plantes grimpantes. Un visage surgit de l'ombre.

– Vous êtes bien M. Dudley Hall ? demanda Matt.

– C'est moi, chuinta l'autre.

Les ronces se refermèrent et il se remit à la besogne derrière le taillis, dégagea une chaîne envahie de végétation et huila les gonds au moyen d'une burette. L'homme était complètement caché par l'épais feuillage.

– Je m'appelle Matthew Brennon.

– Minute, fit encore l'autre, avec son sifflet de voix, j'me débrouillais pas trop mal, à l'instant.

Cette voix donnait l'impression que le bonhomme avait avalé un sifflet d'oiseau et Brennon supposa qu'il devait lui manquer quelques dents de devant.

– Je pourrais escalader, non ? suggéra-t-il.

Il n'y eut pas de réponse. Aussitôt après, il vit les gants rouer les branches de coups, arracher les ronces, et une épaule costaude enveloppée d'un tissu écossais poussa sur le portail en fer forgé, força la grille dans un gémissement douloureux et la lumière du jour se déversa sur le sentier. Il en émergea un homme en forme de pot à tabac, courtaud, les épaules massives et les jambes épaisses, le torse puissant dans une veste à carreaux élimée.

– Appelez-moi Duddy, siffla le personnage en retirant un gant et en lui tendant la main, et ils se retrouvèrent l'un en face de l'autre.

Un filet rouge de jus de chique lui coulait de la commissure.

– Très bien, monsieur. Moi, c'est Matt, ravi de vous rencontrer.

M. Hall eut un sourire et Brennon put constater que c'était toute sa rangée de dents de devant qui était manquante. L'homme lui serra vigoureusement la main. Ses favoris étaient gris, sans former une barbe ; son visage avait juste besoin d'un bon rasage, un visage tanné, gravé d'un entrelacs de rides et de crevasses. Brennon lui donnait presque soixante-dix ans, mais à part cela, Hall semblait en excellente forme.

– On s'est parlé au téléphone, vous m'avez apporté les papelards ? dit l'autre. J'espère bien qu'vous avez des copies, j'ai appelé vot' juge, là, y me faut des copies.

Brennon perçut le malaise du bonhomme.

– Je comprends, monsieur. Je vous ai apporté un jeu de documents, tous signés, avec le cachet. Tout ce que vous avez à faire, c'est les remplir.

L'agent fit sauter les serrures de son attaché-case, y plongea la main et tendit au fossoyeur une série de papiers d'allure officielle. Ce dernier en entama la lecture, en prenant son temps, et Brennon craignait qu'ils ne soient bientôt obligés de travailler dans l'obscurité. Il fallait qu'il soit de retour à la nacelle du ViCAT avant minuit.

– Fait un bout de temps que j'en avais plus vu des comme ça, fit enfin Hall, en examinant le permis d'exhumer. Pourquoi vous tenez tellement à récupérer ce type, vous autres ?

– J'aimerais bien le savoir. Je suis juste les instructions, mentit l'inspecteur, et il s'y prenait habilement, avec sa façon de s'exprimer davantage comme un gars du peuple que comme un agent fédéral adossé à la plus haute instance juridique de l'État.

L'homme lâcha un borborygme.

– Moi pareil, dit-il, y fut un temps où un corps, au Vieux Woodie, il obtenait que trois choses, une concession, une pierre sur sa tombe et moi. C'était vraiment intime. Maintenant que je suis à la retraite, faut encore qu'y m'convoquent par ici comme si j'étais rien qu'un portier de nuit à la noix.

– Eh bien, je vous remercie de votre aide, parce que, franchement, ils m'ont pas mal tanné.

Et il sourit. Le coup de téléphone de Brennon avait réveillé Dudley Hall la veille au soir et il avait fallu vingt-quatre heures au juge pour signer le permis d'exhumation.

– Le vieux Duddy, il comprend, fiston, avec ces messieurs des hautes sphères, il faut toujours piocher, toujours trimer, et si vous en crevez, ils s'en balancent. (Il cracha de nouveau.) Désolé de marcher devant vous jusque là-bas mais ça vous fera gagner une bonne heure.

– Je peux vous aider ?

– Vous me suivez, c'est tout, répondit Dudley Hall, en ramassant une pelle à manche en bois d'une main et une corbeille pour la cueillette des pommes de l'autre. Il a fait quoi, c't'individu-là, d'ailleurs ?

– Un sale type, dit Brennon en lui emboîtant le pas dans le chemin qui descendait vers la crypte, en bas de la colline.

Ils avançaient et il trouva un air comique aux bras du vieux, deux jambons suspendus, avec ses pouces qui lui frottaient presque les genoux.

Ils progressaient en silence, à pas lents, depuis une dizaine de minutes, quand Hall reprit la parole.

– Alors, vous en pensez quoi, de ce patelin, Matt ? demanda-t-il en continuant à parler sans tourner la tête, progressant comme une armée à lui tout seul, d'un pas rapide et cadencé.

– De Woodlawn ?

– Ouais, siffla-t-il, en désignant les étendues vallonnées avec sa pelle qu'il tenait dans la main droite. Je m'suis installé ici en 1943, y avait rien qu'une jolie forêt avec plein de prés et maintenant y a trop de morts, y a plus de place.

Matt Brennon se souvint de certaines histoires à propos du Vieux Woodie. Autrefois, il les avait considérées comme des récits de vieux fossiles qui abreuvaient vos oreilles de conneries, en vous faisant passer des vessies pour des lanternes.

– Et vous êtes responsable ici depuis tout ce temps ? lui demanda-t-il, car Dudley Hall marchait sans avoir besoin de regarder, comme s'il déambulait dans son salon.

– Responsable, tu parles, avant 1964, jamais entendu ce satané mot-là, c'est l'année où on a reçu la tracto-pelle. Vous avez dû trouver mon nom dans le registre de l'État, le seul endroit où ils m'appellent comme ça, autant que je sache.

– En effet, j'ai regardé, confirma Brennon.

– Je suis l'Enterreur, c'est mieux de les enterrer à la main, chuinta-t-il en évoluant sans effort entre les pierres tombales, dépassant les plus ternes pour en rejoindre d'autres, d'allure plus moderne, décorées pour certaines d'entre elles de mains en prière, de colombes, de symboles d'éternité. Jusqu'en 1958, je creusais et j'inhumais selon la règle du premier arrivé premier servi, c'est logique. Je prenais mon temps, je préparais la tombe vraiment bien et ensuite je restais pour l'enterrement, et ça, j'en suis fier. Vous vous souvenez de Boltin' Joe Sharkey, le boxeur professionnel ?

– Eh bien, c'était...

– Juste là. (Il pivota vers une pierre tombale le long de l'allée, qui se dressait plus haut que les autres.) Je l'ai creusée moi-même, c'est une deux mètres dix ; la plupart des deux mètres dix sont pour mari et femme, dans le temps on les plaçait côte à côte, mais on a fini par manquer d'espace. On s'est mis à les enterrer les uns au-dessus des autres, une position vraiment symbolique, il aurait apprécié, le Joe.

– Très intéressant, soupira l'agent, en soutenant l'allure, avec un regard au passage sur les pierres tombales. Avez-vous le numéro de la concession que nous allons...

Duddy Hall fit demi-tour sur place et continua de marcher à reculons en zieutant le jeune agent.

– Bon Dieu, fiston, c'est mon cimetière, j'ai tous les numéros ici. (Il se tapota la tempe de l'index.) Et les parcelles, je les ai toutes là.

Là-dessus, il agita sa pelle.

Brennon sourit.

– Pour moi, c'est pas seulement des tombes et des sections, continua l'Enterreur.

Cela ne rassura guère l'agent, qui espérait que le vieux toqué soit à la hauteur de la besogne.

– Vous voyez ce grand ornement, là-bas ?

Sans ralentir l'allure une seconde, il pointa du doigt un ange sculpté aux ailes déployées.

– Oui.

– C'est Pancake Louie, on vient d'enterrer sa femme l'an passé. La famille de Louie avait trop dépensé pour cette pierre, alors ensuite ils l'ont mis dans un cercueil à deux sous et le poids de la terre a écrasé le bois, y a eu un boucan épouvantable et tout d'un coup, badaboum ! beugla-t-il en frappant le sol du plat de sa pelle.

L'agent sursauta.

– Qu'ont-ils fait ?

– Ils se sont contentés de regarder le nuage de poussière qui est remonté de la fosse, je déteste qu'une famille voie ça, mais enfin, c'était pas la première fois non plus. La veuve du vieux Louie, elle avait rien précisé, mais elle, on l'a enterrée dans un cercueil Burns doublé cuivre à l'intérieur, un paquet d'argent qu'ils y ont mis, rien que pour enterrer quelqu'un dans un trou. Depuis, elle fait le grand voyage au-dessus de son vieux Pancake Louie, dans une vraie tirelire. Me demande si c'était la même chose du temps de leur mariage ?

Et il cracha un jet écarlate aussi droit que sa démarche.

Duddy Hall l'Enterreur causait en avançant, sans jamais trébucher. Pancake Louie était déjà loin derrière eux et ils s'approchaient d'une rangée d'ornements qui ressemblaient à des tombes miniatures.

– Et dites-moi, Duddy, l'administration carcérale de l'État, ils enterrent comment ?

– Quand y a encore de la famille ?

– Plus rien que l'État.

– Crémation et cercueil en carton, ensuite dès qu'j'ai le temps je les colle dans le trou. Vous me posez la question pour ce gars, ce Zacharie ?

– Oui, j'imagine que...

– Des cendres dans un carton et Rigby a conservé les dents, si y avait de l'or.

– Qui est Rigby ?

– Le patron du crématorium, en ville.

– Il travaille pour l'État ?

– Lui, c'est le Cuiseur, il est payé à la pièce, il se fiche de qui allonge le fric.

Et Dudley Hall s'arrêta devant une petite grille en fer d'à peu près trente centimètres de hauteur, clôturant un tumulus gazonné.

– Elle doit être ici, dit-il en pénétrant sur ce petit carré de terrain et il compta les rangées en se repérant d'après les pierres tombales.

La lumière commençait à devenir grise.

– Quatre-vingt-dix centimètres de longueur, un mètre vingt de largeur, quatre-vingt-dix de profondeur, ça prend pas tant de place que ça, un homme qui a brûlé.

– Et vous êtes sûr...

Il lâcha la corbeille et pesa sur la pelle de tout son poids. La lame trancha net dans le sol, la terre humide cédant sous la poussée. Ses yeux noisette lumineux plantés dans ceux de Matthew Brennon, il se mit ensuite à basculer le manche d'avant en arrière, d'avant en arrière, très lentement, sans trop de mal, en continuant de fixer l'agent.

– Alors, il a fait quoi ce gars-là, vous disiez ?

Brennon sentait peser sur lui le regard pénétrant de l'Enterreur, le silence surnaturel du cimetière et la présence oppressante des pierres tout autour d'eux.

– Il a tué des femmes et des enfants, répondit-il, et Dudley Hall hocha la tête, songeur, sans interrompre le mouvement de balancier de sa pelle.

– Savez, Matt, dans le temps, j'étais capable de creuser une tombe de 1,50 ou 1,80 en peut-être huit à dix minutes.

– Très impressionnant, acquiesça Matt, en regardant la terre frémir à chaque déplacement du manche, et il était sincère.

Ils étaient entourés de dizaines de petites pierres tombales blanches, formées de croix pour la plupart, mais deux d'entre elles étaient des pierres ovales.

– Les urnes, ça prend vraiment peu de temps, dit l'Enterreur.

– Pourquoi y a-t-il une différence entre ces pierres ? demanda Matt au moment où Duddy Hall sortit une lampe torche de sa ceinture, l'alluma et la posa sur le sol.

– C'est comme de cueillir des olives dans un pot, indiqua le bonhomme, en poussant une dernière fois sur sa pelle, et un couvercle doré affleura en surface, luisant à leurs pieds.

C'était une urne qu'ils avaient sous les yeux. Hall fit tourner le manche de sa pelle et l'objet se dégagea de sa gangue de terre, pris dans une motte de glaise et de gazon.

– C'est vraiment impressionnant, dit Brennon, en se penchant pour inspecter l'urne.

Hall s'agenouilla promptement et déblaya l'objet de sa main gantée.

– Hum, fit-il en secouant la tête, y a quelque chose qui cloche, là.

– Pas la bonne tombe ?

– Nan, j'ai vérifié les registres après votre coup de fil, c'est la bonne, mais c'est pas un carton de la prison, ça.

Avec des gestes précautionneux, l'Enterreur souleva l'urne, la prit entre ses deux mains. Elle mesurait à peu près vingt centimètres de hauteur et elle était en émail bleu incrusté d'or.

– Vous êtes sûr que c'est la bonne ?

– Non, pas sûr, mais là-dedans, c'est lui, insista-t-il, regardez le col.

Il cracha un jet rouge qui dégoulina sur le couvercle. Il attendit un moment, puis l'essuya avec les doigts.

Et Brennon lut :

– *Zacharie Leslie Dorani, Né le 18/11/33, Mort le 21/2/66.* C'est bien lui. Où est le problème ?

– D'abord, c'était un service funéraire de la prison, et par ici, c'est une concession de l'État, donc on devrait avoir rien qu'un tas de cendres. C'est pour ça que j'ai creusé si profond avec ma pelle et que j'ai apporté ma corbeille, histoire de récupérer le tas complet : les fragments de carton et les infiltrations vous transforment un homme brûlé en un morceau de béton.

– Alors comment s'est-il retrouvé dans une urne comme celle-ci ?

– J'en sais rien, mais c'est une vraie tirelire, c'est de l'or, de l'authentique. Et puis y a encore autre chose. D'après vos papiers, c'est un athée, c'est pour ça que la tombe n'a qu'une pierre et pas de croix comme les autres.

Brennon examina le reliquaire, les yeux écarquillés : sur les deux côtés et sur le dessus, il était incrusté de croix en or.

– Pourrait-il s'agir d'une méprise ? La direction de la prison aurait-elle pu commettre une erreur ?

– Nan, pas une boulette de ce genre, fit l'autre avec emphase, ce sont des croix dans le style latin, catholiques. Quelqu'un a acheté cette urne, en casquant un max, et puis a versé les cendres dedans.

L'inspecteur se pencha et passa la main sur l'objet.

– Mais vous êtes sûr qu'il est à l'intérieur ?

– Oh, il y est, aucun doute, affirma Duddy, en secouant l'urne à deux mains, avant de vérifier le sceau en plomb, sur le couvercle. Il pointa le doigt dessus. Le sceau n'a jamais été arraché.

– Existerait-il des archives ? Comment pourrais-je savoir d'où vient cette urne ?

– Eh bien, pas ici, non, y en a pas, on se contente de les enterrer. On peut pas savoir non plus qui est l'incinérateur, mais il y a tout de même moyen de le dire.

Son chuintement se percha sur une note encore plus aiguë.

– Faites tout votre possible, c'est important.

– Ce serait pas légal, flûta-t-il encore.

– À savoir ?

– Faut que je vérifie les cendres. D'après les cendres, je peux dire pas mal de choses, mais briser ce sceau, ce serait pas légal.

– Alors je vais le faire, moi, proposa Brennon, mais le temps qu'il s'empare de l'urne, Duddy Hall avait posé son derrière par terre et il descellait le couvercle au moyen d'un couteau.

Ses grosses mains le firent pivoter, dans un sens, puis dans l'autre, il y eut un raclement et un bruit sourd quand le couvercle se libéra.

Il en inspecta l'intérieur avec sa lampe torche, puis se mouilla un doigt qu'il trempa dedans.

– Voilà, j'ai un peu de ce tueur de gamins sur la peau, cracha-t-il, en se frottant le pouce et l'index.

– Alors, c'est plein ? L'urne, je veux dire.

– Ah ouais, et ça n'a pas cramé vite, remarqua-t-il, en déversant un filet de cendres à même la pelouse, jusqu'à obtenir un petit monticule de la taille d'une cuiller à soupe. Vous voyez, là, comme c'est gris et poivré, il ne devrait y avoir que de la poudre blanche. Qu'est-ce que vous allez en faire ?

– Des analyses en laboratoire pour déterminer le groupe sanguin et tout ce qu'on pourra en tirer d'autre.

– Alors vous avez largement de quoi vous occuper.

Il continua de verser et le petit tas s'éleva, comme au fond d'un sablier. Et puis il y eut un menu tintement signalant la chute d'un morceau d'os.

– Qu'est-ce que c'est que ça ? demanda Brennon, en fixant du regard ce qui ressemblait à un morceau de bois carbonisé. Ils ne réduisent pas les restes en poudre ?

– Pas chez Leon Rigby. Cet homme n'a pas la fierté du travail bien fait, n'en a jamais eu aucune ; comme incinérateur, c'est un plouc. Dans les bonnes maisons, on ne se contente pas d'écraser les cendres avec un rouleau à pâtisserie, on les écrabouille, on les met à cuire deux fois, il en reste rien que de la poussière. Il a grugé l'État depuis à peu près quarante ans, il attend même pas que ses flammes virent au bleu.

– Pour l'urne, il serait au courant ?

– Il aurait sûrement pas rempli le bocal d'un autre incinérateur, donc ça doit être une urne à lui. Vous aurez peut-être besoin de ce nonosse, suggéra-t-il en ramassant le fragment qu'il tendit à Brennon.

Dans la faible lumière, il tint le vestige d'une main hésitante, puis l'enveloppa dans un mouchoir propre et blanc.

– Et où le trouverai-je, ce Rigby ?

Hall se releva, s'étira le dos et les bras.

– Dans sa maison ou au crémat', je vais vous conduire, vous ne trouverez jamais.

– Je vous remercie, mais je ne peux pas vous demander cela, signifia-t-il, plutôt circonspect. Vos obligations s'arrêtent au moment où vous m'avez remis ces restes.

Le fossoyeur ne répondit pas, au lieu de quoi il remit l'urne ouvragée à son interlocuteur, lui tourna le dos et s'appuya sur sa pelle. Et, dans l'obscurité qui s'était refermée sur eux, il y eut un léger ruissellement étouffé, comme le tintement discret d'un tambourin sautillant sur le gazon.

– Tueur de bébés.

L'Enterreur prononça ces mots sans desserrer les dents.

Dudley Hall urinait sur le tas de cendres.

28

BETHESDA,
MARYLAND

Dès 7 heures, Rivers avait répondu au point radio de Pogo et était rentré de chez Foong Lin, le traiteur chinois, gorgé de rêves du Sichuan, dimsums, san shien Wor-bar piquante aux trois viandes, huîtres à la sauce au haricot noir, chou chinois haché et riz épicé à la Singapour. Il avait aussi commandé du crabe froid et un potage aux asperges. N'ayant rien avalé depuis l'aube, il avait tout pris en double. Scott l'avait retrouvé sur la terrasse derrière la maison, très affairé au-dessus de ses petites barquettes dont l'arôme suffisait à donner un sens à la vie.

– Qu'est-ce qu'il y a au menu ? fit Scott, en tirant un siège et en prenant une assiette.

– Ça va vous plaire. Essayez la soupe, elle est formidable, lui répondit Rivers du bout des lèvres, en faisant glisser une barquette dans sa direction.

Le commandant en versa le contenu dans un bol en plastique blanc et il examina le bouillon verdâtre en étalant un mouchoir sur ses genoux.

– C'est un potage aux légumes ? fit-il en y trempant une cuiller jetable.

Il goûta et leva le nez en l'air, les yeux instantanément mouillés de larmes.

– C'est fort, Jack, faites attention, l'avertit l'inspecteur, et Scott sentit le bouillon froid lui enflammer les entrailles, il en avait des picotements dans la gorge.

Il but très vite une gorgée d'eau.

– Délicieux, admit-il, en replongeant sa cuiller.

– Il y a tout là-dedans, du poisson blanc, du crabe, des asperges, des algues, du tofu, du blanc d'œuf, des champignons, des petits pois et du riz.

Il croqua une bouchée vapeur d'une dent experte, mastiqua et avala, en pinça une autre entre ses baguettes et la déposa dans une coupelle de sauce piquante.

– Vous voyez, cette vieille carte que j'ai prêtée à Jim Cooley ? lui demanda le commandant, abandonnant les baguettes pour piquer un dimsum de sa fourchette.

– Oui, je l'ai vu surexcité, fit Rivers en regroupant plusieurs barquettes autour de lui pour remplir son assiette. Essayez les huîtres à la sauce au haricot noir, elles sont sublimes.

Il inclina la tête en arrière, laissa tomber une huître charnue dans sa bouche, puis vida la coquille pendant que Scott, lui, disposait quatre gros mollusques dans son assiette.

– C'est un objet volé, il y a matière à délit pénal.

Rivers, l'air perplexe, enfourna une autre huître bien grasse et laiteuse, remplissant son assiette en continuant son tour de la table dans le sens des aiguilles d'une montre.

– Comment ça ?

– Je l'ai dérobé, avec effraction et préméditation, un vrai vol qualifié. Si j'étais traduit en justice, je perdrais mon insigne.

L'autre en resta interloqué. Il cessa de manger et examina attentivement Scott.

– Vous ne plaisantez pas, hein, Jack ?

– Pas quand il s'agit d'une chose de cet ordre, non.

Là-dessus, l'inspecteur sourit de toutes ses dents, secoua sa crinière de cheveux blonds et chercha parmi les huîtres un morceau bien charnu.

– Cette carte fait partie d'une série de trois, sa valeur assurée est de soixante-quinze mille dollars, précisa Scott en déposant une autre coquille dans son assiette.

Elle avait un goût aigre et il passa donc au Wor-bar très épicée.

– Soixante-quinze billets ?

Scott opina, l'air dérouté par cette chair collante noyée dans de la sauce au haricot noir.

– Elle n'est pas fraîche ? s'inquiéta Rivers.

– Acide, ça vous agace les lèvres.

Rivers lui tendit une coupelle.

– Sauce de poisson sucrée du Hunan, essayez d'abord en la trempant là-dedans.

Scott suivit ses instructions. La grosse boule charnue se mélangea dans sa bouche et lui glissa contre le palais.

– Très agréable, fit-il, et il en attrapa une autre. Vraiment succulent.

Et les deux hommes mâchèrent, continuèrent d'échanger des barquettes, ravitaillèrent leur organisme qui avait presque oublié ce que c'était que de se nourrir.

– Frank, reprit Scott en extrayant une autre masse de chair de sa coquille, supposons que je veuille me construire un silencieux à partir de pièces détachées. Où irais-je m'approvisionner, pour les composants ?

L'inspecteur accueillit la question avec un sourire.

– Cela dépend du calibre. N'importe quel bon ferrailleur aurait de quoi vous fournir la quasi-totalité du matériel nécessaire. Qu'est-ce que vous voudriez ? Un Soupir de la mort ? Ou un Hush Puppy ? fit-il en avalant sa bouchée d'un coup de langue.

– À vous de me le dire, monsieur l'expert. Où est la différence ?

– Elle est dans la qualité. Si vous comptez ensuite vous débarrasser de l'arme, vissez un filtre à huile au bout du canon, ça suffira pour tirer une dizaine de balles. Mais si vous recherchez une véritable maîtrise de la détonation, ça réclamera plus de travail. On avait une devise, *Une balle, un mort, pas de bruit, pas pris*. En tout cas, la qualité est primordiale.

Scott se mordit la lèvre.

– Allons-y pour la première classe, dit-il en grimaçant.

– Vous vous y connaissez un peu ?

– Juste les données de base. À l'évidence, l'expert, c'est vous. Marine Phénix, si je ne me trompe ?

Rivers secoua la tête et il eut un rire contenu.

– Visiblement, vous êtes au courant, Jack. Vous devez être vraiment fatigué. Je vous ai vu jouer pas mal de grands rôles et celui du type stupide n'est pas votre meilleure composition, mon vieux.

– Soit.

Scott haussa le sourcil. Le personnage semblait laisser filtrer un peu de lui-même.

– J'en ai utilisé et j'en ai fabriqué, admit l'ancien marine. Le premier élément indispensable, ce serait un tube en métal léger pour le silencieux et ensuite une bonne perceuse à colonne. Il nous faudrait aussi des outils de filetage, à moins que vous ne vouliez simplement attacher le tube à la bouche du canon.

– Je vous laisse retenir la meilleure solution, dit Scott en vidant son verre d'eau.

– Nous commençons par le tube et les orifices latéraux, qui évacueront les gaz lentement et étoufferont le vide créé à l'intérieur.

– Le vide ? s'étonna Scott.

– Bien sûr, fit le policier longiligne en se penchant vers lui. L'essentiel du bruit ne provient pas de la détonation du projectile, c'est une idée fausse. Quand la balle franchit la bouche du canon, il se crée un vide énorme à l'intérieur ; les gaz sont chassés vers l'extérieur et l'air repoussé dans le canon provoque un recul très bruyant que l'on confond avec une explosion. Une fois que l'on a percé des trous dans l'appendice du silencieux, ce qui refoule l'air à l'intérieur, vous avez résolu 60 % du problème. Le reste, ce n'est que du rembourrage, ce qu'on appelle des tampons, en général un alliage de fibres de verre et de renforts métalliques.

– Et selon vous, c'est ce que notre tueur a utilisé chez les Clayton ?

Rivers hocha la tête.

– En réalité, les meilleurs silencieux retiennent les gaz de sortie et d'entrée, en les dispersant à l'intérieur. (Il fit glisser le reste d'un plat dans son assiette.) Mais à mon avis il a eu recours à une combinaison de plusieurs techniques.

– Et jusqu'à quel point peut-on rendre un .22 silencieux ?

– De quel type ? Il s'agit du plus sous-estimé et du moins apprécié de tous les calibres.

Le chef du ViCAT se redressa contre le dossier de sa chaise.

– Vous avez appris tout ça à la CIA ?

– Quoi ? s'écria l'autre, incrédule, en laissant échapper un rire. L'attaque au silencieux est une forme d'art, Jack. Eux, c'est juste des bureaucrates, ils sont là pour mettre des mots sur les actes des vrais gens. Vous allez la manger, cette dernière huître ?

Scott secoua la tête et les baguettes de Rivers fondirent sur la bouchée de chair, la cueillirent et la déposèrent dans sa bouche. Ensuite, il se leva, traversa la terrasse en séquoia et revint promptement de la cuisine avec un sac d'épicerie 7-Eleven.

– Café ? fit-il, en s'inclinant avec raideur, très stylé, à la manière mandchoue.

– Eh bien, oui, un café chinois, c'est très aimable.

Rivers posa les deux grandes tasses sur la table, fit sauter leurs couvercles en plastique et regarda un filet de vapeur en sortir.

– Vous disiez que le silence est un art, reprit Scott.

– Absolument, je connais un type qui serait capable d'atterrir du haut d'une corde sur une feuille de papier de riz sans la déchirer, de vous dézinguer avec un Hush Puppy, de choper la douille dans sa main droite et de disparaître sans que personne n'ait rien remarqué.

– Un flic ?

– Sûrement pas ! C'est un voleur, et assez fier de lui, avec ça. Un vrai professionnel. L'un des meilleurs d'Amérique, bardé de décorations, il a sauvé quatre hommes blessés des flammes de leur hélico en les portant tous les quatre à l'extérieur d'une zone d'atterrissage, et c'était chaud bouillant. La CIA aurait voulu le garder, mais lui, il a préféré se mettre à voler aux riches pour donner aux pauvres, autrement dit à lui-même, à un orphelinat et à l'Église catholique. Un vrai pacifiste, quoi.

– Ça y ressemble. (Scott secoua la tête à la pensée de cette génération perdue, une génération tout entière de jeunes gens.) Choisissez le 22 le plus puissant qui vous vienne à l'esprit.

– Pour sa portée ou pour sa capacité destructrice ?

– Capacité destructrice.

– Si nous voulons nous contenter de munitions disponibles dans le commerce, je dirai que nous retiendrions des pointes creuses tronquées ultrarapides, avec une vitesse d'expulsion à l'extrémité du canon supérieure à 500 mètres/seconde.

S'il avait subsisté le moindre doute dans l'esprit de Scott quant à son envie de travailler avec Frank Rivers, ce doute était effacé.

– Parlez-moi de sa puissance d'impact, quelles sont ses capacités ?

– Cela varie selon la cible, choisissez-en une.

– Un crâne humain.

Rivers s'accorda un temps de réflexion.

– De l'os, matériau dur mais mince, et rien que de la bouillie à l'intérieur. À une distance de quelques pas, la balle est à sa vitesse maximale, l'extrémité creuse et molle pénètre et s'élargit, ensuite elle commence sa descente, taillant un canal. (Avec les doigts, il retira un petit lambeau d'huître de sa coquille et le mâcha.) L'onde de choc qui entoure le projectile creuse un tunnel, c'est assez dévastateur, ça transforme la cervelle en gelée, en ne laissant qu'une petite perforation. C'est la balle de choix des assassins professionnels, vous le saviez ?

L'autre opina.

– Comme les plaques crâniennes sont résistantes, incurvées, et comme la balle se déplace environ une fois et demie plus vite que le son, un coup oblique pourrait ricocher. Il faut donc tirer un coup direct, bien placé. Cela vous renseigne-t-il, monsieur ?

– Oui. « Une balle, un mort. » Où viseriez-vous ?

Rivers se tapota le sommet du crâne.

– Que l'on tire par-devant ou par-derrière, la cible est là, fit-il. On nous a enseigné que pour tout impact situé dans cette région-là, au-dessus de la moelle épinière, la mort est instantanée ou presque. Une balle qui transperce de part en part – il se plaça un doigt contre la tempe droite – peut suffire à mettre un ennemi hors de combat.

Scott avala une bouchée. Rivers prit un reste de chou haché qu'il mâcha.

– Cela m'est utile, mais j'aimerais arriver à penser comme ce tueur. Cette fascination pour un tel objet m'est étrangère. Alors, à quel point pourriez-vous rendre cette arme silencieuse ?

Rivers réfléchit un moment.

– À partir de quelle distance seriez-vous censé ne pas l'entendre ?

– Une distance similaire à celle qui nous sépare, à peu près un mètre quatre-vingts.

– D'accord, Jack, écoutez bien.

Et il s'essuya la bouche du dos de la main.

– Je n'ai rien entendu. Qu'est-ce que vous faites ?

– Désolé. (Rivers le dévisagea, ses yeux d'un bleu pénétrant scintillaient de malice.) On essaie encore, mais il faut écouter très attentivement.

Il remua son café en allumant une cigarette avec son Zippo.

– OK, petit malin, où voulez-vous en venir ?

– Vous n'avez pas pigé, Jack.

Il sourit et subitement le visage de Scott s'éclaira.

– C'est tout ?

– Ouais, et je me suis servi d'un chargeur décalé, dix balles dans la bouche et vous êtes tout ce qu'il y a de plus mort. Ne reste rien que de la purée.

Rivers fit glisser un morceau de chou avec du café noir.

– Et comment avez-vous récupéré les douilles en laiton ? Avec un cylindre fabriqué spécialement pour cette arme ?

– Non, fit l'autre, d'une voix neutre, si on ajoute un cylindre à l'arme, ça fait un élément supplémentaire susceptible de foirer, et en plus c'est encombrant et lourd. Est-ce qu'on n'aurait pas retrouvé un bout de plastique sur le fragment de balle extrait du cerveau de Diana Clayton ?

– Le FBI a avancé que cela devait provenir d'un revêtement entourant la balle, fabriqué en usine.

Rivers, haussant les épaules, attrapa sur la table un sac en plastique blanc du traiteur chinois et fourra le poing dedans, en pointant un doigt sur son interlocuteur.

– Toum, toum, lâcha-t-il. Dites à votre FBI bien-aimé de comparer leurs pièces à conviction à des sacs Glad, cuisine propre et sans odeur.

Scott plissa les yeux.

– Vous voulez dire qu'il s'est servi d'un sac-poubelle ? fit-il, incrédule.

Rivers opina.

– Oui, c'est cela. Cette technique s'appelle le bagging, et pour la discrétion, le côté pratique et une maîtrise optimale de l'arme, c'est imbattable, aucune technologie moderne ne fait mieux – il écrasa le sac dans sa main. Si vous ensachez soigneusement un pistolet et si vous opérez avec des balles légères qui ne produisent pas un bang supersonique, vous n'avez même pas besoin de silencieux. (Il frappa dans ses paumes.) Ça fait le bruit d'un claquement de mains, et non seulement vous récupérez les douilles, mais la moindre souillure restera prise au piège et vous obtiendrez un stockage propre, net et sans bavure.

Scott eut soudain l'air pensif.

– Les gaz brûlants le rempliraient comme un ballon, sans oublier le fait que cela dissimulerait l'éclair du coup de feu. C'est tellement... simple !

Rivers sourit.

– Un simple sac Glad, Jack, cela ne vous paraît pas une bonne blague ?

– Très drôle, Frank. Et comment ça marche ?

– C'est pas sorcier : vous collez juste l'arme dans le sac, vous vous entourez le poignet avec un élastique pour le fermer hermétiquement, vous serrez bien fort et ensuite vous appuyez sur la détente.

Scott se redressa contre le dossier de son siège.

– C'est une bonne chose que cela ne se sache pas davantage, dans ce monde de plus en plus rongé par la folie des armes à feu.

Rivers haussa les épaules. Les deux hommes demeurèrent silencieux quelques instants, commençant à digérer leur repas, ce qui engendrait en eux une sorte d'hébétude apaisée, après toutes ces heures passées sans avoir rien mangé. Au bout d'un petit moment, Scott bâilla profondément et Rivers s'accouda à la table.

– J'ai lu tout ce qui a été publié sur les tueurs en série, des études les plus sérieuses aux fictions les plus délirantes, et je ne saisis toujours pas, avoua-t-il.

– Vous ne saisissez pas quoi ? répondit le commandant, l'esprit ailleurs.

– Pourquoi tuent-ils, au juste ? S'ils ne sont pas malades et s'il ne s'agit pas d'un crime passionnel, alors quel est leur mobile ? Toutes ces interprétations tournent autour du pot, il doit y avoir quelque chose qui m'échappe.

Scott hocha la tête, songeur, en tendant la main au-dessus de la table pour prendre une cigarette. D'un geste sec du pouce, il actionna le vieux Zippo fatigué, aspira à fond et la fumée âcre et familière lui ramona les poumons.

– Pour saisir ce qu'ils sont, on n'a pas besoin d'avoir un diplôme scientifique. Voulez-vous que l'on prenne l'exemple de Zak ?

Rivers opina.

– Zak Dorani fait partie de ce que l'on appelle les T-Recs. Un tueur récréatif. Extérieurement, il semble parfaitement normal, il est d'une intelligence peu commune, éduqué, avec du savoir-vivre. Et pourtant il ne ressent rien... Il ne subsiste pas la moindre étincelle d'émotion dans son âme, s'il en a jamais possédé une.

Il se frappa la poitrine et Rivers fronça les sourcils.

– Vous voulez dire qu'il n'éprouve pas de sentiments ? lui demanda-t-il d'une voix qui trahissait la surprise.

– Il est ce que l'on appelle un désaffecté, un être totalement dénué d'émotions, et c'est la seule chose qui le différencie de vous ou moi. Vous saisissez le principe ?

Rivers réfléchit un instant.

– Bien sûr, je comprends ce que vous dites, mais cela me dépasse un peu. Aucune émotion. Ces T-Recs savent-ils ce qui leur fait défaut ? Je veux dire, à la place des émotions, qu'est-ce qu'ils ont ?

Scott eut un sourire, avant de poursuivre, d'une voix aussi dure que la pierre.

– Frank, pour une personne qui est privée de la vue, pour un aveugle, que représente la couleur ?

– Soit un souvenir, soit une notion abstraite.

– Exactement, fit Scott en clignant des yeux, et, sur le plan des affects, Zak est aveugle.

Rivers inclina la tête.

– Il n'a jamais ressenti la moindre émotion ? C'est vraiment bizarre. S'il ne peut rien ressentir, alors il s'apparente plus à un androïde qu'à un être humain.

– Banco ! Les émotions, c'est ce qui fait de nous des humains. Maintenant, prenez le cas de l'intelligence innée, du QI, si vous préférez.

Rivers acquiesça.

– Dans ce domaine, nous sommes inégalement dotés. Prenez Albert Einstein et comparez-le à toutes les pauvres créatures qui sont nées si déficientes intellectuellement qu'il leur est quasi impossible de formuler la moindre pensée. De la même manière, certains sont nés avec une base émotionnelle si maigre qu'ils sont comme éteints, tout juste humains, comme vous le dites si bien.

Rivers but une gorgée de café.

– Donc si l'un de ces individus éteints souffrait d'une forme de trauma, comme de la maltraitance à un très jeune âge, ça l'achèverait, il ne lui resterait rien ?

– C'est cela, Frank. En théorie, nous sommes tous dotés d'affects, mais certains d'entre nous sont nés avec à peine une lueur émotionnelle. Supprimez cette lueur et vous obtenez un désaffecté. Privé d'émotions, l'individu n'a plus aucun égard pour les souffrances des autres créatures vivantes et tout devient possible.

Scott se tut, Rivers se mordilla le coin de la lèvre, tournant et retournant cette notion dans sa tête.

– Une page blanche, un vide émotionnel... mais alors, pourquoi tuent-ils ? S'ils sont privés d'émotions, tuer ne devrait leur procurer aucune sensation, non ?

Scott se pencha vers lui.

– Revenons à notre exemple. Si vous étiez aveugle, que donneriez-vous pour connaître l'expérience de la couleur et les merveilles de la vue ?

– N'importe quoi, j'imagine.

– Et si vous étiez émotionnellement aveugle, que seriez-vous prêt à donner pour éprouver un peu de tout cela ?

Rivers eut un long soupir. L'idée commençait à poindre en lui.

– Je crois que je saisis le tableau. Vous êtes en train de m'expliquer que tuer leur permet de ressentir ?

Scott secoua la tête.

– Intégrez d'abord bien cette notion, qui n'est pas si simple. Si vous n'aviez pas d'émotions, à quoi ressemblerait votre monde ?

– Eh bien, fit Rivers en réfléchissant à haute voix, je suis sûr que ce ne serait plus très excitant, la vie serait très ennuyeuse, j'imagine. Est-ce que je pourrais faire l'amour à une femme ?

– Physiquement, vous en seriez capable, mais je regrette, le sexe ne provoquerait rien de plus chez vous qu'une hausse de votre tension et de votre rythme respiratoire. Alors, à ce compte-là, pourquoi ne pas aller simplement nager, si cela vous fait plus de bien ?

– Dans ce cas, je crois que je me rabattrais sur la lecture et je regarderais du sport ou des films à la télé. Mais sans émotions, quel intérêt ?

Cette remarque amusa Scott.

– Vous commencez à comprendre nos sujets. Faute d'un impact au niveau émotionnel, plus rien ne compte. Sans émotions – il se massa la poitrine, du côté du cœur –, les problèmes, les événements, les personnages, la comédie et le drame de la vie, tout cela ne revêt plus aucun sens, si ce n'est sur un plan purement intellectuel. Sans émotions, rien ne compte, c'est comme se retrouver tout seul pendant toute une vie au milieu d'un grand désert gris, sans hauts ni bas, sans pics ni vallées, rien qu'une atroce monotonie.

– Donc vous avez recours à des constructions mentales, vous vous lancez des défis, vous tentez de briser l'ennui par ce biais ?

– C'est à peu près ça. Sans garde-fous émotionnels, l'intellect pur et dur l'emporte sur tout. À mesure qu'ils avancent dans la vie, ces individus sont incapables de saisir ce qui fait sourire les autres, ce qui les fait rire, ce qui les chiffonne ou même ce qui provoque les larmes, et personne ne serait en mesure de le leur expliquer ; ce serait comme de décrire la couleur à un aveugle.

Captivé, Rivers ouvrit de grands yeux.

– Mais ils doivent bien laisser échapper quelque chose, sinon ils seraient semblables à des mannequins dans une vitrine, ce qui les rendrait aisément repérables.

– Là encore, vous avez raison, Frank. Enfants, ils apprennent à identifier ce déficit flagrant qui les met plus ou moins à l'écart et ils se bâtissent une sorte de façade émotionnelle, en reproduisant les émotions telles qu'elles devraient être. (Ses lèvres s'entrouvrirent sur un rictus étrange.) Qu'est-ce que c'est, ça ? demanda-t-il, en se désignant le visage.

– Qu'est-ce que j'en sais, moi ? fit Rivers en gloussant. Vous me montrez les dents.

– Bien sûr, montrer les dents, c'est sourire, n'est-ce pas ? Souvenez-vous que vous êtes incapable de la moindre émotion intérieure, vous ne comprenez pas ce qu'est la joie. Quand les gens normaux ressentent une émotion, ils réagissent physiquement, par le rire quand c'est de la joie, par les larmes si c'est de la tristesse, par la violence si c'est de la haine, ce genre de chose, mais le point important, c'est qu'en général, tant que nous ne manifestons pas l'une de ces émotions, nous ne remarquons rien. Tout cela participe d'une seconde nature, la pensée ne s'en mêle tout simplement pas.

Rivers en resta bouche bée.

– Bordel de merde, Jack, vous êtes en train de me raconter que ce sont des perroquets humains ?

– Plutôt des acteurs accomplis et leur numéro est très réaliste. Ils apprennent tout seuls à déclencher ou à effacer ces émotions affichées, mais dès qu'ils fréquentent un peu trop longtemps les mêmes personnes, ils commettent certains faux pas qui les trahissent, montrant qu'ils jouent la comédie. Ils sourient au mauvais moment, ou même pire, ils s'emmêlent dans leurs manifestations émotionnelles.

Rivers s'adossa à son siège, l'air pensif.

– Je crois comprendre. Mais quand ils tuent, ont-ils une réaction ?

– Précisément. Cette infime étincelle d'émotion qui subsiste en eux ne se déclenche que lorsqu'ils se livrent aux comportements humains les plus extrêmes, comme le meurtre, qui implique aussi quelques réactions physiques assez uniques en leur genre. Quiconque a déjà tué son prochain le sait : un changement s'opère dans le corps, quel que soit le degré d'intensité des émotions que vous éprouvez. La plupart des anciens combattants ont éprouvé cette sensation, si primitive soit-elle.

– Je me souviens, dit Rivers d'un ton posé. Tout d'un coup, le corps et l'esprit sont en proie à une fureur démoniaque et, au milieu du chaos, tout devient clair comme le jour, vous avez la sensation d'accéder à une forme de complétude. Nom de Dieu ! C'est ça qu'ils cherchent à tout prix ?

– La réaction au meurtre et la réaction émotionnelle sont très similaires, aussi semblables que peuvent l'être deux vrais jumeaux. Quand nos émotions nous excitent à l'extrême, notre corps subit des modifications radicales, pression artérielle, altérations de la formule sanguine, respiration, activité gastro-intestinale, érection capillaire, taille de la pupille, transpiration, tout ce que vous voudrez... et tout cela découle de la sensation. Voici un exemple évident dont je me sers avec mes étudiants : ce que l'on appelle la crainte de l'échec, le trac. Vous avez déjà ressenti cela ?

– Absolument.

– C'est généré par l'émotion et nous considérons cette réaction comme normale, sauf si cela débouche sur un ulcère. Mais si vous étiez « désaffecté » au plan fonctionnel, vous ne pourriez ressentir aucune sensation de cet ordre sans l'aide de médicaments...

– Ou sans tuer, répliqua sombrement Rivers. Vous vous sentez très différent, le corps et les sens en folie.

Scott respira profondément.

– Les T-Recs finissent par devenir accros à cette ivresse, à ces sensations qui miment la réaction émotionnelle à l'intérieur de leur corps, et c'est ce qui chez eux se rapproche le plus de la sensation, des émotions, de la rupture de cette uniformité si morne qui noie toute leur pauvre existence. Tuer est leur source d'excitation, et encore, c'est très bref.

– Nom de Dieu, fit Rivers dans un soupir, ce Zak est vraiment un monstre à sang-froid.

– Il n'existe pas d'individus plus froids : aucune hésitation à tuer, aucune répulsion devant le spectacle de la douleur ou la vision du sang, aucun remords. Froids et calculateurs. Quand vous dépouillez un être humain de toute émotion, tout ce qui vous reste, c'est l'intellect, la faculté de raisonner sans le contrôle de la conscience. Tout devient possible et ils se perçoivent comme des individus supérieurs. Pour eux, nous ne sommes que des poissons dans leur aquarium.

Rivers était abasourdi.

– Alors qu'en pensez-vous ? lui demanda Scott en tendant la main par-dessus la table pour lui emprunter sa tasse de café et en boire une gorgée. Mon service travaille actuellement sur douze meurtres en série et, sur ce total, huit concernent des individus comme ce Zak.

Il observa un temps de silence et dévisagea son interlocuteur, dont les yeux se réduisaient à deux fentes, sous l'effet de la concentration.

– En somme, il éprouve une lueur d'émotion, qui s'ajoute à cette ivresse physique, elle-même plus intense que tout ce qu'il peut ressentir dans son existence, comme un aveugle qui verrait un éclair de couleur avant de sombrer à nouveau dans l'obscurité.

– Exact, et, entre ces épisodes, ils vivent de leurs fantasmes, repensent à ce qu'ils ont fait et imaginent ce qu'ils aimeraient faire. Leurs fantasmes les soutiennent et, en même temps, ils les stimulent.

– Ils violent toujours avant de tuer ?

Scott opina.

– Pour des hommes comme ceux-là, les êtres sont des objets à posséder, puis à détruire, le sexe est leur prise de pouvoir ultime avant l'exécution ; à part ça, ça leur est indifférent, ce n'est qu'un acte physique comme un autre. Ils meurent d'envie d'exercer leur pouvoir sur leurs victimes ; pour eux, le sexe est le pouvoir et ils confondent cela avec les sentiments que nous associons normalement avec l'acte sexuel. Et puis leur désir de maîtrise s'étend à nous, les autorités, nous sommes un élément dans leur volonté de possession. C'est là encore une autre forme de viol, si vous voulez.

– Je ne vous suis plus, avoua Rivers.

– Une volonté de domination de la pire espèce. Avez-vous remarqué à quelle période ont été découvertes les Clayton, les deux fillettes assassinées, qui étaient habillées pour l'école ?

– Le dernier jour de mars.

Scott opina.

– Dans le cas présent, un T-Rec est sorti de son égout en rampant et il m'a lancé un défi, à moi, un pauvre imbécile qu'il cherche à dominer et à briser. Pour lui, tout cela n'est qu'un poisson d'avril, fit-il avec une résignation chagrinée, rien de plus...

Sa phrase resta en suspens et Rivers sentit l'émotion le submerger. Quelle qu'en soit la cause, il en avait la gorge nouée de compassion, face à Scott qui s'était tu, le regard perdu dans le vide.

– À une époque, j'ai connu un type incapable d'exprimer la moindre émotion, raconta Rivers, et il se peut qu'il n'en ait jamais ressenti aucune, en effet. Quand il souriait, c'était irréel, comme si son visage n'était qu'un masque de caoutchouc qu'on aurait pu lui arracher. Ce salopard adorait la guerre, il découpait en tranches le cœur de ses victimes et les filait à bouffer à ses chiens.

Scott hocha la tête.

– C'est que je suspectais. Le major Bradford Dunn ?

À ce nom, aussitôt, l'autre se crispa, la mâchoire contractée, le regard de glace. Scott tendit calmement le bras au-dessus de la table, lui posa la main sur le poignet.

– Je ne suis pas en train de jouer les inquisiteurs, Frank, je suis simplement préoccupé. Vous ne vous ouvrez à personne, vous restez très silencieux, et parfois ce n'est pas sain. Cela restera entre nous, lui assura-t-il avec bienveillance. Peut-être que cela vous aiderait un peu de parler.

Rivers se redressa sur sa chaise et scruta son aîné, assis en face de lui.

– Eh bien, fit-il en lâchant un soupir, l'air perturbé, je ne sais pas au juste en quoi cela pourrait m'aider, Jack. C'était il y a très longtemps. Je n'étais qu'un gamin, vraiment jeune et vraiment très stupide.

L'autre sourit.

– La jeunesse est stupide, Frank, on est tous passés par là.

L'inspecteur acquiesça.

– Pendant des années, j'ai cru que le major était mon meilleur ami, mais ce n'était pas le cas... (Et soudain sa voix s'étrangla.) Je vais vous dire, Dunn aimait répéter que le Vietnam représentait pour nous l'enfance à laquelle nous n'avions jamais eu droit. Ça en dit assez long, non ?

Le commandant hocha la tête.

– Oui, répondit-il, l'air sombre, et comment le major Dunn vous a-t-il déniché ?

Cette question fit sourire son interlocuteur, qui s'adossa à sa chaise.

– C'était un psychologue, un expert des guerres propres, donc ce n'était pas très compliqué.

Scott secoua la tête et Rivers se leva, s'écarta de la table, puis se courba lentement en avant, en écartant les mèches de sa tignasse. Il avait au sommet du crâne une longue déchirure, bien visible sur la peau, où les cheveux ne repoussaient plus, et la cicatrice proprement dite ressemblait à un gros ver de couleur claire. Il se rassit, avec un sourire contraint.

– Ce n'est pas au Vietnam que vous vous êtes fait ça ?

– Nan, Jack, ce petit tatouage me vient du bal de ma classe de terminale. Je sortais avec l'une des plus jolies filles du lycée. Enfin, bon, nous étions fin prêts pour ce grand jour, j'avais loué un costume et je m'apprêtais à passer la prendre chez elle, quand il s'est produit un truc étrange...

Il s'interrompit et regarda vers le ciel. Scott vit bien qu'il avait du mal à poursuivre.

– Qui vous a fait du mal, Frank ?

– Eh bien, lâcha-t-il en soufflant un bon coup, j'avais demandé à mon père les clefs de sa voiture et il avait accepté, mais au moment où j'allais franchir la porte ce soir-là, continua-t-il avec un geste désabusé, il m'a fracassé une bouteille de whisky sur le crâne...

Scott grinça des dents.

– Les guerres propres, Jack, ce sont celles que l'on ne peut pas gagner. Tout y est très secret, et c'est avant tout la honte et le déshonneur qui les rendent si difficiles à livrer. Comme je vous l'ai dit, c'était il y a longtemps.

Là-dessus, il avala une gorgée de café et alluma une cigarette.

– Et ensuite, que vous est-il arrivé ?

– Au Vietnam ?

Scott fit non de la tête.

– Ce soir-là, que vous est-il arrivé, à vous et à votre famille ?

– Bon sang, je ne sais pas, rien qui sorte de l'ordinaire, enfin en tout cas ma mère n'y pouvait rien. J'ai passé ma soirée de fin d'études avec Jimmy Cooley le long du canal, un endroit où personne ne pouvait nous trouver. Il m'a posé des agrafes sur le cuir chevelu, pour que ça coagule d'ici le lendemain matin...

– Sainte mère de Dieu, fit Scott en respirant péniblement, pourquoi n'êtes-vous pas allé à l'hôpital ?

Rivers sourit, visiblement amusé par cette idée.

– Vous n'avez toujours pas compris dans quelle ville vous êtes, Jack. Vous avez lu l'article de *Tempo* sur Elmer, sur la nature de son crime, et vous avez aussi vu comment ils parlent de sa mère ?

– Oui.

Scott paraissait déconcerté.

– S'il y avait eu un rapport de police, ces mêmes petits charognards auraient anéanti ma propre famille en public, sauf qu'aujourd'hui ils sont bien pires, c'est une nouvelle génération, ils ont progressé. Tout ce qu'il faut pour devenir une cible valable, c'est avoir une certaine renommée, et mon père était bien connu, il possédait une grosse boîte de plomberie. Si les gens avaient su qu'il battait sa famille, nous aurions fini sur la paille et ensuite tout le monde serait mort de faim. Alors à quoi ça aurait servi ? Heureusement pour nous, un voisin qui avait entendu ce qui s'était passé a eu le bon sens d'appeler les Cooley plutôt que la police.

– Et donc le major Dunn a remarqué votre cicatrice ? insista Scott, mais il était clair que Rivers n'irait pas beaucoup plus loin.

– Bien sûr, Jack, il savait de quel côté chercher. Vous savez, c'est drôle les souvenirs que l'on conserve : aujourd'hui, je m'imagine encore le vieux Cooley regardant *Sur le pont, la marine !* quand il a reçu ce coup de fil. Jimmy n'avait que quinze ans, mais son père, plutôt que de manquer la série, l'a laissé prendre le volant du camion. On en rit encore, parce que c'était une série assez crétine.

– Je me souviens, fit Scott avec un sourire contrit. Et peu après avoir rencontré Dunn, vous vous êtes retrouvé embarqué dans un programme pilote avec d'autres garçons issus de foyers difficiles ?

Rivers eut un petit gloussement.

– Ces foyers n'avaient rien de méchant, Jack, c'était juste les gosses qu'on maltraitait. Aujourd'hui, j'ai bien digéré tout ça.

Son supérieur opina, les yeux vides, en buvant une gorgée de sa tasse de café froid.

– Par contre, Jack, fit l'inspecteur en secouant la tête, ce qui me fait peur, c'est quand je lis qu'en grandissant les victimes de maltraitance sont privées de leurs émotions, ou pire encore, qu'elles infligent à leur tour ces mauvais traitements à d'autres. Vous avez probablement remarqué que je ne suis pas très sociable.

– Eh bien, je ne sais pas si c'est vrai, Frank. Vous êtes sans doute un peu froid au premier abord, mais à l'évidence vous ressentez les choses très profondément. Est-ce pour cela que vous n'êtes pas marié ?

L'autre acquiesça.

– Elle voulait des enfants, j'avais peur de moi-même, de ce que j'aurais pu faire...

Le commandant lâcha un filet de fumée.

– Navré, fit-il avec un sourire, mais vous n'avez pas à vous inquiéter, à moins que vous n'ayez un jour levé la main sur...

– Mon Dieu, non ! le coupa l'autre, en le fixant d'un regard mauvais. Ne dites pas ça.

Le commandant eut un sourire bon enfant.

– Vous exigez cela de vous-même, manifestement, alors pourquoi vous en faire ? Fiez-vous à vos sentiments et le reste suivra. Frank – il posa sur lui un regard inquiet –, vous ne voyez pas à quel point vos doutes sont ridicules, quand vous parvenez à vous lier aussi vite avec un jeune garçon comme Elmer ?

– Eh bien, soupira-t-il, ce gamin est très particulier.

– C'est certain. (Scott balaya cette réflexion d'un revers de main.) Je ne crois pas que vous vous souciez tant que ça de savoir quel enfant est en danger, la chose vous atteint plus en profondeur. Vous êtes un homme bien, Rivers, partez de là et avancez dans la vie. Si vous ne vous fiez pas à vous-même, fiez-vous à moi.

– Mais vous, êtes-vous un bon juge de la nature humaine ? répliqua-t-il en souriant enfin.

– Le meilleur qui soit.

Et ils continuèrent de parler jusque tard dans la soirée, en s'efforçant de comprendre ce que l'un et l'autre étaient devenus dans l'existence et pourquoi.

Ils attendaient leur heure.

Ils tuaient le temps en rouvrant des blessures.

29

18 H 20,
GOLFE DE FLORIDE

Suspendu au ras de l'horizon, un soleil colérique s'enflamma une dernière fois avant de sombrer de l'autre côté du monde. Le golfe du Mexique était d'un calme inhabituel, et les rayons plongèrent au travers d'un miroir vert et tranquille, avant de se consumer dans d'ultimes lueurs surnaturelles.

Au-dessus d'eux, des nuages épars vibraient d'une lumière incandescente, projetant leur ombre et, avec la lumière déclinante, les couleurs changèrent. Sous l'avancée des nuages, les dunes étaient parcourues d'ombres. Très loin sur la droite, une anse s'était transformée en rivière de feu mystique, évoquant des doigts de lave blanche et fumante.

– La plage a l'air vivante, s'exclama Carol Barth, laissant échapper un soupir enchanté, le bras tendu vers la côte.

Pour son amie, Lacy Wilcott, tout ce spectacle était comme une immense planète rouge en explosion, car elle était née et elle avait été élevée dans un endroit qui s'appelait Moxie Pond, une petite bourgade rurale de l'ouest du Maine. Elle ne s'était jamais aventurée si loin au sud.

– Nous sommes dans un autre monde, répondit-elle, la voix pleine d'un émerveillement feutré. À quelle distance sommes-nous de l'équateur ?

– Assez près pour que même les palmiers aient l'air différents, dit Carol.

Elles étaient étudiantes en première année à l'université Loyola de La Nouvelle-Orléans et s'étaient accordé de brèves vacances avant de regagner leur domicile pour l'été. Carol venait de Newport News, en Virginie. Elles étaient sur la route depuis deux jours et elles avaient passé leur après-midi à visiter les jardins botaniques de Selby à Longboat Key.

Lacy Wilcott était une jeune fille de dix-neuf ans, timide et joliment faite, la peau claire et les cheveux blonds sable, vêtue de manière décontractée, avec un pull rose à col V et un short blanc. Carol Barth avait le même âge, elle était juste plus grande et excessivement mince, avec des cheveux noirs et des yeux violets accentués par un haut sans manche bleu pastel et un short assorti, pincé à la taille, mettait en valeur ses longues jambes. Elles s'adossèrent toutes deux à une Pontiac Firebird, la seule voiture garée sur ce promontoire spectaculaire de Coral Cove, en bordure de la vieille route côtière. Elles se laissèrent envelopper par une brise saline et rafraîchissante.

– Qu'est-ce que t'en dis ? demanda Carol, alors que les dernières lueurs du jour s'évanouissaient dans un halo orangé.

Courbée en deux, elle retira ses chaussures bateau en toile bleue qu'elle balança sur la banquette arrière, par la vitre.

– J'ai le ventre qui grogne, acquiesça-t-elle. Je pense qu'on pourra être à Fort Myers pour minuit.

– On se trouve quelque chose à manger sur la route, tu as très faim ?

– Un truc à grignoter, ça m'ira, la première boutique à peu près propre que l'on croisera. J'ai aussi besoin d'aller aux toilettes.

– Je vote pour, trancha vivement Carol, et elles remontèrent dans la Firebird et refermèrent les portières.

C'était le tour de Lacy de conduire. Elle avança le siège et boucla sa ceinture pendant que son amie allumait la radio, en cherchant un bulletin météo.

– Il doit faire 35 degrés, fit-elle. Je suis encore en nage.

– C'est l'humidité, suggéra Lacy. D'ici quelques heures, on sera obligées de remettre nos blousons.

Et du côté des nouvelles locales, les recherches entamées pour retrouver la petite Lisa Caymann, âgée de huit ans, se sont achevées hier soir en tragédie quand on a découvert son corps au bord de la route 41, à Saint Petersburg. Lors d'une conférence de presse ce matin, le capitaine Duncan Powell, chef de la police d'État, a évoqué ce qu'il a qualifié d'« atrocité insensée »...

Une voix au ton officiel emplit les haut-parleurs et Carol Barth inséra une cassette dans la fente du lecteur, avec un soupir troublé.

– Quel genre de malade a pu faire un truc pareil ?

– Des bêtes sauvages, répondit Lacy, et elle régla le volume du son en engageant la Firebird blanche dans la circulation.

Ce soir-là, sur la route de Venice, la mer était d'un calme inhabituel et elles discutèrent de leur avenir comme le font les jeunes gens, comme si le temps était un ami durable que l'on courtise et que l'on façonne sans se presser. Et elles se remirent à parler de la faculté des arts et des sciences, en écoutant du rock, roulant vers un destin que leurs jeunes esprits n'auraient jamais pu imaginer.

La serveuse arriva avec un plateau et commença à débarrasser la table d'un Gregory Corless écumant de rage et d'un Seymor Blatt tétanisé. C'était juste après le coucher du soleil et, depuis le petit déjeuner, les deux hommes ne s'étaient quasiment pas adressé la parole.

– Rien d'autre ?

La serveuse se tenait prête avec la note.

– Non, rien, répliqua sèchement Blatt.

La femme s'éclipsa et Corless, la tête rentrée dans le cou, avança son visage replet au-dessus de la table et d'une épaisse flaque de sirop d'érable qui, quelques instants auparavant, recouvrait encore une imposante pile de gaufres. Il avait la figure écarlate, enflammée de haine, la voix étouffée par la colère.

– Comment il l'a su, bordel ? fulmina-t-il discrètement, les yeux brûlants de mépris. Comment ce flic a su qu'on était deux ?

Après une demi-heure de musique douce sans pause publicitaire, les haut-parleurs situés juste au-dessus de leurs têtes claironnaient les infos du soir et les deux acolytes avaient entendu l'annonce de la mort de Lisa Caymann qui, à en juger par l'expression des visages d'un bout à l'autre du Wayside Pancake House, faisait visiblement son effet.

En entendant ces infos, un camionneur costaud attablé au comptoir avait jeté sa serviette par terre et l'avait piétinée, et un autre avait pivoté sur son tabouret de bar, en frappant du poing dans sa paume. Tout au bout, près de la caisse, une femme d'un certain âge fondit en larmes ; une autre caissière, plus jeune, venait de lui expliquer en détail ce qui s'était passé, avant de se rendre en cuisine en passant devant les deux hommes.

Dans le reportage, un capitaine de police mettait les automobilistes en garde à propos de deux hommes, un gros et un maigre, ayant tous deux autour de la quarantaine, et qui voyageaient ensemble.

– J'en sais rien, Greg, couina Blatt, sur les nerfs, j'sais pas où il est allé chercher ça, mais ça me fout la pétoche.

Ses ongles grattaient la nappe en vinyle doré et il observait les visages des clients qui venaient dans leur direction, se dirigeant vers les toilettes des messieurs situées dans le couloir, chacun de ces inconnus lui inspirant une sensation de menace.

– Tu as saisi son nom, tu as entendu le nom du flic ? chuchota Corless, en se masquant le visage d'une main.

– Ah, non, non, j'ai pas entendu.

– Espèce de connard, grogna Corless en se renfonçant dans son siège et en balayant la petite salle à manger du regard.

Ils restèrent silencieux un moment. Il sirota son café et l'autre termina son lait.

Et puis Blatt reprit la parole.

– Je crois qu'on ferait mieux de sortir l'un après l'autre, Greg.

Instantanément, la figure de son gros acolyte se transforma en masque rubicond, pétri de colère.

– On part ensemble, ce flic sait rien, absolument rien, siffla-t-il en essayant de lui imposer le silence, rien qu'avec ses yeux.

– Eh ben, j'aime pas ça, chuchota Blatt, inquiet. Comment il a pu le savoir ?

– La ferme, siffla Corless, toujours en se masquant la bouche.

Mortifié, Blatt plissa les paupières. L'attitude méprisante de Gregory à son égard le mettait hors de lui et ils n'avaient pas arrêté de se quereller, toute la journée.

Exactement comme l'avait suspecté Jack Scott dans son analyse de cette affaire, depuis la nacelle du ViCAT, leur relation était minée par la culpabilité en la personne de Seymor Blatt – il n'avait pas voulu tuer Lisa Caymann, au contraire, il avait même insisté pour qu'on la laisse vivre, mais il avait fini par couvrir son corps nu d'une couverture.

À ses yeux, Lisa était un spécimen angélique, souffrant d'un chevauchement très prononcé des incisives, mais avec un traitement, il le savait, elle serait devenue une belle femme fort agréable. Il avait le sentiment que son associé l'avait trahi. Il se pencha au-dessus de la table.

– Lessa, balança-t-il d'une voix atone, en regardant l'autre se tortiller dans son siège, embarrassé par ce mot absurde, puis se tourner face au mur. (Blatt attendit.) Lessa, balança-t-il de nouveau, et Corless détourna le regard.

Toute cette journée, Seymor Blatt avait usé une centaine de fois de ce mot-là, dépourvu de sens pour qui que ce soit d'autre, et il s'en servait comme d'une matraque pour cogner sur le gros, une manière de le provoquer à chaque étape de leur itinéraire.

– Tu peux pas laisser tomber, non ? l'avait supplié Corless à la sortie de Sarasota. Tu connais les règles. Et des qui te plairont, il y en aura d'autres.

Mais, en ce 10 avril 1989, Blatt n'était pas de cet avis : il avait décidé que cette fille, Lisa Caymann, était à lui, voilà tout, c'était l'enfant de ses rêves. Depuis, à chaque nouvelle étape, il ne cessait d'enfreindre leurs règles. Des années auparavant, ils avaient fait un vœu solennel : une fois que leur petit jeu était terminé, dès que c'était fini, on n'en discutait plus.

La « feuille de route ». Il s'en souvenait, Corless lui avait tout expliqué et, à l'époque, Blatt était tombé d'accord. Mais maintenant il s'en moquait.

– Pourquoi tu lui as fait ça ? s'était-il exclamé, devant des œufs et un café, mais le gros ne lui avait pas répondu. Pourquoi tu voulais tellement lui faire du mal, à Lisa ?

– Je lui ai fait aucun mal, avait-il répliqué posément, l'air presque absent.

– Mais il ne restait plus rien d'elle.

– Je voulais pas lui faire de mal, avait sifflé le gros Corless, en parlant très bas, tout en trempant son beignet fourré aux fruits. Je voulais l'anéantir, c'est pas la même chose.

Blatt entendait encore ces mots et, à cet instant, dans ce brouillard mental, il sentit sa colère le reprendre et il se pencha vers l'autre.

– Lessa, siffla-t-il subitement à l'oreille de son comparse. Lessa, Lessa, Lessa !

Le son de ces sifflantes suffisait à horrifier Corless qui, à cette minute, oublia que personne d'autre dans ce bistro n'était en mesure de comprendre la signification de cette voix qu'imitait Blatt.

À cause de ses dents mal placées, Lisa Caymann était affligée d'un zézaiement.

Lessa, c'était ainsi que l'enfant prononçait son propre nom.

À 20 heures, les deux étudiantes dans la Firebird blanche et les deux acolytes à bord de leur van Dodge louvoyaient dans le trafic. Cette fois, Blatt avait pris le volant et il refusait que Corless en profite pour consulter son album à la lumière du plafonnier ; il avait même râlé quand l'autre avait voulu allumer la lampe située à l'arrière, dans la partie utilitaire du véhicule.

À cette heure-là, Lacy Wilcott combattait la monotonie de la route et un petit accès d'abattement.

– Je vais travailler tout l'été, mais je préférerais aller à la fac, dit-elle d'une voix qui trahissait le malaise. Mon père veut que je passe mon diplôme d'agronomie et ensuite que je gère la ferme. Selon moi, le truc qui marche de mieux en mieux, c'est le paysagisme, alors on se dispute...

– Méchamment ? demanda Carol, préoccupée.

Lacy fit non de la tête.

– Pas du tout. On se chamaille et je déteste ça. Quand mon frère a choisi le droit comme matière principale, papa l'a menacé de le déshériter, mais maintenant il l'appelle toutes les semaines pour voir comment se déroulent ses études. C'est très stressant de gérer une ferme, je comprends bien ça.

– Il ne te retirera pas de la fac, quand même ?

Lacy sourit.

– Non, une fois qu'il aura accepté le fait que ses enfants ont leurs projets bien à eux, il nous soutiendra probablement.

– Toi, au moins, tu as eu ton frère pour ouvrir la voie, mais moi, je suis l'aînée et mes parents pensent que je vais faire infirmière ; ils vont avoir une grosse surprise.

– Alors tu vas leur annoncer ?

– Qu'est-ce qu'il y a de mal à enseigner ? Je préfère traiter les ignorants que les malades. Essaie ça, proposa Carol. (La fumée lui brûla les poumons et elle retint son souffle. Elle avait allumé un joint qu'elle avait mis de côté tout le semestre et le tendit à sa copine.) Qu'est-ce qu'ils peuvent bien fabriquer à Pork City, à l'heure qu'il est ? demanda-t-elle.

– À Moxie Pond ? fit Lacy, amusée par l'expression. À 22 heures, tout le patelin se rassemble au Stock and Feed, à boire de la bière et à guetter les premières mouches, qu'ils claquent à coups de lavette mouillée. « Tiens, celle-là, c'était une damoiselle à tête bleue », dit-elle de sa voix la plus virile en flanquant une tape sur le tableau de bord.

Carol éclata de rire.

– Tu plaisantes ?

– Oh, peut-être un tout petit peu, admit Lacy. Et au chantier naval, ils se tapent la patrouille antirouille du samedi soir ?

– Non, ils veillent tard et ils se font du mouron pour la Navy, les coupes budgétaires, ce genre de chose. À les entendre, le gouvernement ne commande jamais assez de bateaux et, quand le sujet commence à sentir le rance, ils discutent des ouvriers de la métallurgie, ceux de Groton, qui construisent des bateaux de seconde zone.

Elles étaient sur la route depuis une heure quand elles dépassèrent un panneau annonçant *Toilettes/Épicerie/Essence.*

– Allez, on l'essaie, suggéra Carol.

– Ça doit être à environ un kilomètre, je crois l'avoir lu, fit Lacy, et elle guetta une sortie en tenant mollement le volant.

Assez vite, elles empruntèrent une bretelle bordée d'arbres en direction d'une petite route qui leur rappela à toutes deux les voies rurales des bourgades où elles avaient grandi.

Au croisement, au milieu d'une plate-bande infestée de mauvaises herbes, un panneau stop tout penché et criblé de chevrotines vous accueillait.

– Bienvenue à Charcut' City, se moqua Lacy, en ralentissant un peu, avant de se diriger vers l'épicerie dotée de deux pompes à essence et d'un panneau d'affichage en guise d'enseigne, éclairé par des néons.

– Grafton's General, annonça Carol, je sens presque d'ici les pastilles bleues dans la lunette des toilettes, je parie que ça n'a plus été récuré depuis dix ans.

– On peut aussi remettre à plus tard, suggéra son amie en freinant, et elle inspecta le parking et l'échoppe.

Le tout était bien éclairé et semblait plutôt propre, vu de l'extérieur. Carol se passait un bâton de gloss sur les lèvres.

– Qu'est-ce que ça peut foutre ? fit-elle avec un haussement d'épaules.

Lacy donna un coup de volant et s'avança au pas vers l'orée de la petite aire de stationnement, du côté du réverbère très lumineux qui réduisait les ombres.

Il y avait là deux voitures garées côte à côte, une vieille Coccinelle Volkswagen et une Buick Skylark neuve, immatriculée dans le New Jersey. Après ces deux-là, il y avait un camion de livraison et un van cabossé, garés le cul contre le trottoir. Manifestement, ils ne servaient que dans la journée.

Le caisson arrière du van était devenu une sorte de salon de beauté noyé dans la vapeur et, avec l'humidité générée par la chaleur du moteur, des gouttes d'eau ruisselaient sur les cloisons. Gregory Corless était assis sur son derrière, il changeait de chemise et suait comme un porc – et Seymor Blatt trouvait que c'était vraiment à cela qu'il ressemblait.

Installées là à discutailler, les deux acolytes étaient tous les deux lassés l'un de l'autre. Quand ils parlaient, leurs propos paraissaient déconnectés, leurs discours se croisaient comme s'ils n'avaient rien en commun. Ils sentaient leur partenariat se désagréger. Ils en avaient l'un et l'autre conscience, et Blatt s'inquiétait de la fréquence des reportages à la radio.

Les portes arrière du van étaient ouvertes sur une haie formant un mur épais les protégeant des regards et l'air frais de la nuit pénétrait dans leur intérieur malodorant.

– Je trouve qu'on devrait rentrer chez nous, gémit Blatt, et sa pomme d'Adam allait et venait le long de son gosier décharné.

Il avait retiré sa prothèse dentaire, dévoilant ainsi ses dents véritables, une rangée de piquets gris, pointus et d'aspect fragile, plantés dans ses gencives. Sans ses faux chicots, Corless lui trouvait l'air d'un réfugié du goulag.

– Ce flic, Duncan Powell, il cavale après son ombre, assena Corless.

La découverte du corps de Lisa Caymann faisait l'objet de communiqués répétés, d'heure en heure, et c'était à peu près tout ce qui les préoccupait.

– Des types qui circulent à deux sur les routes, il y en a des centaines, poursuivit-il, des camionneurs, des touristes, des campeurs, même des motards, il ne sait rien de rien, même si ça me plairait bien de comprendre comment il a pu deviner que t'étais une petite lavette maigrichonne.

– Qu'est-ce qu'il sait d'autre sur nous, Greg ?

– Rien, s'ils avaient une description, ils l'auraient diffusée, et personne nous a vus, c'est sûr. En plus, c'est pas la première fois qu'on tente le coup du kidnapping dans le jardin, on est des experts, beaucoup trop forts pour eux.

– Je sais pas, gémit encore Blatt, mais on devrait pas rester plantés là. Et si un flic débarque ?

Dans le flot de lumière qui entrait par une fenêtre latérale, ses dents avaient l'air de petits clous gris et Corless était sur le point de lui suggérer de se rincer la bouche et de se recoller sa saleté de bridge quand ils entendirent une voiture s'approcher depuis la route.

Corless coupa aussitôt le plafonnier et Blatt s'efforça de récupérer ses fausses dents dans une trousse.

La voiture se rapprocha dans un crépitement de gravier, ralentit pour une inspection du parking. Ce qui fit naître chez Blatt de sombres visions – il courait dans les bois pour sauver sa peau, des gens lui déchiquetaient les chairs, un bouseux de shérif le regardait saigner à mort.

– Greg ? gémit-il.

La lèvre retroussée, Corless fantasmait sur une fille qu'il n'avait encore jamais vue, lui arrachant ses vêtements, lui imposant de cruelles exigences. Un moteur s'éteignit sur leur gauche et ils sentirent la musique rock faire vibrer la paroi intérieure du van. Un chorus de cuivres fut aussitôt suivi par un silence. Et par des voix. Deux voix au moins, peut-être davantage.

– Va à la porte de derrière, fit-il tout bas, en boutonnant sa chemise, et il rangea son album dans une boîte à archives dont il referma le couvercle. Et ne fais aucun bruit, on repartira après eux.

Blatt l'ignora ; il se dressa sur ses genoux, puis entrouvrit les rideaux de deux ou trois centimètres, jeta un œil par la fenêtre, juste pour s'assurer que ce n'étaient pas des flics. À l'heure qu'il était, il ne se fiait même plus à ses propres sens et il ne voyait que le haut du visage de la conductrice, tandis que la fille qui se trouvait à la place du mort n'était qu'un torse, une main extrayant une cassette de l'autoradio, avec dans l'autre un mégot de joint. Blatt poussa un soupir de soulagement et, tordant son maigre cou, s'adressa à son acolyte.

– Elles sont deux, chuchota-t-il, et je crois bien qu'elles sont en train de se défoncer.

Corless éructa quelque chose sans desserrer les dents, en se déplaçant gauchement sur les genoux et le van oscillait sous sa masse tandis qu'il refermait les portes lentement, soigneusement, aussi silencieusement que possible, tous ses gestes trahissant une extrême animosité. Rassuré quant à la présence d'éventuels chiens policiers, délivré de ses craintes, Blatt lâcha de nouveau un soupir et se délecta de la vue plongeante qu'il avait sur l'intérieur de la Firebird blanche.

– Elle me plaît beaucoup, fit-il, et Greg Corless, de retour à côté de lui, lui flanqua une tape sur la tête.

– Tu disais qu'elles étaient deux, alors perds pas ton temps, répliqua-t-il.

Et cela fit sourire Blatt, qui pensait à Lisa, réfléchissant à un moyen de faire payer ce gros lard. Ces filles étaient attirantes et il suffirait que Corless les reluque un coup pour que ça le rende dingue, ça, il le savait.

Du fait de la règle de l'unique, Blatt savait que ce lourdaud allait entrer en hyperventilation, peut-être même subir un arrêt cardiaque. *T'en lèves qu'une à la fois, sans quoi elles te foutront les foies*. C'est ce que Corless aimait répéter, partant du principe qu'enlever une fille était facile, mais qu'avec deux ou davantage, le risque que cela tourne mal était trop important. Blatt sourit ; cette fois Gregory Corless allait être mis en présence d'un fruit qu'il ne pourrait cueillir et il se vautra avec délices dans ce petit plaisir. Il regarda la bouche de Lacy Wilcott – occupée à discuter, elle avait les lèvres humides et charnues, les dents éclatantes et régulières.

– C'est encore une ado, glissa-t-il après avoir brièvement observé sa dentition.

Corless siffla un coup et il se préparait à démarrer, quand Blatt laissa échapper un gémissement obsédant, du fond de la gorge.

– Alors, de quoi elle a l'air ? fit brutalement l'autre, déjà tenaillé par la curiosité.

Son complice gloussa.

– La conductrice, je la vois assez bien, ça te plairait, elle a vraiment de gros nichons, susurra-t-il, histoire de l'émoustiller.

– Allez, t'emballe pas trop, c'est trop risqué. Et l'autre, tu peux la voir ?

– Pas vraiment.

– Et elles fument de l'herbe ?

– Plus maintenant, elles causent et... Regarde ça ! (Blatt en eut le souffle coupé.) Elle descend, elle arrange sa chemise, quel spectacle, elle tire sur son pull, il est bien tendu, pas de soutif, son short remonte...

Il ponctua le tout d'une respiration lascive, rien que pour emmerder le gros lard, et c'était plus que Corless ne pouvait en supporter. Poussant ferme sur ses mains et sur ses genoux, il se redressa, forçant sa masse considérable à se retourner dans cet espace confiné, et il se heurta à la mince cloison, avant de reprendre péniblement son souffle.

À eux deux, ils occupèrent tout l'espace exigu sous la fenêtre, comme deux voyeurs derrière un muret, les yeux au ras du carreau pour mater Lacy Wilcott et Carol Barth qui s'étiraient dans la pénombre, inconscientes de la menace qui pesait sur elles.

– Une nuit magnifique, fit Carol en bâillant, les yeux levés vers les nuages qui masquaient la lune pâle.

Lacy frissonna, les bras croisés haut sur la poitrine.

– Sandwiches et arrêt pipi, et ensuite on reprend la route. Ça ne me plaît pas, ici.

– C'est le joint qui te rend parano, lui assura sa copine.

Lacy fronça les sourcils.

– Des « femmes », tu veux dire, fit Blatt, moqueur, d'un ton sarcastique.

Corless était en train de devenir dingue. En réalité, il avait parlé de « filles d'âge mûr ».

– Non, les femmes sont casse-couilles ; je veux dire, c'est des filles complètement formées, un corps de femme avec l'esprit d'un enfant. Des filles, quoi. La langue anglaise n'est pas précise.

Blatt voyait bien que l'autre avait le souffle court devant cette partie qu'il leur était interdit de jouer à cause de la règle de l'unique et qu'il était prêt à craquer.

Blatt se délectait. Il regardait les deux filles entrer dans le magasin, en jouant de sa voix dans le seul but de pousser Corless à écumer de rage.

– Des gros seins qui gigotent. La fille en rose t'adore déjà et l'autre en bleu a des jambes tellement longues, elle est gaulée comme une pompe de rivière qui pense déjà qu'à te sucer à mort !

Corless était haletant, presque silencieux.

Seymor allait continuer quand il vit le gros trembler, incapable de se rasseoir, tentant de conserver son équilibre avant de finir par le perdre. Son postérieur vint taper le plancher comme deux jambons géants.

– J'ai capté ! s'exclama-t-il avant que le plancher ait fini de trembler.

Mais Blatt, lui, savait qu'il n'avait rien capté, à part peut-être la sueur froide qui dégoulinait dans son cou adipeux. Gregory Corless était pris au piège de ses propres règles comme un cochon en train de cuire dans son jus infernal.

– Tu as entendu ce que je viens de dire ? beugla-t-il.

– T'as pigé quoi, Greg ? demanda Blatt d'une voix vague.

– Toutes les deux, je les tiens, fit-il en agrippant le bras de son comparse.

Et il avait dit cela avec une détermination qui effraya Seymor, avec une voix qu'il reconnut immédiatement, celle de leurs parties précédentes, et cela le laissa coi.

Il essaya de penser à ce qu'il pourrait lui répondre, à ce qui calmerait ce gros lard, ce qui les pousserait tout de suite à reprendre la route.

– La passe de deux, décida l'autre, en l'attrapant par le cou.

Et à partir de là, Blatt agit trop vite pour arriver encore à réfléchir.

Aussitôt ils s'activèrent, avec toute l'agilité de l'expérience.

– Le toutou, ça marchera pas, geignit Blatt, elles vont crier, on va se faire choper !

– Prends la cage, lui ordonna-t-il, et je vais aussi me servir du plâtre.

Ils se démenèrent dans la cabine embuée, sortirent leurs accessoires et les étalèrent sur le sol du caisson arrière de la camionnette. Corless retira son pantalon, puis sa chemise.

– Mais Greg, gémit encore Blatt d'une voix faiblarde, les règles... Et s'il y en a une qui s'échappe ?

Corless lui décocha un regard cinglant.

– C'est ton boulot ! Fais ton boulot et y aura pas de souci.

Sans traîner, Seymor traversa la camionnette à quatre pattes, en se cognant dans le gros Greg qui fouillait dans un carton. En moins d'une minute, ils avaient déployé tout un attirail au milieu du plancher : ils avaient devant eux des rouleaux de corde, des rubans d'adhésif, des menottes, un pic à glace, une matraque gainée de cuir noir, un T-shirt de créateur à la manche déchirée, un pantalon bleu marine, une écuelle pour chien, un sac et une boîte de nourriture pour animaux, et une petite niche portative avec le mot *Happy* inscrit au-dessus de la porte grillagée.

– Mets ça en place, ordonna Corless en enfilant, non sans mal, le T-shirt de créateur, pendant que Blatt installait la niche devant la porte de chargement à double battant, avant de déposer l'écuelle près de la soudure métallique qui fixait le marchepied extérieur au châssis du van.

Ensuite, en se servant d'un ouvre-boîte et d'une cuiller, il remplit rapidement l'écuelle d'un petit monticule odorant de pâtée pour chiot, du Kal Kan, et saupoudra le tout d'une poignée de croquettes.

– J'aime pas ça, gémit-il encore, en attrapant un ruban d'adhésif et une paire de ciseaux. Tu reviens sur ta parole, tu romps le...

– Espèce de tantouse, le coupa l'autre, c'est toi qui disais que tu voulais ces deux-là et on les aura, sans problème, on se les embarque jusqu'à Highland Point. Et maintenant, remue-toi !

– Je n'ai jamais dit ça, jamais, renifla l'autre.

En l'ignorant, Corless déballa un grand plâtre recouvert de film bulle qu'il conservait dans une valise en cuir souple marron qu'il appelait « le Bag ». Il s'assit au milieu du van et tendit le bras droit vers son acolyte, comme un chevalier replet attendant son armure.

– Cette fois, tu t'arranges pour me bloquer seulement une petite partie du poignet. J'ai besoin d'avoir ma main libre, mais pas pour rattraper tes conneries, hein ?

Blatt lui enveloppa le bras avec le plâtre, qui était ingénieusement fendu sur sa partie arrière. Avec son aide, la prothèse médicale finit par enfermer le bras et l'épaule de Corless comme une coque, recouvrant le membre entier, y compris le poignet, le pouce et les doigts. Moulée d'un seul tenant, elle s'ajustait parfaitement et lui allait comme un gant.

Corless maintenait fièrement son bras en l'air pendant que Blatt lui plaçait un large bandage blanc sous l'aisselle et un autre plus court sous le coude et le poignet.

– Et si elles hurlent ? redemanda-t-il.

– Rajoutes-en encore un peu sous le coude, je n'ai pas envie que ce truc tombe sur le parking.

Blatt aplatit bien cet endroit avec ses phalanges, et puis il s'exécuta.

– Greg ! essaya-t-il encore, tu peux pas t'approcher comme ça de leur bagnole ! On est dans un État où il y a la peine de mort ! En Floride, ils ont la peine de mort et ils l'appliquent vraiment !

Hilare, Corless resta assis là où il était, en faisant pivoter tout son corps, car à présent que le plâtre était en place, il avait le côté droit complètement raide, aussi rigide qu'un bloc de bois, et le coude replié à 45 degrés. Quant à son avant-bras, il était positionné très haut, presque au contact de son double menton.

– Attache l'attelle, ordonna-t-il, et Blatt se dépêcha de fixer un support chromé qu'il coulissa dans un logement spécial prévu sous le coude, et il y enroula encore de l'adhésif, pour bien le maintenir en place.

Il fixa promptement le support à la ceinture et, quand ce fut fait, il fouilla dans le Bag, à la recherche d'une couronne digne de son chevalier. Il en sortit une minerve, une orthèse permanente en plastique blanc, qu'il lui présenta à hauteur du cou.

– Pas trop serré.

– Redresse-toi un peu, fit-il, et il plaqua l'attache Velcro, la serra légèrement, pour laisser un peu de jeu.

Subitement, Corless se releva, non sans difficulté.

– On perd du temps, fit-il froidement, après avoir inspecté sa transformation minute.

Et ce fut une silhouette pathétique qui se releva, celle d'un homme brisé qui aurait suscité aisément la pitié chez n'importe quel être humain un tant soit peu compatissant.

Tout le côté droit du buste paraissait fracturé, à la limite même enfoncé, et sa minerve lui bloquait la tête en arrière en lui soutenant le menton de sorte que, s'il voulait regarder quelque chose ou quelqu'un, il était obligé de faire pivoter son corps en entier. Son T-shirt présentait une échancrure destinée à ménager le passage du plâtre en deux endroits, à l'épaule d'abord, à la taille ensuite, où l'attelle métallique se rattachait à une clavette qui servait aussi de crochet à un pistolet. Et, à cet endroit-là, le T-shirt était béant.

– Vite, commanda-t-il, et Blatt lui tendit l'arme qu'il tenait d'une main tremblante, redoutant de laisser tomber le lourd objet d'acier.

Corless leva le gros revolver noir très haut dans la lumière, afin de l'inspecter.

Ce n'était pas une arme ordinaire. Ce colt 357 Magnum, jadis en usage au sein de la police fédérale des frontières, était conçu pour l'intimidation psychologique. Le canon court et pesant n'était pas effilé comme celui de beaucoup d'autres armes de poing, mais moulé dans un tube noir et droit, évoquant un tuyau de poêle, de la même section arrondie à l'embouchure du canon qu'à la glissière.

– Tu leur braques ça sous le nez, siffla-t-il, elles rentrent sous terre et elles crèvent, t'as même pas besoin d'appuyer sur la gâchette.

Sans tergiverser, il le fourra dans la ceinture de son pantalon, rabattit le T-shirt par-dessus et se tourna vers son associé.

– La fille dont tu vas te charger, c'est la seule qui osera crier, alors arrange-toi pour qu'elle puisse pas.

Sans un mot de plus, il ouvrit la porte et disparut.

Lacy Wilcott attendait devant la vitre du présentoir à sandwiches, occupée à comparer le thon et le jambon pendant que Carol terminait aux lavabos. Un couple plus âgé payait à la caisse, se renseignant auprès d'une employée, et elle entendit bien à leur accent nasillard que c'étaient eux qui venaient du New Jersey.

À côté des sandwiches, elle inspecta la rangée de boissons. Elle ouvrait la porte vitrée et choisissait une briquette de lait chocolaté quand Carol sortit des toilettes. Lacy la vit sourire en s'approchant de son pas sautillant pour la rejoindre devant l'îlot central au fond du magasin.

– Tu as vu les pastilles bleues dans la cuvette ?

– Importées direct de Newport News, Virginie. Et toi, tu prends quoi ?

– Jambon fromage avec lait chocolaté, le thon n'a pas l'air bon.

Carol examina le présentoir.

– Ils n'ont que du pain blanc ?

– La salade d'œufs est sur du seigle.

Elle désigna l'étagère du haut.

– Je vais essayer ça.

Corless franchit la porte, en se tournant de côté, le menton calé en position haute, agrippant un morceau de papier de la main gauche. Il prit soin de ne pas regarder en direction des filles, mais vit la tête de la blonde se tourner vers lui. Elles avaient repéré sa présence. Il s'avança.

Gregory Corless se dirigea sans se presser vers le bout du rayon, la partie conserves, en tenant la liste devant son nez. À peu près à mi-chemin, juste après les boîtes de soupe et de thon, mais avant les pêches et les poires au sirop, il s'arrêta pour tendre l'oreille. Les filles étaient à présent dans le rayon voisin.

– Beignets ou cookies aux pépites de chocolat ?

– Tu prends déjà de ce lait dégoûtant, tu es sûre que tu veux du chocolat en plus ?

– Rien ne me fait peur, à moi.

– J'espérais bien que tu dirais un truc de ce genre.

De la main et du bras gauche, Corless plaqua six boîtes de pâtée Puppy Chow contre sa poitrine et les emporta au comptoir, avant de retourner en chercher trois de plus. La caisse était tenue par un gamin assis sur un tabouret, retranché derrière une bande dessinée. Il devait avoir seize ans, se dit Corless.

Il fit pivoter sa carcasse massive, vérifiant la présence éventuelle d'autres employés dans les rayons, et constata avec satisfaction qu'ils étaient seuls. Il entrevit juste un pull rose et un haut bleu qui se reflétaient dans un miroir antivol ovale au-dessus de la porte.

– Combien ? demanda-t-il au garçon, de sa voix la plus anodine en sortant une liasse de billets de sa poche.

L'employé se leva de son siège.

– Il a faim, ce chien ?

– Oui.

Le gamin attrapa une boîte, la retourna puis, au lieu de multiplier de tête, tapa le même chiffre neuf fois sur son clavier. Le jaugeant du regard, Corless en déduisit que l'ado ne possédait pas la capacité mentale suffisante pour retenir l'apparence physique d'un homme plus de quelques secondes et il fit en sorte de conserver l'attitude la plus transparente possible.

– Ça fait cinq dollars et huit cents, s'il vous plaît.

Puis il fouilla dans son tiroir pour en sortir la monnaie sur un billet de dix.

– Merci, fit Corless. Vous auriez un carton ? Un carton ouvert, comme ceux que vous avez pour les boissons, ça me conviendrait très bien.

L'employé considéra l'énorme plâtre soutenu par son attelle chromée.

– Vous voulez pas un sac ?

– Je préférerais un carton.

Il se baissa sous le comptoir, en ressortit un carton de Dr Pepper, et y entassa les boîtes pour chien.

– Merci, lui dit Corless d'un ton chaleureux, et il fit glisser le carton sur le comptoir, jusqu'à sa hanche, avant de le soulever de son bras valide.

– 'voulez un coup de main ? lui proposa le gamin.

– Oh, non, répondit-il tranquillement, il faut que je m'habitue à ce machin, encore sept mois à tirer.

Le gosse haussa les épaules et retourna à sa bande dessinée. Au passage, Corless leva l'œil vers le miroir ovale au-dessus de la porte. Les deux filles se dirigeaient vers la caisse et il resta en arrêt sur cette vision de leurs courbes, les déshabillant du regard. Il sentit l'incendie couver en lui.

Il était gagné par le frisson de la chasse.

Elles payèrent et sortirent.

Sur le parking, l'air frais de la nuit accueillit Lacy Wilcott et Carol Barth. Les nuages hauts dans le ciel, chassés par le vent, dévoilaient un croissant de lune à peine visible, guère plus qu'une griffure dans le ciel nocturne. Carol s'arrêta pour lever le nez en l'air.

– À Newport News, la pollution est devenue tellement épouvantable que j'ai presque oublié à quel point les étoiles peuvent être belles, dit-elle.

– À Moxie, on écrit des chansons sur les étoiles, répondit son amie avec un sourire.

D'un pas nonchalant, en buvant leur boisson à petites gorgées, elles s'éloignèrent du Grafton's General, aux abords de la route 41, près de la petite ville de Laural.

– Tu as vu ce collégien qui nous reluquait ? demanda Lacy.

– Très marrant, il est plus jeune que mon frère.

– Il est amoureux.

– De sa BD.

Elles étaient au milieu du parking, à mi-chemin de la Firebird blanche, quand une boîte de conserve traversa le parking avec un fracas métallique, dans leur direction, et elles la regardèrent rouler comme si, au lieu d'une boîte de pâtée pour chien, c'eût été une entité surnaturelle, un objet mystérieux qu'elles n'avaient encore jamais vu. Quand elles relevèrent les yeux, un invalide rondouillard, désespérément engoncé dans un énorme plâtre et luttant pour équilibrer son chargement, se démenait avec un carton de conserves, mais deux autres boîtes s'abattirent au sol avec un cognement sec.

– Oh, zut ! s'exclama Carol en voyant une autre boîte rouler vers elles sur l'asphalte et échouer à ses pieds. (Elle se baissa et la ramassa.) Le pauvre, ajouta-t-elle, en allant vers lui.

– Carol ? fit Lacy, sur ses gardes.

Elle continua d'avancer, mais en tournant la tête vers son amie.

– Il est plâtré, bêtasse, il ne peut faire de mal à personne.

Juste à cet instant, l'infirme perdit complètement l'équilibre et le carton tomba dans un vacarme assourdissant, des boîtes tournoyèrent en tous sens et Gregory Corless fouetta l'air de son appendice rigide.

Voyant Carol s'approcher, il eut un sourire bon enfant et, quand il voulut hausser les épaules, son geste se transforma en une sorte de haut-le-corps. Elle se tenait à un bon mètre de lui, le visage levé vers le sien, tâchant de lire dans ses yeux, tandis que Lacy la rejoignait, le sac de leur dîner se balançant à son bras et tenant une boîte pour chien dans une main.

– Laissez-moi vous aider, proposa Carol en ramassant deux autres boîtes juste au moment où Lacy arrivait à sa hauteur et lui tirait le bras d'un coup sec.

– Je suis désolé, fit Corless, en lâchant un soupir découragé.

– Ne faites pas de manières, insista Carol et la nervosité se lisait dans ses jolis yeux violets où se reflétait la lumière.

Elle leva la tête et, voyant une alliance à sa main valide, en conclut que c'était sans danger.

– C'est votre van ? demanda subitement Lacy, d'une voix inquiète, et même un peu désagréable.

– Lacy ? lança son amie d'un ton désapprobateur, en replaçant dans le carton les boîtes qui en étaient tombées, avant de récupérer celle que tenait son amie.

Elle se remit debout, s'apprêtant à rendre le tout à son propriétaire, et il s'ensuivit un pas de deux maladroit : cela lui rappela ces endroits bondés où l'on se rentre presque dedans en se croisant, dans une sorte de valse d'évitement.

Corless eut un petit rire discret, comme s'il était gêné. Cet homme n'avait qu'une main et pour elle il était évident qu'il était incapable de porter ce carton, et c'était bien ça qui lui avait compliqué les choses.

– Ça fait longtemps qu'il est garé là, observa Lacy, toujours circonspecte.

– Oui, en effet, et je vous remercie de votre aide, mais j'arriverai à porter le tout jusque-là.

– Bon courage, dit-elle, et elle s'éloigna.

Carol avait encore le carton dans les mains et, pour la première fois, jeta un œil aux étiquettes.

– Vous avez un chiot ? demanda-t-elle.

Lacy s'immobilisa, avec un soupir agacé.

Corless se tourna, son bras droit bloqué comme une grue figée dans les airs.

– Mon épouse et moi on va dans le Sud voir ma fille aînée et on amène un chiot à mon petit-fils. Quand on s'est arrêtés ici pour grignoter un peu, en fin d'après-midi, il a sauté du van. Mon épouse le cherche encore, on s'y met chacun son tour.

– Oh, c'est épouvantable ! se désola-t-elle.

– Mais alors pourquoi toute cette nourriture pour chien ? demanda Lacy.

– Je voyais pas quoi tenter d'autre, alors mon idée, c'était d'acheter quelques boîtes de plus, de les ouvrir et d'en disposer tout autour pour le cas où notre petit ami aurait faim.

Il tenta de secouer la tête, mais la minerve ne bougea pas, donc il se massa la nuque de la main gauche.

Carol dévisageait son amie avec colère.

– Je sais que c'est bête, reprit Corless, en remarquant que la brune se dirigeait vers le van, le carton dans les bras, à pas lents.

– Vous êtes le plus super des grands-pères, c'est ça ? lui lança Lacy alors qu'ils s'approchaient du pare-chocs.

– Plus maintenant, j'en ai peur, en tout cas plus avec un chiot en moins. On en avait un pour chacun de nos petits-enfants et, manifestement, en arrivant là-bas, on n'en aura plus qu'un seul.

Et il s'immobilisa devant les portes de chargement, le visage triste, les traits tirés.

– Vous en avez un autre ? demanda Carol, debout près du van.

Lacy se tenait juste derrière son amie, visiblement mal à l'aise.

– Oui, fit Corless avec un sourire, un bébé cocker, la chose la plus mignonne du monde. Ils sont frère et sœur. Enfin, merci beaucoup les filles, vous avez été vraiment très gentilles.

Il tendit la main gauche et essaya maladroitement d'ouvrir la porte tandis que son bras droit basculait en décrivant un arc de cercle. La porte ne bougea pas.

– Je ne me suis pas encore habitué à ce plâtre, soupira-t-il, et il s'apprêta à réessayer.

– Attendez, proposa Carol, en tendant le carton à son amie.

Lacy recula d'un pas. Corless se trouvait immédiatement à sa droite, un peu en retrait, et les filles ne remarquèrent pas son bras qui s'était glissé hors du fond évasé du plâtre et pendait mollement le long de la hanche, avec la prothèse médicale toujours en place.

– Comment on ouvre ça ? demanda Carol, après avoir fait pivoter la poignée.

– Oh, pardon, je suis désolé, dit-il, ça coulisse, il faut tirer.

Carol Barth tira la porte de côté et ce fut l'obscurité.

Lacy Wilcott ne bougea pas de sa place, mais Carol s'avança, d'abord en reniflant l'odeur, avant de voir une écuelle de nourriture pour chiot posée sur le marchepied.

C'était rassurant.

Juste derrière, elle vit la petite cage drapée d'une couverture pour la nuit et, au-dessus, l'inscription : *Happy*.

– C'est son nom ? demanda-t-elle d'une voix sucrée, en se retournant pour prendre le carton des bras de son amie.

– Oui, fit Corless en roucoulant fièrement. La nuit, quand elle dort, je la recouvre, mais vous pouvez lui parler si vous avez envie, elle est très affectueuse. Je ne sais pas comment elle va réagir à la perte de son compagnon. (Il y avait de l'accablement dans sa voix.) Peut-être qu'elle ne se rend compte de rien. On dirait que les chiots ne font rien d'autre que manger, jouer et dormir.

Carol était tout sourires et il recula encore d'un pas, un mouvement infime, imperceptible.

– Oh, Happy le sait sûrement, lui dit-elle, en s'avançant et en scrutant l'intérieur du van tout en posant le carton de boîtes sur le plancher. (Puis elle monta, se pencha au-dessus de la cage et se baissa. Elle pencha la tête tout près, avec une voix réconfortante.) Coucou, mon bébé, minauda-t-elle, et elle commença à soulever le rideau de Happy.

Et ce fut l'horreur. Mais pas d'un seul coup : une horreur lente, mêlée de confusion quand ses yeux s'efforcèrent de mieux discerner ce qu'elle avait devant elle.

Tout devint net et le monde autour d'elle bruissa en une cohorte répugnante d'images horribles et insoutenables. Au fond de la cage vide, il y avait la photographie d'une femme nue ligotée sur une chaise – la terreur frappa Carol Barth comme une balle en pleine poitrine.

Le temps s'arrêta.

La peur envahit son visage, lui déforma les traits, elle voulut hurler et se redresser en même temps.

– Cours ! s'écria-t-elle, mais ce mot lui tomba des lèvres et elle tomba elle aussi – une matraque gainée de cuir noir surgie du vide la réduisit au silence et le coup la paralysa.

Blatt lui avait assené ce coup sourd à la nuque et, au même instant, deux bras épais crochetèrent Lacy Wilcott à la gorge, la ceinturèrent par-derrière et la cueillirent par le menton en la soulevant.

Les jambes ballantes, elle se débattit à coups de pied frénétiques, en proie à une peur irrépressible, elle se démenait pour respirer et luttait pour hurler. Mais plus il lui serrait la gorge, plus ses poumons privés d'air la brûlaient, et elle se sentit défaillir, totalement anéantie.

– Vas-y, bats-toi, lui siffla Corless à l'oreille.

Quelques secondes interminables. Elle se sentit se vider de ses forces et Corless lui frappa l'arête du nez avec son revolver au canon en forme de tuyau de poêle, en veillant à ne pas la faire saigner, puis lui braqua l'arme sous le menton.

– Tu mouftes et tu es morte ! ricana-t-il sans desserrer les dents, les lèvres collées contre son oreille.

Lacy Wilcott lâcha quand même un dernier coup de pied, mais en vain : son corps était écrasé, dominé, et elle capitula sous l'emprise violente de son agresseur. Ils étaient deux, maintenant. Elle sentait qu'ils étaient deux.

Blatt et Corless exécutaient leur ballet en duo : ils coincèrent la fille entre eux, se servant de leurs corps à tous les deux comme d'un étau humain pour l'entraver dans ses mouvements. Avec un savoir-faire de spécialiste, Seymor Blatt lui menotta les poignets pendant que son comparse la faisait rouler sur le plancher du van.

– Scotche-la, ordonna-t-il en se couchant sur elle, avant de la frapper violemment au visage, ce qui la fit saigner au coin de la bouche.

De ses deux mains puissantes, il lui maintint la mâchoire fermée et la porte de chargement se referma en coulissant.

L'obscurité.

Cela ne réclama que quelques secondes : Lacy se retrouva scotchée, ligotée, et puis ce fut au tour de Carol, qui gisait inconsciente près de la cage de Happy. Les deux hommes se congratulaient dans le noir, à nouveau unis, reprenant leur souffle.

– Fous-moi la blonde à poil, je ne veux rien voir d'autre dans mon rétro pendant ces prochaines heures, ordonna Corless d'une voix atone tout en grimpant sur son siège et il régla son rétroviseur.

Ceci fait, ils prirent la direction du sud.

Ils étaient heureux, maintenant. Ils cherchaient juste à tuer le temps.

30

Dudley Hall, l'Enterreur, passa la seconde de son 4×4 Chevy en projetant de la terre sous ses pneus et, dans un rugissement, dévala la colline vallonnée vers Rabbit Run. Tout en parlant, il faisait de temps à autre une embardée pour éviter des nids-de-poule de la taille d'une baignoire, où s'étaient accumulées des feuilles et de l'eau de pluie.

Pour Matthew Brennon, c'était clair, le moindre loupé leur vaudrait une mort certaine. Il empoigna sa ceinture de sécurité qu'il enclencha fermement et Hall observa son manège.

– Y a plus eu de cantonniers depuis un sacré bout de temps, par ici, dit-il en crachant par la fenêtre. La prison a supprimé les chaînes des forçats, ça violait leurs droits...

Cramponné des deux mains à l'urne, l'agent comprenait ce que l'autre entendait par là, tout en espérant que l'homme connu sous le nom de Leon Rigby serait chez lui et même, avec un peu de chance, qu'il conserverait encore un vague souvenir de ce récipient funéraire qui contenait les restes marqués du nom de Zacharie Dorani.

– On n'aurait pas dû l'appeler ? hurla-t-il, et il consulta sa montre, discrètement, pour ne pas l'offenser.

– Nan, beugla l'Enterreur, y a pas d'fumée sans feu.

Sur ce, il donna un coup de volant pour s'arrêter sur un dégagement en bordure de route. Une colonne de poussière les enveloppa et Dudley Hall attendit que le nuage se dissipe.

De cette hauteur sur Woodside Mountain, ils dominaient toute la campagne jusqu'à la petite bourgade, un patchwork de maisons, de fermes et de bâtiments industriels entassés au fond d'une vallée encaissée. Des voies ferrées abandonnées couraient le long des bâtisses les plus proches de l'endroit où ils se trouvaient et Brennon remarqua un dépôt ferroviaire bardé de planches et une gare de triage. Il n'y avait aucune circulation sur les routes en contrebas. Il en conclut rapidement que la ville de Woodside, État de New York, était tombée en déshérence depuis un certain temps et qu'elle était dans une totale décrépitude.

– Qu'est-ce qu'on voit, là ? demanda-t-il, en posant l'urne entre ses jambes, à même la banquette.

Hall pointa un doigt vers le pare-brise noyé de poussière.

– Vous avez remarqué ces lumières clignotantes par là-bas ?

Très loin, au-delà du dépôt, Brennon ne put que discerner une série de petites balises rouges clignotantes et il comprit qu'il s'agissait de feux stroboscopiques équipant un obstacle à la navigation aérienne. Quelque chose pointait vers le ciel.

– Une station radio ? fit-il, incapable de distinguer la forme de l'objet.

– Une chem-chem, lui répondit Hall. (Il voulait parler d'une cheminée.) C'est le crémat' à Rigby, il est en train de l'allumer, on aperçoit le panache de fumée.

Brennon pouvait à peine entrevoir un banc de nuages blancs bas sur l'horizon, scindé en deux à la verticale de l'obstacle.

– Est-ce que quelqu'un d'autre le fait parfois fonctionner ?

– Y a personne d'aut' que l'vieux cinglé en personne, répondit Dudley Hall, en enfonçant la pédale d'accélérateur et le pick-up Chevy bondit par-dessus le remblai de terre et de gravier, plaquant l'agent contre son siège.

Le 4×4 fonça en grondant, emportant les deux hommes vers une destination que le policier ne pouvait qu'imaginer – il se concentra donc sur d'autres choses. L'air frais contre sa manche de costume était chargé d'une odeur propre et humide qui lui rappelait celle du Vermont où il avait vécu une partie de son enfance, mais pour des raisons qu'il ne s'expliquait pas, cette odeur lui fit penser à de la poussière, de la poussière humaine, et qu'il suffisait d'une saison très humide pour siphonner un homme et le gélifier, le transformant en une pelletée dure comme du béton. Ensuite, c'était un millénaire d'êtres humains que l'on enfouissait sous la terre pendant que d'autres s'envolaient par la « chem-chem » de l'incinérateur et s'évanouissaient au gré du vent. Et à ce moment-là, agrippé à l'urne à bord de ce pick-up qui se ruait à toute allure à travers le temps, la vie apparut aux yeux de Matthew Brennon comme une chose bien futile et bien étrange, sa position de mortel se réduisant à une infime particule d'inquiétude.

Hall avait fini de farfouiller sous son siège et, de la main droite, il en ressortit une bouteille de gin à la prunelle. Il ôta le bouchon avec le pouce et la tendit à Brennon.

– C'est gentil, mais non, fit-il, alors qu'ils contournaient une colline et s'engageaient sur du macadam auquel les pneus du camion s'agrippèrent avec un crissement rageur.

Hall se fourra le goulot entre les lèvres et avala une longue lampée, en tournant à droite dans une rue de traverse. Bientôt, ils déboulèrent au cœur du village et les maisons se mirent à défiler de part et d'autre du 4×4 qui progressait à grand fracas le long des voies ferrées, en direction du fanal rouge.

– Vous avez vu tout ce vandalisme, au Vieux Woodie ? lança l'autre en avalant encore une petite gorgée.

Brennon se souvint des centaines de pierres renversées, une vision effarante.

– Quand j'étais gamin, dans un cimetière, on n'osait même pas élever la voix. Il y a de quoi se poser des questions.

– C'est pas des gosses, fit le vieil homme en râlant, c'est un soudeur au chômage, il vit juste là. (Il ralentit devant une petite maison grise en retrait de la rue. La lueur d'une télévision tremblotait à travers la fenêtre.) Et en plus, le shérif est au courant, mais il peut rien prouver, toute une famille de merde qui vit dans c'te baraque.

Il reprit une longue gorgée de sa gnôle, puis il baissa la vitre de son côté et balança la bouteille sur l'aire de triage jonchée de détritus. Elle atterrit dans un fracas et une odeur âcre envahit la cabine, cueillant Brennon comme un baiser acide. Il se masqua le visage et toussa.

– C'est quoi, cette odeur ? s'écria-t-il en postillonnant.

– Ça, dit l'Enterreur avec un sourire, c'est le crémat'.

Le pick-up tourna sur une bande gravillonnée, franchit une palissade et continua vers une grande maison victorienne où des stroboscopes rouges palpitaient d'une tour ronde et sombre qui se dressait très haut au sommet, comme une cicatrice sur un fond de ciel nocturne.

Le crématorium de Rigby était une salle construite à l'arrière de son domicile. À l'intérieur, les murs de béton étaient peints en blanc et le sol était une dalle grise brillant d'une récente couche d'enduit. Dès qu'ils passèrent la porte, une grande silhouette en blouse chirurgicale bleue se tourna dans leur direction, leurs regards se croisèrent, puis l'homme se remit à son travail.

Dudley Hall le précéda jusqu'à un endroit, à l'autre bout du labo, près de l'unique fenêtre, et Brennon effectua un rapide inventaire. Il y avait là des armoires en bois, une vitrine de laboratoire en verre et, tout au fond de la salle, à proximité du four, de grands éviers en acier inoxydable. Au centre du box se dressait une table d'examen, d'un type ancien que l'on employait dans les morgues urbaines, avec des becs d'écoulement chromés et des orifices de vidange situés au pied et à la tête. Heureusement, songea-t-il, elle était inoccupée.

Un bruit de soufflerie provenait de l'autre extrémité : cela débuta comme un chuchotement, puis cela se mit à ressembler davantage au sifflement d'un réacteur à l'allumage. Il émanait d'un large cylindre chromé évoquant une énorme fosse septique à moitié enfouie dans le mur de béton le plus éloigné.

Hall évoluait dans cet espace comme s'il était chez lui. Le bruit augmenta, c'était presque un ronflement, jusqu'à exploser à leurs oreilles dans un mugissement pénétrant. Ils regardèrent l'homme qui, supposa Brennon, devait être Leon Rigby, occupé à surveiller par un épais hublot en verre le fond de cette chambre monumentale en acier et à tourner un petit volant d'où, de part et d'autre, saillaient des tubes en cuivre.

Rigby avait au-dessus de sa tête une série de jauges en demi-camemberts subdivisées en trois plages, jaune, rouge et bleu. Il effectua un réglage et toute la salle fut parcourue d'un hululement, puis tourna un autre bouton qui produisit un son aussi sourd que le grondement d'un océan en ébullition. Brennon jeta un œil par la fenêtre et entrevit juste une flèche de fumée noire. Il se rendit alors compte qu'il avait retenu son souffle.

L'odeur était douceâtre, écœurante, comme celle du bacon que l'on aurait fait griller sur un lit de pommes. Il voyait un filet de graisse s'écouler par une gouttière en inox et cette odeur lui emplit les poumons.

– Pourquoi tu laisses pas juste cette foutue flamme monter jusqu'au bleu ? hurla Hall, à moitié couvert par le vacarme, histoire de critiquer la lueur rouge qui se reflétait sur les murs.

Leon Rigby chassa l'importun d'un revers de la main comme il l'aurait fait d'une mouche, en crachant une toux grasse sous son masque chirurgical. Il retira ses gants en amiante qui le protégeaient jusqu'aux coudes et dénoua sa blouse bleue. Il était grand et mince, dégingandé, avec une voix d'arrière-gorge, comme un écoulement qui refoule.

– Quoi ? fit-il avec sa respiration sifflante, et Brennon devina que l'homme souffrait d'un emphysème à un stade avancé.

Tout le corps secoué d'une toux rauque et grasse, il retourna se poster devant ses compteurs chromés pour effectuer quelques réglages et ranger certains outils.

– Huit et huit, beugla-t-il, et les deux hommes s'approchèrent lentement de la chambre de combustion, en levant les yeux vers une série de jauges enfermées dans des boîtiers vitrés, au-dessus du pot réfractaire.

L'une d'elles affichait 430 degrés, ce qui fit frémir Brennon quand il songea que le corps, à l'intérieur, pouvait cuire huit heures. Il regarda Rigby tourner une petite manivelle et subitement le rugissement se fit assourdissant, c'était comme de se trouver sur le seuil d'une piste de décollage.

L'homme en bleu actionna l'interrupteur, ce qui transforma tout l'espace intérieur, visible à travers le verre du hublot, en une lueur aveuglante et livide, noyant la cellule sous les flammes, inspirant à l'agent Brennon des images de fin du monde. En toute décontraction, Leon Rigby passa devant eux et disparut par une porte étroite.

La résidence de l'incinérateur était une espèce de tanière étouffante et exiguë, au sol parqueté, avec un canapé recouvert d'un vieux tissu afghan, un fauteuil écossais assorti élimé aux coutures et une table basse taillée dans un tronc de chêne, toute ronde, aux cercles concentriques nettement visibles. En face, la télévision était d'un modèle ancien, en noir et blanc, et Brennon fut presque satisfait de constater que la crémation des corps n'était pas une activité si lucrative. Il devinait que Leon Rigby n'était pas homme à se défaire facilement de son argent. Ils restèrent tous trois debout.

– Voici l'agent spécial Matthew Brennon, il est en mission officielle pour le gouvernement, annonça Dudley Hall de son ton le plus ferme.

Et Leon Rigby parut dévisager ce visiteur longiligne, le toiser du regard, mesurer toute l'importance de sa visite. Refoulant une petite toux, il lui tendit une main que Brennon vit aussi fine et fragile que celle d'un squelette.

– Content d'avoir de la compagnie, dit leur hôte.

Brennon le salua avec chaleur.

– Laissez-moi le temps de faire un brin de toilette. Vous voulez une bière ? continua-t-il, la respiration sifflante, en retirant sa blouse qu'il posa sur une chaise en bois.

– Avec plaisir, merci.

Rigby s'en fut à l'autre bout de son salon, les laissant dans le halo miteux d'un vieux lampadaire à l'abat-jour jauni orné de glands. Au-delà, Brennon repéra une bouteille d'oxygène de couleur verte à laquelle pendait un inhalateur. La maison sentait fort la fumée et l'humidité se cramponnait partout.

Délicatement, l'Enterreur posa l'urne sur la table basse, puis s'installa dans le canapé dont il souleva un coussin.

– Faites attention qu'il ne vous fasse pas payer la bière, grinça-t-il, moqueur.

– Comment cela ?

– Rigby est tellement pingre qu'il coince de partout, peut même pas fermer les yeux, ils resteraient collés.

Ce qui fit sourire l'agent spécial, à l'instant où l'Incinérateur était de retour avec un plateau en bois qu'il posa près de l'urne.

– Alors qu'est-ce que c'est que ça ? demanda-t-il en s'adressant au policier, tout en lui tendant une bouteille fraîche d'une mousse médiocre.

Ensuite, il offrit à Dudley Hall un grand verre rempli de bourbon et prit place dans le canapé à côté de lui. Les deux hommes ne s'étaient encore rien dit.

– Cette urne a été exhumée sur ordonnance d'un tribunal et nous espérions que vous pourriez nous fournir quelques renseignements supplémentaires, commença l'agent spécial en se renfonçant dans le fauteuil fatigué.

– Un cigare ? proposa Rigby en attrapant au bout du canapé une boîte qu'il remua en direction de son interlocuteur.

– Non, merci, dit ce dernier, puis il regarda Hall attraper la boîte, se mettre un cigare en bouche, puis en glisser un autre dans sa poche poitrine.

Rigby fit pivoter l'urne à 360 degrés.

– Ah, nom de Dieu, raconte-lui, à c't'homme ! s'écria soudain Hall, la mine furibonde.

Rigby fit comme s'il n'était pas là.

– Vous avez un budget, fiston ? demanda-t-il en portant son verre à ses lèvres, et il en but une généreuse rasade.

Dudley Hall s'envoya une lampée d'alcool.

– Bon sang, Leon, espèce de pauvre taré ivrogne, c'est un tueur de petits mômes qu'est en conserve là-dedans.

Rigby toussa, les poumons pris d'un spasme.

– Eh bien... bredouilla-t-il avec les hoquets d'un tacot qu'on force à démarrer, puis il se racla la gorge. Eh bien, comment aurais-je pu le savoir, moi ?

Le visage maigre soudain écarlate, il se leva, s'éloigna du canapé, puis revint avec une bouteille d'Old Crow. Il remplit son verre et Hall attendait avec le sien levé au-dessus de l'urne.

– Le sceau a été arraché, constata Rigby, en examinant ce flacon d'homme en poudre.

– Ce putain de sceau, c'est nous qui l'avons arraché.

– Est-ce vous qui avez vendu cette urne ? intervint Brennon.

– Qu'allez-vous faire de lui ?

– Nous allons expédier ces restes au laboratoire de la police scientifique du FBI, à Washington, et ensuite nous essaierons d'établir son groupe sanguin.

– Vous connaissez pas son groupe sanguin ?

– C'est son boulot, lança sèchement Hall.

– Nous voulons juste procéder à une vérification, précisa obligeamment Brennon, mais pour le moment je m'intéresse davantage à ce bocal.

– Vous n'obtiendrez aucune identification à partir de ces cendres, dit Rigby en déplaçant la bouteille d'Old Crow de son côté de la table, alors que Hall se dépêchait de vider son verre.

– Et pourquoi ça ?

– D'un feu qui brûle à plus de 1 000 degrés, il ne reste rien, en tout cas pas de cellules. Du carbone, c'est tout ce que vous obtenez, sauf s'il y a eu combustion lente, mais là-dedans – il remua son verre en direction du coûteux conteneur de couleur bleue –, il a bénéficié du meilleur, la flamme bleue, et il n'y a donc plus rien d'autre que de la poussière.

– Montrez-lui le bout de nonosse, suggéra Hall, en tirant une bouffée de son cigare et en se levant pour attraper le whisky.

Brennon tendit à Rigby un mouchoir blanc, que celui-ci déplia soigneusement sur ses genoux. L'Incinérateur plissa les paupières sur le fragment d'os gris et poreux qu'il tenait entre ses doigts fins.

– *Calcaneum*, un morceau de talon humain, fit-il. Cela provenait de l'urne ?

L'agent opina et Hall lâcha un borborygme agacé.

– Jetons-y un œil, proposa Rigby, en tendant la bouteille de whisky à Brennon avant de débarrasser la table.

Il fit sauter le couvercle de l'urne et commença à faire couler un filet de cendre entre ses deux mains, en observant la vitesse de chute des flocons. Brennon, qui l'observait attentivement, vit une expression pensive lui traverser le visage.

– Ah, alors c'est bien toi qui as fait ça, vieux radin, pesta Hall au-dessus de son verre tandis que Leon Rigby passait les doigts dans le tas de cendres.

Il se rembrunit, puis considéra l'urne en secouant la tête.

– Vous êtes de la direction de la prison ? demanda-t-il, l'air inquiet.

– Non, répondit Brennon. Nous voulons simplement en savoir plus sur le défunt, le reste nous est égal.

Rigby se frotta les doigts et les replongea dans l'urne.

– C'est du boulot au rabais, dit-il, de la cendre de taulard. Pour cramer un corps correctement, il faut près de cinquante mètres cubes de gaz naturel et faire monter la température au maximum coûte très cher. L'État a toujours payé à peu près la moitié du tarif en vigueur.

– Il les brûle vraiment lentement, il utilise un lit de charbon, expliqua Hall.

– Moins on utilise de gaz, moins ça coûte cher, et le charbon de bois continue de se consumer après l'extinction du gaz, c'est cela ? en déduisit Brennon.

– Sinon, avec l'État, je ne dégagerais jamais aucun profit. Mais je ne procède ainsi qu'avec les détenus du pénitencier, ou avec les indigents. Qui était-ce ?

– Un criminel professionnel, décédé en prison.

– Ça m'étonnerait, du moins pas dans ce carafon-là. (Rigby souleva l'urne.) C'est du haut de gamme et on n'a pas lésiné sur la dépense. Si j'avais incinéré cet homme, cela aurait été vite expédié, tout aurait été réduit en poudre de carbone et on n'aurait pas cette cendre grise avec des éclats d'os. Si quelqu'un, dans l'entourage du mort, pouvait se permettre d'acheter un bocal aussi luxueux, jamais l'État n'aurait endossé le coût de la crémation.

– Vous en êtes sûr ?

L'autre opina.

– Soit c'est la prison qui paie, soit la famille a les moyens d'assumer tous les frais, on peut pas avoir l'un et l'autre.

– Ce qu'il est en train de vous expliquer, ajouta l'Enterreur, c'est qu'une combustion lente, c'est facile à reconnaître, et cette cendre-là, on aurait dû la balancer dans une boîte d'inhumation en carton.

Brennon acquiesça, en notant tout cela dans un carnet de couleur noire.

– Que pouvez-vous me dire de plus ? insista-t-il.

– Eh bien, il s'agit en effet d'un de mes boulots et d'un de mes bocaux, confirma Rigby. À l'époque où nous étions encore desservis par le train, je faisais beaucoup d'affaires en ville, je vendais des urnes aux salons funéraires et à des clients privés. (Il lut la date sur la plaque en or.) En 1964, j'avais revendu la quasi-totalité de ces modèles parce qu'ils étaient un peu passés de mode, mais celui-ci... (Il se tut un instant.) Ça n'a pas de sens.

– On n'aurait pas pu intervertir les corps ? suggéra Brennon.

Dudley Hall s'esclaffa.

– Jamais de la vie, fit-il. Leon suit ses cadavres à la trace encore mieux que vous suivez votre propre queue. Un cadavre, c'est du fric.

Et Brennon comprit qu'il y avait du vrai là-dedans, car l'Incinérateur était devenu silencieux comme une pierre et il changea de position dans son sofa, visiblement mal à l'aise.

– Monsieur, y a-t-il un moyen de savoir qui a acheté cette urne ?

Avec un regard de travers à Hall l'Enterreur, Rigby se leva et quitta la pièce. Hall s'empara en vitesse de l'Old Crow, sur la table.

– Il est parti chercher ses dossiers, glissa-t-il, une montagne de cartons et de cageots remplis de tout un merdier qui sert à rien. Peut-être que cette fois il va en sortir quelque chose.

– Cette fois ? répéta Brennon.

Hall s'était exprimé comme s'ils observaient là un rituel, et puis subitement l'Enterreur se pencha vers lui et lui flanqua une tape sur le genou.

– Là-bas, au Woodie, on est en famille, fit-il avec sa face rubiconde d'alcoolique. De mon temps, je connaissais presque tous les vrais chasseurs d'hommes, au moins du côté de ces concessions-là, et le vieux Leon, c'était pareil.

Brennon sourit faiblement et but une gorgée de bière. Ce petit numéro de vantardise était aussi vieux que l'école de police : tout le monde connaissait tout le monde, sauf qu'en réalité personne ne connaissait jamais réellement personne.

– C'est vrai de vrai, insista le vieil homme, y en avait qui venaient voir l'Enterreur en chair et en os, d'autres qui étaient juste intéressés par le destin de deux millions de morts. Ça fait beaucoup de corps qui ont des histoires à raconter.

– C'est vrai, acquiesça Brennon, beaucoup d'histoires, et il avait dans la voix une nuance de lassitude et même un brin de sarcasme.

– Le nom de Nicholas Dobbs, ça dit rien à un homme de votre âge ? jeta subitement Dudley Hall et Brennon faillit en avaler sa gorgée de bière par le nez.

– Et Tombstone Taylor, Popeye Doyle, le seul et l'authentique, et Big Duke Duncan, Mad Max Drury et votre bon vieux molosse, votre Scotty ? Je l'ai vu arroser quelques tombes, de mon temps.

– Jack Scott ?

Brennon aspira une grande goulée d'air, comme si un ressort lui avait ouvert automatiquement la mâchoire.

Mais l'Enterreur se retrancha derrière un sourire édenté et silencieux, car Leon Rigby repassait entre eux deux, les bras chargés de trois cartons de dossiers.

Le grand personnage filiforme était fier de ses talents d'organisation, en particulier des rangées de signets en plastique multicolores qui servaient à retrouver des centaines de fiches blanches cartonnées au format quinze par dix.

À l'extérieur de la première boîte, il était inscrit *Fournitures en gros* et il eut une toux humide en rapprochant le lampadaire.

– Je vais vous réclamer un peu de patience, annonça-t-il alors que ses doigts osseux faisaient défiler les fiches. Elles sont classées par date, mais cette urne a très bien pu faire l'objet d'une vente personnelle, une transaction de gros, ou même d'un troc, alors ça prendra peut-être du temps.

– Pas de souci, fit Brennon. Ce classement est imposé à tous les incinérateurs ?

– Bon Dieu, jeta l'Enterreur avec un sourire carnassier, c'est juste pour le cas où le fisc voudrait ses sous. Il s'y prépare depuis des années, c'est pas vrai, Rigby ?

Le personnage filiforme continuait de chercher sans se laisser troubler par l'Enterreur qui se renfonça dans son siège.

– L'incrustation en or, c'est du vrai ? demanda Brennon en se penchant pour tâter l'objet.

– Dix-huit carats, six millimètres d'épaisseur, à peu près 1,2 once troy d'or. (Il sortit une fiche de la boîte.) En 1969, ce métal coûtait huit dollars au prix de gros. Une belle somme.

– Je peux voir ? fit Brennon en lui prenant la fiche, et il lut des notes soigneusement rédigées à la main. L'urne a été fabriquée en 1964, chez Peterson's Mortuary Services, à Saint Paul, dans le Minnesota ?

– Une très bonne maison, ils ont fait le plongeon la même année, il faut toujours maintenir ses frais généraux à la baisse et ses bénéfices à la hausse, mais eux ne respectaient ni l'un ni l'autre. L'intérieur est en verre soufflé, l'extérieur est en cuivre plombé et la finition est en émail bleu cloisonné rehaussé d'un insert d'or.

Il revint à son carton.

– Alors, c'était vous qui remplissiez ces bocaux et ensuite vous les retourniez au salon funéraire ?

Rigby secoua la tête.

– Si les défunts devaient être inhumés à Woodlawn et si le service religieux se passait ailleurs, le croque-mort opérait simplement avec un bocal vide, un double, un objet factice, et je gardais le vrai ici.

– Ces vampires faisaient payer la famille pour un transport bidon et le prêtre bénissait une boîte vide, ricana Hall.

Rigby haussa les épaules.

– En 1964, j'avais vendu sept de ces urnes à la noix, à plusieurs funérariums. Voici la liste.

Et il la tendit à Brennon, qui examina la fiche.

– Alors ces funérariums auraient pu se mélanger les pinceaux ?

– Non, rectifia Hall, une fois qu'ils avaient pompé la famille endeuillée pour le transfert bidon, le salon funéraire renvoyait le bocal vide à Leon, en échange du vrai qu'il avait rempli.

– Ou alors ils avaient toujours le choix de garder la boîte et de partager le total des honoraires factices, ajouta Rigby, mais cette urne-ci n'a jamais été incluse dans une transaction en gros, ou alors elle ne figurerait pas ici.

Il gratta les fiches de ses ongles jaunis.

– Alors il s'agit d'une vente au détail ? insista Brennon.

– C'est possible, mais je crois que je m'en souviendrais, ces achats-là, c'étaient toujours des personnes endeuillées qui venaient sans rendez-vous. Apparemment, j'en avais quatre en stock et pourtant j'étais persuadé de n'en avoir que trois.

Sa main voleta des fiches rouges aux fiches bleues, à la recherche de l'année exacte.

– Il est mort quel mois ? demanda-t-il en s'arrêtant sur un onglet de l'année 1966.

– Février, répondit Hall.

Rigby se remit à la recherche d'une fiche, ses yeux parcourant très vite les lignes manuscrites. Puis il finit par en dégager une du lot et hocha la tête.

– Voilà la réponse, soupira-t-il, imaginez ça, c'était une commande par téléphone, assez rare. J'aurais dû m'en souvenir.

Il lut à haute voix, tout en interprétant le contenu de la fiche.

– Quelqu'un qui ne pouvait pas assister au service a payé pour l'urne et en plus il l'a fait à la dernière minute. D'après ce qui est inscrit ici, quand la commande a été passée, j'avais déjà procédé à la crémation et j'étais sur le point de fourrer le défunt dans une boîte cartonnée, celle des incinérations lentes.

– Je peux ? s'enquit Brennon, les sourcils froncés d'impatience. « 24 février 1966, lut-il. Peterson's Eternal Promise, commandé par téléphone pour Dorani, Zacharie. Coût de l'achat : 1200 $. »

– C'était ma dernière de ce modèle, se défendit Rigby.

– Sous le mode de paiement, il est indiqué BCP. Qu'est-ce que c'est ?

– Bon de commande personnel, une abréviation à moi, c'est le mode de règlement. Ça devait être du liquide ou un chèque certifié, remis avant la cérémonie.

Brennon opina.

– Et ensuite, au-dessous, c'est noté *Acquitté en totalité*, ce qui signifie que vous avez perçu la somme ?

– Je pense bien ! lâcha Hall.

– Et *Dryer, vingt-six dollars*, ça signifie quoi ?

Dudley Hall fut le premier à répondre, en posant son verre vide.

– Ça doit être Al Dryer, le graveur qui s'est occupé de l'or, il est mort, ça fait un bail.

– Le tout était compris dans le prix du billet, précisa Rigby, juste un rappel personnel pour le cas où Dryer serait venu me dire que je l'avais pas payé, car ça lui arrivait, parfois.

– Ici, il n'y a pas de réclamation, le rassura Brennon, c'est noté *Acquitté en totalité*, le 25. Ensuite, en dessous, il y a le nom de la société qui a acheté l'urne, DIDS Ltd, à Dallas, Texas, et une ancienne adresse.

– Jamais je n'aurais accepté ça !

Rigby était outré et il prit la fiche, la retourna, puis la plaça sous le halo jaune de la lampe. Ensuite, il se pencha vers Matt Brennon et son visage maigre se fendit d'un large sourire.

– Voyez ici, fit-il fièrement, c'était juste que j'avais plus assez de place, j'ai même recopié le numéro de téléphone. DIDS, c'est le sigle de Dallas Instruments & Dental Supply, et l'homme avec qui j'ai traité, M. Aaron, était le propriétaire. C'est bien lui, ajouta Rigby en reniflant, un signe à l'intention de Hall, et Brennon réfléchit très vite à cette série d'informations.

Que Zak Dorani ait été un athée convaincu, c'était une vérité établie, et pourtant, le président de DIDS avait réclamé très clairement, avec force détails, que le défunt soit enterré dans une urne religieuse, très précisément une urne chrétienne ornée de cinq croix en or.

– Est-il possible que M. Aaron n'ait rien su des convictions religieuses de Dorani ? reprit Brennon.

– Nan, fit Hall en repoussant l'idée d'un revers de la main, la prison avait dû conserver tout ça dans un fichier et au moment où Aaron a offert de payer pour l'ensemble des services, ils l'auront informé.

– Et s'ils ne l'avaient pas fait, je m'en serais personnellement chargé, affirma Rigby.

– Alors pourquoi vous êtes-vous conformé à cette demande ? Cela aurait pu être mal intentionné, dans une démarche délibérée de ne pas honorer la dernière volonté de Dorani, qui souhaitait probablement être enterré dans une urne anonyme. Il ne lui restait aucune famille ?

– On ne gagne pas grand-chose en vendant un bocal de cornichons, ironisa Hall.

– Et quel mal à cela ? s'écria Rigby, sur la défensive, et sa toux grasse le fit trembler de tout son corps.

– Eh bien, fourrer un homme dans un bocal qui le débecte, c'est pareil que pisser sur une tombe, sauf que c'est pire, parce que c'est lui refuser une dernière volonté qui dure une éternité. Tu devrais avoir honte, le sermonna Hall.

Brennon regarda Rigby tendre le bras vers sa bouteille d'oxygène, se plaquer le masque sur la figure et ouvrir la manette de gaz.

Brennon repensa à tout cela. Si ce que racontait Dudley Hall était vrai, alors l'achat de cette urne chrétienne avait peut-être été conçu comme une sorte de châtiment, une forme d'insulte, au demeurant une insulte coûteuse. Il s'interrogea sur la relation de M. Aaron avec Zak Dorani, si tant est que ce soit bien lui qui ait été enfermé dans ce bocal. Avec cette énigme en tête, il se sentait étrangement à vif et son instinct l'avertit de passer à l'action. Il se servit du téléphone de Rigby pour appeler la nacelle du ViCAT et commander sur DIDS Ltd une recherche informatique à l'échelle nationale.

Une demi-heure plus tard, à 21 h 45, ce samedi 9 avril, l'agent spécial Daniel Flores le rappela et Brennon décrocha dès la première sonnerie, sous les regards de Leon Rigby et de l'Enterreur.

– J'ai trouvé l'acheteur de l'urne dans l'annuaire, il est président d'une grande société de matériel dentaire, lui annonça le jeune agent. D'après l'indice de solvabilité de Trans-Union, DIDS est resté l'entreprise d'un seul homme jusque dans les années 1970, mais maintenant ils possèdent des bureaux dans vingt-trois États.

– C'est gros et c'est prospère, remarqua Brennon. Donc Aaron est toujours en vie ?

– Tout à fait, et je viens de parler avec le commandant Scott. Il m'a prié de vous dire que cette recherche était urgente, elle passe donc en tête des priorités. Il a aussi demandé que vous enrôliez Dudley Hall, nous aurons besoin de son aide.

– Pardon ?

– Jack m'a dit qu'il fallait que vous demandiez à M. Hall de venir avec vous à Washington, en souvenir du passé. Vous devez lui acheter son billet.

Brennon se sentit la tête lourde, comme au bout d'une tige soudain fragile.

– Rien d'autre ? ajouta-t-il d'une voix feutrée.

– Non, mais j'ai dû rentrer plusieurs combinaisons avec le nom Aaron avant d'avoir un retour. Il y a une petite faute dans vos informations, une simple inversion.

– Sur le nom ?

– Oui, monsieur. Aaron n'est pas le nom de cet homme, mais son prénom.

Brennon griffonna cette rectification dans son carnet.

– Je devrais donc lire *Aaron Seymor Blatt* ?

– Oui, monsieur, fit Flores, cinquante et un ans, célibataire, et pas de casier.

31

Au poste de commandement, le téléphone avait sonné dès les premières heures du matin et Jack Scott venait d'achever un appel, le visage fatigué, mais concentré. Peu lui importait de ne jamais avoir entendu parler d'Aaron Seymor Blatt, il avait immédiatement ordonné que le ViCAT remue ciel et terre, que son bureau de New York concentre toute son énergie sur lui, qu'on exhume son histoire et que l'on mette sa vie à nu.

Frank Rivers était sorti tester un équipement de pistage électronique sur le parking de l'autre côté de la rue et, dès qu'il repassa la porte de derrière, il découvrit Scott occupé à travailler sur un collage de clichés de la maison de Diana Clayton, parcourant le calendrier de rendez-vous de la jeune femme. Il plaça une photo sur la table.

– Est-ce vraiment nécessaire ? lança Rivers en entrant dans la cuisine d'un pas nonchalant et il jeta un œil par-dessus l'épaule de son supérieur, le regard attiré par le portrait au cadre d'argent de Kimberly Clayton.

Cette image était tout simplement obsédante et, puisqu'elle ne s'inscrivait pas clairement dans l'avancement de l'enquête, elle paraissait un peu macabre. Scott inhala une bouffée de sa cigarette, puis il prit le cliché sur papier brillant de Miss X, d'où l'image d'argile, extrêmement réaliste, le fixait de ses yeux humains et pénétrants.

– Quelque chose a précipité ces agressions, énonça tranquillement Scott. J'aimerais savoir quoi et la réponse tient sans aucun doute à ce qui relie ces personnes entre elles.

L'autre fronça les sourcils.

– Vous arrivez finalement à en savoir plus sur elles ?

– Oui, mais cela va au-delà. Ces deux familles partageaient quelque chose, une activité peut-être, je ne sais pas.

– Jack, dit-il, sceptique, si cette enfant avait vécu – il attrapa le portrait de Miss X –, elle serait plus âgée que moi.

– C'est tout à fait juste et les sœurs Clayton auraient pu être mes petites-filles, mais cela n'a rien à voir avec l'âge. Je considère chacune d'elles comme un individu à part entière et leurs comportements transcendent le temps.

– Alors, que voyez-vous ?

Scott sourit.

– Jusqu'ici, rien. (Il changea de sujet.) Comment marche l'équipement de terrain ? Opérationnel ?

– Bien sûr, mais c'est un machin primitif, la balise nous force à rester à moins de mille cinq cents mètres, pas beaucoup plus.

Il avait prévu de placer un petit émetteur derrière le pare-chocs de la voiture de Jessica Janson, mais il se demandait maintenant si cela en valait vraiment la peine. Il ramassa son sac de matériel posé au sol.

– Le capitaine Drury a-t-il téléphoné au sujet de la jeune Patterson ?

– Max a signalé que les chiens avaient flairé l'odeur de Debra dans les toilettes dames du bar, mais rien d'autre, elle s'est trouvée là-bas, c'est tout ce qu'ils ont récolté.

Rivers se remémora les sous-vêtements vert fluo que Jon Patterson avait retrouvés dans sa corbeille à linge ; ils paraissaient mûrs pour une tentative d'identification K-9 par escouade canine. Ils avaient donc envoyé leur meilleure équipe pour une fouille en règle au Zephyr Bar & Grill, plus tôt dans la journée.

– Et les témoins ?

Scott secoua la tête.

– D'après les entretiens sur le terrain, il n'y en a pas et les propriétaires de l'établissement sont très peu coopératifs. Ils ont immédiatement menacé d'entamer une procédure pour harcèlement illégal et nous n'avons rien qui motive la délivrance d'un mandat de perquisition. À mon avis, de ce côté-là, c'est l'impasse, à moins que nous ne déposions une requête devant le juge lundi, mais, d'après moi, la présomption légitime va poser un vrai problème. (Il lui tendit une note.) Les propriétaires, c'est eux.

– Mais enfin, bordel, gronda Frank, ça va faire huit heures qu'on a retrouvé sa voiture.

Il fourra le bout de papier dans sa poche juste au moment où la voix de Murphy la Mule crachotant dans l'émetteur-récepteur radio de la cuisine leur parvint aux oreilles comme un coup de fusil.

– La base, ici Huskies...

Rivers tendit le bras à l'autre bout de la table, attrapa le micro et baissa le volume du récepteur.

– Vas-y.

– Une voiture est en train de se garer, une Oldsmobile Cutlass blanche, une femme au volant, tu veux les plaques ?

– Négatif, Huskies. C'est la mère ?

– Ça y ressemble. Le gamin est sorti par la porte en courant pour aller la rejoindre. Il la serre contre lui, mais cette dame ressemble pas du tout à ta description. On est en train de tirer les photos.

Toy Saul se servait d'un objectif télescopique pointé à travers les fenêtres arrière du van et il prenait ses clichés sur des pellicules à émulsion rapide.

– Bien reçu, Huskies, ils ont rangé la voiture dans le garage ?

– Non, dans l'allée, et ils marchent en direction de la porte d'entrée.

Rivers opina.

– Base à Pogo. (L'équipe occupait l'autre poste de surveillance, côté bowling.) Tu me reçois ?

– Ah oui, monsieur, pépia la voix fluette de Rudy Marchette, tout électrisé, et Rivers griffonna l'heure dans son registre de service : Jessica Collier Janson était arrivée chez elle à 18h08, samedi 9 avril.

– Tu nous tiens au courant, demanda-t-il, puis d'un coup de pouce il lâcha le poussoir et se mit à chercher dans son sac de matériel.

Il en retira d'abord un holster Galco en cuir souple qu'il enfila par le bras gauche, puis y glissa un automatique et ajusta le ressort de tension du baudrier avec un petit tournevis qu'il conservait dans son trousseau de clefs. C'était un pistolet d'aspect inhabituel pour un policier d'État ; le métal était d'un bleu luisant et la crosse incrustée d'ivoire et non de caoutchouc, contrairement à la plupart des vrais pistolets de combat. On en avait retiré les deux viseurs avant et arrière, et Scott reconnut un vieux Combat Commander. Il observa quelques instants Rivers manipuler son arme, reproduisant le même geste jusqu'à être satisfait de la facilité avec laquelle il réussissait à la dégainer.

– Vous sortez chasser ? s'enquit son supérieur, voyant Rivers se saisir d'un blouson coupe-vent gris clair avant de poser le petit récepteur radio sur la table.

– Des promesses à tenir, répondit-il sur un ton monocorde, et la pièce se chargea d'une tension singulière qui transforma instantanément ces deux hommes en deux étrangers.

Elmer et Jessica Janson marchaient main dans la main au milieu de l'allée, sans se presser, avec le chien à trois pattes qui s'échinait à attirer leur attention tandis qu'ils montaient les marches dallées de pierre et le jeune garçon, surexcité, n'arrêtait pas de parler. Ils franchirent la porte d'entrée.

Ils traversèrent le vestibule et passèrent dans la cuisine.

La vérité, c'était que Jessica était une blonde séduisante, ce qui rendait Elmer plutôt fier, même si aujourd'hui sa mère était habillée pour le bureau, un ensemble de gabardine bleu marine nullement suggestif – une tenue qui n'évoquait rien d'autre que des décisions froides et asexuées. Son pantalon assorti avait un pli aussi tranchant qu'une lame et elle retira sa veste qu'elle étala soigneusement sur sa mallette et déposa le tout sur le comptoir carrelé. Elle déboutonna le col Mao de son chemisier blanc et se tamponna le cou avec un bout d'essuie-tout humide. Elmer se chargea de lui servir un peu de thé glacé d'une carafe sortie du réfrigérateur, puis lui tendit le verre embué.

– Tu es un ange, soupira-t-elle en buvant délicatement, tout en retirant ses escarpins bicolores étroits aux talons à bride.

Elle se pencha et les disposa près de la porte sur une feuille de papier journal.

Ils restèrent tous deux debout, Elmer s'agitant à côté d'elle et Jessica se massant les pieds d'une main. Le chien, les oreilles plaquées sur la tête, vint presque la heurter à la cuisse.

– Salut, Tripode, on t'a oublié, c'est ça ? fit-elle avec un sourire compatissant, et elle s'accroupit pour caresser le grand berger qui se posta aussitôt sur ses pattes de derrière en battant l'air de sa patte valide.

Elle la lui serra, puis s'assit en tailleur sur le sol de lino blanc et, sans attendre, le chien lui enfouit son museau entre les cuisses. Elmer se colla contre eux et dévisagea sa mère.

Elle était fatiguée, cela se voyait, elle avait les yeux rouges et larmoyants, la voix rauque. Il avait l'habitude ; il savait qu'elle allait retrouver son énergie et il lui laissa le temps de se relaxer.

– Maman, dit-il calmement en se balançant, les mains calées sous les genoux, les deux poings serrés.

Jessica lança un rapide regard à son petit garçon et, comme souvent, elle vit en lui les traits obsédants de son père, avec ces yeux vert menthe qu'il avait hérités du côté Janson. Elle sentit un coup sourd cogner dans sa poitrine.

– Oui ? dit-elle en caressant l'oreille du chien.

Le garçon hésita, se pencha, se mordilla la lèvre supérieure.

– Maman, reprit-il lentement, tu penses que je suis quelqu'un de bien ?

– Pourquoi me poses-tu cette question ?

– Papa disait que, le plus important, c'était qu'en grandissant je devienne quelqu'un de bien, expliqua-t-il, et tout son visage plein d'innocence trahissait l'incertitude.

Sans qu'il y ait à cela de raison valable, il semblait en proie au doute et Jessica Janson se sentit le cœur saisi de chagrin. Elle avait l'esprit ailleurs et la voix de son fils n'était plus qu'un murmure en bruit de fond.

Elmer se souvenait des propos qu'il n'avait pu comprendre la première fois qu'il les avait entendus, il était trop jeune à l'époque de la mort de son père, et pourtant, maintenant, il les repassait dans sa tête et tentait d'en saisir le sens. Elle en avait la gorge serrée.

– ... et papa disait que l'important, ce n'est pas qui on est en apparence, mais qui on est à l'intérieur.

– Viens ici, mon rouquin, chuchota-t-elle, et elle l'attira contre elle, se nicha le visage dans le creux de son cou, puis l'écarta, en le tenant par les épaules. Papa serait très fier de toi, lui promit-elle en le regardant droit dans les yeux.

Il étreignit sa mère, se suspendit à son cou et, même s'ils ne restèrent ainsi que quelques minutes, pour lui, cela paraissait une éternité, le temps pour sa mère de retrouver sa présence d'esprit et que ses lèvres prononcent les mots magiques de la maison Janson, ces mots de tous les samedis soir, aussi loin que remontaient ses souvenirs.

C'étaient des mots joyeux qui sonnaient la fin d'une semaine de travail et n'annonçaient que des bonnes choses.

– Comment s'appelle-t-il, déjà, ton meilleur ami ? M. Pepperoni ? M. Rigatoni ?

– Maman !

– Au moins, tu n'es pas encore trop grand pour jouer à ce petit jeu.

Elle lui posa un baiser léger sur le front, avant de lui chatouiller les côtes, et il se recroquevilla, incapable de contenir ses rires étouffés, et le chien aboya comme un furieux, à leur percer les tympans.

– Va te laver, bêta, on fonce chez Tony's.

Il monta au premier, mais se figea subitement.

– Demain, tu travailles ?

À son ton plaintif, elle éprouva immédiatement cette culpabilité de la mère qui vit seule et laisse son enfant livré à lui-même.

– Non, Elmer, le dimanche, c'est notre journée à tous les deux.

Elle alla vers lui et s'efforça d'arborer un air plus souriant.

– On pourrait aller au parc Great Falls ?

– Eh, mon petit rouquin, ce soir, tu n'avais pas envie d'aller voir un film ?

– *Platoon* au Circle Uptown ! fit-il, ravi.

– Non, répliqua-t-elle aussi vite, tu connais les règles.

– *Les Incorruptibles*, c'est interdit aux moins de treize ans ?

– Et tu as fini tes devoirs ?

– Pas les maths.

Elle hocha la tête, l'air de réfléchir.

– Alors d'accord pour *Les Incorruptibles*, je vais appeler Mamy pendant que tu prends ton bain, et surtout tu te récures bien à fond.

Et elle lui ébouriffa les cheveux.

– C'est ça qui me tracasse, dit Jessica Janson depuis sa chambre, en changeant de boucles d'oreilles, le téléphone Princess calé sous le menton.

Elle retira une boucle de son lobe gauche et la glissa dans un tiroir en bois laqué de sa table de nuit, secoua la tête et ses cheveux blond vénitien lui retombèrent devant le front.

– Quoi donc, ma chérie ?

– Oh, maman ! s'emporta-t-elle, tu ne m'écoutes pas ! (Elle se laissa choir sur le bord du lit, déboutonna son chemisier de la main droite et se tortilla pour se défaire de ce haut qui la gênait.) Il est solitaire.

– Ridicule, Jessie, fit Martha Collier, en désaccord avec sa fille. Elle avait beau vivre à Long Beach, en Californie, les deux femmes se parlaient régulièrement, tous les samedis soir.

– Il t'a, toi, et ses copains de l'école, et il a Tripode, alors arrête de te faire du souci à sa première saute d'humeur.

– Il m'inquiète, soupira-t-elle, j'ai l'impression qu'il préfère rester seul que voir d'autres enfants et cela me dépasse.

– Allons, Jessica, laisse-le être un petit garçon et il va trouver ses marques.

– Oui, enfin, pour l'instant il trouve autre chose, maman ! s'écria-t-elle, d'un ton exaspéré. Tu as oublié sa dernière petite escapade ?

– Il devient plus aventureux et estime-toi heureuse qu'il ne soit pas accro aux jeux vidéo, parce que ça leur met la cervelle en bouillie. Les autres parents auraient de quoi être drôlement jaloux.

– Maman, on nage en plein dialogue de sourds. Je n'avais pas la moindre idée de ce qu'il était allé fabriquer dans ce bowling. Quand je lui ai posé la question, il m'a juste répondu qu'il était allé exterminer une armée d'extraterrestres, autrement dit, il jouait dans les mauvaises herbes avec son vélo de cross. Et voilà que j'apprends qu'il a déterré un crâne humain, la police vient ici m'interroger et, quand j'ai questionné Elmer, il m'a juste dit qu'il... charognait. Mon Dieu, ce mot me fiche la chair de poule.

– Tu oublies un peu trop facilement, ma chérie, que tu n'étais pas de tout repos non plus. Tu te souviens de la fois où vous aviez attrapé ces petites souris, Lynne Meade et toi ?

– Merci, maman, tu m'aides énormément, je t'appelle pour un conseil et toi, il faut toujours que tu remues le passé. C'était un accident !

– Mais tu les as bien laissées s'échapper dans le cabinet du docteur, parce que je revois encore des patients du Dr Meade s'évanouir de frayeur des mois après que tu avais juré les avoir toutes récupérées... Et tu n'avais pas environ l'âge d'Elmer ?

– Oh, flûte, maman, tu es vraiment une peste !

– Bien sûr que je suis une peste, ma chérie, ce qui réclame des années de pratique. Ne le couve pas trop, c'est tout. Comment ça marche, en classe ?

– Bien, cette semaine, sa moins bonne note, c'est un B en maths.

– Je peux te dire que, par ici, tu crées des jaloux dans tout le district scolaire de Long Beach.

Elle soupira.

– Maman, il faudrait peut-être que je reconsidère un peu la place qu'occupe mon travail, pas en interrompant ma carrière, mais en envisageant un temps partiel ? Je devrais sans doute me consacrer plus à lui...

– Ridicule, Jessie, tu as un métier qui te convient parfaitement.

Jessica retira son soutien-gorge et se contorsionna pour enfiler un T-shirt rose à manches longues.

– Tu es là, Jessie ?

– Oui, oui. Hier soir, et encore cet après-midi, il m'a parlé de son père.

Elle avait dit cela avec un soupir de perplexité, et puis elle changea le combiné d'oreille et passa un pantalon gris clair, qu'elle enfila jusqu'aux genoux.

– Tout cela est parfaitement normal, une mort qui survient aussi tôt dans la vie d'un enfant, c'est très difficile.

– Ma-man ! jeta-t-elle, en insistant bien sur chaque syllabe. C'est la manière qu'il a de poser la question : « Maman, tu te souviens du visage de papa. Est-ce que je lui ressemble ? » fit-elle avec mélancolie. Comment répondre à une question pareille ?

– Avec franchise. Tu diras à Elmer que je vais venir vous rendre visite en juillet et que pour son anniversaire je compte lui apporter un truc vraiment unique.

– Tu es impossible.

– Et toi, tu piques ta crise pour rien. Ton boulot marche comme tu veux ?

– Oui, pas mal. J'emmène Elmer croquer une pizza chez Tony's et après on va au cinéma, à la séance de 21 heures, voir les *Incorruptibles*, je ne crois pas que...

– Jessie, il faut que j'y aille, l'interrompit Martha Collier, j'ai quelqu'un qui sonne. Je t'aime, mon chou, ne t'inquiète pas trop, hein ?

Et, dans l'obscurité croissante du ciel nocturne, Jeffery Dorn sentit son sang bouillir.

Agrippé à son pylône en acier, scrutant du haut du poteau téléphonique ces petites gens qui se promenaient sur le trottoir tout en bas, il en avait des battements de cœur jusque dans les tempes. Il ferma les yeux sur cette pulsation intérieure ; il avait presque oublié à quel point c'était bon d'écouter en secret ces voix étranges, émues, de repartir à l'action, de se remettre en chasse.

En retirant ses broches métalliques de l'Hydra, il sentait son pouls battre la chamade, il en avait le ventre noué et le cerveau grisé. Et, plus il pensait à Elmer et Jessica Janson, plus le sang cognait dans les chambres creuses de son cœur, lui courant dans tout le corps, irriguant tous ses muscles, toutes ses fibres, tous ses nerfs, attisant en lui un plaisir incontrôlable.

Entamant sa descente, il se sentit pris d'une envie pressante de rire ; il actionna les maxillaires, sa mâchoire claqua, sa langue s'agita et son visage se tordit en un masque obscène et diabolique. Il se remémora une scène de son enfance – sa mère l'avait contraint à rester debout des heures devant le miroir de sa chambre, le guidant dans ses efforts, afin qu'il réussisse à afficher des émotions crédibles.

– Pas comme ça, mon chou, disait-elle. Maintenant, fais un beau rire à ta maman ! Un beau grand rire à maman !

Et, s'il l'asticotait trop souvent, s'il multipliait trop ces petites mines diaboliques, refusant d'obtempérer, il recevait une gifle en pleine figure.

En y repensant, Jeffery Dorn pouvait sincèrement l'affirmer : il avait fini par s'attacher à sa mère, une mère de famille, une petite-bourgeoise qui avait compris dès le début que quelque chose ne tournait pas du tout rond chez son fils.

– Zacharie, souris-moi ! exigeait-elle.

Et, à chacune des gifles cuisantes qu'elle lui administrait d'un poignet leste, le garçon recommençait, jusqu'à atteindre la perfection.

32

Comme presque tout à Washington, le Zephyr Bar & Grill présentait deux visages distincts, selon l'atmosphère recherchée par le client.

Le premier, assez plaisant, était celui d'un lieu de rendez-vous au nord-ouest de la ville, où les jeunes pouvaient se retrouver lors de la College Night, qui tombait toujours un vendredi – et c'était annoncé sur l'une des vitrines.

Mais c'était l'autre visage du Zephyr qui dérangeait Frank Rivers, un visage d'une dépravation sans égale pour d'autres clients qui savaient que certaines soirées particulières du samedi leur étaient réservées, ce qu'il comprit au vu des stores baissés, ou peut-être de la lumière que l'on avait laissée allumée dans la ruelle de derrière.

Il surveillait l'endroit depuis une butte gazonnée surplombant l'arrière du bâtiment et il fila en bas de cette petite déclivité au pas de course, en foulées léonines, étirant les longs muscles de ses jambes, ses bras sculptés luisant de part et d'autre de son torse, comme des pistons rythmant sa course dans une brume légère. Et, par-delà ce voile d'humidité, il ressentait la menace grandissante des pluies de mousson, le ciel qui virait au noir et les ombres enveloppantes.

Sa trajectoire fluide l'amena sur des pavés irréguliers, plus loin dans la ruelle, derrière le Zephyr Bar & Grill, puis il progressa au cœur de cette obscurité et s'approcha rapidement de la jeune femme qui, la démarche instable, traversait le patchwork accidenté de la chaussée. Elle tourna la tête, jeta un œil et pressa le pas.

Elle était grande et portait une tenue à la mode: un tailleur en tricot bleu moulant et fendu, révélant ses longues jambes, et des bas scintillants avec des talons aiguilles qui lui donnaient cette démarche juste assez oscillante pour être sensuelle. Avec un sourire, Rivers l'avait regardée se mouvoir voluptueusement en songeant qu'avec une pareille silhouette et un tel déhanchement elle ressemblait à un coûteux appât. Puis il l'avait doublée.

Il consulta sa montre. Il était 20h17.

Avant qu'elle n'arrive, il avait passé tout le pâté de maisons au peigne fin, observé les clients qui traversaient son champ de vision pour pénétrer dans le bar, par-derrière. C'étaient tous des hommes, de la quarantaine au début de la cinquantaine, bien habillés, portant des attachés-cases ou des serviettes en cuir, certains arrivant à pied, d'autres se garant dans la rue en manœuvrant avec aisance, d'une seule main, entrant et sortant du bâtiment telle une procession de fourmis affamées.

Rivers avait dans sa main gauche une laisse en grosse toile, avec son collier pour chien, et comme il avait choisi une tenue décontractée, jeans et coupe-vent gris léger, il paraissait naturel qu'il soit là en train d'arpenter ces ruelles à la recherche de son chien.

Ralentissant le pas, il arriva derrière elle juste au moment où elle se retournait, ses yeux croisant les siens, et la main de la jeune femme fit sauter le fermoir en laiton de son sac à main, qu'elle tenait serré contre son sein. Sa cascade de cheveux roux lui arrivait aux épaules, ils flottaient au rythme de ses mouvements, trop parfaits pour être réels.

– Salut, risqua-t-il, et il réduisit l'espace entre eux d'une seule et longue enjambée.

Il ne pouvait s'empêcher de la fixer du regard – vue sous cet angle, cette femme n'était plus qu'un décolleté et une paire de jambes, et son parfum l'enveloppa comme un nuage. Il vint se poster juste à côté d'elle, au petit trot pour rester à sa hauteur.

– Casse-toi, vicelard, souffla-t-elle, un peu décontenancée, mais en pressant le pas d'un air assuré, malgré ses talons aiguilles sur cette chaussée dangereusement irrégulière.

Elle avait le pas léger, avec un petit déhanchement.

– On dirait qu'il va pleuvoir, insista-t-il.

– J'ai la main sur mon pistolet et le doigt sur la détente, l'avertit-elle froidement sans lever les yeux, son joli visage aussi dur qu'une dalle de pierre.

Il la gratifia de son plus chaleureux sourire, leva les mains, les croisa sur sa tête, puis recula, au trot, les coudes pointés en l'air.

– Où allons-nous ?

– Nous ? lâcha-t-elle, moqueuse et glaciale. Nous n'allons nulle part !

Là-dessus, elle s'immobilisa. Il y eut l'éclair d'un petit pistolet chromé dans la lumière tamisée, ses yeux au maquillage chargé le jaugèrent de la tête aux pieds, elle le toisait du regard – en fait, elle le voyait véritablement pour la première fois.

Ils se trouvaient à une trentaine de mètres de la porte de derrière du Zephyr.

– Ça y est, j'ai déjà capitulé, sourit-il faiblement, puis il se rapprocha à pas lents et la femme se raidit.

– Écoute, sale vicelard, grinça-t-elle, et l'expression de son visage se fit aussitôt déplaisante. Avec ces talons, je peux pas courir, alors soit j'appuie sur la détente, soit tu me fous la paix !

Rivers eut une rotation de tout son torse, puis il ferma les yeux.

– Désolé, vous allez devoir tirer.

– Quoi ?

Du coup, son maintien altier perdit de sa superbe et le petit pistolet fut agité de menus tremblements.

– Je suis vraiment désolé de vous créer des embêtements, je m'appelle Frank Rivers, c'est toujours mieux de connaître le nom de celui qu'on retient en otage.

Il pointa le doigt sur le pistolet et sourit.

– Vous êtes cinglé ! fit-elle d'un ton rageur, et elle se remit à marcher.

– J'espère que vous aurez l'impression d'avoir fait le bon choix. Je ne suis vraiment pas un Frank très difficile. J'ai juste besoin d'une promenade par jour et je suis équipé de ma propre laisse.

Il agita cette laisse en toile qu'il tenait dans sa main gauche et recula en veillant à garder les mains levées en l'air.

La jeune femme, qui commençait à saisir l'absurdité de la situation, le considéra d'un air pincé, puis consentit à un mince sourire. Très mince, mais un sourire quand même.

Subitement, elle pencha la tête, rangea son arme minuscule dans son sac à main, s'immobilisa, puis sortit son portefeuille.

– J'ai besoin d'aide, dit-il d'une voix sincère, un peu fébrile. Je n'ai pas l'habitude de quémander...

– Effectivement, dit-elle en haussant le sourcil, je vois ça.

Et elle sortit un billet de cinq dollars tout neuf, le lui tendit. C'était proposé avec une telle sincérité qu'il avait envie d'accepter, mais il fit non de la tête.

– Non ? (De nouveau, elle chercha son arme, sa main plongeant dans le sac.) Que voulez-vous ? lança-t-elle froidement.

– Ça concerne une gamine qui a disparu, dit-il en détachant ses mots, on a retrouvé sa voiture là, devant, hier soir.

D'un signe de tête, il indiqua le Zephyr.

– Ah, vous êtes flic, fit-elle dédaigneusement, en hochant la tête. Maintenant tout s'explique, espèce de pourri !

Son corps se relâcha, elle n'était plus sur la défensive, et elle referma son sac à main.

– Si j'avais commencé par sortir mon insigne, vous ne m'auriez même pas adressé la parole.

– Vous avez raison, j'aurais appelé mon avocat, et c'est justement ce que je vais faire. C'est quoi, votre numéro de matricule ?

– Écoutez, madame – il baissa les mains –, je suis un être humain, et même si c'est visiblement difficile à admettre, ce qui compte, pour le moment, ce n'est pas tellement ce que je fais, mais pourquoi je le fais.

Le visage fermé, elle se rembrunit et haussa le sourcil.

– Vous voulez bien m'accorder une chance, s'il vous plaît ?

Elle le surveilla attentivement tandis qu'il sortait de sa veste une photo de Debra Patterson qu'il lui présenta. Sur ce cliché, la jeune fille était debout à côté de ses parents, l'air charmant et toute fière, vêtue d'une robe blanche, le jour de sa confirmation. La femme observa l'image de plus près, examina ce visage.

– Elle est très jeune. Vous êtes parents ?

– Non, non, pas du tout. La photo a été prise il y a deux ans, mais vous avez raison, cette gosse qui a disparu aurait pu être n'importe qui, ma nièce, votre sœur, la voisine d'à côté. Tout ce que je sais, c'est qu'elle est l'enfant chérie de quelqu'un et que cela ne devrait pas compter pour rien, dans ce monde de souffrance... Non, cette jeune fille ne devrait pas compter pour rien.

La femme scruta les yeux de cet homme, là, en face d'elle : ils étaient d'un bleu menaçant, et pourtant, derrière, on percevait de la douleur. Elle s'avança d'un pas et fit un petit signe de tête.

– D'accord, Frank le bon chien, je suis joueuse. Je vous accorde dix minutes, à partir du moment où vous m'aurez montré votre insigne et, attention, je sais repérer les faux.

Rivers exhiba son écusson, en veillant à le dissimuler au creux de sa paume, car un autre homme agrippé à son attaché-case venait de faire son apparition dans la ruelle. Il n'y avait pas de doute, l'insigne était authentique.

– À ce jour, la seule descente qu'il y ait jamais eue dans ce bar, c'était pour vente d'alcool à des mineurs. (De la tête, il désigna le jeune crétin qui, à cet instant, déverrouillait sa voiture et ils l'observèrent.) Ça déborde d'activités, là-dedans, et il faut que je sache de quoi il retourne : du jeu, de la drogue, des filles, j'ai besoin de tout savoir.

– Et qu'est-ce qui vous empêche d'y aller vous-même ?

– À mon avis, ils connaissent très bien tous leurs clients, alors ils me repéreraient, et en plus, ce matin, ils ont eu la visite d'une de nos équipes de la brigade canine.

– Oui, mais jamais ils n'iraient soupçonner une call-girl, c'est ça ?

– Exactement, fit-il avec un sourire cordial, jamais ils n'iraient soupçonner une dame.

Au lieu d'une dizaine de minutes, cela lui en prit presque trente. Dès qu'elle ressortit par la porte de derrière, il remarqua le visage et la posture sévères, le regard triste et froid.

Il dévala d'une foulée fluide la butte gazonnée qui dominait la ruelle et elle jeta un rapide coup d'œil par-dessus son épaule, en accélérant l'allure. D'un petit pas chassé, il se porta à sa hauteur.

– Venez avec moi, ordonna-t-elle en le prenant par la main et en le reconduisant vers la butte.

Ils s'y rendirent en quelques pas et s'installèrent au bord du trottoir. Marcy tira sur sa jupe d'un petit geste sec et son regard fixe se perdit dans le lointain – elle avait les yeux vides.

– Je me sens souillée, fit-elle à voix basse, et elle frissonna de tout son corps. (Elle tira de nouveau sur sa jupe, un peu hésitante, s'assit contre le caniveau et leva les yeux au ciel, mais des nuages masquaient les étoiles.) Vous fumez ? demanda-t-elle, visiblement ébranlée.

Il allait se remettre debout, mais la main de Marcy le rattrapa par le bras.

– Des clopes, pauvre abruti, des cigarettes. Je touche pas à la drogue, enfin, bon, juste un peu de Valium, vous devriez essayer.

– Pardon, fit-il en écarquillant les yeux, puis il en sortit une, l'alluma et la lui tendit.

Leurs regards se croisèrent. Il remarqua ses yeux d'une jolie couleur noisette, presque verts, et il devinait que sa véritable couleur de cheveux devait être d'un brun doux et chatoyant.

– J'ai trente-quatre ans et j'ai vu des merdes immondes, lui confia-t-elle, en inhalant à fond, mais le spectacle, là-dedans, c'est carrément dégueulasse.

Il hocha la tête.

– Comment cela ?

– C'est plein de petits messieurs et ils se paient du pop, et il y a même deux ados qui sont là, ils voient que leur bière, ils ont aucune idée de ce qui se passe là-dedans !

– Moi non plus, Marcy. C'est quoi, les petits messieurs ?

Elle le regarda avec de grands yeux.

– Des amateurs de porno infantile, Frank, des cinglés, des pervers, des sadiques, appelez-les comme vous voulez...

– Le pop, c'est quoi ?

– Et vous êtes inspecteur de police ? (Elle secoua la tête.) Du pop, du candy, des lickers... des gâteries et sucettes en tout genre, c'est du porno de pédophile, de véritables saletés pour désaxés. Je leur ai dit que j'avais un client qui avait des envies spéciales et ils m'ont montré des trucs franchement immondes, des hommes, des femmes, de la bestialité, du bondage, des enfants, des trucs super pervers...

Elle ponctua sa phrase d'un petit bruit bizarre, comme un claquement de dents.

Rivers lui posa délicatement la main sur le genou.

– C'est franchement des trucs de malade, s'écria-t-elle encore, et en plus ça leur plaisait de me les exhiber !

Il opina, compréhensif.

– C'était quoi exactement ?

– Des livres, des films, des magazines, des cassettes, tout ça, et ils étaient drôlement fiers d'eux. (Elle le dévisagea.) Ils m'ont dit qu'ils fournissaient des trucs qu'on pouvait pas se procurer ailleurs, il faudrait les abattre ces types et d'ailleurs je m'en chargerais volontiers...

Il sentit sa gorge se nouer.

– Et toute cette camelote, ils la gardent où, au juste ?

– Je sais pas trop, là-dessus, ils sont restés assez discrets, dans la cuisine, je crois, mais ils avaient quand même des photos sous le bar. Un cliché d'un petit garçon et d'une petite fille… (Sa voix s'étrangla et il la vit refouler ses larmes.) C'est inhumain.

– Quel âge ?

– Huit, peut-être dix ans, je ne sais pas. Et ils avaient aussi un film avec des ados, sûr qu'ils n'étaient pas majeurs.

Il lui posa une main sur l'épaule et lui tendit un bout de papier.

– C'est pour vous, lui dit-il, et elle y jeta un œil, l'air perplexe, car le bout de papier ne comportait qu'un numéro de téléphone.

– Si jamais vous avez besoin d'un ami, appelez-moi.

– Et vous ? soupira-t-elle.

Il se leva et vit un homme d'âge mûr sortir d'un pas tranquille du Zephyr – le sac que le type tenait à la main revêtait à présent une toute nouvelle signification.

– Quoi, moi ?

– Qu'est-ce que vous allez faire ?

D'un signe de tête, il désigna le bar.

– Il faut que je sache s'ils ont aperçu la fille que je cherche.

Il se dirigea vers la porte, mais Marcy se leva d'un bond et lui coupa la route, comme il l'avait fait avec elle, en levant les mains en l'air.

– Je vais vous appeler du renfort, ce sont des hommes très cruels.

Il secoua la tête, regarda fixement au-delà d'elle et rejoignit l'obscurité d'un mouvement si fluide et silencieux, qu'il était difficile de s'apercevoir même qu'il s'était éclipsé.

C'étaient des jumeaux.

Kenneth et Bart Dix, deux hommes d'âge très mûr, la tripe pendante, deux personnages à l'air endurci qui opéraient en tandem, occupés à tenir le bar, à remplir les verres et à les laver.

Comme Marcy l'avait laissé entendre, c'étaient de monstrueux petits messieurs, chacun mesurant un peu plus d'un mètre quatre-vingts, la tronche aplatie et les cheveux bruns en désordre, clairsemés, au-dessus d'une paire d'yeux ternes, évoquant deux billes sales, des yeux de poisson ressortant d'un crâne épais. Ces yeux suivirent Rivers quand il entra tranquillement dans les lieux par la porte qui donnait sur Wisconsin Avenue.

Le jumeau de droite souffla un mot à l'autre en retirant son tablier blanc, qu'il jeta sur le bar. En passant devant eux, Rivers, qui avait choisi une table d'angle, entendit le mot *flic*, mais il ne réagit pas, occupé qu'il était à compter les têtes.

En plus des jumeaux, il y avait là quatre bonshommes assis au bar, plus deux autres gaillards qui jouaient aux cartes à une table dans le fond et seulement six clients venus là pour boire, surtout des filles, dont une qui paraissait mineure. Il réfléchit aux choix qui s'offraient à lui. Une condamnation pour avoir servi de l'alcool à une mineure ne les retiendrait pas plus d'une heure, ils en seraient sortis avant même que la paperasse n'ait été imprimée. Il tira à lui une chaise en bois et s'installa dans un coin de la salle.

Au-dessus du bar, il n'apercevait qu'un brouillard de visages reflétés par un miroir décoré d'un lettrage métallique et doré, une pub pour la Bud Light. L'un des jumeaux s'approcha, pencha sa carcasse râblée sur le plateau de la table et flanqua un coup dessus avec sa lavette à vaisselle humide. Ses épaules étaient aussi larges que la table.

– Qu'est-ce que ce sera ?

– Un Slice.

Le jumeau secoua la tête.

– On a de la bière, du vin ou du whisky, pas de cocktails, il y a un café plus loin dans la rue, essayez là-bas.

Rivers alluma une cigarette avec son Zippo et, au-dessus de la flamme, il examina les yeux mornes, le rictus et le double menton de son interlocuteur. Il recracha un filet de fumée dans sa direction.

– Vous êtes lequel des jumeaux, vous ?

– On m'appelle le Serpent, et ce sera ?

– Et lui ?

L'inspecteur désigna le bar avec sa cigarette.

– Lui, c'est le Cadet, parce qu'il est arrivé en deuxième. C'est pour quoi, toutes ces questions ?

Rivers haussa les épaules.

– Je m'intéresse à des trucs assez particuliers, je pensais que vous pourriez m'aider.

Le Serpent humain se retourna et le Cadet croisa son regard instantanément, dans une forme d'échange silencieux qui devait remonter à leur séjour utérin. L'homme contourna le bar et s'avança.

– J'ai pas saisi votre nom, siffla la grosse trogne du Serpent.

– Francis.

– Eh bien, mon cœur, débita-t-il, montre-nous la couleur de ton argent et on te dira à quoi tu peux prétendre avec ta paie de flic.

Rivers opina, sortit son portefeuille et coucha quelques billets verts sur la table pendant que l'autre jumeau, qui s'était approché, restait en retrait de quelques pas, observant attentivement la scène.

– Total : douze dollars, annonça Rivers, et le Cadet fit un rapide pas en avant, le visage dur, le masque épais.

Une cicatrice lui courait sur le menton.

– C'est pour quoi, tout ça ? demanda-t-il d'une voix menaçante.

Rivers demeura silencieux.

Les jumeaux se regardèrent.

– N'essaie même pas de jouer avec lui, maugréa le Cadet. Tu as un mandat ?

Le Serpent s'appuya des deux mains sur la table et se pencha vers Rivers.

– Et si on jouait à la bourse ou la vie ? siffla le policier.

Le Cadet saisit son frère par le bras.

– Si j'appelle mon avocate, elle va te botter le cul si fort que tu redescendras te farcir les parcmètres, alors je te suggère de te barrer.

Rivers opina, songeur.

Juste à cet instant, un autre client fit son entrée ; le Serpent le remarqua et regagna le bar en vitesse. Rivers observa attentivement la scène. L'homme était bien habillé, petit, le début de la quarantaine. Il fit passer un cartable par-dessus le comptoir et la tête du Serpent disparut complètement.

S'il s'agissait d'espèces en petites coupures, Rivers calcula qu'il pouvait y en avoir pour quelques milliers de dollars. Mais le contenu de la mallette se refléta sur le bois vernis, le maculant de tons chair et donnant aux chopes de bière vides des reflets rosés.

L'inspecteur se leva, contourna le Cadet et fut près du bar en trois grandes enjambées. Une fois plus près, il ne put discerner qu'une photo en couleur sur papier couché, pas dans le style des magazines, plutôt un tirage coûteux, que le Serpent dissimula adroitement sous le comptoir avant de lui montrer ses mains vides.

– Tu as perdu quelque chose ? fit-il, tout sourires.

Rivers s'assit tranquillement sur un tabouret et, à cet instant, la porte du Zephyr s'ouvrit sur un autre visiteur. Entre quarante-cinq et cinquante ans, un mètre quatre-vingt-cinq, mince, cheveux noirs, peau claire, un début de barbe, cicatrice au milieu du front. Rivers constata que son costume italien gris aurait eu besoin d'un repassage ; chaussures noires éraflées, alliance, montre de prix. L'homme fit un signe de tête au Cadet qui repassa derrière le bar, lui servit une bière pression et poussa la chope vers ce nouveau client qui s'installa sur un tabouret.

– Je viens d'apprendre que vous avez reçu des Poppers tout frais, dit l'homme en souriant, et le Cadet approcha, se pencha et lui chuchota quelque chose en indiquant l'inspecteur.

Rivers plongea la main dans sa veste et brandit la photographie de Debra Patterson, tout en décrivant lentement un cercle sur son tabouret, scrutant les visages. Il laissa tomber le cliché pile entre l'aîné des jumeaux et son client. Les yeux du Serpent se mirent à tournoyer nerveusement dans leurs orbites et le Cadet se précipita.

– Alors ce sera quoi, mon pote ? C'est pas l'heure d'aller te coucher ? lança-t-il, mais sa voix avait perdu de son mordant.

Les yeux de Rivers étaient deux tisonniers.

– Je suis pas ton pote, lâcha-t-il sèchement.

Pas plus inquiet que ça, le Cadet haussa ses épaules massives, décrocha le téléphone derrière le comptoir, puis se dirigea vers une rangée de bouteilles, dans le coin, où il entama une conversation le dos tourné. Les hommes assis au bar évitant de croiser son regard, Rivers tapota sur l'épaule du plus grand, se pencha et désigna son alliance en or.

– Quand tu as terminé ta petite affaire, c'est elle qui essuie tes photos ?

L'homme maigrelet se tortilla, mal à l'aise, sur son tabouret, puis il se leva et gagna en vitesse le fond de la salle. Il passa devant un autre consommateur qui sentait couver l'altercation et se dépêcha de sortir. Le Cadet tenait le téléphone contre sa poitrine et il dévisageait Rivers.

– Hé, mon gars, fit-il d'une voix forte, mon avocate me dit que si tu pars pas on est parfaitement dans notre droit de protéger nos clients et d'utiliser la force physique si nécessaire.

– Ça, c'est un fait, répliqua Rivers d'une voix neutre.

Subitement, le Serpent vint coller son visage tout près du sien et lui enfonça son gros pouce dans l'épaule gauche.

– Tu devrais te trouver un autre métier, dans celui-ci, t'es pas très bon.

Rivers lui jeta un regard assassin.

– Ton pouce, là... il est à moi.

– Qu'est-ce que tu racontes ? siffla l'autre. Je vais t'éclater la tête !

Et il se retourna, attrapa une grosse matraque noire sous le bar et s'en tapota le creux de sa main gauche.

Rivers l'ignora.

Le barman raccrocha, tandis que, du fond de la salle, deux ombres se rapprochaient, puis le Cadet contourna le bar avec un sourire narquois, une serviette entortillée autour de la main droite. Il s'arrêta à quelques pas de lui, l'examina attentivement, puis rectifia sa position. Rivers resta les yeux rivés sur le miroir, roula sa photo, la rangea dans sa poche intérieure et le Cadet renifla un petit coup, venant le narguer dans son espace vital.

Les clients se replièrent dans les angles de la salle, pendant que deux grands types en T-shirt maculés de taches encadraient Rivers. Le plus petit des deux avait la trogne cabossée d'un ancien boxeur, on aurait dit un bloc d'argile brut qui attendait qu'on lui modèle les traits.

– Il mord, ton toutou ? demanda Rivers sans lever les yeux.

– C'est ça, pauv'cul, tu sais qu'on peut pas cogner les premiers, alors pourquoi t'arrête pas un peu d'agiter ta putain de langue, pourquoi tu fais rien ! s'emporta le Cadet.

Rivers s'appuya des deux coudes sur le comptoir, sans cesser de surveiller les trois hommes dans le miroir. Ils étaient du genre à frimer en face d'un invalide ; sans plus de cérémonie, le Cadet lâcha la serviette et posa un hachoir de boucher à large lame sur son épaule, juste au moment où le Serpent se penchait vers lui, au-dessus du bar.

– Tu vas souffrir, chuchota-t-il avec délices, mon frère, ton putain de crâne, il va te le fendre en deux, espèce de trou du cul !

– Oooh, mon gros travelo, glissa Rivers en souriant de toutes ses dents.

Sans avertissement, Cadet se rua soudain sur lui pour défendre l'honneur de son frère, mais les deux types en T-shirt l'empoignèrent et le maîtrisèrent. L'air de rien, l'inspecteur se retourna et se leva pour affronter la menace.

– T'as quelque chose à me dire ? hurla le Cadet, avec une indignation rageuse. Tu crois que tu me fais peur ?

Frank Rivers se détourna lentement, avec aisance, avec naturel. Sans un mot de plus, il partit.

33

– Ouah ! s'exclama Elmer en fronçant son masque de taches de rousseur.

Il plaça un cornet de pop-corn vide sur le siège et se tourna vers sa mère.

– C'était un super film, dit Jessica. Tu veux jeter ça, s'il te plaît.

– C'était trop génial ! soupira Elmer. Comment Eliot Ness a sauvé le bébé qui allait tomber dans l'escalier !

– Sacré vieil Eliot, fit-elle, amusée, en lui frottant les cheveux.

Et ils sortirent sans se dépêcher, en suivant la foule des autres spectateurs, montèrent les marches, franchirent les portes du cinéma et passèrent dans le hall d'entrée. Elmer jeta ses déchets dans la poubelle et la suivit dehors.

Devant les hautes portes vitrées de la galerie marchande de Bethesda Square, un rideau de pluie drue refoulait les gens à l'intérieur, les poussant à retourner en vitesse à l'abri. Le vent s'engouffrait par les portes en hululant, l'eau giclait en rafales puis s'écoulait dans le parking souterrain. Il y avait là une centaine de personnes grouillant en tous sens, il en arrivait d'autres, et leur haleine à tous commençait à embuer les gigantesques baies vitrées. Elmer y dessina un cercle du plat de la main, tout en regardant une véritable rivière dévaler le caniveau bétonné. Jessica se retourna face à la galerie marchande.

On discernait en bruit de fond les sonorités étranges d'un orgue à vapeur qui se mettait en branle et la musique du manège débuta dans un gémissement cuivré avant de se transformer en symphonie tonitruante. L'attention d'Elmer fut attirée par le flot des enfants qui se massaient dans cette direction, tandis que sa mère contemplait la rue, le front soucieux.

– Il ne vaut mieux pas reprendre la voiture par ce temps, dit-elle alors que le vent giflait les panneaux de verre.

– Le marchand de glaces Svensk est ouvert, suggéra son fils, c'est juste derrière le manège, non ?

Elle secoua la tête.

– Je sais où c'est, bêta. Tu as déjà eu une pizza, du pop-corn et un soda, tu vas être malade.

– Mais non, pas du tout, fit-il en levant les yeux au ciel, et elle recula, pour rester à l'écart de cette cohue impatiente qui s'agitait à nouveau en tous sens avec l'arrivée d'autres spectateurs qui franchissaient les portes du cinéma et se hâtaient vers les caisses pour la séance suivante. Elle consulta sa montre, il était 22 h 33.

– Viens, mon rouquin, dit-elle, amusée. Est-ce que tu serais trop vieux pour un tour de manège ?

Elle vit pétiller ses yeux verts.

– Et toi, maman ?

Elle l'attrapa par la main et se laissa guider par la musique.

C'était une allée bétonnée qui serpentait entre de hautes rambardes ; les cloisons étaient barbouillées d'un arc-en-ciel de couleurs pastel et les vitrines des magasins étaient masquées par de grands panneaux de contre-plaqué. Ils avançaient main dans la main, en suivant la cohue des badauds. Lentement emportés par la foule, ils se rapprochaient de l'atrium, où le gémissement de la musique était de plus en plus fort, presque assourdissant.

L'atrium était bondé de gens, leur flot se déversant depuis un corridor exigu situé à l'arrière du bâtiment. Des voix tâchaient de se faire entendre par-dessus le vacarme et des rafales humides d'air froid créaient un effet de soufflerie. Aux deux extrémités du passage, les portes n'arrêtaient pas de s'ouvrir et de se refermer. Jessica tenait fermement son fils par la main, sans le quitter des yeux, en avançant à petits pas sans rien voir au-delà de cet entassement humain.

Tout à coup, la file s'immobilisa.

– Quoi encore ? fit-elle, et il y eut des cris dans le fond, qui s'accompagnèrent d'une nouvelle rafale d'air froid.

– Qu'est-ce que c'est ? lança Elmer.

Elle répondit par un haussement d'épaules, en secouant la tête.

Elle sentait venir un début de crampe aux genoux, avec cette impression qu'ils allaient rester indéfiniment plantés là, dans ce tunnel grouillant de visages, d'une foule de gens, et ce mélange de chaleur, d'odeurs corporelles et d'éclats de voix créait une sorte d'explosion sensorielle envahissante qui lui assaillait la cervelle. Subitement, ils sentirent ce mur humain parcouru d'un tremblement et il y eut un fracas de verre brisé, une vague qui jaillit comme d'une mer démontée et deux mains la poussèrent violemment dans le creux des reins en lui fouettant la colonne vertébrale.

Elle allait se retourner, furieuse, pour s'expliquer avec le responsable, quand un homme à la forte carrure trébucha en arrière en lui écrasant le pied gauche, puis il y eut une bousculade vers l'avant et sa main lâcha celle de son fils.

– Elmer ! cria-t-elle en le voyant disparaître au milieu de cette foule d'adultes. (Elle entrevit fugitivement son visage qui rapetissait, emporté dans ce tunnel par cette folie convulsive et il agitait son petit bras en l'air comme un bambin en train de se noyer.) C'est complètement dingue ! s'écria-t-elle.

L'air vicié lui montait à la tête. Elle sentit tout son corps ballotté et elle suivit le mouvement, totalement impuissante, exécutant de petits pas mécaniques en s'efforçant de ne pas trébucher. Elle puisa dans ses réserves, en résistant un peu, par principe, et puis elle reçut encore un coup violent par-derrière, refit surface en lisière de l'atrium comme une nageuse épuisée, les poumons vidés, douloureux, luttant pour respirer et un homme visiblement aux abois lui brandit l'index sous le nez.

Elle l'ignora et empoigna la rampe de bois devant le manège qui tournoyait juste devant elle.

Elle aspira une grande bouffée d'air en scrutant la foule.

Quelques brèves minutes plus tard, Elmer vit sa mère réapparaître. Il se glissa derrière elle à son insu et, sans réfléchir à son geste, glissa sa main dans la sienne.

Elle sursauta, une main sur le cœur.

– Maman, est-ce que ça va ? J'ai gardé une place pour nous deux.

Elle tendit le bras et serra fort la tête de son garçon contre sa taille.

– Que s'est-il passé ? dit-elle dans un souffle.

– Il y a eu une erreur : toutes les salles de cinéma ont fait sortir les gens en même temps et l'orage a ramené plus de monde qu'ils n'en attendaient.

– Ah, fit-elle en hochant la tête, ce n'est pas commode de gérer les horaires pour six salles pleines, très compliqué.

Elle allait proposer de trouver un autre endroit où patienter, et s'aperçut qu'il n'y avait nulle part où aller et elle tâcha de retrouver une certaine sérénité sous la tente bleu océan du manège qui tournait en dessinant un tourbillon de motifs : des constellations peintes de couleurs flamboyantes qui donnaient l'impression de s'embraser comme des étoiles filantes, tandis que, à l'extérieur, les éclairs crépitaient, lâchant leurs salves derrière les hautes baies vitrées.

À cet instant, il arriva quelque chose d'étrange à Jessica Janson.

Voulant protéger sa mère de la foule, Elmer l'attira doucement contre la rambarde du manège et, quand elle leva les yeux, cette ménagerie de bois ne lui inspira nullement l'enjouement de l'enfance ; elle vit plutôt un défilé menaçant d'animaux pris au piège et cela l'emplit d'horreur. Les éclairs zébraient le ciel comme autant de stroboscopes et chaque décharge figeait ces créatures dans une souffrance atroce et silencieuse, avec leurs yeux peints écarquillés de terreur, leur museau sculpté en une bave écumeuse et blanche, leurs vaines enjambées hébétées et leur échine empalée sur ces tubes de cuivre luisant.

Elle les vit se tordre impitoyablement à ses pieds, avec leurs yeux vernis noyés de larmes la suppliant de voler à leur secours, et elle en frémit.

C'est la fatigue, songea-t-elle, ou une petite crise de claustrophobie.

Elle se tâta légèrement le front, afin de vérifier le début de fièvre qu'elle suspectait, mais ne constata rien.

– Ma gentille lionne, fit Elmer, en souriant.

La machinerie vibra et ralentit, sa course folle s'acheva dans un grincement sourd et le manège s'inclina de guingois ; l'orgue à vapeur lâcha un soupir somnolent et lugubre tandis qu'un Monsieur Loyal en costume rouge faisait promptement avancer la file, un bras croisé à hauteur de la poitrine, refoulant les gens trop pressés, décomptant les selles encore libres avant de lever à nouveau le bras.

Voyant sa mère s'avancer d'un pas lent vers un lapin géant qu'elle empoigna par les oreilles pour se hisser en position, Elmer se précipita. L'homme en uniforme acheva son tour de la plate-forme circulaire, actionna un levier et la musique se remit à gémir et monta en régime ; les animaux exécutèrent un bond en avant et entamèrent leur tour jusqu'à donner l'impression de galoper de terreur sur fond d'éclairs.

Le manège boucla un tour, deux tours, trois tours, gagna de la vitesse et Jessica vibrait au rythme des constellations peintes au-dessus d'elle en sentant le monde tournoyer dans le temps ; les visages autour d'elles devinrent flous – et tout ce royaume gelé retrouva soudain une parfaite netteté.

Et elle sentit mille prunelles d'adultes posées sur elle.

Avec tout ce qu'il y avait de féminin en elle, Jessica Janson sentit ces yeux la déshabiller et ils vinrent s'insinuer sur sa chair, danser le long de ses formes, pénétrer sous son jogging.

Elle se sentait nue et refroidie jusqu'aux os, et elle se pencha en avant contre les oreilles du lapin afin de dissimuler partiellement sa silhouette splendide.

Qu'est-ce qui m'arrive ? se demandait-elle au milieu des lapins géants qui bondissaient, des loups lancés dans leur course-poursuite, quand les pleurs d'un enfant, au loin, lui tiraillèrent le cœur et se changèrent en grondement mauvais lui glaçant le sang.

Je craque...

– Mec, cette femme là-bas, elle est sexe !

– Oouh, ça, j'adorerais m'occuper d'elle !

Il y avait là deux jeunes messieurs qui suivaient ce lapin avec admiration, avant de se rappeler le rôle qui était le leur : tenir leurs épouses étroitement à l'œil en gardant leurs enfants dans la file d'attente. Une femme d'âge mûr coincée derrière eux, dont ils ne remarquèrent pas la présence, surprit malgré elle leur dialogue. Elle était seule, mais plus encore que cela, elle était solitaire.

Elle recula dans la foule qui se dispersait et se protégea le visage d'une main, machinalement, comme si le soleil brillait, ou comme si sa peau souffrait d'une imperfection. Et, après avoir examiné les formes généreuses et gracieuses de Jessica Janson, ses longues jambes qui enfourchaient la créature bondissante, sa poitrine saillante comme un défi, la cascade dansante et lumineuse de ses cheveux blonds, la femme se sentit excessivement gênée.

Elle était rongée de jalousie, presque malade à force d'apitoiement sur elle-même, et elle errait sans but dans la galerie marchande, quand un bras l'agrippa.

– Oh, par exemple ! fit-elle.

– Oh par exemple toi-même. Irma, on y va.

– Jeff, est-ce que tu la trouves jolie ? chuchota-t-elle péniblement, le visage noué, en suivant son allure impatiente.

La voix de Dorn était tellement tranchante qu'elle aurait pu couper.

– Justement, cela va drôlement te faciliter la tâche, dit-il. J'ai vu comme tu l'as poussée, Irma, ce coup que tu lui as flanqué dans le dos.

Il imita sa démonstration d'agressivité, en frappant les portes vitrées de la paume de la main ; elles vibrèrent violemment et le couple sortit dans le parking souterrain.

Il secoua la tête.

– Tout ça m'avait l'air bourré de rancœur, observa-t-il sur un ton de remontrance.

– Oh, mon chou, répondit-elle avec un sourire enjôleur, en lui passant un bras autour de la taille, tu disais que tu aimais bien quand j'avais de l'audace !

34

Trois heures plus tôt, Jeffery Dorn était rentré chez lui, après avoir passé la journée penché sur le poteau téléphonique. Il adorait l'intimité de ces voix, leurs gazouillis gorgés d'émotion, l'étalage obscène du comportement humain sous toutes ses formes ; au point qu'il répugnait à abandonner ces énigmes sans réponse. La vérité navrante, c'était qu'il y avait été obligé, bien à contrecœur, car la conversation entre Jessica et Elmer Janson, leur manière de jouer et de se taquiner, l'avait perturbé, l'inondant de souvenirs et l'emplissant de regrets.

Il savait que sa propre enfance avait desséché son cœur, l'avait durci comme du bois – Zak Dorani n'était pas stupide. Il avait jadis connu la chaleur humaine et le simple fait d'essayer de s'en souvenir le contrariait.

– « Un petit rire pour ta manman ? » soupira-t-il, impuissant, assis dans sa voiture, dans le garage.

Jamais, se répéta-t-il, jamais il ne sentait cette joie naturelle monter en lui, et pourtant, jadis, cela avait bien dû lui arriver, il en était persuadé.

Il était battu par le temps. Le temps. Qui le rouait de coups pour le transformer en mannequin humain ; son visage ne s'animait qu'au prix d'un effort conscient, ses muscles tiraillant le masque d'un être étranger à ce monde.

Je ne sens rien, tu ne sens rien...

Grande femme, petite femme, des mains de la taille d'une massue.

Bouchées sanglantes.

Dents rouges dans un miroir brisé.

Tu vas rire pour manman, maintenant que papa est parti.

– Jeff, mon cœur, c'est toi ?

Le son de cette voix le fit tressaillir. Après cette collision d'images, il revint à son affaire du moment. La blonde était une roulure, le garçon était un crétin et ce chien, il fallait le crever.

Pleurer, c'est rien que de l'eau gâchée.

Et il nota dans sa tête de chercher Tony's Pizza dans l'annuaire, non pas que ce soit important, mais il trouvait sympa de savoir où les Janson aimaient aller quand ils mangeaient dehors et, au ton de leur conversation, il devinait que cela faisait partie de leurs petites habitudes.

Jeffery Dorn prospérait grâce aux petites habitudes. C'était l'essence même de l'existence. Il se repaissait du prévisible.

Jessica Janson parlait à sa mère tous les samedis soir, réglée comme une horloge, et Dorn appréciait cela, car il prévoyait déjà de se servir de petits extraits de leurs conversations les plus personnelles, mais ça, ce serait pour plus tard dans la soirée. Il traversa lentement le sol de béton nu en direction de la cuisine et s'arrêta pour examiner une mince tige de métal appuyée dans le coin, dont il avait plusieurs usages, comme tuer les araignées au plafond.

Ce fut alors qu'il entendit venir Irma, de plus en plus décidée, et il s'empara de cette baguette métallique, la manipula en réfléchissant et il en examina le tranchant, rectiligne et dur, avec l'envie de l'emporter à l'intérieur et de la frapper sans merci jusqu'à ce qu'il ne reste rien d'elle. Rien qu'un sac de chair concassée. Rien qu'une tache sur la moquette, mais une tache silencieuse...

– Ah, mon chéri.

Elle ouvrit la porte et, au son de ces mots, il tressaillit de manière perceptible.

– Ah, c'est toi, lui jeta-t-il à la figure, sur un ton moqueur.

Qui d'autre que lui viendrait la chercher ? Même le cirque Barnum n'oserait pas.

– Oh, mon chou, miaula-t-elle, et il lâcha sa baguette et son sac d'outils qui touchèrent le sol avec un cognement sec.

Face à cette forme qui venait de faire son apparition, à ces cheveux d'un brun terne coiffés en arrière et attachés par un nœud de soie rouge, ces yeux gris surchargés de maquillage, ce rouge étalé sur des joues maigres, il demeura de marbre. Un cadavre ambulant. En négligé transparent, elle hésita, se rapprocha de lui quand il entra dans la cuisine, et les plis du ventre d'Irma s'affolaient déjà à l'idée de la ceinture qui allait les écraser.

Il en avait la gorge nouée.

– Laisse-moi tranquille, Irma.

Il se tourna vers l'évier et commença à se laver les mains. Il avait envie d'éteindre les lumières. Le corps vieillissant de cette femme le dégoûtait.

– Oh, mon cœur !

Elle vint se coller plus près et, à l'endroit du décolleté absent, la lumière crue ne révéla que de la chair toute plate. Elle vint l'étreindre par-derrière avec ses bras pâles et son parfum chargé de lilas, et il plongea brièvement le regard dans l'évier.

– Ton bureau a téléphoné, Marcy Newman m'a tout expliqué. Je suis tellement désolée, Jeff, tu as eu une rude journée, n'est-ce pas ?

Il tâcha de deviner quel genre de mensonges cette sale petite garce de lobbyiste avait pu inventer, en se mêlant une fois de plus de ce qui ne la regardait pas. De quoi Irma pouvait-elle bien être désolée ? Dieu sait si cela ne lui ressemblait guère.

– Viens, viens t'asseoir, soupira-t-elle en le prenant par le bras et en le conduisant au salon où il se laissa choir dans son fauteuil, incapable de parler, incapable de penser, serrant toujours le torchon de cuisine, se séchant la figure.

Cette femme était encore sur le point de le harceler et il ne le supportait plus. Il sentait le temps filer et il regarda sa montre.

Jessica avait dit à sa mère qu'ils iraient à la séance de 21 heures... Dorn leva la main, empoigna Irma par le bras et le lui tordit.

– De l'eau ! s'écria-t-il, en attirant son visage tout près du sien, avant de brutalement la repousser.

Il ne savait pas trop pourquoi, il avait besoin de temps pour réfléchir et un verre d'eau, c'était la première chose qui lui était venue à l'esprit. Avec un clignement d'yeux nerveux, Irma fonça dans la cuisine : elle se sentait vivante, excitée par cet ordre viril que Jeffery venait de lui donner et encore plus excitée par ses propres désirs, et les requêtes qu'elle le savait capable de formuler.

Des requêtes toutes masculines : ordonner à une femme d'user de ses charmes dans un but irrépressible et purement égoïste. Tout en lui versant un verre d'eau froide, elle se redressa, s'apprêtant à accomplir son devoir. Mais quand elle retourna au salon, il avait le regard fixe, perdu dans le vide, les dents serrées de douleur, les yeux dans le vague.

Elle lui souleva la main droite, en la prenant par le poignet, lui donna le verre et observa ses doigts qui se refermaient dessus.

– Oh, mon chéri, roucoula-t-elle, c'était vraiment une sale journée, n'est-ce pas ? Ton dos te fait souffrir ?

La respiration âpre, elle colla son petit corps replet contre l'accoudoir rembourré.

– Je t'ai gardé ton dîner, du hachis de veau exactement comme tu l'aimes, je te le réchauffe ?

Il ne pouvait qu'imaginer cette pâtée, un cadavre de bestiole écrasé par une voiture, déchiqueté dans un mixeur. La cuisine de cette femme était semblable à son apparence, lourde, comique et insipide. Il était sur le point de décliner poliment la proposition quand il sentit des doigts se promener dans son cou.

– Laisse-moi te masser le dos, tu veux ?

Instantanément, il entendit sa propre voix tonner à travers la pièce comme si quelqu'un d'autre avait parlé.

– Va crever, espèce de pauvre conne, ça serait plus simple !

Ces mots assommèrent Irma comme un coup de massue.

– Oh, mon Dieu ! s'exclama-t-elle, interloquée. Ça va vraiment mal.

– Quoi ?

Il tordit la tête, une lueur salace dans ses yeux sombres.

– Jeff, pourquoi es-tu si remonté contre moi ?

Sous cette lumière tamisée, ses pupilles brillaient d'une intelligence cruelle.

– Seras-tu une bonne épouse pour moi, Irma ? fit-il, en détachant soigneusement chaque mot entre ses dents, et il regarda les genoux de cette femme trembler, de la vraie pâte à modeler.

Elle n'en croyait pas ses oreilles. Allait-il lui demander sa main ?

– Oh, Jeff ! se pâma-t-elle, le souffle court.

Et elle se jeta à son cou, son visage collé contre sa poitrine.

– Réponds à la question ! ordonna-t-il en la repoussant, et il tendit les deux mains, lui pinça les tétons entre le pouce et l'index.

Le corps de la femme en frémit.

– Oh, oui, oui, oui, miaula-t-elle. Oui, Jeff, je te le promets, je serai la meilleure des épouses...

Il pinça plus fort.

– Tu as eu mon message ? siffla-t-il.

Elle fit oui de la tête, la bouche crispée en un sourire nerveux.

– Alors ?

Irma Kiernan vola pour ainsi dire jusqu'à sa chambre, avant de redescendre l'escalier d'un pas lourd ; elle revint précipitamment à ses côtés et lui tendit un petit coussin de velours rouge qu'elle tenait des deux mains.

Il refusa de poser les yeux dessus.

– Mets-la-moi ! exigea-t-il.

Avec révérence, elle prit le ruban multicolore, se débarrassa du coussinet, puis lui ceignit soigneusement le cou du médaillon et Dorn redressa fièrement la tête.

Au creux de sa gorge, la Legion of Merit trônait, impeccablement astiquée, étincelant d'une infinie distinction. La femme se releva, recula d'un pas, impatiente de recevoir son approbation.

– C'est du beau boulot, lâcha-t-il finalement, en manipulant le médaillon avec un sourire forcé.

Il ouvrit les bras, lui offrit son étreinte et elle s'y jeta à corps perdu, enfouissant son visage dans sa poitrine, sentant la froideur du métal contre sa joue.

– Irma, reprit-il posément, et il la serra contre lui en fermant les yeux. Il y a une chose que tu dois faire pour moi.

Il lui formula ses exigences, sans rien lui cacher, se bornant à habiller la vérité comme bon lui plaisait.

Pour Jeffery Dorn, la vérité était une chose simple. Il y avait la réalité, bien entendu, mais surtout, il y avait ce qu'il voulait croire, ce qu'il voulait rendre vrai.

– Et il faut que tu m'aides à m'occuper d'elle, décréta-t-il tranquillement, avant de l'écarter, la tenant par les deux épaules.

Il sentit son corps trembler et vit ses yeux gris prendre un air absent.

La respiration lourde, elle essaya de se dégager de son emprise.

– Mais Jeff, s'écria-t-elle, la dernière fois, on les a toutes retrouvées mortes !

Elle éclata en sanglots.

– Ce n'était pas ma faute ! s'emporta-t-il avec une colère indignée.

Irma Kiernan tomba à genoux, en larmes, et elle pleura en silence. Dorn se remémora l'expression du visage de Diana Clayton, quand la porte de la salle de bains s'était ouverte. De quoi était faite la stupéfaction de celle qui se réveille ? Ce n'était certainement pas de la surprise, plutôt un choc, et puis son visage avait encore changé d'expression, elle avait eu l'air de se rendre compte, ou de prendre conscience des choses, et pour finir... Il haussa les épaules : en réalité, il n'en savait rien.

– Jeff, soupira-t-elle, tu es certain que c'est quelqu'un d'autre qui les a tuées, après ton départ ?

Il lui empoigna les cheveux des deux mains et il tira.

– Quoi ? Je te l'ai déjà dit ! C'est Clayton qui a tué ses gamines, et après, elle s'est fait couler un bain, histoire de décompresser, et là, dans sa baignoire, elle s'est tiré une balle. Tu ne m'écoutes jamais, Irma. Pour nous deux, j'ai changé d'avis !

Et là-dessus, il se leva et dévala les marches de l'escalier, en abandonnant derrière lui un misérable débris d'humanité qui sanglotait contre le fauteuil vide.

– Mais... et notre projet de mariage ? l'implora-t-elle.

Dorn lui accorda encore un peu de temps.

Il savait accorder du temps, mais à la minute près.

À 19 h 29, le 9 avril 1989, il ne restait plus guère de larmes dans la maison des Kiernan. Jeffery Dorn n'adresserait plus la parole à Irma, sauf pour lui annoncer qu'il pliait bagage. En fait, il se préparait à recevoir des invités. Il avait quelques projets en tête. Il réfléchissait.

Cette veuve blonde, c'était de la racaille, ça ne lui avait pas échappé, même sa voix était dure et froide. Depuis qu'il avait accès à ses conversations téléphoniques, il savait la vérité, et tout en elle paraissait trop affirmé, intraitable.

S'il y avait une chose qu'il ne tolérerait pas chez ces femmes pour qui la carrière primait sur tout le reste, c'était leur manière d'être si imbues d'elles-mêmes, leur conviction égocentrique de leur propre valeur. Aussitôt, ce fut Marcy Newman qui lui vint à l'esprit, c'était le personnage classique, qui dépassait les bornes à la première occasion – un simple coup de fil destiné à rassurer Irma devenait matière à complication. Il voulait que toutes ces garces au travail restent à leur place, à servir leur protecteur, ou à sillonner les rues pour s'en dégotter un.

– Jeff, mon cœur, tu es là ? chantonna une voix qui vint flotter au bas de l'escalier, et Dorn, en toute décontraction, referma hermétiquement l'abri, jeta un œil au cadran de sa montre avant d'étaler la tenue de rechange qu'il prévoyait ensuite de revenir chercher.

Comme on annonçait une forte pluie, il nota de mettre son parapluie dans la voiture.

– Mon chéri, souffla-t-elle. Oh, mon chéri, je t'en prie, réponds-moi...

La tête baissée, se composant les traits de la tristesse, il remonta les marches à pas lents, étreignit cette femme, puis la caressa avec douceur.

Elle allait encore ouvrir la bouche, mais il lui plaça un index devant les lèvres, et puis il se remit à la pétrir à deux mains, le cou et les seins, avant d'aborder l'intérieur des cuisses, jusqu'à sentir son corps frissonner, jusqu'à ce que ses jambes ne semblent plus capables de la soutenir.

– Tu es belle, dit-il en souriant.

– On peut s'asseoir ? gémit-elle.

D'un œil clinique, il la regarda glisser dans un autre monde, sous l'effet de l'excitation, et il la raccompagna au fauteuil, s'y assit le premier, puis l'attrapa par la taille, l'attira à lui. Elle était habitée d'une telle envie qu'on eût dit que la peau de son visage était prête à se détacher et il détourna les yeux.

– Tu vas me faire plaisir, Irma, ordonna-t-il d'une voix rauque et impérieuse. Tu vas être une bonne épouse !

L'air penaud, elle hocha la tête. Il lui dénuda le torse en faisant glisser son vêtement. Elle s'en débarrassa aussitôt en faisant un pas de côté, puis écarta l'étoffe du pied, et il la fit s'agenouiller, directement entre ses jambes à lui.

– Tire tes cheveux en arrière, ordonna-t-il, et elle obéit, en les retenant de la main gauche, pendant qu'il ouvrait son pantalon. Écoute-moi, susurra-t-il à voix basse, et il sentait qu'elle respirait péniblement, le souffle chargé. Aujourd'hui, j'étais en mission de miséricorde, tu as vu mon matériel téléphonique dans la cuisine et pourtant tu n'as rien dit.

– Oui, admit-elle dans un souffle, oui, j'ai vu.

– Alors voilà, continua-t-il en se raclant la gorge, la femme dont je parle, c'est le mal incarné, je l'ai entendue au téléphone, elle vend son enfant à des fins immorales. Étant le seul à le savoir, je suis le seul à pouvoir les sauver. Tu voudrais que je me défile ? Est-ce le genre de mari dont tu voudrais ?

Mon champion, c'était les mots qu'elle avait aux lèvres, mais avant qu'elle ait pu lui répondre, Dorn raffermit sa prise, l'attira vers lui et elle perdit toute maîtrise d'elle-même. Ce fut seulement à partir de ce moment-là qu'il commença à la travailler, à la caresser, à manipuler chaque centimètre de sa carcasse, et il se pencha sur elle, afin de mieux glisser les mains sous ses fesses nues. Il l'aida à se soulever, elle se hissa un peu, le souffle coupé, et les doigts d'Irma vinrent le chercher, le guidèrent en elle où il s'enfonça sauvagement.

Irma Kiernan sentit le feu lui filer entre les cuisses. Haletante, elle ferma les yeux et lâcha un menu gémissement, referma les bras, les jambes autour de lui, éperdue d'extase, chaque coup de boutoir délivrant au fond d'elle-même un plaisir inconcevable, jusqu'à ce que, prête à crier, elle s'effondre dans ses bras.

Ce fut si vite terminé qu'il recommença, non sans se demander pourquoi les gens ne sortaient pas plutôt faire un footing et se prendre une bonne suée. Il se sentait tout collant et n'appréciait pas trop.

– Tu vas être une bonne épouse et pour longtemps, commanda-t-il à cette femme qui avait le souffle court, encore toute pantelante, et elle reprit ses esprits pendant qu'il allumait une cigarette. Gagner leur confiance. Une fois que c'est fait, tu seras libre de t'en aller, cela ne devrait pas prendre trop de temps...

Bien que ces propos aient été assez clairs, ils ne reçurent pas de réponse et si Dorn n'avait pas dévisagé cette femme en détail, il aurait juré qu'Irma Kiernan était sourde comme un pot.

– Aime-moi, c'est tout, souffla-t-elle, et de la sueur lui dégoulinait du menton. Je ne pourrais pas supporter de te perdre...

Elle se remit à sangloter et Dorn lui releva le visage, qu'il tint entre deux doigts.

– Des larmes de joie, j'espère ?

– Oh, Jeff, se pâma-t-elle. Oui, moi, je t'aime !

Avant d'aller prendre une douche, de se préparer pour son numéro, Jeffery Dorn lui soutira davantage de promesses qu'il n'en avait besoin, en la gratifiant encore de quelques bonnes chevauchées dans son fauteuil.

Pour parvenir à éjaculer, il utilisa les miroirs.

Il fit passionnément l'amour à sa propre image.

À 22 h 48, selon son plan, ils opéraient au rez-de-chaussée du parking de la galerie marchande, à un emplacement de choix, près de l'escalier. Le rôle d'Irma, c'était d'éloigner les voitures, les gêneurs qui auraient pu croire que leur présence signalait une place de stationnement libre.

– Irma Dorn, roucoula-t-elle, ça sonne bien.

Mais ces mots-là n'entamèrent pas la concentration de Jeff quand il ouvrit la portière côté passager de ce qu'il appelait l'IrmaMobile, une Ford Maverick de 1978 – tout simplement le summum de l'horreur en matière d'automobile. C'était une deux portes d'un vert clair indéfinissable ; l'intérieur était en skaï noir, avec une banquette ordinaire. La lourde carrosserie était méchamment écaillée et toute cabossée, avec de sombres rayures horizontales là où on avait arraché les revêtements latéraux.

Dorn aimait aussi raconter que c'était un véhicule d'occasion, racheté lors d'une vente publique, mais la vérité, c'était qu'ils n'aimaient ni l'un ni l'autre la laisser trop longtemps garée dans leur allée. Elle était hideuse, un spectacle affligeant. Irma avait économisé sur l'argent des courses pour la faire repeindre, mais il l'avait péniblement convaincue que cela n'en valait pas la peine.

– Après ça, on pourra se la faire reprendre ? demanda-t-elle, debout près de la portière ouverte.

– La beauté est dans l'œil de celui qui regarde... rappela-t-il, en tâchant de se montrer un peu aimable, et il sortit de sa boîte à outils une clef à pipe de vingt-cinq.

Avec cet outil en main, il hissa son petit corps sur le siège passager, tira sur la ceinture de sécurité dont l'attache était fixée près de la boîte de vitesses.

– Ça, je sais bien, mon chéri, mais cela me gêne de la conduire pour aller au travail, je vais acheter une voiture, ce sera notre cadeau de mariage.

Il ne releva pas ces propos. Un couple entre deux âges sortit de la galerie marchande et vint errer dans le parking, jeta un œil à leur emplacement, près de la cage d'escalier, et les regarda. Le bâtiment comptait cinq niveaux, tous fermés, deux en sous-sol, trois en hauteur et, en ce début de soirée, le parking était déjà plein. L'homme semblait avoir un peu de mal à se souvenir du code couleur de son niveau de stationnement et s'éloignait à présent en suivant sa femme dans la direction opposée.

Il ne fallut à Dorn qu'une minute. Le cliquet pivota sur l'unique tête d'écrou et tout le système d'attache de la ceinture se libéra dans sa main. Il sortit une pièce de rechange d'un emballage carton, puis la fixa à sa place.

– Nous ne pouvons pas nous le permettre, dit-il d'une voix atone, puis il se leva et fit basculer le siège passager vers l'avant.

De la main gauche, il tâta le dossier le long de la couture et examina le levier chromé, dont le seul rôle consistait à permettre l'avancée du siège pour que les passagers puissent monter à l'arrière, en baissant la tête.

– J'ai économisé de l'argent, Jeff.

Ce levier chromé était fixé par deux vis mécaniques et, sans cérémonie, il le retira en vitesse, ce qui laissa un trou béant dans le skaï noir. Ce n'était pas plus compliqué que ça. En quelques tours de clef, la Maverick se transforma en maison des horreurs ambulante pour quiconque prendrait place à l'intérieur de ce piège vert pastel.

N'importe qui, sauf Jeff Dorn ou Irma Kiernan.

– Oh, mon chéri, fit-elle, visiblement à cran, debout devant lui, tu es sûr que ça va marcher, cela paraît trop facile.

Il ramassa ses outils sur le sol et alla les ranger dans le coffre.

– Toujours rester simple, maugréa-t-il, la vie est déjà bien assez compliquée.

Il attrapa un rouleau de ruban adhésif, en découpa une longue bandelette et en confectionna une boucle bien collante et poisseuse.

– C'est juste que...

– Irma !

– Mais la dernière fois, c'étaient des adolescentes, alors que celle-ci, elle se croit sacrément maligne.

Elle allait se remettre à parler, mais il la fit taire, d'un regard assassin.

Avec l'aisance de l'habitude, il se faufila sur la banquette arrière, glissa les mains dessous et donna un coup sur les montants. Il la dégagea de son armature et le coffre se remplit immédiatement d'un flot de lumière fluorescente émanant du plafonnier ; il avait découpé par le milieu la cloison en carton séparant le coffre de l'habitacle et l'avait jetée, ce qui ménageait une ouverture à peu près de la taille d'une fenêtre.

Il pointa la tête par cette ouverture et suivit du regard une famille de quatre personnes qui descendait du trottoir au petit trot pour pénétrer dans le parking souterrain, les vêtements trempés et le visage dégoulinant, la mère, le père et deux garçons, des adolescents. Ils passèrent devant la Maverick sans rien remarquer et continuèrent en direction de l'entrée du cinéma.

– Alors, et ce foutu scotch ?

Elle aperçut la boucle d'adhésif attachée au montant métallique au-dessus de la portière. Elle la lui passa en vitesse, puis le regarda opérer, d'un œil admiratif, fixer la boucle au sommet du dossier et le rabattre doucement pour remettre le siège en place.

Il ressortit de là en se contorsionnant et, une fois debout, elle vit une lumière étrange lui danser dans les yeux.

– Tu as une amie en Pennsylvanie, lui rappela-t-il.

– Je sais, mon cœur.

Elle le regarda occulter les plaques d'immatriculation du Maryland au moyen de leurs plaques de substitution bleu foncé, immatriculées en Pennsylvanie, dont la face arrière était équipée de bandes aimantées flexibles permettant de les plaquer par-dessus et de les maintenir en place.

– Tu es sûr que leur voiture va tomber en panne ? demanda-t-elle posément.

Il ignora sa question, contourna tranquillement le pare-chocs arrière et referma le coffre avec un claquement sourd.

– Monte, fit-il.

Elle obéit.

Jessica et Elmer Janson finissaient leurs doubles boules de glace, assis dans un box côté fenêtre chez Svensk, à l'autre extrémité de la galerie marchande.

– Tu es devenu drôlement silencieux tout d'un coup, remarqua-t-elle, en regardant sa glace disparaître.

– Désolé, maman. Elle est bonne, au chocolat ?

– Super, et toi, ta vanille sauce caramel ?

– Pas mal.

– Elmer, si tu n'as pas envie de me parler, tu n'es pas forcé.

– Pas de problème.

– Et en échange d'un penny, je pourrai lire dans tes pensées ?

Il se redressa dans son siège et piocha dans la dernière boule de sa coupe de glace en observant la file d'autres familles qui attendaient que des places assises se libèrent. Elle s'en aperçut et se pencha de nouveau vers lui.

– Alors, c'est quoi, tes pensées ?

– Maman, lui demanda-t-il posément, vous êtes déjà partis à la recherche d'un trésor enterré, papa et toi ?

– Pourquoi me demandes-tu cela ?

– Eh bien, à cause de son détecteur de métaux et tout. Quand je l'ai retrouvé au sous-sol, à la maison, j'ai vu qu'il s'en était servi, il était couvert de terre. Quand j'étais petit, papa disait qu'il allait m'emmener en exploration...

Et, sous le coup de la tristesse, sa phrase resta comme en suspens.

– Oh, mon rouquin, soupira-t-elle, c'est pour ça que tu es allé jouer du côté du bowling ?

Il baissa la tête.

– Elmer, ton papa ne cherchait rien de particulier, il s'intéressait juste au passé, c'était un mordu d'histoire. (Elle se pencha au-dessus de la table et lui posa doucement la main sur le bras.) La plupart des écrivains sont comme ça, c'était son dada, c'est tout. (Elle s'efforça de sourire en lui caressant les cheveux.) Parlons d'autre chose, quelque chose de gai. Je ne veux plus que tu joues avec ce truc.

Il acquiesça, le nez plongé dans sa coupe.

– Elmer, cela te plairait que Mamy vienne nous voir pour ton anniversaire ? Elle pourrait rester une semaine.

– Bien sûr, fit-il en haussant les épaules, mais je ne veux pas de cours de musique.

Elle sourit, un peu contrariée.

– Ah, tu refuses ça. Mais qu'est-ce qui te permet de croire que Mamy aurait prévu quelque chose de ce style ?

Les yeux d'Elmer flottèrent sans vraiment se poser sur sa mère, avant de se replonger dans sa coupe.

– Tu veux dire qu'on n'a pas été très discrètes ?

Il secoua la tête.

– Vous en parlez tout le temps, toutes les deux.

– Oh, et la musique ne t'intéresse pas du tout ?

– Je veux être comme papa.

– Elmer, ton papa jouait de la guitare, tu n'aimerais pas apprendre un instrument de ce genre ? Une personne cultivée doit être capable d'apprécier la musique et de jouer d'un instrument.

Il haussa les épaules.

– Tu n'en meurs pas d'envie, hein, c'est ça ?

– Quand je ne suis pas à l'école, je préfère juste charogner avec Tripode.

Incommodée, Jessica rapprocha la tête tout près de celle de son fils.

– Cesse d'utiliser ce terme, c'est très déplaisant.

– Désolé. (Il touilla le dernier morceau de glace qui restait dans le fond de sa coupe, le transforma en soupe froide.) Maman, est-ce que papa m'a laissé quelque chose, je veux dire des trucs d'adulte que j'aurais le droit d'avoir ?

– Oui, fit-elle avec assurance, oui, il t'a laissé quelque chose, que je vais te donner dès qu'on sera rentrés à la maison.

– Je veux dire des trucs d'adulte, insista-t-il, exaspéré. Le père de Chet Morgan, il a un pistolet !

Jessica se rembrunit et, en fermant les yeux, réfléchit plus profondément à la question.

– Termine ta glace. Les pistolets ne sont pas des jouets et tu ne joueras pas avec.

– Et lui, il jouait avec ?

Elle hocha la tête, en levant la main droite.

– Tu veux la vérité ?

Il ouvrit grands les yeux.

– La vérité ! acquiesça-t-il.

– Ton papa avait plusieurs armes, notamment un pistolet que ton grand-père avait eu en Allemagne, et ces armes te sont destinées.

Aussitôt, sa gorge se serra. Elle ne savait pas pourquoi elle venait de lui révéler cela, pourquoi cela lui semblait si important ; elle était vraiment incapable de comprendre cette fascination masculine pour les instruments de destruction. Pour

Jessica Janson, le monde, même s'il n'était pas dénué d'écueils, n'avait pas besoin de cette surenchère d'armes, de guerres ou de tueries. En entendant la voix d'Elmer, d'une gaieté soudain retrouvée, elle se sentit l'envie de crier d'exaspération.

– Je peux les voir ?

– Un jour... elles sont enfermées dans un coffre à la banque. Mais, Elmer – le garçon avait oublié sa glace et elle lui pinça le bras –, tu n'y toucheras pas avant tes dix-huit ans. C'est ce qu'il aurait souhaité.

Voyant son fils souffler lentement, le cœur serré, elle nota sur-le-champ d'aller en toucher deux mots au père de Chet Morgan.

– Merci, maman, soupira-t-il, et le vent projeta un paquet de pluie qui s'écrasa en tambourinant contre la vitre.

Ils voyaient distinctement la rue à l'extérieur, un ruban de macadam noir inondé, aussi lisse qu'un miroir, les véhicules avançant au pas sous l'averse, alors que l'orage et les éclairs avaient cessé.

– Ça n'a pas l'air de se calmer, observa-t-elle, en vérifiant l'addition tout en sortant son portefeuille de son sac.

Elle calcula l'appoint, au cent près, qu'elle coinça sous le distributeur de serviettes.

– Bois un peu d'eau, dit-elle, et après, hop, à la maison, on fonce, Alphonse !

Il se fendit d'un grand sourire.

– C'est qui, Alphonse ? Le premier qui trouve un Alphonse a gagné ! lança-t-il.

Ils entamèrent aussitôt un concours d'association d'idées, un de leurs jeux préférés, aussi loin que remontaient les souvenirs du jeune garçon. Le premier qui citait un nom de personne ou un lieu inattendu avait le droit de proposer son explication, avant d'être soumis à un nouveau défi.

Jessica fronça les sourcils, se leva en lissant son chemisier, puis lui tendit la main.

– Alphonse Capone, fit-elle avec un fier signe de tête. Je pensais au fameux Al Capone, bien sûr.

– Et alors, comment il a fait pour récupérer sa baguette magique ?

La jeune mère feignit de réfléchir profondément, en guidant son fils pour quitter leur box, puis ils sortirent dans la galerie marchande.

– Juste un instant, supplia-t-elle. Ça y est, j'y suis !

Et elle l'attaqua en lui chatouillant les côtes.

Irma Kiernan était aux anges. C'était une réponse qui lui plaisait beaucoup. La voiture de la blonde s'arrêterait sur commande, sous la pluie battante, et elle l'imagina trempée comme une clocharde, implorant un geste de bonne volonté de la part du premier étranger venu.

Dorn continua de causer, les yeux levés au ciel.

– En réalité, ils n'auront pas le choix, en un quart d'heure, ce sera plié. Quand leur moteur va se mettre à chauffer, l'antigel va fuser comme le volcan du mont Saint Helens. Ça va gicler directement dans le ventilateur et là, ça devrait être un beau spectacle.

Jessica Janson conduisait une Oldsmobile Cutlass blanche de 1986, moteur de trois litres huit, six cylindres avec un circuit de refroidissement alimenté par un réservoir de huit litres, et Dorn avait pratiqué un forage de précision dans la durite du radiateur inférieur, en perçant le haut du tube afin que le liquide ne fuie pas à l'extérieur et ne souille pas le sol, ce qui aurait attiré l'attention. S'étant exercé sur d'autres voitures qu'il avait suivies, dans la journée, il avait pu noter avec une relative certitude le temps que cela prendrait et la distance maximale que la voiture sabotée serait capable de couvrir. Pour Irma, c'était à la fois merveilleux et d'une mystérieuse complication – le tout, grâce à un banal petit coup sec frappé avec une espèce de pic à glace à la pointe acérée.

– Et ils seront où ?

– Ils seront en rade du côté des salants de Little Falls Parkway.

– Tu veux dire la zone de stockage avec les grands tas de sel ?

Il surveilla dans son rétroviseur les gens qui sortaient de la galerie marchande pour rejoindre leur voiture.

– C'est pour les situations d'urgence, en cas de neige. C'est l'endroit le plus sombre de toute la route, et le week-end le comté réduit les patrouilles à une seule voiture à l'heure.

Elle était ravie.

– Et elle se croit tellement maligne...

Dorn regarda des piétons passer.

– ... elle ne sait vraiment pas à qui elle a affaire !

Il tourna la tête d'un coup sec et aperçut les paupières peinturlurées d'Irma, son maquillage chargé. Sous l'effet de l'air humide, elle avait des striures bleues sous chaque œil et son fard à joues lui évoquait deux mottes de viande.

– Elle ne va pas tarder à faire notre connaissance, lâcha-t-il froidement. Et là, elle va comprendre sa douleur.

Irma allait lui répondre, avec un regain d'enjouement dans la voix, mais il lui coupa la parole en la saisissant par le bras.

Avec son fils dans son sillage, Jessica Janson avançait tranquillement dans leur direction. Elle marchait avec une grâce athlétique, tout en parlant à Elmer, et ils franchirent la porte ouverte de la cage d'escalier.

– Mamy ne te veut que du bien, fit la voix de la jeune femme, répercutée par l'écho.

– Je comprends, maman, si c'est important pour elle, tu sais bien que je ne vais pas dire non.

35

Il était près de 23 heures, la pluie battante dispersait les clients et les frères Dix avaient décidé de fermer tôt ; ils éteignaient la lumière et abaissaient les stores du Zephyr.

Tout en causant, le Serpent et le Cadet empruntèrent le couloir en direction de la cuisine, passant devant les toilettes où les chiens policiers avaient localisé l'odeur de Debra Patterson.

– Et moi je pense qu'on aurait dû rester ouverts, se plaignit le Serpent, une seule nocturne par semaine, ça commence à nous revenir cher.

– Presque tous nos habitués sont des pères de famille, ils rentrent chez eux à 22 heures et regardent un peu le temps qu'il fait. En plus, on est riches.

– Bon, ben, tu prolonges les horaires et on sera encore plus riches.

Ils pénétrèrent dans la cuisine, poussèrent la porte battante tout en continuant de discuter, sans regarder derrière eux, trop absorbés par leur conversation pour remarquer la silhouette postée dans un coin, qui retint la porte contre le mur et les empêchait maintenant de faire demi-tour.

– Nom de Dieu, fit le Cadet, tu as éteint l'enseigne ?

– Et le pape, il est catholique ?

– Sers-moi un verre, je vais compter la caisse.

Le Serpent opina.

– J'aurais dû lui broyer les noix.

Le Cadet lui prêtait à moitié attention, occupé qu'il était à compter les billets, et il retira une boîte en métal gris de sous un billot de boucher posé sur un comptoir mobile.

– Si tu veux parler de cet attardé de flic, ça nous aurait fait perdre une semaine au tribunal, ce serait autant de temps d'immobilisé et personne ne nous aurait dédommagés pour notre peine...

– L'Amérique file vraiment un mauvais coton ! se lamenta le Serpent.

– Ces gens-là, ils savent plus rester à leur place, faut qu'ils viennent perturber une honnête entreprise familiale. Et si jamais on osait porter plainte contre lui, on finirait dans une petite baraque de merde en bordure de voie ferrée avec une vieille bagnole d'occase. Eh, notre score de ce soir m'a pas l'air mal du tout.

Leur commerce pornographique se traduisait en liasses épaisses auxquelles le Serpent jetait un œil au passage, mais sans se donner la peine de les compter lui aussi – les jumeaux partageaient une entente fondée sur la confiance mutuelle, qui s'était nouée dans le ventre de leur mère.

– Déjà sept mille et j'ai pas fini.

La mine réjouie, le Cadet se servit un petit verre de bourbon et nota ce chiffre sur une feuille de papier, pendant que le Serpent, lui, disposait une autre pile de billets usagés sur la table.

Le Cadet leva son verre en guise de salut.

– À notre nouveau catalogue, déclara-t-il. La qualité est notre plus grand atout.

Le Serpent rayonnait et il était sur le point de porter un toast quand un cri étouffé traversa la pièce, comme la plainte d'un chat de gouttière emportée par une rafale de vent. Ils échangèrent un regard et, d'un bond, entrèrent en action. Le Serpent empoigna un tranchoir et le Cadet plongea derrière le comptoir pour en ressortir un gros automatique.

Aussitôt, il braqua son arme vers le couloir, en restant accroupi derrière le bloc de bois. À l'angle opposé de la pièce, la porte se referma lentement et révéla une silhouette humaine assise dans l'obscurité. Bouche bée, en prenant bien soin de rester à couvert, les deux hommes fixèrent cette silhouette qui leva en l'air deux mains gantées de blanc, dans un geste de reddition.

– Je vais te découper en morceaux ! hurla le Serpent en se tournant vers son frère. Abats-le ! ordonna-t-il au Cadet. Abats-le, ce fils de pute !

Mais le Cadet avait l'air à cran, ou, tout au moins, très troublé par cette vision.

C'était un épouvantail. Un épouvantail humain. La tête était un carré découpé dans un sac de toile percé d'un triangle à l'emplacement du nez, avec, en guise de bouche, une saillie de chair bulbeuse couleur rouge à lèvres, d'un lie-de-vin aussi vif que malpropre.

Et les yeux se réduisaient à deux fentes horizontales, deux estafilades noires.

Le sac lui-même était constellé de taches de peinture, du vert, du rouge et du bleu qui s'écaillaient partout, et il était resserré autour de la gorge par une cravate en soie, d'une vilaine teinte orange criarde, à motif en volutes or et argent. Malgré ce nœud de cravate autour de la gorge, l'épouvantail était dépourvu de menton et le cou évoquait une souche d'arbre vermoulue.

Le Serpent remarqua le petit rectangle à hauteur de la bouche et, par cette ouverture, des lèvres d'un noir d'encre. Cette image-là fut lente à s'imprimer dans son esprit.

– Hé, cria-t-il subitement, en pointant sa lame. C'est ma plus belle cravate !

Pistolet en main, le Cadet retrouva son sang-froid.

– Ce type est cinglé, bordel !

L'épouvantail se fendit d'un sourire et les coutures de son sac de toile se tendirent subitement sur une tête hilare. Les jumeaux se rendirent compte que l'apparition n'avait même pas prononcé un mot.

– Hé ! (Le Serpent s'avança d'un pas prudent et frappa de sa lourde lame dans le bois qui rendit un bruit sourd et sinistre.) On te cause, enfoiré !

L'épouvantail se gratta la nuque, puis retira de sa joue de toile un confetti de peinture qu'il laissa tomber par terre.

– Il porte des gants, observa calmement le Cadet. Il se rend ? Qu'est-ce qu'il fabrique ?

Le Serpent se tapota la tempe de l'index.

– Ce trou du cul s'imaginait qu'il allait nous voler ! s'esclaffa-t-il, et le Cadet prit un air narquois.

– C'est un braquage ? T'as un flingue ? (Et il pointa le sien plus ou moins dans la direction de leur adversaire.) Pan ! Pan ! éructa-t-il, puis il se retourna vers son frère, avec un rictus satisfait.

Sans cesser de lever les mains en l'air, Rivers coucha doucement sa chaise par terre, avec de rapides coups d'œil, de brefs éclairs bleus, d'un adversaire à l'autre : il n'était plus question de rire. Le Cadet ne savait plus si son calibre 45 simple action avait une balle engagée dans la chambre et il se trahit en baissant les yeux sur son arme, sans cesser de la pointer sur Rivers.

Personne n'esquissa un geste.

L'épouvantail s'était levé.

Incrédule, le Cadet vit l'intrus s'avancer, venir se planter assez près d'eux pour sentir leur sueur, et il parla. Il insista sur chacun des mots qu'il prononça, manière de ne laisser aucun doute subsister dans leurs deux sales petites cervelles.

– Allez vous faire foutre, lâcha-t-il.

Le Serpent se rua en avant et, d'un geste clair et net, le Cadet arma le chien de son arme et s'apprêta à presser sur la détente.

Le temps se figea.

Le temps se figea, toute la pièce se brouilla, tandis que le corps entier de Rivers s'envolait dans les airs et qu'un éclair surgissait en rugissant de l'arme qu'il tenait dans sa main droite, sa main gauche amortissant sa chute – et, au même moment, la pièce se remplit du claquement assourdissant d'une seule détonation.

Le Serpent aperçut la tête de son frère éclater dans une épaisse brume rouge ; le front explosa comme un arrosoir mal réglé, en lâchant une giclée sanglante qui lui transforma le visage en un horrible masque rouge, et son pistolet lui sauta de la main.

Ses lèvres s'entrouvrirent, il ébaucha un pas en avant, ses jambes se dérobèrent sous lui et son corps bascula en arrière, dans le vide. Avant de le voir s'effondrer, le Serpent saisit l'éclair d'un mouvement – une zébrure blanche et compacte qui surgit à la vitesse de la lumière, fendit l'espace devant lui et heurta le bois avec un bruit mat et assassin et, en même temps, sa main le brûla et ce fut aussi douloureux que le coup de langue bleue d'une lampe à souder.

Le Serpent hurla de douleur à l'instant où le Cadet heurtait le sol.

Figé de terreur, le Serpent était pétrifié de douleur.

La pièce retomba dans le silence et son œil incrédule se posa sur un pouce humain qui gisait sur le billot, tressautant hideusement, gigotant comme la patte tranchée d'une grenouille. Les yeux écarquillés, le Serpent observa la chose comme si ce moignon de chair humaine était le pouce d'un autre et pas le sien, comme si sa main n'était pas ce paquet de nerfs sectionnés, dévoré d'une colère meurtrière, qui arrosait le sol de ses fluides poisseux.

L'homme cria encore.

Bouillonnant de douleur et de venin, le Serpent humain poussa un beuglement de verrat sauvage.

– Tu as tué mon frère ! vociféra-t-il, abasourdi, en contemplant sa cuisine transformée en abattoir maculé de déjections. Tu as tué mon frère... et sa voix s'étrangla.

Hébété de souffrance, il s'effondra à genoux et se retrouva le nez sur le portrait de Debra Patterson.

Tout son corps tremblait, comme un chien mouillé.

– La douleur va se calmer, lâcha la voix, sans émotion aucune. Allons, un peu de dignité, que diable.

Le Serpent n'était plus le frère jumeau de personne.

Cette prise de conscience le força à vomir, jusqu'à le priver de toute capacité de réaction physique. Et, à en croire son récit des événements, Debra Patterson était bien entrée dans leur bar. Et repartie du Zephyr, vivante. À l'heure où les frères avaient fermé pour rentrer chez eux, sa voiture était encore garée là.

Si le Serpent s'en souvenait, c'est parce que la nuit était chaude et que la capote de la Mustang était baissée. Du coup, ils y avaient jeté un œil, pensant surprendre quelques galipettes sur la banquette arrière, mais la décapotable était vide.

Comme Rivers voulait en avoir la certitude, il souleva le tranchoir du billot et il en essuya le fil sur la chemise de l'autre.

– Bon Dieu, non ! geignit le Serpent. Je lui ai rien fait, je le jure, je lui ai juste servi à boire, moi !

– Et tu es sûr qu'elle est sortie d'ici de son propre gré ?

– Je le jure ! cria-t-il. Elle est partie avec les deux autres filles !

Songeur, Rivers hocha la tête.

– Et le porno avec des minots, ça vient d'où ?

– On est seulement distributeurs, on fabrique rien, c'est pas nous, je le jure !

– Des noms, donne-moi des noms et des adresses.

Et Rivers put constater que la réputation du Serpent était tout à fait injustifiée : une fois qu'on s'était lié d'amitié avec lui, l'homme était des plus agréable – un homme désireux de rendre service, c'est ainsi qu'on aurait dû le décrire.

Au moment où il arrivait au terme de ce qu'il savait et allait reprendre son récit depuis le début, en boucle, la cuisine s'emplit d'un horrible gémissement.

– Rââââh... Rââââh...

Le râle se répercuta contre les murs.

Rivers traversa la pièce à grands pas au moment où, percevant ce gémissement, les yeux du Serpent saillirent de leurs orbites, comme deux billes.

– Maaa...

Il regarda fixement vers son assaillant, se tourna vers le corps de son frère et se précipita à ses pieds, arrosant ses genoux du sang qui s'échappait de son moignon.

– C'est la rigidité cadavérique qui s'installe, lui expliqua Rivers, le raidissement du corps expulse l'air des poumons.

– Râââh...

Encore ce râle. Les poumons du Cadet, qui se remplissaient, qui se vidaient.

– Râââh...

– Alors là, ton frangin, il m'étonne, fit Rivers, hilare, en se grattant la figure.

La toile à sac commençait à le démanger.

– Il respire ! s'écria le Serpent, très agité. Faites quelque chose ! Vite, faites quelque chose !

– Moi ? ricana Rivers, en se pointant le doigt sur la poitrine. Non, je ne crois pas, non, vraiment pas.

– Mais il n'est pas mort...

Frank Rivers se courba en deux, tâta le front du jumeau mourant, sa main descendit là où une giclure de sang plus sombre marquait l'impact de la blessure – à peu près huit centimètres de large, de la chair éclatée, des éclats osseux à vif.

Les mains gantées s'affairèrent, s'enfouirent, fouillèrent ; il en retira une balle sanguinolente, puis se releva et lança au Serpent une boulette écarlate que ce dernier rattrapa de sa main valide.

– C'est quoi ? demanda-t-il, au comble de l'horreur.

– De la paraffine.

Le Serpent se remit à trembler.

– Mais vous avez tiré...

L'autre secoua lentement la tête.

– Vous aviez envie de jouer à la bourse ou la vie, alors avec si peu de temps devant moi, j'ai rien pu trouver de mieux. La prochaine fois, je tâcherai de m'organiser.

– Un jeu ? siffla le Serpent. Ça vous amuse ?

– Pas du tout. J'ai déjà vu des gens mourir à cause d'une balle en cire. Apparemment, celle-ci a dû lui sectionner une artère, elle lui a peut-être même fracassé le crâne. Ça doit être assez douloureux.

Le Serpent coupa court à ses commentaires. Sa voix trahissait un profond amour fraternel.

– Mais il aurait pu vous abattre ?

– J'avais bien repéré l'état de son canon ; de l'air dans un tuyau plein de vide, et rien d'autre.

Il se pencha au-dessus du corps, ramassa le .45, puis, d'un geste confiant, fit coulisser la glissière. Une cartouche menaçante en jaillit, un morceau de plomb qui alla rouler sur le sol comme une toupie et finit par s'immobiliser près du corps. Il y eut un petit choc, que les deux hommes ressentirent très bien.

D'un geste, Rivers désigna l'arme chargée.

– De toute manière, je l'aurais descendu.

– Moo... Maa...

Ce gémissement de nouveau et, le visage livide, le Serpent vit l'épouvantail retourner d'un pas nonchalant vers le billot et ramasser une limace de chair. Rivers fit pirouetter le pouce sectionné, le lança en l'air, le rattrapa, le relança en l'air.

– Appelle le 911, ils vont te le sauver, ton frangin.

– Mais un chirurgien aurait aussi pu me sauver mon pouce ! brailla le Serpent après le visiteur, qui se dirigeait vers la porte.

Entre-temps, la bouche gémissante de son frère jumeau s'ouvrit comme celle d'un poisson échoué.

– Ooooh... làà... Maa...

Une vraie brebis bêlante.

Et Rivers partit avec ce geignement pitoyable dans la tête.

– Maa... ma ? répéta-t-il, les lèvres entrouvertes, en secouant la tête d'étonnement et se demandant s'il pouvait en croire ses oreilles.

C'était sa mère que cette raclure de l'humanité appelait au secours, il en était à peu près sûr.

Avant de remonter dans sa voiture de patrouille, il balança le moignon de pouce dans la broussaille et jeta ses gants maculés là où les clients du bar n'auraient aucun mal à les repérer. Il s'installa sur son siège, régla la radio sur la fréquence officielle, se demandant s'il devait appeler Jon Patterson pour lui parler de sa fille. Les nouvelles étaient prometteuses. Il devait plutôt s'agir d'une fugue, car d'après le Serpent, elles étaient trois filles, ce soir-là, et elles avaient discuté grossesse.

Tandis qu'il tenait le portrait de la jeune fille en main, il avait envie d'y croire et, se projetant déjà dans sa journée du lendemain, il mit cette idée en balance avec ses autres obligations comme la planification du programme de l'équipe du MAIT – il fallait qu'il trouve le temps de s'occuper de cette petite famille. Il commençait à sortir de la ruelle quand la voix de Murphy la Mule jaillit de la radio, dans un crépitement qui lui cingla l'âme comme un coup de fouet glacial.

– Base, ici Huskies, fit sèchement la voix. Ici, nous sommes code rouge. Je répète. Code rouge.

Ces mots le frappèrent comme une balle en pleine poitrine ; il se rua mentalement sur la radio et son corps suivit, plaçant la boule de feu du gyrophare allumé sur le tableau de bord.

Ce rappel des codes couleur lui tirailla l'esprit : l'officier de police qui avait choisi ces messages, qui avait imposé cette procédure, c'était lui.

Le rouge, c'était la couleur d'un enlèvement.

Même toute sirène hurlante, il était à quarante minutes de là-bas.

36

De crainte d'être vu, Scott se posta en retrait du trottoir, restant dans l'ombre, sans un geste, impassible sous la pluie qui tombait enfin. Il cligna des yeux, de l'eau lui dégoulinait sur les joues et il releva son col contre le vent. Il observait la maison.

Une voiture approchait, fonçant sur la chaussée vitreuse ; ses pleins phares ricochèrent sur son imper élimé puis disparurent dans le terne dédale de la banlieue. Il continua de marcher, abaissant le bord de son feutre pour protéger ses yeux de l'averse.

Laissant le halo des réverbères derrière lui, il remonta en silence une allée dallée jusqu'à ce que l'obscurité finisse par l'envelopper. De la pluie lui gouttait du menton et il s'arrêta pour tendre l'oreille, fermant les yeux, mais seuls les bruits du crépuscule l'accueillirent, le roulement de tambour des gouttières qui sonnait creux, les volets en bois qui claquaient au vent et le stridulement des criquets qui montait d'une margelle de fenêtre, à ses pieds. Subitement, ses épaules se relâchèrent, se voûtèrent sous le poids de l'âge et de la fatigue.

Il hésita ; il avait la sensation que son arrivée était à la fois inattendue et prévue, comme une décision qu'il aurait remise à plus tard, au temps de sa jeunesse. Cela faisait maintenant neuf jours qu'on les avait tuées et c'était à cela qu'il pensait en voyant les hautes branches de ces grands chênes s'élancer vers le ciel et leurs feuilles d'un vert intense ondoyant vers les fenêtres de l'étage. Il observa la façade.

La maison était en brique rouge. Sur la pelouse, côté rue, de légers tourbillons d'un vent caressant emportaient les feuilles ratissées en tas bien ordonnés, les balayaient au ras du gazon en les prenant au piège contre les haies naguère taillées à la perfection. Il continua d'avancer, d'un pas indolent, et s'arrêta sous la véranda, là où des branches s'étaient abattues au milieu de paquets de journaux détrempés.

Ils étaient enroulés et attachés par des élastiques, avec leurs gros titres qui n'avaient plus aucune importance pour personne. Scott porta le regard plus loin, remarquant une voiture qui arrivait dans sa direction, plus bas dans la rue. Il y eut le chuintement des pneus traçant leur sillon dans la pluie, les phares balayant les parages comme si rien d'autre ne comptait que le moment présent. Il se dirigeait vers la porte quand un vent froid le fit claquer des dents.

Il s'immobilisa.

Il se baissa, un genou à terre, inspecta une vasque en terre cuite remplie d'un terreau noir et gras et, à côté, dans l'ombre, il découvrit une petite truelle et un gant.

Il ramassa le tout avec précaution, admira ces longs doigts verts et blancs. Il avait beau savoir à quoi s'en tenir, au fond de son cœur, il se sentait comme un étranger venu violer l'univers de Diana Clayton, déranger les solitudes déployées de sa vie d'avant, se faufiler dans les recoins les plus intimes où elle seule avait droit de cité.

Fermée à double tour.

Il essayait d'ouvrir la porte quand une croûte de boue séchée collée contre la jointure de béton de la véranda miroita d'un terne reflet. Il la ramassa. Ce n'était qu'une lamelle de terre, arrondie, en forme d'empreinte de pied, incurvée, avec de minuscules sculptures dentelées. Elle était de la taille de la chaussure d'une fillette dont il conservait un souvenir assez précis, sans l'avoir jamais connue – avec sa mère, sur le pas de cette porte, les grands yeux, le sourire mutin.

– Kimberly, dit-il à voix haute, en émiettant la terre qu'il réduisit en poussière entre ses doigts.

Il lâcha un long soupir oppressé, puis il inspecta le sol, prit ce gant comme si c'était la main d'un enfant et inséra sa clef dans la serrure.

Il sortit une lampe stylo de sa poche et l'alluma ; l'étroit faisceau balaya le vestibule et le salon. Il avança d'un pas et les fondations de la maison gémirent, les murs se resserrèrent autour de la bâtisse comme une vieille couverture ; elle était encore imprégnée des odeurs des vivants, elle délivrait encore des messages depuis ses moindres recoins.

Scott marqua un temps d'arrêt et il baissa la tête.

C'était la vérité d'une maison morte, songea-t-il.

Une vérité vivante et qui respire, que vous ne trouverez nulle part dans les livres, ni dans ces salles obscures qui rendent si populaires les scènes de crime atroces. De tels endroits respirent un langage silencieux qui commence à prendre forme au moment de la mort ; l'épouvante vous embrasse le cœur en y plantant ses crochets et, une fois qu'elle vous tient, elle ne vous lâche plus. Plus jamais.

– Je suis le tueur, dit-il, et, pour prononcer ces mots, il ferma les yeux. Sa peau est mon corps.

Il s'arrêta devant un miroir accroché au-dessus d'un piano demi-queue noir, il caressa l'ivoire blanc des touches, puis il risqua un œil dans ce miroir, en orientant le faisceau de la lampe vers le col de son manteau. Ce n'était pas le visage de Scott qu'il vit reflété là, les yeux malins, l'éclair des dents, un regard, et rien d'autre. Le miroir était fracassé en son milieu.

Vieil ennemi. Vieil ami.

00h21.

Retour à l'obscurité. Les secondes qui s'égrènent.

Il jeta un coup d'œil au plafond, s'imagina des visages détendus dans leur sommeil, à la poursuite de leurs rêves enfantins. Un sourire. Un poing à demi fermé. Un soupir quand la pièce se remplit à nouveau d'une lumière qui se mit à danser sur les murs, une lumière en vrille, en orbite, celle d'une voiture qui passait puis se fondit dans l'obscurité, puis tout disparu, avalé par le temps.

Il s'approchait de la cuisine, quand il fut cueilli par une odeur âcre et envahissante de copeaux de cèdre.

– Qu'est-ce que tu sais ? fit-il. Dois-je tuer le temps ? Est-ce que j'attends, ou est-ce que j'ai tout prévu ? (Il s'immobilisa. Respira profondément. S'humecta les lèvres avec la langue.) Tofu, dit-il à voix basse, des baisers par milliers, chauds et humides.

Il baissa les yeux sur la table de la cuisine, la parcourut de son faisceau lumineux ; ce n'était pas la mort qu'il recherchait, mais la vie, avec une question à l'esprit.

Autre chose, mais quoi ?

À l'autre bout de la table de la cuisine, l'auréole d'une tache d'eau miroitait à l'endroit où l'on avait appliqué de la cire. Il l'effleura de sa main gantée. Des miettes de pain toasté s'y étaient accumulées comme une fine ligne de cendre, de minuscules éclats de bacon s'y accrochaient comme des grains de sable.

Il déplaça une chaise.

Le faisceau alla fouiller dans les coins : une perle, une pièce de monnaie, une petite chute de ruban de satin bleu. Ces objets luisaient, vous sautaient aux yeux. Jack Scott s'assit sur le sol de linoléum et leva le regard pour inspecter sous la table. Le sang de Tofu avait formé une flaque et maculé l'un des pieds en bois. Il progressa à quatre pattes vers la plinthe. La pièce de monnaie scintillait comme un œil de cuivre, le ruban jadis noué était tranché net, la perle était perforée ; elle avait été naguère passée sur un fil ou en attente de l'être.

Il laissa ces objets intacts. Il se leva, se rendit à l'évier, avec une image imprimée dans son esprit ; des yeux confiants, un sinistre goutte-à-goutte, *ploc, ploc, ploc,* et sa lampe stylo qui fouillait, comme la mémoire – son regard se concentra, son cerveau s'emballa: un téléphone qui sonne, un fracas, des cris, les cavités du cœur de Scott prêtes à éclater.

Ces images entraient en collision et il s'avança en titubant, s'arc-bouta au comptoir où subitement une lumière rouge s'alluma sous un téléphone blanc, avec son carnet et son stylo prêts à entrer en action.

« Bonjour... c'est Diana... Moi, c'est Kimberly... et ici, c'est Leslie. »

Il retint son souffle, et la voix de femme reprit.

« ... les filles et moi ne sommes pas en mesure de vous répondre pour le moment, mais nous vous remercions de votre appel. Laissez-nous un message, s'il vous plaît. »

Ces mots s'achevèrent sur un bip électronique, suivi d'une tonalité stridente.

Tranchante. Mordante. Sans fin.

Ses paupières se fermèrent, très fort. Serrées. Il aurait préféré ne pas entendre ces voix et, pourtant, ses yeux se rouvrirent d'un coup, et il se dirigea vers les chambres.

Il eut du mal à ravaler sa salive, sa vessie se contracta.

Un jet d'urine se déversa sans retenue.

Il cherchait dans l'ombre.

À pas de félin, il monta les marches, les semelles bien à plat, un pied à la fois, et le sang lui rugissait dans la tempe gauche. En marchant, il s'imaginait Diana, les frissons qui l'avaient poussée à se plonger dans un bain pendant que les enfants s'agitaient dans leur sommeil.

Il s'arrêta, parvenant sur le palier de l'étage.

C'était un couloir étroit. À une extrémité, il y avait une petite table sur un long tapis oriental menant à la chambre principale. À l'autre, des portes ouvertes sur une obscurité incertaine.

Il continua, examina d'abord la table, une petite lampe, une composition de fleurs séchées et, au-dessus, un portrait de famille. Une commande était fixée au mur, la minuterie qui contrôlait l'éclairage et qu'il vérifia attentivement, en tapant sur les minuscules boutons – le minuteur était réglé du crépuscule à l'aube et pourtant l'obscurité ne se dissipait pas.

– Peur des ombres, peut-être, la petite Kimberly, murmura-t-il.

Il dépassa la table, se faufila par la porte pour se confronter à Diana.

Voilà : il était assis sur le lit de la jeune femme.

Les draps rabattus dégageaient un parfum de linge lavé de frais et le matelas gonflé céda sous son poids. Il attendit encore. Les coussins décoratifs étaient tous en place, bien alignés, et il se leva pour s'approcher du miroir au-dessus du bureau.

– Tu aurais aimé ça.

Il grimaça. Il y eut l'éclair de ses dents. La porte de la salle de bains s'ouvrit en grand.

Je suis le tueur.

Elle se réveille dans un cauchemar qui fait tout éclater dans sa tête.

– Qui est là ?

Ce n'est que maintenant qu'elle voit ma silhouette entière s'approcher lentement, la noirceur qui me couvre la face, les mains, la tête ; un tambour lui cogne dans la cervelle, lui déchire le cœur quand la terreur s'empare d'elle et ses yeux explosent, tirés de leur état de somnolence, le corps encore enveloppé d'un nuage de vapeur.

Suis-je au courant, pour les enfants ? Réflexion n° 1. Et s'il les a vues et qu'il les a empêchées de crier ?

Elle essaie de se redresser, l'eau dégouline sur ses jambes nues, elle frissonne, une silhouette secouée de tremblements qui tend la main, mais la main se referme sur le vide.

– Je suis venu ici rien que pour vous.

Un mensonge réconfortant. Un procédé. C'est ce qu'il recherche, un procédé.

Elle acquiesce, elle hoche la tête. Elle n'ose pas crier, de peur de réveiller les enfants, elle pense... Pendant tout ce temps, elle ne cesse de penser... *Que puis-je faire ?*

Quand, surgi de derrière mon dos, apparaît mon pistolet, qui ressemble plus à un sac plastique qu'à un pistolet, elle me dévisage avec une horreur pleine de questionnements et, l'instant d'après, elle sent le choc qui lui fracasse les dents.

Tout son corps se contracte, je dois amortir sa chute...

... en douceur.

Elle est incapable de penser, de voir.

Toute raide, elle se contorsionne sous mon emprise, son instinct reprend le dessus mais il est trop tard.

Les enfants dorment, cinq minutes se sont écoulées.

Elle meurt à ce moment-là.

Il en avait la gorge nouée.

Il resta devant la porte de la chambre des enfants, en se demandant pourquoi.

– Qu'as-tu ressenti ? fit-il à voix haute. Qu'est-ce que tu as vu ?

La pièce en révélait peu sur le crime, l'absence de vie suintait de tous les recoins. Il regarda de tous côtés, puis s'avança à pas lents vers la coiffeuse et, debout, immobile devant le miroir, il tâcha d'éviter la mort dans tous ses détails.

Ce miroir avait été fracassé avec maîtrise et dextérité, pas un éclat de verre ne manquait, de longues fissures serpentaient en son centre, vers le plafond, vers le sol, et il était sur le point d'adresser un sourire forcé à son propre reflet, de regarder cette chose, là, face à lui, quand subitement, il recula. Horrifié.

Il ferma les yeux, ravala sa salive. Un silence soudain se mit à bourdonner et à crier dans sa tête.

Brisé à la perfection.

À la luminosité des réverbères, des flaques apparaissent dans ce miroir comme par magie, des taches qui échappent au premier regard, des taches chatoyantes et luisantes, sous les deux chaises en osier. Les filles sont installées toutes les deux à la fenêtre.

Leurs yeux morts regardent au-dehors.

Elles sont soigneusement exposées, afin que tout le monde, dans la rue, puisse les voir.

Il réalisa tout cela avec une clarté qui priva ses poumons d'air. La démesure de l'atrocité était éclipsée par la petitesse de cette pièce et il prit la fuite, tandis que ces images éclataient dans sa tête.

Debout devant la porte, il respire péniblement, il reprend ses esprits. Il tremble. Il a les yeux baissés de côté, quand il la voit, il voit Kimberly, là, seule, debout, au fond du couloir, en chemise de nuit bleue, l'enveloppe confuse d'un être, aussitôt disparue, en un éclair, en un clin d'œil, en une seconde, une tête qui se détourne, rien de plus.

Il ferme les yeux.

– Mes images ne s'adressent qu'à moi, dit-il en ravalant sa salive, mes images connaissent mon nom.

La puissance de sa propre imagination était telle qu'il était capable de faire surgir la vie et la mort de l'étang noir de son esprit. Il le savait. Il lutta pour s'empêcher de perdre pied.

– Reste clinique.

Sa voix intérieure risquait une sortie, pour l'avertir.

Il fouilla en vitesse dans la poche de son manteau pour en extraire une cigarette, il la trouva, gratta une allumette. Les gaz brûlants lui emplirent les poumons, déclenchèrent en lui des sensations plus brutes, il retint ce feu entre ces lèvres et, quand il se sentit prêt à le recracher, il eut une vision limpide et douloureuse.

À travers l'infime flamme bleue, Kimberly Clayton, sortie de sa chambre, s'approcha, passa devant lui et se glissa vers le fond du couloir. Scott savait que tout cela n'existait que dans sa tête – l'enfant était trop parfaite, son expression totalement fidèle à sa photo, identique dans le moindre détail, à ceci près qu'elle était vêtue d'une chemise de nuit bleu ciel aux boutons de soie blanche. Elle s'arrêta à la table, se tourna pour lui tendre la main. Elle lui pardonnait son échec, comme seul un enfant pouvait le faire.

La flamme vint lécher la main de Scott et l'enfant disparut.

Il sentit ses yeux pleurer et prit conscience de la morsure du feu, mais il ne sursauta pas. Il souffla cette flamme comme celle d'une bougie d'anniversaire qui n'aurait brûlé qu'une seule fois. L'horreur l'avait pris à la gorge, l'horreur lui étreignait le cœur.

Il songea au commandant Dobbs, à ce qu'il avait vu, à la fin de sa vie, à ces apparitions qui devenaient réelles ; étaient-ce les images silencieuses de cette maladie du flic, ces images qui vous assaillent la nuit, qui vous poursuivent pour vos péchés et refusent de vous lâcher ?

Des photos et des fleurs, des rubans et de la cire, de l'eau, des miettes et des perles ? Subitement, tous ses enfants l'entourèrent, s'approchèrent lentement vers lui. Des visages perdus lui offraient leur sourire, en le prenant par la main.

Et Scott comprit.

Instinct ou déduction, les visages s'estompèrent, et cela importait peu.

Il le savait dans ses tripes, ainsi qu'il l'avait toujours su, et aussi dans sa tête. Ce n'était rien d'autre que cela : il avait la faculté de rendre visite à Kimberly, à son gré, avec un attachement plein d'amour.

« Oh, maman, encore juste une nuit ? »

Il ferma les yeux, et elles se tenaient debout dans la cuisine, et ces paroles éveillaient un écho dans les tréfonds de son crâne. Cette voix joueuse et qui aimait la vie. *Encore juste une nuit...*

Il pouvait voir Diana Clayton réagir avec culpabilité, ses épaules se voûter, avec un sourire penaud ; elle se tenait au-dessus de la poubelle et sa fille cadette l'avait rejointe à l'improviste. Diana qui, face à une nouvelle perte, était confrontée à une protestation qui lui brisait le cœur, et ses mots n'étaient pas bridés par les contraintes et la logique du monde des adultes.

Diana avait déjà appliqué une couche de cire sur la table de la cuisine pour s'efforcer de faire disparaître ces auréoles si gênantes, mais elle n'était jamais revenue la décoller. Quelque chose l'en avait empêchée. Et cette chose la dévisageait maintenant comme une sorte de Grinch, le vilain voleur venu voler Noël.

Et pendant tout ce temps, le prédateur rôdait. Depuis une huitaine de jours, d'après ses déductions. C'était ce qu'il allait découvrir. Il en avait la certitude, il le savait.

Il saisit le vase oriental à deux mains, le souleva au-dessus de sa tête, en examina le socle et aperçut une marque de cire jaune sur le pourtour extérieur de couleur plus claire.

– Kimberly, dit-il encore à voix haute, le cœur battant, en passant les doigts dans la composition de fleurs séchées, puis il retourna le vase vers le bas.

De l'eau s'en écoula. Elle éclaboussa le sol, dessina une flaque. Il en eut la gorge serrée.

Elles n'étaient pas du tout sèches, non, mais les pétales jaunes tournaient au gris, des éclaboussures rouges viraient au rose et leurs tiges ployaient vers une mort certaine. Il s'imagina Diana Clayton s'avançant vers lui, glissant dans l'escalier, en tenue pour la nuit, et s'éloignant, chargée de fleurs flétries.

Scott était avec elles à présent : elle sortait la soucoupe de porcelaine de son placard, la plaçait soigneusement au-dessous du vase pour protéger le joli bois de la table, et puis elle réglait la minuterie du palier. Et, comme il s'imaginait qu'elles avaient dû le faire, il remit le vase à la place qui lui revenait, où les fleurs seraient encore proches d'elles, une dernière fois, avant de dépérir et devoir être jetées.

Sa gorge s'étrangla.

Il retourna du côté de la cuisine, comme le temps retournait du côté des vivants.

Pendant une semaine peut-être, les fleurs de Kimberly avaient déployé leurs couleurs sur la table de la cuisine, où elle pouvait les soigner sans trop de souci, quelques giclures, un peu de négligence, un peu d'amour, quelle importance ?

Mais, le soir du 31 mars, Diana avait débarrassé et ciré la table de la cuisine, et elle était sur le point de jeter les fleurs quand elle avait été prise sur le fait. Ensuite, on les avait montées à l'étage, pour les avoir à proximité.

Il secoua la cendre de sa cigarette dans l'évier, se pencha et ouvrit une porte de placard sous le comptoir. Il en sortit une poubelle en plastique et refoula l'obscurité avec le faisceau de sa lampe.

Elles étaient là.

Collées à un grumeau de chewing-gum rose, avec le ruban bleu qui avait servi à les attacher et, juste au-dessous, le sachet de poudre de conservation offert par le fleuriste.

Avec des gestes soigneux, il en récupéra sept, toutes sèches et cassantes, et s'imagina combien Kimberly avait dû les choyer, et les manier d'une main tendre. Des fleurs cueillies jadis par des enfants et que l'on avait ensuite triées à partir d'un bouquet vieillissant, soir après soir, en ne conservant que les meilleures, les meilleures pour la fin.

La grande lysimaque jaune, la lysimaque terrestre.

37

– Oh, non ! se lamenta Jessica Janson, furieuse, on fait du surplace, là.

L'Oldsmobile Cutlass blanche avançait au pas, les essuie-glaces giflant le pare-brise à toute vitesse sous la pluie battante. La chaussée était jonchée de branches cassées et de débris qu'elle évita en rejoignant à gauche le flot de la circulation depuis le parking, et elle aboutit dans une longue file de véhicules au carrefour d'Arlington Road et Old Georgetown Road.

Le signal sonore du clignotant gauche était enclenché et le témoin brillait sur le tableau de bord. Le feu passa au vert, mais la file demeura immobile.

– Demain, s'il ne pleut pas, on peut aller à la rivière ? demanda Elmer.

Ils entendirent un klaxon hurler très loin derrière eux et la file avança d'une longueur de voiture.

– Je suis désolée, mon chou, quelle était ta question ?

Elle essuya la vitre latérale avec un mouchoir en papier très fin, mais ne vit que des éclairs rouges clignotants à une rue de distance, dans Arlington Road.

– Je parlais de dimanche. Après l'église, on peut aller au parc ?

– Nous verrons, Elmer. Je crois que je ferais mieux de prendre un autre chemin, il y a un accident par là.

Elle mit son clignotant à droite, essaya de changer de file, alternant la pédale de frein et l'accélérateur, comme si la Cutlass se rebiffait contre l'embouteillage. Il y eut derrière elle un appel de phares signalant que l'espace était libre. Elle répondit par un geste de remerciement, sans se retourner.

– Je vais couper par Glenmoor et prendre la quatre-voies qui longe le parc, décida-t-elle en réglant le désembuage un cran plus fort. C'est interdit de tourner à gauche, mais qui va nous voir ?

Elle jeta un coup d'œil à son garçon, que l'idée fit sourire.

– Entrouvre ta vitre, minou, je n'y vois presque rien.

Ils avançaient par à-coups de quelques dizaines de centimètres, attendant leur tour.

– Moi, je n'aurais pas pris ce risque, décréta Irma Kiernan, le visage renfrogné, en frottant énergiquement leur pare-brise embué avec un essuie-tout.

– Sa voiture est en train de chauffer, et toi, tu préférerais qu'elle lâche au milieu de Bethesda ?

Il accéléra la cadence des essuie-glaces et, à cette seconde, du coin de l'œil droit, il entrevit son geste.

– Irma, non ! éructa-t-il.

Elle se figea. Elle tenait dans sa main droite la languette métallique chromée de la ceinture, à quelques centimètres de l'attache.

– Désolée. J'avais oublié.

– Tu es désolée ? ricana-t-il. Ah non, Irma, tu as surtout de la chance.

Le ressort de l'attache que Dorn avait vissée en place était bloqué de l'intérieur par une soudure. Malgré son aspect parfaitement normal, une fois que la languette de ceinture était insérée, pour libérer le passager, il fallait déboulonner tout le dispositif de fixation au plancher du véhicule. Le harnais était muni d'un système actif de rétention, à peine plus clément qu'une camisole de force.

Se sentant vulnérable, elle éloigna ses genoux du tableau de bord, verrouilla sa portière et son regard se perdit dans le vide. À travers le pare-brise presque opaque, elle songeait à des couleurs, à des étoffes, une ample robe blanche avec un voile.

Comme elle ne s'était encore jamais mariée, elle y avait tout à fait droit. Toutefois, à son âge, un ton pêche ou rose serait peut-être davantage approprié.

– Jeff, minauda-t-elle, quelle est ta couleur préférée ?

– Laisse-moi tranquille, grommela-t-il, en surveillant l'Oldsmobile qui se dégageait de la file.

Alors elle se mit à réfléchir aux dates, en pensant déjà à l'automne, et elle s'imaginait la cérémonie, l'éclat des feuilles aux branches des arbres, la pleine lune automnale, le temps encore assez chaud pour que l'on organise la réception à l'extérieur.

Bleue ! décida-t-elle subitement, en sursautant sur son siège, mais elle garda cela pour elle. Une couleur chic, à la limite du sexy, ce qui la fit songer à des pièces de satin.

– Ouf ! fit Jessica en respirant bruyamment.

Elle se retrouvait de l'autre côté d'Old Georgetown Road, après avoir tourné à gauche de manière illégale pour s'engager dans Glenmoor Drive, et ils traversaient un quartier résidentiel faiblement éclairé, passant devant des demeures majestueuses. Ils avaient laissé le plus gros de la circulation derrière eux, en continuant vers l'ouest par une enfilade de rues, en direction de la rocade et de leur maison dans River Road.

Tout cela leur avait pris un long quart d'heure et, comme Elmer lui parlait, elle ne remarqua pas la jauge de température sur son tableau de bord, le voyant rouge qui clignota avant de s'éteindre à nouveau.

– Maman, tu veux jouer à un jeu ?

– Non, Elmer, je suis trop fatiguée. On n'en a pas fait assez pour ce soir ?

Il se nicha contre elle et elle lui ébouriffa la tignasse. Leur voiture filait dans le noir.

De Glenmoor à Little Falls Parkway, le trajet ne durait que quelques minutes, avec le franchissement du carrefour, puis le tronçon de nationale qui coupait à travers bois, baptisée du nom du fleuve Potomac tout proche. L'endroit paraissait désert, excepté une voiture de temps à autre, de grands chênes dressés en sentinelle sur le bas-côté, avec leurs branches ramifiées en une sombre canopée au-dessus des Janson qui roulaient dans le temps, vers une destination qu'ils ne pouvaient s'imaginer.

Elle se sentit parcourue d'un frisson.

– Je t'adore, mon cœur, mais tu ferais mieux d'attacher ta ceinture, dit-elle.

S'étant à moitié endormi, il se redressa, s'écarta et ils dépassèrent le feu clignotant orange d'Arlington Road, qui leur était familier. Ils franchirent la voie ferrée en cahotant, ils étaient tout près de chez eux, mais subitement la voiture fut prise d'un hoquet et d'une secousse.

– Qu'est-ce que c'est que ça ? s'écria-t-elle.

Un claquement de ferraille monta du capot et une odeur étrange remplit l'habitacle.

– Il y a un truc qui brûle, lança Elmer, inquiet.

– Je sens l'odeur, moi aussi !

Elle jeta un œil au tableau de bord : les voyants étaient au rouge fixe.

– Le moteur chauffe ! s'exclama-t-elle, et le défilé des arbres se mit à ralentir.

Au même instant, un nuage d'un gris aveuglant se répandit sous leurs yeux et noya le pare-brise dans une couche opaque avant d'envelopper toute la voiture.

La route s'effaça de leur champ de vision.

À cette seconde fatale, elle sauta sur les freins, donna un coup de volant et ils foncèrent à l'aveuglette, droit vers une ravine obscure.

C'était là que Dorn les attendait.

Irma et lui s'étaient garés dans une voie de traverse, deux cents mètres plus loin, sur une hauteur, juste en face de cette déclivité, derrière une portion de terrain boisé.

– Pile à l'heure ! constata-t-il, avec une voix bizarre, presque émue.

– Je me sens vieille, répondit sa passagère.

– Quoi ?

– Mes cheveux, comme ça, je déteste, continua-t-elle avec une moue, en désignant son chignon qui lui pendait désormais dans la nuque.

Et même s'il était d'accord, il lui demanda : « Montre un peu tes yeux », et elle se tourna vers la banquette arrière, en battant des paupières comme une Mme Butterfly du pauvre – le mascara bleu avait maintenant disparu, ainsi que les zébrures noires et les faux cils. D'après Dorn, dans son immonde tank vert, elle avait tout à fait l'allure d'une institutrice replète et revêche. Ils avaient collé sur toutes les vitres de la Ford des autocollants de membre adhérent du service d'assistance de l'Association des automibilistes d'Amérique, au point d'évoquer davantage un culte religieux qu'un club d'automobilistes.

– On peut y aller maintenant ? gémit-elle, en se remettant en position face au volant.

Dorn scruta attentivement la rocade à travers ses jumelles surpuissantes. Une voiture s'approchait par l'est, ses phares monopolisant toute la voie, puis elle ralentit en arrivant à la hauteur de l'Oldsmobile, toujours arrêtée dans un nuage de vapeur, le flanc droit incliné dans le fossé. L'éclairage intérieur était allumé et il réussit à entrevoir la femme qui serrait l'enfant dans ses bras.

– On la fait poireauter, dit-il d'une voix atone.

– Mais Jeff, et si quelqu'un venait les aider ?

Il secoua la tête.

– On est à Bethesda, Irma.

Il avait dit cela en toute connaissance de cause.

– Oh, Elmer, tu es sûr que tu ne t'es pas fait mal ?

Il leva les yeux, surtout inquiet de la manière dont elle le serrait dans ses bras, en le berçant tellement fort, comme s'il était encore un bébé.

– Maman, j'ai juste une bosse à la tête, mais toi tu es toute blanche...

– On a eu de la chance, mon Dieu, c'était épouvantable ! Elle flanqua un coup sur le volant. Et je viens de la faire réviser ! Je n'arrive pas à y croire ! Ils ont peut-être touché à quelque chose ?

– Tu as pensé à leur donner un pourboire ?

– Oui, Elmer, soupira-t-elle, en le relâchant. Et tu es trop jeune pour te soucier de ce genre de chose.

Elle vit à son regard qu'elle l'avait froissé.

– Oh, mon rouquin.

Elle le reprit aussitôt contre elle, le serra de nouveau très fort, et la vapeur qui continuait de monter du capot leur obstruait toujours la vue. Une voiture s'approchait au pas, arrivant à leur hauteur et un klaxon retentit. Jessica abaissa sa vitre en vitesse et un jeune homme pointa la tête hors d'une Cadillac gris terne, sous la pluie battante.

– Pouvez-vous appeler... commença-t-elle, quand elle vit de l'eau ruisseler d'un torse nu, un visage ivre et menaçant qui la lorgnait d'un œil concupiscent.

Agrippé à sa bouteille de bière, l'homme se pencha par la fenêtre jusqu'à la taille.

– Hé, ma poule ! beugla-t-il, alors que la Cadillac s'arrêtait. T'es une fêêê-tarde, toi, hein ?

Elle s'empressa de remonter sa vitre.

– Verrouille ta portière, lâcha-t-elle froidement.

– Hé, ma poule ! éructa de nouveau la voix. Si tu me fais une gâterie, je m'occuperai de ton carrosse !

La mère et le fils entendirent des rires d'hommes, des borborygmes alcoolisés, des mots marmonnés de plus en plus grossiers.

– Maman ?

– N'écoute pas, l'enjoignit-elle, et elle perçut l'affolement dans les yeux de son fils. Ne fais pas cette tête.

– Maman, je crois...

– Hé, ma jolie, sors un peu dehors, on va se payer un concours de T-shirts mouillés !

Aussitôt, il y eut un éclat de rire obscène, un T-shirt trempé atterrit sur le capot avec un claquement mat suivi de bruits de langue et de quolibets, et Jessica Janson dégaina la seule arme à sa disposition.

Elle appuya à fond sur le klaxon et cela dura une bonne minute.

Le mugissement était assourdissant, mais elle ne lâcherait pas prise.

Dorn était enchanté, il avait entendu quelques bribes de ces sarcasmes, avant de regarder la Cadillac s'éloigner à petite allure puis reprendre de la vitesse.

– Tu vois, Irma, il y a un Dieu, après tout.

– Et moi j'ai envie...

– Oui, la coupa-t-il, et tu as intérêt à ce que le feu soit au rouge au prochain carrefour, alors règle ton allure en conséquence, et moi, il me faut trente secondes pour monter à l'arrière et refermer la cloison.

Elle rangea la brosse à cheveux dans son sac à main, qu'elle posa sur le plancher derrière son siège, puis tourna la clef dans le contact. La Maverick verte démarra à la troisième tentative, le moteur tourna au ralenti, monta en régime avec un grondement sourd et régulier, et elle avança, tous phares éteints. Un arbre menaçant se dressait dans l'ombre et elle appuya à fond sur la pédale de frein. Dorn en perdit l'équilibre et faillit s'étaler sur le plancher.

– Mais bordel ! Qu'est-ce que tu fous !

– J'avance mon siège. Tu l'as trop reculé !

Elle s'y prit de la main gauche, en se dandinant de tout son corps, comme une marionnette montée sur ressort en quête d'une colonne vertébrale, et remit la voiture sur la bonne trajectoire. La rue était déserte. Les maisons alignées étaient aussi obscures qu'un rituel païen.

– Et si elle crie ?

– Ah, ça, Irma, c'est nouveau, ironisa-t-il, en écartant la question. (Il n'avait qu'une envie, venir à la rescousse des Janson avant que ces petites crapules ne commencent à avoir des remords à propos du joli petit lot qu'ils venaient d'abandonner. Il se pencha par-dessus le siège et Irma sentit son haleine chaude au creux de son oreille.) Tu as la frousse ? susurra-t-il du bout des lèvres.

– Non, mais quelque chose pourrait mal tourner.

– Espèce de truie, pauvre bonne à rien ! aboya-t-il subitement, moi qui aurais pu rester à la maison à me délasser...

– Oh, mon chou, sourit-elle en lui tapotant la main. Je suis toujours un peu hésitante, au début, mais tu sais qu'une fois qu'on se sera lancés, tout ira bien.

La voiture avança en silence, les vieux chênes défilaient sur la droite comme un mur de très anciennes sentinelles et, quand ils s'engagèrent sur la forte pente aux abords de la rocade, elle ne vit que le feu de signalisation au loin.

– Tu sais quoi dire, hein ?

Elle hocha la tête.

– Avant de sortir, je fais bien attention que le plafonnier reste allumé, qu'ils voient que la voiture est vide. Je descends, je marche lentement jusqu'à sa fenêtre. Si sa vitre n'est pas baissée, je frappe, et puis je me recule, pour qu'ils me voient bien.

Dorn haussa les épaules.

– Tout ça, c'est l'évidence, mais encore une fois, Irma, est-ce que tu sais quoi dire ?

– Oui, se défendit-elle. La seule chose sur laquelle je ne suis pas au clair...

– Depuis le début ! ordonna-t-il, en l'interrompant sèchement. On reprend tout depuis le début une dernière fois.

Elle se tassa en avant et ajusta son chignon sans lâcher le volant. D'un cinglant revers de main sur la tête, Dorn la força à rectifier la posture.

– Je suis Mme Janson, tu es debout à ma fenêtre, lui rappela-t-il. Je te dis : « Ma voiture est en panne », ou un truc dans ce style.

– « Oh, zut, répondit Irma, c'est pas la soirée pour tomber en panne, voulez-vous que j'aille appeler quelqu'un ? »

– Bien, et fais attention à ne pas tout faire foirer en leur proposant d'emblée de les emmener, sinon ça éveillera leurs soupçons. « Oh, ce serait très gentil ! » Et ensuite ?

– « Eh bien, je suis d'Allentown, en Pennsylvanie, je suis simplement venue rendre visite à ma famille, alors je ne connais pas bien la région. Il y a des stations-service ouvertes, par ici, à cette heure de la nuit ? »

– « La station Shell, c'est dans River Road », lui souffla Dorn de sa vraie voix.

– « Oh, c'est si loin que ça ? »

– Là, Irma, c'était une blague, fit-il d'un ton cassant. Surtout, prends un air ennuyé. Il faut qu'elle sente que tu lui échappes, que tu exerces une sorte de pression, mais en restant subtile, sans quoi ça ne fonctionnera pas.

Elle opina.

– « Oh, mince, s'exclama-t-elle. Je ne connais pas cette rue, c'est loin d'ici ? »

– Bien, et ensuite ?

– Elle me répond que c'est tout près, mais je la laisse arriver à la conclusion toute seule. Je joue la confusion, je ne sais pas quoi faire de mes mains, je suis indécise.

– Cette partie te viendra tout naturellement.

– Jeff ! s'exclama-t-elle, avec une moue dépitée. Je ne suis pas stupide, j'ai des sentiments, moi aussi.

La voiture continua d'avancer au pas, ses phares toujours éteints, et le carrefour se rapprochait. Dorn était affligé par ce qu'il venait d'entendre, mais il continua quand même.

– À ce stade, elle va prendre une décision... Dois-je demander à cette femme de nous ramener ou me contenter de lui donner quelques indications et d'espérer ? Elle va ruminer ça dans sa tête, alors laisse-lui le temps de réfléchir. Le timing, Irma, tout est affaire de timing.

– Bon, et ensuite, j'interromps ses réflexions et je m'attaque direct au gamin ?

– Exactement. Alors, vas-y, je t'écoute.

– « Mais il est adorable, votre fils. Vous savez, j'enseigne à une classe de cours élémentaire. »

– Oui, mais tu lui sors ça comme si tu trouvais que, soit dit entre filles, il est vraiment craquant, ce petit.

Irma sourit.

– Mon chou, tu me présentes la chose comme si c'était un beau fruit, mais c'est un magnifique petit garçon, alors ce ne sera pas bien compliqué. En plus, nous, c'est pour lui qu'on fait tout ça...

Elle laissa sa phrase en suspens et Dorn réagit aussitôt à cette dernière réflexion.

– C'est exact, Irma, et maintenant...

– Jeff, s'écria-t-elle, lui coupant à son tour la parole. (Il serra les dents.) Je parie que tu l'étais aussi, je veux dire, que tu étais aussi un superbe petit garçon. Pense un peu à ce qui se passerait si nous...

– Plus tard, reprit-il avec fermeté, puis il enroba de ses deux mains une paire de seins invisibles et, prenant une voix efféminée : « Oh, vraiment ! se pâma-t-il. Alors vous avez remarqué comme il est super, mon petit garçon ! Enfin, il est tellement bon élève, le plus intelligent et le plus doué qu'on ait jamais vu », ou je ne sais quel bla-bla lui dégoulinera de sa langue d'idiote. Elle ne pourra plus s'arrêter de causer, crois-moi.

– Alors moi, je prends un air agréablement surpris, comme si nous formions tous une famille heureuse, et puis tout d'un coup je lui fais remarquer que c'est franchement idiot de rester plantées sous cette pluie battante à papoter, surtout sans un homme avec nous, et qu'on vit dans un monde dangereux...

– Non ! beugla Dorn. Non, non, non ! Si jamais tu prononces le mot « homme », tu lui donneras de quoi ruminer. Tu lui dis juste que tu ne te sens pas à l'aise par ici et que c'est idiot de rester plantées sous la pluie.

– Désolée, souffla-t-elle.

– À ce moment-là, elle va te demander de les ramener, alors surtout tu prends un air pas trop sûr...

– « C'est très loin d'ici ? » roucoula-t-elle en réponse.

– Et comme l'éclairage dans la voiture est resté allumé, elle croira qu'elle est vide, rien à craindre, à moins que tu ne...

– Non, promit Irma, je ne vais pas oublier.

Il approuva d'un signe de tête.

– Maintenant tu as bien compris que tout ça ne sera pas forcément nécessaire. Elle court-circuitera peut-être cette causette et elle sortira tout de suite de sa voiture pour te demander de les raccompagner, hein ?

– Mais bien sûr, ce que tu es bête. Le plus important, c'est d'être certains que le gamin monte à l'arrière.

– C'est essentiel, Irma. Une fois que je bondis de ma cachette et que je l'empoigne, ce sera facile de la maîtriser, elle. Alors, on s'y prend comment ?

– Je monte la première, ensuite je déverrouille leur portière, je regarde bien le garçon dans les yeux...

– Oui, surtout, tu t'arranges pour qu'il croise ton regard, car il est très obéissant.

– ... et je dis : « Ce siège est cassé, on ne peut pas le relever, j'en suis désolée. Et en plus, ce n'est pas facile de se glisser à l'arrière. »

– Exact, et tu hausses le sourcil, tu le mets au défi et il va sauter sur l'occasion à pieds joints. Et si la blonde remarque quoi que ce soit ?

– « Vous imaginez, je l'ai fait réparer deux fois, plus personne ne travaille correctement, de nos jours. »

– Très bien, Irma, et en douceur, surtout. Ce sont les petits détails comme ça qui sont importants. Et ensuite ?

– Quand je démarre, je veille à ce qu'elle s'attache et, si elle ne le fait pas je lui demande, très calmement, à cause de la police d'assurance de ma voiture. La passagère qui ne met pas la ceinture ne sera pas couverte.

– Correct. (Il leva les yeux au ciel.) Dès qu'on entend cliqueter la ceinture, elle est à nous, elle nous appartient. Moi, je la cogne par-derrière et je braque le pistolet à la tempe du gamin, elle arrivera même plus à respirer.

– Compris. Mais attention, ne perdez pas la tête, Mister Perfect !

Elle mit ses phares, ralentit au pied de la descente, puis s'arrêta avec précision au feu rouge. Elle s'apprêtait à prendre à droite dans Little Falls Parkway quand elle jeta un œil dans son rétroviseur.

– Jeff ?

Cette banquette arrière vacante l'excitait tant. Elle était incapable de comprendre pourquoi.

Les lèvres de Jessica laissèrent échapper un soupir contrarié.

– Non, décréta-t-elle, on reste dans la voiture.

– Mais maman, ce n'est qu'à trois kilomètres, ce serait mieux que de rester plantés ici.

– Elmer, quelqu'un va bien venir, la police va passer, ou une remorqueuse, tu verras. (Elle remarqua que ses phares faiblissaient ; les vitres étaient masquées par un épais brouillard, c'était comme de regarder à travers une coquille d'œuf, mais elle lui dissimula ses peurs. Elle avait terriblement froid et elle se sentait complètement perdue.) Tu as assez chaud, mon petit rouquin ?

– Bien sûr, enfin, oui, je crois.

Et ce fut alors que l'intérieur de la voiture s'illumina et il y eut le lent craquement du gravier dans leur dos.

– Maman, quelqu'un s'est arrêté, s'écria-t-il, inquiet, et aussitôt elle essuya la vitre de sa portière, mais la voiture était immobilisée juste derrière eux, son moteur tournait encore et elle n'y voyait rien.

Mon Dieu – ce fut sa seule pensée –, *ces hommes sont de retour et ils ont passé la dernière demi-heure à se saouler.*

Tout à coup, Elmer grimpa dans les bras de sa mère, pour la protéger, et elle ferma les yeux, la main posée sur le klaxon.

Irma Kiernan se sentit gagnée par un ravissement mauvais.

La vie était en train de rattraper toutes les Jessica Janson du monde. Telle était son opinion et elle prévoyait d'échanger quelques conseils beauté avec cette femme qui avait fait étalage de son corps là-bas sur le manège, en s'affichant à un moment qui aurait dû être réservé aux enfants – de quoi choquer n'importe quel adulte raisonnable.

– Minable, comme technique, siffla-t-elle d'une voix feutrée.

Ils approchaient du but. Et elle était Mme Irma Dorn, une femme fière, d'une stature royale, qui évoluait sous l'œil admiratif de son homme, héros de guerre et champion aux dimensions mythiques.

– Maman, quelqu'un vient, s'écria Elmer, à cran.

Jessica tâcha d'essuyer la vitre d'un geste énergique du plat de la main, mais à peine était-elle nettoyée qu'elle se couvrait à nouveau de buée.

Elle était enfermée dans cette cécité désespérante.

– Vite, Elmer, sur la banquette arrière, tu te couches par terre.

– Non, maman... non ! s'exclama-t-il en protestant contre la volonté de sa mère, mais sa voix s'étrangla de peur.

Il refusait de la laisser, jamais il ne l'abandonnerait.

Et puis il y eut un petit coup sec contre la vitre.

Trois petits coups.

Jessica ferma les yeux très fort, en appuyant sur le klaxon à fond, mais il n'y eut qu'un vagissement, à cause de la faible charge de batterie, un pauvre bêlement qui ne portait même pas jusqu'à la route.

Les mots défilaient dans la tête d'Irma Kiernan.

« Les petits détails sont importants, Irma, reste à distance de la voiture pour qu'ils te voient tout entière. »

Jessica Janson entrouvrit la fenêtre, l'abaissa d'à peine un centimètre.

Sans trop savoir comment, elle se préparait à protéger son enfant. Réussirait-il à s'esquiver dans le sous-bois, mais surtout, accepterait-il de prendre la fuite, si elle le lui ordonnait ? Elle n'en savait rien. Rien qu'à cette pensée, elle tremblait de tous ses membres. Elle discernait à peine une silhouette, une ombre en surplomb au-dessus d'elle et qui lui parut de petite taille.

Et un visage.

Ce visage était penché au-dessus d'elle et elle recula dans son siège, le mugissement du klaxon continuant à mourir sous sa pression. Elle plissa les yeux, ils se réduisirent à deux fentes, et les traits sombres, là, dehors, commencèrent à prendre forme.

– Que voulez-vous ? s'écria-t-elle, la voix saisie d'une peur panique, et Elmer vint se nicher contre elle.

Et soudain. Sans un mot. Elle sentit une chaleur monter en elle.

Son corps et sa respiration se relâchèrent, ce fut si subit, tellement inexpliqué, une sensation qu'elle emporterait jusque dans la tombe sans jamais réussir à la restituer avec des mots. Son cœur stoppa sa cadence destructrice, ses mains cessèrent d'être des poings serrés.

– Maman, qui est-ce ? demanda Elmer.

Mais il n'y avait que le crépitement de la pluie contre le bord flou d'un vieux feutre sombre. C'était un homme. Un homme âgé. Son visage exprimait la bonté, avec quelque chose d'usé, de marqué. Et, dans le rai de lumière projeté par une voiture qui arrivait en sens inverse, il émanait de ces yeux une inquiétude que Jessica Janson n'avait encore jamais vue.

– Madame Janson ? s'enquit-il calmement.

Tout en pensant *Est-ce que je vous connais ? Devrais-je vous reconnaître ?* elle débloqua aussitôt la portière, l'ouvrit et, les mains, les jambes tremblantes, elle sortit sous cette pluie épouvantable.

Il était habillé d'un imperméable gris élimé, son chapeau porté très bas était informe, son pantalon fatigué pochait aux genoux et il tenait un carnet à la main. Il suivait du regard une voiture verte qui passa tout près d'eux et ralentit avant de reprendre de la vitesse.

Une larme roula de la joue de Jessica, qu'elle essuya très vite dès qu'Elmer lui prit la main.

– Madame Janson, je m'appelle Scott, dit-il, à mots comptés, en lui montrant un insigne miroitant dans l'obscurité oppressante.

Un millier de questions lui assaillaient l'esprit, mais elle n'arrivait pas à les relier entre elles ou à les formuler avec des mots. Et, dans l'étrangeté incertaine de cette nuit, ils se tenaient tous les trois au milieu de la chaussée, figés dans un temps suspendu, comme s'ils n'étaient en réalité pas étrangers l'un à l'autre et que le destin les avait enfin réunis.

– Notre moteur a chauffé, souffla-t-elle, et ces mots lui firent l'impression d'être emportés par la pluie.

Il opina.

– Je sais, dit-il à mi-voix.

Elmer tira sa mère par la main.

– Tout va bien, chuchota-t-elle, et elle haussa le sourcil, avec une expression de perplexité.

– Comment se fait-il que vous connaissiez mon nom ? insista-t-elle, hésitante, redoutant presque la réponse. Je vous en prie, dites-le-moi... (Sa voix tremblait.) Ce n'était pas un accident, n'est-ce pas ?

Il scruta ses yeux noyés de larmes – une jeune mère qui luttait avec un courage exceptionnel.

– Peut-être que si, je n'en sais encore rien. Je suis désolé. Il y a un petit dispositif de balise placé sous votre véhicule, ce qui m'a permis d'apprendre que vous aviez besoin de mon aide.

– Oh, mon Dieu ! s'exclama-t-elle aussitôt, en se mordant le poing. Mais qu'est-ce que nous avons fait ?

Il l'observa, songeur, avec des yeux empreints de chaleur et de sagesse.

– Eh bien, c'est une question compliquée, madame Janson, même si vous n'avez rien fait pour mériter cela, pas directement. Une explication risque de demander du temps, mais ça, je suis convaincu que vous l'avez déjà deviné.

Il passa devant eux, retira les clefs du démarreur et coupa les phares.

– Vous n'avez rien à craindre, allons prendre un café et je vais tâcher de m'expliquer au mieux.

Et, tandis que sa mère était sur le point de répondre, Elmer s'avança d'un pas prudent. Des images, des idées s'allumaient dans sa tête comme des ampoules de flash.

– Vous connaissez l'inspecteur Rivers ? lui demanda-t-il tout à coup.

Scott se pencha sur lui, de l'eau goutta du bord trempé de son chapeau.

– Elmer, j'ai appris que tu avais l'esprit d'un champion et un cœur de lion. Tu sais que c'est un grand compliment de la part d'un homme comme Frank Rivers.

D'entendre prononcer son nom, cela produisit une explosion dans la tête du garçon, si puissante que les battements de son cœur redoublèrent, il ouvrit de grands yeux et Jessica pleura sans retenue sous la pluie qui lui plaquait les cheveux sur le front.

– C'est à cause de cette saleté de bowling ! s'écria-t-elle, en levant les yeux vers Scott. C'est le seul souci qu'on ait jamais eu !

Elle s'apprêtait à continuer, mais ne put que secouer la tête, en proie à la confusion, et elle baissa les yeux sur son fils en ayant envie de le gronder – et pourtant, elle n'éprouvait que de l'amour.

– Il n'y a pas de souci, madame Janson, je vous assure. Disons simplement qu'Elmer a ouvert une porte sur le passé et il se trouve que c'est nous qui l'avons franchie.

Pour Jessica, tout ceci n'avait guère de sens, mais l'expression du visage d'Elmer manifestait l'absence de tout malentendu. Cet inconnu et son fils avaient l'air de saisir quelque chose, à un niveau plus profond, invisible, qui lui échappait totalement.

– C'est vous ? s'enquit timidement Elmer. C'est à vous qu'ils l'ont donnée ?

Scott acquiesça, plongea la main dans sa poche et il en ressortit lentement son poing fermé, puis il ouvrit les doigts, comme s'il venait de capturer un papillon de nuit et ne voulait lui causer aucun mal.

Et il était là.

Le médaillon d'Elmer.

Une moucheture, une promesse, une joie. Aussi scintillant qu'une étoile dans l'immensité rougeâtre de l'origine des temps.

Troisième jour : Le village

On mesurera la valeur de l'humanité
aux objets que l'homme sera
capable d'abandonner.

William Oscar Swensk

Le mal est dans la nature de l'homme.

Soyez de nouveau les bienvenus,
mes enfants,

Dans la communion de votre race.

Nathaniel Hawthorne,
Le Jeune Maître Brown

38

DIMANCHE 10 AVRIL 1989,
5 H 56 DU MATIN

Elle arriva comme la promesse de l'aube grise, telle une ombre dans la banlieue endormie, glissant au-dessus des trottoirs, les jambes bandées, ses mains frêles agrippant une bible abîmée. Le jour ne dispensait pas encore sa chaleur à ses os arthritiques, aussi avait-elle jeté un ample châle violet sur ses épaules, une toile d'araignée, témoin d'une autre époque.

Elle s'appelait Halford, un nom qui venait des Anglais, un titre signifiant qu'elle était née parmi les gens privilégiés et que sa famille avait été reçue dans le grand manoir d'une dynastie de Richmond. Et elle se prénommait Victoria. Née en 1892. La dernière de son clan.

Elle se trouvait à un croisement, attendant de traverser, s'abritant le visage contre une légère bruine. Au changement de feu tricolore, elle passa de l'autre côté de la chaussée devant des automobilistes qui patientaient, des yeux qui semblaient se poser sur elle sans vraiment la voir ; les touffes de cheveux clairsemés, blancs comme neige, le dos aussi voûté qu'une vieille canne de marche, ployant sous le joug invisible d'une main puissante.

Elle ne se retourna pas, pénétrant sur l'aire de parking, une ombre parmi les ombres, à peine en mouvement, à peine présente. Et, dans ses chaussures chics, au milieu des mauvaises herbes, au pied d'une plaque d'aluminium rose aussi vaste qu'un panneau d'affichage, qui avait jadis annoncé le bowling des Patriotes en grandes lettres immaculées, il lui fallut un long moment pour reprendre haleine.

À pas lents, elle traversa la chaussée humide et fendillée, atteignit le treillage de la clôture vers l'arrière du terre-plein. C'était sa destination. De ses mains aux doigts grêles elle ouvrit une page marquée dans le Livre saint. La tête haute, ses lèvres fines parcoururent en tremblant des mots qui l'avaient portée durant toute une vie de labeur. Une pluie menaçante imprégnait les pages d'humidité ; elle leva le visage vers le ciel et se remémora sa voix chantée qu'elle était la seule à pouvoir entendre, tant les années avaient su mener la vertu à la ruine. Elle fredonnait dans un souffle sec et doux, sous le regard d'un jeune garçon venu en secret partager avec elle les derniers instants de son monde.

Victoria Halford avait cessé de venir en visite par ici dès l'ouverture des pistes de bowling, du jour où les instants réservés à ses souvenirs n'avaient plus accueilli que des joueurs ivres. Mais, à quatre-vingt-seize ans, la brève occupation de ce terrain par le bowling des Patriotes vacillait dans sa mémoire comme les flammes des bougies sur un gâteau et elle sourit : ses lèvres n'étaient qu'une ligne sombre, un arc fier et méprisant. L'endroit où elle se tenait au milieu de ces mauvaises herbes très drues lui offrait une vue en biais sur la petite maison des Janson et, entendant des voix, elle jeta un coup d'œil dans cette direction tout en ajustant son châle.

– Salut, maman !

– Oh, Elmer ! fit une voix de femme, sur le ton de la réprimande. « Salut, maman »... Je ne veux pas que tu me parles comme ça et tu as les mains glacées, on n'est pas en été.

– Mais elle est là, dit-il timidement, et Victoria entendit ces mots ; quelque part au fond de ce garçon, une ombre se retournait avec mélancolie.

La fenêtre se referma avec un petit coup sec.

Victoria Halford releva la tête, entonnant un cantique.

Jack Scott détacha de ses yeux une paire de jumelles surpuissantes, les posa sur le tableau de bord de la Chrysler, avec une expression à la fois perplexe et étonnée.

– C'est vraiment incroyable, fit Rivers à voix basse.

– Oui, en effet.

– Si nous ne nous étions pas lancés à la recherche de cette femme, je ne suis pas certain que nous aurions pu découvrir ça.

– Moi, je l'ai vue, dit Scott, pensif. Par où est-elle arrivée ?

De leur place de stationnement sur le parking du petit supermarché 7-Eleven, dans River Road, ils avaient une vue imprenable sur trois longs pâtés de maisons, qui comprenaient le bowling, à environ deux cents mètres sur la gauche, et à droite, le croisement de Little Falls Parkway. De l'autre côté de la rue, presque en face d'eux, la petite église blanche, dont Jim Cooley leur avait assuré qu'elle contenait les derniers vestiges tangibles de Tobytown, était prise en sandwich entre une tour de vingt-six étages d'appartements et un immeuble de bureaux moderne à l'architecture assez typique de Bethesda, dessiné par un fervent admirateur de Frank Lloyd Wright qui, lamentablement, n'avait guère su en comprendre les bases.

Avant de quitter le bowling, Victoria Halford sortit un petit paquet de son sac à main, le posa avec soin contre la clôture en bois, les mains jointes en prière.

– De Pogo à base ! pépia Rudy Marchette dans la radio.

Scott n'entendit que les mots, émis depuis l'intérieur du bowling, mais Rivers, lui, perçut une voix épuisée. Le jeunot avait le plus grand besoin de dormir.

– Vas-y, répondit-il, après avoir empoigné le micro.

– Elle a laissé quelque chose derrière elle, un petit paquet, on le récupère ?

Frank coula un regard vers Scott, qui était vêtu de son plus beau costume trois-pièces gris anthracite, assorti d'une cravate stricte, argent et bleu. Il ne relâchait pas sa surveillance, à travers le pare-brise chargé d'une brume aussi épaisse qu'une couche de cire. Autour d'eux, la chaussée et les immeubles étaient presque étincelants.

– Pogo, à quelle heure on te relève ? reprit l'inspecteur.

– Euh, d'un instant à l'autre, j'espère.

– Alors disons négatif, le colis peut attendre.

– Bien reçu. Elle devrait être vers chez vous pas plus tard que tout de suite.

Victoria Halford arriva, en effet, aussi réglée qu'une horloge. Elle avançait laborieusement sur le trottoir en direction du portail ouvert de l'église baptiste de Shiloh. Le soleil commençait tout juste à étirer ses premières ombres et, d'un coup, les réverbères s'éteignirent.

– Affirmatif, confirma-t-il dans le micro, tu refais un point radio au moment de ta relève.

– Bien compris.

Scott reposa les jumelles sur le tableau de bord.

– Qu'est-ce qu'a appris Jim Cooley sur cette vieille dame ?

– S'il s'agit de la même femme – il attrapa son carnet –, elle est issue d'une famille de maçons et de tailleurs de pierre. Leur spécialité, c'était la construction des grands monuments funéraires, celui de Lincoln, de Jefferson, ce style de chose. La plupart des fondations de ces monuments ont été posées sur des lits de pierre et de rocaille en provenance de Cabin John et d'autres bourgades du Maryland. C'est ce qu'un diacre a expliqué à Jim. D'après la description qu'il lui en a faite, Victoria Halford serait la fille d'esclaves qui ont été affranchis vers la fin de la guerre de Sécession.

– Elle est véritablement étonnante, fit Scott, perplexe.

L'autre secoua la tête.

– En parlant de trucs sidérants, Jack, qu'est-ce que vous dites d'un gamin de dix ans et de cette vieille femme qui se croisent on ne sait trop comment et qui se lient d'amitié sans que personne ne soit au courant ? Cela me sidère. Elmer m'a confié qu'ils partageaient son lieu secret à lui, mais je parierais que Victoria Halford s'y rendait déjà à une époque où je n'étais même pas né.

Le commandant eut un petit gloussement.

– Et Victoria lui dépose des petits cadeaux ?

– Eh bien, une fois, elle a laissé à Elmer un bateau taillé à la main dans une pièce de bois, qui doit être plus vieux que Mathusalem. Et puis l'an dernier le petit a fabriqué une mangeoire, à l'école, pour les oiseaux de la vieille dame et il la lui a déposée contre la clôture, la veille de Noël.

Scott se tourna vers lui.

– Et ensuite, à partir d'ici, Cooley suggérait quel type d'approche ?

– Pure et simple démarche entre voisins. Il m'a prévenu ; exhiber un insigne dans l'église, ce serait comme faire la quête un étron dans la main. Bon, si vous étiez noir, ça pourrait aider, mais là, vous allez faire tache.

Il se tut et les accents lyriques d'un chœur flottèrent depuis le trottoir d'en face, une centaine de voix humaines, une psalmodie incantatoire et fantomatique qui glissa d'abord à quelque distance avant de venir danser près d'eux avec plus de rythme et de clarté.

– Ça me flanque des frissons, avoua Rivers.

– Le gospel, ça vous remue l'âme. Ils doivent être en train de répéter. D'après l'écriteau, le service ne débute que dans une heure.

Le chant était de plus en plus présent, il enflait, se réverbérait doucement contre les hautes façades des immeubles. Levant brièvement les yeux, Rivers vit des portes de balcons coulisser et se fermer.

– Alors, à ce stade, comment évaluez-vous le degré de risque ? Vous avez la marque du véhicule de Zak. Une aussi vilaine épave offre une cible facile pour une recherche aérienne.

– Non, fit le commandant, cette voiture doit être bien cachée, croyez-moi, c'est une perte de temps.

– Mais vous êtes sûr que c'était lui ?

– C'était lui, le trou dans le radiateur de Jessica Janson était beaucoup trop précis, je suis certain qu'il avait un plan d'enlèvement détaillé, sinon jamais il n'aurait tenté de s'approcher d'elle. Au moins, nous savons qu'il opère avec une femme.

– C'est un aspect de l'affaire qui me fait vraiment gerber. Et chez les Clayton, elle était impliquée ?

– C'est mon hypothèse de base et cela commence à faire sens. En tout cas, je dois vous remercier solennellement d'avoir placé un émetteur sur son véhicule – Scott ne cessait d'observer Victoria qui, enfin arrivée en haut des marches, entrait dans la petite église. Les modèles que nous avions commandés au capitaine Drury sont arrivés il y a seulement une heure.

L'autre opina.

– J'ai vérifié les plaques de Pennsylvanie qu'ils ont utilisées hier soir. Dérobées. Le vol a été signalé il y a six mois et elles provenaient d'un véhicule identique, un vieux modèle de Ford Maverick. Zak Dorani est le seul à avoir pu penser à de tels détails.

– Comment se sentent Elmer et sa maman ?

– Bien, en sachant que je lui ai juste expliqué que les passe-temps de son fils avaient pu attirer un désaxé. Mais elle ignore de quel genre de désaxé il s'agit. Tout ce qu'elle sait, c'est que nous les surveillons et qu'il y a un danger. Elle est assez bouleversée, mais si vous voulez savoir la vérité, à mon avis, elle sentait quelque chose depuis le début, c'est une jeune dame très intelligente.

– Ça, je le savais déjà, confirma Rivers, non sans inquiétude. Je veux les sortir de cette ville, Jack, je ne permettrai pas qu'on se serve de cette femme comme d'une espèce d'appât.

Le commandant se tourna vers lui, le regarda.

– Cela n'y changerait rien, Frank. (De ses deux poings, il frotta ses yeux rougis par le manque de sommeil.) Zak se contentera de pourchasser d'autres victimes, en attendant son retour, et ensuite, dès que nous aurons le dos tourné, il s'en prendra à son garçon et à elle. En réalité, il ne renonce à rien, il va percevoir ce ratage qu'il vient d'essuyer comme un défi très excitant qui ne fait qu'ajouter au frisson de la chose. Non, conclut-il, après un temps de silence, dans cette affaire, nous ne possédons qu'une seule carte, une seule.

Rivers vida le fond de son premier café de la matinée.

– Jack, je n'ai aucun doute vis-à-vis de vous, mais cette voiture ?

Scott sourit.

– Suis-je bien certain que c'était une femme qui conduisait, sous cette pluie battante ? Et où était Zak ?

L'autre hocha la tête.

– Le conducteur était une femme. Et même si je ne l'avais pas entrevue, la manœuvre d'approche était bien trop hésitante, franchement trop prudente. Dans une relation de cette nature entre le chasseur et sa proie, le corps d'un homme libère une forte dose d'adrénaline et de testostérone, tout son métabolisme se déchaîne. De fait, la phase d'attaque finale aurait dû être plus foudroyante, moins bridée.

– Mais alors, où était Zak ? Vous disiez que la voiture avait l'air vide.

– J'y ai réfléchi un bon bout de temps. Le plancher aurait été trop évident. (Il sortit ses lunettes de sa poche poitrine.) À mon avis, il devait se cacher dans le coffre, avec une sorte de panneau d'accès à l'arrière. L'une des choses qu'il adore, c'est l'aspect choc, le plaisir d'une agression éclair, le geste impitoyable.

– Nom de Dieu, quel sale...

– Exact, et comme dans tous les autres cas dont nous avons pu discuter, les conducteurs étaient presque invariablement des hommes, cette fois-ci, il s'est surpassé. Il doit savoir la manipuler comme un robot. Zak comprend bien mieux que nous la psychologie de ce type de relation.

Sa voix paraissait distante.

– Ce qui vous perturbe, Jack, c'est la maison des Clayton ? Vous avez vu quelque chose, là-bas ?

– Oui, admit-il finalement. Zak et cette femme forment un tandem chasseur-tueur parfait.

À cet instant, une voiture pénétra sur le parking en rugissant, se dirigea vers eux et s'arrêta à leur hauteur. Un homme d'allure plaisante en descendit et marcha d'un pas tranquille vers la supérette.

– Alors, qu'est-ce que j'ai loupé ? demanda Rivers, la mine un peu contrite.

– Vous n'avez rien loupé, Frank, et je ne détiens aucune preuve tangible, aucun élément irréfutable qui vienne étayer ce que j'affirme.

Sur ces dernières paroles, sa voix venait de changer, elle était descendue d'un ton, et son visage trahissait l'épuisement.

– Quelque chose vous tracasse ?

Scott frotta de nouveau ses yeux injectés de sang.

– Cela m'est difficile de vous l'expliquer, mais ce que j'ai vu chez les Clayton, c'est une petite fille timide et assez réservée, très passive et peu sûre d'elle, guère capable de s'exprimer autrement qu'en chuchotant et ce n'était pas du tout ce à quoi je m'attendais.

Le front de Rivers se creusa de rides. Ce qu'il entendait là le mettait mal à l'aise.

– Vous êtes un homme étrange... Enfin, comment est-il possible d'affirmer tout cela ? Personne parmi les gens que j'ai interrogés en faisant du porte-à-porte ne la connaissait si bien, du moins...

Une main levée, Scott prit le temps de reprendre son souffle.

– Hé, attendez une minute ! s'exclama Rivers, qui venait subitement de saisir. C'est cela que je n'avais pas compris chez vous, fit-il, en s'enflammant soudain. Vous vous servez de vos sentiments pour interpréter une scène de crime !

– Très juste, Frank, sourit-il. Cela s'appelle une lecture émotionnelle, perception et imagination, du même ordre que celles que pratiquent l'écrivain ou le peintre. J'ai appris à affiner la mienne pour en faire une sorte d'art et ce n'est pas une exagération.

– Ça, je veux bien vous croire.

– Alors vous comprenez, n'est-ce pas, les principes qui régissent les désaffectés, qui sont pareils à des androïdes, à des robots mus par un pur intellect ?

Rivers répondit par une sorte de sourire intérieur.

– Par conséquent, mon arme la plus puissante, c'est précisément ce qui leur fait défaut, l'humanité, et vous pourriez apprendre à procéder de la même manière.

– Vous êtes donc en train de m'expliquer que vous les avez senties ? Les Clayton, je veux dire ?

– Hier soir, j'ai consacré pas mal de temps à puiser dans tous les détails que j'avais mémorisés sur leur existence, à les visualiser, chacune d'elles, comme des individualités, elles-mêmes et leur façon de vivre ensemble, comme une famille.

– Et alors, qu'avez-vous découvert de différent par rapport à ce que vous en pensiez précédemment ?

– Tout. Par exemple, la première fois que j'ai vu la photographie de Kimberly, j'étais sûr d'avoir affaire à un menu ouistiti malicieux et intenable, avec sa petite bouche en coin – d'un doigt, il se retroussa les commissures des lèvres –, espiègle, presque taquine, un peu narquoise, si vous voulez. Et si effectivement, à l'intérieur – il se frappa la poitrine –, elle souriait, voire rigolait, elle était bien trop timide pour l'exprimer ou même en laisser rien paraître. Dans cette famille, tous les autres souriaient avec une telle aisance, si naturelle, mais Kimberly, elle, était timide, voire un peu renfermée.

– Continuez, jusque-là, je vous suis.

– Donc sa mère travaillait à compenser cela. Sur la table de nuit de Diana, j'ai trouvé *Petite Merveille*, un texte classique sur la timidité enfantine. S'inspirant de ces conseils, elle a ménagé de petits espaces sur tout le territoire de l'enfant, comme autant de menus îlots de réconfort. Un enfant timide se livre à des activités plus silencieuses, donc Diana permettait à Kimberly de planter des fleurs près de leur porte d'entrée, où je n'ai trouvé que ses empreintes de pas. Cet espace était celui de la petite Kim car c'était elle la première rentrée de l'école. Elle jouait près de la porte de la maison parce que cela lui donnait une impression d'ouverture, elle se sentait un peu moins vulnérable, en attendant le retour du reste de la famille.

– Vous m'effrayez, Jack, soupira Rivers. Je ne suis pas sûr que je serais arrivé à les connaître aussi bien.

– Nous allons en discuter, conclut-il. Que diriez-vous d'un café ? Je me traîne comme une vieille putain en fin de nuit.

– C'est ma tournée, répliqua aussitôt Frank, et le commandant se renfonça dans son siège, consulta sa montre et ferma les yeux tandis que son équipier sortait.

Une Porsche d'un noir d'encre vint se garer, museau en tête, le long de la petite Chrysler bleue.

Scott détourna le visage et un homme d'âge mûr ouvrit la portière, libéra ses jambes et posa les deux pieds sur l'asphalte, avant de se redresser dans sa veste sport bleu clair, en tirant sur ses ourlets. Avisant Scott et sa posture décontractée, le coude pointé dans sa direction, il s'avança lentement vers lui.

– Salut, voisin ! lança-t-il avec un sourire. Vous êtes d'où, dans le Maine ?

Le visage de Scott demeura inexpressif, ses pensées patinèrent dans le vide. Il avait oublié que sa voiture arborait des plaques de l'État du Maine, qui ne présentaient pour lui aucune signification. En quittant New York deux jours plus tôt, il s'était contenté d'attraper le premier jeu qu'il avait dans son coffre, choisi au hasard au milieu d'une panoplie d'une bonne dizaine de plaques.

– Une petite ville, vous ne connaissez pas, répondit-il, l'air à moitié absent.

Mais l'homme se rapprocha et se pencha vers lui avec entrain.

– Ah, eh bien, ça se pourrait, parce que je viens d'une petite ville, moi aussi, Kennebunkport. Y a pas de honte à être petit !

Scott sourit mollement.

– Alors, c'est quelle ville, vous ? insista l'homme à la Porsche, la mine joviale, et Scott cligna des yeux.

Après trois heures de sommeil, il luttait encore pour retrouver ses esprits et il lança donc le premier nom qui lui vint à l'esprit.

– Moxie Pond.

– Humm, fit l'homme, très sûr de lui, en fredonnant d'un air réjoui. Ce n'est pas un port de mer, mais n'empêche, je devrais connaître.

– Non, répondit-il, le regard toujours perdu dans le vide. C'est un village agricole dans l'ouest du Maine, population de 628 âmes.

En réalité, c'était à peu près tout ce qu'il en savait, si ce n'est qu'une jeune femme du nom de Lacy Darleen Wilcott était originaire de là-bas, que sa vie avait été réduite à néant, et que l'on avait balancé son corps ravagé comme un sac de détritus sur un monceau d'ordures, non loin de la grande route côtière de Floride, la Coastal Highway. Le corps avait été découvert par un routier de nuit et, à 4 h 46, Scott avait été averti par la nacelle du ViCAT, alors que le capitaine Duncan Powell, de la police d'État de Floride, insistait pour s'impliquer personnellement et immédiatement dans l'affaire.

Le ViCAT envoyait l'agent Matthew Brennon, alors qu'on venait juste d'avertir les parents de Lacy. Entre-temps, le nouveau voisin de parking de Scott avait continué de jacasser, sans s'arrêter ne fût-ce qu'une seconde.

– ... et donc je pense que nous finirons par être reconnus comme l'État de la famille par excellence et vous verrez que j'ai raison.

Scott leva les yeux, le visage las et impatient. Rivers arrivait derrière l'homme à la Porsche en léchant la confiture de groseilles qui s'écoulait du trou de son donut. Il passa le bras dans le dos de l'inconnu, pour tendre un grand gobelet de café à Scott.

– Je vous ai entendu parler, dit-il. Vous êtes rédacteur de discours politiques ?

– Eh bien, oui. (L'homme eut l'air déconcerté.) Comment le savez-vous ?

– L'autocollant, à l'arrière de votre voiture.

L'homme acquiesça.

– Vous êtes du Maine, vous aussi ?

– Nan. (Rivers retroussa la lèvre en un rictus qui dévoila ses canines et pointa sur son propre visage un chou à la crème en forme de torpille.) C'est qui, ça ? siffla-t-il.

– Je n'en sais rien.

– C'est moi, et je sors juste de l'asile de dingues au bout de la rue, et papa ici présent a payé le prix fort pour qu'on me resserre quelques boulons et que je fasse plus de mal aux gens.

Scott recracha un jus noir dans son gobelet.

– Frank ? fit-il, les sourcils froncés.

– Oui, papa, on peut aller au magasin d'animaux ? J'ai encore faim.

L'homme à la Porsche s'esclaffa.

– Hé, les gars, vous vous payez ma tête ! Enfin, bon, c'était sympa de discuter avec vous.

– Et avec vous aussi, répliqua Scott.

L'homme s'éloigna et le commandant considéra son subordonné avec froideur.

– Était-ce vraiment nécessaire ?

Et pourtant, le silence qui s'ensuivit paraissait confirmer une compréhension mutuelle qui allait au-delà des discours, plus en profondeur que les mots. Il s'écoula un long moment avant qu'ils ne s'adressent à nouveau la parole.

– Hé, Jack, c'était comment déjà, ce discours à la con sur une Amérique plus douce et plus bienveillante ?

Scott leva les mains en l'air, en signe de reddition.

– Est-ce que je sais, moi, mais le peuple américain ne mordra jamais à l'hameçon.

39

Dudley Wren Hall était arrivé seul.

Debout sur le seuil du QG, il agrippait un sac en papier qui contenait une urne en émail bleu ; un taxi jaune patientait dans son dos, pendant qu'il cherchait un bouton de sonnette. Si cet interrupteur était caché, l'Enterreur de Woodlawn était convaincu de le trouver quelque part dans la moulure de porte de cette maison bizarre en forme de tour, mais il ne voulait pas ternir le heurtoir en laiton rutilant de sa main moite et indélicate. Il avait été mieux élevé que cela.

Il était vêtu de sa plus belle tenue du dimanche, un costume marron clair, une chemise bleu passé et une cravate rouge, évasée vers le bas, mais comme il gardait sa veste boutonnée, ce détail importait peu. Il posa sa lourde mallette de voyage dans un coin et s'était mis à chercher sérieusement le carillon quand la porte s'ouvrit en grand. Cassé en deux, il inspectait les fils électriques qui couraient le long de la plinthe quand Frank Rivers s'adressa à lui.

– Monsieur Hall ? demanda-t-il, le sourcil levé.

– C'est bien moi, chuinta l'autre à travers sa rangée de dents manquantes, mais appelez-moi Duddy. Votre mot disait de sonner à la porte, mais y a pas de sonnette.

– Si, monsieur, elle est connectée au heurtoir. Vous le soulevez et le carillon tinte. Assez idiot, vous ne trouvez pas ?

– Pour sûr, fiston. (L'Enterreur se redressa.) Le tacot voudrait un pourboire, mais ils m'ont pas filé de quoi lui en donner.

Il avait l'air contrarié ou désorienté. Rivers était incapable de trancher.

– Entrez donc, je vais m'en occuper, fit-il, tandis qu'un homme de forte stature s'avançait sur la moquette bleue pour venir saluer Dudley. Il était carré, les traits épais, mais avec des airs d'aristocrate de la Nouvelle-Angleterre.

– Bonjour, Charles McQuade, fit-il au fossoyeur, j'ai beaucoup entendu parler de vous.

– Et moi de vous, souffla Hall, en lui serrant fermement la main, puis il lui tendit l'urne. Un homme incinéré. C'était important, à ce qu'il paraît.

McQuade examina le bocal de cendres et son sceau rompu, puis se retourna pour le déposer sur la table de la cuisine.

– Merci, fit-il, puis-je...

– Vous êtes du FBI ? demanda Hall, en le coupant. Le seul labo qu'est cap' de manipuler un homme incinéré, c'est le FBI.

McQuade sourit.

– J'appartiens à l'Institut de pathologie des forces armées. Puis-je vous servir un verre ?

– J'ai volé en première classe, ils m'ont déjà pas mal arrosé. C'est ce jeune gars qui dirige ? ajouta-t-il en retirant sa veste, avant de s'aventurer dans le salon. (Il accrocha sa veste marron sur une sculpture qui évoquait un trombone géant en train de fondre.) Ce truc a brûlé dans un incendie ?

– Ça y ressemble, admit McQuade.

Hall avait maintenant déboutonné et retiré sa chemise. Rivers, ayant refermé la porte, s'approchait derrière lui. Sous cet angle, l'Enterreur avait des allures de réfrigérateur humain, avec ses grands bras tendineux qui ne restaient jamais ballants, ses épaules et son dos massif pour sa petite taille, son cou pareil à un bloc de bois. Quand il parlait, sa voix rendait toujours cette même sonorité aiguë bizarre, comme s'il avait avalé un sifflet d'oiseau.

– Monsieur Hall, nous vous avons préparé une chambre, annonça-t-il.

– C'est très gentil, p'tit gars, mais je vais pas m'éterniser. Il y a des archéologues, dans votre équipe ?

– Non, fit-il en secouant la tête. Mais le professeur McQuade possède une certaine formation dans ce domaine.

– Je suis pathologiste médico-légal et j'ai un peu tâté de l'archéologie, en effet.

– Hé ben, gazouilla Hall, on va opérer trop vite pour tâter quoi que ce soit ! Les archéologues se plaignent toujours qu'on leur casse tout, mais nous autres on n'a pas le temps de se plaindre.

Sous le regard perplexe de Rivers et McQuade, Hall sortit promptement ses bottes de travail d'un sac à fermeture Éclair, tomba son pantalon et le balança sur la sculpture.

– Me demande bien ce que ça peut vouloir dire, commenta-t-il, en toisant l'œuvre d'art de haut en bas. Si c'est le département d'État qui l'a achetée, ça pourrait représenter leur vision du monde, vous savez, un truc tout tordu mais qui brille.

Rivers eut un sourire incrédule.

– Scott vous a parlé de cette maison ?

– Mon Jackie, je le connais quasiment depuis le début de ma carrière, y m'a promis que cette baraque allait me recharger mes batteries, que tout ce bazar allait faire enrager le vieux pisse-vinaigre que je suis.

– Comment cela ? fit McQuade.

Hall passa sa tenue de travail, une combinaison kaki de coupe ample avec une fermeture Éclair qui courait de l'entrejambe jusqu'au col.

– Cette maison a été construite par les fédéraux et moi j'ai mené ma guerre personnelle contre le fisc depuis la guerre de Corée. Ces imbéciles connaissent pas la différence entre un heurtoir et une sonnette, mais pour ce qui est de s'en payer en dépensant l'argent de mes impôts, ils sont toujours partants. Je vais écrire à mon député.

Une décision qui ne souleva aucune objection, tandis que Dudley Hall plongeait les mains dans ses poches, afin de rajuster son boxer short écossais.

– C'est où, c't'endroit ? lança-t-il.

– De l'autre côté de la rue, fit Frank.

– Et il y a pas de mandat ? Jackie a dit qu'on entrait sans permission.

– Rien, pas le moindre papier.

– Bon, gazouilla l'autre. On est ici pour choper un tueur de bébés, c'est ça ?

– C'est ça.

Hall opina en soulevant son pantalon de costume à l'étoffe fine, qu'il lissa et accrocha sur la chose en métal lustré, puis il sortit un flacon de talc et le secoua dans ses bottes. Il les enfila sur ses pieds nus et ses yeux errèrent vers le centre de la pièce, avisant le canapé avec sa table basse tout en chrome et en verre. Il s'était assis pour nouer ses lacets quand il la vit et ses yeux furent attirés par ce visage humain, avec ses deux lentilles dorées au milieu de traits enfantins qui scintillaient dans sa direction. Elle était si vivante qu'il en tressaillit. Il se releva et alla contempler le buste d'argile et de plâtre, en tendant la main pour lui toucher une joue de sa paume râpeuse.

Une petite chaînette en argent, toute neuve et brillante, pendait au cou de la fillette. Hall l'Enterreur la prit dans sa main et leva les yeux vers McQuade avec une expression subitement empreinte de gravité.

– C'est vous qui avez créé cet enfant ? demanda-t-il à voix basse.

McQuade acquiesça, les yeux posés sur ce visage obsédant. Il émanait de ce sourire et de ces hautes pommettes délicates une innocence singulière. Dudley Hall détourna vite le regard vers le coin vide de la pièce et Rivers vit les muscles de sa mâchoire se contracter.

– C'est quoi son nom ? demanda-t-il, ravalant sa salive en regardant toujours dans la direction opposée.

– J'en sais rien, répondit Rivers.

Le fossoyeur hocha pensivement la tête et ses yeux revinrent se poser sur l'enfant.

– Vous avez du whisky ?

– Du Black Jack.

– Juste un godet, fit-il, ça m'aide à dissiper la brume matinale.

Rivers se dirigea lentement vers la cuisine, tandis que Hall se remettait à lacer ses chaussures.

– Quand est-ce qu'elle a été tuée ? demanda-t-il à McQuade, sans relever les yeux.

– Il y a trente et un ans, en avril, d'après nous. Cause de la mort...

Hall leva une main imposante, ce qui suffit à faire taire le professeur.

– Et c'est ce petit garçon qui l'a trouvée, hein ? Elle a été enterrée sous l'asphalte ?

– Exact, confirma Rivers, en lui tendant un petit verre rempli d'un liquide brunâtre.

Dudley Hall referma le poing autour, vida le breuvage d'un trait et lui rendit le verre.

– Elle a de la famille ?

– Non, nous n'avons pas pu la retrouver, admit tristement Rivers.

Hall l'Enterreur se remit brusquement debout, en caressant doucement la tête de l'enfant. Ses cheveux étaient fins et soyeux au toucher.

– Eh ben, maintenant, elle en a une, chuinta-t-il avec conviction, fallait vraiment que je le dise.

– Des extraterrestres, répéta Elmer à voix basse, et cela le gênait visiblement de confier ce secret.

C'était ce qu'elles devenaient dans l'imagination d'un enfant de dix ans, ces herbes folles qui n'avaient rien à faire là, des herbes qui, en un sens, ne ressemblaient à aucune autre.

Le garçon était planté là, dans la lumière éblouissante du matin, ses yeux vert menthe levés sur l'inspecteur Rivers, sous le regard de sa mère elle-même de plus en plus mal à l'aise.

– Cela ne prendra qu'un moment, assura l'inspecteur, le guide des chercheurs de trésor d'Elmer à la main.

Jessica hocha la tête en signe d'acquiescement et il entama sa lecture.

– « Examinez la pousse des plantes. Toute perturbation antérieure aura souvent laissé des traces notables dans la végétation. »

– Je voulais juste jouer, dit doucement Elmer, je ne savais pas que j'allais trouver un corps.

Rivers opina, tout en scrutant le parking, derrière l'ancien bowling. Pour lui, comme pour Charles McQuade et Dudley Hall, il n'était pas difficile de comprendre ce qui avait pu attirer un petit garçon curieux en ces lieux. Si vous faisiez un effort d'observation, et cela réclamait un effort réel, le bowling des Patriotes était véritablement hideux. Le bâtiment proprement dit était tout en longueur, en retrait de la rue, dans l'ombre, se dressant sur un petit demi-hectare de terrain jonché de détritus. Tout autour et de l'autre côté de la rue de hauts immeubles de bureau contredisaient son existence – des constructions vendues au prix de luxueuses propriétés avec vue sur la mer.

Il y avait une clôture rouillée envahie de mauvaises herbes, de l'asphalte fendillé et fracassé, un toit qui s'effondrait en partie, des trous dans les murs et des fenêtres à la peinture écaillée. Surtout, l'édifice était lugubre, sombre et menaçant. Un endroit vraiment effrayant.

Le plus important, c'est qu'il était condamné, bardé de panneaux de bois.

– Et tu avais repéré tous les emplacements où ils poussaient, ces extraterrestres à la tête de prune ? demanda Rivers, en baissant les yeux sur le jeune garçon.

Elmer fit oui de la tête tandis que, de l'intérieur du bowling, l'équipe Pogo observait avec intérêt trois hommes et une femme traversant le parking d'un pas énergique, menés par un jeune garçon.

Sur l'arrière du bâtiment, le macadam s'était effondré en plus d'une dizaine d'endroits ; en retrait, il y avait plus d'une vingtaine de ces touffes d'herbes isolées, avec leurs têtes en forme de prune, dressées sur un fond d'herbe verte et rase et de foin sauvage. Certaines d'entre elles pointaient à guère plus de trois mètres de l'endroit où Elmer Janson avait retrouvé les os et Dudley Hall allait et venait, une mince tige métallique en main ; un outil que Scott s'était procuré tout spécialement pour lui.

Hall frappa l'asphalte du bout du pied, puis il empoigna une touffe d'herbes humides et l'arracha du sol. Un geste qui inquiéta Jessica Janson. Elle croisa le regard de Rivers et ce dernier hocha la tête, tandis que l'Enterreur s'agenouillait et insérait sa tige dans une fissure de l'asphalte.

Il opérait maintenant avec délicatesse, faisait pivoter sa tige entre ses épais gants de travail matelassés, tout en regardant Elmer droit dans les yeux.

– Booon... lâcha-t-il, et sa bouche s'arrondit en prononçant ce son.

Le garçon, campé devant Frank Rivers, recula d'un pas.

Dans le regard de l'enfant, Dudley Hall était un vieil homme à l'air coriace, le visage buriné, la peau parcheminée de rides et de crevasses. D'un mouvement de friction entre ses paumes, il faisait maintenant pivoter la tige, sans surveiller l'emplacement où il opérait, mais Elmer voyait bien la sonde métallique s'enfoncer mystérieusement dans la chaussée détrempée.

– Mon jeune gars, on m'a dit que tu avais un excellent ami, un sacré bon chien qui s'appelle Tripper.

Elmer leva le nez vers sa mère et une brise légère permit à Jessica de flairer l'haleine alcoolisée du bonhomme. Sans se formaliser, elle tapota sur l'épaule de son fils, en le tirant vers elle.

– Il s'appelle Tripode, rectifia-t-il timidement. Il est à moitié loup.

– Elmer, le reprit-elle doucement, ce qui fit sourire Hall.

– Tous les garçons devraient avoir un chien, chuinta-t-il. Ton ami Jack Scott m'a parlé de lui, de sa patte manquante, fit-il. Il lui manque une papatte, c'est ça ?

Aussitôt, Elmer fut sur la défensive.

– Il est aussi fort que n'importe quel autre chien, fit-il sans desserrer les dents, pendant que Hall continuait de manipuler sa longue tige, en hochant la tête, songeur.

L'objet en acier s'était maintenant enfoncé de presque un mètre dans l'argile humide présente sous l'asphalte.

– Alors, mon petit gars, dans ce sac, il y a quelque chose pour lui. (Il fit un signe de tête en direction d'un sac en papier kraft.) J'ai apporté un truc très spécial de New York, rien que pour lui.

La sonde s'immobilisa et Hall la pinça de ses deux index, tira dessus comme sur la corde d'un arc, puis la relâcha d'un coup sec. Elle vibra pendant une longue seconde, soixante centimètres de métal bourdonnant qui pointaient hors de terre. Elmer Janson écarquilla de grands yeux brillants, rivés à ce sac. Dudley Hall se remit debout, souleva le sac et le déposa pile devant les souliers cirés du jeune garçon.

– C'est pour lui, annonça le vieux bonhomme en s'adressant à sa mère.

Les bras de Jessica libérèrent son fils et les yeux d'Elmer dansèrent. Il se pencha au-dessus du sac, scruta dedans d'un œil curieux, y plongea la main et, un peu interloqué, en sortit un objet qu'il n'avait encore jamais vu. Il était taillé dans un épais nylon blanc aux boutons chromés, rutilants, rattachés à des barres métalliques équipées de trois lanières en cuir souple. Le garçon examina l'objet, son masque de taches de rousseur froncé de confusion.

– Qu'est-ce que c'est ? demanda-t-il, très excité.

Le professeur McQuade s'avança, tout sourires.

– C'est très gentil à vous, dit-il au vieil Enterreur, puis il se pencha et retira l'objet des mains du jeune garçon, impatient d'inspecter cet assemblage.

C'était réalisé de manière très professionnelle et précise.

– Elmer, dit McQuade, c'est une prothèse. Tu sais ce que c'est ?

Le garçon secoua la tête.

– C'est une fausse patte, j'en ai vu sur des chiens policiers qui étaient blessés, c'est un appareil très rare.

À cette nouvelle, le visage du garçon, ses yeux verts écarquillés, débordants de joie, se fendit d'un sourire radieux.

– Une fausse patte ! s'exclama-t-il, aux anges. Maman, c'est une patte pour Tripode !

Dudley Hall hocha la tête et leva les yeux vers Frank Rivers.

– Mon p'tit gars, vous travaillez aussi avec la brigade canine ?

– Bien sûr.

– Faites donc venir un de leurs types, qu'il l'aide à enfiler ça. (Puis il se tourna vers Elmer et, les mains posées sur les genoux, se pencha sur lui.) J'ai déjà vu ces trucs-là fonctionner, fiston, ton chien va cavaler comme s'il était né avec. Un peu de patience, un peu d'amour, et il se souviendra même plus d'avoir été estropié.

Et là-dessus, l'Enterreur brandit trois de ses gros doigts, avant d'en déplier un quatrième.

– Qu'est-ce qu'on dit, Elmer ? insista sa mère.

– Merci, monsieur Hall, dit-il, survolté, merci vraiment beaucoup !

– Mais je t'en prie. Elle a été fabriquée pour un chien policier très connu, dans le Nord, comme appareil de rechange.

Il se redressa et ses yeux croisèrent ceux de Rivers. Ce dernier approuva de la tête et se tourna vers la jeune mère.

– Il est temps d'y aller, non ?

Jessica Janson s'avança.

– Merci infiniment, pour Elmer et Tripode, dit-elle, avec un sourire chaleureux, au vieil Enterreur, puis elle se dressa sur la pointe des pieds et lui déposa un baiser sur la joue. Vous êtes un ange.

– Ça, c'est sûr, répondit-il à travers ses dents ébréchées.

Rivers tira un petit coup sur sa cravate, pour s'assurer qu'elle était bien droite, quand il sentit une main douce se poser sur son bras. Avec un menu sourire, Jessica se tourna vers lui, la lui ajusta délicatement, lui arrangea son col, puis remonta son nœud bien en place.

– Quand était-ce, la dernière fois que vous êtes allé à l'église ? murmura-t-elle.

– Maman, protesta Elmer, en glissant sa main entre les siennes, pourquoi on doit y aller ? On pourra se rattraper dimanche prochain.

Jessica Janson s'apprêtait à lui répondre quand Frank fit volte-face, saisit le garçon par les aisselles et le souleva pour le jucher sur ses épaules.

– C'est l'heure d'aller à l'église, trancha-t-il, les yeux rivés sur Jessica Janson.

– Les pinces, demanda le fossoyeur.

Charles McQuade les sortit d'une boîte à outils et l'Enterreur enserra la tige avec la force d'un étau, fit pivoter le métal à 360 degrés, en tournant, tournant, comme s'il dévissait un long boulon effilé.

– Nous y sommes, siffla-t-il, le visage marqué par la concentration, et il attrapa dans son sac un bloc de bois percé d'un orifice qu'il enfila sur la tige en le vissant dessus.

Le bloc de bois coulissa d'un coup, percuta le sol et il prit un écrou dans une poche à fermeture Éclair, qu'il serra fermement sur le haut de la tige.

– Vous êtes à fond ? demanda McQuade.

Dudley Hall, qui secouait les bras pour se les dégourdir, cessa ce geste puis plaça ses pieds bottés de chaque côté de la tige.

– Bloquez là, ordonna-t-il en désignant son pied, et McQuade s'approcha, calant fermement ses deux souliers sur l'emplacement.

Hall écarta les jambes, deux énormes jambons sous sa petite carcasse, se pencha pour ramasser le bloc de bois et le refit coulisser jusqu'au sommet de la tige, où il forma une sorte de poignée en T. Ce dispositif constituait une tige de récupération à l'ancienne, un outil appelé canon bousilleur, le fléau des archéologues professionnels, car ce système détruisait systématiquement ce que les scientifiques considéraient comme un élément de contexte essentiel, à savoir le positionnement tridimensionnel d'un objet dans l'espace.

Cet engin bizarre portait aussi d'autres noms, le fusil colmateur, la pelle du pillard, l'épée de l'excavateur. Depuis l'époque de Charles Dickens, il servait à fouiller et à voler les morts.

McQuade opina et l'Enterreur, tel un lutteur de sumo, fléchit les cuisses, le torse à hauteur des genoux, empoigna la fine barre métallique de ses deux mains gantées de cuir, puis leva le nez vers l'aimable scientifique. Alors, avec toute sa force d'Enterreur, il tira, s'arc-bouta, au point que son visage finit par se transformer en tomate trop mûre. Son gémissement s'accompagna d'un lâcher de gaz, une fissure de flatulence se creusant dans la terre qui se souleva en un renflement. La masse considérable du professeur oscilla comme s'il se trouvait sur le pont d'un petit bateau.

Hall relâcha sa poigne et la houle de terre se résorba. Il cracha, secoua les bras pour se débarrasser de ses crampes.

– C'est là ? fit le professeur.

– C'est là, fit sombrement Hall.

Ayant agrippé de tout son poids le fusil colmateur, Dudley Hall tira de toutes ses forces. La tige d'acier se courba, s'inclina, la terre rouge moussa dans l'orifice entre ses pieds et noya le bout de ses bottes, en donnant l'impression de gonfler, centimètre par centimètre. Le sol se souleva en une petite éminence que le scientifique, anticipant le mouvement, encadra de ses deux jambes.

Puis, suite l'asphalte se déchira subitement, la tige se dégagea d'un coup et Duddy trébucha en arrière, une motte de terre rouge encore attachée à l'extrémité de son outil. Son torse de taureau pantelant, le visage traversé d'un tricotage de veines bleues, il tendit l'instrument au Dr Charles McQuade.

– On a accroché du tissu, fit-il en grimaçant.

Le professeur coucha soigneusement la sonde sur une feuille de plastique transparent, en essuya le bout pendant que l'Enterreur se retournait déjà pour l'insérer à nouveau dans le sol fracturé.

– Attendez une minute, nous sommes pile sur un crâne.

– Comment cela ? s'étonna le fossoyeur, la respiration sifflante.

– Ce n'est pas du tissu, ce sont des cheveux.

Hall et lui se mirent aussitôt à genoux et inspectèrent la motte humide avec une petite tige. Les doigts épais de McQuade émiettèrent les morceaux de glaise et un fragment d'os apparut à la lumière – les logements vides de deux dents humaines étaient bien visibles. Ils échangèrent un regard et le visage de Hall se transforma en un masque ruminant de colère.

– Quel âge, doc ? fit-il, en ravalant sa salive.

Le professeur tenait entre ses doigts une lamelle de mâchoire et un fragment de dent.

– Une molaire vieille de deux ans, pas d'usure de surface, pas de taches de tartre, la fin de l'adolescence ou la petite vingtaine. Une femme, à en juger par l'aspect des cheveux.

– Une chose est sûre, affirma l'Enterreur, ce corps-là n'a pas été embaumé, le sol a été fertilisé par la chair, je sais faire la différence.

Acquiesçant, le scientifique se redressa de toute sa stature et désigna la touffe suivante d'extraterrestres, juste derrière l'écriteau DÉFENSE DE DÉPOSER DES ORDURES.

– Avançons, suggéra-t-il. C'était une jeune fille de type européen, elle avait les cheveux blonds.

La pelle de Dudley Hall entamait le terrain avec une sombre précision, taillant dans l'asphalte dont elle détachait des morceaux comme s'il s'agissait de la croûte d'une énorme tarte et, au fur et à mesure qu'il dégageait la terre, il les empilait en un tas bien ordonné.

Le fusil colmateur avait touché juste à trois reprises. McQuade examinait des lambeaux de vêtements, en localisant chacune de leurs trouvailles sur un plan du site. Ils se trouvaient encore à l'extérieur de l'enceinte du bâtiment et progressaient vers la façade arrière du bowling.

Le fossoyeur but une longue gorgée d'une carafe d'eau, s'en aspergea la tête, puis traça un carré sur le sol, pour en délimiter une section. La pelle tapa en plein milieu, en découpant lentement la terre de sa lame incurvée, et il travaillait maintenant avec le manche, le basculant d'avant en arrière, le regard planté dans les yeux marron du professeur.

– On a quelque chose ici, la terre a gelé, siffla-t-il, en continuant d'actionner le manche.

– De la terre compacte ?

– Très dense. (Il s'arrêta, déplaça la lame d'une trentaine de centimètres, puis la renfonça avec une certaine précision pour opérer à plat, sous la surface, comme avec une cuiller géante. Il retira un bloc d'argile rouge dont il se débarrassa, puis empoigna la carafe et versa de l'eau dans la fissure. Il s'agenouilla au-dessus du trou, l'essuya de sa main gantée.) Regardez, ici, dit-il à son équipier qui se tenait en surplomb.

Ils avaient sous les yeux une pierre plate naturelle, portant des inscriptions superficielles. De ses deux bras massifs, Hall hissa l'objet hors de son emplacement, dénuda un anneau en laiton, le ramassa et le tendit à McQuade.

– Qu'est-ce que c'est ?

– Une poignée de cercueil, antérieure à la guerre de Sécession, je dirais. (Il versa encore un peu d'eau sur la pierre et les lettres gravées apparurent en rouge là où l'argile s'était infiltrée, durant toutes ces années.) « Cornelius T. Mott, lut-il, mort en 1860. » C'est un sacré monument funéraire, pour l'époque, un monsieur très respectable, à mon avis.

– Bon Dieu, qu'est-ce qui leur a pris, à ces gens ? soupira McQuade pendant que l'autre ramassait ses outils et continuait plus loin. C'était un cimetière et ils sont venus construire un bowling pile dessus.

– Ouais, regardez tout autour, ici, on a inhumé des morts bien avant notre naissance.

– Je suppose qu'ils ont choisi de construire le bowling ici parce que c'était un bâtiment posé sur une simple dalle de béton, l'édifice ne réclamait de terrassement que sur quelques centimètres d'épaisseur et rien d'autre.

– En tout cas, pas de cave.

– Duddy, d'après la taille du terrain, à combien d'individus évalueriez-vous la population de ce cimetière ?

– Plus de six cents âmes reposent ici, plus ce que le tueur a pu y ajouter avec les années.

Ils dépassèrent le bloc-moteur du V-8 tout rouillé pour s'approcher d'une gerbe de hautes herbes dorées, une touffe tourbillonnante de végétation étrange.

– À mon sens, voici ce qui s'est passé, suggéra McQuade, en tournant les pages d'un fascicule relié, issu des archives cadastrales de River Road. Ils savaient qu'il y avait un cimetière, mais le permis de construire d'origine indique un terrain vacant depuis 1957, quand ce lot a été confisqué à l'église baptiste de Shiloh.

– Pour un arriéré d'impôts ?

– Exact, préempté par l'administration du comté et vendu ensuite aux enchères.

– La loi et la décence, ça fait deux, cracha Hall, pour se libérer la bouche, avant d'enfourner une chique à tabac toute neuve. Qui l'a rachetée ?

– En janvier 1958, pour quelque deux mille dollars. Le nouveau propriétaire – il feuilleta les pages – est enregistré au nom du Dr R. Jaffe.

Passant le document en revue, Charles McQuade ne remarqua pas que l'asphalte tout près de lui s'était ouvert en deux et que l'Enterreur dégageait sa cinquième pelletée d'argile.

– Eh bien, il devrait avoir honte, décréta ce dernier en maniant sa pelle. Et cela explique aussi pourquoi ce vieux bâtiment n'a jamais été abattu. Si on creuse à cette profondeur – il désigna la lame de la pelle –, on nage au milieu des cercueils et des pierres tombales. Votre jeune fille, là, elle avait une sœur ? s'enquit-il d'une voix sombre et sifflante.

McQuade vint se poster à ses pieds, tandis qu'avec une délicatesse à laquelle personne ne se serait attendu de la part d'un fossoyeur, Dudley soulevait le manche de la pelle de son bras droit, en abritant la lame au creux de la main gauche. À l'extrémité de l'outil, c'était un crâne humain, maculé de rouge après toutes ces années dans l'argile, avec de longs cheveux noirs soigneusement tressés en nattes qui avaient résisté au temps.

Il restait l'équivalent d'un doigt de ces beaux cheveux, préservés entre les mâchoires et les dents et une croix chrétienne se balançait au bout d'une chaîne en argent rouillée.

Le Dr Charles Rand McQuade n'eut même pas besoin d'examiner attentivement l'objet ; ce front haut, ces joues au modelé discret, ces orbites généreuses si commodes pour y ficher une paire de lentilles dorées...

C'était la même famille.

Il lui avait fallu vingt heures pour confectionner sa sœur et il connaissait cette enfant par cœur.

À ce moment-là, Dudley Wren Hall n'avait rien à dire ; il compta ses pas, puis marqua d'autres emplacements où des touffes d'herbes luxuriantes jaillissaient de l'asphalte spongieux. Sous un soleil chaud et lumineux, l'épaisse végétation poussait grâce à ces nutriments humains.

Ils retirèrent leurs chemises.

Ils travaillèrent en silence.

40

L'église baptiste de Shiloh se composait d'une petite salle de brique et de poutres, édifiée sur une modeste butte de terrain, et peinte en blanc à l'extérieur comme à l'intérieur. Le toit était d'ardoise grise toute simple, orné d'une croix de bois dépouillée. Les fenêtres étaient à petits carreaux de verre épais.

En gravissant les marches blanchies à la chaux, Scott pouvait entendre une profonde voix de basse récitant un passage de saint Luc et il vit un rassemblement de têtes penchées, toutes inclinées en prière. Face à la congrégation, le chœur en robe bleu clair fredonnait paisiblement, agenouillé en demi-cercle autour de l'autel et de l'orateur.

Vingt-cinq bancs de prière s'étendaient de part et d'autre de l'allée centrale et ils étaient tous occupés par les fidèles. Scott demeura sur le seuil et vit s'avancer lentement un petit homme noir auquel il donnait soixante-dix ans au moins. C'était un personnage puissamment bâti, en chemise blanche amidonnée et costume noir, et ses bras et ses épaules paraissaient disproportionnés. Il avait une cravate assortie à ses bretelles rouges, les cheveux blanc poudreux coupés en frange sur le front, la voix et les yeux comme deux lacs troubles. Le prêtre tendit la main pour le saluer et il remarqua les phalanges enflées par l'arthrite.

– Merci d'être venu, dit-il, je suis le diacre Atticus Cory.

– John Scott, répondit-il, souriant, en cherchant du regard, derrière lui, au-delà du portail, la silhouette de Victoria Halford.

– M. Cooley m'a informé de votre désir de vous entretenir avec Mme Halford et je lui en ai fait part. Il vous a prévenu que sa mémoire est un peu fluctuante ?

– Je comprends et j'aurais préféré une autre manière de procéder, s'il en existait.

Le service se poursuivit, au son paisible et ondoyant de la musique d'orgue, un prélude qui se propagea par les portes ouvertes. Scott observa attentivement une femme de haute taille qui se leva, abandonna le reste du chœur et s'avança vers le petit autel immaculé.

– Nous allons attendre que les vêpres soient terminées et nous entrerons avant l'offrande.

– Ce sera parfait, merci. Mme Halford habite-t-elle près d'ici ? Elle se rend à l'église à pied, d'après ce que l'on m'a expliqué.

Le diacre plissa le coin des yeux, mais à peine.

– Non, fit-il en battant des cils. Tous les dimanches, Victoria effectue son pèlerinage, et cela nous inquiète, elle a les os si fragiles. Elle vit à Tobytown, à plus de trente kilomètres au nord.

Scott acquiesça.

– Et comment fait-elle le trajet ?

– En taxi jusqu'à River Road et ensuite elle souhaite toujours qu'on la dépose sur le chemin, chaque fois à un endroit différent, afin de pouvoir rejoindre l'église à pied, c'est très important pour elle.

– Alors elle est seule, s'entendit-il observer.

– Non, monsieur Scott, elle n'est pas seule, rectifia sèchement le diacre en se retournant vers la congrégation, alors que la musique d'orgue enflait et que s'élevait la voix d'alto de la soliste, au timbre doux et gracieux, emplissant le petit sanctuaire de béatitude, débordant par les portes ouvertes.

Le diacre prit Scott par le bras, le conduisit sur l'épais tapis doré, en s'avançant lentement dans l'allée. Et il eut l'impression que tous les gens l'accablaient de leurs regards consternés quand ils arrivèrent au premier rang, où une jeune femme leva les yeux et s'écarta promptement pour leur laisser la place. Victoria Halford était assise juste à côté d'elle, les yeux clos, en prière silencieuse, ses mains gantées de blanc serrées contre sa poitrine avec un tremblement à peine perceptible.

Avant de s'asseoir, Scott leva les yeux vers l'autel et vit le chœur en robe bleu se tenir prêt, les cierges brûler dans une tempête de blancheur sous l'œil des saints, un crucifix sculpté suspendu au-dessus d'eux. Il fit une génuflexion, se signa avant de prendre la dernière place à l'extrémité du banc et le révérend, voyant cela, baissa la tête, mais sans sourire.

En trouvant sa position contre le dossier en bois de rose, il se sentit subitement très détendu, ce ferme soutien contre les muscles endoloris de son dos soulageant la tension de l'épuisement. Il était agréablement au frais sous le ventilateur dont les pales tournaient doucement depuis les solives du plafond et ce courant d'air venu des hauteurs produisait sur son corps un effet sédatif. Il ferma les paupières, sentit la fatigue de ces dernières soixante-douze heures le pousser vers le bas et se surprit à penser au passé et non à l'avenir, à entendre la voix de Matthew Brennon au téléphone, à peine deux jours plus tôt, alors qu'il terminait deux côtelettes d'agneau accompagnées de leur gelée à la menthe.

« Nom de Dieu ! Jack, tu as tracé une croix », s'était exclamé le jeune agent, et Scott rouvrit les yeux, lutta pour rester alerte, ne pas rompre le lien avec la congrégation rassemblée. Matt avait examiné la scène photographique du crime Clayton, sur le mur de son bureau, et le chœur chantait maintenant à mi-voix un cantique qu'il ne connaissait pas, mais qui le toucha tout autant, ralentissant le rythme de son cœur et lui inspirant un léger vertige. Et il entendit dans sa tête la voix interrogatrice de Frank Rivers.

« Qu'est-ce que vous avez vu, là-bas, Jack, quelque chose qui vous bouleverse ? »

Il lâcha un soupir qui le relaxa, frotta ses yeux injectés de sang.

« Mon arme la plus puissante, c'est précisément ce qui leur fait défaut. »

« Mais vous êtes sûr que c'était lui ? »

« Je suis entré dans cette maison et je sais ce qu'il en est. »

Mais le savait-il vraiment ? se demanda-t-il. Et c'était là-bas, à ce moment-là, dans l'aube grise, qu'ils avaient vu la vieille femme apparaître, sortie de l'ombre.

Il regarda un grand jeune homme s'avancer vers l'autel et il songea qu'il avait l'air d'un étudiant en droit, peut-être d'un médecin. L'homme entama un sermon, sur un ton monotone, et le bruissement des voix et des pages autour de lui s'effaça complètement. À un moment donné, après le propos liminaire, le menton de Scott s'affaissa lentement contre sa poitrine.

Il ne rêva pas. Il ne se souviendrait pas de s'être endormi.

La jeune femme le poussa doucement du coude.

Le commandant sursauta : il entendit un rire aimable et des voix d'enfants flottaient au-dessus de sa tête comme des bulles de bande dessinée. À l'instant où il rouvrait des yeux pleins d'embarras, la soufflerie des tuyaux d'orgue jouait un interlude et il baissa le regard sur une coupelle usée en bois, un objet du patrimoine de l'église qui servait pour la quête. Il était rempli de petites enveloppes blanches.

– Désolé, fit-il en lui souriant faiblement, à elle, puis à l'homme bien habillé qui, debout dans l'allée, lui tendait la sébile.

Il fouilla dans une poche de sa veste, et en sortit un billet de vingt dollars qu'il posa sur les enveloppes : il avait l'air bien grossier, ainsi exposé, ce vulgaire billet de banque au milieu de ces offrandes soigneusement scellées, et il sentit les regards fondre de nouveau sur lui. D'un geste précautionneux, il prit le récipient dans sa main gauche pour le faire passer et il sentit les iris doux et bruns de Victoria Halford s'imprégner de sa silhouette, comme deux nuages à la dérive. C'était une aimable créature d'apparence fragile, les mains paisiblement posées sur les genoux, les épaules voûtées et incertaines.

Très *gentleman*, il salua la vieille dame qui le dévisageait du regard, plongea la main dans une poche intérieure et en ressortit lentement son poing fermé qu'il tendit vers elle dans l'espace exigu du banc de prière. Victoria regarda ce poing hésiter au-dessus de la coupelle, juste à côté d'elle, et ce fut là qu'il lui transmit l'objet, en le plaçant soigneusement sur le petit amoncellement de dons.

Scellée dans une pochette plastique enveloppée de blanc, la pièce de cuivre scintillait à la lueur des cierges et Victoria ouvrit de grands yeux sur cet objet qu'elle reconnaissait de façon certaine, cligna des paupières en voyant la coupelle se rapprocher, puis sa gorge se serra, son cou gracile fut comme parcouru d'un frémissement, et elle hocha la tête. Ses mains frêles, gantées d'un blanc sacerdotal, se tendirent soudain au-dessus de la coupelle, vers Scott, et un murmure feutré emplit peu à peu la salle.

Le visage lisse de sa jeune voisine se ferma, elle laissa tomber son enveloppe dans la sébile, puis elle transmit la coupelle de la quête à Victoria, l'aida à supporter le poids du récipient au moment où la vieille femme, fermant les yeux, posait l'objet au creux de ses genoux et l'enveloppait de ses deux bras comme si elle berçait un nouveau-né. Alarmé, le diacre Cory s'approcha dans l'allée, l'œil rivé sur la vieille Mme Halford qui, de l'extrémité de ses doigts gantés, soulevait précautionneusement la médaille, le signal de John ; ses lèvres fines s'entrouvrirent en l'examinant, sa bouche émit un son plaisant, presque enfantin, et elle se balança sur son banc de prière.

Le diacre se précipita vers eux, dans leur dos, les yeux rivés sur Victoria Halford qui commençait à se lever de son siège, la coupelle de bois encore serrée contre sa poitrine.

– Qu'est-ce qui ne va pas ? s'enquit une voix d'enfant, et la vieille dame sourit, ses lèvres dessinèrent une fine ligne triste, la tête tenue bien haute, toute sa posture se décomposant lentement sous le poids des décennies.

Elle tourna le visage vers la congrégation entière, il y eut une série de chuchotements inquiets et le diacre lui reprit délicatement la coupelle des mains.

– Victoria, chuchota-t-il, voulez-vous...

Mais la volonté qui habitait Victoria Halford, la vieille dame invisible de Tobytown, lui fit lever une main pour réclamer le silence et elle ravala son émotion, luttant pour retrouver ses forces, les yeux humides. Elle redressa encore un peu plus le menton, se tourna directement vers Scott et, à la stupéfaction de tous, lui tendit les deux mains.

– Je suis très honoré, fit-il en guise de salutation, alors qu'elle saisissait délicatement ses doigts entre ses mains jointes comme en prière.

Il se rapprocha d'elle, repliant les bras quand elle l'attira à elle, lui tenant les mains et les serrant contre sa poitrine. Il sentit le battement rapide de son cœur et le sien fut pris de tremblements, en proie à son propre émoi, ses yeux plongés dans le doux regard de cette femme. La congrégation laissa échapper un hoquet de confusion.

– Madame Halford, chuchota le diacre, en dévisageant Scott de ses prunelles intenses, tels deux tisonniers incandescents. Victoria...

La voix de la vieille femme fut un chuchotement rauque.

– À travers les dangers, les peines, les pièges...

Scott se pencha encore un peu plus près, sans être sûr de clairement comprendre, son esprit de policier obéissant à la stricte logique.

– ... je suis enfin... arrivé.

Les sonorités qui émanaient d'elle étaient primitives, d'une nature qui lui échappait.

– Je suis désolé, dit-il, au moment où une grande femme noire en robe de satin blanc fit son apparition dans l'allée et passa devant lui en scrutant son expression troublée, puis s'assit à côté de Victoria.

La femme plaça un bras réconfortant autour des épaules de la vieille dame et se retourna vers l'inconnu, mais uniquement parce que la vieille dame avait elle-même le regard posé sur lui. Et comme il était difficile de ne pas remarquer la lassitude angoissée de cet homme, elle plaça aussi ses mains sur les siennes. Puis elle releva la tête, ajouta sa voix à celle de Victoria et, à ce moment-là, quelque chose remua profondément en Scott, une émotion qui lui réchauffa le cœur, tandis qu'elle resserrait son étreinte, certaine que cet inconnu comprenait à présent et, en le réconfortant, elle se réconfortait elle-même.

À travers les dangers, les peines, les pièges
Je suis enfin arrivé.
C'est la Grâce qui m'a conduit jusqu'ici,
Et la Grâce me mènera à bon port.

À cet instant il fut à peu près sûr qu'en voyant le médaillon elle avait tout compris, à un degré tel qu'il aurait été incapable de le formuler et ne comptait même pas s'y risquer. L'idée lui vint, de manière instinctive, qu'en un sens, c'était l'intérêt manifesté par la vieille femme qui avait éveillé celui d'Elmer Janson et qu'elle était le véritable motif de sa présence ici.

À ce moment du cantique, une forme de raison parut s'imposer face à la folie destructrice, un reste de décence subsistait sur cette Terre, et alors la congrégation tout entière se mit debout pour elle, dans un mouvement d'élévation spontané et plein de joie. Il plongea le regard dans ces deux sources de chaleur qu'étaient les yeux de la vieille dame.

Quand nous serons au Ciel depuis dix mille ans,
Brillant d'un éclat semblable au soleil,
Dans la Grâce nos âmes poursuivront leur périple.
Dans la Grâce notre œuvre s'accomplit.

Et aux accents de ce psaume, de cette offrande spirituelle qu'il avait oubliée, il sentit la vie remonter du fin fond de sa propre enfance, avec ce chant qu'il connaissait par cœur, sans bien savoir comment, et pourtant, se dit-il, il ne comprenait pas ces mots, il luttait pour en saisir le sens. Ces mots lui parlaient directement, et il savait qu'au milieu de tout ce chœur, fort d'une centaine de voix, au milieu de toutes ces voix rassemblées, la seule musique qui comptait était celle du chuchotement de Victoria Halford.

Grâce confondante, doux murmure,
Qui sauva le misérable que j'étais ;
J'étais perdu mais je suis retrouvé,
J'étais aveugle, maintenant je vois.

41

L'animal était incroyablement beau et il s'élevait, aussi gracieux qu'un oiseau, traçant inlassablement des cercles dans le vide d'un bleu infini. Le grand poitrail gris glissait au-dessus de lui, barrant la lumière, les cicatrices d'une vie entière gravées comme une couture blanche sur la chair parcheminée.

Les yeux étaient deux trous noirs et froids. La gueule se fendit, béante, sur plusieurs rangées d'éclairs blancs et se referma. Les nageoires pectorales formaient deux ailes rigides.

Fasciné, Frank Rivers le regarda faire surface, le grand aileron dorsal triangulaire tranchant l'eau sans la moindre ride, et il sentit le duvet sur sa nuque le picoter alors que la femme à côté de lui demeurait immobile, envoûtée.

– Comment peux-tu aimer cette chose ? lui demanda-t-il avec incrédulité.

– Il est différent des créatures que tu chasses, répondit-elle fièrement. C'est le plus parfait de tous les prédateurs.

Elle s'appelait Tammy McCain, elle était biologiste marine et la gardienne de ce requin. Elle était mince, avec de beaux cheveux blonds, vêtue d'une combinaison grise et stylée. Le velours moulant créait un fourreau qui révélait une silhouette possédant des courbes bien dessinées, et il se tourna vers elle, pour se perdre aussitôt dans ses yeux verts.

– Alors où est-il, ce petit bonhomme, dit-elle en souriant. Il s'appelle Elmer ?

Il hocha la tête.

– Tu ne vas pas me croire, mais je l'ai emmené à l'église ce matin, on se ressemble vraiment, tous les deux.

– Ah, il ne tient pas en place, lui non plus ?

Il haussa les épaules.

– Pour moi, c'était un gros effort, je déteste le prêchi-prêcha. Je crois qu'il n'apprécie pas non plus, mais c'était le souhait de Jessica.

– Et tu es amoureux.

Elle sourit, juste à l'instant où le grand poisson refaisait un passage. Rivers grimaça, imaginant la créature se glissant des profondeurs primitives pour réduire en bouillie ses victimes impuissantes et hurlantes, comme de petits escargots dont on ne fait qu'une bouchée. Tammy saisit son regard attentif et grave, et elle le prit par le bras pour le faire s'approcher encore plus. Tandis qu'ils s'avançaient, il sentit la douceur de ses seins lui caresser l'avant-bras et son pouls accéléra comme le tapotement d'une main légère sur sa boîte crânienne.

– Tu voulais tout savoir, alors commençons par le commencement, proposa-t-elle, mais il n'entendait que les douces inflexions de sa voix, pas les mots qu'elle prononçait, au moment où le requin fonçait droit sur eux.

Son pouce fit sauter le chien de son automatique, un geste inconscient, avec l'envie de percer quelques trous dans cette énorme tête inexpressive, l'envie de transformer le bassin des requins « Requiem de sable » du National Aquarium en nature morte au poisson.

– ... et s'ils perdent quelques dents, par exemple après avoir mordu dans des os, le taquina-t-elle, il leur en pousse tout de suite d'autres, toutes neuves, aussi tranchantes que des lames de rasoir, capables de découper un cheval entier et de le réduire en bouillie en quelques dizaines de secondes.

– Charmant, répondit-il d'une voix neutre, et il se tourna vers elle, pour mieux l'observer.

Il savait que Tammy aimait nager avec les requins et même plonger dans les grottes où ils se cachaient pour dormir, une idée qui l'avait toujours perturbé.

– Combien pèse-t-il ?

– Près de deux tonnes. Mais c'est une dame.

– C'est une requine ? dit-il, sidéré. Elle doit bien mesurer quatre mètres, je ne savais pas qu'il y en avait de si grosses.

Mais il fut pris de court : un énorme flanc d'animal, recouvert d'une sorte de fourrure, vint subitement s'écraser dans le bassin et aussitôt l'aileron du squale femelle rompit la surface, gagnant de la vitesse, la gueule béante sur un nid de lames de couteau. Médusé, il vit la moitié d'un torse avec ses sabots partir en spirale vers le fond du bassin et l'énorme poisson torpille fusa en une trajectoire circulaire, accéléra encore, fila devant eux, et les yeux de la prédatrice femelle virèrent au blanc, se préparant à frapper.

– Qu'est-il arrivé à ses orbites ?

– Paupières nictitantes, comme chez le lézard ou la grenouille. Elles se ferment pour protéger les yeux juste avant d'attaquer. Comme je te disais, fit-elle avec un haussement d'épaules, le plus parfait des prédateurs.

Le poisson fendait l'eau comme si c'était de l'air et il frappa enfin, d'un énorme cisaillement de mâchoires, impassible, engouffrant toute sa proie d'un seul coup. Son corps pivota brutalement et l'eau explosa autour d'eux. De part et d'autre de la gueule, les énormes arcs cartilagineux des branchies relâchèrent un infect nuage blanc tandis que des poissons de plus petite taille accouraient aussitôt, avides d'aspirer dans leur gosier ce micro-limon dont le squale laissa un sillage derrière lui en s'enfonçant à nouveau dans les profondeurs.

– Bon Dieu, souffla-t-il, c'est impressionnant...

Tammy sourit.

– Cinquante livres de pattes de buffle, ça complète son régime. C'est le Zoo national qui nous a envoyé ce colis, sans doute un animal mort de maladie ou de vieillesse, alors ne joue pas l'émotion avec moi.

Il acquiesça, se félicitant de ne pas avoir amené Elmer avec lui.

– Et le flet des estuaires ? Tu m'avais promis de me montrer ça.

– Patience, Franky, c'est pour tout à l'heure. (Elle appuya sur un bouton.) OK, Mike, on va tenter un essai avec la sole de Moïse et ne la balance pas tout de suite, agite un peu l'eau avant.

De leur place, les yeux levés vers un caisson d'eau argentée, ils virent un poisson vivace à l'extrémité d'un filet bleu. On le descendit pour le flanquer dans le bouillon, sa silhouette ovale et de couleur claire gifla l'eau, creva la surface et le requin sentit la vibration.

Instantanément, il vira vers le haut, dans la direction de Rivers, les yeux vides, le visage de la mort, une torpille aveugle.

– C'est une sole de Moïse, ou sole de lait, une variété de poisson plat de la mer Rouge qui possède quelques propriétés miraculeuses, tu vas voir. Elle relâche une sorte de lait dès qu'elle sent le danger, le liquide est éjecté par un évent situé derrière la nageoire dorsale.

Le petit poisson plat déguerpit, nageant pour garder la vie sauve, en visant le fond de l'eau, juste à l'instant où la gueule noire du requin s'ouvrait grand ; la sole de Moïse nageait comme une forcenée quand l'ombre la recouvrit et aussitôt un liquide blanc se dispersa dans l'eau.

Instantanément, le bassin parut éclater dans un bouillonnement ; le requin exécuta un bond violent, creva la surface, le corps tordu échappant à tout contrôle ; les mâchoires bloquées, grandes ouvertes, incapables de se refermer, l'énorme créature se contorsionna comme un avion de chasse échappant au contrôle de son pilote.

– Regarde les mâchoires, lui souffla Tammy.

Rivers sentit son cœur cogner devant cette vision du tueur géant qui devenait fou d'impuissance, sautait en tous sens, se tordait, tournoyait sur lui-même, la tête toujours figée en position d'attaque alors que le petit poisson plat de la mer Rouge s'échappait vers le fond pour se mettre en lieu sûr.

Le requin était en rage, il regagnait de la vitesse, traçait des cercles à n'en plus finir, les dents bloquées en position ouverte. Ce tueur redoutable était en lutte contre lui-même, la proie de sa propre désorientation. D'un coup, le grand prédateur se propulsa dans le vide devant lui, la mâchoire pendante, et heurta l'épaisse paroi avec un choc énorme qui fit trembler le verre armé.

Rivers sursauta, recula devant le requin qui partait à la dérive dans l'eau, en chute libre, les yeux écarquillés, la gueule paralysée.

– Mais enfin, quoi ? s'exclama l'ancien marine.

– Incroyable, n'est-ce pas ? Et regarde ce qui va suivre.

– Il est en train de mourir ?

Le requin dérivait au-dessus du fond sablonneux, le corps frémissant, agité de convulsions, déboussolé, le ventre exposé vers la surface, puis se retournant, à la dérive dans l'espace liquide.

– Mais enfin, qu'est-ce qui lui arrive ?

– Regarde, c'est tout, chuchota-t-elle sèchement, et le museau du requin se rapprocha d'eux, les dents se resserrèrent, la mâchoire remua lentement, comme une vieille mécanique usée – après cette crise effroyable, le squale commençait juste à récupérer.

Et puis ils le virent évoluer plus librement, mais très lentement, secouer la tête et le corps, toujours désorienté, retrouvant peu à peu sa vitesse de croisière.

– Elle se purge de cette toxine, elle fait circuler de l'eau dans ses branchies, expliqua-t-elle. D'ici une minute, tout sera redevenu normal.

– Tammy, c'est vraiment incroyable, c'est quoi, ce jus ?

Elle eut un sourire évasif.

– Ce jus, c'est ma recherche. Nous avons recueilli des milliers de ces petits poissons. Ils génèrent une toxine du système nerveux, nous pensons qu'il s'agit d'une protéine, mais nous travaillons encore dessus.

– Et ça agit instantanément ?

– Diluée au millionième dans l'eau, ça vient percuter le système nerveux central avec la violence d'un semi-remorque, en provoquant une micro-attaque cérébrale instantanée qui paralyse les mâchoires à mi-course. Le Bureau de la recherche navale finance ces tests.

– En vue d'obtenir un produit qui puisse repousser les requins ?

– Passionnant, non ?

– Vraiment.

Elle tendit la main vers l'interphone et appuya sur le bouton.

– Merci, Mike, fit-elle, puis elle revint à son visiteur. Alors, comme leçon de choses, tu en dis quoi ? La prochaine fois, amène donc Elmer et Jessica.

Il acquiesça, encore incrédule. Depuis toutes ces années, elle n'avait jamais manqué de l'étonner avec les défis qu'elle parvenait à se lancer, ou par ce qu'elle était capable d'accepter. Il lui avait fait faux bond pour le bal de fin d'études au lycée, et pourtant, même ce traitement-là ne lui avait fait ni chaud ni froid.

– Quoi ? fit-elle, avec un regard interrogateur, en glissant son bras sous le sien.

– Attends de les rencontrer, reprit-il avec une mimique amusée. Jessica te ressemble tellement, je n'arrivais pas à y croire, et son gamin – il eut un petit rire –, ce garçon est intelligent, super créatif, tu n'as jamais rien vu de pareil.

Il palpa rapidement ses poches et en ressortit une photographie qu'elle examina attentivement.

– Elle est plus jolie que moi, décréta-t-elle avec une moue, et son garçon a des yeux magnifiques, ajouta-t-elle rêveuse. Il a un peu ton air, Franky. Même gamin, avec ces yeux bleus tellement pleins d'innocence, tu savais déjà faire fondre la neige.

– Tammy, protesta-t-il, Elmer a les yeux verts.

Elle acquiesça, en lui rendant la photo.

– Tu ferais mieux d'y aller, Frank, lui conseilla-t-elle, en désignant le cadran de sa montre, je vais te raccompagner à ta voiture.

42

Jack Scott se tenait sur la terrasse dallée d'ardoise du patio, et le diacre Atticus Cory aidait Victoria Halford à s'installer sur une chaise à dos droit qu'ils avaient sortie du bâtiment de la ferme. Quand Jim Cooley, ce grand personnage juvénile et filiforme, lui apporta un petit coussin qu'il lui cala dans le dos, Scott le considéra d'un œil neuf. Selon ses dires, il n'avait jamais rencontré Victoria et ne la connaissait pas. Il avait découvert l'existence de la vieille femme quand il avait commencé à travailler sur l'affaire.

Tard la veille au soir, Elmer avait révélé à Scott les visites de la vieille femme au bowling des Patriotes et, suite à cela, Frank Rivers avait convaincu son ami Jim de se livrer à quelques investigations. Cooley s'y était employé de tout son cœur et Scott avait passé près d'une heure en tête à tête avec lui, en attendant que Victoria sorte de l'église, à écouter Jim et à apprendre, à prendre des notes, à remonter dans le temps.

Jusque dans les années 1960, John's Cabin, dans le Maryland, était un endroit encore relativement intact, les gens qui vivaient là paraissaient aussi éternels que le fleuve le long duquel le village s'était formé, dont le cours n'avait que très peu changé au fil des siècles. Le Potomac lui-même n'était qu'un petit ruisseau à sa naissance, en Virginie-Occidentale, et puis, au bout de quelques centaines de kilomètres, ses eaux rugissantes se muaient en cascades puissantes, celles de Great et Little Falls, répandant leurs nutriments dans les champs de fermiers, jadis porteuses de la promesse d'une abondance de moissons opulentes. C'était le paradis du laboureur. Et malgré les tours et détours de son histoire, l'existence à John's Cabin n'avait jamais eu grand-chose à offrir aux étrangers. L'endroit était trop loin de la ville pour apporter des avantages en matière de qualité de vie et même le réseau autoroutier de l'État s'en était détourné – même si, avec les années, des hommes ambitieux avaient tenté d'amener le monde extérieur à ses portes.

Dans les années 1800, des ingénieurs s'étaient lancés dans une vaine tentative de dompter le fleuve, en creusant le canal Chesapeake-Ohio. Ce canal courait parallèlement au Potomac, mais au bout d'une brève décennie de chantier, après avoir creusé une tranchée complexe qui s'étendait sur 296 kilomètres à travers l'un des reliefs les plus accidentés à l'est du Mississippi, les ingénieurs avaient déclaré forfait. Près de deux cents ans plus tard, c'étaient les touristes qui affluaient sur les lieux pour en contempler les vestiges, les ingénieurs des barrages ayant laissé derrière eux des ouvrages d'une beauté pérenne, en creusant des lacs aux mille reflets, en édifiant d'immenses aqueducs destinés à acheminer les péniches. Mais, comme Jim le lui avait expliqué, le transport rapide par le rail avait signé l'arrêt de mort du canal avant même son achèvement et, peu de temps après, la guerre de Sécession avait signé l'arrêt de mort du train.

Pendant que les esclaves fuyant le Sud utilisaient cette voie d'eau pour sauver leurs vies, l'Union Army du Potomac se servait du train à vapeur comme mode d'approvisionnement vers Washington. Ainsi, les détachements d'assaut des rebelles, ayant du mal à détruire le canal, s'en prirent aux voies ferroviaires. En 1865, les vestiges du treillage et des rails témoignaient d'une nouvelle tentative vouée à l'échec de relier John's Cabin au monde. On ne reconstruisit jamais ces voies.

Jim Cooley n'était pas historien, il avait bien insisté sur ce point auprès de Jack Scott. Il était simplement le fils d'un fermier de John's Cabin, le plus jeune de deux garçons nés sur cette terre. Il était donc tout à fait naturel qu'ils aient eu l'habitude de jouer au milieu des ruines de l'histoire, cabanons et maisons d'éclusier, lacs artificiels et édifices ferroviaires. À l'instar de toutes les familles habitant une petite ville de l'Amérique profonde, les Cooley étaient bien connus dans leur région et, comme Jim avait hérité son prénom d'un oncle qui avait trouvé la mort lors du débarquement de Normandie, ce nom jouissait déjà d'une renommée qui l'avait précédé.

James L. Cooley, lui avait-il expliqué, était un motif de fierté, un patronyme inscrit à l'or fin sur l'obélisque monumental de la place du village, en hommage aux fils disparus de John's Cabin, une toute petite part du cœur de l'Amérique. Aux yeux de Jim, cette vérité demeura inaltérable pendant près de dix ans et le monde lui semblait assez normal et juste. Et puis, en 1958, il était arrivé quelque chose. Un triste événement.

Sans autorisation des riverains, des inconnus arrivèrent à John's Cabin pour changer le nom du bourg. Comme ça. En prétendant que, depuis tout ce temps, l'endroit avait reçu une fausse appellation.

Les panneaux routiers et les cartes avaient été promptement modifiés, et peu après il y avait eu une autre épreuve cuisante. Agissant sur ordonnance d'un tribunal, d'autres étrangers déboulonnèrent le mémorial de guerre de John's Cabin de la place centrale de la bourgade pour le trimballer jusqu'à un terrain déshérité, afin de construire à son emplacement une galerie marchande. Dans les souvenirs de Jim, un vieil homme du nom de Richard Duffy, un commerçant qui vivait tout près du centre, avait lâché toute une décharge de chevrotine calibre 12 sur le camion effectuant ce déménagement, faisant éclater le radiateur, les vitres et les pneus. Ce fut apparemment le point culminant de ces protestations, car, pour la plupart, les familles d'agriculteurs ne pouvaient se permettre de participer à des affrontements violents. Un séjour en prison aurait entraîné la perte de leurs récoltes, ou même de leur ferme, et les Cooley avaient préféré casser leur tirelire pour poursuivre en justice le comté. À ce stade, Jim s'en souvenait, la cause était déjà perdue.

À son entrée en seconde au lycée, à l'âge de quatorze ans, il s'était mué en garçon silencieux et méfiant qui prenait la vie avec sérieux et qui avait tous les droits. Ayant travaillé aux récoltes depuis l'âge de sept ans, son premier souvenir d'adulte datait de l'époque où il fréquentait les cours du lycée Walt Whitman High, où il se sentit comme un citoyen de seconde catégorie. Mal fagoté dans des vêtements déjà portés par son frère, il se déplaçait en bicyclette quand les autres roulaient en voiture de sport, buvait son lait dans une Thermos quand ses camarades se faisaient plaisir avec leur argent de poche... Un quotidien de petites cruautés.

En 1964, Bethesda entamait son grand boom. Quatre ans plus tard, son frère aîné se fit tuer lors de l'offensive du Têt.

Le vieux Duffy, il s'en souvenait, avait accroché la photo de Michael dans la vitrine de sa quincaillerie, à défaut du monument sur la place du village où son nom aurait pu briller en lettres d'or.

Car il n'existait plus de John's Cabin dans le Maryland, là où sa présence aurait pu compter par-dessus tout.

Victoria Halford était confortablement assise, elle buvait une petite gorgée de citronnade, la tête haute, tout en contemplant les champs vallonnés bordés de pins géants. Et, aux yeux d'un étranger comme Scott, tout cela paraissait très bizarre, ce vaste espace dégagé, comme une pure vue de l'esprit contredite par l'environnement, le vieux tracteur de la ferme échoué là comme une sorte d'insecte gigantesque rejeté à la suite d'un accident spatio-temporel dans une banlieue surpeuplée.

Le soleil éclatant projetait ses rayons derrière eux, creusant une sombre cavité à l'endroit où le patio d'ardoise rejoignait l'étendue infinie d'un vert intense. Le ciel s'était dégagé.

À présent tout au-dessus d'eux était d'un bleu tirant sur le gris et scintillait d'un chatoiement humide.

Jack approcha une chaise longue de la vieille dame qui ferma les yeux et tendit l'oreille au bavardage délicat des oiseaux chanteurs nichés à la cime des arbres.

– Victoria.

Il avait prononcé son nom d'une voix douce et la vieille dame se tourna vers lui, en rouvrant lentement les yeux, deux lacs bruns qui enveloppèrent sa silhouette et continuèrent leur course comme des nuages poussés par le vent jusqu'à atteindre Jim Cooley, debout juste devant elle, occupé à déchirer l'emballage d'une paille.

– Pardon, fit ce dernier, passant devant Scott en se penchant, pour déposer la paille dans le verre de la vieille dame.

Les glaçons tintèrent, elle le remercia d'un sourire pincé en tenant son verre de citronnade des deux mains et elle le porta à ses lèvres qui produisirent un petit bruit plaisant, presque enfantin, quand elle but une première gorgée. Ses yeux s'étaient écartés de Jim, mais juste un court instant.

– Mon enfant... fit-elle en s'adressant à lui, et elle reposa le verre sur ses genoux.

– Oui, madame Halford.

– Mon enfant, je te connais, reprit-elle, et ses yeux se refermèrent, réduisant leur sécheresse en quelques clignements, et les commissures de ses lèvres se retroussèrent.

James Lee Cooley, le *gentleman farmer*, en eut un petit coup au cœur, sans rien en laisser paraître. Il se demandait si elle disait la vérité et puis elle continua, en chuchotant d'une voix rauque.

– Vous êtes l'image de Joseph.

– Oui, madame, admit-il, une réelle surprise dans la voix, songeant à son grand-père paternel et s'efforçant de se remémorer s'il avait déjà vu cette femme auparavant ; il ne le pensait pas, ou alors enfant, peut-être.

Il essaya de revenir en arrière, de tourner les pages des années, tâchant de deviner à quoi elle avait pu ressembler jadis.

– Votre mère, paix à son âme, était une bonne chrétienne, mais son nom m'échappe.

Cooley en eut la gorge serrée.

– Marie Catherine.

La vieille femme hocha la tête.

– Et si vous vous posez encore la question, Jim, mon père faisait ses récoltes et ses épandages sur l'une de vos dépendances, fraises et feuilles de tabac...

Elle s'interrompit et but une petite gorgée, tandis qu'une brise fraîche s'élevait du relief. Le ton de sa voix était aussi parcheminé que sa peau couleur moka, tannée et ridée.

Il sourit, luttant dans sa tête pour retrouver des images claires parmi des souvenirs qui lui paraissaient aussi lointains et diaphanes qu'un paysage rêvé.

– C'était avant ma naissance.

– Il nous a toujours honnêtement traités, ce fier et honnête laboureur, et que vous, aujourd'hui, travailliez sur cette terre, qu'y a-t-il de plus juste ?

Jim Cooley lança un regard à Scott, songeant à l'âge de cette femme et, considérant cette époque et ce lieu, à ce qu'elle était véritablement capable de comprendre. Il secoua la tête.

– Non, madame, la corrigea-t-il, avec une note de tristesse dans sa voix. Les temps ont beaucoup changé, mais je cultive en effet des légumes pour le marché local, surtout pour les gens qui sont dans le besoin.

Il se tourna de côté et désigna un affleurement rocheux dans le lointain, au-delà du champ, aux sillons régulièrement espacés, dessinant dans la terre un carré de rangées labourées.

– Ça fait huit rangs de maïs. Si j'en cultive trop, le comté va m'envoyer des inspecteurs et ensuite il me faudra une licence spéciale. C'est une habitation résidentielle, ici, pas une ferme, voilà ce que je possède en termes réglementaires, vis-à-vis de la loi.

Scott suivait tout cela avec un vif intérêt. La petite femme avait le visage crispé, les lèvres pincées, elle avait compris.

– Que vienne le jour du Jugement ! déclara-t-elle en se penchant en avant, d'une voix plus timbrée, plus acide.

– Oui, madame, renchérit-il, que vienne le jour du Jugement.

– Jim, dit-elle, et là encore elle sourit, comme si elle aimait la sonorité de ce nom qu'elle prononçait, sans réellement s'adresser à lui.

– Oui, madame, dit-il, en rapprochant sa chaise.

– Jim, vous souvenez-vous des pétales de cornouiller sur la photo de votre frère ? lui demanda-t-elle.

Il ouvrit grands les yeux, le souffle coupé, et son cœur se mit à battre plus fort. Après la mort de son frère aîné, on avait placé sa photographie dans la vitrine de la quincaillerie Duffy et quelqu'un, mais ils n'avaient jamais su qui, déposait régulièrement des fleurs au pied du cadre. Au moment où ils avaient terminé la période de deuil, s'ils en étaient jamais sortis, c'était toute une corbeille de pétales blancs qui avaient été accumulés. Jim les avait dispersés sur la tombe de son frère.

– C'était vous ? lui demanda-t-il, incrédule, en se levant presque de sa chaise.

Elle eut un petit signe de tête.

– C'était moi, murmura-t-elle, les coins de la bouche en accent aigu, et Cooley ravala la boule douloureuse qu'il avait dans la gorge.

Elle reprit une gorgée de sa citronnade, en tenant le verre à deux mains, et ses lèvres firent encore ce petit bruit d'enfant qui tète.

– Victoria, lui demanda calmement Jim, je suis désolé si quelque chose m'a échappé, mais comment me connaissez-vous ? À travers mes parents ?

Elle se balançait sur son siège.

– Vous souvenez-vous de ce jour où l'on a ôté les panneaux de la route ?

– Oui, c'est un souvenir très vif, dit-il, en haussant le sourcil. J'avais huit ans.

– Votre père nous avait raconté que ses bébés en avaient pleuré.

Jim regarda Scott avec incrédulité.

– C'était en 1958, lui rappela-t-il, l'année où Tobytown a brûlé et où ils nous ont changé notre nom en Cabin John.

Le chef du ViCAT notait tout cela et il avait placé un petit magnétophone sur la table, près d'elle, afin de conserver les éléments essentiels de cet échange dans ses moindres détails.

– Nous étions bouleversés, reconnut Jim. Nous étions très, très jeunes.

– L'âme d'un lieu est aussi fragile que la vie d'un nouveau-né. Prenez-en soin et elle grandira. (Soudain elle détourna le regard et les larmes lui montèrent aux yeux.) Ils ne faisaient que tuer le temps, Jim, et votre père avait décidé de se battre, et il avait besoin de notre soutien à tous, gens de couleur, pour témoigner. Mais ça n'a fait aucune différence. Les choses changeaient trop vite.

– Il ne m'a jamais rien raconté de tout cela.

Victoria eut un sourire.

– Vous êtes son portrait craché, lança-t-elle fièrement, puis elle se tourna vers Scott. Votre ami a des questions à me poser ? ajouta-t-elle en clignant des yeux.

– Non, non, je vous en prie, continuez, l'enjoignit le commandant, cela peut attendre.

Jim considéra la vieille dame, se remémorant ces fleurs qu'une inconnue avait laissées derrière elle en souvenir de son frère.

– Pourquoi du cornouiller ? Je n'ai jamais compris pourquoi et ma mère n'en savait rien non plus.

– Paix à son âme, fit-elle. Vous n'aimez pas cet arbre quand il est en fleur ?

– Si, c'est très joli.

Scott ne put se retenir de baisser la tête vers le *Kern's Wildflower Guide*, ce guide des fleurs sauvages qui dépassait de la poche de sa veste ; il l'en retira en tâchant de conserver un air décontracté et l'ouvrit au niveau de l'index. Il cherchait une page avec une illustration, puis il lut à voix haute.

– « Le *Cornus florida*, ou cornouiller à fleurs, produit chaque printemps des fleurs qui se composent de quatre pétales blancs très ouverts aux extrémités rouges. »

La vieille dame tourna le buste vers lui, avec raideur.

– C'est la fleur de la résurrection, précisa-t-elle, alors qu'il lui présentait le livre devant les yeux.

Les quatre pétales blancs jaillissaient de la page très colorée, évoquant une croix de Malte. Le diacre Cory examina l'image attentivement.

– La forme de ces pétales symbolise la souffrance du Christ, dit-elle, en pointant un doigt frêle sur ce qui ressemblait à quatre phalanges tachées de sang. D'après Sa représentation sur la croix du calvaire, quand Sa vie mortelle s'épuisa, une branche tomba à Ses pieds, et depuis ce jour nous avons la bénédiction du cornouiller pour nous le rappeler.

Elle se tourna de nouveau vers Jim.

– C'est pourquoi je les ai déposées pour votre frère, fit-elle, la gorge serrée, c'est pour cela...

Scott perçut une intensité nouvelle dans sa voix.

– Victoria, lui dit-il tranquillement, pouvez-vous me parler de la lysimaque terrestre, la lysimaque des marais ?

Il avait vite tourné les pages du livre à une autre page, cornée celle-là, et il le lui tendit pour lui montrer l'image. Mais Victoria s'abstint de regarder, elle n'en avait pas besoin.

– Douces primevères, chuchota-t-elle, la vie éternelle.

– La lysimaque des marais est un symbole de vie éternelle, n'est-ce pas ?

– C'est la coquerelle, la fleur de Pâques, déclara-t-elle sans hésiter, nous en cueillions pour les services du Vendredi saint et du dimanche de Pâques. Dans certaines régions du Sud, c'est l'offrande traditionnelle des enfants...

Sa voix parut flotter très loin de Scott et il sentit monter en lui tout un nœud de tensions qui se libérèrent soudain, et cela lui fit l'effet d'un ressort qui se détend pour la première fois. Tout son corps tremblait et il laissa échapper un lourd soupir qui leur imposa un bref silence à tous les deux.

– Je suis désolé, fit-il, reprenant ses esprits. C'était ce qu'il avait suspecté : si l'on remontait dans le temps, il existait un lien tangible entre chaque victime.

En 1989, le Vendredi saint était tombé le 24 mars, sept jours avant le meurtre des Clayton. Il présumait que Miss X avait cueilli des lysimaques le 28 mars ou autour de cette date, soit le dernier vendredi de mars 1958, trente et un ans plus tôt. Et Victoria ferma de nouveau les yeux. Quand elle les rouvrit, Scott avait la pièce de cuivre dans sa paume.

– Le signal de John, chuchota-t-elle.

Ses lèvres s'entrouvrirent et elle recommença à se balancer, comme pour se réconforter.

– Madame, vous pleuriez, quand vous...

Elle leva une main fragile, lui intimant le silence, et redressa la tête. Elle cligna des yeux, les paupières lourdes, s'éclaircit la voix, ce qui ressemblait plus à une toux sèche, et ses pupilles se contractèrent.

– Jim Cooley ? fit-elle, en tendant vers lui sa main tremblante.

Aussitôt, il se leva de son siège.

– Oui, madame, dit-il, je suis là.

– Jim, n'est-il pas vrai que votre frère et vous, vous alliez jouer du côté de Widewater ?

Il sentit sa gorge se nouer.

– Oui, madame, en effet, cela ne fait aucun doute.

Il remarqua dans le ton de la vieille dame un brin de panique qui inscrivit une tension au coin de ses lèvres.

– Avez-vous remarqué les vestiges de deux vieilles maisons près des peupliers, là où commence le sous-bois de cornouillers ?

Il avança une chaise, s'assit à côté d'elle, sans lui lâcher la main un seul instant.

– Oui, dit-il, on se figurait que ces ruines appartenaient à John l'Homme libre, qu'il se cachait là-bas pour que les rebelles ne le trouvent pas et pour y élaborer ses plans guerriers.

– C'est là que j'ai grandi, Jim Cooley, là où vous alliez jouer, votre frère et vous. (Tout en parlant, elle posa le regard sur lui, et ses yeux se rivèrent aux siens.) Notre maison était celle qui possédait une imposante cheminée en pierre, ajouta-t-elle fièrement, et puis de nouveau elle se tut.

Aussi loin que remontait la mémoire de Jim, tous les printemps, il s'était rendu là-bas pour admirer les couleurs de la forêt.

– Les fondations y sont encore, dit-il en s'efforçant de sourire, avec une cheminée en pierre de taille bien lisse.

– Y a-t-il des myrtilles ? Ces arbustes poussent-ils par là-bas ?

– Oui, Victoria, il y en a assez pour confectionner la plus grande tarte aux myrtilles de l'État, tout le terrain en contrebas en est rempli.

Il lança un coup d'œil dans la direction de Scott et ce dernier approuva, l'invitant à poursuivre.

– Daniel Stoner, c'est ce nom que vous cherchez. Daniel, ma mère et moi, c'est nous qui les avons plantés, dit-elle, et subitement son visage se chiffonna, et ses yeux s'emplirent de larmes. Nous sommes partis bien des années avant votre naissance, mais je savais tout de vous, Jim. De temps à autre, nous voyions vos parents à Bethesda, alors je vous connais bien...

Et elle fondit en larmes.

– Oui, madame, dit-il, en lui caressant le dos de la main.

Cette main tremblait, mais ce n'était pas de la peur.

Le diacre se leva ; il les dominait de toute sa stature.

– Est-ce vraiment nécessaire ? dit-il d'un ton sévère.

– Je vous en prie, fit Scott avec un signe dans sa direction. Je ne vois pas d'autre moyen.

Cooley baissa aussitôt les yeux. Victoria Halford lui tapotait la main, en geste de réconfort, la tête haute, et elle regarda d'abord Jim, puis Jack.

– Ce signal, fit-elle, ce signal appartenait à Daniel Stoner, et elle serra les paupières avec une force insoutenable. Je le sais parce que je l'ai aidé à percer cette pièce quand nous étions encore enfants, et nous avons composé un nouveau mot à partir de John's Cabin...

– « *JOIN* », lâcha doucement Scott, ce mot, c'est *JOIN*.

Victoria opina.

– La chaîne au bout de laquelle Danny portait ce médaillon, c'était la mienne, elle venait de ma mère. Il habitait à côté de chez nous, à John's Cabin, je lui avais offert cette chaîne pour son dixième anniversaire, il n'avait pas les moyens de s'en acheter une.

– Et Daniel a ensuite transmis ce médaillon à sa fille ? demanda Scott.

– Samantha.

Il se pencha vers elle, la gorge serrée.

– Et quel âge avait-elle ? lui demanda-t-il tranquillement.

Les yeux de Victoria se posèrent sur lui.

– Douze ans, se souvint-elle avec une certitude, elle avait douze ans l'année où elle a disparu.

– C'était à peu près à l'époque où Tobytown a brûlé ?

– À peine quelques mois avant, elle a disparu, sa sœur et sa mère avec elle.

Voyant bien qu'elle luttait avec ses émotions, il changea de sujet ; Cooley, de son côté, lui tendit de nouveau la main et les doigts si fins de la vieille dame se refermèrent autour des siens. Le commandant déroula une très ancienne carte du fleuve qu'il avait empruntée aux *Trophées de la guerre de Sécession* du professeur Robert Perry. Il la lui tint sous les yeux.

– Victoria, lui demanda-t-il, pouvez-vous me montrer l'endroit où vous viviez, votre famille et vous-même, et puis l'endroit où l'on vous a réinstallés ?

La vieille femme respirait profondément.

– Nous nous sommes installés à John's Cabin, expliqua-t-elle en désignant l'endroit, mon père a construit notre maison en 1863, bien avant ma naissance. Nathan Stoner, le grand-père de Daniel, y vivait déjà, c'était un affranchi de l'Union, à l'époque de la guerre de Sécession, et Daniel était enfant unique. Nous avons vécu là-bas jusqu'en 1954.

– Et vous étiez des familles de fermiers ?

– Non, les Halford, les Mott et les Stoner étaient ouvriers carriers et tailleurs de pierre, surtout employés au planage et au nettoyage de la magnétite pour les contremaîtres des carrières du gouvernement, ceux qui ont bâti la ville de Washington, imaginée par l'architecte L'Enfant. Plus tard, nos hommes ont posé les premières pierres du mémorial Lincoln en 1914 et ensuite celles du monument de Jefferson...

Sa voix se tut. Elle but une gorgée de citronnade.

– Et vous possédiez cette terre.

– Oui. (Elle pointa un doigt fragile qui trembla contre le parchemin.) On nous a déplacés vers River Road, où nous avons construit une église, baptisé notre nouveau village du nom de Tobytown, d'après celui du cimetière. Le comté nous a annoncé qu'il voulait nous affecter cette terre-là, en remplacement.

– Le cimetière, c'était Tobytown. (Scott secoua la tête.) Pouvez-vous me montrer où il se situait ?

Elle le regarda avec un sombre sourire.

– Je crois que vous le savez, murmura-t-elle.

Il acquiesça.

– Il s'étend depuis le bowling des Patriotes jusqu'où ? Aussi loin que la station-service ?

– Ils sont venus de nuit, ils ont déplacé les morts, les ont charriés ailleurs, cela leur a pris une semaine ou plus.

Scott respira profondément, il sentait la colère monter en lui.

– La limite, c'était Little Falls Road, n'est-ce pas ?

– Largement.

– Et c'est pour ça que vous retournez toujours en visite au bowling, où vos...

– Cette partie du cimetière n'a jamais été déblayée, mes parents et mon mari reposent là...

– Tout près de la clôture de la maison d'Elmer Janson. Vous connaissez...

Elle se tourna, le dévisagea, se frappa délicatement la poitrine.

– Un gentil garçon, il a un cœur de poète. Nous partageons cela, c'est son endroit secret.

Scott était sidéré.

– Et pourquoi vous a-t-on forcés à quitter John's Cabin pour Tobytown ?

Elle sourit, ses lèvres dessinant une ligne sombre, empreinte de dédain.

– La terre près du fleuve avait acquis de la valeur, les gens des services de l'hygiène du comté se sont présentés chez nous avec des papiers. Nous n'avions pas de raccordement aux égouts, nous vivions dans des conditions sanitaires insalubres...

– La plupart de ces maisons n'ont toujours que des fosses septiques, observa Jim.

– Et c'est à cette période que Daniel Stoner a déplacé sa famille là-bas ?

– Oui, répondit-elle, en reprenant son mouvement de balancier, il s'est bâti une belle maison, là où il y a maintenant le relais de la télévision.

Cooley se pencha vers la carte.

– Cette tour est la plus haute antenne émettrice de toute la côte.

– Et à cette période, il avait deux enfants ?

– Victoria, née en 1943, Samantha, née l'hiver 1946.

Scott eut un soupir.

– Quand il a déménagé sa famille, Daniel était tailleur de pierre pour le Smithsonian Castle de Washington, sur le National Mall.

– Il a dû réaliser le plus gros de son travail sur Brickyard Road, à Cabin John, dit Jim.

– Daniel a-t-il eu des ennuis dont vous auriez eu connaissance ? Quelqu'un lui en voulait-il ?

– En 1956, nous avons appris que des maisons privées seraient construites sur nos terres le long du fleuve et Daniel a engagé un avocat de Baltimore pour se défendre contre eux, cela devait être jugé au tribunal, tout le monde estimait qu'il menait un combat juste.

– Mais après cela Tobytown a brûlé et sa famille a été portée disparue ?

– On a incendié la ville et elle a disparu en une seule nuit. (Elle se tourna vers Scott, qu'elle observa attentivement.) La fumée était si épaisse que vous pouviez en sentir encore le goût dans l'eau, des semaines après, elle n'était pas potable.

– Et on vous a donc encore une fois demandé de déménager ?

Son visage se figea en un masque froid.

– On nous l'a ordonné. Quelqu'un d'autre avait besoin de notre terre, alors les gens de l'hygiène sont revenus avec leurs papiers, ils nous ont attribué une nouvelle Tobytown, à mi-chemin de Baltimore, avec de nouvelles maisons, accordées comme si on faisait l'aumône. Jamais, fit-elle avec une moue, jamais nous n'avons demandé la charité !

– Et où était Daniel, dans tout ceci ? Qu'est-il arrivé à son épouse et à ses enfants ?

– Personne ne le sait, soupira-t-elle. Pendant tout ce remue-ménage, ils ont disparu, certains ont dit que son Emma s'était enfuie et qu'elle avait emmené les petites avec elle, mais ils prévoyaient d'avoir un autre enfant.

Scott prit une longue inspiration.

– Daniel les a cherchées ?

– Oui. (Ses yeux s'emplirent à nouveau de larmes.) Il les a cherchées à en perdre le sommeil, il a même fini par douter de lui-même. Certains disaient qu'elles étaient descendues nager dans le fleuve et qu'elles s'étaient noyées. Emma Dysan avait grandi dans le bayou, alors il est allé en Louisiane, mais elles n'y étaient pas.

– Victoria, dit Scott, et ce fut comme une évidence. Daniel est mort ?

Elle hocha la tête.

– Son cœur est mort.

– Quand ?

– Cette même année, sous un arbre, près du fleuve. (Elle ferma les yeux.) Pendu de sa propre main.

Jim Cooley frémit de tout son corps et le commandant se leva de son siège, sortit une photographie en couleur de sa serviette, le portrait de Miss X, qu'il rapprocha de Victoria tout en l'observant attentivement ; devant cette image qui devenait plus nette sous ses yeux, la vieille femme se détourna, en repoussant ce cliché de ses mains tendues. Elle en eut un petit haut-le-cœur, ferma les yeux et une sorte de plainte enfantine et mélancolique franchit le seuil de ses lèvres. Jim lui entoura l'épaule d'un bras protecteur et le diacre demeura interdit devant eux, en proie au trouble et à la colère.

– Je suis désolé, insista Scott. Cette enfant est-elle bien Samantha Stoner ?

Mais Victoria Halford s'était agrippée à son châle, les mains enfouies dans la laine, refermées sur la sainte Bible, s'efforçant de se remémorer sa voix chantée, et elle leva la tête vers eux.

– Samantha, chuchota-t-elle âprement, mon cœur... (Et soudain sa voix entama un chant discordant.) « Oh, au fin fond du sud à Dixie, mon corps suspendu en l'air, j'ai demandé au Seigneur Jésus des Blancs, à quoi bon la prière... »

– Elle en a enduré suffisamment ! s'emporta tout à coup le diacre.

– « ... J'ai demandé au Seigneur Jésus des Blancs, quelle route devons-nous emprunter ? Et il m'a répondu, suivez l'Homme libre, et nous sommes allés à la Maison de John. »

Jim ferma les yeux, il tenait la tête fragile de la vieille femme contre sa poitrine.

– « Et nous avons vécu selon la parole de John, murmura-t-elle encore, au bord de la rivière de la Paix. Et nous avons cherché Dieu à Bethesda, car le Christ avait tué la bête. »

43

6 H 40,
VOL AMERICAN AIRLINES 845

Matthew Brennon trouvait ce vol et cette journée interminables. Il était resté debout toute la nuit à réunir des informations concernant Aaron Seymor Blatt, après avoir effectué une enquête sur la société connue sous le nom de DIDS, Dallas Instruments & Dental Supply.

Cette entreprise était la filiale d'une chaîne nationale appartenant à Freestanding Dental Clinics, des petites cliniques dentaires franchisées qui, à ses yeux, constituaient l'équivalent du fast-food de la médecine dentaire, le Burger King des arracheurs de dents.

D'après la recherche de données lancée au ViCAT, une chose était certaine : du Maine à la Floride et jusqu'en Californie, les patients se faisaient quotidiennement fraiser les dents, découper les gencives, façonner des couronnes et réajuster leur dentier par DIDS ; et pourtant, il y avait fort peu de chances qu'ils aient jamais entendu prononcer le nom de cette société.

Il était installé dans son siège, tablette relevée, le vrombissement du réacteur dans l'oreille gauche et sa liseuse était la seule allumée ; il était occupé à parcourir une annonce de recrutement du *Journal of Medical Dentistry*, destiné aux étudiants.

Quand il débutait dans la profession, un diplômé de l'école dentaire pouvait travailler de longues heures, surtout destinées à enrichir d'autres que lui, pour ensuite espérer s'associer au sein d'un cabinet – sinon, il y avait DIDS. Les coûts d'ouverture d'un cabinet privé étaient estimés à six cent cinquante mille dollars, affectés à l'achat des équipements de base, fraise, vasques, appareils de radiologie, fauteuils et stations de travail, des fonds que peu de jeunes diplômés pouvaient espérer emprunter, sauf à DIDS. Dans un tel contexte, cela paraissait une option viable. Un jeune diplômé en médecine dentaire trouvait dans le partenariat avec DIDS tout ce dont il avait besoin pour commencer à pratiquer : la totalité des outils, des moulages, des pièces d'équipement. Et puis, un jour, vous réalisiez que tout allait pour le mieux, que votre entreprise était rentable au bout de deux ans et que DIDS avait payé l'intégralité de votre formation. Après quoi, ils possédaient 31 % de votre misérable petite existence.

– Désirez-vous du sucre ? lui demanda une rousse séduisante, penchée vers lui avec une tasse de liquide fumant.

– Juste un, merci, répondit-il, et elle lui déposa une petite pochette sur son plateau.

– Du lait ?

– Non, merci.

Il prit en main une photographie extraite d'une éminente revue médicale qui critiquait ce concept, en se demandant si son propre dentiste n'était pas un franchisé. Rien qu'à cette idée, ses gencives le démangèrent.

– Monsieur, désirez-vous des œufs brouillés ou des gaufres ?

– Je crois que je vais sauter le petit déjeuner.

Le front creusé d'un profond sillon, il regardait la photographie du tout premier centre DIDS, coincé entre une animalerie et un pressing, vers 1960. Sous une enseigne qui proclamait *Cabinet dentaire*, figurait le nom du propriétaire, le Dr Aaron S. Blatt, et, en grandes lettres, *En journée, En soirée et aussi les jours fériés* !

– Que c'est commode, murmura-t-il.

– Je vous demande pardon ? fit l'hôtesse, de retour pour remplir sa tasse.

Il sourit.

– Je parlais tout seul.

Elle s'approcha de lui.

– Docteur, avez-vous un moment ? chuchota-t-elle, et il leva le regard.

Il la voyait en fait pour la première fois ; il plongea au fond de ses yeux d'un bleu éclatant, scintillant dans la lueur naissante du jour qui entrait peu à peu par les hublots à moitié occultés. La plupart des autres passagers somnolaient encore, les yeux rougis par le vol nocturne, après avoir avalé leur repas trop lourd réchauffé au micro-ondes.

– J'ai cette dent, ici, murmura-t-elle, en s'appuyant contre son siège, ses longues jambes venant au contact de son bras au moment d'une turbulence qui secoua légèrement l'appareil.

– Je suis désolé. (Il souleva sa pile de documentation et la phrase suivante lui réclama beaucoup de courage.) Je ne suis pas dentiste, mais j'aimerais vraiment, je peux vous assurer.

Elle sourit avec un air faussement timide.

– Il s'agit juste d'une recherche que je mène pour une interview que je prépare, continua-t-il. Je suis journaliste au magazine *Lifestyle*, ça sort le dimanche.

– Ah, fit-elle, déçue, mon fiancé n'en manque pas un numéro.

À Fort Worth, Texas, s'élèvent quelques demeures majestueuses et si la longueur des allées suffit à mesurer le degré de la fortune, alors les Blatt étaient parmi les mieux dotés, car la leur était imposante, avec un écriteau *Céder le passage*, au bout d'une bonne minute de trajet.

Juste au cas où il aurait été surveillé, Matthew Brennon prit soin de ralentir avant de franchir le petit carrefour privé au volant de sa voiture de location, contournant au pas le rond-point gazonné orné de bronzes représentant des chevaux au galop ; il continua sur un revêtement de brique à l'aspect cossu et s'arrêta sous un auvent imposant, aux colonnades immaculées.

Tel était le manoir de Myra Isadora Blatt. Il ressemblait à la Maison-Blanche, en particulier lorsqu'on se tenait sous le portique, dominé par un gros lanternon accroché en hauteur, entre des rangées de rosiers en fleurs. Il était sur le point de sonner quand la porte en bois massif à la serrure forcément rutilante pivota sur ses gonds de laiton et il se retrouva en face d'un domestique un peu au-delà de l'âge mûr, dans le style oncle vieillissant, vêtu d'un costume noir amidonné, arborant un bouc impeccablement taillé et des cheveux poivre et sel plaqués sur la tête.

– Bonjour, monsieur, dit l'homme.

– Bonjour, répondit Brennon.

– Êtes-vous M. Brent Masters ? s'enquit le majordome, et son accent, agrémenté d'un léger cheveu sur la langue qui paraissait un rien simulé, fleurait bon le vieux manoir anglais.

Brennon lui tendit une carte de visite dont le lettrage doré lui avait coûté vingt dollars de supplément.

– Entrez, je vous prie, monsieur, dit-il, avec son visage osseux de poulet bouilli. Je m'appelle Sydney Oliver, à votre service.

– Ravi de faire votre connaissance, répondit-il, mais le serviteur ne lui avait pas tendu la main pour la serrer.

– Miss Blatt vous attend, suivez-moi.

Brennon découvrit l'intérieur de la demeure, arpentant un marbre italien coûteux sous un plafond voûté qui semblait assez haut pour capter l'air raréfié des hautes sphères. C'était un corridor, long et spacieux, qui longeait successivement une réception aux fauteuils de velours à haut dossier, une salle de jeu aux tables tapissées de feutre et un fumoir faiblement éclairé, avec des trophées d'animaux africains accrochés aux murs. Ils traversèrent un autre portique au plafond doré à coupole, puis tournèrent dans un vestibule à tapis rouge qui avait tout l'air d'une galerie d'art. Des huiles et des aquarelles, parmi lesquelles des portraits, des visages illuminés par des éclairages encastrés.

Sydney se retourna et le surprit en train d'examiner une huile d'un homme-enfant vêtu d'un costume coupé sur mesure, une fleur d'un rouge éclatant pointant à son revers, un sourire ironique sur des lèvres qui paraissaient trop humides et trop fines. Son visage possédait un éclat artificiel, celui du fard, il avait les cheveux d'un noir de jais et une kippa de soie blanche lui couvrait le sommet du crâne.

– Maître Aaron, lui expliqua le serviteur, le jour de sa bar-mitsvah.

Brennon opina.

– Très joli. Et où se trouve M. Aaron, en ce moment ? Ma secrétaire m'a dit qu'il ne serait pas disponible ?

– Miss Blatt est dans l'atrium.

Sur l'arrière de ce manoir monumental, la pelouse soignée, impeccable sous tous les angles, s'étendait à perte de vue, avec des haies taillées au carré, des fontaines circulaires, un court de tennis couvert et une piscine en forme de haricot à côté d'une autre demeure, certes plus petite, dont il devina qu'elle devait renfermer des bains privés. Ils arrivèrent devant une ouverture pratiquée dans un mur de verre d'un étage de hauteur et Sydney se retourna brusquement vers lui.

– Faites attention, monsieur, et il descendit quelques marches dallées de carreaux vitrifiés au pourtour or et violet, pour pénétrer dans l'atrium.

C'était une sorte de serre agrémentée de rangées de plantes et de fleurs de toutes les couleurs imaginables, sous un haut plafond de verre dépoli qui donna l'impression à Brennon de marcher à l'intérieur d'une ampoule électrique. Tout au fond de cet espace où régnait une certaine moiteur, il aperçut immédiatement la silhouette d'une femme âgée au milieu de la végétation, penchée au-dessus de ce qui ressemblait à des orchidées jaunes. Elle taillait avec soin, armée d'un minuscule sécateur, en retirant les feuilles une à une. Elle était vêtue d'un chemisier et d'un pantalon blancs, et une chaîne en or torsadée pendait à son cou. Elle paraissait avoir quatre-vingts ans, se dit-il, subtilement fardée de rouge, ses cheveux gris noués en chignon.

Elle avait les manches retroussées, révélant un tatouage bleu foncé sur l'intérieur de son avant-bras gauche. Il eut le ventre noué en la voyant tirer d'un petit geste sec sur sa manche, afin de recouvrir ce terrible stigmate. Elle ne releva pas les yeux, bien qu'elle eût conscience de leur présence, car Sydney s'approchait d'elle. Brennon entendit un volettement d'oiseaux quelque part, sans pouvoir dire si c'était à l'intérieur des parois de verre ou dehors.

– M. Brent Masters.

Il s'inclina légèrement, en lui remettant sa carte. Elle scruta rapidement l'étranger et un sourire se dessina sur son visage bienveillant.

– Enchantée, dit-elle en lui tendant la main. J'ai parlé avec M. Flores au téléphone hier soir. Vous n'auriez pu choisir meilleur moment pour préparer un article sur Aaron.

– Oui, madame. (Il lui adressa un signe de tête courtois.) Et pourquoi cela ?

– Le centre de recherches du DIDS vous fournira toutes les informations avant tout le monde. Je croyais que vous le saviez ?

– Non, madame, mais je vous en serais très reconnaissant. Cela dépend de ce que je vais découvrir à son sujet. Mais Aaron risque fort de se retrouver en tête de la liste des créateurs d'entreprise de *Lifestyle*.

Elle sourit.

– Nous allons faire connaissance et je vous raconterai tout à ce sujet, dit-elle fièrement. Cela conférera un tour positif à votre article.

La réflexion amusa l'agent du ViCAT.

– Sydney, ordonna-t-elle, thé glacé et...

Elle se retourna.

– C'est parfait, merci.

– ... et apportez aussi quelques amuse-gueules, M. Masters a l'air affamé. (Elle s'adressa à son visiteur, le sourcil levé.) Vous nourrissez-vous bien, jeune homme ? Vous ne devriez pas sauter de repas.

– Tout de suite, miss Blatt, répondit le serviteur, et il s'en fut.

– C'est que, lui répondit Brennon, surpris de se laisser ainsi aller à la confidence, nous vivons dans un monde sans répit.

Elle lâcha un soupir, le considéra en secouant la tête et sa voix se teinta d'un discret accent européen qu'il était incapable de situer.

– Rien que de vous voir si maigre, cela me fait mal, un beau jeune homme comme vous.

– Oui, madame, fit-il, et il resta seul avec la mère sans méfiance de l'homme qui avait payé pour l'urne funéraire de Zacharie Dorani, en 1966.

Il ne pouvait s'empêcher de se sentir dégoûtant, aussi rusé et cruel que le désaffecté qu'il pourchassait. En règle générale, ceux-là traquaient les innocents en se camouflant derrière des mensonges manipulateurs, c'était un trait marquant de leur comportement ; ces hommes dormaient aux côtés de femmes qui ignoraient tout des petites lubies de leur mari et des mères embrassaient leurs fils qui mentaient sur leurs hobbies secrets. Si cette mère apprenait qui il était en réalité, ou le motif de sa visite, la vie de cette femme s'achèverait à la seconde. Matthew Brennon ravala son dépit. Il détestait quand ces mères et ces pères étaient trop gentils. Pourquoi fallait-il toujours qu'ils se montrent si sympathiques ?

Sans hésitation, la petite femme lui prit le bras.

– Nous allons nous asseoir sous la véranda, c'est plus confortable, dit-elle, en levant les yeux vers les siens, et elle se serra contre lui pour le conduire vers le fond de la serre. C'est mon Aaron qui m'a offert tout cela. (Cette pensée la fit sourire et elle continua d'avancer, en restant à ses côtés.) J'ai beaucoup de chance.

– Oui, madame, je le constate.

– Oh, je vous en prie, appelez-moi Myra. Vos parents doivent être très fiers, vous êtes si grand et si cultivé.

– Cultivé ? glousssa-t-il.

– Un auteur. (Elle battit des paupières.) Mais vous n'êtes pas marié !

Elle tendit le bras, attrapa sa main gauche et nota l'absence d'alliance.

– Non, admit-il avec un geste désabusé. Pas encore, mais une fois que...

– Ne me dites pas que vous n'avez pas le temps, le sermonna-t-elle.

– Eh bien, je...

– Vous la trouverez au moment où vous vous y attendrez le moins, et là, vous saurez. Mais vous avez encore le temps, vous êtes très jeune.

– Oui, Myra, acquiesça-t-il tandis qu'ils franchissaient une porte ouverte donnant sur une terrasse en bois.

Le degré d'intimité qu'il avait atteint avec cette femme, et si vite, le laissait pantois.

– Je ne crois franchement pas que mon Aaron se rangera un jour, il est trop amoureux de son travail.

– Ma secrétaire m'a dit qu'on ne pouvait pas le joindre. Savez-vous où il est ?

Un menu sourire flotta sur ses lèvres et ils atteignirent une petite oasis à l'écart qui donnait sur un bassin, une fontaine sophistiquée, décorée de dauphins en bronze saisis en plein dans leurs jeux et qui crachaient des jets d'eau sous lesquels un banc de carpes koï nageait gaiement en cercles.

– Belle réalisation, remarqua-t-il. Ce sont de sacrées bestioles.

– Aaron l'a fait construire pour mon quatre-vingtième anniversaire, c'était il y a quelque temps déjà.

Sydney surgit d'entre les haies avec deux plateaux d'argent qu'il posa précautionneusement sur une table, après avoir déroulé une nappe, disposant les petits en-cas sur le lin finement tissé.

– Merci, ce sera tout, ordonna-t-elle, et il s'inclina discrètement, en laissant une clochette d'argent près de son assiette, puis approcha une chaise et l'aida à s'y asseoir. Je suis désolée, reprit-elle, que disions-nous ?

– Qu'Aaron n'était pas disponible.

– Oui, il est en Floride, pour affaires, mais il appelle à la maison tous les trois jours, nous allons nous reparler mardi soir. Je vous en prie, essayez le saumon fumé, c'est du danois, très riche en protéines.

– Oui, madame.

Il tendit la main vers les zakouskis, mais à la place il se mit à songer à la Floride, puis ses pensées vagabondèrent vers un petit village de l'ouest du Maine. La théorie de Scott le contraignait à abuser une pauvre vieille femme devant quelques tranches de poisson rose vif, tranchées aussi finement que des hosties, et il finit par en piquer une, en veillant à ne pas renverser toute la pile. Elle se pencha vers lui et lui retira son assiette des mains.

– Vous picorez comme un oiseau.

Ses doigts virevoltèrent au-dessus du saumon, oubliant la fourchette de service en argent, et elle en pinça généreusement plusieurs tranches, entre le pouce et l'index, qu'elle coucha sur le petit pain ouvert en deux sur l'assiette de Brennon. Elle fit méthodiquement le tour des plats, empilant toutes sortes de délices provenant d'une épicerie fine, puis lui rendit son assiette avant d'attraper la clochette en argent, qu'elle agita une seule fois.

– Merci, vous êtes très aimable.

– Mangez, Brent Masters, exigea-t-elle. De vous voir si maigre, cela me fait mal au cœur !

À la vérité, Matthew Brennon, lui, avait encore plus mal au cœur.

– Oui, miss Blatt ?

Brennon baissa les yeux sur son assiette en mordant une autre copieuse bouchée.

– Un grand verre de lait froid ?

– Oui, madame.

– Je crois qu'Aaron est occupé à ouvrir deux nouveaux cabinets du DIDS dans la région du golfe de Floride, mais je ne m'en mêle pas, dit-elle en buvant une gorgée de thé. Quelque chose vous dérange ?

– Non, souffla-t-il. C'est merveilleux, ce que vous m'avez servi.

– Vous connaissez le mode de fonctionnement du DIDS, le financement de médecins qui sans cela ne seraient jamais en mesure d'ouvrir leur propre cabinet ?

– Oui, lui répondit-il en souriant, et il en profita pour reprendre rapidement la main sur la conversation. Aaron est fils unique ?

– Non, fit-elle posément, soudain plus sombre, il avait deux frères aînés, qui ont été tués pendant la guerre.

– Je suis navré.

Sydney était de retour et posa un grand verre de lait devant Brennon.

– C'est une vie entière qu'Aaron compense là.

Elle lui sourit et il plongea brièvement son regard au fond de ces iris d'un marron léger où on lisait une réalité douloureuse, presque palpable. Il but une gorgée de lait froid.

– Écrivez-vous un article en forme de portrait ?

– Oui, mentit-il, un profil.

– Alors vous devriez commencer par le commencement, suggéra-t-elle, c'est un miracle qu'il soit en vie, c'est un enfant de l'Holocauste, né en Pologne en 1937, le saviez-vous ?

– Non, je l'ignorais.

Il sortit un petit magnétophone de la poche de sa veste, heurtant au passage la crosse de son automatique de service, et plaça l'appareil sur la table.

– Alors vous êtes originaire de Pologne ? lui demanda-t-il.

– Non, nos familles viennent de Hongrie, nous nous appelions Himmelblatt, un nom qui a été abrégé à notre arrivée en Amérique. Le père d'Aaron était chercheur en médecine et, en 1932, il avait pris un poste à l'Institut de médecine de Pologne, alors vous voyez, la médecine, c'est de famille. À l'époque où nous nous sommes rencontrés, j'étais infirmière et Aaron avait deux ans lorsque les nazis sont entrés dans notre pays.

La gorge de Brennon se noua, repensant subitement aux gouttières chromées du crématoire de Rigby. Il ne pouvait qu'imaginer les horreurs de cette période noire.

– Tous les jours, depuis le temps des *Einsatzgruppen*, je considère Aaron comme un cadeau de la vie...

– Pardon, l'interrompit-il, je ne connais pas ce terme. Les *Eins*...

– Les SS, précisa-t-elle, des unités très spéciales. Le 27 septembre 1939, ils se sont mis à écumer les villages d'un bout à l'autre de la Pologne, maison par maison, en embarquant tous les hommes susceptibles de s'opposer à l'Ordre nouveau. Ils en avaient après les intellectuels, les avocats, les enseignants, les fonctionnaires du gouvernement, tous ceux qui risquaient d'élever la voix et de se transformer en leaders. Le père d'Aaron, soupira-t-elle, était connu de nos voisins qui n'étaient pas juifs et donc ils l'ont emmené dès le premier jour.

– Vers les camps, conclut-il tristement.

– Non, non, les camps, c'est arrivé plus tard. À l'époque, ils les tuaient dans les bois, environ deux cents prisonniers par jour. Pour le reste d'entre nous, nous avons été livrés à nous-mêmes jusqu'en novembre, et c'est alors que les frères d'Aaron ont été déportés à Treblinka. Mais les SS m'ont laissée avec mon bébé, ils n'ont pas emmené Aaron. Ils ont dû penser que cela demanderait trop de travail, fit-elle en haussant les épaules, ou alors c'était peut-être de la pitié.

Brennon s'était arrêté de manger.

– En juin 1942, Aaron et moi avons été déportés à Auschwitz. Comme j'étais infirmière, j'ai été en mesure de survivre en travaillant dans leurs laboratoires médicaux, j'ai pu garder mon bébé.

– Mon Dieu, c'est épouvantable.

Elle hocha la tête, songeuse.

– Après la guerre, je suis partie pour l'Amérique avec une pièce dans ma poche et un trou – elle pointa le doigt sur sa poitrine –, un trou dans mon cœur. Mettez-ça dans votre article, soupira-t-elle. Aaron a survécu et il a pu réussir au-delà de toutes les espérances !

Il attendit un moment et finit son lait en baissant les yeux sur la bobine de l'enregistreur, visible à travers une fenêtre de plastique transparent.

– Madame Blatt – il inclina la tête –, Myra. Ce tableau d'Aaron dans le vestibule... il est né en 1937 et il a fêté sa bar-mitsvah à douze ans, ou à peu près, cette toile a donc été commandée vers 1950 ?

– Oui, confirma-t-elle, c'est à peu près cela.

– Ce style de tableau est très coûteux pour quelqu'un qui est arrivé en Amérique avec une pièce de monnaie en poche, non ?

Cette remarque l'amusa.

– Très bonne question, vous avez un esprit perspicace, Brent Masters. Les premiers portraits ont été offerts par un ami du père d'Aaron, un médecin qui était avec moi dans les camps. De fait, il a aidé Aaron à faire ses débuts dans le monde, donc si vous aviez le temps, ce serait intéressant de l'interviewer.

– Oui, admit-il.

– Le Dr Rubin Jaffe. Il a contribué aux frais de scolarité d'Aaron et ensuite l'a aidé à lancer l'entreprise DIDS. Aaron l'a remboursé, jusqu'au dernier cent.

– Le Dr Jaffe vit-il à Dallas ?

– Non, il réside dans la campagne du Maryland. Le point important pour votre article, c'est que, même si le Dr Jaffe a été un grand bienfaiteur pour beaucoup d'enfants qui ont survécu aux camps, sans son aide, mon Aaron n'en serait pas moins devenu un millionnaire qui s'est créé à la force du poignet. C'est une question de volonté, Rubin vous le dira.

– Oui, madame, je vous le concède. Vous rappelez-vous un autre ami, un dénommé Zacharie Dorani ?

– Non, répondit-elle en secouant la tête. Un ami d'Aaron ?

– Je suppose que non.

Il regarda Myra Blatt se lever de sa chaise.

– Nous allons jeter un œil à la chambre d'Aaron, souffla-t-elle. Je vais vous montrer quelque chose de très particulier.

Dans ce manoir assez vaste pour abriter un hôtel grandiose à l'européenne, la chambre d'Aaron Seymor Blatt, au troisième étage, juste sous l'escalier menant au grenier, était étonnamment petite.

Il leur avait fallu un certain temps pour arriver là-haut, deux ascenseurs et une longue marche, mais ils atteignirent enfin une porte en bois à la finition brute, peinte en vert. Myra saisit l'expression de perplexité de Brennon.

– Brent, dit-elle d'une voix douce, cela restera entre nous ?

Il acquiesça.

– Aaron a fait démonter et acheminer toute sa chambre depuis la maison où il a grandi dans Mission Lane, à Dallas, telle quelle, au détail près, y compris la porte. Il a une autre chambre, une pièce plus digne d'un adulte, qui donne sur la piscine.

Il opina.

– Il a tout conservé, afin de ne jamais oublier d'où il vient. Du temps où il était pauvre, mais fier.

Elle s'arrêta pour insérer la clef. Derrière eux l'escalier du grenier grinça et le valet fit son apparition, le visage sévère, le menton saillant.

– Oui ? fit-elle.

– Je venais simplement m'enquérir de madame, murmura-t-il alors qu'elle faisait tourner la clef dans une serrure qui aurait pu provenir de chez un ferrailleur.

– Tout va très bien, je vous remercie. (D'un geste de la main, elle le congédia.) C'est censé être le secret d'Aaron, chuchota-t-elle à Brennon. Sydney est trop protecteur.

Brennon dut baisser la tête pour pénétrer sous la poutre du seuil.

La petite pièce était bleu ciel, un ton très frais, et les murs complètement nus. Il y avait un unique matelas posé au centre d'un tapis circulaire, des draps blancs bordés à la perfection, sans aucun pli. En face du lit, il y avait une commode en bois verni parfaitement briquée avec une dizaine de coupelles contenant les accessoires vestimentaires d'un homme, soigneusement disposés devant un miroir immaculé.

Les yeux de Brennon balayèrent la pièce.

Sous le petit rebord de la fenêtre, il y avait un établi construit en planches brutes de douze centimètres par dix de section, mais elles avaient été poncées, et il suivit Myra dans ce coin de la pièce. La surface de l'établi était aussi impeccable, pas un outil en vue, rien qu'un aspirateur électrique et une brosse posés à côté d'une maquette d'architecte. Celle-ci était installée sous une lampe réglable à ressort et Myra tendit le bras devant lui, pour l'allumer.

– Le centre de soins de DIDS, dit-elle fièrement.

Brennon avait sous les yeux un vaste édifice, avec ses minuscules véhicules garés devant l'entrée principale qui ressemblait à un centre de loisirs postmoderne. Il lui trouva un aspect étrange, antiseptique. Il tournait autour de la maquette blanche aux flancs argentés quand il repéra un flacon de parfum dans le coin de l'établi.

Il crut voir des coquillages d'une variété bizarre, des dizaines de tout petits coquillages trempant dans une solution bleue, mais qui avaient quelque chose d'étrange. Il s'agenouilla, faisant mine d'étudier l'entrée du bâtiment.

– C'est son rêve qui se réalise, dit-elle, et Brennon eut un mouvement de recul, tentant de réprimer un renvoi postprandial.

Le flacon était rempli d'ivoire humain, à ras bord, jusqu'à son couvercle de cristal.

– C'est lui qui a dessiné le bâtiment. Il a consulté plusieurs architectes qualifiés.

Il ravala cette remontée de bile, non sans mal : des dents, de toutes les tailles et de toutes les formes, des molaires, des incisives, des canines supérieures, avec le contour des gencives apparent dans une teinte blanche plus sombre, et il tâcha de trouver une trace d'or ou d'argent dans cette collection, mais il n'y en avait pas. C'étaient des dents jeunes, par centaines, éclatantes, scintillantes, immergées dans une mer bleue.

– Aussi loin que remontent mes souvenirs, il s'est toujours intéressé à la carie précoce et à la gingivite. Le centre traitera les deux, ce sera un endroit où l'on mènera des recherches approfondies.

– C'est formidable, répondit-il d'une voix atone, en se relevant, et il balaya rapidement la pièce du regard, en quête d'un dossier ou d'une étagère de livres, mais n'en vit aucun, ce qui le satisfit.

Et il se tourna face cette maman si fière de son fils, lui, l'homme qui ferait exécuter ce fils par les autorités de l'État.

– J'ai lu qu'Aaron n'était pas un véritable chercheur, ce pourquoi il n'a jamais été publié, dit-il sur un ton accusateur.

– Oh, mais si ! protesta-t-elle, l'air blessé. Je vais vous montrer ! (Et là-dessus, elle fit demi-tour et repassa la porte d'un pas alerte.) Cela ne prendra qu'une seconde.

Et là, il opéra très vite.

Tirant une paire de gants d'une poche de sa veste, il les enfila tout en examinant le flacon rempli de dents, sortit une pochette noire zippée de sa veste et la coucha à côté. Il en retira une petite bombe d'aérosol, en vaporisa tout le verre, qu'il enveloppa prestement d'une feuille d'adhésif, la plaqua bien en pressant dessus du bout des doigts, avant de l'en décoller.

Des empreintes et des marques jaunes y étaient bien visibles, et il frotta le flacon avec ses gants pour en effacer la très fine poudre à empreintes, le reposa sur la table, ajusta le faisceau de la lampe et dévissa le couvercle.

Des molaires, des incisives, des dents de sagesse et des canines supérieures, toutes étincelaient et, quand le couvercle s'ouvrit enfin, la pièce s'emplit d'une odeur médicinale, chimique.

Il ouvrit les doigts, les écarta. Il tâchait d'empêcher ses mains de trembler.

Tout d'abord, il aspira le liquide dans une seringue, en scella l'aiguille, puis disposa en rang sur l'établi cinq petites pochettes à pièces à conviction, fit coulisser leur fermeture zippée avec précaution et plongea la main pour attraper une dent de sagesse interminable, avec ses quatre longues racines.

Le liquide s'agita au toucher, enfla en une tache bleue à l'extrémité de ses doigts gantés quand il en extirpa l'ivoire humain, le tint dans la lumière, avec ses racines incurvées vers l'intérieur comme les pinces d'un crabe, un lambeau de chair grise encore collé entre chacune d'elles.

Il ravala sa salive, la main raffermie par la haine.

Si Scott avait raison, alors les dents de Lacy Wilcott seraient les prochaines, transportées comme autant de perles entre les mains du tueur. Son seul péché, c'était d'avoir quitté le cocon protecteur de Moxie Pond.

Il remit aussitôt le bocal là où il l'avait trouvé, au moment où Myra Blatt franchissait la porte.

Il se tourna pour lui faire face, mais il en était incapable.

Il ne pouvait plus regarder cette mère dans les yeux.

À 10 h 58 du matin, Brennon se trouvait dans une cabine téléphonique du Rise and Shine, un bar en plein air à l'aéroport international de Dallas, en attendant son vol. Après s'être tenus mutuellement informés de leurs progrès, Scott et lui étaient occupés à parcourir leurs notes et leurs documents en silence, en les confrontant au dossier.

Brennon tourna une autre page de son carnet ; il cherchait la date à laquelle Aaron Seymor Blatt s'était inscrit à l'école dentaire de Georgetown, tout en étant contraint de partager son espace vital avec un homme qui lui réclamait cinq dollars.

– Pour aider les enfants.

Insistant encore auprès de ce donateur captif, l'homme brandit sa boîte de collecte sous le nez de Brennon occupé à fouiller dans ses papiers.

– J'ai déjà donné, marmonna-t-il, mais l'homme n'en démordait pas.

Il était habillé de noir, une tenue qui évoquait un prêtre, ce qu'il n'était pas.

– Pour les pauvres et les handicapés, insista-t-il, les vieux et les malades.

Brennon finit par fouiller rapidement ses poches, y trouva un dollar fripé, le lui tendit, puis il fit volte-face, car la voix de Scott retentit à nouveau dans son oreille.

– Matt, fit-il calmement, je suis en train de regarder l'acte de vente du 178 County Plat, le terrain de River Road qui inclut le bowling. Le nom du mentor de Blatt, c'est bien Rubin Jaffe ? demanda-t-il, venimeux.

Brennon ferma les yeux, opina, puis il sourit.

– C'est bien le même, Jack, j'ignore ce que cela signifie, mais on a mis le doigt sur quelque chose.

– Et que disait Mme Blatt à propos de cet homme, à part le fait qu'il ait été victime des nazis ?

– Elle était très enthousiaste à son sujet, un millionnaire, un self-made man, très religieux, généreux à l'extrême, dont le poids politique et la discrétion sont capables de faire bouger tout Washington. Il connaissait déjà les Blatt quand Aaron était bébé ; sa mère a travaillé avec Rubin Jaffe jusqu'en 1945, à la libération des camps. J'ai le sentiment que Jaffe a financé presque toute l'éducation de Blatt. On peut donc affirmer sans risquer de se tromper qu'ils sont encore très proches.

Scott opina.

– En vérifiant le cadastre, nous avons découvert que Jaffe possède la plus grande partie des terrains de River Road et *grosso modo* la moitié de Washington et de Bethesda. Je vais partir de là. Qu'avons-nous d'autre ? Mme Blatt a-t-elle précisé combien de temps son fils avait vécu là-bas ?

Brennon reprit son carnet.

– Cinq ans au total, à compter de 1955, et puis il est reparti pour le Texas en juin 1960, où il a fondé DIDS. J'ai cru comprendre que Jaffe avait aussi contribué à financer l'affaire. J'ai fait analyser les chiffres sur leurs situations financières respectives. Nous aurons peut-être une autre touche de ce côté-là ou du moins quelque chose à quoi nous raccrocher.

– Non, rectifia le commandant, ce n'est pas aussi important que de relier directement Blatt à cette virée en Floride. Sa mère a confirmé qu'il avait aussi des enseignes là-bas ?

– Blatt l'appelle toutes les semaines, réglé comme une pendule, donc elle doit être au courant.

– Et tu vois Duncan, aujourd'hui ?

– Affirmatif, dans à peu près deux heures. Des instructions particulières ?

– Tu as ton magnétophone sur toi ?

La question amusa Matt.

– Et c'est parti, lança-t-il, en plongeant la main dans sa poche, et il en sortit une petite ventouse en caoutchouc noir, qu'il humecta de la langue. (Il la fixa au dos du combiné.) Combien de temps veux-tu que je fasse tourner la bande ?

– Trente secondes. Trois... deux... un...

Au top chrono de Scott, il se régla sur sa montre, enfonça la touche « Enregistrer », et laissa la bobine tourner, puis il compta, avant de couper l'appareil d'un geste sec.

– Qu'est-ce qu'on a d'autre ? reprit le commandant.

– Des dents, déclara l'autre sombrement.

– Et Mme Blatt savait qu'elles se trouvaient là ?

– Eh merde, Jack, c'est une vieille dame franchement attachante et, si nous ne faisons pas fausse route, cette histoire va la tuer. Et puis, en plus, qu'importe un bocal de dents humaines, quand votre fils unique est dentiste et millionnaire ?

Son supérieur acquiesça.

– Et tu as des empreintes de cette collection dentaire ?

– Une bonne dizaine au bas mot. S'il y a des correspondances dans nos fichiers, nous pourrons nous constituer un dossier de fond, pourvu que tu prennes la peine de...

– C'est bouclé, le coupa-t-il. J'ai averti le FBI que, s'ils foiraient encore et nous livraient les mauvais fichiers comme dans les deux dernières affaires, j'organisais une conférence de presse devant leur porte d'entrée. Matt, sur ce dossier, nous n'avons pas de temps à perdre.

Ce qui fit rire Brennon.

– Duncan Powell m'a annoncé que le budget de leur base de données doit encore augmenter cinq fois sous ce mandat, alors ils vont peut-être commencer à embaucher du personnel de chez McDonald...

– Matt, l'interrompit-il, je t'en prie, tenons-nous-en à notre sujet. Ce domestique, Sydney, vérifions ses antécédents, juste histoire de se couvrir.

– Très bien, Jack, mais je suis prêt à parier qu'il n'est pas de la partie, il suit trop la vieille dame à la trace. Enfin, considère que c'est déjà fait. Mais attention avec le bowling, j'y ai réfléchi et je n'aime vraiment pas ça...

– Je comprends, opina Scott, mais imagine ce qui se passerait si nous allions nous procurer un mandat de perquisition. Étant donné le budget et le poids politique de Jaffe, cela prendrait de longues semaines, à supposer que nous réussissions, ce dont je doute.

– Si on se fait prendre, ça grille toute l'enquête.

– J'ai réglé ça avec Dudley Hall, il a compris le problème et je le connais depuis 1953. Personne ne creuse plus vite que lui, vite rentré, vite sorti et, si jamais quelqu'un soulève la question, eh bien, il aura trouvé ces tombes parce qu'il est pilleur de sites de la guerre de Sécession. Et il opère en solo.

– Tu veux rire ! Tu crois que ça prendra ?

– Oui, je le crois. Le frère de Dudley Hall vit à Wheeling, en Virginie-Occidentale, et les antiquités de la guerre de Sécession et de la période antérieure, c'est sa passion. Dudley racontera qu'il se rendait chez son frère et qu'il venait de piller ces défunts. De toute manière, il est prêt à porter le chapeau.

– Mais bordel, Jack, il risque de perdre sa pension de retraite !

Il n'y eut pas de réponse. Scott, dans sa tête, s'orientait déjà vers un autre sujet, planifiait son approche, peaufinait les détails.

– Nous en reparlerons demain, par radio, dans la voiture de Duncan, trancha-t-il.

Sur ce, Brennon attrapa son sac et se dirigea vers la porte d'embarquement, redoutant subitement que l'aspect clandestin de cette enquête particulière ne soit allé trop loin. Il avait tout le temps devant lui pour y réfléchir.

L'embarquement du vol pour Saint Petersburg commença avec une demi-heure de retard, à 11 h 18.

Ensuite, l'appareil resta en attente au bord de la piste pendant près d'une heure.

44

22 H 53,
LES EVERGLADES, FLORIDE

Aaron Seymor Blatt détourna les yeux ; il tenait en main une collection d'ivoire humain dans une boîte en fer qu'il secoua avec fracas, en contemplant depuis un chemin de terre un bosquet envahi de végétation.

Pendue en l'air, la jeune femme en bleu se démenait, flanquait des coups de pied vers l'arrière, de ses talons nus, défendait sa vie contre la poigne de ce gros lard coléreux. Gregory Corless l'avait voulue pour la baiser, ce n'était pas du sexe, mais de la pure domination physique. Seymor Blatt, lui, l'avait voulue comme on désire un jouet, une bouche vivante qu'il pouvait cajoler et triturer, étudier et sonder, avec une fascination aussi superficielle que celle de la plupart des autres hommes pour les parties plus tendres de la femme, les seins, les fesses, les jambes, les mains, et il se dédiait pleinement à son obsession, jugeant anormaux ceux qui ne partageaient pas son engouement.

Il entendit son dernier souffle s'échapper de son corps.

Carol Barth était presque morte. Il connaissait ce râle par cœur et il se retourna pour assister à la fin d'une danse macabre, aux trémoussements du gros lard et à l'affaissement du corps meurtri de la jeune femme qui glissa lentement sur les rangers de son acolyte. L'autre ôta le cordon qu'elle avait autour de la gorge et son torse chaud s'effondra contre ses pieds.

– Bon, bon, fit Corless d'une voix neutre.

Et sa lèvre supérieure moite de transpiration eut un tressaillement quand la forme sans vie s'écroula mollement. Il fit volte-face et s'approcha de son équipier. Ils se tenaient en lisière d'un terrain boisé situé à l'écart de tout, à une petite cinquantaine de kilomètres de Fort Myers, à une heure des Keys de Floride.

Ce qui avait débuté comme un jeu, avec Happy le chiot, s'était achevé ici, sur une mise à mort qui n'avait guère duré plus de trois minutes et les deux acolytes en avaient le cœur palpitant, électrisés d'excitation. Corless semblait plus détendu, plus content de lui qu'il ne l'avait été de toute la matinée, tandis que Blatt se sentait d'une sérénité inégalée.

Et ils avaient envie de rester là pour l'éternité, immobiles, sans un bruit, sans rien pour les interrompre ; jamais ils ne vivraient un instant plus délicieux que celui-ci.

Le simple geste de tuer leur faisait plus de bien que le rêve le plus délicieux, plus de bien que des tombereaux d'argent, plus de bien que de posséder la planète entière.

Tuer leur donnait la sensation d'être en vie et celle de ne connaître aucune limite, comme s'ils voyageaient dans le temps. L'année 1989 perdit pour eux tout son sens, jusqu'à s'effacer complètement, tout comme l'endroit où ils se trouvaient en cet instant ; plus de Floride, plus de règles, plus de villes, fini les soucis de l'époque moderne. Plus rien que le monde vivant et violent de l'homme primitif de la brousse, l'homme des chasses anciennes.

Au bout de vingt minutes, quand ils furent capables de parler de nouveau, ce fut en chuchotant et ils n'avaient aucune envie de s'en aller.

– Carol et Lacy nous ont vraiment fait du bien, dit Blatt à voix basse.

– Elles n'avaient pas le choix, rectifia Corless.

– Bakker Un-Sept, ici le central.

La voix du sergent de permanence jaillit de la boîte grise montée entre les branches du guidon d'une Harley Davidson Electra Glide d'un bleu éclatant. John Brougham, policier de la patrouille routière du comté de Glades, répondait au code

Un-Sept, motard d'un mètre quatre-vingt-dix qui habitait dans une petite maison, juste de l'autre côté de cette réserve de marais boisés connue sous le nom de Waltzing Waters.

À 10h30, il engloutissait un beignet devant le Marty's Coffee Shop, sur la route 78, savourant le beau temps et s'apprêtant à terminer son service du week-end à midi. Il travaillait depuis la veille, après avoir géré un samedi soir assez ordinaire. Il avait eu droit aux conduites en état d'ivresse et aux accidents de la circulation habituels, à une arrestation pour usage de drogue sur un parking et à une altercation conjugale, dans un motel minable, près de la ville d'Alva, sur la Highway 80. Le point culminant de sa nuit.

À 3 heures du matin, il avait été le premier officier de police à intervenir après qu'une femme avait fracassé une bouteille de gin sur le crâne de son mari endormi, un camionneur au chômage qui, plus tôt dans la soirée, lui avait collé deux coquards et brisé le bras. C'est ainsi que, suivant sa conception des choses, John Brougham avait révisé son rapport sur cet incident, réduisant l'affaire à un code 413, coups et blessures en état de légitime défense, bien que l'épouse ait fait semblant de dormir pendant des heures avant de saisir l'occasion de tabasser son homme.

– Central, ici Un-Sept, dit-il en s'étranglant à moitié, entre deux bouchées de beignet à la gelée de groseilles.

– John, ta femme vient d'appeler, elle te fait dire de semer tes graines plus souvent, tu vois ce que ça signifie ?

– Bien compris, répondit-il en avalant, et la radio en crépita de rire.

Le message n'était pas très compliqué à décrypter et il regretta aussitôt de ne pas avoir mis au point avec sa femme un signal un peu plus discret. M. et Mme John Brougham avaient du mal à concevoir leur premier enfant et, ayant écarté l'hypothèse de l'infertilité, ils en avaient conclu que sa semence était sans doute la seule fautive. Ils avaient attendu une semaine le retour des résultats des examens. Manifestement, le médecin de famille avait appelé ce dimanche à l'aube, sachant combien le couple était inquiet. Une pensée traversa l'esprit de Brougham – toutes les unités accessibles par radio étaient maintenant au courant du problème.

– John, c'est une bonne nouvelle, s'écria le sergent dans le haut-parleur. Une numération au-dessous de la normale, cela n'a rien d'exceptionnel. Continuez d'essayer, c'est tout.

– Merci, bredouilla-t-il, sachant que l'homme était sincère, un type vraiment paternel, juste un peu coupé des réalités, ayant oublié de quoi se composait le tout-venant des avanies et des menues chicanes au sein des unités en tenue.

Il savait qu'il était bon pour quelques séances de harcèlement au vestiaire, dans les jours à venir.

– Bakker Un-Douze, c'est quoi votre 211 ? demanda le sergent du central à une autre unité.

Un sifflement dans la radio et une cascade de rires.

– Contrôle radar kilomètre 5, on peut couvrir pour Un-Sept...

– Bien reçu. Un-Douze, vous prenez sa position à l'intersection I-17 et Gables, surveillance du trafic.

– Compris.

– Bakker Un-Sept, tu peux rogner sur l'horaire, Johnny, lui proposa le sergent. Il ne se passe pas grand-chose.

– Compris.

Ce fut tout ce qu'ajouta John Brougham. Il rabattit sa visière bleu argenté sur son casque, démarra son puissant moteur dans un bruit de tonnerre et reprit le micro en filant dans le vent, déjà sur le point d'enclencher la troisième.

– Un-Sept à central.

– Vas-y.

– Merci, fit-il, et il était sérieux.

Intérieurement, il se sentait assez fort pour qu'une bonne rigolade, même à ses dépens, ne le dérange en rien.

– Tu vas la laisser comme ça ? chuchota Blatt.

Corless haussa les épaules en faisant un geste obscène, car franchement il s'en fichait et la défonce physique qu'ils venaient de se payer étant maintenant passée, leur existence avait renoué avec ce monde si terne où tout paraissait gris, où tout se ressemblait. Ni hauts, ni bas, ni pics, ni vallées. Ils avaient été au sommet de la montagne et voilà qu'ils redescendaient dans un désert, un terrain vague.

– Ce n'est pas ce que je voulais dire, Greg, on est à même pas deux kilomètres de la nationale.

Sa tête pivota nerveusement au bout de la longue tige de son cou, la nuque tendue, guettant le moindre signe d'une présence humaine, mais il n'y avait que le gazouillis des oiseaux qui s'élevait dans leur dos.

Corless se retourna face au corps de Carol. Il essayait de revivre cette sensation électrique, mais en contemplant cette masse, à ses pieds, il fut incapable de rien retrouver. Dans la vie, elle avait été gracieuse et mince, maintenant ses yeux violets fixaient le ciel sans rien voir, sa bouche était un trou rouge sombre auquel il manquait le scintillement des dents.

Ils l'avaient autorisée à se rhabiller, mais son haut sans manches bleu pastel était déchiré et il la repoussa, souleva ce torse léger de sa rangers droite, le roula sans difficulté sur le rebord du talus. Le corps glissa mollement au fond d'un ravin, un torrent de cheveux noirs dans son sillage, et finit par s'immobiliser contre une souche d'arbre à moitié pourrie. Les deux acolytes restèrent là, s'octroyant quelques instants de cette solitude paisible, retrouvant le calme dans le silence immobile de ce début de matinée, tandis que des écureuils gris s'affairaient déjà autour du corps, espérant une gâterie.

– C'est où, Newport News ? demanda Blatt.

– Comment je le saurais, moi ? répliqua-t-il. Quelque part en Virginie. Qu'est-ce que ça peut foutre ?

– J'aimais bien son accent, sourit Seymor.

– Je suis trop content, Seymor. Si tu te l'achetais, ce jet, on pourrait passer plus de temps là-bas. (Il fit demi-tour en direction du van.) Allez, on va se trouver à bouffer sur la route.

– Greg, on peut être à l'aéroport de Page Field d'ici une demi-heure, il n'est que 11 h 10.

– Pauvre Seymor, t'es lamentable, siffla Corless. On a encore un jour d'avance sur le programme de notre safari, et toi, t'es prêt à arrêter ? Et si on s'en payait une de plus ? On n'a pas exploité la moitié des tours qu'on a dans notre sac.

– Greg, répliqua-t-il en toute sincérité, j'aimerais bien que tu arrêtes de raconter qu'on est en safari, ça me dérange.

– Bien sûr, tout ce qui te fera plaisir, et il grimpa dans la cabine, attendant son partenaire tout en allumant la radio.

– Ce qui me ferait plaisir, c'est de déjeuner tôt en Caroline du Nord et on serait à Washington juste à l'heure du dîner.

– Si tu me laisses piloter ; il faut que je vole, Seymor, tu sais bien qu'il faut que je vole.

Sa voix s'était faite plus grave. Blatt savait que Corless était très sérieux.

Comme tant d'hommes d'âge mûr qui pilotaient leur petit avion privé, sa virilité était, en un sens, inexorablement attachée au cockpit et aux commandes ; directement liée à son bien-être personnel, à sa façon de définir celui qu'il croyait être, comme si cela réclamait des talents peu ordinaires. Pour Blatt, c'était absurde, mais Corless finissait toujours par lui imposer sa façon de voir les choses.

– J'ai réfléchi...

– Non, l'interrompit sèchement Seymor, je ne t'achèterai pas un jet.

Il connaissait cette voix courtoise de Greg, qui lui ressemblait tellement peu et, devant cette réponse, l'obèse s'emporta comme un dément.

– Seymor, tu es aussi riche qu'un sultan, quel mal y a-t-il ? Tu l'achètes en le défiscalisant, il te coûtera rien.

– M'étonnerait, souffla l'autre.

– Si on avait un jet, pense un peu au terrain qu'on pourrait couvrir. Un van aéroporté, Seymor. Un putain de van aéroporté. Capable d'aller n'importe où, n'importe quand, et on se le prendra supersonique, en plus. La côte Ouest pour les blondes. Le nord-ouest pour les filles à la peau terreuse. Le sud-ouest pour les bronzées. Et l'est pour la haute société. On pourrait même aller s'en taper quelques-unes du côté du Mexique. La diversité, la vraie !

Il avait le visage habité, d'une intensité survoltée.

– Un bimoteur est suffisant, on a déjà un Beechcraft, faut pas exagérer, glissa Blatt sournoisement, son corps mince fermement calé dans son siège.

– Va te faire mettre ! cracha l'autre. Espèce de petit juif visqueux...

Il était sur le point de continuer sur sa lancée, mais, juste à cet instant, Blatt se figea, les yeux écarquillés de frayeur, comme un lapin trop terrorisé pour fuir un prédateur. Il y avait un bruit qui se rapprochait, derrière la ligne des arbres, comme un moteur dénué de silencieux ou un véhicule tout-terrain, qui semblait venir droit sur eux, et ce bruit était de plus en plus présent.

– Oh, bon Dieu, Greg, c'est peut-être la police ! s'écria-t-il, tout tremblant, à peine capable de se maîtriser.

– Eh bien, tu t'es bien marré et c'est le moment de passer à la caisse, fit Corless en haussant les épaules, sur un ton qui puait le chantage. Chacun pour soi.

– Greg, dis pas ça ! gémit l'autre de peur, et le grondement de plus en plus menaçant enflait derrière un fourré en bordure de ce chemin de terre qu'ils avaient déniché, à l'écart de l'autoroute.

L'endroit était si reculé que Corless supposa qu'il devait s'agir d'un quelconque ado en quad et il se demandait quel âge aurait ce gamin.

– On attend qu'il soit passé et on dégage, trancha-t-il.

– On est dans l'État de la peine de mort ! glapit Blatt, en avalant une grande goulée d'air dans son gosier caoutchouteux.

– Te fais pas de bile.

L'obèse secoua la tête et, très décontracté, attrapa les jumelles derrière son siège, les régla et les braqua à travers le pare-brise.

Juste derrière la limite des arbres, il put voir une silhouette qui descendait le chemin de terre ramollie, en progressant très lentement, dans un scintillement de peinture bleu métallisé. Il n'en souffla pas mot à Blatt. Sa main plongea et se referma sur la crosse du revolver en tuyau de poêle, souleva le lourd Magnum noir et le posa sur ses genoux.

Blatt ouvrit de grands yeux, la face pétrifiée d'horreur en entendant le bruit du moteur qui venait dans leur direction, toujours aussi régulier, et qui descendait le chemin droit sur eux.

– Hé, bon Dieu, Greg, qu'est-ce c'est ? s'écria-t-il.

– Un flic, grinça Corless, le visage impassible et cruel.

Le policier de patrouille John Brougham avait terminé son service et retournait chez lui à travers ces bois inexploités, un raccourci par ces terres, propriété de l'État, qui lui faisait gagner vingt minutes sur son horaire. Il roulait à petite vitesse pour éviter que la terre ne gicle sur sa moto, visière relevée, guettant surtout les grosses pierres qui risquaient d'écailler la peinture.

Quand il atteignit la clairière, il vit un van, sans vraiment y prêter attention, car la saison de la pêche avait commencé, et il y avait là deux types, rien que de très normal. Mais ces hommes étaient occupés à consulter une carte routière.

Ce fut cette pose, l'emploi de cette carte, qui le poussa à s'arrêter.

Si Greg Corless n'avait pas éprouvé le besoin de se donner un air occupé, John Brougham aurait simplement continué son chemin ; il ne se serait jamais arrêté pour les renseigner.

– Oh, nom de Dieu, il vient carrément vers nous ! geignit Seymor.

Greg afficha sa mine la plus souriante, la lèvre retroussée dévoilant une rangée de dents, car après tout, c'était cela, un sourire.

N'est-ce pas ?

La moto d'un bleu éclatant s'immobilisa à leur hauteur.

– Alors, comment ça va, les gars ? lança Brougham à Corless, assis confortablement sur sa selle, le moteur au ralenti, s'attendant à ce que l'autre lui demande un renseignement.

– Pas mal du tout, répondit Corless, et vous ?

– Bien, fit le policier avec un signe de tête, et il se redressa, jeta un œil vers le second type, d'âge mûr, qui avait l'air un peu agité, clignant un peu trop vite des yeux, la pomme d'Adam ballottée par un tic nerveux. Comment il va, lui ? demanda-t-il, un peu plus préoccupé.

Blatt essaya de ne pas glapir et bataillait pour contenir sa vessie.

– T-très bien, monsieur l'a-gent, dit-il, une grosse boule dans la gorge.

– Et alors, vous allez où comme ça ? Vous vous êtes arrêtés ici pour pêcher le crapet ?

Ce fut Corless qui lui répondit, l'air de réfléchir.

– On se dirige vers le nord, Saint Petersburg, on faisait juste une petite halte.

Le policier John Brougham retira son casque, planta sur Corless ses yeux verts et pénétrants. Les routes secondaires de ces basses terres des Everglades que l'on appelait les Waltzing Waters paraissaient un endroit bien étrange pour s'offrir une halte et, même si tout cela pouvait être assez innocent, il se souvenait d'un appel à toutes les unités, émanant de la police d'État.

Deux hommes, d'âge moyen, un van ou un break, un maigre propre sur lui et l'autre, corpulent. Il coupa son moteur, déploya sa béquille, du bout de sa botte, en tâchant de se remémorer le reste. Un truc à propos d'un autocollant, c'était tout ce qui lui revenait et pourtant ce n'était pas faute d'essayer.

– Oh, mon Dieu, bredouilla Blatt en tremblotant, il s'en va pas.

Le policier mit pied à terre, sans quitter Corless du regard, puis il recula, comme on le lui avait enseigné à l'école de police, à une distance de sécurité du van. Un peu moins de deux mètres, assez près pour observer et en même temps assez loin pour éviter tout contact physique. Ses bottes noires couvrirent cette distance en une seule enjambée et, simultanément, d'un geste fluide, il déboucla son étui et dégaina son 9 mm à hauteur de poitrine, en le brandissant fermement à deux mains, dans la posture réglementaire.

– Sortez du véhicule ! hurla-t-il, en surveillant les gestes de Corless. Posez les deux mains sur le volant et je veux voir vos doigts...

Il y eut une explosion qui produisit un vide assourdissant et qui dépeça Brougham : l'éclair jaillit du tuyau de poêle, perfora la mince portière du van, fracassa le verre et le métal comme du papier, le cueillit en pleine poitrine et le culbuta sur le dos. Son corps soulevé dans les airs alla rouler contre la Harley et la cabine fut traversée d'un rugissement de tonnerre.

Le van s'était vidé de ce vacarme et la foudre sortie du canon flambait encore dans leurs prunelles.

Corless avait gardé le 357 sur ses genoux, en calant l'arme, canon pointé à quelques centimètres de la portière, et ils entendirent le verre fracassé de la vitre dégringoler en cascade dans son logement.

Le lourd projectile avait transpercé la poitrine du policier et il gisait sur le flanc, un lobe du cœur pointant à travers la chair du dos, encore tout palpitant. Corless se pencha sur lui et Blatt se précipita pour sortir du côté conducteur et le rejoindre.

– Voilà ce qui arrive, souffla Corless, en contemplant ce spectacle.

– Greg, je t'en supplie, je vais te l'acheter, ce jet. Allons-y, s'il te plaît... J'ai vraiment la trouille...

– Bien sûr que t'as la trouille, mon petit pote, fit-il en lui entourant l'épaule du bras, et il le força à se rapprocher du policier blessé, jusqu'à ce qu'ils soient tous les deux campés au-dessus de ce qui restait de John Brougham.

Sans qu'il y ait aucun moyen de l'affirmer, il y avait fort à parier que l'officier de police ne pouvait plus rien voir ni rien sentir, pas même la présence de ses agresseurs qui hésitaient devant lui. Ses yeux étaient fixes, ouverts, mais c'étaient deux grands lacs sombres, sous le choc, et sa vie n'était plus qu'une donnée biologique et rien d'autre, sans plus rien d'humain.

Il ne sentit ni ne sut rien, à l'évidence, des deux autres décharges violentes qui lui déchirèrent le flanc en un éclair incendiaire et, pourtant, son bras parut revivre sous l'impact, battre vers le ciel, par deux fois ; et, quand la poussière refoulée et la fumée de la détonation se furent dissipées, la terre du chemin fut soudain visible à travers cette cavité ouverte dans son corps.

Et puis, le silence.

Sans hésiter, Corless enfila des gants, puis traîna la moto et le corps dans le fossé, les envoya rouler plus bas d'un coup de pied, où ils s'immobilisèrent tout près de Carol Barth. Debout l'un à côté de l'autre, ils tendirent l'oreille, à l'affût des sirènes, mais il n'y eut rien.

– Je veux me tirer, je veux partir d'ici ! hurla Blatt, hystérique.

– Oui, acquiesça l'homme qui se préparait à piloter l'avion, on peut être prêt à décoller d'ici quinze minutes.

Et tout en marchant, Corless se surprit à penser aux pancartes des manifestants qu'il avait vues à la télévision le jour où ils avaient cramé Ted Bundy. Il ne savait pas trop pourquoi il pensait à cela, au juste, il se pouvait que ce soit parce qu'ils étaient en Floride, ou alors parce qu'il se figurait avoir damé le pion à la Faucheuse qui avait emporté ce vieux Ted. Mais il y avait autre chose de plus profond, quelque chose de plus.

– Seigneur Dieu, ce que j'aime ce pays, souffla-t-il, d'une voix rauque, en remontant dans le van.

Blatt était son associé. Que dire de plus ?

45

MIDI,
POTOMAC, MARYLAND

L'enquête sur Blatt et la découverte de l'identité de Samantha Stoner avaient conduit Scott devant une propriété baptisée Kilimandjaro, une visite qui le propulsait au cœur de la très puissante haute société de Washington. Ou du moins cela avait-il été son sentiment à son arrivée, mais maintenant il savait à quoi s'en tenir.

En réalité, si l'on voulait bien se donner la peine de gratter un tout petit peu, ce qu'il avait devant les yeux n'avait rien de très sophistiqué – rien qu'une débauche d'argent, vulgaire et prévisible. Le Kilimandjaro était une immense demeure blanche parmi d'autres demeures blanches immenses, toutes alignées, toutes fermées par un portail, toutes annoncées par une plaque à l'entrée de l'allée dallée affichant un nom prétentieux. Tara était d'ores et déjà sa préférée, Southland était une autre de ses favorites, sans oublier Wild Mountain.

Pour aggraver encore les choses, il n'y avait pas la moindre montagne à Potomac, dans l'État du Maryland, et encore moins de mont Kilimandjaro, rien d'autre qu'une bête petite colline verdoyante, située du mauvais côté de la rue, où il attendait à l'intérieur de sa Chrysler, occupé à surveiller la propriété à l'aide de ses jumelles ultrapuissantes. Et il fut vraiment horrifié de ce qu'il vit.

Le Kilimandjaro était une forteresse moderne ; posté sur une hauteur juste en face, observant un jardin d'un vert trop parfait, il put constater que les lieux étaient fermés par une robuste clôture Cyclone en acier surmontée de pointes aussi affûtées que des rasoirs. Une chaussée courait entre lui et l'allée privée qui franchissait ce grillage menaçant, et il put apercevoir un gardien en uniforme bleu foncé fumant une cigarette, casquette renversée en arrière, tenant par la taille une blonde entre deux âges, en tenue grise de domestique. Ils étaient tout près du bâtiment principal.

Immédiatement sur la droite, il y avait un centre équestre comprenant une série de granges et ce qui ressemblait à une écurie avec ses huit box. Sur la gauche, à l'intérieur d'un manège fermé par une palissade, un cheval majestueux, un anglo-arabe gris, trottait en cercles paresseux sur la paille jaune, guidé à la longe par un lad.

Il repéra aussi une annexe pour les invités et une piscine couverte. Et un court de tennis attenant, ceint d'une pelouse. Dans une autre cour intérieure, le garage indépendant était assez vaste pour contenir une demi-douzaine de voitures de dimension respectable.

Le portail d'entrée était trompeur, car il y en avait en fait deux, en étroite succession, dos à dos. Le premier était en fer forgé ouvragé, un treillage blanc assorti à la maison, et le second, qui se dressait à peu près trois mètres en retrait, était composé de grillage et monté sur de petites roulettes en caoutchouc, permettant à un gardien de le faire coulisser. Il y avait aussi une maison de gardiens, également peinte en blanc, où une sentinelle en uniforme semblait regarder la télévision tandis qu'une autre s'approchait en promenant un doberman pinscher noir au bout d'une courte laisse en cuir. Ils s'avançaient du même pas, un tandem soudé qui descendait une petite éminence de terrain dans le soleil éclatant et Jack Scott ne pouvait croire que la scène qu'il avait devant les yeux se déroulait au cœur de la banlieue la plus cossue de Washington.

Ici, à Potomac, Maryland, à moins de deux kilomètres des résidences privées de deux juges à la Cour suprême, du secrétaire d'État et du ministre de la Justice des États-Unis d'Amérique.

Le chien gronda en direction de la chaussée, bondit en avant, tirant sur sa laisse quand une voiture remplie de fidèles qui se rendaient à l'église ralentit près de la clôture pour admirer l'opulence des lieux. Immédiatement lâché, le molosse partit à l'attaque, chargeant la clôture avec agressivité, sous l'œil hilare du maître-chien. La voiture décampa. Et ce spectacle amena immédiatement Scott à se remémorer une rumeur qu'il avait entendue circuler lors d'un lointain mois d'avril, le genre de bruits propagés par des gamins qui jouent au kick-ball dans les rues de New York.

À peine s'était-elle répandue que cette vilaine histoire avait été démentie, réduite à ce qu'elle était – une simple rumeur, et rien d'autre. Mais, en septembre 1946, une série de photos étaient parues dans des magazines nationaux et le père de Jack avait tenu à ce qu'il rentre tôt, pour emmener toute sa famille à la messe. Sur le chemin de l'église, ses parents avaient laborieusement essayé d'expliquer la chose, mais sans y parvenir, leurs efforts avaient été vains, il s'en souvenait encore.

Qui aurait pu expliquer une telle chose ?

Les corps recroquevillés gisant sur des kilomètres en plein soleil. Les portes de fer croûteuses de cendre, leurs gonds grisés et noircis. Les tas de cheveux humains, les queues de cheval nouées par un ruban. Et les potences, cernées de fil électrique, et les exactions qu'on avait commises à cet endroit, sur des victimes de toutes les tailles, de tous les sexes, de tous les âges. Les chambres secrètes de l'horreur. Les crochets de boucher. Les sols maculés.

Dachau. Buchenwald. Treblinka.

C'étaient les premières images qui avaient déferlé sur le monde et c'étaient les noms que Scott se rappelait le mieux ; des noms qui imploraient miséricorde quand on les prononçait à haute voix, mais qui n'avaient pas leur place dans l'usine où ces êtres humains avaient souffert en cet autre nom, corruptible, celui de la science. Cette nouvelle était arrivée plus tard. Des médecins infligeant de profondes blessures à des fins d'études, des mères forcées de regarder leur fille détruite à force de sévices sexuels.

Auschwitz.

Tout ceci, accompagné par ce chiffre de six millions d'âmes. Et John F. Scott y avait consacré une vie d'étude : *Le Désaffecté. Psychopathologie du tueur récréatif*.

Si une ancienne victime d'Auschwitz vivait ici, protégée par ces chiens qui montraient les dents, ces uniformes noirs et ces barbelés, et si cette enceinte ne parlait pas directement à sa mémoire, l'emplissant de terreur – alors soit cet homme n'était pas une victime, soit Scott n'était pas psychologue.

Marchant d'un pas vif, avec une précision souple et militaire, la sentinelle se dirigeait vers Scott et il fit promptement démarrer son moteur alors que le tandem traversait la chaussée.

En entendant le moteur, l'homme détacha immédiatement la laisse du molosse et, mâchoires claquantes, babines frémissantes, le chien attendait les instructions.

Scott recula lentement sur le terre-plein gravillonné, franchit la rue, sans se presser, passa devant le tandem et continua sur la chaussée en direction du portail. Un homme grand et jeune sortit de la guérite, la paume levée, s'approchant, dans son uniforme aussi soigné que coûteux, avec sa cravate noire et ses boutons de manchettes assortis. La voiture s'immobilisa, le gardien se pencha vers la vitre baissée. Dans son rétroviseur, Scott aperçut le maître-chien qui venait au petit trot se poster derrière lui. Non loin de l'annexe des invités, sur sa gauche, une jeune femme était juchée sur un grand étalon blanc.

– Puis-je vous aider ? demanda poliment le garde.

– Oui, dit-il, et il lui tendit son insigne.

L'homme examina sa carte de policier et opina d'un bref signe de tête.

– Commandant Scott, lui dit-il d'un ton dégagé, vous n'êtes pas à la bonne adresse.

Le chef du ViCAT hocha la tête.

– Dr Rubin Jaffe ?

Le garde lança un regard au tandem canin, par-dessus le toit de la voiture, puis revint à son interlocuteur, ses yeux rivés aux siens.

– Monsieur, avez-vous rendez-vous ? demanda-t-il d'un ton dur et froid.

Scott bâilla.

– Je savais pas que c'était nécessaire.

La femme à cheval s'avançait vers eux, en veste cavalière d'un rouge écarlate sur sa monture anglaise, chaussée de bottes et coiffée d'une bombe d'un noir d'encre. Elle s'approcha, ralentit l'allure au pas. *Une enfant*, songea Scott, seize ans tout au plus, des yeux marron foncé et la peau pâle.

– Nous avons des ordres stricts, fit le garde, en jetant un œil à son bloc-notes, pour accentuer son petit effet. Personne n'est autorisé à accéder à la propriété sans rendez-vous. Je ne lis votre nom nulle part et, donc, je suis désolé, commandant. Je dois vous demander de partir.

Scott hocha la tête, l'air préoccupé.

– Fiston, dit-il d'une voix condescendante, tu sais ce que c'est qu'un mandat ?

– Oui, monsieur.

Le visage du garde était de pierre.

– Alors décroche ton téléphone – il désigna la guérite – et dis au Dr Jaffe que je suis ici pour une visite amicale mais que toi, tu la rends inamicale. Je tolère assez mal d'être rejeté, j'avoue, et j'ai des motifs conséquents à faire valoir.

– Oui, monsieur, mais...

– Et précise que je peux devenir un personnage très déplaisant, une véritable enflure, en fait, quand je m'y mets. Avec mon mandat de perquisition, je vais revenir armé d'une tracto-pelle et creuser des trous partout dans cette pelouse, et je suis sérieux.

(Il consulta sa montre.) Les écuries aussi et je vais faire vider la piscine, et la faire percer, pour recherche de pièces à conviction.

– Monsieur, je...

– File !

Il haussa la voix ; le ton était mauvais, cinglant, chose qu'il faisait rarement.

Le garde croisa le regard du maître-chien, puis alla droit à la guérite et, obéissant aux instructions, décrocha un téléphone rouge. Des propos furent échangés, Scott ne le voyait que de dos, puis il revint en vitesse.

– Monsieur, fit-il, très tendu, les armes à feu ne sont pas autorisées dans la résidence.

– Ouvre-moi ce portail ! ordonna Scott.

Et il s'exécuta.

Le visage était froid, émacié, tanné comme par les vents du désert, les yeux d'un gris délavé. Ces yeux, enfoncés dans un visage rasé de frais, aux bajoues pendantes, avec cette peau translucide propre à un certain âge, observaient Scott avec intensité, avec gravité.

Il avait le ventre saillant, mais cet embonpoint était dissimulé par un costume à la coupe impeccable, d'un bleu acier de très bon goût, aux plis marqués destinés à souligner une silhouette plutôt inexistante. Le Dr Rubin Jaffe se tenait là, impatient, au centre d'une réception au sol de marbre avec, en bruit de fond, l'eau jaillissant d'une fontaine en pierre.

Leurs regards se croisèrent dès que Scott franchit la porte et il remarqua que Jaffe, cet homme de haute stature, se déplaçait à l'aide d'un déambulateur, une structure aux montants couleur argent et d'un noir d'ébène, aux poignées incurvées comme deux défenses polies de bébé éléphant. Froissé d'être dérangé, le docteur le considérait avec dédain. Il l'accueillit sans un mot, observant le moindre geste de ce visiteur qui traversa d'un pas tranquille la haute salle voûtée, flanqué de deux domestiques.

Scott était convaincu qu'ils servaient aussi de gardes du corps à cette ancienne victime de la Shoah.

Obéissant à une injonction, les yeux rivés sur ceux de Jaffe, il se défit de son automatique de service, en fit coulisser le chargeur avec un claquement sec et le déposa sur le plateau qu'on lui tendait. Le vieil homme commença à s'avancer et il fut aussitôt évident que le déambulateur n'était pas un simple accessoire – son torse pivotait maladroitement, ses jambes se déplaçaient avec raideur et l'engin glissait dans sa direction sur de petites roulettes silencieuses.

– De quoi s'agit-il ? lança-t-il, avec un visage et un ton impitoyables.

Scott haussa le sourcil et lui répondit sans détour.

– Meurtres en série, enquête criminelle.

En peu de mots, il lui expliqua comment les restes de Samantha Stoner avaient été retrouvés sous le bowling des Patriotes, terrain que Jaffe avait acquis directement auprès du comté en 1958, l'année où on l'avait tuée. Le docteur n'eut aucune réaction, aucun mot, aucune mimique ; il se contenta de pivoter avec son déambulateur, de s'éloigner clopin-clopant dans le couloir et, tandis que l'engin roulait sur le sol, un rire enfantin retentit derrière eux.

Scott se retourna vivement et aperçut une silhouette, apparemment celle d'une fillette, mais à l'allure étrange. Elle devait avoir huit ou neuf ans, supposa-t-il, avec des lèvres rouges de traînée, un mascara chargé, et il était sur le point de poser une question quand le docteur, sans se retourner, l'interrompit dans ses pensées.

– Mon neveu, lâcha-t-il, impassible.

Scott en eut la nausée et il suivit l'homme au déambulateur dans un corridor plein de courants d'air.

– Je parie que vous en avez beaucoup comme lui, lança-t-il avec sarcasme.

Le docteur ne répondit pas.

Deux doubles portes monumentales en chêne marqueté se dressaient aux extrémités du bureau. La pièce était sombre, les murs étaient lambrissés de cornouiller ; une baie vitrée donnait sur un jardin à la pelouse d'un vert lumineux et sur une piscine. La haute clôture grillagée était dissimulée par une épaisse rangée d'arbres. Quand ils pénétrèrent dans la pièce, le docteur, d'un geste léger de la main, l'invita à s'installer sur un canapé de cuir rouge et il alla s'asseoir derrière un gigantesque bureau en acajou.

Avec un petit soubresaut malaisé, Jaffe ajusta sa position dans un fauteuil directorial à haut dossier. Scott était sur le point de prendre la parole quand un majordome fit son apparition par une porte latérale. Il se tint patiemment là, attendant les ordres de son maître.

– Thé, fit sèchement Jaffe, sans lever les yeux.

– Et vous ? demanda le domestique, d'une voix terne.

– Café, dit le commandant. Noir.

Le domestique s'éclipsa.

Scott observa les murs.

Il y avait là une collection d'objets primitifs, notamment un ensemble de lances menaçantes aux pointes de métal clair, pareilles à des couteaux. Il reconnut les armes des guerriers Moro des Philippines et, au-dessus de celles-ci, une série de casques confectionnés en roseaux. Il y avait aussi six énormes épées disposées de manière à former une immense étoile et leurs lames épaisses reflétaient la lumière de l'après-midi. Il sentit le regard pénétrant du Dr Jaffe, qui l'examinait non sans une certaine curiosité, peut-être avec dédain, mais en réservant son opinion.

– Indiens Moro, n'est-ce pas ?

Jaffe haussa légèrement le sourcil et confirma.

– Vous connaissez les armes, monsieur Scott, celles-ci m'ont été offertes par un chef tribal. Je me suis rendu en visite chez les Moro à la fin des années 1950.

Les yeux de Scott vinrent se poser sur un gros chat sauvage empaillé et qui, désormais réduit à un torse coupé en deux, bondissait hors du mur. Dans l'angle de la pièce, un léopard dressé sur ses pattes de derrière, comme un ours de cirque, tenait une flèche entre ses crocs.

– Forêt de l'Ituri, au Congo, précisa son hôte. Trois cents kilos, je l'ai eu d'une seule balle.

Le grand mur sur la gauche était couvert de centaines d'objets en bois et en roseau, en écorce martelée, des arcs et des lances, des tambourins et d'autres instruments de musique confectionnés avec des peaux de singe, et l'un d'eux arborait la tête d'un singe colobe à tête rousse hurlant au-dessous de ce qui ressemblait à un épais fouet de fiacre, impressionnant instrument de flagellation.

– Ils frappent leur nourriture avant de la consommer, c'est ça ? suggéra Scott.

Jaffe tourna la tête, mais sans sourire.

– C'est un Fita, un fouet qu'utilisent certaines peuplades pour leurs cérémonies sacrées.

– Le continent noir de Stanley.

– Oui, le cœur même.

– Vous avez voyagé partout ?

Jaffe se pencha en avant dans son fauteuil.

– Vous êtes un homme cultivé, monsieur Scott. Que me voulez-vous ?

Il prononça ces mots-là d'une voix presque absente, comme un homme qui gouvernait son univers en exerçant un pouvoir absolu. Le domestique refit son apparition, servit son maître le premier, avant de déposer une petite cafetière en argent et une tasse devant le visiteur, sur une table en trépied. Les deux hommes attendirent qu'il soit ressorti.

– Alors, monsieur Jack Scott, parlez-moi de vous. Un policier irlandais. Qu'est-ce qu'ils vont bien pouvoir nous inventer, après ça ?

Cela fit sourire le commandant.

– Parlez-moi de Tobytown, répliqua-t-il d'un ton monocorde, en lâchant un sucre dans sa tasse.

– Je crains fort de ne pas connaître cet endroit.

Les yeux plantés dans ceux de son interlocuteur, Scott versa le liquide sombre d'un geste plein d'assurance, puis le remua avec sa cuiller.

– Il s'agit plutôt des terrains de River Road, des deux côtés de la rue. Vous possédez tout le pâté de maisons, ainsi que quatorze immeubles, une station-service, une chaîne de télévision et deux banques. La seule chose que vous ne possédez pas, c'est l'église baptiste de Shiloh.

Là, le vieil homme sourit, comme s'il goûtait une friandise pour la première fois.

– Oui, c'est tout à fait vrai, et il y a des années, j'ai aussi essayé de racheter cette église. En proposant une somme d'argent très importante pour un bien aussi dénué de valeur, mais ces idiots l'ont refusée. Enfin, quoi qu'il en soit – il eut un geste des deux mains –, je ne sais rien de cette Tobytown, en dehors du lotissement privé que j'ai octroyé par bonté de cœur aux quelques personnes qui y ont été relogées.

Tant de cynisme eut le don d'amuser Scott. Rubin Jaffe se moquait de lui.

– Vous êtes donc un type charitable, un véritable homme de bonne volonté ?

Jaffe opina, le visage impénétrable.

– Posez la question à qui vous voudrez, à Earth First !, au B'nai B'rith, au Centre pour la non-violence créative, à l'association Save the Bay, à EarthWatch, à quantité de musées d'art, la liste est sans fin.

Scott but une gorgée de café.

– Le village de Tobytown a existé jusqu'en juillet 1958, puis il a été rasé par un incendie. Probablement un incendie d'origine criminelle. Au mois de septembre de la même année, vous avez racheté ce tas de cendres, en totalité.

Jaffe laissa échapper un soupir de satisfaction.

– Oui, c'était il y a des années. Ces terres se trouvent désormais sur le cadastre de plusieurs villes, et nous logeons et employons une multitude d'habitants de ces communes, monsieur Scott. Êtes-vous certain que c'est le nom qu'ils donnaient à cet endroit ?

– Tobytown, baptisée du nom du cimetière qui a été détruit pour laisser place à ce projet d'urbanisme.

– Eh bien, c'est fâcheux, et c'est une bonne chose que j'aie été là pour soutenir un tel projet.

Il sourit et but une gorgée de thé.

– Et vous avez pris beaucoup de poids, à Auschwitz ? lui lança froidement le commandant.

Jaffe plissa les yeux, sans un tressaillement, sa bouche dessina une moue amusée et il remplit de nouveau sa tasse en soulevant la théière en cuivre d'une main ferme.

– Eh bien, vous êtes un sacré fils de pute à la langue bien pendue, lâcha-t-il en remuant à peine les lèvres. Que voulez-vous, au juste ?

– Qui a gratté l'allumette ?

Jaffe pouffa de rire.

– Vous devriez être au courant. Si vous suggérez qu'il y a eu un quelconque geste criminel, il y a prescription et depuis longtemps.

Le policier ne réagit pas.

– Vous savez qui je suis, n'est-ce pas, monsieur John Scott, vous savez à qui vous parlez ?

Il secoua la tête.

– Pourquoi ne le dites-vous pas vous-même ?

Jaffe acquiesça et se renfonça contre le haut dossier de son fauteuil en cuir noir, avec un sourire entendu.

– Lisez *Forbes*, vous découvrirez que je suis plus riche qu'un monarque, je figure parmi les dix premiers milliardaires de leur liste. Et j'ai des amis, des gens puissants, des notables. Je ne vais pas vous ennuyer avec le montant de mes avoirs – il marqua un temps de silence, pour souligner son propos –, mais il faut que vous sachiez d'où tout cela provient.

Scott sourit à son tour.

– À l'évidence, nous n'allons pas nous risquer à des estimations hasardeuses sur des sommes aussi importantes.

– Tant mieux, parce que je me disais que vous risqueriez d'avoir à déménager, à la fin de cette année, quand votre bail expirera.

Le commandant ne mordit pas à l'hameçon.

– Dites-moi, Jack, vous êtes employé par le gouvernement fédéral, n'est-ce pas ? Dans quel bâtiment travaillez-vous ?

– Le World Trade Center, à New York, ou le Federal Headquarters Center, à Washington.

– Parfait, parfait, reprit Jaffe. Dans les deux cas, sachez que je suis votre propriétaire.

Et Scott inclina la tête.

– Voyez-vous, commandant, je suis propriétaire de presque tout le gouvernement des États-Unis, car celui-ci n'a pas le droit de posséder un trop grand nombre de bâtiments. J'en fais l'acquisition pour eux et je loue. Je possède à peu près tous les immeubles qui abritent des employés fédéraux pendant la journée et un grand nombre de ceux où ils logent la nuit. Certains des hommes les plus puissants de la planète me téléphonent rien que pour obtenir un plus beau bureau. Alors voyez-vous, je gère un empire anonyme et j'ai réussi à baliser ce marché en suivant la piste de la corruption politique. La rapacité, monsieur Scott. Quand le gouvernement liquide son stock, il s'adresse à Rubin Jaffe.

Scott opina, en réfléchissant à la chose.

– C'est un argument de poids. Ainsi, il existerait un règlement plafonnant le volume des actifs immobiliers que le gouvernement fédéral a le droit de détenir en propre ?

– Cela s'applique uniquement aux bâtiments, hélas. (Il but bruyamment.) Ce règlement m'a enrichi grâce aux impôts que vous payez et j'espère donc que vous êtes fiscalement à jour.

Il faut que vous sachiez tout de suite que votre petite théorie sur votre minable Tobytown me divertit beaucoup et je ne perçois aucune menace, nulle part.

Scott acquiesça.

– J'en suis ravi, déclara-t-il froidement. La peur est une émotion inutile.

Le Dr Rubin Jaffe eut un sombre sourire. Il avala une gorgée de thé en l'observant d'un air amusé.

– Je vous trouve très perspicace, ce qui n'est en soi pas dénué d'intérêt. Alors divertissez-moi, monsieur Scott.

Celui-ci pesa la proposition ; il ne pouvait dire si elle était sincère, aussi formula-t-il une question visant à tâter le terrain.

– Croyez-vous que Tobytown ait été incendiée ?

– Oui, fit-il sans équivoque. La terre, c'est de l'argent. Où vouliez-vous que j'investisse le mien ? Où mettez-vous le vôtre ?

– Dans votre poche, rétorqua plaisamment Scott. Je croyais ce point déjà clairement établi, même si je juge le métier que j'exerce très gratifiant.

– Et que faites-vous, au juste ? Je n'ai pas tout à fait saisi.

Scott observa les yeux de cet homme, qui semblaient animés par l'intelligence et la ruse.

– Je suis un chasseur d'hommes, Dr Jaffe, je mets les tueurs hors d'état de nuire.

Le médecin approuva, la mine pensive.

– Mais vous me paraissez bien petit et bien débonnaire, monsieur Scott. Avez-vous réellement ce cran-là ?

– Oui, et je trouve très enrichissant de sauver des vies, d'apprendre à connaître tous ces gens à qui j'ai affaire. Je n'emporterai rien dans la tombe... Corbillard sans bagages. Avez-vous payé pour que l'on détruise Tobytown ?

– Ah, voilà qui me plaît ! gloussa l'autre, et ses prunelles brillèrent. Un homme qui possède une philosophie, c'est rare à notre époque et très divertissant. Riche de la vie des autres...

oui, et oui, même s'il est hors de question de passer aux aveux, qui d'autre aurait pu en être responsable ?

Scott fit un mouvement de la tête, en signe de gratitude.

– Et l'homme qui a allumé cet incendie...

– Un homme, un seul, vraiment ? le coupa l'autre avec un sourire sarcastique. C'était il y a plus de trente ans. Vous n'avez rien de mieux à proposer ?

– Corrigez-moi.

– Je ne peux pas. Vous connaissez la loi, Jack. Nous frôlons l'incrimination.

– Je pars du principe que l'affaire consistait à chasser les gens de Tobytown par tous les moyens possibles.

L'autre confirma.

– Si un tel endroit existait vraiment, ils ont dit qu'ils ont essayé de s'acquitter de leurs arriérés d'impôts. Ils n'étaient pas loin d'y arriver, d'après ce que j'ai cru comprendre.

– Alors, le nom de Samantha Stoner vous dit-il quelque chose ?

– Pas du tout, je suis désolé.

Scott plongea la main dans sa serviette et en sortit une photo couleur du buste d'argile. Il s'approcha du vaste bureau en acajou et déposa le tirage devant le vieil homme, qui y jeta à peine un œil et secoua la tête.

– Rien, fit-il, mais je me souviens d'un Noir m'accusant d'avoir enlevé sa famille, alors peut-être que...

– Vous souvenez-vous de cet homme ?

– Un tailleur de pierre, je crois, nous avions racheté et revendu son entreprise, rien de plus.

D'entendre la victime d'Auschwitz parler du père de Samantha, il en avait la nausée.

– Cette enfant a été tuée en avril, trois mois avant que l'on allume cet incendie.

– C'est ça qui vous turlupine, un crime de notre lointain passé collectif ? Oh, allons, monsieur Scott, de grâce, restez pertinent.

(Tout son visage traduisait l'incrédulité.) Vous me décevez, vous qui paraissiez un individu si intelligent, si cultivé.

– Avez-vous payé l'incendiaire ?

L'autre secoua de nouveau la tête.

– Le ton est plutôt accusatoire, ce n'est pas très professionnel.

– Alors ce n'était pas un homme du coin ?

– Je n'ai engagé personne, mais dans les bourgades de Cabin John et Bethesda, la consanguinité était monnaie courante, une consanguinité étroite et très, très circonscrite. Nous avons changé tout cela, bâti des cités, et les individus ont créé le reste.

– Le reste ? s'étonna Scott.

Jaffe se renversa contre son dossier, croisa fermement les doigts.

– Ils se reproduisent, Jack, donc, oui, ce sont eux qui ont fait le reste. C'est le seul comportement véritablement prévisible du genre humain. Dès que vous mettez les gens ensemble, ils copulent. Tout homme capable d'assimiler cette notion peut faire fortune. Les humains se reproduisent comme si l'espace n'était pas une dimension finie et c'est ce comportement – il suspendit sa phrase, avec un sourire – qui enrichit les hommes comme moi, plus que de raison.

Scott sortit de son dossier une photographie de Zak Dorani et s'approcha lentement du bureau. Il la brandit à la figure du docteur et surveilla attentivement son expression. Rien ne changea, pas la moindre réaction.

– Bien, je vous remercie de m'avoir accordé un peu de votre temps, conclut-il en refermant sa serviette, la silhouette tassée, les épaules voûtées, le menton rentré, mimant la défaite et s'apprêtant à repartir.

– Vous êtes un homme très habile, commenta sombrement le docteur, votre gestuelle est adroite, vous êtes très fort, vraiment.

– Non, rectifia-t-il. Je vous ai déjà pris suffisamment de votre temps.

– Je ne pense pas. (Ses yeux pétillaient d'amusement.) Vous avez la tête pleine de questions, mais ça, pour une raison qui vous appartient, c'est le point le plus important d'après vous ?

– Cela se peut.

Jaffe se pencha au-dessus de son bureau.

– Je n'ai jamais vu son visage et je ne connais pas son nom. Dites-le-moi.

– Zak Dorani.

Le docteur eut un signe de tête entendu.

– C'est tout à fait possible. D'après ce vieux cliché, je peux vous dire que, personnellement, j'aurais très bien pu choisir cet homme, mais je laisse ce genre de responsabilité à d'autres, afin de ne pas en être directement informé.

– Passionnant, mais pourquoi aurait-il cherché à se faire embaucher ? Comment l'auriez-vous su ?

Jaffe soupira de contrariété.

– Oh, je vous en prie, faites un effort, cela commence à être lassant.

Et aussitôt Scott fut renvoyé à ses pensées sur les camps, à ces images et ces films qu'il se remémorait depuis son enfance.

– Les yeux, précisa-t-il.

Si Jaffe était réellement passé par les camps, cela ne lui échapperait pas et, à l'évidence, cela avait été le cas, car il hocha la tête, l'air pénétré.

Lentement, il plaça un index sous chaque paupière, puis il pointa le doigt sur le cœur de son interlocuteur.

– Rien ne l'habite, lâcha-t-il. Dénué de toute émotion. Et oui, j'ai déjà rencontré des gens comme cela.

– Alors cela vous perturberait-il de savoir que des femmes et des enfants ont disparu par sa faute, uniquement parce qu'il a pris trop de plaisir à son travail ?

– C'est malheureux, déclara froidement son hôte. Je ne suis pas un tueur et cela ne faisait pas partie de sa mission.

– Et votre implication s'est arrêtée là ?

– Quelle implication ? (Il leva les mains.) Les nègres ont toujours été bons pour moi, Jack, ils me les louent, mes taudis, et ils me fournissent des terrains à aménager.

Scott se leva lentement. Il ne réussit à dominer ses tripes que par un pur effet de sa volonté, tant était forte son envie de vomir à la face de cet homme. Au lieu de quoi, il s'approcha de la tête de singe accrochée au mur, puis admira une rangée de baguettes agencées en cercle, comme les rayons d'une roue.

– Puis-je ?

Jaffe l'y invita d'un signe de tête et regarda avec curiosité Scott se dresser sur la pointe des pieds pour les toucher du bout des doigts. Elles étaient noires, charbonnées par le feu, aussi acérées au toucher que des aiguilles.

Elles étaient elles-mêmes entourées de tiges en acier luisantes, moitié plus courtes et plus effilées. Ensuite, en tâchant de ne pas s'étrangler en luttant contre ce haut-le-cœur qui le gagnait tout entier, il examina la gueule ouverte du singe rouge, avec ses dents fines et blanches scintillantes comme de vilains aiguillons.

– Et celles-ci ?

– Celles qui sont en métal, ce sont des fléchettes et les autres, en bois, sont des Njobo, mais en réalité, il s'agit du même objet. L'un moderne, l'autre ancien, l'instrument de mort le plus parfait qui soit.

– Très intéressant, répondit-il, d'une voix un peu affaiblie. Ce sont des armes dont on se sert avec la main ?

– Non, non, là encore, vous me décevez, vos connaissances sont décidément limitées. Ces piques de bois proviennent de la tribu perdue de l'Ituri et elles prouvent que les peuples du Congo ne sont pas aussi primitifs que le monde occidental aimerait le croire.

Scott haussa les épaules, une main levée, pour signaler qu'il s'apprêtait à lui poser une autre question, et même si cette main tremblait légèrement, il ne croyait pas que le vieux docteur s'en était aperçu.

– Elles existent sous plusieurs formes, elles servent à tuer et à maîtriser le Nyama, l'esprit démoniaque de la forêt. Ils avaient un dicton pour cela, « la maîtrise du mal par le mal », c'est *grosso modo* la traduction de ce terme. L'arme, c'est la pique elle-même et seul le lancer diffère, selon l'intention. La fléchette en acier a été développée dans le cadre du projet Armement des forces spéciales de l'US Army, en 1956, et repose entièrement sur le système primitif.

– Je ne comprends pas.

Jaffe le regarda, l'air déconcerté, puis il se leva de son bureau, en poussant le déambulateur devant lui. Il atteignit rapidement le panneau portant les pièces exposées, en retira une tige de bois et la lui tendit.

– Sentez un peu cette légèreté, l'équilibre et la force, la rigidité de ce métal, qui fend l'air comme un esprit mortel. Certaines tribus pensaient en effet qu'il s'agissait d'un esprit, créé à partir d'une entité vivante. Ils considèrent que la moindre parcelle de la forêt possède une âme, même les arbres et le feu, et ici, vous le voyez, ces deux éléments sont combinés.

Scott n'eut pas à examiner l'objet de trop près ; il l'avait déjà tenu un bon millier de fois dans ses mains et, à cette minute, ce fut avec ces visions-là qu'il luttait.

– Lors d'une chasse, continua son hôte, un guerrier Bambuti pouvait en loger plusieurs dans sa proie, à une grande distance, selon son degré de dextérité. L'impact ralentissait la cible, mais il n'était pas rare de voir la tête d'un adversaire transpercée comme une pelote d'épingles.

Scott en eut la gorge nouée.

– Ainsi, la mort n'était pas instantanée.

– Loin s'en faut. Vous avez ici des pointes qui ont servi à atteindre le singe à tête rousse que vous voyez là et qui vous sourit, il en a reçu dix, c'était le nombre précis nécessaire pour le guerrier qui voulait dérober l'esprit du mal et s'en emparer. Cela le rend plus fort, cela accroît ses pouvoirs.

– Et le lancer ?

– Au moyen d'une sarbacane, c'est très précis, très efficace pour paralyser la proie. Le dard fend l'air avec un chuintement d'insecte meurtrier, il perce la tête de la victime et il est impossible de savoir de quelle direction provient l'attaque.

– Et la fléchette ?

– Probablement le projectile léger le plus meurtrier jamais conçu, mais les forces armées l'ont abandonné, le jugeant trop inhumain. Elle servait aussi de flèche, ce que nous appellerions un trait ou un carreau, en archerie. Ma fascination vient de la précision chirurgicale des deux versions, l'ancienne et la moderne, et c'est leur finesse qui leur prête une telle vélocité.

Scott cligna des yeux ; il avait vu des images de sarbacanes à l'œuvre, elles étaient silencieuses et capables de délivrer leur projectile avec une violence incroyable.

– S'agissant de la fléchette, à peu près tous les pays du globe l'ont expérimentée. Quant à la version ancienne, plus de cent tribus dans le monde l'utilisent encore. Mais celle-ci – il prit l'un des spécimens en bois entre ses doigts – n'est connue que des chasseurs les plus émérites. L'étude de cette arme est un art en soi.

D'un geste, Jaffe désigna la porte à son visiteur et les roulettes du déambulateur glissèrent sur le tapis persan.

– Alors cette technique que vous venez de m'expliquer, dix pointes ou plus, serait considérée selon les anciennes croyances en vigueur au Congo comme une manière de dérober davantage que la vie ?

Jaffe acquiesça.

– Vous êtes un homme instruit, quel dommage que nous ne soyons plus jamais amenés à nous parler.

– Et ma question ?

L'autre eut encore ce sourire sombre, tandis que le domestique venait au-devant d'eux, ouvrait la gigantesque porte de bois sur le monde extérieur et rendait à Scott son arme.

– Cette fléchette ancienne servait à extraire le pouvoir de la mort et de la souffrance ; elle tue le corps, mais surtout, elle tue l'âme.

Debout sur le perron, Scott plongea son regard au fond des yeux du docteur.

– Et vous avez expliqué tout ceci à Aaron Seymor Blatt avant ou après qu'il ne vous recrute un incendiaire ?

Instantanément, les pupilles noires se contractèrent, se réduisirent à deux têtes d'épingle, sans que son expression ne change une seconde.

– Bonne journée, dit Jaffe, et il se détourna.

– En effet, excellente, répondit Scott, alors que la porte se refermait hermétiquement.

46

Jack Scott s'éloignait de la station-service de River Road, sans se presser, après avoir garé sa voiture derrière l'église. « Fascinant », répéta-t-il à voix haute, avec dégoût ; c'était ainsi que le Dr Rubin Jaffe avait décrit cette ancienne sarbacane et sa fléchette, dont le maniement offrait au tueur une bien plus grande source de satisfaction que l'arc ou l'arme à feu.

Une arme rapide, fatale et silencieuse qui conférait à celui qui la maniait toute la dimension du mythe, de la magie et de la maîtrise parfaite, afin de détruire la vie, de manière lente ou instantanée. Cette tige étant profilée pour l'équilibre, elle ne portait aucune marque indiquant son origine, rien que les légères gouttelettes de salive de l'attaquant, à jamais perdues pour les experts de la police scientifique au bout de seulement quelques jours. Tout en marchant, il se souvenait des mains d'une victime se giflant la face ; il avait fallu la ligoter, tant elle se débattait contre d'invisibles frelons, fouettant l'air sans être capable de rien expliquer. Et il y en avait eu d'autres, desquelles on avait extrait ces pointes après leur décès et avant même son arrivée sur la scène du crime.

Pourquoi, songea-t-il en repensant à tout cela, pourquoi n'avaient-ils jamais rien suspecté ? Même si la police scientifique en était à ses balbutiements, c'était son boulot, c'était à cela qu'il s'employait. Or, à fouiller ainsi sa mémoire, à revoir ainsi ces femmes et ces enfants chassant d'invisibles insectes, cela s'imposait comme une évidence. Et subitement, le Dr Chet Sanders fut à nouveau là, devant lui, pour le contredire. Il se souvenait de la compréhension que ce praticien avait toujours su lui manifester.

« Vous devez vous habituer à prendre du recul, sans quoi vous allez y laisser toute votre humanité », lui répétait le brave docteur à cet instant, et il entendait distinctement la voix du vieil homme, douce mais limpide, fatiguée sans jamais céder au désespoir.

« Il y a encore un espoir », telle avait été sa réponse, il s'en souvenait, mais aujourd'hui il avait du mal à croire à tous les efforts qu'il avait fournis pour se raccrocher à un espoir, agrippé à ses propres échecs, à son inaptitude à l'échec. *Cela faisait partie du métier*, conclut-il. Et, tout à ses réflexions, il descendit une courte volée de marches en béton effrité, jusqu'à un trou humide et froid sous la terre, une porte en métal. Cette porte avait été rouge, jadis, mais la peinture avait souffert, elle avait viré au rose, une teinte pâle de soupe à la tomate, et elle était couverte de saleté.

Il frappa doucement du plat de la main et, entendant encore résonner dans sa tête la voix de Sanders, cet homme imposant, aux cheveux châtain foncé, aux yeux bruns et protecteurs : « Elle a reçu trop de coups, Jack. Les méninges ont été perforées, ce sont les membranes protectrices qui enveloppent le cerveau... Je suis désolé... »

Il entendit des pas. Dieu merci. Des bruits de pas qui venaient à lui.

– Salut, Jack, fit Rivers. Alors, comment ça s'est passé ?

La porte s'ouvrit avec un grincement et Scott leva les yeux sur ce visage endurci, celui d'un ami – pourtant, ils ne se connaissaient que depuis quarante-huit heures. Instantanément, il éprouva un chagrin tenace pour ce jeune inspecteur, il avait envie de l'avertir de ce qu'il risquait de devenir s'il restait dans la partie, dans cette chasse à l'homme – un vieil idiot hanté par des souvenirs suppurants. Cette envie lui démangeait la langue.

– Jack ? insista Rivers, et Scott s'efforça de réordonner ses pensées selon un cheminement logique.

– Pardon, Frank. Alors, comment s'en sort-on ?

Ses yeux gris étaient injectés de sang, usés.

– Cela dépend du point de vue. Entrez. Ce Dudley Hall est vraiment un type incroyable, jamais rien vu de pareil.

– Bon, fit Scott, en franchissant le seuil.

Il se retrouva à l'intérieur d'un lieu gigantesque, les ruines de ce qui avait été un vaste espace de jeu et de loisir à l'atmosphère festive désormais méconnaissable.

Les pistes en bois autrefois verni avaient été arrachées, révélant de longs bandeaux de béton et des restes de planches ici et là, aux emplacements où la colle avait résisté. On avait démonté les gouttières qui renvoyaient les boules vers les joueurs, en laissant les armatures métalliques pointer vers le plafond comme d'étranges sculptures. À l'extrémité des pistes, là où la famille et les membres de l'équipe acclamaient autrefois chaque strike, il n'y avait plus qu'une série de luminaires en plastique pendant à des fils dénudés. Et la partie suivante, soit un bon tiers du bâtiment, n'était plus qu'une mare stagnante en putréfaction où les insectes et les rongeurs échangeaient leur place dans la chaîne alimentaire.

Toute cette obscurité respirait.

Autour du contreplaqué éventré de la porte principale, et uniquement à cet endroit, la lumière entrait à flot et, sa vision s'adaptant peu à peu, Scott jeta un œil à l'autre extrémité de ce vaste espace du bowling des Patriotes, là où devait se dresser un snack-bar, avec son comptoir encore en place et la cloison, derrière, entièrement détruite après l'enlèvement des éviers, des fourneaux et des distributeurs de soda.

Dudley Hall se tourna vers lui. Il les regarda s'approcher, sa mâchoire édentée se fendit d'un sourire et il se battait les flancs d'excitation.

– Ce vieux Scotty ! chuinta-t-il, en venant vers lui à grands pas, et il le saisit, d'une étreinte d'ours, en le soulevant.

Scott fut secoué d'un rire sonore.

– Hé, salut Duddy, content de te voir, s'écria-t-il, les poumons écrasés, le souffle coupé.

– Alors, laisse-moi un peu te regarder ! souffla l'autre, survolté. Mais tu fais pitié à voir ! (Il le tint par les épaules, en secouant la tête.) Ah, Jackie, soupira-t-il, tu as les cheveux gris.

Cela amusa le commandant.

– Et toi, tu as pris du poids, les années ne pardonnent pas, hein.

– Quoi ? Tu dis ? Vieux ? s'écria l'Enterreur sur une note suraiguë. Né au pied de la tombe, on fait que rajeunir !

Scott eut un geste de la tête, un regard par-dessus son épaule.

– Salut, Charlie, fit-il, et le professeur McQuade s'avança hors de l'ombre. Alors, ça vous plaît de travailler avec un véritable Enterreur ? lança Scott, en tapant sur l'épaule robuste de Hall.

– Je n'arrive pas à suivre le rythme, fit McQuade avec un sourire. Un talent proprement remarquable.

Hall prit Scott par le bras et le conduisit vers le comptoir délabré.

– On en a déniché onze. (Il marqua un temps de silence.) Tu as très envie de te mettre au boulot, Jack, hein ?

– Oui.

– Alors, donc, on en est à onze, siffla Hall. On pensait arriver à douze, mais on a fini de nettoyer le terrain, on va juste jeter un dernier coup d'œil.

Scott contemplait une série de crânes humains, tous nettoyés et soigneusement alignés en rang, avec des chiffres tracés sur le front au feutre noir. Leurs teintes allaient du rosâtre au rouge braise, la conséquence des années passées sous la glaise du Maryland. Vingt-deux orbites noires le fixaient, l'emplissant de culpabilité. Il réprima un tressaillement, lâcha un gros soupir et fouilla dans sa poche pour en sortir une cigarette.

Rivers lui tendit son briquet, la flamme jaillit et les gaz familiers lui vrillèrent les poumons.

– Seigneur, viens-nous en aide, marmonna-t-il, et il désigna un crâne d'où sept fléchettes noires pointaient en cercle étroit.

Le plus gros de ces crânes était celui d'un adulte et le plus petit avait la taille d'un pamplemousse.

– Tu sais qui c'est ? lui demanda Hall de sa voix feutrée, un bâton dans son poing serré.

– Oui, fit-il, d'un ton sinistre, et il était clair, à en juger d'après l'expression fermée de son visage, qu'il ne fallait pas insister. (Les hommes le regardèrent arpenter le sol, aller et venir le long du snack-bar, se mouvant comme un commandant à l'inspection des troupes, avec un hochement de tête songeur à chacune de ces têtes de mort. Il pivota.) Et la famille de Samantha ?

McQuade se rapprocha, la lui indiqua d'un index épais.

– Sa sœur Victoria, précisa-t-il, et puis il compta huit crânes à partir du sien. Et voilà Emma.

Ce crâne était de taille adulte. Scott, les yeux mi-clos, ravala le nœud qu'il avait dans la gorge.

– Vous en êtes sûr ?

– Je ne peux être certain que ce soit la mère, mais s'agissant de cet enfant, il n'y a pas d'erreur possible.

McQuade souleva le crâne de Victoria Stoner et le nicha comme un petit globe au creux de sa main puissante. La tête de l'enfant souriait de toutes ses dents.

– Notez la similarité de l'arête du nez avec celui de Samantha, les pommettes saillantes, la voussure splendide du front, souligna-t-il, et il se tourna pour soulever celui de la mère. Ces gens avaient une belle tête, Jack. Même dans la structure osseuse, il y a beaucoup de similitudes.

– Oui, fit Scott, la voix étranglée, de belles têtes. Je ne vois pas de pointes, Charlie. Comment sont-ils morts ?

– Impossible de l'affirmer avec certitude, mais je crois que, pour Victoria, il s'agit d'un coup violent au crâne. Vous remarquez ce trou, ces éclats...

Il constata, en effet, et détourna aussitôt le visage.

– Et l'arme ?

– À mon avis, un petit marteau, un objet de ce genre, en tout cas il ne s'agit pas d'un impact de balle. La mort a été instantanée.

Le commandant songea que la main du tueur avait peut-être dérapé, assené un coup plus violent qu'il n'était réellement nécessaire.

– Et la mère ? continua-t-il, en levant la main. La version abrégée, je vous en prie.

– Strangulation. La nuque brisée.

Il hocha la tête.

– Et vous pensez avoir maintenant nettoyé tout le terrain ? Y avait-il bien un cimetière ?

McQuade tendit le crâne à Dudley Hall.

– Ouais, siffla-t-il, pas loin d'être surpeuplé. Celui qui les a balancés – il pointa les crânes du doigt –, c'est sûr qu'il savait ce qu'il faisait. Jackie, on pense que ce terrain n'a pas été revendu, parce que les gens qui le possèdent savaient qu'il y avait ce cimetière !

– On ne peut pas le louper ?

– Y a pas un endroit où la pelleteuse creuserait sans ressortir des macchabées.

– Duddy, cela remonte à quelle période ? Quand cela a-t-il commencé ?

– Peux pas le dire avec certitude. La plupart des cimetières de campagne commencent par une concession de famille, et puis, avec les générations, ça se développe. La première période vraiment chargée, c'était vers 1840, il y a un tas de pierres tombales de cette époque, la guerre de Sécession aussi, l'activité était intense, et ensuite juste après la Première Guerre mondiale.

– Et pour la plupart, ce sont des Noirs ?

– Les tombes ou les victimes de l'époque moderne ? demanda McQuade.

– Pardon, d'abord les tombes.

– Eh ben, il y a aussi des Blancs, mais pas des masses, précisa Hall.

Scott opina.

– Et maintenant, Charlie ?

– On faisait juste une pause quand vous êtes arrivés, on a encore quelques trous à reboucher et quelques emplacements à sonder de nouveau.

Scott sourit, songeur.

– Merci, fit-il à voix basse, je vous en suis très reconnaissant.

En s'éloignant, il croisa le regard de Frank Rivers et tous deux se dirigèrent vers la porte.

47

13 h 05,
Saint Petersburg, Floride

Matthew Brennon posa un magnétophone au centre d'une table basse en marbre, sous le regard du capitaine Duncan Powell qui, d'un geste de sa main imposante, invita son chauffeur à quitter la pièce. Le jeune policier hocha la tête et s'éclipsa promptement alors que le capitaine se tournait vers Brennon.

– Je suis en relation étroite avec la famille, dit-il posément, et sa voix de basse emplit la petite pièce. Je vous dirai quand il faudra leur laisser le temps de se ressaisir et c'est moi qui poserai les questions.

– Bien, monsieur, fit Brennon, d'un ton décidé.

Le capitaine Powell était un chef né, réputé pour ne jamais élever la voix et, pourtant, quand il maîtrisait une situation, c'était avec une autorité absolue. Ses manières étaient intimidantes mais pleines d'humanité – un professionnel chevronné, un gradé de la haute école.

Brennon percevait très bien tout cela dans l'allure altière, impeccable, le torse puissant, les pieds campés avec fermeté et les mains dans le dos, qui tenaient un couvre-chef à galon doré par sa visière noire et luisante. La casquette ôtée révélait une tête couronnée d'une crinière argentée ; son menton était légèrement relevé. En vérité, le jeune agent fédéral se sentait soulagé par la présence massive du capitaine Powell, car cet homme robuste, en uniforme, au visage taillé dans le granit, se préparait à endosser le terrible fardeau qui s'imposerait certainement à eux, pour en porter toute la responsabilité sur ses larges épaules.

Voyant Phillip Caymann entrer dans la salle, un prêtre à ses côtés, Brennon respira à fond et, pourtant, le capitaine ne leva pas les yeux avant qu'on ne lui adresse directement la parole.

– Nous lui avons expliqué le strict nécessaire, annonça le père de Lisa Caymann d'une voix feutrée, elle se tient prête.

C'était un homme de petite taille, d'autant plus en présence du capitaine, et son visage était du même gris clair que son costume, qui manquait cruellement de chaleur et de couleurs. Le 27 mars, leur fille de huit ans, Lisa, jouait dans leur jardin, au 1606 McDowell Drive, dans le lotissement de Silver Shores, un quartier de moyen standing. Dans son souvenir, Denise Caymann n'avait laissé sa fille qu'un court instant pour aller répondre au téléphone et, peu après, la police d'État avait reçu un appel signalant une présomption d'enlèvement. C'était un boulot propre et professionnel. Pas de témoin. Pas de pièces à conviction. Rien que le souvenir imprécis d'une conversation au téléphone avec un courtier en assurances et des éléments matériels détectés sur le corps de Lisa, que l'on avait retrouvé dans une carrière de gravier, sous une couverture. Les Caymann ne pleuraient sa mort que depuis deux jours quand le ViCAT avait dépêché l'agent Brennon de Fort Worth.

La voix de basse de Duncan remplit de nouveau la pièce exiguë.

– Je suis désolé de cette intrusion, mais c'est indispensable, dit-il à Caymann, puis il tendit la main au pasteur. Bonjour, mon père, je voudrais vous présenter l'agent spécial Matthew Brennon, qui travaille avec moi.

– Très heureux. Thomas O'Brian, répondit-il, en serrant la main de Matt.

Alors que les trois hommes faisaient les présentations, Brennon avait la tête qui tournait un peu, à cause du manque de sommeil, et il était certain d'avoir attrapé la grippe à sa descente d'avion. Ce n'était pas un vol assez long pour qu'il souffre du décalage horaire et pourtant quelque chose lui provoquait des aigreurs d'estomac. Son magnétophone prêt, il buvait une tasse de thé à petites gorgées, en attendant la mère de Lisa.

Depuis la nouvelle de la mort de sa fille, elle n'était plus sortie de son lit et l'agent fédéral repensa au moment où il avait découvert les restes d'une jeune fille de Moxie Pond – les pathologistes s'affairant sous des lampes chirurgicales bouillantes, les gouttières chromées, le bruit des scies et des fraises à haute vitesse.

– Bien, quelqu'un va devoir identifier le corps, avait prévenu le Dr Cyril Kline, le coroner de Jacksonville.

Brennon avait le dos tourné et le capitaine Powell s'était placé aux pieds de la morte.

– J'ai parlé au père, mais je ne lui permettrai pas de voir ça, avait tranché le capitaine. Nous avons pu localiser un ami de la famille qui accepte de faire le trajet jusqu'ici.

Il avait tendu un bout de papier au pathologiste ganté de caoutchouc, qui le mit de côté sans même le regarder.

– Vous avez intérêt à être sûr de votre coup, Duncan. Nous ne pouvons pas nous fonder sur des traces dentaires dans cette affaire.

– Comment cela ?

L'assistant en blouse blanche était occupé à raser la tête blonde de Lacy Wilcott avec une tondeuse de coiffeur, en récupérant les cheveux dans un sac, et Kline, tendant le bras, avait saisi la mâchoire de la morte.

– Si vous n'avez pas recours à la famille, j'aurai besoin d'une déclaration sous serment attestant la nature du lien de parenté, pour mes dossiers.

– Je comprends, avait dit Powell, lugubre.

Brennon s'était avancé.

– La cause de la mort est bien une strangulation par-derrière ?

– Oui et non, avait marmonné Kline. Enfin, de toute manière, elle serait morte. (Il s'était retourné pour soulever le drap.)

N'importe laquelle de ces blessures aurait été fatale, mais dans la pratique...

Brusquement, Brennon blêmit, trébucha sur une gouttière d'écoulement. Il réprima un spasme de l'estomac et une faiblesse dans ses genoux flageolants – il se remémorait le saumon fumé tout rose que Myra Blatt lui avait servi au petit déjeuner.

– Matthew ? s'écria Powell, inquiet, mais c'était trop tard.

L'agent frissonnait. Il y eut cet instant terrible où il sentit le fond de ses tripes se soulever à la vitesse d'une balle et le vertige le déstabilisa.

– Recouvrez-la, ordonna Kline, puis il éteignit les coupoles d'éclairage.

Brennon était demeuré presque toute la journée silencieux. Son ventre commençait à peine à le laisser en paix.

La silhouette fantomatique d'une femme entra dans la pièce, ses cheveux noirs étaient peignés à la hâte, avec la négligence de celle qui est à bout de nerfs, son visage était pâle et ses traits tirés. Elle était petite et portait une robe de chambre rose nouée autour de sa taille fine.

Une infirmière avançait lentement à ses côtés et il n'existait pas de pire maladie, se rappela Brennon, tandis que la femme rejoignait son mari en saluant au passage le capitaine Powell, puis le prêtre, avant de planter son regard sur l'agent du ViCAT. Il nota ses pupilles dilatées et il avait beau savoir qu'elle était âgée de quarante-trois ans, elle paraissait bien plus.

Ils étaient tous debout et ils attendaient. La scène se déroula au ralenti. Elle écarta une chaise de la table. Ses yeux glissèrent vers l'infirmière. Vers l'enregistreur. Revinrent au capitaine Powell. Il lui adressa un signe de tête, puis, suivant son exemple, tout le monde s'assit, sauf le père O'Brian qui s'approcha d'elle et resta debout juste derrière sa chaise.

– Les avez-vous retrouvés ? demanda-t-elle d'une voix neutre et sans lever les yeux.

– Peut-être, fit Powell, et sa voix grave emplit la pièce. Comme je l'ai déjà expliqué, cela prendra du temps et nous avons besoin de votre aide.

Il présenta Brennon, qui se leva pour lui serrer la main. Une main froide comme la mort.

– Phillip m'a dit que vous vouliez que j'écoute quelque chose ?

– Oui, confirma Powell, sombrement, dites-nous si c'est la voix que vous avez entendue et, je vous en prie, prenez votre temps.

Sans plus attendre, il fit un signe de la tête à l'agent du ViCAT, qui appuya sur le bouton. La bande se dévida dans sa bobine réceptrice et la voix d'un inconnu surgit du petit haut-parleur.

« Bonjour, ici Jack Scott, je ne peux pas prendre votre appel, mais laissez-moi un message et je vous rappellerai dès mon retour. »

Brennon arrêta l'appareil et se pencha légèrement sur le canapé, en observant attentivement l'expression de la femme. Elle avait les yeux noirs et profonds, sans le moindre scintillement, les lèvres serrées. Ce silence pesait comme une couverture glacée et il appuya sur le bouton une deuxième fois.

« Hé, salut, c'est Duddy Hall, chuinta la voix. Je ne suis pas disponible, mais si vous me laissez votre nom, je vous rappellerai. »

La femme plissa les paupières, soupira, leva les yeux vers son mari et secoua la tête. Le capitaine opina.

« Bonjour... »

Denise Caymann réagit comme à un coup de feu, se leva d'un bond, le corps tremblant, au bord de la convulsion. Aussitôt, le père O'Brian et l'infirmière la maîtrisèrent, leurs bras autour d'elle. Son torse était d'une rigidité inquiétante, ses yeux se consumaient d'une rage meurtrière.

– Tuez-le ! Elle avait retrouvé sa voix et elle hurlait. Tuez-le pour moi... et elle lâcha un cri horrible qui enfonça une vrille glacée dans l'échine de Brennon.

Le capitaine Powell dut se mordre l'intérieur de la joue et des larmes coulèrent sur le visage du père.

Ils étaient tous debout à présent, s'efforçant de réagir dans ce chaos, tâchant d'aider Phillip Cayman à immobiliser sa femme, à la retenir dans ses bras tandis qu'elle se débattait.

– Continuez ! La bande ! hurla-t-elle d'une voix stridente.

Brennon échangea un regard avec Powell et la voix se fit à nouveau entendre.

« ... c'est Aaron Blatt. Je ne suis pas disponible pour vous répondre personnellement, mais laissez-moi un message et je vous contacterai dès mon retour. »

Les dents serrées, la femme lâcha un cri perçant, elle se débattait contre tous ceux qui l'entouraient, martelant de coups de poing la poitrine frêle de son mari.

Lisa Caymann fut inhumée cette semaine-là, à moins de deux kilomètres de son foyer.

48

Sur la route du retour vers le QG, Frank Rivers emprunta le George Washington Memorial Parkway, continua dans MacArthur Boulevard et traversa la petite ville de Glen Echo, avant de prendre vers le nord en direction de Potomac et du domicile de M. et Mme Jonathan Patterson. Tout en conduisant, il alluma la radio pour échanger quelques messages.

Rudy Marchette, qui avait quelques soucis à la maison, serait en retard pour son tour de garde dans l'équipe Pogo qui couvrait le bowling ; pour leur part, Toy Saul et Murphy la Mule avaient pris leur pause pour dîner de bonne heure et se rendaient directement au domicile des Janson.

Rivers envisageait de scinder l'équipe Huskies en deux, peut-être en plaçant la Mule à l'intérieur du bâtiment condamné, mais il se ravisa. Scott supposait que les prochaines vingt-quatre heures ne seraient pas très tendues, et ses pensées le ramenèrent au rapport de personne disparue 780, Debra Ralson Patterson.

Ce qu'il avait pu déterminer, avec l'aimable assistance des jumeaux Dix, c'était que Debra était venue boire un verre avec deux autres filles, le soir précédent. Elle était repartie avec l'une d'elles, mais la troisième, qu'on lui avait décrite comme une blonde, la vingtaine, était restée un peu plus longtemps.

Une petite semaine plus tôt, la nouvelle que Debra fréquentait les bars aurait horrifié les Patterson, ils en auraient fait une attaque, cela aurait peut-être même gâché toute leur existence ; mais à ce moment-là, ce fut pour eux une nouvelle réjouissante. Chez les gens normaux, songea-t-il, les pressions subies en situation de vie ou de mort ont un effet étrange ; les choses se renversent en moins de temps qu'un serpent n'en met pour cracher son venin.

Il y avait chez Debra Patterson une part d'ombre dont ses parents ignoraient tout et c'était une bien étrange façon de le découvrir. Mais même si cette disparition se révélait être une fugue, les statistiques du FBI attestaient que plus de 20 % de tous les adolescents portés disparus subissaient des sévices sexuels – ou que l'on abusait d'eux – avant d'être retrouvés et aucun homme n'avait autant conscience des heures qui s'égrenaient que Jonathan Patterson. À l'instant où Rivers pénétrait dans l'allée et s'approchait de l'auvent circulaire, il se rua dehors.

Il courait vers lui pour le saluer, tenant un annuaire dans une main et un sac en papier dans l'autre. Son visage mince était pâle, il avait des cernes noirs sous ses yeux marron, l'air exténué, mais cette fois un peu de vie et d'énergie perçait dans sa voix.

– Frank, lança-t-il, surexcité. Merci d'être venu. J'ai quelque chose pour vous.

– Content de vous voir, monsieur. Vous avez réussi à dormir un peu ?

– Oui, la nuit dernière, pour la première fois. (Il ouvrit le sac qu'il tenait à la main.) Regardez, nous avons trouvé ça dans sa chambre !

– Un test de grossesse.

– Oui, et nous en avons suivi la trace jusqu'à la pharmacie au bout de la rue. Nous pensons qu'elle s'y est rendue pour se procurer un autre test quand elle est partie acheter du lait. Si le résultat est positif, le mode d'emploi suggère de recommencer le test !

– Eh bien, cela semble être une bonne nouvelle, soupira l'inspecteur. Quelqu'un l'a reconnue, d'après sa photo ?

– Le pharmacien du drugstore, mais il était incapable de se rappeler quel soir elle est venue. Un type sympa, il m'a expliqué que ces tests de grossesse sont très courants chez les gamines des lycées.

– Je veux bien le croire. Comment va Mme Patterson ?

– Mieux. Vos informations lui ont remonté le moral, je ne saurais vous dire à quel point. Merci infiniment.

– Pas de quoi, monsieur Patterson. J'ai le sentiment que, si nous persévérons, on en retirera quelque chose. (Il fit l'effort de lui sourire.) Avons-nous une quelconque idée de l'identité des deux jeunes femmes qui accompagnaient Debra ?

– Non, fit-il en secouant la tête, pas jusqu'à maintenant, mais nous rappelons tout le monde. Pour le moment, c'est notre meilleur espoir, vous ne croyez pas ?

Rivers acquiesça, car Jonathan Patterson était un homme habité par une obsession. Avant 17 heures cet après-midi, il avait déjà distribué des photographies de sa fille à presque tous les centres d'avortement et les maternités des environs immédiats, tandis que sa femme continuait de téléphoner. Et, pour compléter le tout, le père de Debra avait distribué ses affichettes à d'autres adolescents et s'était rendu dans les lieux favoris que les jeunes adultes de l'âge de Debra étaient réputés fréquenter. Et cependant, pour l'instant, pas une seule réponse.

– Frank, dit-il, plus calmement, vos sources vous ont-elles dit si elle était... (Il bredouilla.) Je veux dire, ces gens vous ont-ils certifié que Dee était dans son état normal en sortant de ce bar ?

– Oui, assura Rivers, elle n'était ni saoule, ni malade, elle semblait juste contrariée par quelque chose. Nous allons la retrouver, il suffit de continuer à chercher.

Patterson posa sur son épaule une main reconnaissante.

– Pourriez-vous les remercier pour moi ? demanda-t-il, avec une sincérité désespérée dans la voix.

– Je vous demande pardon ?

– Vos sources, quelles qu'elles soient, pourriez-vous les remercier personnellement au nom de ma femme et moi-même ? Je ne saurais assez souligner l'effet positif qu'elles ont pu avoir. Elles nous ont redonné espoir...

Sa phrase resta en suspens et Rivers repensa aux frères Dix, à leur vision du monde et à leur mépris insensible à l'égard de la douleur de cet homme et de la vie de sa fille.

– Je leur en ai déjà fait part, lui assura-t-il avec un sourire chaleureux, je suis certain qu'ils ont compris.

À 17 h 49, dimanche 10 avril, maintenant que le délai requis de soixante-douze heures était écoulé, la police du comté de Montgomery avait repris officiellement le dossier de disparition de Debra Patterson, en ouvrant l'enquête. L'affaire était confiée au sergent Tyler Conroy, car c'était lui qui avait recueilli les premières informations essentielles, le vendredi précédent.

Le sergent Conroy arriva au domicile des Patterson à 18 heures et fut très soulagé de constater que la mère était de retour chez elle. Il n'avait pas cru à cette histoire de déplacement dans un autre État au chevet de ses parents malades et il s'attendait à voir Mme Patterson tremblante de peur, couverte de bleus et de contusions.

Conroy prit son tour de garde devant la télévision des Patterson, agréablement surpris par ce qu'il avait devant les yeux, mais sans se laisser distraire, en potassant silencieusement son examen d'inspecteur de la police du comté.

49

Dans la cuisine du QG, Jack Scott raccrocha le combiné à l'instant où Frank Rivers franchissait la porte d'entrée. Il dénoua les lacets de ses chaussures de jogging, avant de les retirer et d'enlever ses chaussettes.

Debout dans le vestibule, il massa ses pieds endoloris, puis balança ses affaires imprégnées de sueur sur une sculpture dorée qui évoquait un tire-bouchon géant. Scott s'approcha de lui, en traversant la pièce moquettée de bleu.

– Un résultat du côté des cliniques ?

Sa question était liée à l'affaire Debra Patterson.

– Négatif. Et Brennon ? Il n'était pas avec la famille de Lisa Caymann ?

Scott plissa les paupières.

– Nous avons une touche sur Aaron Blatt, lui annonça-t-il d'un ton neutre. La mère de Lisa a reconnu sa voix.

Secouant la tête de dégoût, Rivers souleva son holster, le fit passer par-dessus sa tête, puis se dirigea vers la cuisine où il entendit Dudley Hall et le professeur Charles McQuade en grande conversation.

– Et on sait où se trouve Blatt ? Vous disiez qu'il avait un rendez-vous pour une déposition devant une commission de la Food and Drug Administration. De quoi s'agit-il ?

– La mère de Blatt a signalé à Matthew qu'il devait se rendre à Washington pour annoncer l'ouverture d'un grand centre de recherches. Cela ressemble plus à une opération de relations publiques, visant à ne plus avoir les organismes de contrôle du secteur santé sur le dos. En tout cas, elle n'attend pas son retour avant une semaine, donc à moins qu'ils n'aient une bonne raison de changer d'avis, nos deux lascars vont rester sur le terrain et c'est cela qui me tracasse. Nous avons ordonné des écoutes sur toutes ses lignes téléphoniques, y compris celle de sa mère, alors il en sortira peut-être quelque chose d'inattendu. Ils pourraient se trouver n'importe où.

– Brennon a-t-il pu identifier son acolyte ?

– Non, impasse totale, mais le capitaine Drury vérifie pour moi des données sur l'avion privé de Blatt. Cela leur confère une vraie mobilité : un Beechcraft King Air 300, dont la vitesse de croisière est supérieure à cinq cent cinquante kilomètres à l'heure à dix-huit mille pieds. Une machine qui vaut plus d'un million de dollars.

– Tant mieux pour lui, lâcha Rivers en fronçant les sourcils.

– Pour ce genre de dentiste, ce n'est que de l'argent de poche. L'important, c'est que Blatt ignore que nous le cherchons. Donc, s'il doit déposer un plan de vol à la FAA et s'il atterrit sur n'importe quel grand aéroport, on le tient.

Frank connaissait la procédure : pour décoller, un pilote privé devait déposer auprès d'un bureau de la FAA un plan IFR, autrement dit un plan de vol contenant des informations capitales comme le numéro d'immatriculation de l'appareil, le type, le nombre de passagers, le couloir aérien, l'heure de décollage et la vitesse anémométrique.

– Combien de dégâts peuvent-ils causer, en une semaine ?

Scott lui lança un regard courroucé.

– Beaucoup, admit-il tristement, et ils passèrent dans le coin cuisine où McQuade et Hall, assis près du plan de travail, observaient les orbites d'un autre crâne récupéré dans le bowling de River Road.

Rivers et Scott restèrent en arrêt sur le seuil. McQuade était occupé à couper une fine mèche de cheveux, de la couleur rouge de l'argile, une mèche encore collée au front. C'était un crâne adulte, mais jeune, avec un trou bien net juste au-dessus de l'orbite de l'œil droit. Il y en avait douze en tout, disposés par ordre de taille, du plus petit au plus grand, avec des boîtes d'emballage soigneusement alignées pour chacun. À pas lents, Scott s'approcha de cette collection macabre. Il contemplait Emma Stoner, la mère de Samantha. Même réduite à l'état d'ossements, il subsistait un air de famille.

– Et vous êtes sûr qu'ils sont tous là ? demanda-t-il sans ménagement.

– Oui, fit Hall, qui se leva de son siège près du plan de travail. Ce bowling n'aurait pas pu avaler une victime de plus, pas moyen. Tout ce qui reste, ce sont les ossements du cimetière, affirma-t-il de sa voix stridente. Tous embaumés, à part les esclaves.

Rivers examinait un tableau fixé au mur, près de la porte du fond. Il était presque complètement rempli et, pourtant, il recelait encore une sorte d'énigme. Sur la droite était inscrit : *Meurtres Clayton*. Étape par étape, toutes les pièces, tous les visages. Sur la gauche, une photographie de la tête reconstituée de Samantha, avec ces mots : *Famille Stoner*. Juste au-dessous, ces notations :

1. *Zak & partenaire féminine*
2. *Jaffe/incendie Tobytown*
3. *Blatt & désaffecté (partenaire masculin)*

Entre les Clayton et les Stoner, il y avait une photo découpée de lysimaque terrestre et, au-dessus, une photographie du parc de Great Falls, une vue spectaculaire d'un torrent qui se fracassait entre les parois d'une gorge rocheuse.

– Donc vous pensez que le lien entre les Clayton et les Stoner, c'est cette fleur ? demanda Rivers, en désignant les corolles rouges et jaunes.

Cela paraissait incroyable d'établir un lien entre deux affaires si éloignées dans le temps.

Jack Scott s'approcha et lui tendit une cannette de Coca frais sortie du frigo, en ouvrit une pour lui, puis rejoignit Hall et s'adressa au Dr McQuade.

– Qu'en dites-vous, Charlie ? Je pourchasse une chimère ?

McQuade se frotta les yeux. Il avait des lunettes grossissantes fixées par une lanière à son large front et, quand il bâilla, elles furent agitées d'un soubresaut.

– Bon, jetons un œil, suggéra-t-il en traversant la pièce.

Il compta les crânes, puis en prit un. Il était de taille moyenne, et derrière ce crâne était étalé un morceau de tissu élimé qui faisait penser à l'emballage d'un vieux fromage.

– Remarquez la pâleur et l'aspect incolore de ce tissu, fit-il en le remuant avec une paire de pinces longues et fines. À mon avis, il s'agit d'une blouse, ou alors d'une robe, mais si vous l'examinez attentivement, vous verrez de toutes petites taches rouges et un mouchetis d'or et de jaune.

Les trois hommes se penchèrent tous les trois et l'examinèrent de près, formant un demi-cercle. L'Enterreur retourna l'échantillon pour étudier les deux côtés.

– Il y a des taches rouges ici aussi, Jackie.

– Et ça, assura McQuade, c'est précisément la nuance de teinte que l'on a retrouvée sur Samantha, quoique, dans son cas, elle fût plus prononcée. La tache provient de la lysimaque et celles-ci – il tendit le bras vers un grand sac à pièces à conviction, sur le comptoir –, c'est ce que Jack a trouvé dans les poubelles des Clayton.

Il tenait en main une brassée de tiges aux pétales desséchés et friables, qui dessinaient une trame d'orange brûlé et de jaune d'or tirant sur le moutarde le long de veinules en forme d'étoiles.

– Alors, les deux familles ont été attaquées pendant qu'elles cueillaient des fleurs ? s'étonna Dudley.

– Possible, répondit Scott, je crois bien.

– Et Jimmy vous a montré où elles poussent ? demanda Rivers.

– Oui. Et, chose peu surprenante, c'est tout près de l'endroit où Victoria Halford a grandi. En 1958, quand les Stoner ont été enlevés – il désigna un cercle sur la carte –, ce terrain devait encore leur appartenir, même si la famille avait déjà déménagé à Tobytown, près de l'église. Zak les a observées en train de cueillir des fleurs dans les bois près de leur ancien domicile et, quand il a fini par se lasser, il a attaqué Samantha et sa sœur aînée, Vicky, ainsi que Mme Emma Stoner.

– Mais, grâce aux ossements, nous savons qu'en réalité il les a tuées ailleurs ? demanda Frank Rivers.

– Elles ont été enlevées au bord du fleuve, mais je ne crois pas qu'elles se soient senties menacées, pas immédiatement. Il a pu se présenter à elles comme un policier, ou un agent de sécurité, avant de les emmener en voiture. Il a pu leur raconter mille et une histoires pour les avertir qu'elles n'étaient pas en sécurité à cet endroit et qu'elles devaient repartir avec lui. Chacune des jeunes filles avait encore ses fleurs dans les bras, c'est la clef. Il les a attirées en leur inspirant une fausse impression de sécurité, sans quoi elles auraient oublié les fleurs, elles les auraient laissées derrière elle.

– Voilà pourquoi les tiges ont chaque fois été jetées avec les corps. Il se contentait de nettoyer la scène après la tuerie, en conclut Rivers.

– Oui, acquiesça Scott. Zak a dû les conduire au cimetière de Tobytown, parce qu'à l'époque le bowling n'était pas encore construit, il était à l'état de projet. Il s'est peut-être arrêté pour leur permettre de déposer des fleurs sur une tombe. Leurs grands-parents avaient été enterrés là.

– Et c'est le seul endroit où ces fleurs poussent ? demanda Frank, en désignant un cercle sur la carte affichée au mur.

Scott s'approcha un peu plus, puis la tapota, songeur.

– Il est difficile de savoir de manière certaine où elles poussaient, en 1958, mais on peut sans risque supposer que c'était quelque part le long du canal.

– Il est très vraisemblable, renchérit McQuade, calmement, que des descendantes des plants d'origine se trouvent encore à proximité ou dans un périmètre facilement accessible.

La lysimaque est une variété très résistante, la seule chose à laquelle elle ne survit pas, c'est la sécheresse.

– Mais Jackie, fit Hall, perplexe, qu'est-ce que les filles Clayton seraient allées fabriquer dans le même coin plus de trente ans après ?

– En 1971, la zone du canal a été transformée en parc national, et nous sommes dans une grande ville. Si vous avez envie de fleurs sauvages, ou ce genre de chose, il n'y a pas tellement d'endroits où aller. Vos choix sont limités. Et puis, ces fleurs, tout comme le cornouiller, font partie des offrandes religieuses et elles sont bien connues des enfants, qui les cueillent au moment de Pâques. C'est à cette période que les meurtres ont eu lieu. Je parierais que, quand Charlie aura daté le reste – sa main balaya l'étalage de crânes –, nous découvririons que la plupart des meurtres ont eu lieu au début du printemps.

L'Enterreur hocha la tête.

– En gros, alors, pendant que ces gamines cueillaient des fleurs, elles se faisaient cueillir par le tueur. Parfois, le monde mérite pas qu'on y vive.

– Je suis d'accord avec toi, Duddy. Ce jardin sauvage qu'il a utilisé pour ses enlèvements au cours de toutes ces années, c'est ce que nous appelons un site d'attraction, un lieu naturellement attirant pour les femmes et les enfants.

– Des fleurs, soupira McQuade. La beauté attire la beauté.

– Oui, et il a peut-être aussi opéré sur d'autres sites d'attraction, mais il n'y a aucun moyen de le savoir.

– Et Blatt dans tout ça ? (Rivers vint placer son doigt sous ce nom-là.) Vous disiez que Zak et lui étaient associés ?

– Oui, à une époque, mais c'était il y a longtemps. Tout comme moi, je pense que Blatt s'est laissé prendre au stratagème funéraire de Zak et l'a cru mort. Blatt s'est fait duper et je me suis fait duper...

– Mais comment s'y est-il pris ? siffla Hall. Il y a eu un corps incinéré...

– Effectivement. Et, selon les archives de la prison, il y a eu un mort, un détenu. Nous ne le saurons jamais, mais je dirais que Zak est sorti de la prison dans un cercueil en pin après s'être débarrassé du corps véritable quelque part dans l'enceinte du pénitencier. Il travaillait à l'infirmerie. Il a dû fournir au sous-traitant un autre corps à incinérer, pourquoi pas un auto-stoppeur. On n'en sait rien, Duddy.

– Le plus important, c'est que, plutôt que d'assister aux funérailles d'un taulard, Blatt a préféré acheter une urne pour Zak et c'est leur seule erreur majeure. Dès que l'on remonte dans le temps, cela les relie très étroitement.

– Il avait la frousse des funérailles ? pépia Hall.

– Pas au sens où tu l'entends, rectifia Scott en douceur. En tant que diplômé de l'université de Georgetown, avec des amis au sein de la haute société, il n'était pas en position de révéler ses relations louches ou de laisser son passe-temps favori déborder dans sa vie professionnelle.

– Alors comment ils se sont mis en manche avec ce vieux juif ? murmura-t-il, en désignant le nom de Jaffe sur le tableau. C'était lui leur chef ?

– Oui et non. Jaffe n'est pas un tueur, du moins pas au strict sens juridique du terme. Sa passion, c'est l'argent, et je crois qu'il a recruté Zak pour incendier Tobytown et Blatt a joué le rôle d'intermédiaire. À peu près à cette époque, Aaron Blatt vivait chez Jaffe et il achevait son diplôme de médecine dentaire. Blatt et Zak se sont rencontrés sous son toit, ils se sont découvert certains intérêts communs. Ils ont commencé en recourant à des actes de terreur, pour chasser les habitants de Tobytown de leurs terres.

– Et leur dernier acte, en déduisit McQuade, a consisté à cibler la famille Stoner, en enlevant leurs enfants. Cela se tient. Ne disiez-vous pas que le père de Samantha avait engagé un avocat pour se défendre contre eux ?

– Pour se défendre contre le comté, rectifia Scott. Jaffe use toujours de moyens de pression très directs au niveau gouvernemental ; le comté a délivré un avis de redressement fiscal à Stoner. Donc, oui, il a pris cette famille pour cible, c'est mon hypothèse la plus fiable.

– Oui, fit pensivement McQuade, c'est logique. Comme les enlèvements n'ont pas suffi, parce qu'ils ont peut-être soudé ces gens entre eux, il a tout simplement mis le feu chez eux.

Scott soupira.

– Selon moi, c'est Zak qui s'est chargé de l'essentiel de ces actes violents, pendant que Blatt servait d'homme d'affaires et d'observateur, en protégeant Jaffe de toute implication directe.

– Ce n'est plus passible de poursuites ? demanda McQuade.

Le commandant haussa les épaules.

– Avec Rubin Jaffe, nous ne serons jamais en mesure de rien prouver, si ce n'est que ce personnage est d'une cruauté sans nom. Si nous prononcions le moindre propos déplacé à son sujet en public, nous serions aussitôt en butte à tous les groupes de défense juifs de la planète. Cet homme a été en camp de concentration et il s'en est toujours servi comme d'un bouclier contre toute critique sincère ou toute enquête criminelle.

– La Shoah, c'est en effet le tabou ultime, observa McQuade.

Il allait poursuivre, quand Rivers s'interposa.

– Désolé, Jack, fit-il en secouant la tête, je ne mords pas. Vous disiez que ce Jaffe avait passé sa vie à baiser les gens et même à ordonner des enlèvements et des exécutions ?

– En effet.

– Non, jeta-t-il, méprisant. S'il avait été déporté dans un camp, l'horreur de cette expérience lui interdirait d'agir de la sorte, j'en suis convaincu.

Le visage de Scott trahissait toute sa désolation.

– Je n'ai pas dit qu'il avait été victime des camps, Frank, j'ai dit qu'il y était. Détail assez intéressant, la mère d'Aaron Blatt se trouvait avec lui à Auschwitz, donc, quand j'affirme que Jaffe n'a pas dépensé tout cet argent au profit de l'enfant de cette femme par pure bonté de son petit cœur sec et noir, vous pouvez me croire.

– Le prix du silence ? fit Rivers, incrédule.

– Non, pas au sens où nous l'entendons. Mais Myra Blatt sait quelque chose que Jaffe ne veut pas rendre public ; c'est une hypothèse, mais je crois qu'elle est assez fondée. Vous connaissez ce vieux dicton de la mafia, « Gardez vos amis près de vous et vos ennemis encore plus près » ?

Frank acquiesça, tandis que Dudley Hall, qui s'était rempli une joue de tabac Redman à chiquer, en offrit à la ronde, mais tout le monde déclina.

– Eh bien, le vieux Dr Jaffe est devenu un tel ami et un tel bienfaiteur des Blatt qu'il n'a rien à craindre des souvenirs qu'ils conservent de lui. En dépit de ses crimes, ici ou ailleurs, le Dr Jaffe ne quittera ce monde que le jour où son argent ne lui permettra plus de se payer un corps tout neuf et, même à ce moment-là, il conservera encore les moyens de s'acheter toutes sortes de pièces de rechange.

– Je vais lui faire don d'un organe, siffla l'ex-marine.

Scott eut une mimique fataliste.

– Si vous voulez mon humble avis, je crois que Washington mérite Jaffe autant que Jaffe mérite le Washington qu'il a créé. Concrètement, ce dont nous sommes sûrs, ici, c'est que Blatt a tué une première fois, il y a environ trente-cinq ans, quand il vivait à la charge de Jaffe, et son partenaire s'appelait Zak Dorani. Les deux sont toujours en vie, les deux sont résolus à tuer et les deux sont encore assez jeunes pour continuer encore dix ou quinze ans.

McQuade s'avança.

– Donc Samantha a été assassinée quand Blatt vivait chez Jaffe et ils ont embauché Dorani pour mettre le feu au village, récapitula-t-il. Jack, l'urne les relie, tous les deux, et le moment et le lieu correspondent, mais dispose-t-on d'autres éléments de preuve ?

Scott opina, en désignant une pointe fichée dans l'un des crânes.

– La fléchette, déclara-t-il froidement. Une aiguille parfaitement équilibrée, taillée dans le bois ou l'acier, que l'on peut tirer à la sarbacane, à l'arc ou au fusil. Durant cette même période, le Dr Rubin Jaffe rapportait tout un assortiment de ces armes du monde entier. Et si ce petit instrument de mort le fascinait en tant que docteur en médecine, je parie que ce sont Blatt et Zak qui l'ont réellement employée sur le terrain. Ils ont commencé par fabriquer les leurs, un peu plus rudimentaires que celles de la collection de leur mentor. Là encore, la perfection s'acquiert avec la pratique.

– Mais alors, où se situe Victoria Halford, dans tout cela ? s'enquit McQuade, en changeant de sujet. Nous avons trouvé une pierre tombale à son nom : « Shelby Halford, époux de... ».

Scott plissa les yeux.

– Eh bien, c'est la preuve que j'ai une bonne équipe, dit-il en regardant le vieux Duddy, qui lui sourit de toutes ses dents rosies par le jus de tabac.

– Hé, Jackie, elle est où cette bouteille de whisky qui se laisse siroter ?

Rivers se rendit immédiatement au bar du salon, en revint avec deux verres et une bouteille. Il en tendit un à Hall, un à McQuade et les servit tous les deux. L'Enterreur avala le breuvage cul sec.

– Tu disais à propos de Victoria ? siffla-t-il.

– Oui, son seul lien avec toute cette histoire, c'est qu'elle connaissait les Stoner et plutôt intimement. En plus, elle continue de se rendre au bowling des Patriotes, bien que pour elle ce soit avant tout un cimetière. Elle rend visite à ses parents et continuera de le faire jusqu'à ce qu'elle les rejoigne.

– Jack, suggéra McQuade, vous pourriez convaincre Jaffe de faire don de ce terrain pour qu'on le transforme en parc, puisqu'il ne sert à personne.

Le commandant secoua la tête.

– Ne comptez pas trop là-dessus, soupira-t-il. En tout cas, il est intéressant de noter l'âge de Victoria. Pensez à tous les changements auxquels elle a assisté sur ce terrain : elle a vu un petit cimetière au bout d'un chemin de terre se transformer en une véritable bourgade, qui s'est elle-même muée en un immense bloc urbain à proximité d'une autoroute à huit voies. Elle a vu la maison d'Elmer se construire – sa voix retrouva une certaine aménité –, elle se souvient du week-end où ses parents l'ont ramené de la maternité.

– Sans rire, gloussa Rivers.

Scott confirma.

– Quand Elmer avait environ trois ans, son père s'inquiétait de voir cette vieille femme rôder par là, à chantonner au pied de leurs fenêtres. Un jour, il est allé à sa rencontre et, depuis, Victoria a une photo du petit sur elle.

– La grâce d'un ange, observa McQuade.

– Jack, s'écria Rivers, ce type, Zak, il s'est attaqué à des maisons équipées de serrures de première qualité et, pourtant, il entre sans le moindre signe d'effraction. Comment s'y prend-il, il faut bien que...

Et subitement on frappa un coup sec à la porte de la maison. Rivers se raidit en voyant entrer un homme en coûteux uniforme taillé sur mesure, le visage tiré, les épaules tombantes, la bouche maculée de poudre antiacide.

Le capitaine Maxwell Drury semblait accablé par le stress, sur le point de s'effondrer. Il se précipita dans la cuisine. Alarmé, le commandant Scott se dirigea vers lui et le groupe s'écarta du comptoir. Les crânes alignés fixaient Drury de leur regard vide et horrifié.

– Capitaine, fit Rivers, avec un signe de tête lugubre.

– Salut, Frank, répondit Drury, puis il dévisagea Scott, l'œil brûlant, le regard anxieux.

– Qu'y a-t-il, Max ?

– Un nouveau développement. (Sa voix était rauque.) Duncan Powell vient de m'appeler chez moi, des nouvelles assez urgentes, alors je suis venu en personne.

– L'amie de Lacy Wilcott ?

Drury confirma, la mine désolée, en retirant sa casquette.

– Carol Barth. On l'a découverte dans un patelin de Floride, Waltzing Waters, dans les Everglades, mais il y a autre chose, John...

Les quatre hommes dans la pièce sentirent toute la tension qui l'habitait.

– Que s'est-il passé ? Il est arrivé quelque chose à Powell ?

– Non, non, il n'a rien – le corps et le visage du capitaine étaient raidis de colère. Ils ont tué un flic, lâcha-t-il, glacial. Un motard de la patrouille routière. Là où une balle aurait suffi, ils lui ont éclaté le cœur. Arraché du corps.

Il y eut un profond silence. Rivers sentit sa mâchoire se contracter. Il passa devant Dudley Hall, qui tendit à Drury un godet de whisky. Le capitaine le vida d'un coup, l'avala péniblement, puis reprit la parole.

– Par pur plaisir, comme des sauvages, ils ont manipulé le corps de ce policier, ils l'ont laissé dans une position suggestive sur la jeune morte. Ils sont pires que des animaux...

– Seigneur, fit Rivers, la gorge serrée, et il se retourna vivement.

– ... et il y a plus grave. Ils se dirigent par ici, John.

Drury lâcha un soupir, la voix chargée, dure comme du bois, et Scott avait une veine qui saillait dans le cou.

– J'ai besoin de Frank, conclut-il. Ces salopards viennent de déposer un plan de vol depuis la Caroline du Sud.

Il tendit à Scott un papier.

– De Columbia à Richmond et puis Washington, lut ce dernier.

– Ils foncent droit sur nous.

50

Deux dimanches par mois, le parc national de Great Falls ouvrait ses portes à des bénévoles qui organisaient des visites pédagogiques pour des groupes paroissiaux, des écoles et des seniors. Ces « Aventures historiques guidées », comme on les appelait, n'étaient accessibles que sur invitation ou sur rendez-vous.

Les guides s'étaient réunis à 11 heures dans une maison d'éclusier dominant le canal Chesapeake-Ohio, où ils se préparaient à instruire et divertir les classes de scolaires qui n'allaient pas tarder à arriver, des élèves de quatre écoles élémentaires publiques de la région. Ils étaient habillés à la mode du début du XXe siècle, le vieil accoutrement du batelier, grosses bottes noires, robes sombres et bonnets bouffants, certains portaient même des bésicles, d'autres des gants de travail en cuir.

Non loin de l'écluse, sur le chemin de halage, deux hommes attelaient cinq mulets et s'apprêtaient à les harnacher à une barge en bois amarrée devant le centre d'accueil des visiteurs. Ce fut par là qu'arriva Jessica Janson, tenant par la main un jeune garçon déjà fatigué.

– Je ne peux pas juste faire le tour à dos d'âne ? geignit-il, en désignant les quadrupèdes.

– Il faut d'abord faire la visite, le tour en mulet, c'est en dernier.

– Mais, maman, ils...

– Tu voulais venir, Elmer, tu as accepté l'invitation, le reprit-elle.

– Mais toi, tu vas faire quoi ?

– Je vais aller bavarder avec d'autres parents et boire un soda. (Elle soupira.) Je vais peut-être aussi acheter des crackers et nourrir les canards.

Elle lui sourit, car dès leur arrivée, elle avait compris pourquoi son fils avait changé d'avis. La présence de ses camarades l'intimidait et, à leur approche, elle avait remarqué une petite brune qui le dévisageait.

– Elle est mignonne.

– Beurk !

– Allons, sois un peu *gentleman*, le réprimanda-t-elle alors qu'ils s'arrêtaient devant quelques parents et enfants.

Le groupe n'était pas encore au complet. La mère de la petite brune leur sourit.

– Salut, fit Jessica, en tenant fermement la main d'Elmer.

– Bonjour, fit la femme d'un ton chaleureux. Je m'appelle Janet Lynch, ma fille est dans la classe de cours moyen de Mme Martin.

– Ravie de vous rencontrer. (Elles se serrèrent la main.) Jessica Janson, mon fils est dans la même classe.

– Alors ils doivent se connaître, répondit-elle, en baissant les yeux sur la fillette qui dévorait Elmer de ses jolis yeux noisette.

– Salut, Elmer, miaula-t-elle, et Jessica fut atterrée de voir son fils lui tourner grossièrement le dos.

Elle lui serra la main, suffisamment fort pour que les joues du garçon perdent toutes leurs couleurs.

– Salut, Beverly, fit-il, cassant, puis il retourna à sa contemplation des mulets.

Jessica lui lança un regard aussi acéré qu'un poignard.

– Il se conduit comme un sale gosse, fit-elle, taquine. Aujourd'hui, c'est la journée du sale gosse.

Elmer rougit de manière visible. Janet Lynch était tout sourires.

– En fait, je n'étais pas sûre de comprendre pourquoi nous avons eu l'honneur d'être invitées pour cet événement, dit-elle en regardant le groupe des parents et des enfants qui allaient et venaient.

– Oh, ils invitent une classe différente à chaque fois, c'est censé être très intéressant et le conseil des établissements du comté soutient ce programme. Les enfants plus âgés, ils les emmènent camper.

Elles virent une animatrice vêtue d'une robe à crinoline de la période coloniale, à l'ourlet cerclé de métal, rejoindre le groupe depuis la maison d'éclusier, une pile de papiers et un porte-documents serrés contre la poitrine.

– Votre attention, s'il vous plaît ! lança-t-elle d'une voix haut perchée. (Les enfants et les adultes s'animèrent, puis se turent, et l'animatrice s'approcha.) Je vous remercie de votre participation à l'excursion du dimanche de C & O canal, une aventure guidée de quatre heures, une véritable leçon de choses pour vos enfants. Nous souhaitons un accueil chaleureux à la classe de cours moyen de Mme Martin.

Elle marqua un temps et les parents et les enfants échangèrent des regards.

– Pour les enfants, l'itinéraire va débuter juste après ce pont. (Elle fit un geste vers l'écluse et une dizaine de jeunes filles blondes lui rendirent son signe de la main.) Ces guides sont des bénévoles qui vont travailler par petits groupes afin de pouvoir aborder davantage de sujets dans un temps limité. Veuillez préparer vos invitations, je vous prie, demanda-t-elle, et du groupe s'éleva un bruissement de papiers.

Jessica sortit la sienne de son sac et la tendit à Elmer.

– On ne pourrait pas repartir tout de suite ? dit-il en se tortillant.

Elle lui caressa les cheveux.

– Accorde-leur une chance, cela ne dure que quelques heures et ça te plaira sûrement.

– Les enfants, reprit l'animatrice, maintenant, dites au revoir à vos parents et, dès que vous aurez traversé le pont, chaque guide vous placera dans un groupe. Les filles, si vous avez un petit sac, vous devriez le laisser dans la maison de l'éclusier. Il vaut mieux que vous ayez les deux mains libres.

Les enfants s'avancèrent. Elmer se tourna vers sa mère.

– À tout à l'heure, dit-elle tranquillement et, du bout de l'index, elle taquina son nez constellé de taches de rousseur.

Il s'éloigna d'un pas lent et la petite Beverly Lynch marchait à sa hauteur, en le regardant avec des yeux admiratifs. Sur l'autre berge de la voie d'eau, deux vieux muletiers coiffés de casquettes de marinier grattèrent le refrain d'*Erie Canal* au banjo.

– Chers parents, continua l'animatrice, pour ceux d'entre vous qui souhaitent attendre le retour de leurs enfants ici, nous avons prévu des rafraîchissements dans la maison de l'éclusier. Les classes seront de retour à 16 heures, mais nous vous demandons un peu de patience au cas où un groupe serait légèrement en retard.

Jessica regarda les enfants se répartir en petites équipes, de l'autre côté du pont barré par des chaînes ; ils remettaient leur invitation et recevaient en échange un signe d'identification. Une femme d'un certain âge nouait un ruban bleu dans les cheveux de Beverly.

– J'imagine qu'ils vont être dans le même groupe, dit Janet Lynch.

Jessica eut un sourire, car Elmer se tournait dans sa direction en levant les yeux au ciel, il avait du mal à se tenir tranquille alors qu'un vieux muletier lui épinglait un trèfle vert à la poitrine.

– Eh bien, voilà, c'est parti, fit-elle, en suivant la formation de ces petits groupes que des animateurs en costume d'époque triaient par code de couleur. Je vais aller chercher des sodas. Ça vous dit ?

– Nous allons en profiter pour faire mieux connaissance, annonça la guide, qui avait le sourire facile, en acheminant le groupe de six enfants vers un arbre à l'ombre immense, près du fleuve.

Les joueurs de banjo chantaient à présent et un gargouillement s'éleva quand l'eau commença à s'engouffrer à l'intérieur de l'écluse monumentale.

Cette guide était une femme d'un certain âge, coiffée d'un bonnet gris-bleu noué par une bride qui lui pinçait le menton, ce qu'Elmer jugea inconfortable. Elle avait les yeux saillants, derrière de vieilles bésicles à monture de corne, et ses bottines en cuir noir, très serrées, étaient agrémentées de rangées de boutons. Elle avait la taille ceinte d'un tablier blanc, qui recouvrait une robe gris clair auquel un cerceau de métal donnait de l'ampleur, et Elmer trouvait étrange que des adultes se donnent un mal pareil pour reconstituer le passé, alors que la seule vision du vernis à ongle rose vif de la femme venait tout gâcher.

– Aujourd'hui, je suis habillée en femme d'éclusier. (Elle sourit.) Est-ce que l'un d'entre vous saurait en quelle année le canal Chesapeake-Ohio est entré en service ?

Les enfants se regardèrent, mais aucun d'eux ne se risqua à formuler une réponse. La guide se pencha, les mains posées sur les genoux. Son cerceau géant rebiqua, lui dessinant un demi-cercle dans le dos. Elle scruta les yeux vert menthe d'Elmer Janson.

– Je parie que tu le sais, toi, dit-elle gentiment. Il ne faut pas faire le timide.

Farfouillant dans une poche, Elmer avait la gorge nouée, sous le regard de Beverly Lynch qui admirait le moindre de ses gestes.

– 1860 ? répondit-il, peu sûr de lui.

– C'est très proche, roucoula-t-elle. Cela s'est passé en fait plus tôt, en 1836, avant la guerre de Sécession. Maintenant nous allons tous faire semblant de vivre à cette époque-là et nous allons nous présenter. (Elle se pencha en lui souriant et lui tendit la main droite.) Je m'appelle Irma Kiernan.

Ils se promenaient depuis près d'une heure, en s'arrêtant de temps en temps pour se désaltérer et en apprendre davantage sur le parc, quand ils arrivèrent au bout d'un chemin de gravier. Leur image à tous se reflétait dans les eaux immobiles du C & O canal, et il y avait un pont en bois, au-dessus d'eux. Juste à leur gauche, une écluse et une petite maison blanche. Elle avait beau être bardée de planches, elle était bien entretenue, entourée d'une pelouse composée de fleurs des champs de toutes sortes et de toutes les couleurs de l'arc-en-ciel. Irma ralentit le pas et s'y arrêta, admirant la vue splendide sur le Potomac en furie, les hautes falaises de granit et l'horizon à perte de vue. Elle tenait Beverly Lynch par la main.

– Les enfants, fit-elle, réclamant leur attention, et ils se regroupèrent tous autour d'elle. Est-ce que quelqu'un sait où nous sommes ?

– À une écluse, suggéra Elmer, près de Little Falls.

Il se sentait maintenant plus à l'aise avec le groupe.

– Très bien, approuva-t-elle, souriante. Dans cette maison vivait un éclusier qui se nommait Horace Marsden et, quand nous ferons notre tour en bateau, nous vous montrerons des photos de sa famille. Sachez que le métier d'éclusier ne se limitait pas à attendre l'arrivée des péniches. Si vous regardez au-dessus de vos têtes – elle se retourna et les enfants observèrent le pont de bois –, vous verrez une série de monte-charge actionnés par des cordages. Ils servaient à descendre les marchandises sur les bateaux. D'après vous, quel genre de produits était-ce ?

– De la nourriture, fit Beverly.

– Oui, approuva aussitôt Irma, des céréales et du bétail. Grâce à ce système de cordages, ils chargeaient des cochons et du bétail sur le pont des péniches et ensuite elles continuaient vers Washington. Et de quelles autres marchandises s'occupait M. Marsden ?

– Des matériaux de construction, répondit tout de suite Elmer.

– Très bien, approuva Irma en lui adressant un clin d'œil, des briques et de la pierre, et du charbon pour se chauffer dans les villes. Parmi les autres marchandises, on peut citer le tabac, les fourrures, le minerai de fer, le whisky et le bois de construction. Maintenant, pendant que M. Marsden veillait sur les cargaisons en provenance de Cabin John, de quoi s'occupait sa femme ?

– De la cuisine, répondit Beverly, elle cuisait le pain et faisait le ménage.

– Oui, et en plus il fallait qu'elle soit maîtresse d'école, car à l'époque il n'y avait pas d'établissements scolaires, et il fallait aussi qu'elle soit vétérinaire, qu'elle prenne soin des mulets et du reste du bétail. Leurs seuls visiteurs étaient les bateaux qui passaient rarement plus d'une fois par mois, M. Marsden y attachait son troupeau de mulets et il continuait en direction de Washington. Et ensuite, quand il arrivait à Georgetown, que faisait-il du bateau ?

– Il le ramenait, répondit une grande fillette noire qui s'appelait Audry Morris.

– Non, on ne pouvait pas ramener les bateaux, alors on les démontait et on en revendait le bois pour la construction des maisons. Une bonne partie des premières maisons construites le long du fleuve ont été faites avec des morceaux de ces bateaux ! s'amusa-t-elle, et plusieurs enfants rirent à leur tour. Ensuite, M. Marsden et sa famille ont vécu ici de 1836 à 1884, mais ils n'étaient pas la seule famille sur cette voie d'eau. Qui d'autre s'était installé ici ?

– Des esclaves, fit Elmer, sûr de lui.

Irma Kiernan entendit sa réponse et fut impressionnée de tant de connaissances, de la part d'un enfant de dix ans. Cet enfant était vraiment brillant.

– La réponse d'Elmer est exacte, déclara-t-elle presque avec fierté. En 1860, les Noirs commencèrent à fuir le Sud, en amont du fleuve. Mais pourquoi ont-ils choisi de vivre par ici ?

Personne n'ouvrit la bouche. Du fond du groupe, un gamin noir et mince, coiffé d'une casquette rouge, proposa son idée.

– Le Maryland était un État libre, donc ils sont venus pour y trouver la liberté.

– Oui, acquiesça-t-elle, Derrick a raison. Mais une fois arrivés ici, pourquoi restaient-ils ? Une fois entrés dans l'État du Maryland, ils pouvaient aller où ils voulaient, alors pourquoi ne pas prendre le bateau pour gagner la ville de Washington ?

Confrontés à cette question difficile, les enfants étaient à la fois remuants et silencieux.

– La réponse, reprit-elle en détachant ses mots, c'est la religion. En échappant à la cruauté de l'esclavage, les Noirs américains ont réussi à se bâtir un mode de vie, en rendant hommage à tout ce que vous voyez ici autour de vous, tout ce qui symbolise la liberté que Dieu avait bien voulu leur accorder. L'un d'entre vous saurait-il nommer l'un de ces symboles ?

– Le fleuve, répondit immédiatement Elmer.

– Les fleurs, fit Beverly.

En les entendant, Irma Kiernan sourit, car les enfants avaient saisi l'idée générale.

– Les arbres et la forêt, ajouta Derrick.

Elle approuva.

– C'est bien ; tout cela, ce sont en effet des images puissantes de la liberté, un morceau du paradis terrestre. Bon, alors, qui saura trouver où vivaient ces esclaves, qui sera capable de trouver la cheminée dans les bois ?

Les enfants se retournèrent, tout excités, scrutèrent l'horizon, et il y avait en effet un objet qui pointait de la cime des arbres, aussi discret qu'une cicatrice. Irma vit s'agrandir les yeux verts du garçon, rivés sur cette forme, là-bas.

– Suivons Elmer, suggéra-t-elle, je crois qu'il a trouvé.

Ils arrivèrent dans une petite clairière au centre d'un bosquet touffu, qui se dressait au-dessus de Great Falls. Sur leur droite, on voyait un tronçon de canal, un aqueduc qui s'appelait Wide Water. Il y avait des fondations en pierre, une cheminée au conduit de rocaille. Le cœur d'Elmer battit plus vite. Il songeait à ce qui pourrait être enfoui là. L'idée de ces fragments de vies passées lui insufflait l'esprit d'aventure.

La maison était entourée de myriades de myrtilles chatoyantes et de fleurs sauvages ; Beverly partit aussitôt en exploration au milieu de ces couleurs vives et tous les enfants s'éparpillèrent, surexcités, s'égaillant comme des fourmis au milieu de la clairière, à la découverte de ces ruines.

– D'après vous, qu'est-ce que c'était ? leur demanda-t-elle. Quel genre de maison ? (Il n'y eut pas de réponse.) Elle a été construite entièrement à la main à l'aide des matériaux naturels que vous voyez tout autour de vous, des rochers des berges du fleuve, des tronçons de chênes et de séquoias, des briques d'argile rouge, des ardoises venues des chutes d'eau.

Elle désigna une gorge rocheuse aux eaux écumantes qui bouillonnaient en un courant puissant et rageur.

– Les esclaves en fuite se sont installés ici et ils ont bâti cette maison au début de la guerre de Sécession, poursuivit-elle. En fuyant, ils suivaient la rivière et le canal. Remarquez toutes ces plantes luxuriantes et ces buissons, ce sont eux qui les ont plantés ; ils s'en servaient pour se nourrir et décorer leurs maisons.

– Combien y en avait-il ? demanda Derrick, impressionné, passant de pièce en pièce en observant les emplacements où jadis s'érigeaient des murs.

– Personne n'a pu en conserver le souvenir, mais c'était une grande maison, car il y avait jusqu'à dix familles qui dormaient sous ce toit. Remarquez qu'il y a deux cheminées. Les esclaves étaient pauvres, ils devaient être nombreux ici.

Elmer se faufila dans une énorme cheminée en pierre, avec ses imposantes dalles de granit encore maintenues en place par un mortier gris et fin, et la petite Beverly le rejoignit. Elle remarqua une ligne de ciment qu'elle suivit du bout de l'index.

– Regarde, fit-elle, captivée, quelqu'un a écrit quelque chose avec un bâton.

Il s'approcha, souffla la poussière du conduit de cheminée, et Derrick arriva à son tour, à quatre pattes.

– Tu arrives à lire ce que ça dit ? demanda-t-il d'une voix enjouée.

– J'en sais rien, dit Elmer, perplexe, je crois que c'est écrit *picky*, c'est vraiment une écriture bizarre.

Les deux garçons nettoyèrent le graffiti avec leur salive. Beverly se glissa entre eux et tous trois se mirent à creuser, à quatre pattes.

– C'est un *V*, annonça-t-elle avec un petit gloussement. Ce n'est pas un *P*, idiot, fit-elle avec une moue à Elmer qui s'affairait sur ce qui ressemblait à une date.

– *Vicky*, lança Derrick, c'est un nom ! Et il y a une date, en plus !

– Les enfants, dit Irma en arrivant du jardin. (Elle hésita au seuil de la pièce.) Ressortez de là, s'il vous plaît. Pour récolter des insectes et des araignées, ce n'est franchement pas la peine.

– Mais il y a une date ! répéta Elmer, électrisé. Je crois que c'est écrit 1918. (Il eut l'air décontenancé.) Hé, miss Kiernan, il n'y avait pas d'esclaves en 1918.

– Ce doit être l'époque où la maison a été reconstruite par les défenseurs du patrimoine. Et maintenant je veux que vous ressortiez de là, insista-t-elle, c'est dangereux.

Les enfants obéirent, mais à contrecœur.

– Il nous reste encore dix minutes pour explorer le domaine des esclaves, alors nous allons nous disperser pour observer rapidement autour de nous. Mais attention à ne pas toucher aux plantes qui ont trois grandes feuilles brillantes ou de drôles de baies. Vous devriez plutôt chercher certaines fleurs très spéciales qui ont des pétales d'un rouge et d'un jaune éclatants et dont se servaient jadis les esclaves pour célébrer Pâques. Qui saura me trouver ces fleurs-là ?

Sur ce, elle s'avança de deux pas, discrètement, pour être plus près d'Elmer.

– Les garçons, est-ce que l'un de vous aurait un canif ? continua-t-elle, mais en veillant bien à ne pas donner l'impression de s'adresser plus particulièrement à l'un ou l'autre. Derrick en était encore à farfouiller dans sa poche qu'Elmer tendait déjà son couteau à l'enseignante.

– Oui, moi, annonça-t-il fièrement, en lui remettant son couteau scout, monté sur un anneau de porte-clefs.

Il avait appartenu au père d'Elmer, c'était presque une antiquité, et elle réprima un sourire en voyant l'unique clef qui pendait à l'anneau de métal cuivré. Elle le prit dans sa main et jeta un œil au couteau.

– Merci, fit-elle, et elle se retourna. Nous allons cueillir des fleurs de Pâques que vous rapporterez chez vous, alors maintenant tout le monde cherche, regardez bien autour de vous et choisissez le massif de plantes qui vous paraît le plus beau.

Les enfants s'égaillèrent à grand bruit dans la clairière humide, s'éparpillant sur ce tapis de couleurs. Beverly, Derrick et Elmer formaient maintenant une sorte d'équipe et ils coururent ensemble vers un promontoire qui surplombait en une pente assez raide le fleuve en furie. En contrebas, le flot grondait en vagues blanches et rugissantes, et, à cet endroit, la terre marécageuse et détrempée était couverte de milliers de fleurs de toutes sortes et de toutes les couleurs.

Certaines d'entre elles, comme les dicentres à capuchon, déployaient leurs énormes pétales et se dressaient aussi haut qu'Elmer Janson. D'autres étaient bleues et présentaient une sorte de fruit violacé, c'était l'arisème petit-prêcheur – mais les enfants, eux, ne connaissaient pas tous ces noms. D'autres encore, comme le mélilot officinal, arboraient des fleurs orange vif et il y avait aussi de hautes quenouilles, les massettes, qui ressemblaient à des corn dogs, ces hot dogs surdimensionnés roulés dans de la semoule de maïs et servis au bout d'une pique. Jusqu'à la berge, aussi loin que pouvait porter le regard, c'était un jaillissement de rouges et de jaunes éclatants.

– Regardez ça ! s'exclama Beverly, ravie.

Tous les enfants, comme fascinés par ces fleurs odorantes et douces, longeaient en file indienne un petit ruisseau qui courait au creux d'un sillon, au pied d'une colline. Ce fut là qu'ils se regroupèrent et ils pinçaient, touchaient, caressaient et récoltaient ces lysimaques terrestres éclatantes, en forme de trompettes. Elles fleurissaient en un déluge somptueux, partout sur ce sol détrempé, avec leurs tiges vert foncé au bout desquelles leurs flèches radieuses pointaient leurs pétales pareils à des étoiles et leur parfum flottait dans l'air comme une pluie estivale féerique.

Irma Kiernan regarda brièvement les enfants réunir leurs fleurs en petits bouquets bien serrés. Elle n'avait pas pris la peine de compter leurs têtes. Le cœur palpitant, le front moite, elle se concentra sur sa mission. Elle plongea une main prudente dans sa robe, en sortit une petite boîte plate en métal noir avec cette inscription, *Cache-Clef*, gravée sur le couvercle. Elle la prit dans sa main gauche, puis en fit vivement coulisser le couvercle, en veillant à tourner le dos à la nichée de gamins.

Le fond du petit boîtier était tapissé d'une mixture d'argile plastique qui avait l'apparence d'une grosse gomme aplatie. Elle détacha la clef d'Elmer de l'anneau, la tint entre le pouce et l'index et l'appliqua bien à plat, en pétrissant des deux mains. Avec une dextérité de professionnelle, elle appuya soigneusement sur la tranche dentelée de la clef avec le pouce puis la retira de la pâte, laissant ainsi une empreinte claire et précise. Elle la retourna et venait de recommencer son manège quand Beverly Lynch vint se cogner dans l'arceau de sa jupe, la faisant ondoyer un peu, puis lui tira sur la robe par-derrière.

Irma sursauta, mais sans se retourner.

– Miss Kiernan, fit-elle timidement. Miss Kiernan...

– Juste une minute, marmonna-t-elle, en pressant sur la clef du bout des doigts des deux mains, le cœur au bord des lèvres.

– Miss Kiernan ? répéta la petite voix, qui paraissait perturbée, pendant que la guide continuait d'enfoncer la clef dans la pâte, puis l'en retirait une deuxième fois, en prenant le temps de vérifier que la rainure centrale était nettement visible et sans la moindre bavure.

Quand on exécutait un moulage de clef, Jeff détestait les bavures, elle ne l'avait pas oublié. Le travail bâclé pouvait engendrer un excédent de métal qu'il fallait ensuite limer à la main.

– J'ai quelque chose dans l'œil ! cria subitement la petite Beverly dans son dos.

– Oui, mon chou, fit Irma, impavide, sans regarder ; on te le rincera dès qu'on sera rentrés.

– Mais ça fait mal...

Et maintenant elle pleurait.

Une erreur d'une seconde, Irma Kiernan le savait, pouvait coûter à Jeff une heure de travail d'ajustage supplémentaire et, tandis que l'enfant sanglotait derrière elle, elle termina son empreinte, qui était bien nette et presque parfaite, puis frotta la clef sur son tablier, pour la nettoyer du surplus de pâte qui aurait pu y rester collé. Elle referma soigneusement la petite boîte et la laissa tomber dans le fond de sa poche. En se retournant, elle vit Elmer occupé à examiner l'œil de la fillette. Le doigt entortillé dans un pan de sa chemise, il essayait de lui retirer un grain de poussière logé au creux de la paupière inférieure.

Derrick les rejoignit à son tour. Il posa son bouquet par terre, puis scruta les jolis yeux noisette de Beverly.

– Arrêtez-moi ça ! aboya Irma Kiernan. Vous risquez d'aggraver les choses !

Elmer tressaillit, bouche bée, les bras ballants. Kiernan saisit le menton de Beverly entre ses doigts et lui examina le visage.

– Ben, vous ne réagissiez pas... ronchonna Elmer à mi-voix.

– Ah, je t'ai entendu ! s'emporta la guide, et elle avait le cœur qui battait à tout rompre.

– Mais c'est vrai, insista-t-il avec aplomb, elle s'est fait mal et vous...

Elle s'en prit aussitôt à lui.

– Je te prie de ne pas me répondre, l'avertit-elle, l'index pointé, je sais de quoi on a besoin et ce n'est sûrement pas de toi !

Le jeune garçon s'écarta rapidement et elle se pencha pour examiner l'ampleur du problème. L'œil gauche de Beverly était tout rouge, il pleurait vilainement, et Kiernan se demanda pourquoi, mais pourquoi, nom de Dieu, son homme tenait tant à sauver ce gosse, cet Elmer Janson qui, du haut de ses dix ans, était déjà d'une incorrigible insolence.

– Mais c'est pourtant simple, s'était agacé Dorn, pourquoi faut-il que les femmes compliquent toujours tout à ce point ?

Penchée sur Beverly Lynch, Irma Kiernan réentendait presque la voix de Jeff. Les larmes séchaient, mais l'œil commençait à gonfler dans sa partie inférieure, recouvrant la parcelle de poussière enfouie dans les tissus mous de la paupière.

– Tu as le moule, Irma, c'est de l'argile toute neuve, et tu sais comment la modeler. Alors maintenant cesse de te plaindre et entraîne-toi.

Ils avaient effectué le trajet en voiture depuis leur maison de Wooded Acres, continué jusqu'au bout de River Road en direction du canal.

– Mais il va m'observer, avait-elle protesté, on n'a jamais procédé ainsi avec tous les autres...

– Bordel, oublie les autres. Le petit Janson n'est qu'un gamin. Pourquoi ça te pose un tel problème ?

– Eh bien, hier soir, j'ai cru que...

Dorn l'avait coupée.

– Un vieux schnock en imper, ils ont eu du bol et toi, tu as attendu trop longtemps. Si tu étais arrivée à leur hauteur dix secondes plus tôt, le vieux nous aurait vus et il se serait même pas arrêté.

– Mais qu'il se soit arrêté, justement, c'est trop beau pour être une coïncidence...

Dorn avait secoué la tête et avait appuyé sur la pédale de frein pour ralentir au feu du carrefour de River Road et Falls Road, à moins d'un kilomètre du parc de Great Falls.

– Mais enfin, bon Dieu, ce type était même pas de la ville. Il avait des plaques du Maine, c'est bien ça ?

– Oui, avait-elle minaudé.

– Autrement dit, il est sans doute venu dans le coin pour téter à la mamelle des finances publiques. Le directeur de campagne du vice-président, c'est de là-bas qu'il est originaire, lui aussi.

Le feu était passé au vert et il avait relancé la BMW noire, en enclenchant une cassette des *Nocturnes* de Chopin.

– Oh, mon chéri, avait-elle insisté, il va être soupçonneux. On ne pourrait pas attendre l'une des filles, plutôt ? Quand elles déposent leur sac dans la maison de l'éclusier, il n'y a personne pour surveiller. J'aurai tout le temps qu'il faut pour leur chiper leurs clefs, personne ne regarde. Ça a marché à tous les coups. Ça t'a bien plu quand...

– Non ! avait-il rétorqué. Si tu n'es pas capable de gérer ça, je m'en occupe moi-même ! (Sa voix dégoulinait de venin.) Jessica Janson et toi, c'est vraiment la belle et la bête !

– Oh, Jeff, avait-elle soupiré, c'est odieux de ta part de me dire ça. Tu ne le penses pas...

Elle n'avait pas achevé sa phrase. Il avait secoué la tête d'un air navré. Cette phrase lui avait échappé, voilà tout.

– Alors, tu demandes si quelqu'un a un couteau de poche, car le gamin est très fier du sien. C'est un objet idiot, mais Jessica en a causé des heures avec la grand-mère, en se demandant si elle devait l'autoriser. La première chose qu'a faite Elmer, c'est d'y attacher la clef de la maison, donc c'est l'idéal.

– Tu es sûr que c'est la meilleure solution ?

Dorn avait eu un regard de glace.

– Ça lui a pris combien de temps, à cette garce, pour poster sa réponse à l'invitation, pour un événement aussi excitant que cette excursion ?

– Les Janson ont été les tout derniers à répondre.

– Là, tu vois, Irma, ça te donne toute la mesure de l'intérêt qu'elle porte à son fils ; elle en a rien à foutre de son éducation. Alors, quand tu demanderas ce couteau, tu feras en sorte de te trouver le plus près possible d'Elmer. Parce que tous les petits garçons en ont un, quoi qu'en pense Mme Janson.

Et il avait déclenché le chronomètre qu'il tenait dans sa main droite.

– Deux minutes et trente secondes. Il faudra faire mieux que ça, alors maintenant tu réessaies.

– Miss Kiernan, dit Elmer, continuant à marcher en surveillant l'œil endolori de Beverly, tout en marchant.

Il était si enflé qu'il était presque refermé et il la tenait par la main, ralentissant la petite troupe malgré lui. Ils marchaient depuis près de dix minutes, avec Derrick de l'autre côté, qui avertissait Beverly à chaque grosse pierre qui se présentait sur le chemin de halage.

– Oui ? répondit-elle d'une voix chantante, absente, et c'était à peine si elle l'entendait, absorbée par ses pensées dans la lumière mordorée qui filtrait à travers l'épais sous-bois.

C'était la fin de l'après-midi, bientôt le soleil se coucherait et elle s'imaginait une noce dans ce halo de lumière éthérée. Pour la lumière parfaite, tout était question de timing et elle s'était déjà presque décidée pour une cérémonie en début de soirée quand, de nouveau, le garçon l'interrompit dans ses rêveries.

– Miss Kiernan, vous avez gardé mon couteau ! lui rappela-t-il, haut et fort, et la femme devint pivoine.

Elle le tenait en effet, dans son poing droit serré, et le lui rendit promptement.

– Elmer ! s'écria subitement Beverly, timide et malheureuse, et le garçon, la gorge sèche, pressa le pas pour revenir à sa hauteur.

Et ce fut seulement parce qu'elle s'était manifestée et pour aucune autre raison, et parce que la petite Beverly s'était vraiment fait mal, qu'il lui reprit poliment la main et ils marchèrent du même pas. Derrick le remarqua et, comme de juste, il leva les yeux au ciel, mais, comme il était plutôt du genre bien élevé, il s'abstint de tout commentaire.

– Quand tu es un garçon, c'est ce qu'on attend de toi, non ? lui dit Elmer en haussant les épaules.

– M'en parle pas, j'ai deux sœurs.

Depuis son coin de pêche de Wide Water, Jeff Dorn surveillait la scène à l'aide de ses puissantes jumelles de campagne et ce qu'il voyait lui plaisait. Chaque fois qu'Irma avait échoué dans quelque chose, elle avait les épaules et la figure tombantes, une vraie coulée de boue.

Et là, il l'apercevait, se pavanant sur le chemin, l'air rêveur, un bouquet de fleurs dans les bras.

Le temps que les Janson soient de retour chez eux, les ombres s'étaient épaissies, la nuit avait commencé de s'installer.

Quatrième jour :
Les cités

Je vais vous dire un grand secret,
mon ami. N'attendez pas
le Jugement dernier,
il a lieu tous les jours.

Albert Camus, *La Chute*

51

Tout cela ne faisait qu'un et c'était la vérité, et Seymor Blatt était obligé de l'admettre, lui qui, jeune homme, avait passé tant d'années en ces lieux. Bethesda, Cabin John, Potomac, Silver Spring, Falls Church, et d'innombrables autres villages jadis modestes situés sur de longues langues de terre attenantes, composant ce que l'on appelait le Maryland et la Virginie, en étaient réduits à ce rôle de fragments d'une seule et même cité, énorme, singulière, tentaculaire.

Cette cité, c'était Washington, terre de monuments et de banlieusards en transit et, du haut du cockpit du luxueux King Air 300, ils suivaient un hideux tronçon d'autoroute, baptisé l'Inner Beltway, qui faisait penser à une rivière de lumières rouges au cours tortueux. Ce fut la première vision qui attira leur attention, tandis qu'ils taillaient dans l'épaisse couverture nuageuse qui ne les avait pas lâchés depuis qu'ils avaient atteint la côte, plus tôt dans la journée.

Gregory Corless, qui ne comprenait rien à cette constellation urbaine, demeurait convaincu qu'en descendant dans un hôtel de Bethesda on se retrouvait très à l'écart de Washington, et non pas au cœur de son noyau aristocratique le plus fortuné. Blatt avait bien essayé de le lui expliquer, mais il continuait de croire que s'installer tout près du siège du gouvernement fédéral les placerait, en un sens, au cœur de l'action.

– Greg, il n'y a aucune action, l'avait corrigé Blatt. Le Hyatt de Bethesda, c'est le fin du fin, on ne peut pas faire mieux.

À Washington, dès 17 heures, tout le monde part pour la périphérie, c'est partout pareil, la ville, c'est que de la banlieue.

– Mais il y a une vue ? La chambre a une vue ?

– Oui, j'ai dû recourir à une faveur pour obtenir une suite business. À Washington, les faveurs, c'est comme le dentifrice, quand tu vides le tube, après, il y en a plus.

– Ça, ça me plaît, fit-il, et c'était sincère. Je n'ai encore jamais vraiment passé du temps ici.

– Je comprends, dit Blatt.

– Bien reçu, Nancy Cinq-Un-Huit, vous avez l'autorisation d'entamer votre approche, piste six, vent nord-est de sept nœuds, il est 20h04 et 10 secondes.

La communication radio était claire comme de l'eau de roche. Seymor Blatt reposa son verre de whisky dans son support, attrapa le micro de la main droite et appuya sur le commutateur. Ils étaient fatigués, affamés, impatients d'atterrir.

– Tour de contrôle, Nancy Cinq-Un-Huit, prêt à l'atterrissage.

– Allez-y, Cinq-Un-Huit.

Greg Corless vida le reste de son verre de martini, se lécha les babines puis le rendit à son partenaire et baissa l'éclairage déjà tamisé de la cabine.

– Je ne voulais pas qu'ils me privent de cette émission, fit Blatt, en montant le volume de la radio.

En intervenant, la tour de contrôle avait interrompu la musique, c'était les Beach Boys en concert. Il adorait les Beach Boys ; à une époque, il avait eu envie d'être surfer, en toute insouciance, mais il avait vite compris que ce serait un mode de vie dénué de toute sécurité.

« *There's a world where I can go and tell my secrets to...* » Aaron se dandinait en chantant et les minuscules balises bleues clignotantes du National Airport battaient la mesure quasiment en rythme. Le Washington Monument s'encadra droit devant, avec ses puissants projecteurs blancs braqués vers le ciel déversant leur lumière sur le marbre éclatant, avant que leurs faisceaux ne s'enfoncent dans la basse couverture nuageuse.

– Boucle ta ceinture ! ordonna le commandant de bord et, tout en secouant la tête en signe de refus, Blatt finit quand même par s'exécuter.

En pilote expérimenté, Corless savait combien le vent en provenance du Potomac pouvait se révéler traître, même si les cadrans au-dessus de leurs têtes signalaient une nuit calme.

Avec une dextérité naturelle, Corless redressa le manche et aligna les ailes au-dessus de la piste, tandis que l'appareil effectuait son arrondi. Les balises bleues et rouges s'égrenaient sur l'asphalte, et les roues hésitèrent à faible distance du sol. Quand elles le touchèrent, il y eut un léger tangage et les moteurs inversèrent aussitôt le sens des hélices. Corless amorça un léger freinage, à peine perceptible.

– « *In my room, in my room...* »

– Hé, Seymor, on s'installe en vitesse et on se fait servir à dîner, on n'a rien avalé depuis ce matin.

– On a pris un pain de seigle au jambon, c'était plutôt pas mauvais...

– Bienvenue au Washington National, Cinq-Un-Huit, hangar C-4, prenez le couloir Alpha-7.

Corless fit pivoter l'avion en suivant les lettres de l'alphabet, roulant vers le hangar temporaire qui tenait lieu d'aéroport.

– Je ne pense pas qu'ils le termineront jamais, se plaignit Blatt en tripotant le commutateur. Bien reçu, tour de contrôle, Cinq-Un-Huit se dirige vers le hangar C-4.

Il avait attendu pour répondre, parce que *In my Room* n'était pas terminé et il adorait cette chanson presque autant que *Surfer Girl*. Il ouvrit une petite boîte bleue et glissa une paire de pivots en ivoire parfaits sur ses tenons dentaires en métal, qui avaient plus l'air de clous gris et plats que de dents véritables.

– Dieu merci, jeta Corless en se garant sur l'aire de débarquement.

Ils se sentaient tous deux détendus ; le spacieux King Air leur offrait un cockpit doté de tout le confort domestique.

– Je vais laisser le sac à malice et la collection ici, annonça-t-il en débouclant sa ceinture, et puis il s'étira en bâillant.

– Tu crois que c'est une bonne idée, Greg ? On est dans un endroit public, même si on paie l'emplacement.

L'obèse eut un geste moqueur.

– Jusque-là, ça s'est toujours bien passé et, en plus, ton système d'alarme est classe, vraiment classe.

Ils se livrèrent à un petit numéro de transformation de leur apparence : en une dizaine de minutes, ils se métamorphosèrent en cadres d'entreprise habillés de façon coûteuse, mais classique. Blatt avait bien retenu la leçon du Dr Rubin Jaffe, cette éminence grise du Tout-Washington, qu'il avait jadis décrit comme un mélange de rabbin et de coach.

– Souviens-toi, répéta Blatt alors qu'ils s'apprêtaient à débarquer, c'est une ville où tout est dans l'attitude et les apparences. Alors s'il te plaît, jusqu'à ce qu'on en sorte, tu m'appelles Aaron, c'est plus formel.

– Rien à foutre, s'esclaffa Corless, qui rangeait la cage de Happy dans la soute à bagages – elle était remplie de photos qui les avaient aidés à rompre la monotonie du voyage aérien.

– Si, on en a à foutre, le reprit Blatt. Nous représentons DIDS. Toi et moi, nous sommes censés être associés en affaires. À Washington, personne n'a d'amis éternels, rien que des intérêts éternels. Essaie de ne pas l'oublier.

Corless grommela.

En quittant le terminal, ils pénétrèrent dans une ville qui juge de votre caractère à la coupe de vos vêtements, à ce que vous conduisez, à votre manière de parler. Et pour ces seules raisons, ils devinrent immédiatement des hommes intouchables, des individus à respecter. Leurs vêtements étaient de prix, leurs manières celles de l'élite et ils attendaient patiemment qu'une limousine les dépose dans le meilleur hôtel, pas dans une maison commune réservée aux masses.

Malheureusement, leur voiture se trouvait au milieu d'une quantité d'autres, coincée dans une muraille compacte de limousines toutes identiques, mêlés aux voyageurs ordinaires qui se précipitaient autour d'eux vers des taxis et des autobus.

Un homme qui tenait un écriteau contre sa poitrine passa rapidement devant eux, un type âgé, en pantalon ample, et Blatt avait beau scruter la foule, il ne le remarqua pas. Le col ouvert de l'homme signalait un individu insignifiant. Son vieux feutre tout déformé jetait une ligne d'ombre sur son visage, mais, au-dessous, ses yeux étaient deux flammes et son cerveau repéra très vite les deux personnages.

Un mètre soixante-huit, dégarni, de grands yeux, des lèvres de chérubin, un long cou, un visage émacié, une dentition onéreuse. Le commandant Jack Scott reconnut instantanément Aaron Seymor Blatt ; mince, propre sur lui, précis. À en juger par sa tenue et son attitude, il était clair que Blatt était le type d'individu qui analyse tout jusque dans les moindres petits détails ; comment un être s'habille, la quantité de ce qu'il boit, à quelle fréquence, comment il se tient, où il vit, quelle voiture il possède, comment il s'exprime. Son costume était sombre, de style européen, la chemise d'un blanc immaculé, la cravate Armani, bohème mais élégante, dans une teinte violette. C'est sa petite touche tendance, raisonna Scott.

Un mètre quatre-vingt-six, cent dix kilos, rasé de près, les yeux rapprochés, des mains et des doigts boudinés, le torse large, le cou et les lèvres épais, un double menton, des cheveux qui ne sont plus qu'un souvenir. Corless – mais Scott ignorait son nom – avait un visage si replet qu'il ressemblait à un postérieur de porc pourvu de traits humains.

– Ainsi, c'est lui le partenaire de Blatt, murmura-t-il, en se tenant un peu à l'écart, sur la droite, avec son panneau protestant contre l'augmentation des tarifs aériens.

L'obèse était vêtu de l'uniforme classique de Washington : le blazer bleu, le pantalon beige, les mocassins à glands italiens extralarges pour supporter cette lourde charge.

Les deux hommes bavardaient sans se soucier de rien, pendant que Rivers, lui, était posté juste en face d'eux, dans un parking de dépose-minute.

Il les observait à travers ses jumelles ultrapuissantes.

– Panther, ici Eagle One, retentit la voix de Steve Adare, pilote attitré de l'équipe MAIT, dans l'habitacle de la Crown Victoria marron clair.

Rivers tenait le micro d'une main décontractée.

L'hélicoptère Loach effectuait une passe latérale, en haute altitude. Dans la radio, les pales crachaient un son grêle et métallique, celui d'un carton qui frotte contre les rayons d'une bicyclette.

– À vous, Eagle...

– Ils ont traversé à pied en direction du terminal des vols domestiques, ils devraient passer sous peu de votre côté, en venant du trottoir. Le bouclage de leur hangar est en cours.

– Bien reçu, on les tient.

– Je me stabilise, voulez-vous que je reste en attente ?

– Affirmatif, Steve. Ils vont prendre une limousine, on vous la signalera et puis tout le monde suivra.

– Bien reçu.

Scott était de retour et il se glissa à l'intérieur de la Ford, au moment où Rivers retirait le gyrophare du tableau de bord pour le poser sur le siège.

– Prêt ? demanda-t-il, alors que l'ex-marine vérifiait une nouvelle fois son 45 mm Combat Elite, le logeait en place sous son bras gauche, le ressort de tension ajusté au plus mou. Dans un autre holster porté haut dans son dos, il inséra un .45 Commander, avec le chien verrouillé en position trois.

– C'est parti, fit Frank, imperturbable, la voix d'une troublante sérénité, un incendie brûlant dans ses yeux bleus.

Scott le regarda enfourner une aspirine, la réduire en pâte et sa mâchoire se contracter, le regard fixe, perdu dans un autre monde.

– Frank ?

– Ouais, Jack, je pensais juste à Waltzing Waters. Vous savez, je n'ai aucune idée d'où se trouve ce patelin. Je suis assis là, à observer ces deux enflures, ils se tiennent là, sans se soucier de rien, alors que pas plus tard que ce matin ils ont tué une pauvre gamine, et ensuite, juste pour le plaisir, ils ont flingué un flic. Je me moque de ce que vous direz, c'est insensé, c'est dément.

Le regard sur lui, Scott secoua la tête.

– On les coince comme prévu, Frank, dans leur chambre du Hyatt. Vous n'aimeriez pas prendre quelques vacances en Floride, pour les voir griller sur la chaise ?

Rivers acquiesça. Ses yeux dansaient, la mâchoire crispée, les mains tendues devant lui. Il déploya les doigts, les referma, les rouvrit, s'exerçant, fit rouler ses épaules pour les assouplir, en lents mouvements circulaires. Il se préparait.

– Ils ont collé l'instrument de ce flic dans la bouche de cette fille, et ça, je peux pas le supporter. En ce qui me concerne, on entre en piste, on ne fait plus dans la dentelle, c'est à ça que je suis le meilleur.

Scott découvrir un autre aspect de Blatt et son acolyte : ils achetaient tranquillement un journal à un vendeur ambulant, puis s'empressèrent de le partager entre eux deux. Le ventre noué, douloureux, il se tourna vers son subalterne et leurs regards se rivèrent l'un à l'autre ; ce fut une rencontre soudaine, meurtrière, la collision de deux boules de feu en plein vol.

Ils restèrent ainsi une longue minute, moment impitoyable, puis le commandant baissa lentement les yeux sur le cadran de sa montre.

– Ils seront armés, le prévint-il. S'ils flairent un flic, ils n'hésiteront pas...

L'ancien soldat opina.

– J'en fais mon affaire, c'est seulement que je n'aime pas être trop loin des Janson, le timing n'est pas bon.

Son supérieur acquiesça.

– Il va me falloir une couverture aérienne, lâcha Rivers d'un ton neutre, et là-dessus, il ouvrit sa portière, sortit, posa le pied dans son ombre et s'éloigna en longues enjambées avec une assurance presque indolente.

Il portait un sac plastique de nettoyage à sec, jeté sur l'épaule sans but précis ; il opérait dans l'obscurité, en proie à une terreur secrète.

En ce 11 avril, Jack Scott avait fini par comprendre le personnage, certes pas dans les détails, mais il en savait déjà davantage. Tout était lié à un village cambodgien qu'il considérait jadis comme sa famille. Qua, c'était ainsi qu'il l'appelait. Jeune homme, Rivers avait été chargé de protéger ces gens et il s'était servi de ce village pour surveiller les mouvements de l'ennemi. En juillet 1969, il rentrait d'une patrouille au long cours, franchissant une crête montagneuse et crapahutant en solitaire, quand il les avait aperçus.

Des zombies, avait-il dit, comme des morts qui défilent. Leurs yeux trahissaient l'état de choc, les femmes et les enfants avaient été sauvagement torturés, mais il les avait vus dans les rizières, donnant l'impression qu'ils avaient repris le travail. Tandis qu'il entrait dans le village, dans le silence de l'horreur, ils l'avaient accueilli en déposant des corbeilles à ses pieds, en guise d'offrande, car c'était l'ordre des Khmers rouges qui avaient passé la nuit sur place.

« Je ne pouvais rien faire, lui avait-il expliqué. Ils étaient comme ma famille, alors je les ai aidés à repêcher tous ces membres épars et ensuite à reconstituer les cadavres. Ils avaient massacré tous les mâles du village, y compris les enfants. »

Scott entendait encore sa voix.

« Un truc qui s'appelait une patrouille araignée, cela m'a pris des mois pour les pister, mais je les ai tous retrouvés, jusqu'au dernier. »

Le chef du ViCAT le regarda disparaître dans l'ombre, intrépide et courageux à l'excès. Jeune homme, il avait donné à l'horreur un visage, et il la portait bien, Frank Rivers, cette horreur, il la portait bien.

Son armure était un village, qui s'appelait Qua.

52

Pour Aaron Seymor Blatt, ce monde était un univers high-tech de confort moderne, et pourtant, par instants, tout lui semblait complètement dérailler. Il consulta sa montre. Il était 20 h 34. Ils attendaient depuis quarante minutes, alors qu'il avait appelé à l'avance depuis son King Air pour réserver une limousine. Il avait précisé un véhicule blanc, mais maintenant, il comprenait que c'était vraiment demander la lune.

– Bon, c'est terminé, dit-il brusquement, je ne paierai pas !

– Prenons un taxi.

– Un taxi, ça te bousille ton image. J'ai une image, moi.

– Comme tu voudras, se résigna Corless, en se retournant pour scruter la foule. (Un agent de sécurité déambulait paisiblement dans leur dos et l'obèse se pencha à l'oreille gauche de Blatt.) Bang ! Bang ! chuchota-t-il, et le dentiste aurait aimé être sous terre.

– Arrête, fit-il en reniflant.

Corless haussa les épaules.

– Ça porte chance.

Il lui signala une limousine blanche qui roulait à une allure modérée dans leur direction, contournant un rond-point, traversant rapidement les voies et se faufilant dans le trafic. Les grandes roues de la limousine écrasèrent une cannette vide et ils regardèrent avec dédain le chauffeur en descendre à la hâte et brandir une pancarte avec ces quatre lettres : DIDS.

Blatt fondit sur lui.

– Vous nous avez foutu notre programme en l'air ! cracha-t-il en lui arrachant l'écriteau, qu'il jeta furieusement par terre.

Le chauffeur était vêtu d'une veste noire et d'une chemise blanche.

– Désolé, monsieur, dit-il lentement, il y a eu un sale accident. DIDS, c'est vous ?

– Évidemment ! fulmina-t-il alors que le chauffeur faisait promptement le tour de la voiture pour ouvrir la portière arrière aux deux hommes.

Corless reluquait une jeune femme à la jupe étroite et Blatt lâcha un soupir de contrariété.

– Le Hyatt Regency, monsieur, vérifia le chauffeur. Nous devrions y être en vingt minutes.

Il attendait une réponse de Blatt, mais celui-ci était excédé.

– Eh bien, aboya-t-il, en le fusillant du regard. Vous allez les chercher, ces foutus bagages ?

Aussitôt, le chauffeur entra en action. Il ouvrit le coffre et attrapa deux valises, tandis que Corless se penchait tout près de Blatt, empiétant sur son espace vital.

– C'est quoi, le problème ?

Aaron tremblait de tout son corps.

– J'espère qu'il sait prendre soin de ses ancêtres, grinça-t-il, alors que les sacs disparaissaient dans le coffre. Parce que mes bagages sont en pure peau de porc.

– Alors, on est obligés ? lança-t-elle.

– Non, concéda l'homme avec un geste résigné, mais ce serait vraiment mieux.

– Et pourquoi cela ne peut-il pas attendre jusqu'à demain matin ?

– Parce que, soupira-t-il, je veux qu'ils voient les illuminations.

– Ils sont très fatigués, Thomas, dit-elle d'un ton pincé, et elle n'usait de son prénom complet que lorsqu'elle était extrêmement contrariée.

Sur ses genoux, le garçon s'était endormi.

– Oh, Lindsey, soupira-t-il avec nostalgie, c'est un spectacle tellement unique, ils n'oublieront jamais.

Et Thomas Alvin Wheeler observa attentivement sa femme, guettant des signes de capitulation. Elle se prénommait Linda, et elle tenait leur fille Katie dans ses bras, un petit bouchon de cinq ans qui lui tenait bien chaud et qui était épuisée. La petite était vêtue de sa plus belle robe rose à volants blancs, avec des souliers assortis. Elle bâilla en levant ses yeux bleus et lumineux vers son père, et ses cheveux blonds brillaient avec tout l'éclat des plus belles espérances de l'Amérique.

Linda et Tom étaient mariés depuis douze ans. Debout depuis l'aube, ils avaient entamé leur journée par la rotonde du Capitole, avant de visiter le Smithsonian Institute, le musée de l'Air et de l'Espace et enfin l'US Mint, l'hôtel de la monnaie. Ils venaient de finir de dîner au Bob's Big Boy dans la partie nord-ouest de la ville. À 20 h 15, ils avaient terminé.

Ils étaient installés dans leur minibus Toyota flambant neuf, sur le parking de Wisconsin Avenue. Leurs plaques d'immatriculation arboraient la couleur verte de l'Iowa ; ils étaient originaires d'Osceola, juste au sud de Des Moines. Katie se remit à bâiller.

– Viens ici, mon sucre d'orge, dit-il en souriant, et il la souleva, puis la tint serrée contre son frère.

Elle prit le lobe de son oreille et le tira, d'une curieuse manière.

– Ils sont trop fatigués, c'est tout, Tom. Michael dort à poings fermés.

– Oh, Lindsey, répéta-t-il, je me souviens encore du jour où mon père m'a emmené, j'étais encore plus jeune que Michael.

Le garçon remua et ouvrit les yeux.

– La tombe de Kennedy ? demanda-t-il d'une voix ensommeillée.

Michael avait sept ans et il allait entrer en cours élémentaire.

– Non, encore mieux, chuchota Tom en lui tapotant la tête, et, dans ce face-à-face avec son fils, la ressemblance était frappante : les yeux bleus, la peau claire, les dents éclatantes, les cheveux châtains.

Ils brillaient comme s'ils étaient mouillés, sans l'être. Et ils regardèrent tous deux la jeune maman.

– D'accord, soupira-t-elle, c'est très important, j'imagine.

Ils se dirigèrent vers le sud et pénétrèrent dans la cité des monuments.

Quand la limousine eut dépassé le pont de la 14e Rue, ses passagers étaient redevenus silencieux et buvaient des boissons qu'ils avaient sorties du bar. Pendant un bref moment, Corless tripatouilla la petite télévision, mais il n'y avait rien d'intéressant. Une fois de plus, Blatt s'avança, la main sur le dossier du fauteuil de devant.

– Prenez à gauche, ordonna-t-il quand ils stoppèrent au croisement de Constitution Avenue et de la 23e Rue.

Le chauffeur posa un bras paresseux sur le siège.

– C'est un détour, remarqua-t-il, enjoué, et Blatt plissa les paupières.

– Vous, vous faites ce que je vous dis et c'est tout ! s'emporta-t-il.

– Ho, du calme, maugréa Corless.

– Et en plus, pesta Blatt, vous pourriez mettre votre casquette !

Le chauffeur obéit sans répondre et repartit brusquement en secouant la tête, en direction de Lincoln Circle. Quelques minutes après, ils contournaient lentement l'énorme monument blanc par l'arrière.

D'énormes projecteurs l'éclairaient d'une lumière poudreuse qui faisait miroiter l'édifice d'une manière presque irréelle, comme si c'était la pierre elle-même qui luisait.

Non loin de l'angle sud-ouest, deux hommes d'environ vingt-cinq ans étaient blottis l'un contre l'autre sur la pelouse et ils observaient le scintillement de la Flamme éternelle tout là-bas sur la tombe de John Kennedy, de l'autre côté du fleuve, à Arlington. C'étaient les seuls visiteurs, deux types à l'allure peu avenante qui s'échangeaient une flamme orange et cette flamme enfla subitement avec une allumette.

Sans aucun doute, ils fumaient un Dipper, une cigarette trempée dans une solution narcotique du nom de PCP, et, à la combustion, l'éther du mélange suffisait à créer une petite boule de feu. À présent, ils s'étaient levés, dansaient et sautillaient, enchaînant des entrechats de boxeurs au moment où la Crown Victoria marron clair pénétrait lentement sur l'esplanade et contournait l'édifice ; mais, manifestement, les passagers de la limousine ne remarquèrent pas sa présence.

– Stoppez ici ! ordonna sèchement Blatt au chauffeur qui ralentissait devant l'imposant monument dont les marches s'élevaient sous le regard plein de morgue d'un président de pierre.

– Ben moi, je ne vais nulle part, souffla l'obèse, goguenard.

– Greg, il y a un ascenseur, ça ne prendra qu'un moment, répliqua Seymor en ouvrant la portière.

– Je vais vous accompagner, monsieur, proposa aimablement le chauffeur, en descendant du véhicule.

– Ah, non, pas question, fit Aaron.

Et les deux hommes sortirent dans la nuit. Le chauffeur referma les portières derrière eux, en secouant la tête, quelque peu échaudé. Il se surprit à penser à une hausse de salaire ; il n'était vraiment pas assez payé pour tolérer ce genre de traitement injurieux, même s'il comprenait les restrictions sévères auxquelles le capitaine Drury était confronté tous les jours.

Ces neuf dernières années, le budget de la police d'État était plus serré qu'une corde à nœuds et Frank Rivers savait que c'était le cas de tous les services de police, sauf le FBI et le département fédéral de la Justice.

En s'approchant à pied de la voiture blanche, Scott enfonça son feutre sur sa tête. Il surveillait les deux acolytes qui s'apprêtaient à s'attaquer à l'ascension du monument.

Plutôt que d'affronter les cinquante-six marches de marbre, ils se dirigèrent immédiatement vers la porte de l'ascenseur pour handicapés, sur la gauche, en descendant par une rampe à la bordure végétale soigneusement taillée.

– Tout est prêt, fit Scott, en atteignant une rangée d'arbres à côté de la limousine. Dès l'arrivée à Bethesda, nous les cueillons dans leur chambre d'hôtel. Pouvez-vous me dire ce que nous fabriquons ici ?

Rivers retira sa casquette en grimaçant.

– Blatt a vu un film qui l'a bouleversé, un jour, et il éprouve le besoin de causer à Abraham Lincoln. Avec ces deux-là comme passagers, j'ai l'impression de conduire un camion-poubelle.

Scott opina.

– Vous avez saisi le nom ?

– Sur son bagage, Gregory R. Corless. À ce que j'ai vu, il a un .357 à la ceinture, mais je ne peux pas en être certain. C'est quoi le deal, pour la limousine ?

– Si on la casse, on la paie.

Rivers observa attentivement des phares qui s'approchaient : un véhicule s'engagea lentement sur la place, un minibus Toyota immatriculé dans l'Iowa, le père, la mère, deux enfants, et un chien, tous ces visages plaqués contre les vitres, admirant l'homme de marbre.

– Alors ça, c'est génial, siffla-t-il à s'en vider les poumons. Ces abrutis se croient dans un tableau de Norman Rockwell !

Scott se retourna ; le minibus s'avança lentement puis s'immobilisa sur l'aire de stationnement déserte. Rivers aperçut les deux types sur la pelouse occupés à éteindre leur Dipper. D'un pas rapide, ils s'éloignèrent dans l'obscurité, vers le mur sud qui faisait face à la rue, et leurs silhouettes disparurent dans la pénombre.

La main en visière, il se protégea les yeux de la lumière éblouissante des projecteurs qui baignaient l'entrée du monument, le trottoir et la rampe menant à l'ascenseur. L'homme et la femme descendirent du minibus Toyota, ouvrirent la porte latérale, prirent chacun un enfant par la main, puis se dépêchèrent.

– Je ferais mieux de les stopper, on risque d'avoir un problème, là, fit Scott, soucieux.

– Sans blague, lâcha Rivers.

– Mon sucre d'orge, dit gentiment Tom Wheeler en prenant sa fille dans ses bras tout en s'avançant vers le bâtiment illuminé, sais-tu qui est cet homme là-haut ? Tu le vois bien là-bas, entre ces grandes colonnes ?

– Bob ? répondit-elle de sa petite voix, en ouvrant de grands yeux.

– Non, la corrigea-t-il en filant vite au bas de la rampe, avec sa femme qui le suivait en tenant Michael par la main.

Tout excité, le jeune garçon incitait sa mère à avancer plus vite. Une fois arrivé au bout du passage faiblement éclairé, Tom Wheeler ralentit l'allure.

– Les enfants, annonça-t-il fièrement, c'est Abraham Lincoln, le meilleur de tous nos présidents.

À peine eut-il prononcé ces mots qu'une silhouette surgit de l'ombre sur la rampe bétonnée, juste en face d'eux. Thomas Wheeler vit cette silhouette et s'immobilisa.

Il était grand, noir, vêtu d'un T-shirt foncé, la démarche décidée du frimeur, les bras se balançant en cadence sur un rythme intérieur. D'instinct, Linda se serra plus près de son mari, lui prit Katie des bras et la berça doucement.

– Tom, fit-elle, tremblante, il a quelque chose dans sa main.

Wheeler sentit son pouls s'accélérer. L'homme s'approcha, ses yeux rivés aux siens, et sa femme attrapa la main de Michael.

– Il y en a un autre derrière nous, souffla-t-elle, paniquée.

– Maman, s'écria une petite voix.

Wheeler se retourna pour jauger la menace et les deux hommes fondirent tout à coup sur la petite famille, sans précipitation, la démarche leste et crâneuse – un couteau côté pile, un pistolet côté face.

– Hé, fils de pute de merde ! beugla le Black au calibre, à moins de trois mètres, en marchant droit sur eux.

Les parents et les enfants morts de frayeur se blottirent les uns contre les autres.

– Mon Dieu, Tom !

– Ne t'inquiète pas, chuchota-t-il.

– Qu'allons-nous faire ?

– Je vais les raisonner.

– Ne nous faites pas de mal ! hurla le père de famille saisi de terreur, les mains en l'air, les yeux fixés sur l'orifice noir du canon.

Prise de panique, Linda voulut s'échapper.

– Hé, toi, la petite pute, tu vas nulle part ! gueula le Black armé d'une lame, et les enfants éclatèrent en sanglots, s'agrippant aux jambes de leur mère.

– Qu'est-ce que vous nous voulez ? s'écria le père.

– Je veux ta peau, espèce de fils de pute de Blanc, s'esclaffa le tueur au pistolet tout près de sa figure, et il lui logea son canon sous le menton, le lui vissa dans la peau, le forçant à relever la tête.

– Prenez mon portefeuille ! Je vous en prie, ne nous faites pas de mal, s'il vous plaît, prenez mon portefeuille... bredouilla-t-il, tâchant de leur faire entendre raison.

– Eh ouais, je vais te le piquer, ton portefeuille, et ta p'tite pute avec !

– Maman... geignit Katie.

Le type au couteau s'attaqua à Linda et aux enfants ; il empoigna la mère par les cheveux et ce fut alors qu'il se produisit quelque chose.

Quelque chose d'étrange.

Wheeler ne pouvait rien voir, car cela se passait dans son dos. Un homme fit soudain son apparition sur le trottoir devant le monument et s'avança dans leur direction, l'air décidé.

Et cet homme faisait tout cela sans peur aucune, en sifflotant un air dont tout le monde entendit l'écho se répercuter jusqu'à la statue de Lincoln assis dans son siège monumental.

– Putain, c'est quoi ça ? cracha la petite teigne au couteau.

La mélodie se précisa et les notes sifflotées, lentes et mélancoliques, évoquaient un *negro spiritual*. Toutes les têtes suivirent celui qui produisait ces notes, y compris Katie, Michael et Linda, se concentrant sur cette silhouette étrange. Le personnage entra dans la lumière éclatante des projecteurs, avec un sourire décontracté. Il ralentit le pas à moins de trois mètres d'eux et, toujours aussi détendu, se planta une cigarette entre les lèvres.

– Cé ki lui ? Cé ki lui ? jeta le mec au couteau, sur les nerfs, et il bondit derrière la jeune maman, en la forçant à pivoter face à l'intrus.

L'intrus en question craqua une allumette et une minuscule flamme bleue éclaira le bord d'un feutre cabossé ; il recracha une bouffée, dissimulant deux yeux qui restaient rivés sur les deux agresseurs.

– Tu veux koi toi ? jeta le flingueur, l'œil vitreux, les lèvres humides, entrouvertes. Cé k'un vieux pouilleux, Louis, cé tout.

– Y veut koi, Roy ?

À la seconde où il prononça ces mots-là, Blatt et Corless sortaient de la cage d'ascenseur et s'engageaient dans le passage bordé d'un parterre impeccable, en direction de la famille Wheeler, sans se rendre compte de la menace.

– Hé, toi ! beugla le violent au calibre à Jack Scott, kè'c'tu veux, le vieux bouseux, tu veux bouffer de la chatte, hein, espèce de vieux clébard !

Avec une aisance prudente, Scott retira son chapeau et le lança au loin. Il avait distinctement entendu.

– Non, Roy, dit-il en articulant chaque mot, toi, et Louis, je voudrais que vous lâchiez vos armes, et très lentement, tant que c'est encore possible.

– Tu dis koi, là ? éructa le flingueur, en enfonçant violemment son pistolet dans le gras du menton de Wheeler, assez pour l'écorcher et le faire saigner.

À cette seconde, Blatt et Corless arrivèrent en pleine lumière, s'immobilisèrent et instantanément l'obèse se débattit avec le renflement de sa panse pour dégainer. Le viseur s'accrocha à son ample ceinture, se dégagea enfin. Il pointa son arme au jugé, en direction de Wheeler, sans trop savoir où se situait la menace.

– Je vous en prie, rangez ça, dit posément le commandant à Corless, et Blatt tremblait à côté de son acolyte.

– Greg, on file, j'aime pas ça.

– Cé ki lui ? glapit l'énervé au calibre. Il tenait toujours Tom Wheeler et ne pouvait se retourner.

– Fils de pute ! grogna Louis, en attrapant Linda par la taille.

– Oh, mon Dieu, sanglota-t-elle, en fermant les yeux.

Son ravisseur leva la main, lui flanqua un coup brutal en pleine poitrine, les enfants toujours agrippés à elle. Katie pleurait, criait presque.

– Maman ? gémit Michael. Maman...

– Je le crève, je le crève, là, tout de suite ! vociféra soudain Roy, la figure écumante, sous l'effet de la drogue.

Corless n'avait pas bougé. Il surveillait le spectacle avec intérêt, et puis il dévisagea Scott avec une intense curiosité, le toisant, comme si les autres n'existaient plus. Ce petit bonhomme grisonnant, avec son froc qui bâillait, n'était pas armé et pourtant il était aussi serein qu'un poisson dans l'eau. Il comprit que quelque chose ne collait pas du tout.

– Vous, vous pouvez vous éloigner d'ici, mais lentement, suggéra le petit bonhomme grisonnant.

C'était à Corless qu'il s'adressait et il lui désigna la rue, en veillant à l'envoyer dans la mauvaise direction. Pendant ce temps, Frank Rivers se rapprochait en douceur en longeant la haie de verdure de l'allée. Il portait son blouson gris, un 45 dans chaque main.

Le gauche était soigneusement braqué sur l'obèse, l'autre sur l'agresseur de Linda Wheeler. Malheureusement, sous cet angle de tir, il était mal placé, il le savait ; la balle transpercerait le type au couteau et se logerait dans le dos de la femme.

– Je vous en prie, insista posément Scott, c'est inutile, vous n'avez qu'à ranger ça et regagner votre véhicule.

– Quoi ? hésita Corless, en ouvrant grands les yeux.

– Cé koi ces conneries ? fit Roy en écho.

– Oh, je vous en supplie... balbutia Linda, et sa fille tremblait violemment.

Rivers continuait sa progression à longues foulées prudentes, sur la pointe des pieds. Il s'arrêta sur la gauche de Blatt, son arme pointée vers la tête de l'obèse.

Subitement, Blatt pivota et recula sous le choc en découvrant son chauffeur armé de deux pistolets, une étoile d'or se balançant autour de son cou, les yeux rivés sur lui, réduits à deux fentes. Aaron écarquilla les siens d'horreur.

– Greg ! cria-t-il subitement et son acolyte, affolé, se retourna dans un mouvement de toute sa grosse carcasse.

– Vas-y ! cracha Rivers, braquant ses deux 45 sur lui, à quelques pas de distance.

Le visage du gros, la gorge nouée, se changea en masque froid.

– On plie les gaules ! hurla-t-il aussitôt, en pointant son calibre sur Rivers.

À cet instant, Scott dégaina, l'ajusta dans la ligne de mire de son 9 mm, en s'agenouillant lentement pour offrir une moindre cible possible.

– Tu dis koi, toi ? aboya Roy, sur les nerfs, en vrillant son canon dans la gorge de son otage.

Rivers reculait lentement vers la chaussée, un pas après l'autre, cherchant l'angle qui laisserait une marge de sécurité à la jeune mère.

– Mon Dieu ! sanglota-t-elle.

Son agresseur raffermissait son emprise.

– T'amuse pas avec moi ! éructa Louis à l'intention de Rivers, qui se figea à la seconde, ses deux armes pointées, la droite sur la tête du Noir, la gauche visant toujours Corless.

Blatt plongea nerveusement la main dans sa poche et en sortit un petit calibre. Il tremblait de tout son corps.

– Cé koi cette merde ? bafouilla Roy.

Louis lâcha un juron, en dévisageant le commandant.

– C'est pas un vieux clodo !

– Jack, fit calmement Rivers. Mon gauche. Je vais lâcher le gros lard. S'il tire, vous l'abattez.

– Comme un mur de brique, répliqua l'autre d'une voix neutre, toujours agenouillé, les deux mains refermées sur la crosse de son arme.

– Mais on s'en allait ! protesta Blatt, comme si c'était trop injuste.

– À trois, Jack.

– Vu.

Avec une vivacité presque invisible, Rivers bascula son bras gauche en position, droit sur la tête du type au couteau. Pris de court, Louis souleva Linda de terre.

– Maman ! cria Katie ! Maman !

L'ancien marine se vida les poumons.

– Trois, fit-il dans un souffle.

– Putain de chiotte ! beugla Roy, en écrasant son canon encore plus violemment contre la gorge de Wheeler.

– Greg ! geignit Blatt.

– T'as pas pigé ? le coupa sèchement l'obèse, l'œil rivé à son viseur, ses bajoues secouées de tremblote. Ils savent qui on est, Seymor, pourquoi tu crois que cette racaille nous a emmenés dans sa caisse ?

Blatt resta muet.

– C'est pas vrai ? demanda posément Corless, en pointant son canon sur la poitrine de Scott.

L'autre lui répliqua d'un léger signe de tête.

– Lisa Caymann, commença-t-il lentement.

Pétrifié, hébété, Blatt frémit.

– C'est sa mère qui nous envoie.

Rivers avait une voix glaciale, mais tout cela laissait Corless de marbre.

– Lacy Wilcott, continua le commandant, et Carol Barth.

– Jenna Simpson et Darlynne Cooper.

– L'officier de police John Brougham.

– Cé koi ce bordel ?

Et tout à coup, sans sommation, dans l'éclat foudroyant d'un faisceau d'halogène, un déluge de lumière diurne se déversa du haut du ciel avant même que le mugissement de la turbine d'hélico n'atteigne leurs oreilles. À la seconde, la nuit se changea en jour, un jour encore plus éclatant, et l'immense rugissement s'abattit sur eux comme le tonnerre. Eagle One se laissait tomber comme une pierre.

Les pales déchaînèrent un orage violent, la petite Katie ouvrit la bouche pour crier. À cet instant chaotique et terrifiant, le temps s'arrêta.

Le monde explosa.

Rivers fit feu, Corless fit feu, et Scott, et Blatt. Un éclair terrible embrasa le mémorial Lincoln, les détonations assourdissantes éclatèrent dans la nuit, se répercutèrent sur le marbre comme une canonnade impie.

Instantanément, Linda Wheeler s'écroula sur ses deux enfants, éclaboussés d'une gelée sombre. L'arme de Rivers hoqueta sous l'effet du recul. Louis tomba sur le dos, sa tête sauta, arrachée à son cou, explosa comme un melon éclaté.

Scott roula sur une hanche, une balle gifla le dallage, du béton lui gicla au visage et lui zébra le torse.

Corless bascula en arrière, lâcha un cri : un marteau-piqueur lui avait perforé les tripes. Il lutta pour se dominer, la face réduite à un masque d'écume. Il leva son arme sur Rivers, qui pivota ; des flammes écarlates lui jaillirent des deux mains, lâchèrent des projectiles précis dans les épaules du gros lard, un autre en plein ventre, et aussitôt il esquiva.

Corless hurla de douleur. Il fut projeté en arrière avec une telle force que sa tête heurta le dallage dans un craquement. À trois mètres de là, Blatt recula en titubant et, en visant des deux mains, pressa sèchement sur la détente. La balle cueillit Rivers à l'os de l'épaule gauche, il grimaça. Ignorant sa blessure, il bondit, étreignit Seymor au milieu du torse, aplatit cette fouine humaine sur le béton et le roua de coups de poing.

Il ne le lâchait pas.

Son bras partit en avant, le crocheta par-derrière, l'os du poignet calé contre sa pomme d'Adam, il le souleva, planta ses yeux dans les siens et lui plia lentement le torse vers l'arrière.

Blatt hurla d'horreur, sentant sa colonne vertébrale se fendre comme un bâton creux.

– Lisa, siffla le policier.

L'autre avait le torse pantelant. Puis Rivers pesa sur lui de toute sa masse, écrasa la cage thoracique du tueur, lui brisa l'échine d'un craquement sec.

Déchiré de souffrance, Blatt hurla sur une note suraiguë. Il se démantibula avec un craquement de glace pilé. Le visage tordu par la haine, Rivers continua de le plier vers l'arrière jusqu'à ce que sa tête de fouine se plaque contre ses poches arrière avec un bruit mat.

– John Brougham, grinça-t-il, comme une imprécation, et il le relâcha avec un coup de pied sec, en visant la tempe droite qu'il rata et il le toucha à la bouche.

Les dents de Blatt giclèrent, tournoyèrent, cliquetèrent sur le dallage et atterrirent près de Corless dans une flaque de fluides corporels.

– Je vais le buter ! cria Roy, en proie à une colère narcotique, et il plaqua Wheeler contre lui, en reculant loin de Scott, qui était maintenant debout et s'avançait sur eux, la figure constellée de sang et de gravillons.

L'œil gauche à moitié fermé, le pantalon déchiré et le ventre maculé d'une grande auréole brune.

– Mon Dieu, je vous en supplie... s'écria Linda, en agrippant ses deux enfants, et elle vit son mari entraîné dans la pénombre.

À cet instant, Steve Adare surgit dans leur dos, sur la pelouse, comprit instantanément la situation et posa au sol son fusil d'assaut.

– Vite ! fit-il à Linda, et il attrapa la jeune femme par le bras. Sortez-les de là !

La jeune mère couvrit ses deux enfants de son corps et ils se sauvèrent au milieu de toute cette terreur.

Dès qu'ils furent à l'écart, en sécurité, Adare se coucha sur le ventre ; le viseur au laser de son 308 HK-91 traça un point rouge vif sur le visage de Wheeler, zigzagua, dessina une ligne – il essayait d'ajuster Roy, mais en vain.

Le corps de Roy et sa tête étaient couverts par Wheeler, qui était bien plus grand que lui. Et subitement, sans que rien ne l'ait provoqué, il érafla la peau de son otage avec son viseur, lui laissant une déchirure rouge dans le cou.

– J'le bute ! J'le bute maintenant ! hurla-t-il.

– Non, fit calmement le commandant du ViCAT, tu n'as aucun intérêt à faire ça, Roy. Tu n'as encore tué personne, il est encore temps pour toi d'avoir la vie sauve...

– Va te faire foutre ! brailla l'autre d'une voix stridente, les yeux de plus en plus vitreux et chavirés sous l'effet du PCP, montrant les dents, les tripes pétries de terreur.

Scott garda les yeux rivés sur le viseur de l'arme de Roy ; il suivait les tressautements du rayon rouge d'Adare, de Wheeler à Roy, de Roy à Wheeler.

– Nous tiendrons compte de ton problème de drogue, continua-t-il, histoire de l'amadouer ; la drogue, ce n'est pas ta faute.

Le Noir réagit en empoignant Wheeler par les cheveux, lui releva brutalement le menton, exposant sa peau lisse, et il logea la gueule de son arme sous sa mâchoire.

– Je vous en prie, ne me tuez pas, le supplia le père de famille.

Il était sûr qu'il allait mourir, abattu par cet enragé. Et tout cela en face du mémorial Lincoln, si net, si intemporel, si américain. Comme si, collant son œil au gros bout de la lorgnette, il avait pu observer Abraham Lincoln qui rapetissait, rapetissait, alors que Roy l'entraînait dans les ténèbres. Enfin, avec un détachement bizarre, il baissa les yeux sur le canon de l'arme de Scott et fut envahi d'une paix singulière.

Il trouva cette paix en lui-même, très vite, car il avait vu sa famille que l'on éloignait, en sécurité, et ils avaient tous l'air indemnes. Indemnes, physiquement. Et, sans trop savoir pourquoi, il calcula dans sa tête le montant de ses avoirs : assurance-vie, titres, économies, marché monétaire, et il avait commencé à calculer combien de temps cela les protégerait, quand autour de lui le monde éclata subitement en un éclair, une charpie de lumière.

Une clarté orange et rouge, comme en plein jour, ce fut tout ce qu'il vit, cette blancheur l'aveugla et son corps chuta dans le vide, les oreilles bourdonnantes, et une chaleur poisseuse lui fouetta le visage, dégoulina sur lui comme une pluie visqueuse.

Roy avait disparu.

Roy avait basculé sur Frank Rivers, qui lui avait calé son 45 à trente centimètres du crâne, derrière l'oreille gauche, et il avait tiré.

– Oh, Seigneur Dieu ! fit Scott en secouant la tête.

– Merde, ça va, Jack ? lança Rivers. Vous avez l'air d'être dans un sale état...

– Non. (Le commandant s'inspecta, pour la première fois.) Non, ça ne va pas, j'ai mal partout.

Thomas Wheeler gisait là, sur le dos, il se retirait de la gelée des yeux, à pleins doigts. Et, une fois son champ de vision un peu dégagé, son regard rencontra deux iris aussi bleus que du liquide lave-glace.

– La famille est en sécurité. Et toi, mon pote, ça boume ? lança Rivers.

Wheeler resta sans voix. Les sirènes hurlaient dans la capitale.

Gregory Corless était assis bien droit comme un gros bouddha, le regard dans le vide. Quand les deux policiers s'approchèrent, il essayait de bouger, gémissant contre le béton souillé ; il entendit un *floc* étouffé, le bruit de sa chair qui se déchirait.

Il ne sentit pas – il entendit.

Ce fut seulement à cet instant qu'il flaira l'odeur de ce qui était en train de lui arriver. D'une petite torsion du buste sur la droite, sa masse basculant légèrement, il avait tenté de se retourner pour empoigner son arme, forçant ainsi ses boyaux à se fendre, à s'ouvrir, à libérer une odeur écœurante, répugnante, à laquelle il n'osait croire lui-même.

Il se tortilla, cherchant à soulager cette compression douloureuse. Son foie se rompait, il glissait vers le bas, en émettant une sorte de râle.

– Oh, bon Dieu ! se lamenta-t-il, et il se figea.

La douleur montait, se répandait dans ses entrailles. Elle avait embrasé un feu aigu juste sous les côtes, au point d'impact des balles, et maintenant cette souffrance atroce l'aveuglait, comme si quelqu'un lui avait planté une lance dentelée de barbelures dans le ventre, de part en part, avant de faire pivoter la lame à l'intérieur, comme une vrille. Et il sentit ses entrailles couler, dégouliner, comme si ses organes se réveillaient et se mettaient à ramper.

Dans sa tête, ses mains bougeaient, se plaquaient sur la déchirure qu'il avait au ventre et se maintenaient en place pour que son foie ne déborde pas. Mais c'était dans sa tête. Les balles lui avaient sectionné les nerfs des deux épaules et ses bras refusaient d'obéir. Mû par une poussée animale, il tordit le torse vers Blatt pour l'appeler à l'aide, voulut crier, quand il y eut le bruit d'un drap qui se déchire.

Sauf qu'il n'y avait aucun drap de lit.

Il avait exactement l'allure d'une baleine échouée, penché en avant, assis sur deux gigantesques jambonneaux. Une forme marron avait jailli entre ses cuisses et un autre gros morceau de son corps saillait.

– Aidez-moi... gémit-il, les yeux fixes, le torse affalé en avant, incapable de bouger, les deux policiers campés au-dessus de lui.

– Non, fit Rivers, je crois pas.

– Alors, Gregory, ironisa le commandant en se penchant sur lui, tout contre sa figure. Toi qui es si malin, comment se fait-il que tu sois si mort ?

– Au secours !

Ses lèvres remuèrent, ses tripes déchargèrent une toux pleine de fluides marron.

Scott s'accroupit juste en face de l'obèse, lui souleva d'une main la tête de la poitrine, le regarda droit dans les yeux. Les pupilles étaient dilatées, les paupières avaient cessé de battre.

– Tu sais, ta vie n'a pas été un gâchis total.

– Comment ça ? fit Rivers.

– Réfléchissez, cette pauvre famille de civils. S'il n'y avait pas eu Corless et Blatt, on ne serait pas pointés ici, ce soir.

– C'est vrai, acquiesça son équipier.

– Et je crois que Roy et Louis les auraient tués. En tout cas, ils les auraient bien abîmés.

Rivers opina, songeur, et Scott se rapprocha encore un peu plus de l'obèse, le nez presque au contact de son masque de chair.

– Merci, Gregory, d'avoir sauvé la vie d'une gentille famille. Tu n'en savais rien, mais tu l'as fait quand même !

– Au secours !

– Tu es mort, Gregory ! (Il insista sur ces mots-là.) Tu es mort pour sauver une petite fille et un petit garçon, tu es mort aussi pour qu'une famille puisse vivre. Pense un peu à ça, en chemin vers l'enfer : grâce à toi et Aaron Blatt, ils vont vivre éternellement heureux.

Le gros lard ne pouvait plus bouger, sans quoi Scott était sûr qu'il aurait essayé. Corless tenta de lui répondre, les couches de graisse de son cou agitées de tremblote et, d'une main dégoûtée, lancée vers le ciel, Scott le retourna sur le dos et ils entendirent un bruit étrange.

Comme celui d'un couteau qui déchire une voile.

La masse interne de Corless dévala de sa panse, tout son ventre se vidait dans sa chemise.

Il gémit, à l'agonie.

Et il gémit encore, plusieurs fois, avant de mourir vraiment.

53

Assis à la table de sa cuisine, à Wooded Acres, Jeffery Dorn planta une aiguille dans une tranche de viande rouge et injecta le liquide d'une seringue en appuyant sur le piston.

Irma Kiernan le regardait faire en feuilletant un catalogue de mode d'été, tout en écoutant un concert de musique classique diffusé en direct sur la station publique WETA. Dorn replongea la seringue dans le flacon, la remplit de nouveau et la planta violemment au milieu du steak.

– Oh, mon chou, s'il te plaît, fais attention avec ça.

Il lui lança un regard féroce, ses yeux noirs luisaient dans la lumière tamisée ; la musique enfla et Irma souleva le petit flacon, examina le liquide translucide. *DANGER*, avertissait une étiquette, *NDMA*, *N-nitrosodiméthylamine*.

– Qu'est-ce que c'est ?

– En ce qui me concerne, ça servira de médicament pour le cœur, fit-il d'une voix atone, soulevant le steak et le retournant dans un plat de service. En réalité, c'est un anticorrosif pour les combustibles pour fusée, mais cela sert aussi aux traitements anticancéreux. Une fois ingéré, cela provoque l'éclatement du muscle cardiaque.

Elle frissonna et il lui retira le flacon des mains, y replanta l'aiguille, aspira du liquide en tirant sur le piston.

– C'est pour elle ? demanda-t-elle, avec une expression légèrement hébétée.

Il secoua la tête.

– Alors, pour qui est-ce ? insista-t-elle, et il tendit le bras, posa la main sur la sienne.

– Parle-moi de Beverly Lynch, exigea-t-il. Tu disais que son père était en instance de divorce et qu'il avait quitté la ville ?

– Oh, Jeff, elle m'a semblé tout à fait heureuse, elle n'a aucun besoin de nous.

– Irma, tu m'as décrit une enfant boudeuse, c'est un symptôme de mauvais traitements. Toutes ces années de spécialisation et tu ne sais pas ça ? Nous devons la secourir, elle aussi.

– Oh, Jeff. (Elle se leva de sa chaise et vint se blottir contre lui.) Restons à la maison ce soir, rien que nous deux.

Elle lui tripota le lobe de l'oreille, pendant qu'il continuait ses expérimentations.

– Hier soir, tu disais qu'il était trop tôt pour se lancer dans une autre tentative avec les Janson ; tu disais qu'il te fallait du temps pour élaborer un plan...

– J'ai un plan, l'interrompit-il.

– Il y a *MASH* qui commence dans dix minutes à la télé, c'est ta série préférée.

– C'est un autre spectacle que j'ai en tête. Va me nettoyer la clef, un petit coup de papier de verre supplémentaire ne lui fera pas de mal.

– Oh, mon chéri, je l'ai bichonnée à mort, cette clef. Tu ne voudrais pas qu'on parle de notre mariage ?

Elle feuilleta son magazine et tomba sur un encart publicitaire pour une boutique de robes de mariée. Il continua ses injections dans la viande, jusqu'à ce qu'elle soit toute luisante, de petites poches de liquide jaillissant de la chair.

– File-moi une serviette en papier, ordonna-t-il.

Et il en recouvrit le plat, appuyant dessus pour absorber le surplus de liquide. Il attendit que la viande en rejette davantage, la tamponna de nouveau, la retourna.

– Je ne pense pas que ce soit correct, dit posément Irma.

Il leva la tête, les yeux noirs, impitoyables.

– Ne commence pas ça avec moi.

– Mais, chéri, qu'est-ce que tu vas faire d'Elmer, comment vas-tu le sauver, lui ?

– Peu importe.

– Si, insista-t-elle avec une moue. Si, ça importe.

Elle paraissait au bord des larmes.

– Espèce de crétine ! lâcha-t-il distraitement, tu as un grand rôle à jouer là-dedans.

Et là, elle fondit en larmes. Avec un soupir, il s'interrompit dans son travail.

– Irma, bon sang, qu'est-ce qui t'arrive ? Tu connais notre plan, alors pourquoi tu me fais ça ?

Elle le regarda, les paupières plissées, le regard trouble.

– Jeff, tu n'es pas honnête avec moi, murmura-t-elle, et elle sanglota encore.

– Quoi ? Irma, qu'est-ce que tu fais, là ?

– Tu es malade, insista-t-elle, éplorée, et tu ne m'as même pas dit...

Il se leva brusquement, se frappa le front et leva les yeux au plafond.

– Bordel de Dieu, Irma, tu as lu mon courrier !

– Oh, mon chou, pleurnicha-t-elle, tu vas porter plainte contre le Dr Landry ?

Le visage de Dorn se vida de toute expression.

– Qu'est-ce que tu me chantes ? Pourquoi je porterais plainte contre lui, Irma, les morts ne peuvent porter plainte contre personne !

Et là-dessus elle sortit de sa robe une enveloppe blanche sans en-tête. Elle avait été ouverte maladroitement, d'une main fébrile ; l'angoisse générée par tant de mystérieuses correspondances ayant finalement eu raison d'elle. Il posa le regard sur l'enveloppe comme si c'était un objet vil, étranger, et puis il la lui arracha vivement des mains et la lut.

Quand il eut terminé, il avait le visage tordu, un rictus incontrôlable. Toute sa carcasse secouée, les genoux tremblants, il sentit la bile refluer de son estomac.

– Seigneur, s'écria-t-elle, à bout de nerfs, qu'est-ce qui ne va pas ? C'est une bonne nouvelle, mon chéri, tu devrais être heureux.

– Je n'arrive pas à y croire... grommela-t-il, la gorge serrée, et il semblait manquer d'air, luttant pour respirer.

– Mon cœur, si tu es furieux contre lui, alors tu devrais l'attaquer ! Les erreurs comme celles-là, on en paie le prix. Soit la faute vient de son cabinet, soit c'est le laboratoire d'analyses le responsable. De toute manière, tu devrais être content. Tu es si courageux, Jeff, d'avoir pu vivre en affrontant cela tout seul...

– La ferme ! l'interrompit-il, et il relut le courrier.

Comme indiqué dans notre précédente correspondance, l'interversion de votre échantillon de prélèvement sanguin avec celui d'un patient atteint d'un cancer en phase terminale est survenue au Wyro Technical Center. Nous nous inquiétons sincèrement de n'avoir reçu aucune nouvelle de votre part quant à votre décision sur la marche à suivre...

– Je n'arrive pas à y croire, quelle incompétence ! Intolérable, bordel ! Les salopards ! Bon Dieu, Irma, il faut qu'on s'active !

Et, alors que son petit message personnel à Scott lui traversait la tête en un éclair, il vit Irma se lever et tourner sur elle-même.

– Tu sais quoi, Jeff ? dit-elle, toute guillerette. Je crois qu'il faut fêter cela. Un nuage noir planait au-dessus de la maison et il vient de se dissiper !

– Assez, Irma, tu ne comprends pas dans quelle panade on est !

– Ça finira par passer, Jeff ! Tu n'étais pas malade. Je sais combien cela a pu être dur de...

– Non ! s'écria-t-il, et il leva la main pour la faire taire. Ce qui est arrivé aux Clayton a pu attirer l'attention sur nous et on a retrouvé cette gosse...

– Jeff, cette famille-là, ce n'était pas ta faute, tu as essayé de les aider.

– Si ce gamin continue de creuser, pour moi, c'est terminé, Irma, et terminé pour toi aussi, bordel de Dieu. Je n'arrive pas à croire que tout ça m'arrive, à moi...

– Je ne comprends pas, Jeff, qu'est-ce que tu racontes ?

Il lâcha un soupir lourd et machinal.

– Peu importe, répliqua-t-il rapidement, d'une voix confuse, étrange. Il y a des gens qui cherchent à m'avoir, il va falloir t'y résoudre, c'est tout. À partir de maintenant, tu m'aides sans poser de questions, Irma, je n'ai pas envie de gâcher mon temps à répondre à tes...

Sur quoi elle se leva et s'écria, épouvantée.

– Serre-moi, Jeff, serre-moi !

54

Jessica Janson était dans sa chambre, elle écoutait l'ondoiement des flûtes et les profondeurs langoureuses des violoncelles – le quatrième mouvement de *Fantasia*, à la radio. Occupée à plier du linge, elle songeait qu'elle aurait aimé avoir les moyens d'emmener Elmer au London Philharmonic, que cela devait être une expérience mémorable pour un petit garçon, surtout au Kennedy Center.

À cet instant, elle décida de ne pas renoncer à ses efforts pour instiller en lui le goût de la musique, même si les cordes, restituées par les haut-parleurs de sa chambre, avaient un son un peu comprimé, un peu plat. Elle fronça les sourcils.

– Qu'est-ce qui ne va pas ? dit Elmer.

– Sois un amour et descends au salon régler les basses sur le canal droit, murmura-t-elle.

Il était resté assis au bout de son lit, farfouillant dans son coffret à bijoux et jouant avec ces trésors.

– Maman, c'est quoi, ça ? lui demanda-t-il, tenant dans sa main ce qui ressemblait à une dizaine d'anneaux très fins, tous entrecroisés en une chaîne de dix centimètres de long.

Elle sourit et vint s'asseoir à côté de lui sur le lit.

– C'est un puzzle égyptien, ton papa me l'a offert en 1979, au retour de son voyage officiel au Moyen-Orient, quand il accompagnait le secrétaire d'État du président Carter, Cyrus Vance.

– Pourquoi il est tout démonté ?

– Parce que – elle lui piqua l'index dans le ventre – le bandeau qui le maintenait en place est tombé et je n'ai pas le temps d'aller en Égypte trouver un réparateur de puzzles pour s'en occuper.

– Je peux l'avoir ?

– Ça vaut très cher, mon rouquin, mais tu peux jouer avec si tu as envie.

Il le fourra dans sa poche.

– Et ça, c'est quoi ? continua-t-il, en ouvrant une longue boîte tapissée de velours, qu'elle lui reprit tout de suite.

– C'est pour un autre soir, tu as école demain.

Il s'arracha du lit, Tripode se dressa en agitant la queue et le précéda vers la porte.

– Maman, demanda-t-il encore, timidement, tu l'aimes bien, M. Hall ?

– Je trouve que c'est un homme très gentil, très original.

– On peut l'inviter à dîner ?

– Oui, Elmer, s'il n'est pas reparti pour New York, on peut l'inviter.

– Maman, tu es amoureuse de l'inspecteur Rivers ?

À ces mots, elle secoua la tête, puis tendit le bras pour lui pincer délicatement l'oreille.

– Elmer, pourquoi me poses-tu toutes ces questions ?

– Je vous ai vus vous enlacer.

Elle lâcha un soupir du fond du cœur.

– Mon rouquin, dit-elle doucement, c'était juste pour le remercier de nous avoir aidés. Je crois qu'il est tard. Puisque tu descends régler mon haut-parleur, tu veux bien me rapporter un soda ?

– À l'orange ?

– Gingembre et pas de boule de glace pour toi, hein ?

C'était un système d'interphone très coûteux, de marque JBL, installé par le père d'Elmer juste à la gauche du réfrigérateur, en face du couloir. Il alluma la lumière en traversant, régla rapidement le haut-parleur, puis ouvrit la porte du congélateur.

À l'intérieur, il vit une boîte de bonbons nappés de chocolat, lorgna dessus et enfonça le bouton correspondant à la chambre de sa mère.

– Maman, tu veux un cookie ?

– Non, fit-elle d'une voix détachée mais ferme, pas de cookies. Tu peux prendre un bonbon au chocolat, ou un cookie, si tu veux, mais pas les deux, et il faudra te brosser les dents une deuxième fois.

– D'accord, maman.

Il jeta de nouveau un œil à la crème glacée, pendant que Tripode se dressait sur ses pattes de derrière et venait s'appuyer contre son dos, le poussant en avant.

– Hé, du calme, stop ! fit-il avec un petit rire, et il sortit la boîte du frigo, attrapa deux bonbons fourrés à la crème glacée entre ses doigts. Assis ! ordonna-t-il, et, comme le chien lui obéissait, il brandit un bonbon à la crème glacée sous ses naseaux.

Tripode l'engloutit sans mâcher et Elmer enfourna le sien, qu'il laissa fondre dans sa bouche. Ensuite, il attrapa une cuvette sous l'évier et la remplit d'eau du robinet, quand le chien vint subitement le culbuter par-derrière.

– Tripode ! protesta-t-il en pouffant de rire, et il lui repoussa délicatement la truffe.

Le chien s'assit sur son postérieur en agitant sa queue en forme de balai. Elmer ouvrit un placard au-dessus de l'évier, un peu sur la gauche, et en retira une boîte, avec un chien imprimé dessus. Il plongeait la main sous le rabat et tendait une pleine poignée de cookies sous le museau de son compagnon quand soudain l'animal se mit en position d'arrêt, les bajoues frémissantes.

Les babines retroussées, montrant les crocs, il avait les yeux à hauteur de son maître.

– Qu'est-ce qu'il y a ? s'étonna-t-il en reniflant les biscuits, et le chien s'éloigna d'un bond, en direction de la porte de derrière.

Elmer le rejoignit et l'animal lâcha un grondement sourd et menaçant.

– Allez, mon pote, fit-il pour le réconforter, et il caressa la crête de fourrure qu'il avait à l'encolure.

Mais le berger ne voulait pas bouger de là. Au lieu de cela, il se dressa et gratta à la porte de son unique patte de devant.

Aussitôt, Elmer poussa sur le bouton et, alarmé, s'adressa à sa mère dans le haut-parleur mural.

– Maman ?

– Qu'y a-t-il, mon rouquin ?

– Tripode a entendu quelque chose.

– Oui, mon chou, il entend toujours des choses. Bien, un bonbon chacun, pas plus, et attention, hein, je les ai comptés.

– Non, c'est pas ça, maman. Tripode est vraiment en rogne.

– Donne-lui un cookie et monte, Elmer. Il est presque 22 heures, largement l'heure d'aller se coucher.

Il jeta un regard au chien qui grondait.

– Qu'est-ce qu'il y a, mon pote ? fit-il en se penchant, et le berger restait immobile, grognant, les babines écumantes, ses grands yeux bruns et menaçants rivés sur la fenêtre. (De la bave gouttait par terre.) Allez, insista le garçon, en le tirant par le collier, mais la bête refusait de bouger.

Il appuya sur un interrupteur et, quand l'éclairage extérieur jaune s'alluma, Tripode recula sur ses pattes de derrière, tout son corps se raidit et sa grosse tête s'inclina lentement, les crocs luisants.

Mais il n'y avait que le vent.

Et une ombre qui s'effaça dans l'obscurité.

Jessica Janson buvait son soda au gingembre à petites gorgées, occupée à peigner ses cheveux avec soin, jusqu'à leurs extrémités, puis elle les releva et les noua sur sa tête. Avec l'aisance de l'habitude, elle prit l'élastique qu'elle tenait entre ses lèvres humides et les attacha, en serrant bien. Dans sa première description, Rivers avait eu raison : le résultat était une drôle de queue-de-cheval, on eût dit une gerbe de blé. Elle bourgeonnait dans toutes les directions et elle tapota dessus pour la mettre bien en place.

Elle s'assit sur son lit et pointa les pieds en l'air pour ôter son pantalon. Elle se leva pour le secouer et en lisser les plis, puis le suspendit avec soin. *Fantasia* n'était pas encore terminé, aussi glissa-t-elle au son léger des cordes vers l'armoire, choisit sa paire de chaussures habillées pour le lendemain matin et les plaça sous la fenêtre latérale, près d'une table de nuit.

La journée avait été longue, songea-t-elle, et elle se retrouvait seule, pour la première fois du week-end. Elmer, qui avait paru triste vendredi, s'était visiblement égayé quand Rivers était arrivé dans les parages. Cette manière qu'il avait eue de singer la démarche de l'inspecteur, calme et confiante, c'était presque comique, même si elle avait bien veillé à ne pas se moquer. Elle se demanda l'effet que cela faisait, chez un garçon de l'âge d'Elmer, d'être privé d'un modèle masculin.

– Il aurait dû avoir un frère, dit-elle à haute voix.

La vérité, c'était qu'elle éprouvait parfois le besoin d'un tel modèle, dans son combat pour élever un être qui vaudrait la peine d'être connu. Et c'était véritablement son seul souci, que son fils grandisse pour devenir un homme qui, au lieu de se limiter à prendre, apporterait sa contribution au monde. Frank Rivers était un tel homme, pensait-elle, fort, attentionné, dévoué, et porteur d'une sorte d'énigme, un mystère qu'elle avait envie de déchiffrer.

– Cela prendra du temps, dit-elle encore à voix haute, en sortant une pochette de bas noirs, dont elle ouvrit le cellophane.

Elle continua en dépliant un tailleur gris clair.

Verdone Apparel, cela lui revint d'un coup, et les rouages de sa mémoire se remirent vite en marche. Depuis 1983, elle était directrice de budget dans la pub et, sans que ce soit sa faute, son agence était en dépassement sur une campagne télé – elle se demandait comment ils allaient digérer la chose.

Consulter les comptables, nota-t-elle en vitesse dans un carnet, puis elle fixa son porte-documents du regard et, alors qu'elle allait l'attraper, elle s'arrêta brusquement, préférant se laisser envelopper par les accords chauds et subtils qui déployaient leurs volutes à travers la chambre. Elle s'étira comme une chatte, tendant les bras très haut au-dessus de sa tête, et elle lâcha un bâillement satisfait.

Ce comportement était contagieux.

Irma Kiernan bâilla avec elle.

À guère plus d'une quinzaine de mètres de distance, les deux femmes se faisaient face à travers la fenêtre, mais Jessica n'avait aucune conscience de la présence de l'autre. La plus âgée des deux supportait difficilement la façon qu'avait son homme d'observer cette Jessica, le trouble de sa respiration au moment où cette pétasse blonde avait commencé à se livrer à son petit numéro, déboutonnant lentement son chemisier de soie bleue. Kiernan eut envie de balancer des pierres contre ce carreau, mais en aucune façon pour l'alerter du danger.

Irma avait envie de ressusciter les procès des sorcières de Salem et de la brûler, de la lapider, de l'écraser, de l'anéantir à coups de gros cailloux. Même sans jumelles, il n'était pas difficile de voir combien cette femme avait la peau douce et ferme et, rien qu'à cette idée, elle se sentait encore plus vieille que son âge ; son dos se voûta, son menton s'affaissa et son visage retomba sous le poids de la défaite. Elle détourna vite le regard.

Sur l'arrière, la lumière dans la chambre d'Elmer projetait des ombres qui venaient se poser contre la palissade près de la ruelle, tandis que la chambre de Jessica se trouvait au coin nord-est, côté façade. Sa fenêtre latérale était orientée vers la bande de terrain qui séparait sa maison de celles des voisins, et c'était là que se tenait Dorn, derrière un mur mitoyen, où il surveillait la scène avec ses jumelles.

Ce mur avait été jadis peint en blanc, mais Jeff lui avait expliqué que les propriétaires étaient âgés, qu'il n'y avait personne pour l'entretenir, et les briques rouges étaient désormais visibles à travers le revêtement écaillé. Quand Irma Kiernan se redressa, dans cette humidité, des éclats de peinture lui collèrent aux paumes, aussi refit-elle un pas en avant et s'épousseta, de plus en plus en colère contre cette femme à sa fenêtre qui se glissait hors de son chemisier et s'exposait aux regards en soutien-gorge couleur pêche. Et, juste à l'instant où elle se dit que cela ne pouvait être pire, cette Jessica Janson dégrafa ce truc d'un geste vif, libérant ses seins qui en jaillirent voluptueusement.

Cette femme avait une silhouette pleine et ses doigts aux ongles vernis traçaient comme des lignes rouges dans les airs. Irma n'en pouvait plus et elle se retourna vers Dorn, à qui elle donna sa propre version de la scène à laquelle elle venait d'assister.

– Rien de spécial, là-haut ! s'esclaffa-t-elle, s'étant hâtée de le rejoindre sur un carré de pelouse.

Il ne réagit pas, n'étant pas de cet avis, sur au moins deux points.

D'abord, c'était l'une de ces rares soirées où la maison des Janson n'était pas bouclée comme une tombe, avec ses volets en bois rabattus et verrouillés, aussi en conclut-il que le garçon avait dû s'amuser à les trifouiller. Ensuite, Jessica avait des courbes assez chaudes pour embuer l'objectif d'un appareil photo, alors qu'Irma, pour sa part, la trouvait trop mince, ses seins trop gros, ses cheveux trop blonds.

Pire encore, elle lui trouvait un genre trop affirmé, des manières trop suggestives, ostentatoires. La fenêtre était entrouverte sur l'air frais de la nuit, des volutes de musique classique flottaient dans le jardin, jusqu'à eux. Essayant de se distraire, Irma leva le nez sur un banc de nuages. Les étoiles pointaient vers la terre comme des aiguilles vénéneuses et elle réfléchissait à d'autres moyens de détourner l'attention de Jeff quand elle entendit une voix.

– Maman ?

Jessica enfila en vitesse un peignoir en soie, puis sortit sur le palier.

Le visage de Dorn était parfaitement impénétrable.

– Au point où nous en sommes, autant aller jusqu'au bout, fit Irma, pour enfoncer le clou.

– Non, fit-il. J'y vais seul. On rentre à la maison, je rassemble mon matériel et ensuite tu reviens me déposer ici.

– Mais Jeff, je crois...

Il leva la main.

– Irma, fit-il, irrité, en agitant le morceau de viande empoisonnée dans sa direction, de toute manière, ce truc va mettre un certain temps avant de fonctionner.

– Mais le chien n'est pas dans la maison ? Il va nous aboyer dessus.

– Bien vu, Irma ! Avant de monter se coucher, ils déverrouillent toujours sa petite porte de chien. Il sort, on lui sert son délicieux petit en-cas et ensuite – il se tapota la poitrine – *badaboum*, il éclate comme un ballon d'anniversaire.

Là-dessus, il traversa nonchalamment la courte pelouse qui les séparait de la clôture du fond et, se dressant sur la pointe des pieds, il examina le jardin. Il repéra un endroit près d'un petit érable, sortit la viande d'un sac plastique et la lança avec une certaine précision. Il y eut un choc sourd.

– Mais comment saurai-je quand tu auras fini ?

Elle se trouvait derrière lui et il secoua la tête d'agacement.

– Je te l'ai dit, chuchota-t-il avec lassitude, ça va prendre quatre ou cinq heures. Je t'appellerai. Tu attends près du téléphone, c'est tout.

Il se retourna vers la rue et marcha dans cette direction.

– Mais pourquoi si longtemps, Jeff, je ne comprends toujours pas pourquoi ça va te réclamer tant de...

– Irma !

– Oh, mon chéri, c'est dangereux, tu ne devrais pas te servir du téléphone.

Il était presque arrivé dans la rue, se dirigeant vers leur voiture, garée plus loin.

– Rester en contact avec les êtres chers, voilà à quoi sert le téléphone.

– Et tu es sûr qu'elle est coupable, qu'elle utilise son garçon pour...

– Irma, tu as vu son strip-tease en public, et tu as lu cet article sur elle ? C'est une salope perverse et ce gamin a besoin de nous, sinon il risque de gros ennuis.

Et tandis qu'ils rejoignaient leur voiture plus loin dans la rue, elle réfléchit à tout cela, mais sans creuser davantage, car une autre question la taraudait de façon encore plus insistante.

– Jeff ! glapit-elle, en se serrant contre lui.

Il fit volte-face, en marchant à reculons.

– La réponse est non, Irma ! Je n'ai aucune envie de la toucher ; au lit, tu es ma seule partenaire. (Il marqua un temps de silence, afin de faire son effet.) Je suis heureux comme ça.

Elle eut un sourire de sainte-nitouche et il lui posa la main sur la joue. Sa peau était aussi froide et sans vie que du skaï.

Il ouvrit la portière.

Irma Kiernan y croyait parce qu'elle avait envie d'y croire.

55

Scott et Rivers avaient laissé leurs véhicules, y compris la limousine, et embarqué à bord d'Eagle One afin de rallier le Suburban Hospital, à plus de dix minutes de vol. Il y avait de nombreux autres endroits plus vite accessibles, notamment la MedStar Unit de l'hôpital de Washington, mais ils souhaitaient être à proximité du QG.

Le commandant était sur la table d'opération depuis près d'une heure, non pas à cause de la gravité de ses blessures, mais de leur nombre. Corless avait tiré une balle juste à ses pieds, sur le béton, et il en avait reçu des éclats dans les mollets, les cuisses, l'entrejambe, le ventre, la poitrine.

À 21 h 52, il avait déjà trente-neuf points de suture et, alors que ce chiffre progressait encore, Rivers, lui, était couché sur une autre table, dans une salle d'intervention spécialisée dans les blessures par balle.

– Alors, ce n'est pas si méchant ? demanda-t-il, en scrutant les chaleureux yeux noisette du Dr Anh-Bich Pham, une Américano-Vietnamienne à la peau aussi douce que de la crème sur un visage d'ange.

Elle était encore en blouse chirurgicale bleue et lui prenait le pouls.

– Monsieur Rivers...

– Pas de monsieur Rivers. Frank. Je vous en prie... vous qui m'avez inspecté tout le corps.

Elle laissa retomber son bras.

– Vous auriez intérêt à vous servir de cette écharpe pour vous soulager, le muscle est salement contusionné et il présente deux déchirures. Dans votre sommeil, je vous suggère de rester allongé sur le côté droit et ne prévoyez pas de reprendre le travail avant une bonne semaine.

– J'apprécie votre sollicitude, docteur. Combien de temps avant que ça ne cicatrise ?

– Cela dépend de votre comportement, mais il se peut qu'un morceau de cartilage doive encore être expulsé, nous verrons cela dans quelques mois. Entre-temps, je vous recommande le repos, restez alité, aucun exercice de ce côté-là avant que ce ne soit réparé, et je vais aussi vous mettre sous antibiotiques.

– C'est vraiment nécessaire ? Ça vous grille les entrailles, ces trucs.

– Oui, sourit-elle, en effet. Maintenant, levez-vous et penchez-vous.

– Je vous demande pardon ?

– Penchez-vous, sergent, j'ai un petit cadeau pour vous, à moins que vous ne vouliez souffrir du tétanos.

Il haussa les épaules et adopta la position demandée, en laissant tomber son pantalon sur ses genoux.

– Ça va faire mal ?

– Atrocement, lui annonça-t-elle avec un clin d'œil, mais vous êtes un garçon courageux, alors...

Elle planta l'aiguille sans attendre.

– Aïe ! Ouille ! Vous m'avez pris pour un con, là.

– J'ai annoncé la couleur, tétanos, pas une piqûre sympathique.

– Génial, fit-il, en se massant la fesse, absolument génial.

– Et pour ce qui est de mes instructions, je suis sérieuse, Frank. Je vois bien que vous n'écoutez pas beaucoup les médecins, mais cette fois, vous auriez intérêt.

– Comment ça ?

Elle désigna une cicatrice qu'il avait à la poitrine et une autre à l'avant-bras gauche, comme le rabat scellé d'une petite enveloppe.

– Qui vous a suturé cela ?

Elle examina la chair, l'œil sombre.

– Oh, ça, c'est mes sutures à moi. Épingles à nourrice. C'est un vieux truc.

Elle acquiesça.

– Sacrément viril, Frank, votre truc a engendré une sténose des tissus. Revenez me voir d'ici vingt ans, quand ces cicatrices se seront transformées en kystes ou en tumeurs.

Frank sourit.

– Marché conclu. Mais ce bras, lui, il va se réparer tout seul. Suffit d'y aller mollo, non ?

– C'est une vilaine petite blessure que vous avez là, vous avez de la chance que ce soit un calibre 25 et rien de plus gros. La balle est restée en surface parce qu'elle a ricoché sur l'os avant de reprendre la direction de la sortie. En réalité, à l'intérieur, c'est nettement plus abîmé que vous ne le pensez. Alors oui, allez-y mollo, vous avez quand même perdu un demi-litre de sang.

– Je vais bouffer du foie de veau.

– Je n'en doute pas. (Elle consulta sa montre.) Et votre ami va sortir d'ici trente minutes, alors vous pouvez l'attendre ici tranquillement.

– Il va s'en tirer ?

– M. Scott a déjà reçu près de quarante points de suture, des vrais, lui, et ils sont encore occupés à lui extraire des cailloux du corps. La balle lui a logé tout un sillage de débris sous la peau. Elle lui a fait un trou dans son pantalon, vous le saviez ?

– Elle l'a touché ?

– Non, elle a joliment découpé la couture lâche de l'entrejambe. Il a eu beaucoup, beaucoup de chance.

Il eut soudain du mal à déglutir.

– Elle a dû ricocher.

– Oui, sourit-elle, en se tournant vers la porte. Je vais vous donner quelque chose contre la douleur. Quand l'effet de l'IM va se dissiper, vous aurez mal.

– Pardon ?

– L'IM, l'injection intramusculaire, l'antidouleur. J'ai pas mal creusé là-dedans et puis j'ai fait un curetage contre la paroi osseuse, que vous n'avez pas pu sentir jusque-là, mais ça va arriver. Ça va commencer à lancer, croyez-moi, alors je vais vous filer un truc hyperplanant.

– Je me le garde pour plus tard.

Elle lui lança un sourire mauvais.

– On verra bien. Votre capitaine vous attend, si vous voulez le voir.

Rivers acquiesça d'un signe de tête, en massant son épaule blessée.

– Si vous avez besoin de moi, vous m'appelez. Voici le numéro de mon bipeur, ajouta-t-elle, en lui tendant une carte.

Il la glissa dans sa poche sans même la regarder.

– Merci, docteur, j'apprécie vraiment.

Elle sourit avec bienveillance.

– La prochaine fois, tâchez d'esquiver, Frank, votre corps a déjà suffisamment d'accidents au compteur comme ça.

– M'en parlez pas.

Après un instant de réflexion, elle s'approcha encore.

– Et qui vous a tiré en plein visage ? fit-elle à voix basse, l'air préoccupé. Je n'ai vu aucune mention de la chose dans votre dossier médical.

– Ah, soupira-t-il, c'est si évident ?

– Non, non, dit-elle avec une moue, j'ai été chirurgienne en traumato à l'aérodrome de Da Nang, je sais reconnaître de la chirurgie de reconstruction quand j'en vois et vous avez une joue qui est un greffon. (Elle lui effleura la joue droite.) Du beau travail, personne ne s'en apercevrait.

Il grimaça.

– Je vous en prie, n'inscrivez pas ça dans mon dossier.

D'un geste, elle le rassura.

– C'est notre secret. C'était au Vietnam ?

– Au Cambodge.

– Ils ont vraiment fait du beau travail, répéta-t-elle, avec une mimique approbatrice, en ouvrant lentement la porte au capitaine Maxwell Drury, qui entra en trombe.

– Seigneur Jésus Marie ! Frank, je me suis fait un sang d'encre.

– Salut, Max, juste un bobo, rien de plus.

– Inspecteur Rivers ? fit le Dr Pham, et elle attendit d'être certaine qu'il l'écoute. Prenez ces cachets, vous aurez besoin de la totalité.

Il eut un geste de la main.

– Merci.

– Bon Dieu, Frank, s'exclama Drury, inquiet, ce salopard a failli faire sauter les bijoux de famille de Jack !

– Je sais, grimaça-t-il. Et Jessica, Max ? Si vous êtes ici, je suppose que vous avez mis du monde en renfort autour de leur maison ?

– Est-ce que ça va, fiston ?

Tout à coup, l'autre se leva.

– Très bien, Max, mais les Janson ? Vous avez déplacé Tom et Murphy du bowling ? Depuis leur position, ils ne peuvent pas voir la maison !

La voix était fiévreuse, le ton accusateur. Drury, lui, soufflait comme un bœuf, les yeux pleins de colère.

– Ne commencez pas avec moi, Frank, le prévint son chef. Je viens de passer en revue le contenu de l'avion de Blatt et je suis pas loin d'avoir ma dose. Ils ont récupéré suffisamment de dents pour garnir trois bouches entières, plus tout un merdier de vidéos, des trucs d'une violence inimaginable... Ces salopards se payaient des petits jeux sexuels vraiment sadiques, allant jusqu'à trouver du plaisir à accorder de menus répits aux victimes de leurs tortures...

– Max ! le coupa Rivers, d'un geste impérieux de la main. Je ne veux pas entendre parler de ça. Puisque Blatt est mort, il n'y a personne à poursuivre. Et Jessica ?

Les yeux de Drury s'enflammèrent, se fermèrent à moitié. Le Dr Pham tenait ouverte la porte communicante avec la salle de réveil. Une apparition surgit de la pénombre, celle d'un patient qui ressemblait à un homme arraché à la mort. Le commandant Jack Scott avait les yeux gonflés, le regard vide, le visage tuméfié, couvert de traces, et semblait vieilli. Très âgé. Il s'avançait en claudiquant, tremblant de tout son corps.

Drury contempla cette apparition.

– Capitaine, fit le Dr Pham, visiblement tendue, en aidant Scott à s'asseoir sur une chaise. Le patient a refusé d'être hospitalisé et...

– Oh, Jack ! s'écria Drury, tu ferais mieux de rester ici, accorde-toi un peu de sommeil.

Son vieux collègue secoua lentement la tête, en regardant Frank lacer ses chaussures de jogging.

– Et le gros lard ? fit-il en déglutissant, la respiration difficile.

– Gregory Richard Corless, directeur des écoles publiques du comté de Mercer, dans le New Jersey. Pour le moment, nous ne connaissons pas encore son parcours avec Blatt, mais il est marié et il a trois enfants. Deux sont des filles.

Scott opina.

– Quant à Blatt, dès que nous lui avons retiré ses vêtements, il s'est pour ainsi dire détaché en deux morceaux et je voulais interroger Frank à ce sujet.

Le chef du ViCAT allait répondre, mais il comprit, d'un simple regard, que les mots n'étaient pas nécessaires. Rivers, la chemise encore ouverte sur sa poitrine, les prunelles comme deux pierres, les muscles des mâchoires contractés de rage, se dépêchait de glisser ses pistolets dans leurs holsters.

– Les Janson, Max, le pressa aussitôt Scott. Qui vous remplace ?

Avant que Drury ait pu répondre, Rivers était dehors.

56

Il régnait dans le jardin des Janson, à l'angle de la maison, sous un petit orme, un profond silence, où gisait une forme sans vie.

Dorn regarda le ciel.

Le vol navette de 22 heures pour New York qui passa en rugissant gagnait de l'altitude et le trafic dominical dans River Road se réduisait à une poignée de voitures en balade. L'air était frais. Sa combinaison noire le protégeait de la brise, qu'il ne sentait que sur son visage. La cagoule en Dacron ajustée derrière les oreilles lui permettait de percevoir le moindre bruit.

Il portait sa pochette d'outils en nylon noir accrochée à la taille et il en sortit un stick à lèvres, s'en appliqua une couche sur la bouche, qui vira vite au bleu foncé et presque au noir, après trois applications supplémentaires.

Il se tenait au fond du terrain situé sur le flanc de la maison, regardant vers le portail et au-delà, vers le jardin où la lampe de la chambre d'Elmer projetait une lueur tamisée. Il ne voyait que la silhouette de Tripode gisant près des fourrés, immobile comme une pierre. Cette vision l'enchanta.

Depuis le début, il avait saisi chez ce chien quelque chose qui avait échappé à presque tout le monde. À une époque, l'animal avait dû recevoir un entraînement de bête d'attaque, au sein de l'armée ou d'une brigade canine de la police, il n'avait pu déterminer laquelle des deux. Il penchait plutôt pour les forces armées, car ce berger aboyait rarement, y compris en présence d'une menace. Ce clébard avait été formé à la discrétion, même si le gamin avait bien sapé tout ce travail de dressage.

Le type d'attaque de Tripode, Dorn le savait, serait silencieux, sans merci, sans avertissement, le fruit d'un conditionnement professionnel. Cela paraissait presque du gâchis de devoir tuer un tel instrument de destruction. Dès la première bouchée de viande contaminée, le clebs avait rampé dans l'obscurité pour mourir.

Et ça, pour mourir, il était mort. Dorn vérifia l'heure à sa montre. 22h42. C'était le silence total, à présent.

Par la fenêtre de l'étage, il pouvait entendre jouer le dernier prélude, au Kennedy Center, et il voyait l'ombre gracieuse de Jessica glisser au-dessus de lui, sa silhouette se découpant entre les stores à moitié baissés.

– Bonne nuit, maman, fit une voix fugace et légère.

– Bonne nuit, mon cœur. Tu as laissé sortir Tripode ?

– Oui.

– Elmer, tu as dit tes prières ?

– Oui, maman. Demain, on peut emmener Tripode au parc ?

– Le lundi, on travaille, rouquin, tu le sais. Le week-end prochain, d'accord, et il faudra que tu réussisses bien tous tes contrôles. L'école est presque finie et tu auras tout l'été pour jouer.

– Maman ? insista-t-il timidement.

– Je suis là, Elmer. Tu n'es pas fatigué ?

– Merci pour tout, je veux dire la pizza, le cinéma et tout.

– Mais je t'en prie, mon bébé. Donne-moi un baiser. (Il y eut un silence, qui suffit à faire palpiter le cœur de Dorn.) Bonne nuit, chantonna la jeune femme, et ne laisse pas les punaises entrer dans ton lit !

Dorn ferma les yeux, respirant avec peine, et Jessica éteignit la lumière dans la chambre du garçon. Les voix, l'immobilité du jardin, la clef dans sa main : tout ceci, c'était presque plus qu'il ne pouvait en supporter sans crier.

Dans la chambre de Jessica, les lampes restèrent allumées et il colla son oreille contre le mur extérieur ; il entendit la musique faiblir, masquée par le bruit de l'eau qui coulait, à l'arrière-plan. Dans la rue, il n'y avait que les feux de signalisation clignotants de River Road et les phares ralentissant avant de reprendre leur progression. Il patienta.

Plus jeune, songea-t-il, il serait simplement passé par la petite porte en plastique du chien pour entrer, en se couchant sur le côté et en se tortillant. À présent qu'il était plus âgé, sa scoliose et la raideur de ses articulations l'en empêchaient, il n'était plus que l'ombre de lui-même, forcé de vivre avec ses souvenirs. Et, dans cette lumière fragmentée, il se rappela s'être laissé tomber par un conduit de cheminée, la veille de Noël, pour atterrir dans un salon. Il savoura la chose, se remémorant les expressions terrorisées qui l'avaient accueilli.

Il passa à l'action ; il longea la façade de la maison en rasant la haie, vers la porte d'entrée. Il avait envisagé celle de derrière, mais on avait laissé la lumière allumée, et elle projetait un halo qui aurait pu révéler sa grande silhouette.

Une voiture s'engagea dans le carrefour, dans sa direction. Instantanément, il recula, se baissa, et la lumière des phares se déversa sur la banlieue endormie, dépassa la petite maison, fut absorbée par l'obscurité immédiate. Se relevant promptement, il sortit de son sac une paire de gants en caoutchouc doublés d'un revêtement de coton fin et délicat qui lui donnait l'impression d'être propre jusqu'au bout des doigts.

Il approcha la clef de son visage. La clef d'Irma. Elle l'avait astiquée jusqu'à en faire briller les arêtes lisses et ses dents avaient l'éclat de l'or.

Avec le geste souple d'un animateur de jeu télévisé, il l'inséra délicatement, tout en couvrant la serrure de la main gauche, afin d'étouffer le cliquetis du pêne qui se soulevait.

Elle tourna sans accrocher et ses prunelles s'enflammèrent presque.

Comme tant d'autres qui l'avaient diverti au cours de ces années, cette femme possédait une chaîne de sécurité, quelques anneaux de métal cuivré terni qui pendouillaient contre le montant. En quelques maigres secondes, au moyen d'un forceps gainé de caoutchouc, il repoussa la languette de métal hors de sa rainure et l'attache coulissa tranquillement. Il tressaillit en voyant la chaîne se balancer d'avant en arrière, mais il la stabilisa d'une main experte, le cœur battant, affamé d'action sauvage et impitoyable.

Et il sentit. Quelque chose. Sans savoir quoi.

C'était merveilleux, cette sensation, ce fourmillement sur la peau, cette moiteur qui perlait à la surface, et son pouls ne cessait de s'accélérer. Son sang le démangeait dans tout son torse, lui martelait la cervelle, lui affolait les sens. Aux aguets sous sa cagoule, ses yeux étaient deux charbons humides avides de plaisir, et il entendait maintenant la lame de fond de son élan vital et tortueux enfler, gronder en un océan rageur, le secouer, éclater contre ses tympans au moment où la porte pivota sur ses gonds.

Il faisait noir et il entra.

C'était de ces espaces violés qu'il avait soif.

– Jessica, fit-il à voix haute, en refermant la porte derrière lui. (Il s'exerçait à prononcer son nom.) Il n'y a rien, Jessica, que tu ne ferais pour me faire plaisir !

La voix de sa proie vint flotter au bas de l'escalier et le rejoignit. C'était une voix fatiguée et pourtant pleine d'espoir.

– Je suis sûr qu'il adorerait avoir un instrument de musique, maman, seulement pas cette année, disait-elle. Pour le moment, il lui faut des trucs de garçon.

Elle était au téléphone. Dorn resta là, debout dans le salon, à l'écouter, ses yeux s'adaptant lentement à l'obscurité. Il sentait ses pupilles se dilater tandis qu'il flairait ces merveilles domestiques autour de lui.

Toutes les maisons sont différentes, il le savait. Les odeurs prennent vie, après avoir imprégné l'étoffe et le bois. Certaines sont âcres, d'autres sucrées, et il les avait toutes pratiquées. Pourtant, malgré l'odeur de nourriture pour chien imbibée d'eau, la maison des Janson sentait le propre et, en s'avançant d'un pas tranquille vers la cuisine, il décida qu'il allait changer tout cela. Changer l'odeur. Le chien allait un peu l'aider, ainsi que Jessica, et peut-être son gosse aussi. Il n'échafaudait pas encore un plan détaillé, il allait juste bousculer un peu les choses. Il s'immobilisa. Dans le coin repas, un calendrier attira son attention, et puis il vit le petit déjeuner du lendemain matin soigneusement préparé sur le comptoir.

Céréales, pains, confitures et une poêle pour les œufs.

– Maman, soupira Jessica, ce n'est pas du tout ce que je suis en train de te dire.

Il se déplaça en douceur jusqu'à l'évier. L'odeur chargée de pâtée pour chien flottait dans l'air, ce qui ne lui plaisait pas. Le réfrigérateur émettait un bourdonnement feutré, régulier, et il vit le bulletin scolaire d'Elmer affiché sur la porte. Cette idiote avait dessiné une étoile dorée en haut de la feuille et, pourtant, elle avait également entouré un B en maths. Il s'imaginait que ça devait vraiment tracasser cette Jessica, que le gosse ne soit pas parfait ; il devinait aussi qu'elle ne devait pas être une affaire au lit.

Et là, au milieu de la cuisine, s'avançant vers l'escalier, il avait la sensation de les connaître depuis des années, alors qu'en réalité il n'en était rien. Il était impatient de les rencontrer enfin, face à face, le cœur vibrant d'une douce cruauté en imaginant l'effet produit sur les battements de celui de Jessica.

Il s'immobilisa.

Dans une photographie sous verre accrochée au mur de la cage d'escalier, il vit son reflet. Et, bien que ce fût une image du clan Janson au complet, datant de la naissance d'Elmer, il ne vit que lui-même. Les traits presque invisibles, il retroussa la lèvre supérieure et ajusta le masque sur sa tête.

Les marches craquèrent.

– Maman, j'aimerais vraiment te parler plus longtemps, mais j'ai laissé la douche couler. (Dorn se stabilisa en appuyant sa main gantée contre le mur.) Je t'aime, moi aussi, dit-elle, puis il y eut un silence.

Indéfini et pur. À travers les minces cloisons, les tuyauteries émirent un gémissement qui se mua en une note de basse assourdie quand Jessica ajouta de l'eau chaude au jet de la douche.

Il grimpa plusieurs marches puis se figea au milieu de l'escalier, tendant l'oreille. Une porte à loquet magnétique s'ouvrit avec un claquement sec, le placard aux serviettes, supposa-t-il, et il entendit le jet de la douche comme freiné par la masse d'un corps, le tambourinement de l'eau déjà moins présent, puis une porte vitrée se referma.

Il reprit son ascension.

À pas feutrés, marche après marche, puis il s'arrêta sur le palier. Devant lui, sur le tapis orange figurant des planètes, un gros os en caoutchouc. Mâchonné à mort. Il le ramassa d'un geste vif et alla droit vers la chambre d'Elmer.

La porte bleue était entrouverte d'une trentaine de centimètres, pour que Tripode puisse s'y faufiler, et Dorn tapota dessus, la gratta du bout des doigts en risquant un œil à l'intérieur.

Elmer était profondément endormi, pelotonné autour d'un panda en peluche. Il avait à ses pieds un grand panier pour chien en forme de haricot, comme ceux vendus par correspondance, mais à en juger par les poils visibles sur les draps, l'objet ne servait manifestement pas.

– Attention aux punaises ! grinça-t-il d'une voix atone, et il plongea la main dans sa pochette.

Il offrit au gamin une chance de se réveiller en agitant une paire de menottes rutilantes au bout de leur chaînette, avant d'envoyer rouler l'os en caoutchouc sur la moquette.

Le petit ne broncha pas.

Dorn se retourna et rabattit la porte, dans un quasi-silence. Avant même de pénétrer dans la chambre de la mère, il fut accueilli par un nuage de vapeur qui lui picota le visage sous sa cagoule, stimulant toutes ses terminaisons nerveuses.

Jessica avait laissé couler le jet d'eau chaude le temps de sa conversation téléphonique et le nuage qui filtrait par la porte de la salle de bains avait tout envahi. Il entendait distinctement l'eau tambouriner contre la cabine vitrée et ce staccato se répercutait dans la salle de bains.

Il entra, avisant le lit qui était prêt, les draps destinés à le recevoir, rabattus avec un soin parfait, quasi hôtelier. Un verre d'eau sur la table de nuit. *Intéressant*, songea-t-il. Prestement, il plaça un rouleau de corde sur l'oreiller, du genre que l'on achète dans les bons magasins de sport et, de ses mains gantées, il prit le verre, le porta à ses lèvres et en testa la température en y trempant le bout de la langue.

C'était froid.

Il le vida d'un trait, tout en s'avançant, silencieux, vers la porte de la salle de bains. Il savait qu'elle allait vite ressortir, non pas du fait de l'heure tardive, mais de la manière dont elle s'était nouée les cheveux. Au lieu de se les laver, elle avait dû se couvrir la tête d'un bonnet en caoutchouc, et il savait que si elle restait trop longtemps là-dedans, la vapeur allait les lui ébouriffer. Elle avait une fois évoqué cela avec sa mère.

Vanité, songea-t-il, *ton nom est vanité*. Et il l'imaginait acceptant de se les mouiller, ou de se raser la tête, rien que pour lui faire plaisir. Avec deux doigts, il appuya contre la porte en bois blanc.

Elle s'entrouvrit de quelques centimètres.

Un coup d'œil à droite, en direction du miroir mural : sa silhouette floue se reflétait depuis la cabine de douche. Il décida de la regarder danser dans son bocal en verre et ses prunelles noires et froides se fixèrent furtivement sur ses formes nues. Elle était grande et mince, et les mains dans la nuque, elle se frottait avec un gant ; ses coudes blancs pointèrent, encadrant ses seins fermement plantés. Elle se retourna vers le mur du fond, son pied gauche vint frotter contre sa cheville droite et il perçut un soupir bien audible.

Subitement, elle renversa la tête en arrière, ouvrit la bouche et laissa l'eau jaillir sur son visage.

Le pouls de plus en plus rapide, il se faufila sur le tapis de bain et referma vivement la porte, car il ne voulait surtout pas que le courant d'air l'alerte.

Pas cette fois-ci.

Il voulait la voir s'appuyer contre la vitre – qu'importe si elle criait. Ce serait parfait. Cette possibilité l'excita encore plus.

Elle se retourna, l'eau lui dégoulinait au creux des reins, elle avait une main sur chaque épaule, légèrement penchée en avant.

Il s'approcha. Retira ses gants.

Elle se retourna une fois encore, face au mur, et il se rua de côté, se plaqua sur la droite, son cœur cognant contre ses côtes comme une bête malade. Elle se frotta les paupières en inclinant la tête en arrière.

Elle ferma les yeux, ses yeux magnifiques, se caressa le visage du bout des doigts et laissa s'écouler ce ruissellement délassant.

L'aveuglement. Dorn vit bien qu'elle était aveugle. Ne fût-ce qu'une seconde et il n'en fallait pas plus.

D'un pas vif, il se plaça en position juste en face du panneau de verre, un mouvement qui lui procura un plaisir incroyable, mille fois supérieur à tout ce qu'il avait connu. Il la dominait avec une perfection certaine, l'homme contre sa proie, son pistolet petit format fermement tenu dans la main droite.

À quelques centimètres d'elle.

Il la regarda jouer avec ces torsades liquides qui dégoulinaient de son menton et ruisselaient entre ses seins, lui inondant le ventre jusqu'à ses mains en conque. Elle recueillit de l'eau et s'en aspergea la figure. Elle répéta ce geste plusieurs fois devant Dorn médusé, ses yeux écarquillés lui sortant de la tête.

La bouche ouverte, la mâchoire saillante, il se passa la langue sur les lèvres et les humecta jusqu'à presque en baver, colla son visage contre le verre lisse et chaud, y appliqua tout son corps, appuyant contre la paroi jusqu'à s'en aplatir les traits.

La poitrine, le bassin, les genoux et, en touche finale, sa grosse langue qu'il étala contre la vitre, le visage collé par cette glu.

La femme croisa délicatement les mains sur la poitrine et bâilla, pendant qu'il se contorsionnait de tous ses muscles, un masque infernal convulsé d'une invraisemblable cruauté.

Et puis, comme si elle sentait quelque chose qui ne devait pas être, quelque chose d'inconcevable, les yeux de la femme se rouvrirent brusquement et elle pivota, face à lui ; l'espace d'une seconde, féroce, leurs deux corps furent contre la vitre. La trogne moqueuse, Dorn la lorgnait avec une malignité obscène.

Elle ouvrit la bouche. Pour crier.

Aucun son n'en sortit.

La bouche béante de terreur absolue, elle tenta encore de hurler, de chasser l'air de ses poumons, recula d'effroi, chancelante, luttant pour respirer. Elle sentit son ventre se creuser, tandis que cette image de cauchemar lui vrillait la tête.

Prise d'un violent tremblement, elle ferma les yeux, tituba en arrière, dans l'angle, tout au fond, et Dorn, qui désirait maintenant contempler cette forme fébrile et vulnérable, la voir sans aucun obstacle, prit le temps de savourer ce moment unique.

Il se fabriquait des souvenirs.

La face nouée, pétrie de haine, il ouvrit la porte de la cabine et la voix de Jessica déchira enfin l'air, elle cria, avec une rage si limpide et si sauvage qu'il en fut aussitôt décontenancé – ce cri venait de l'autre côté, de la chambre.

– Zak ! cria-t-elle de toutes ses forces.

– Zak Dorani !

57

Dorn se figea de terreur.

À cet instant, il pointa son arme en direction du couloir. La porte de la douche s'ouvrit en claquant et une main puissante lui saisit le bras, lui agrippa le poignet, et d'autres silhouettes humaines vinrent le marteler de coups dans une obscurité déchaînée.

Il hurla de rage.

– Plus un geste ! beugla Frank Rivers, en sortant de la douche, et Dorn sentit le contact tiède d'un canon sous son œil droit.

D'autres hommes remplirent la pièce.

Les yeux dilatés d'horreur, il se débattit contre l'étau de la poigne d'acier de l'ancien marine.

– Lâchez cette arme !

Scott se rua sur lui, planta la gueule de son fusil contre sa gorge et se pencha, lui arracha sa cagoule, tandis que Dorn hésitait encore. Il sentit une rafale de coups s'abattre sur sa tête et tomba comme une pierre, à plat ventre contre le tapis de bain ; les lumières se rallumèrent et il leva les yeux. Toute la pièce bourdonnait dans sa tête ; il vit ces visages haineux l'encercler dans un brouillard, des visages mâles, durs, inflexibles, et leurs voix étaient celles du Conseil des enfers.

– Vous êtes en état d'arrestation, pour les meurtres de quinze victimes ! proclama Rivers, même si Dorn était incapable de discerner un seul de ces visages, et puis quelqu'un d'autre s'empara de lui, menottes à la main, et il hurla encore, se débattit pour se lever, se défendit de ses deux poings en sentant son corps soulevé par une force humaine impérieuse.

Il tournoya au-dessus du sol, se heurta violemment au lavabo, avec une telle brutalité que son crâne fracassa le miroir, et il sentit quelque chose lâcher dans sa colonne vertébrale.

Il hurla de douleur.

– La ferme ! cria Rivers.

Il hurla encore de douleur, hurla dans la nuit, et il sentait qu'on lui tirait sur les bras, qu'on les lui attachait, il était pris dans cet étau puissant, le cœur au bord de l'éclatement.

Son corps fut pris de spasmes, de tremblements, de convulsions, et le contenu de son estomac gicla en l'air, se déversa par terre. Il sentit les colliers de métal froid se refermer sur ses poignets en lui pinçant la peau et cette morsure douloureuse lui tira des hoquets de larmes. Soudain, la paroi humaine s'ouvrit sur un personnage plus âgé qui s'avança, baissa le visage tout près du sien, le bord de son chapeau contre le front de Dorn.

Jack Scott attendit un instant que cette vision s'imprime dans l'esprit du tueur dont le corps tout entier fut secoué d'incrédulité.

– Vous avez le droit de garder le silence, lui siffla-t-il, et je vous conseille fortement d'en user !

Les yeux de Dorn s'agrandirent de frayeur, son visage se figea, puis éclata, secoué d'une angoisse atroce. Son cri de bête féroce glaça tous ces hommes et terrorisa la femme blottie derrière eux, au fond de la cabine de douche où l'eau coulait encore.

Frank Rivers, dégoulinant dans son caleçon détrempé, assena un coup du plat de la main sur la tête de leur prisonnier.

– Fouillez-le, ordonna-t-il, puis il jeta un drap de bain sur la porte en verre de la cabine et se dressa sur la pointe des pieds pour jeter un œil à l'intérieur.

La femme pleurait en silence, frémissante, dans son coin.

– Ça va ? demanda-t-il. Hé, les gars, beugla-t-il subitement, couvrant le vacarme des voix, elle aimerait bien pouvoir se rhabiller, alors sortez-moi cette vérole de là !

Une fois la salle de bains dégagée, il ouvrit la porte et grimpa dans la cabine, coupa l'eau et enveloppa la femme dans une serviette.

– Oh, mon Dieu, sanglota-t-elle, Franky, c'était épouvantable... Je n'ai même pas eu à jouer la comédie, j'étais incapable de penser...

Et elle fondit de nouveau en larmes.

– Je sais, Tammy, soupira-t-il, en la serrant fort. Je sais, mais tu t'en es très bien sortie.

La tête levée vers lui, ses grands yeux verts encore pleins d'appréhension, Tammy McCain continuait de pleurer, elle tremblait et gémissait doucement. Après une carrière remplie de prédateurs océaniques, elle venait d'être confrontée à un véritable monstre terrestre, dans la douche de Jessica. Là où un requin « Requiem de sable » ne lui faisait ni chaud ni froid, ce petit homme cruel l'avait terrorisée jusqu'à la moelle des os et elle sanglotait encore devant l'horrible réalité de ce dont pareille créature était capable – juste pour le plaisir.

– Il les aurait tués... fit-elle, et elle ne put réprimer ses sanglots.

– Tout va bien se passer, dit-il, en la réconfortant.

Et il croyait fermement en cette vérité-là.

58

Dans le flot de lumière éclatante de la cuisine, vu de près, Jeffery Dorn n'avait rien de singulier. Il avait l'air d'un petit homme banal, le visage maigre, le cheveu clairsemé, les yeux si enfoncés qu'ils scintillaient dans la profondeur de leurs orbites. Il ne possédait aucun signe particulier et tout ce que les quatre policiers avaient devant les yeux, c'était un ver de terre, un être lâche qui ne leur inspirait que du dégoût. Ils l'avaient transporté au rez-de-chaussée. Ils l'avaient mollement fait glisser sur le sol, comme un vieux tapis roulé, trop souillé pour être nettoyé. À en juger par la raideur de sa posture et son œil vitreux, il était visiblement sous le choc.

Scott se pencha sur lui et le tira encore un peu plus dans un coin, près de la porte de derrière, à côté de l'écuelle de Tripode, quand Rivers fit son entrée.

– Ne buvez pas de ça, ricana-t-il, il y a de quoi retourner le ventre d'un toutou. Jack, il n'a pas l'air de vous reconnaître.

– Oh, si, il me reconnaît, mais il ne fera rien pour nous être agréable, comme par exemple avouer savoir qui je suis. N'est-ce pas, Zak ?

Le visage de Dorn resta de pierre.

Exaspéré, les yeux réduits à deux fentes, Rivers s'approcha tranquillement de l'interphone, près de la porte.

– Écoute-moi ça, lança-t-il à leur prisonnier, et il appuya sur le bouton de rembobinage d'un lecteur de cassettes, sous le regard dédaigneux de l'abject petit tueur.

L'inspecteur appuya sur « Play » et brancha les haut-parleurs de la cuisine ; l'enregistrement démarra au milieu d'une phrase et les voix emplirent la cuisine.

« Bonne nuit, maman », claironna Elmer.

« Bonne nuit, mon cœur. Tu as laissé sortir Tripode ? »

Rien de tout cela ne suscita la moindre réaction chez Jeffery Dorn. Scott l'observait. Rivers éjecta la cassette, en inséra une autre. La voix d'un petit garçon s'éleva dans la pièce.

« Mais je ne comprends pas pourquoi il nous déteste tellement », disait le jeune garçon.

– Alors, tu en penses quoi, Zak ? lança Rivers, en s'avançant d'un pas, et il avait le visage dur comme de la pierre, le regard d'un tueur.

– Frank, fit Scott, le mettant en garde.

Dorn tourna la tête, lentement, calmement, les lèvres humides, la bouche entrouverte.

– C'est un traquenard, énonça-t-il froidement. Je veux un avocat.

Scott se retourna face à Rivers et Murphy la Mule s'approcha en silence. Le colosse se dressait de toute sa puissante stature au-dessus du petit tueur, lui désignant le bout coqué de ses rangers. Voyant cela, le commandant recula d'un pas.

– C'est tout ce qu'il cherche, les prévint-il. D'ici une minute, Zak va invoquer quelques bosses et écorchures, il va nous accuser de brutalités, toutes choses qui lui permettront de nous dégommer devant un tribunal.

Murphy acquiesça et battit en retraite.

– J'ai droit à un coup de téléphone, insista posément Dorn, et il y avait de la ruse dans sa voix. Vous violez mes droits, Scott, je connais la musique et vous me privez d'un conseil juridique.

Regardant Rivers, Scott haussa un sourcil.

– Et en plus il est juriste.

Là-dessus, il exhiba un bloc et un stylo, se pencha sur Zak, pénétrant dans son espace vital.

– D'accord, admit-il, donnez-moi le numéro et je vous le compose. Après ça, vous pourrez rencontrer vos avocats en cellule, au poste.

Il n'y eut aucune réaction, aucun signe.

– Très bien. (Scott s'adressa à ses hommes.) Sortez-le d'ici pendant que j'organise le transfert à la prison de Jessup. Je pense que le choix d'un pénitencier fédéral de sécurité maximum s'impose, mais il va me falloir une ordonnance du tribunal.

– Mon coup de fil ! aboya soudain leur prisonnier.

Le commandant acquiesça, une main levée pour calmer ses hommes, et décrocha le combiné.

– Je vous tiens l'appareil près de l'oreille, mais les menottes ne bougent pas. (Il n'oubliait pas qu'il avait affaire à Zak Dorani.) Quel est le numéro ?

Les yeux de Dorn luisaient d'un secret amusement.

– 555-0817.

Le chef du ViCAT tapa sur les touches, colla le combiné contre l'oreille de son prisonnier ; on décrocha dès la première sonnerie.

– Irma, le bouton rouge ! beugla-t-il. (Scott écarta le combiné d'un geste brusque.) Espèce de salopard ! hurla Zak. Au tribunal, je vous écraserai, espèce de vieux cinglé !

Le chef du ViCAT hocha la tête et, l'index contre la tempe, il écouta attentivement.

– Oh, Jeff ! Mon Dieu ! Mon chou ! Est-ce que tu es là-bas ?...

Instantanément, il raccrocha. Tout ce qu'il lui fallait, c'était un numéro et il n'était qu'à quelques secondes d'obtenir une adresse.

– Drury attend au QG, fit-il à Murphy. Transmettez-lui le numéro par radio. Elle est inculpée de complot en vue de commettre un meurtre et de tentative d'enlèvement. Tout bien réfléchi, reprit-il, après un silence, dites à Max d'ajouter une tentative de meurtre avec préméditation, je n'ai pas envie qu'elle obtienne une mise en liberté sous caution.

– Jack, protesta soudain Rivers, laissez-moi opérer avec Drury, je l'ai accusé d'avoir laissé tomber tout le dispositif et...

– Frank, l'interrompit l'autre en faisant un pas vers lui, nous l'avons accusé tous les deux. Je l'ai même maudit de les avoir laissés sans protection, alors qu'il avait déjà sorti les Janson de la maison. Laissez-moi lui parler, plus tard. J'espère sincèrement que l'on pourra surmonter tout cela.

Il eut un regard vers Murphy et, à son signe de tête, le policier décrocha un émetteur radio de sa ceinture et appela.

– On y va, Zak, fit sèchement Rivers, en se dirigeant vers lui. On se bouge.

– Allez-y doucement, Frank. Votre épaule, lui rappela Scott.

Instantanément, Toy Saul et Murphy se regroupèrent autour de Jeff Dorn et hésitèrent un instant, l'énorme tête fendue d'un sourire de la Mule dominant tous les autres policiers.

Rivers acquiesça.

– Ne me touchez pas ! éructa le prisonnier, et Murphy s'empara de lui, le souleva brutalement, amenant sa figure tout près de la sienne.

– Toi, sois sage, jeta-t-il.

En route vers la porte, à peine sorti du champ de vision de leur patron, Murphy le secoua violemment, en n'usant même pas de la moitié de sa force, et la tête de Dorn chavira comme celle d'une poupée de chiffons démantibulée.

– Hé, Franko, suggéra Toy Saul, on ne devrait pas montrer le cabot à Zak ?

L'inspecteur haussa les épaules.

– Ben, même moi, je l'ai pas encore vu, fit la Mule, et il se cala le tueur miniature sous le bras.

En s'approchant de l'orme, Rivers clignait des yeux de délectation et la Mule tenait le nabot par la taille, les jambes et le haut du torse pliés en deux, suspendus dans le vide.

– C'est vraiment un sacré truc, expliqua l'inspecteur. Il a fallu à McQuade moins de quatre heures pour construire tout ce machin, la carcasse et tout le reste, un chien quasi complet. C'est vraiment un génie, visez-moi ces yeux.

Il se pencha sur la créature, tirant le mannequin canin de la pénombre. Vu de si près, il évoquait tout à fait la dépouille sans vie du berger belge, alors qu'en réalité c'était le manteau de lynx de Mme Drury.

– Eh bien, c'est carrément remarquable. (La Mule tourna la tête vers Dorn, en lui montrant sa rangée de belles dents blanches.) Mais moi, je me serais pas laissé prendre.

– Je veux un avocat ! jeta l'autre, dégoûté.

Rivers ne répondit rien, mais il fixait la tranche luisante de viande contaminée, tandis que Murphy emportait son colis vociférant ; il sortit par le portail de derrière, le plaqua contre le mur de la maison et le chargea sur son postérieur. Ils étaient largement dans l'ombre ; la lumière se déversait par les fenêtres, créant un halo d'une blancheur terne.

– La Mule, dit Frank alors que l'homme se redressait de toute sa stature et reculait. Tu imagines ce que ces singes vont faire subir à un rat de son acabit, dans la grande baraque ?

Toy Saul s'esclaffa, un bon gros rire confiant, et la Mule sourit de toutes ses dents. Dorn parut saisi d'une sorte de crise ; sa tête pivota d'un côté, puis de l'autre, la langue agitée, les yeux exorbités.

– Amenez-moi Elmer et son cabot estropié ! hurla-t-il soudain d'une voix perçante, et puis il éclata d'un rire mauvais, sous l'œil de Rivers où brillait une lueur menaçante.

Dorn rigola. Et puis il sourit. Et subitement il se mit à pleurer, le visage dégoulinant d'un torrent de larmes, pris de hoquets, et puis tout ce déballage cessa, et il rigola de nouveau, les yeux levés sur eux, sifflant entre ses dents.

– Bon Dieu, y a de quoi vous foutre les jetons, souffla la Mule.

– Me demande si c'est ça le dernier spectacle auquel ont assisté ses victimes ? fit Toy, incrédule, et là-dessus, la langue de Dorn jaillit de sa bouche et ses yeux basculèrent, virant au blanc.

Mal à l'aise devant toute forme d'exhibition, Toy Saul fit un pas en arrière et rejoignit Rivers.

– Je peux pas supporter ça, fit-il entre ses dents. Je vais attendre devant la maison.

– Les bébés nègres ! hurla soudain Dorn d'une voix stridente. Tous ces nègres ! Tuez-les !

Jack Scott apparut sur le seuil de la porte de derrière ; il s'approcha au pas de course et posa une main apaisante sur l'épaule de Toy qui, les prunelles dilatées de colère, voulut se dégager pour s'en prendre au nabot.

– Inspecteur Saul, dit Scott d'une voix calme et impérieuse, il n'en vaut pas la peine, sa vie est finie.

Le prisonnier lâcha un hurlement sauvage, puis éclata de rire.

– Scott est un pauvre crétin, ce type a une putain de cervelle de mulot.

Et il sourit, fronça les lèvres, babilla comme un bébé.

– Va te faire enculer, lâcha Murphy en s'avançant vers lui, et il cracha à ses pieds.

Le commandant se tourna vers Frank.

– Nous avons son nom et son adresse. Je vous laisse ici avec lui. Cela devrait prendre une trentaine de minutes, pas plus, et une patrouille en uniforme va reconduire Tammy chez elle.

– Elle tient le choc ?

Scott le rassura et consulta sa montre.

– Elle se remet, elle m'a prié de vous dire que *Les Dents de la mer* ne pourraient jamais rivaliser avec tout ceci. J'ignore ce que ça signifie, mais je crois qu'elle est encore secouée.

Ce qui fit sourire l'ex-marine.

– Espèce de vieux croulant, t'es fini, marmonna Dorn dans le dos du commandant.

Ce dernier se retourna, furibond, l'œil gauche presque fermé.

– Je vais regarder ta cervelle griller, lâcha-t-il froidement, puis il fit face à ses hommes. Le pire traitement que l'on puisse lui infliger, c'est de le planter là et de s'en aller. Sans public, il n'est rien.

Là-dessus, il fit volte-face et se dirigea d'un pas tranquille vers la rue. Les hommes s'évanouirent dans la pénombre. Rivers attrapa une cigarette et l'alluma.

– Me griller, moi ? demanda Dorn plaisamment.

Rivers ne tint aucun compte de lui.

Puis il y eut un cri perçant, dérisoire, qui le cueillit au creux de l'échine, et il se retourna. Dorn était tout sourires, les yeux exorbités, les babines retroussées sur ses crocs.

– C'est pas un sourire, ça, lâcha Rivers en se penchant, le regard fixé sur ce visage. Tu ne sais pas à qui tu as affaire, alors je te conseille de la fermer.

– Frappez-moi ! beugla l'autre.

L'ancien soldat du Vietnam recula, s'adossa contre le mur, à l'écoute du hululement lointain des sirènes. Son épaule gauche commençait à s'engourdir et le faisait souffrir.

– Dans cinq ans, je serai sorti et Elmer en aura quinze...

Rivers pivota sur lui-même. Les braises de feu dans ses yeux firent tressaillir l'animal, qui fut saisi d'une crise de rire de fillette.

– Elmer, geignit-il, oui, c'est ça...

D'un seul geste rapide, Rivers le fit taire, le canon de son arme braqué contre son front, puis il enfonça la gueule de son pistolet dans les tissus mous sous son œil droit.

Dorn grimaça, se tortilla, l'air gêné.

– Non, fit l'inspecteur, la prunelle rageuse, cette fois, tu te trompes.

Et il regarda Dorn battre des paupières, visiblement inquiet. C'était un pistolet d'aspect normal, mais muni d'un long et très gros canon.

– Oh, un gadget sexuel ? ironisa l'autre.

– Non. C'est la prison, une cellule à perpétuité.

Dorn demeura impassible.

– Regarde bien, Zak, dis bonjour à ta tombe. Ce flingue, en soi, c'est pas grand-chose. Bordel, je pourrais balancer la purée avec à peu près n'importe quoi, une sarbacane, une fronde, une arbalète. Mais j'ai choisi ceci...

– Un pistolet à air comprimé ? fit Dorn, en faisant siffler les mots entre ses dents.

L'autre lui vrilla le canon contre la peau.

– C'est pas loin de ça, c'est un pistolet à fléchettes, propulsion à cartouche de gaz, j'ai tout appris sur cet engin dans le *Monde sauvage*, tu sais, la série télé... et c'est là-bas que je vais t'expédier.

Le visage de Dorn resta de pierre.

– Un pistolet à fléchettes... un tranquillisant, vous allez m'endormir.

– Non. (Il plissa les lèvres, révélant ses dents.) Cette fléchette va te transpercer, lui annonça-t-il platement, et l'autre se figea. Sauf qu'elle est beaucoup plus petite que le modèle dont tu te sers. Ici, la pointe transporte un type de toxine très spécial, les scientifiques pensent qu'il s'agit d'une protéine, et je vais te sceller le cerveau, te l'enfermer dans un corps mort.

Dorn tremblait, et puis il se ressaisit.

– Si une chose pareille existait, je le saurais.

L'ancien marine aspira une bouffée de sa cigarette, qu'il exhala lentement.

– Ça suffit à stopper un requin tueur d'une tonne, dilué dans l'eau au millionième.

Il avait dit cela sur un ton si convaincant que l'autre écarquilla les yeux et se mit à trembler.

– Attendez une minute – il entrait en hyperventilation – vous ne pouvez pas vous en tirer comme ça...

Rivers releva l'arme et recula d'un pas.

– Oh, si, glissa-t-il, et je vais te planter devant un tas de témoins. Tout ce qu'ils vont voir, c'est un type qui se fait un infarctus. (Il tapota sur le crâne de Dorn.) La dernière danse de la vilaine petite grenouille...

– Mais vous êtes flic ! s'insurgea-t-il d'une voix forte, comme si ce n'était pas juste.

Frank approuva.

– Je sers et je protège, et je prends la chose très au sérieux, même quand le système échoue... Non, reprit-il après un silence, ton erreur, c'était de mentionner Elmer, car vois-tu, ce gamin m'a adopté, je suis son oncle Frank. Et quant à sa mère, soupira-t-il, je ne crois pas que je rencontrerai dans ma vie femme plus délicate, plus sensible, ou même une meilleure mère, d'ailleurs. Tu sais...

– Cognez-moi ! hurla Dorn, pris d'une panique soudaine, en se démenant pour le frapper du bout de son pied droit.

Et Rivers, à qui l'envie n'en manquait pas, se contenta de s'éloigner.

– Non, dit-il, pensif, je ne crois pas.

59

Horrifiée, Irma Kiernan raccrocha le téléphone d'une main tremblante. Elle avait entendu la panique dans la voix de Jeff et cela suffisait à l'emplir de peur et de perplexité.

– Jeff a dit que c'était le code rouge, murmura-t-elle, en tâchant de se ressaisir. Jeff a dit d'appliquer le plan... et elle n'acheva pas sa phrase.

Tête baissée, les yeux vitreux, sous le choc, elle s'éloigna de son perchoir à la table de la cuisine.

Elle se dirigea vers le salon à petits pas mécaniques et prudents, puis s'engagea lentement dans l'escalier qui menait au sous-sol. Le corridor était sombre et frais. Dans le passage insonorisé, elle s'entendit respirer péniblement, rien que les battements de son cœur qui cognait en brèves rafales incontrôlées. En bas des marches, elle arriva devant une porte. La porte de Jeff. Elle s'arrêta pour considérer un moment la situation.

C'était son repaire, son sanctuaire, un lieu privé, et plus encore. Elle ignorait pourquoi, mais c'était le puits d'où il tirait sa force et, même si elle rechignait à pénétrer dans cet antre, elle avait maintenant besoin de cette force, comprit-elle; ils en avaient tous les deux un besoin vital. Et pourtant, quand elle tendit la main vers le loquet, son corps refusa de lui obéir. Plus fort que son désir de protéger leurs deux existences contre ces étrangers, il y avait sa crainte toute simple du miroir qui l'attendait juste à l'intérieur, et puis ce secret qu'il renfermait derrière sa surface argentée, liquide, menaçante.

Jeff l'avait avertie à maintes reprises.

Elle resta figée comme un cerf pris dans les phares d'une voiture, invoquant dans sa tête des images susceptibles de la protéger, des rêves de preux chevaliers et de contes de fées qui finissent bien. Tout en priant pour cela, elle tendit une main prudente et tira, le corps frémissant. La porte s'ouvrit en grand, dans un souffle.

Tout était là, prêt à la recevoir.

Elle tressaillit; elle venait de poser les yeux sur son image en pied. Elle eut un mouvement de recul, puis elle avança sous son propre regard. Ce qu'elle voyait la faisait frémir, car il y avait là une autre femme qui la dévisageait et cette autre femme ne ressemblait en rien à ce qu'elle s'était imaginé – grande et majestueuse, féminine, des courbes bien proportionnées. La vérité lui hurlait dessus, en l'appelant par son nom.

Elle resta debout face au miroir. Et, quand elle bougea, ce fut un vilain sac d'humanité qui se déplaça, des yeux scrutateurs qui clignèrent à l'unisson, comme des billes de marbre terne et gris, de part et d'autre d'un nez bulbeux. Les lèvres crispées, sa main vint pincer un pli de peau relâchée qui lui pendait sous le menton, et puis elle secoua la tête, le cœur battant. Elle obligea sa carcasse boulotte à se mettre en mouvement.

« Quelques minutes... » se souvint-elle, et ces mots lui paraissaient tellement irréels, à présent, la voix de Jeff résonnait dans sa tête, surgie d'un temps si lointain. « Tu n'auras que quelques minutes... »

Dès qu'elle repensa à ces mots-là, le visage dans le miroir cessa de l'obséder, il ne fut plus que le témoin gênant de ses mouvements lorsqu'elle plaqua son pied contre cet autre pied. Affrontant son image avec une volonté inhabituelle, les bras tendus, elle agrippa le cadre de métal argenté des deux mains, en tremblant, et commença à le soulever.

Le miroir se dégagea, se détacha du mur, lui tombant dans les mains, et elle sentit son poids peser sur elle comme une dalle de plomb. Déséquilibrée, elle recula de deux pas, trébuchant sous ce poids énorme.

La glace s'abattit dans un fracas de verre brisé et le cadre lui atterrit sur les genoux. Elle vit du sang, lutta pour se redresser, son cœur cognant à lui couper le souffle.

– Oh, mon Dieu, soupira-t-elle, contemplant ses mains coupées, ensanglantées. Oh, non !

Assise par terre, au milieu des éclats de verre brisé, elle se mit à sangloter, mais ce n'était pas à cause des échardes argentées et acérées qui lui avaient tailladé les doigts. Elle était en sanglots pour Jeff. Toute sa vie, il avait travaillé avec une bravoure héroïque afin d'aider les autres, alors qu'il avait tout contre lui, et elle savait bien de quelle manière le monde l'avait traité. Comme un vieux mouchoir en papier, bon à jeter une fois utilisé.

Des hommes médiocres le pourchassaient, le persécutaient, incapables de supporter leurs propres carences en présence d'un individu si dominant. Elle savait que ces hommes étaient venus le chercher, qu'ils l'avaient fait prisonnier, et elle était plus que jamais déterminée à ne pas les laisser faire sans combattre.

S'armant de courage, elle repoussa le cadre fracassé, l'écarta de son corps avec vigueur, et puis elle vit l'épaisse enveloppe scotchée au dos. Avec un sentiment de vénération, le cœur au bord des lèvres, elle la décolla, ouvrit le rabat avec soin et en répandit le contenu sur le sol.

Une clef coudée de patin d'enfant en tomba. Et un message. Écrit de sa main, ce qui la fit sourire, car il lui était adressé. Elle respira profondément, en fermant les yeux. Dès la lecture de la formule initiale, elle sentit son cœur palpiter comme celui d'une écolière au comble de l'enchantement.

Ma chérie. Jeff s'adressait à elle en l'appelant *ma chérie.*

Mon Irma chérie, disait ce mot, *si tu lis ceci, c'est que l'ombre noire de la tragédie s'est abattue sur notre maison...*

– Oh, mon Dieu, fit-elle, les lèvres pincées, ce n'est pas bon signe.

Les mains tremblantes de nervosité, elle buvait chacun de ses mots comme un grand vin millésimé.

... toi seule peux nous sauver et cela réclamera un grand courage !

Elle ferma de nouveau les yeux, plongea la main dans une de ses poches et sentit des larmes chaudes lui rouler sur les joues.

Elle suspendit la Legion of Merit à son cou.

Jeff l'avait baptisé l'Atomic Café et Irma suivit ses instructions à la lettre, en insérant cette clef coudée dans une petite marque sombre, sur le mur, puis pesa des deux mains contre un panneau.

Immédiatement, la petite cellule froide et humide s'anima. À l'instant où elle en brisa le sceau, une lumière tamisée s'alluma, l'invitant à franchir un minuscule corridor.

Un peu interloquée par cette entrée étrange dans un monde qu'elle ne connaissait pas, elle trouvait agréable ce bruissement des ventilateurs magnétiques qui brassaient l'air de l'abri souterrain et de menus tourbillons de fraîcheur vinrent effleurer le duvet de son visage et les poils de ses bras.

Elle se voûta, se précipita droit devant.

Elle demeura là, les yeux baissés sur cet endroit dont elle pensait qu'il avait été détruit et comblé des années auparavant, sans éprouver de véritable colère contre Jeff, car les épreuves qu'ils traversaient étaient bien plus terribles. Face à son ombre qui grandissait dans ce réduit confiné, s'épanouissant et s'élargissant majestueusement dans cette pièce si modeste, Irma Kiernan était plus curieuse que furieuse.

À son entrée, cette ombre se déploya comme une aile géante et noire sur la coupole blanche du plafond. Son regard fut aussitôt attiré par une lampe, une antiquité en laiton. Il en émanait une lumière diffuse qui projetait un halo mordoré et scintillant de tous côtés, baignant le caveau d'un chatoiement romantique et doux. Elle tendit la main, caressa délicatement un abat-jour en cuir fauve et très ancien, qu'elle trouva ravissant, et puis elle toucha un petit papillon rose placé au centre de cette peau aux reflets beurrés.

– Il faudrait le monter à l'étage, minauda-t-elle, en le faisant tourner.

Il était en forme de pentagone. Elle continua le mouvement de rotation et une petite fleur bleue fit son apparition. Cette image lui évoquait une petite peinture déformée, la tige violette et les pétales bleuâtres semblaient un peu flétris, ce qui ne lui plut guère. Elle le fit de nouveau tourner, mais elle s'interrompit quand apparut devant elle une fleur splendide, une image d'une beauté et d'une symétrie qui apaisèrent les battements de son cœur.

Cette vignette colorée luisait sur un fond de lumière adoucie – une rose rouge sang aux contours noirs et aux pétales charnus qui semblaient doués de vie. Juste au pied d'une tige verte et bleue, le mot *Rose* était écrit en lettres bleu nuit, ce qui la fit sourire, pour la première fois.

– Oh, ce mot-là, nous le connaissons tous, fit-elle, en se disant que Jeff l'avait grossièrement tracé d'une écriture arrondie.

Mais, quand elle fit pivoter l'abat-jour sur son quatrième côté, son cœur se mit à cogner, car elle avait déjà vu cette image.

Sa gorge se serra.

En plein centre de cette peau à la teinte beurrée, c'était un cœur rouge vif transpercé d'une grande flèche bleue et un nom était inscrit dessous, en lettres majuscules.

DAVID

Irma Kiernan ferma très vite les yeux.

Les paupières closes, elle sentit une vague brûlante lui remonter dans la gorge, lutta de toutes ses forces pour la ravaler, puis elle aspira une profonde goulée d'air, les genoux flageolants.

Elle baissa les yeux sur la table et, quand elle tenta de saisir une grande photographie que Jeff conservait là, sa main fut prise d'un tremblement, d'une faiblesse du poignet. Elle respira profondément et tout son corps frémit, tandis qu'elle attirait la photo dans la lumière.

L'image exerça peu à peu son effet.

Le vertige s'abattit sur elle, comme une balle en pleine poitrine, et elle tomba à genoux, et vomit, une seule fois, avant de déraper dans ce qu'elle venait de régurgiter.

Elle avait l'œil rivé sur la silhouette nue d'une adolescente à l'air farouche, les cheveux longs et noirs et, au-dessus du sein droit de la fille, juste sous l'épaule, il y avait un tatouage. Un cœur transpercé. Ce même cœur qu'elle avait effleuré du doigt sur l'abat-jour de Jeff.

Elle poussa un cri, luttant pour se relever.

Désorientée, elle s'agrippa à la vitrine et se redressa au prix d'un énorme effort, levant les yeux sur les orbites vides d'une forme noire suspendue au-dessus d'elle. Et, même si cela la vida du peu de force qui lui restait, elle se hissa, tira sur les portes vitrées comme une forcenée et la lettre de Jeff lui revint en tête, comme une brûlure, une tromperie d'une invraisemblable cruauté.

Elle tira si fort sur les portes qu'elle les arracha presque de leurs gonds, s'empara violemment de ses albums, un par un, et les jeta sur le sol.

Ma chérie, l'enjoignait-il dans ce mot, *je t'en prie, ne regarde pas ces albums, ces carnets ne m'appartiennent pas. Tu dois ignorer ces choses et vite appuyer sur le bouton rouge au-dessus de la vitrine.*

Il faut me faire confiance...

Mais la confiance d'Irma venait de recevoir un coup fatal, le coup de grâce. Elle avait les yeux rivés sur le visage d'une tête momifiée, soigneusement suspendue par un fil de fer devant une affiche de 1979 signalant un adolescent fugueur, et elle avait commencé à lire son nom quand elle se mit subitement à trembler avec une intensité incontrôlable, ses genoux se dérobant sous elle. Elle lâcha un cri sauvage, un cri de torture, et son corps chuta comme une pierre.

– Mon Dieu !... (Ses larmes coulaient à flots, les yeux écarquillés d'horreur, les pupilles dilatées, deux flaques minuscules et noires.) Non... gémit-elle, tâtonnant devant elle comme une aveugle ; ses doigts rampaient sur le sol moquetté, à la recherche de l'instrument qu'elle savait être là.

Son esprit savait.

L'esprit d'Irma savait, c'était l'effet de la flamme incandescente qui léchait la chair de sa paume, sa paume qui se fendit quand elle agrippa cet objet, et le fluide chaud lui coula le long du bras, sans qu'elle réagisse. Elle tenait dans sa main l'un des nombreux rasoirs de coiffeur de Jeff et, refusant de fermer les yeux, elle en appliqua la lame contre son poignet droit, prit une longue goulée d'air et, d'un geste sec, se tailla une violente morsure dans sa chair si fine.

Aux deux poignets.

Et ce fut avec une méchanceté froide et délibérée qu'elle usa de toute sa force pour tuer Jeff Dorn de la seule manière qu'elle connaissait.

Si tu ne détruis pas ces objets, ils me détruiront, disait le message. Il le faut, ma chérie, il le faut...

Et, alors que son monde commençait à s'effacer, à se dissiper dans un trouble flou, Irma Kiernan récita une prière et elle entendit des voix se mêler au-dessus de sa tête, bonnes et veloutées, et elle sourit, s'imaginant qu'un chevalier de conte de fées était enfin venu la sauver des ténèbres.

Un océan de ténèbres qui noyait tout.

Les vagues qui frappaient le rivage lointain se refermèrent sur elle à l'instant où un dernier souffle s'échappait de ses poumons.

– Jack ! cria de nouveau Drury et, une seconde fois, l'épaule de Scott vint enfoncer la porte d'entrée, la heurtant douloureusement. Abattez-moi cette porte ! ordonna-t-il, et Murphy accourut, lançant un regard à Scott, qui confirma d'un signe de tête.

La Mule recula d'un pas et sa ranger droite percuta la plaque de la serrure avec une puissance telle que tout le montant s'effondra vers l'intérieur en fragments de bois éclaté. Avant même que Murphy ait dégagé le passage, Scott s'introduisit à l'intérieur, éclairé par la lampe torche de Drury : un vestibule se dessina au fond de la pénombre, lugubre, inanimé, avec une odeur de chou bouilli.

– Déployez-vous ! ordonna le capitaine, pistolet dégainé. C'est Scott qui a raison, si elle touche à une arme quelconque, vous n'hésitez pas !

Et, forts de cet avertissement froid, les hommes se déployèrent dans la maison, armes brandies, couvrant les murs du petit pavillon de leurs faisceaux lumineux. En quelques instants, ils avaient ratissé les deux premiers niveaux et s'étaient regroupés dans le salon, autour d'un fauteuil inclinable en buffle.

Ce fut alors qu'ils perçurent, ou crurent percevoir, un petit gémissement, comme le râle d'un animal, qui monta vers eux à travers la porte de la cuisine. Scott passa instantanément à l'action, scrutant la pénombre dans l'axe de son viseur, se mouvant avec une précision métronomique.

Il franchit le couloir et pénétra dans la cuisine. Il remarqua une seringue et un flacon sur une table, mais continua très vite vers la porte du sous-sol, sans s'arrêter. Malgré son corps éreinté et meurtri, il dévala les marches en quelques secondes et les autres s'engouffrèrent à sa suite dans la cage d'escalier.

La salle en sous-sol était éclatante de blancheur, quasi nue, et ses yeux, qui avaient du mal à discerner ce qui se présentait, suivirent le scintillement du verre et les traces de sa proie blessée, un crachin écarlate sur la moquette verte.

À ce spectacle, ses yeux s'écarquillèrent de haine. Le panneau mural retiré, la gueule du cabinet caché lui hurlait ses secrets meurtriers. Des moteurs électriques filtraient l'air, bourdonnant autour de lui comme autant d'abeilles enragées, bourdonnant dans les replis de sa mémoire.

– Attention, Jack ! fit Drury et, à cet instant, Scott disparut, s'enfonça dans le sombre corridor, aussi vite que ses pas pouvaient l'emporter.

Et le capitaine l'entendit hurler.

Il l'entendit hurler de colère et d'exaspération, alors qu'il entrait à sa suite, se laissant happer dans le réduit en contrebas, où il le découvrit frappant des deux poings sur le torse d'une femme à terre. Scott se redressa, souleva la nuque d'Irma, lui pinça le nez, afin d'insuffler la vie dans ses poumons.

– Garrotte-lui les poignets ! beugla-t-il en avalant de l'air, les yeux rivés aux prunelles dilatées de cette femme, avant de visser sa bouche à la sienne.

Les poumons d'Irma se vidaient. Il plaqua les mains sur sa poitrine et se mit à pomper. Drury posa une paume stoïque sur l'épaule de cet homme.

– C'est fini, Jack, elle est partie.

– Mille et un, mille et deux, mille et trois...

Il respira de nouveau, forçant l'air à entrer dans ses poumons, à remplir sa cage thoracique.

– Jack, c'est un code bleu...

Code bleu. Pour arrêt cardiaque.

Le commandant Jack Scott secoua la tête. Il n'avait pas remarqué qu'il s'était agenouillé dans une flaque sombre, dont la circonférence augmentait chaque fois qu'il appuyait sur les côtes de la morte. Les poignets n'étant pas garrottés, chacune de ses poussées pompait davantage de sang dans cette flaque abominable, qu'il sentait maintenant absorbée par l'étoffe rêche de son pantalon, alors qu'il continuait de s'échiner dans cette douceur écœurante et poisseuse.

Cette odeur finit par les prendre tous les deux à la gorge.

– Jack, laisse-la en paix, suggéra calmement Drury en soulevant la main droite d'Irma, qu'il plaça en hauteur sur son corps afin d'éviter qu'elle n'achève de se vider.

Il lui replia l'autre bras en travers de la poitrine et le commandant se recula en lâchant un lourd soupir, puis il lutta pour se relever. Maxwell Drury l'aida en le soutenant.

– C'est une chambre de torture ? demanda-t-il, en achevant de remettre Scott debout.

Ce dernier secoua la tête.

– Plutôt une salle des trophées.

Il se pencha, attrapa un album et le cala sous son bras ; il vit la colère s'emparer du visage de Drury quand ce dernier examina la tête momifiée dans la vitrine de Dorn, cette peau pareille à du cuir tendu, sur un sourire obscène.

– Et dire qu'officiellement Washington considère que la menace des tueurs en série est très exagérée.

Le souffle lourd, la voix neutre, le visage de pierre. Scott lâcha un soupir du fond du cœur ; ils évoluaient à un niveau de compréhension qui allait très au-delà des politiques en matière criminelle et ils n'ignoraient pas ce qui les attendait.

Dans leurs efforts pour clore la liste des affaires non résolues concernant 17 435 personnes disparues sans laisser la moindre trace, les enquêteurs et les parents des disparus allaient bientôt inonder le bureau du capitaine Maxwell Drury de leurs requêtes, appelant de tous les coins du pays, puis attendant en file interminable des informations susceptibles de les éclairer. Et qui, pour la plupart, n'apporteraient rien.

Drury se faufila devant Scott.

– Ce sont les appels des parents qui font le plus mal, nota-t-il, sombrement, traversant l'écho de sa propre voix et remontant dans l'obscurité du rez-de-chaussée.

Scott hocha la tête, il savait ce qu'il en était.

60

– J'ai le droit de me faire entendre, déclara froidement Jeffery Dorn, le visage creusé d'indignation. J'ai le droit de faire face à mes accusateurs !

Rivers lui lança un regard par-dessus l'épaule.

– Tu parles, répondit-il d'une voix atone, en repensant aux droits qu'il avait accordés à Diana Clayton et ses filles, et puis aux restes exhumés du bowling, et à ses cruels desseins concernant la famille Janson.

Il s'était mis à penser à la corde qu'il avait placée sur l'oreiller de Jessica quand il retira subitement sa sarbacane de sous son sweat-shirt et la fourra de nouveau sous l'œil gauche du tueur.

– Encore un mot... le menaça-t-il.

L'autre tordit la tête de côté.

– Mais j'ai ce que vous cherchez, annonça-t-il gravement. J'ai des réponses !

Ses yeux noirs luisaient d'une espèce de dépit.

Rivers se ficha une cigarette entre les lèvres.

– D'accord, fit-il, et son souffle était de braise. Rubin Jaffe t'a embauché pour flanquer le feu à Tobytown ?

L'autre sourit de toutes ses dents, la lèvre retroussée.

– C'était son argent, mais j'ai été embauché par quelqu'un d'autre, un tueur en série, et lui je vous le donne si vous me cognez assez fort.

L'inspecteur secoua la tête.

– Dis-moi qui est le Dr Jaffe, parle-moi de lui.

À ces mots, Dorn ferma les yeux, les rouvrit, le visage crispé, racorni par la méchanceté.

– Jaffe, c'est vous, lâcha-t-il platement, Jaffe, c'est nous. C'est tout le monde !

Et il ricana. Avec une agilité incroyable, Rivers lui décocha un coup de pied à la cuisse, parfaitement ajusté. Dorn grinça, redevint silencieux.

– Tu sais quelque chose à propos de Debra Patterson ?

L'autre pinça les lèvres, très fort, et ses yeux rigolards se moquaient du policier.

– Elle m'a supplié !

Rivers inclina la tête, une furie assassine dans les yeux, le corps tendu comme un câble d'acier ; il déboucla son ceinturon, le fit coulisser et se l'enroula autour des phalanges de la main droite. Il brandit la gauche et empoigna Dorn quand une voix éclata à l'autre bout du jardin.

– Frank ! s'écria Scott, en accourant avec une claudication douloureuse.

– Vite, allez-y ! vociféra Dorn, et sa bouche parut lui dévorer tout le visage.

Murphy la Mule ceintura son collègue et l'entraîna dans l'obscurité à reculons.

– Frank. (Scott le sonda du regard.) C'est tout ce qu'il veut, alors ne cédez pas.

Le capitaine Drury, Toy Saul et Rudy Marchette firent leur apparition, au trot, flanqués de trois policiers en uniforme. Toy tenait en main une camisole de force et une caméra vidéo. L'équipe se préparait à transférer le prisonnier dans le respect le plus strict des dispositions réglementaires, en enregistrant toute la procédure afin de prévenir toute demande fondée sur d'inévitables allégations de brutalité.

– Qui lui a lu ses droits ? aboya Drury alors que huit hommes se rassemblaient en demi-cercle autour de l'accusé.

– Moi, répondit Scott, et proprement, Max.

Le capitaine eut un regard interrogateur vers Rivers.

– Vous l'avez frappé ?

L'autre se massa son épaule blessée.

– Capitaine, je suis à peine capable de bouger. Mais vous, les gars, qu'est-ce qui vous est arrivé ? Vous êtes couverts de sang.

Drury lui renvoya un regard mauvais, puis il se tourna vers Toy Saul.

– File donc la caméra à Frank. Celui-là, c'est moi qui le scalpe.

Et l'autre obtempéra, tendant l'appareil à l'inspecteur, alors que Dorn se tortillait pour se remettre debout.

– Il va me tuer ! beugla-t-il subitement, tandis que Rivers reculait prudemment d'un pas. Il va me tirer dessus !

L'ancien marine eut un geste désabusé.

– Arrêtez-le ! cria l'autre. Arrêtez-le...

– Du calme, Zak, fit Drury, la voix rocailleuse.

Ses hommes s'avancèrent. Le prisonnier lâcha un braillement horrible, les yeux écarquillés, incendiant du regard Rivers qui reculait pas à pas pour cadrer la caméra vidéo.

– Il va me tuer ! hurla Dorn, pris de panique. Vous ne comprenez pas qu'il va essayer de m'abattre ?

Drury se retourna brusquement et lança un regard à son inspecteur.

– On est au courant, fit-il avec un clin d'œil. C'est nous qui lui avons soufflé l'idée.

Avec tous ces regards rivés sur lui, Dorn observa avec horreur Rivers qui opérait dans l'ombre, retirant sa sarbacane de sous son sweat-shirt, la plaçant sous la caméra pour avoir un meilleur appui. Murphy se pencha pour saisir Dorn par le bras droit.

– Assassin ! vociféra ce dernier. Je vous en pr...

Cette éructation figea un instant les policiers, qui s'écartèrent, le temps de voir comment ils allaient s'y prendre, et juste à cet instant Zak bondit droit sur eux, très haut, projeté par une force violente, invisible, les jambes et le torse raidis, l'air d'avoir été frappé par une puissante décharge électrique, tremblant, tressautant, grelottant comme s'il serrait une ligne à haute tension entre les dents.

– Seigneur Dieu tout-puissant ! beugla Drury en battant en retraite.

Le corps du tueur heurta violemment le sol, le dos arqué, les deux épaules à terre, rebondit encore comme un parachutiste qui aurait percuté le sol sans parachute et, à cet instant, tout son torse se tétanisa. Une violente poussée, et il se retourna sur le ventre, se renversa de nouveau sur le dos, tout entier secoué d'un tremblement irrépressible.

– Faites quelque chose ! beugla le capitaine à tous ces visages abasourdis.

Dorn avait la trogne figée, le corps convulsé, la tête, les jambes, les bras et le torse agités de mouvements tétaniques, incontrôlables. Le capitaine se mit aussitôt à genoux et se débarrassa de sa casquette.

– Cet homme a du mal à respirer ! gueula-t-il. Frank, vous avez une formation médicale, pour l'amour de Dieu !

L'air indifférent, Rivers s'approcha en secouant la tête. Il posa la caméra sur la pelouse et scruta Dorn. L'autre était sur le dos, la face vers le ciel, figé, agonisant, la gueule béante, paralysé, tremblant sous l'effet d'un violent spasme intérieur. Subitement, il se dégagea une odeur répugnante et son corps devint flasque.

– Bordel de Dieu ! s'exclama Drury.

Cette odeur vint le cueillir alors qu'il se relevait à toute vitesse et que Rivers se faufilait en le poussant du coude.

Le capitaine se mit à marcher de long en large.

– Je n'ai jamais rien vu de pareil, fit-il, très anxieux, ça, c'était vraiment une crise bizarre !

– Une attaque, décréta Scott, sans sourciller.

– Monsieur, on aurait dit qu'il était frappé par la foudre, vous ne trouvez pas ? dit Saul, très agité. Les secours seront là dans une minute.

Drury était face à Scott et les autres hommes restèrent muets. Toy manipulait une radio émettrice portative. Rivers se pencha tout près de sa proie, le regard fixé droit sur les prunelles pétrifiées de Zak, puis il lui pinça discrètement la cuisse droite, juste au-dessus du genou.

– Je t'avais prévenu que personne ne remarquerait rien, chuchota-t-il. Faut que je récupère ma petite fléchette, que tu sois d'attaque.

D'un coup sec, il extirpa une petite aiguille noire de sa chair.

– Comment ça, Frank, parlez plus fort ! ordonna Drury.

– Désolé, capitaine, je disais que ce n'était pas une attaque.

– Oh, nom de Dieu, Frank, ça, on le sait déjà ! s'écria le capitaine, exaspéré. Pourquoi faut-il que vous nous sortiez toujours ce genre de remarques ?

61

Alsop House, sur la rive du Potomac côté Virginie, dans la banlieue de Falls Church, tenait son nom d'Isadora Gene Alsop, une célèbre maîtresse femme du temps des suffragettes, mais Jonathan Patterson doutait beaucoup qu'elle se soit jamais battue en faveur de l'égalité ou de quelque droit humain que ce soit.

Patientant dans le petit vestibule étriqué, entouré de jeunes femmes, il put discerner quantité de choses dans le regard hiératique de cette matrone, aussi froid qu'une tombe. Ses cheveux étaient retenus par un chignon très serré. Sa coiffe d'infirmière repliée aux quatre coins était ornée de la croix du calvaire. Son uniforme blanc était d'une propreté et d'un tombé impeccables, et elle avait une bible sur les genoux. Elle brandissait dans sa main droite un grand crucifix incrusté de rubis, prête à repousser le mal.

Alsop la Protectrice, annonçait la plaque de cuivre, sous ce grand portrait exécuté à l'huile. Et il y eut de joyeux pouffements de rire de la part de ces jeunes femmes enceintes, des jeunes filles, en réalité, lorsque *Dating Game*, l'émission de 11 h 30, commença. Il y avait là une dizaine d'adolescentes, et elles avaient beau poser les yeux sur lui dans cette salle de réception étouffante et lambrissée, elles ne le voyaient pas. Du coup, Jonathan Patterson se sentait comme l'homme invisible, à patienter ici, livré à ses interrogations, le cœur battant au bord des lèvres, les paumes et les aisselles froides et moites.

Il était parti une heure plus tôt, après un coup de fil inopiné. Deux coups de fil, plus exactement. Ces appels l'avaient amené ici, à la recherche clandestine de sa fille, sous le regard austère de Mme Alsop, en ce lieu où des adolescentes de l'âge de Debra s'apprêtaient à avoir des enfants. Ce qui le perturbait, c'était l'idée de l'enfance que ces jeunes filles abandonnaient si facilement, de l'existence à laquelle elles renonçaient, plutôt que d'apporter une vie nouvelle au monde. Ses pensées le ramenèrent au regard interloqué, incrédule qu'il avait posé sur le téléphone, le visage saisi par la peur et la crainte tandis que sa femme, tout près de lui, s'était mise à paniquer.

– Qui êtes-vous ? avait-il lancé, en faisant aussitôt signe au sergent Tyler Conroy, de la police du comté, de venir le rejoindre, s'attendant à une demande de rançon.

La voix, à l'autre bout du fil, transpirait le secret.

– D'abord, dites-moi si la récompense c'est du sérieux, j'ai une affiche qui me vient du drugstore, elle offre cinq mille dollars contre des informations.

– Seulement si on la retrouve, si ces informations conduisent jusqu'à elle. Il me faut votre nom et...

– Oh, non, je dois y aller, je vous rappelle.

Et la conversation s'était achevée là-dessus, laissant Patterson avec le bourdonnement du téléphone, et rien d'autre.

Ces minutes s'étaient éternisées dans une angoisse atroce, chaque mouvement de l'aiguille de la pendule se transformant en exercice de patience, jusqu'à ce qu'enfin le téléphone sonne à nouveau, et Patterson décrocha avant la fin de la première sonnerie.

– La récompense, c'est toujours bon ? Je veux dire, j'ai des frais, et pour moi, tout ça est très dangereux.

– En quel sens ? Pourquoi dangereux ? avait-il insisté, effrayé. Où est ma fille ? Avez-vous des informations sur...

– Je travaille dans un centre de réinsertion et si quelqu'un découvre que j'ai enfreint les règles de confidentialité, je vais me faire virer et j'ai besoin de mon boulot.

Puisant dans ses réserves de patience, Patterson avait respiré à fond.

– Quel âge avez-vous, mon garçon ? avait-il demandé aimablement.

– Dix-huit ans, j'ai jamais conservé un boulot aussi longtemps. Je suis l'homme à tout faire, dans cette maison.

– Et combien gagnez-vous par an ?

– Huit mille, plus mes repas.

– Très bien, avait répondu Jonathan en gardant son calme, alors, dites-m'en davantage, cela restera entre nous ; et au cas où on vous mettrait à la porte, je vous paie un an de salaire, si nous retrouvons Debra.

– Bon, fit enfin le jeune homme, après un silence, je crois que c'est la même fille, mais le papier que j'ai ramassé était mouillé et la photo était floue. Elle a les cheveux bouclés ?

Patterson avait senti son cœur s'effondrer.

– Non, avait-il murmuré. Le visage ressemble-t-il à celui de la photo ?

– Je crois, mais je suis pas sûr, mais ce qui est certain, c'est que cet argent me servirait bien.

– Où travaillez-vous, fiston, quel est votre nom ?

– Brian Daily, je bosse à l'Alsop House.

C'était lui-même un enfant.

Patterson se tenait sous le portrait de la marraine des lieux, la fondatrice de cette petite maison miteuse. La dégaine indolente, un jeune en jeans et T-shirt Madonna s'approcha de la télévision installée dans l'angle et régla le contraste de l'image, qui n'en avait nul besoin.

Ce faisant, il adressa un clin d'œil à Patterson ; les filles le virent et se retournèrent. Il était aussi efflanqué qu'un chat de gouttière et le visage grêlé d'acné. Il traversa la pièce, l'allure flâneuse, comme s'il venait souvent dans ce coin-là juste pour examiner le portrait de la fondatrice. Il avait maintenant les yeux levés sur la *Protectrice.*

– Vous êtes Brian ? demanda le père de Debra.

L'autre hocha la tête.

– Mme Handry est dans le fond avec elle et une autre fille. J'ai juste une minute.

Patterson acquiesça et, refoulant ses craintes, rassemblant tout son courage, il sortit une photographie de sa veste, tandis que Brian Daily veillait à faire écran de son corps entre la photo et le reste de la pièce. L'homme enfant examina le cliché un moment, le sourcil levé et, quand ses lèvres émirent un curieux petit caquètement, le cœur de Patterson était au bord de l'implosion.

– Alors ? demanda-t-il subitement, le front creusé, et les jeunes filles se retournèrent et les dévisagèrent.

Brian Daily attendit un moment, se passa la main dans une chevelure noire qui aurait eu besoin d'un bon shampoing. Il la désigna du menton.

– Elle a les cheveux bouclés, maintenant. Je me demande quand elle les a coiffés comme ça. Elle a une sœur ?

– Non. Est-ce que c'est bien elle ?

– C'est elle, sûr. Elle est dans le fond avec Mme Handry.

– Et vous en êtes certain ?

– J'sais pas, ouais, j'crois.

– Que ferait-elle ici ? On accueille les fugueuses, c'est ça ?

Le visage de Brian fut saisi d'une mimique confuse.

– Vous savez pas où on est, ici ? dit-il, incrédule. C'est une usine à bébés, une maison du droit à la vie, pour les filles enceintes qui ont pas les moyens de se faire...

Patterson leva la main et fit un signe de tête, précis et désolé.

– Vous n'avez pas le droit de garder ma fille, elle n'est pas majeure, lança-t-il dès que la femme s'avança vers lui, avec un porte-documents d'aspect officiel dans la main droite et une bible dans l'autre.

Mme Helena Handry, un sacré morceau de femme en uniforme blanc, des croix en cascade, le considéra, le visage fermé.

– Elle est venue de son plein gré parce qu'elle n'avait personne d'autre vers qui se tourner.

– Elle aurait pu nous consulter, moi et sa mère ! s'emporta-t-il. Elle n'a que seize ans, alors soit vous me la rendez immédiatement, soit j'appelle la police et mes avocats, et ensuite – il prit une profonde inspiration, ce qui lui fit un bien fou –, et ensuite, je fais fermer votre établissement !

– Je défendrai son droit de mettre un enfant au monde jusqu'à mon dernier souffle ! s'indigna la femme, en haussant le ton, le menton dressé.

– Alors il vous en faudra, du souffle, siffla-t-il sans desserrer les dents, en avançant droit sur elle dans la pénombre du corridor.

Une silhouette se découpa lentement dans l'obscurité. Elle tenait une petite valise à la main droite et des larmes coulaient sur ses joues angéliques.

– Debbie !

Patterson cria son nom et instantanément la silhouette courut vers lui.

– Oh, papa, papa, s'exclama la jeune fille. Papa...

En cet instant douloureux, Mme Helena Handry devint leur ennemie à tous les deux. Elle cherchait quelqu'un dans la pièce à qui donner des instructions.

– Je vais avoir un bébé, sanglota-t-elle contre la poitrine de son père, puis elle leva les yeux vers les siens.

Il soupira, l'étreignant de toutes ses forces.

– Pourquoi ne nous as-tu rien dit ? s'écria-t-il en pleurant à son tour, et elle allait lui répondre, mais il l'arrêta, avec un baiser affectueux. Peu importe, nous avons tout notre temps pour cela. Laisse-moi te regarder !

Et il la regarda. Et ils pleurèrent. Jonathan Patterson serra sa fille contre lui, bien décidé à ne jamais plus la laisser s'en aller.

– Tu as dit que si je tombais enceinte tu me renierais...

Debra éclata en sanglots et le cœur de Jonathan sombra dans les abîmes de l'angoisse paternelle.

– Oh, Dee, je n'ai jamais dit que...

– Si, papa, je vous ai entendus, maman et toi. Elle expliquait qu'elle me forcerait à avorter et qu'ensuite elle m'enfermerait jusqu'à la fin de ma vie.

Il tressaillit, tâchant de se rappeler. Il se remémorait vaguement, quelques semaines plus tôt, un documentaire sur la grossesse chez les adolescentes, il en avait discuté avec son épouse – et tout d'un coup, il comprit. Ils avaient bu et ils venaient d'apprendre la nouvelle concernant la grand-mère de Debra, ils étaient bouleversés.

– Mais nous ne parlions pas de toi ! lança-t-il subitement, d'une voix éraillée, oppressée. Nous parlions d'une fille à la télévision. Tu es notre petite chérie !

– Oh, papa, je t'aime...

– Dee, c'est ta décision, ma chérie, c'est ta vie. Quel que soit ton souhait, tu auras toujours notre soutien.

– Je ne sais pas...

Elle pleurait sans retenue.

Ils franchissaient ensemble la porte de l'Alsop House, quand Brian Daily arriva au pas de course dans l'allée qui menait au trottoir.

– Psst, monsieur Patterson, chuchota-t-il.

Le père de Debra eut un air entendu et, tenant la main de sa fille dans la sienne, il sortit une enveloppe blanche de sa veste et la remit au jeune homme, juste à l'instant où une voiture s'immobilisait, moteur rugissant. Un père affolé en sortit très vite, en brandissant une photographie.

Il était hagard et son visage égaré trahissait l'épuisement. Son regard croisa celui de Patterson.

– Monsieur Coaler ? lui dit aussitôt Brian Daily à voix basse, tandis que Jonathan faisait monter Debra dans leur voiture.

Elle avait disparu depuis à peine plus de trois jours et, sur le trajet de la maison familiale, ils s'arrêtèrent boire une tasse de chocolat pour qu'il appelle sa femme, pour la prévenir et lui demander de laisser un message de remerciements à l'inspecteur Rivers.

– Debbie, tu sais où est ta voiture ?

– Je l'ai prêtée à Jammie Wolfe.

– Tu sais où elle est ?

Elle secoua la tête.

– Elle s'est enfuie de son pensionnat, elle va la rapporter. Oh, papa, tu m'as manqué.

Et subitement elle fondit en larmes, laissant libre cours à ses pleurs, incapable de maîtriser ses émotions.

Elle se blottit dans ses bras et il ferma les yeux, en serrant les paupières très fort, et des larmes lui dégoulinèrent du menton. Le cauchemar était enfin fini.

– Tout va bien se passer, fit-il, pour la réconforter.

Et, pour la famille Patterson, c'était la vérité.

62

L'église baptiste de Shiloh s'effaça dans l'éclat des phares de la Crown Victoria marron clair qui passa devant à tombeau ouvert, les deux gyrophares rouge et bleu lancés en même temps, dans une pulsation unique, derrière les vitres teintées. Frank Rivers fonçait à travers la ville.

Un moment plus tard, il tournait au coin d'Elm Street, au cœur de cette métropole moderne qui semblait tout juste sortie de terre, et il entrevit un reflet de lumière sur une portion pavée de ce qui avait été jadis une rue de village, une chaussée composée de pierres de ballast branlantes qui avaient servi autrefois à lester les navires.

Un court instant, il dialogua dans sa tête avec Elmer Janson, lui parlant de vaisseaux de haut-bord et de marins, et lui racontant comment ils avaient commercé juste avant la guerre de Sécession, mais cet endroit-là était déjà loin derrière lui quand il tourna à toute vitesse sur la gauche, puis accéléra dans Wisconsin Avenue.

Le restaurant chic du coin fut vite dépassé. Une énorme fosse vide baignée de lumière lui succéda et il se souvenait du cinéma, le Deco Theatre, qui s'était dressé là durant une éternité – même à cette vitesse, il ne pouvait s'empêcher de remarquer ces détails, car ces vestiges pitoyables d'une autre époque lui étaient familiers, nichés au pied d'un empilement de tours étincelantes de verre et de chrome, tout le caractère d'une ville élevée sur les ruines de l'histoire.

– One-Echo-Twenty, crachota la radio, et d'instinct il se pencha, tendit le bras, mais pas assez vite.

Scott s'était emparé du micro et il établit la communication, sa voix veloutée couvrant à peine ces images qui transportaient Rivers dans la nuit. Passant à toute allure devant le bâtiment en pierre de la poste, aussi fier qu'une vieille matrone, avec sa façade en pierre de taille mouchetée de mica, toute vibrante d'étincelles rouges et bleues, dans un pur instant de lumière fugace.

Éclipsé en un éclair, 60 au compteur, 80, 90, droit sur le grand carrefour de l'East West Highway, où il enclencha la sirène, se frayant un passage en esquivant un gros paquet de véhicules contraints de se ranger sur le côté, refoulés par ce hurlement strident qui se répercutait dans le canyon de béton. Il accéléra encore.

– Ralentissez, ils ne vont pas s'envoler.

Mais l'ex-marine n'entendait rien, rien que le chant étrange du battement de son cœur, sur cette chaussée avalée par l'éclat de ses phares.

C'était fini, il filait vers eux.

Comme les hommes qui avaient écumé ces voies d'eau anciennes, il avait accompli un périple acharné.

Elmer Janson en avait marre de la télé.

Il n'y avait rien d'intéressant, rien qu'une pauvre petite image noire et blanche tremblotant sur la fourrure de son chien. Ils étaient allongés l'un contre l'autre sur une carpette souillée qui, selon Jessica, n'avait sans doute pas été nettoyée depuis la fin des années 1960.

– Elmer, je préférerais que tu restes sur le lit. Je n'ai pas la force de me battre avec toi.

– Ça va, maman, Tripode est sur le tapis.

– Je vois ça. Tu ne peux pas essayer de dormir un peu ? (Elle se pencha pour lui dégager quelques mèches du front.) Tripode s'est endormi, si on essayait d'en faire autant ?

– Je suis pas fatigué.

Il allait renouveler ses protestations, quand le chien releva soudain sa grosse tête et s'avança avec un grondement, avant de buter dans Elmer qui se dirigeait vers la porte.

– Maman, dit-il, circonspect, Tripode a entendu quelque chose.

Et là-dessus le chien lâcha un grognement du plus profond de ses tripes, tête baissée, en levant ses yeux marron et menaçants.

– Elmer, reviens ici ! lui ordonna sa mère.

Il venait de détaler et le hululement lointain d'une sirène se fit entendre, d'abord faiblement, une lamentation dans le lointain, avant de se muer en un cri impérieux, une plainte déchirante, comme lorsqu'une vie est en jeu.

– Je parie que c'est Frank ! s'exclama-t-il en trépignant, tout excité, la main sur la poignée de la porte d'entrée.

Jessica le prit énergiquement par le bras.

– Nous n'en savons rien, dit-elle, et elle vérifia la chaîne de la porte.

Les roues de la voiture fumaient et la sirène s'estompait, tandis que Frank fonçait dans une ruelle noyée d'obscurité, et il fit gronder ses pneus sur une rampe de béton gauchie et fissurée depuis des années. Ils se rapprochaient, il ralentit, et ce fut tout au bout d'une succession d'allées qu'il donna un coup de volant et franchit une clôture grillagée.

Ils progressaient en direction d'un édifice bas qui ressemblait à une rangée d'écuries et, quand ils s'arrêtèrent, Scott remarqua un écriteau accroché au-dessus de la seule porte vitrée de la façade pelée.

Chambres meublées. Journée/Semaine/Mois.

La façade du bâtiment était d'une teinte vert pomme terne et uniforme, qui leur rappela à tous les deux un magasin de surplus d'un goût douteux.

– Mais pourquoi ici ? demanda Scott.

Et leur voiture ralentit, le gravier crissant sous la gomme des pneus.

Rivers haussa les épaules.

– Tripode et Elmer refusaient d'être séparés. Vous les imaginiez franchir les portes du Hyatt ?

Scott eut un petit rire.

– Oui, fit-il, la mine réjouie, je l'imagine assez bien.

– Bon, enfin, un taudis pareil, qui aurait pu deviner ? En plus, c'est le seul meublé que Drury ait trouvé dont Rubin Jaffe ne soit pas propriétaire, directement ou indirectement. Je me méfie d'à peu près tout le monde.

– Je vais patienter dans la voiture, proposa-t-il. J'ai eu ma dose d'adrénaline, cela devrait me suffire pour la nuit.

Son second ne parut pas entendre. La boule de feu rouge et bleue jetait ses éclats contre cette carcasse verte, comme des gouttes de pluie éclaboussant une éponge.

L'endroit avalait la lumière.

Tout y était noir et miteux.

– Elmer, s'il te plaît, éloigne-toi de la porte.

– Mais maman, il y a une voiture qui s'arrête, c'est forcément eux ! Regarde Tripode, il agite la queue.

Elle ouvrit la porte, mais uniquement pour jeter un œil, le chien se carapata et le gamin courut à sa suite.

– Frank ! cria Elmer, éclatant de joie, dès que l'inspecteur sortit de la voiture et posa le pied dans l'ombre.

Il se dirigea vers eux, mais avant même qu'il ait pu achever sa première enjambée, le duo était sur lui, Tripode lui bousculant la jambe et Elmer lui tirant sur son jeans.

– Tu as attrapé Zak ? débita-t-il à toute allure, un peu essoufflé. Maman dit que demain je suis pas obligé d'aller à l'école.

Rivers baissa les yeux sur l'enfant, mais l'ombre d'un mouvement attira son regard.

Dans un rai de lumière qui filtrait par l'encadrement de la porte, Jessica Janson s'immobilisa sur le seuil, le temps de retrouver son équilibre, et les observa. Elle avait l'air fatiguée, lasse, et belle, ses cheveux brillaient dans cette lumière adoucie et elle avait les yeux mouillés, encore inquiets, interrogatifs.

– Viens un peu ici, Elmer, dit-il calmement, et il lui tendit les mains, le souleva dans ses bras et le fit tournoyer en l'air jusqu'à ce que le garçon éclate de rire.

Il l'emporta vers sa mère et le chien en profita pour mordiller les baskets du petit.

– Maman, on peut aller dans la voiture radio de Frank ?

– Nous avons la nôtre, Elmer, nous allons suivre Frank, répondit-elle, et le ton était ferme.

Déçu, il détourna le regard.

– Elle est contrariée, chuchota-t-il. Est-ce qu'on est encore en danger, Frank ?

– Plus aucun danger, mon petit coq, murmura-t-il, les yeux fixés sur Jessica. Laisse-moi parler à ta maman une minute.

Il se baissa pour le déposer et les pieds d'Elmer se mirent en mouvement dès qu'ils touchèrent terre, mais il le retint d'une main protectrice.

– Je peux monter dans la voiture radio ?

– Bien sûr. Demande à Jack s'il veut bien te donner le volant.

Ce fut un silence dur, coupant, difficile.

Jessica avait les yeux rougis et humides, mais pas une seconde ils ne se détachèrent du regard intense de Rivers. Et il avait envie de la rassurer, de dire quelque chose, n'importe quoi, pourvu qu'il ne lui fasse pas l'effet d'un dur à cuire à qui on ne la fait pas ; et il réfléchissait à la meilleure manière de procéder quand il s'aperçut qu'il avait le cœur battant, la gorge serrée, et que tout son courage se diluait en lui comme une pluie torrentielle.

– Sommes-nous en sécurité ? demanda-t-elle subitement, la voix étranglée, et il vit sa lèvre inférieure trembler.

Et, pour une raison qui lui échappait, cela lui donna l'impression de se défaire intérieurement, il dut batailler pour trouver ses mots, pour essayer de lui répondre, et puis il vit une larme rouler sur sa joue.

Et là, comme s'il regardait agir un autre que lui-même, sa main s'approcha lentement, avec une douceur étrangère, et elle essuya simplement cette larme, puis lui caressa la joue.

– Vous l'avez arrêté, commença-t-elle, mais l'émotion la submergea, elle éclata en sanglots et ses genoux s'affaissèrent sous elle.

Il la rattrapa et elle posa la tête contre sa poitrine, là où son cœur battait comme un mécanisme remonté à la limite de l'explosion.

– Frank ? souffla discrètement Scott, en s'approchant dans son dos. Je vais ramener Elmer chez lui, il a envie de se balader dans une voiture de police. Vous deux, vous pourrez nous suivre.

– Merci, répondit-il en relâchant la jeune femme, qui essuya vivement ses larmes de son visage quand son fils la rejoignit et glissa une main dans la sienne.

– Tu veux bien, maman, je peux aller avec Jack ?

– Oui, Elmer, dit-elle avec assurance, sans quitter Rivers des yeux.

Et ils écoutèrent ensemble les portières claquer, les gyrophares palpiter à nouveau, et ils virent les deux faisceaux jaunes s'éloigner dans la nuit noire.

À ce moment, leurs yeux se croisèrent de manière si limpide, si certaine, que les mots étaient dénués de sens. Rivers allait parler quand Jessica, soudain, lui posa un doigt sur les lèvres et il sut.

Ce sentiment était à nul autre pareil, plus profond, plus impérieux, il allait bien au-delà du désir sexuel, il était plus puissant et le tirait vers le haut ; comme la flamme qu'il avait trouvée dans ses yeux réconfortants, ce sentiment était une sorte d'orage formidable et durable, une peur, une blessure et un besoin éternel.

Pour ce couple, dans ce motel vert pomme, la chambre semblait glisser hors du temps, ce n'était plus un box miteux avec son petit lit d'une place, mais un lieu qui n'avait plus aucun sens en dehors d'eux.

Quand il referma la porte en bois, si mince, Jessica vint se lover contre lui, et ses mains lui caressèrent délicatement le cou, où un large pansement chirurgical remontait de son épaule gauche. Il étudia la moindre de ses courbes, le moindre de ses mouvements, le fuselé de son poignet, le contact du bout de ses doigts, la façon qu'avaient ses yeux de le suivre ou de le précéder, ses lèvres qui se fronçaient quand elles se réunissaient, et l'unique foulée qui lui fit traverser la chambre.

Elle vint encore plus près et il se pencha sur elle pour l'embrasser dans le cou ; de ses doigts fins, elle déplaça la masse de ses cheveux et tendit la main vers lui, touchant sa blessure par accident.

Il grimaça.

– Alors c'est que ça fait vraiment mal, dit-elle dans un chuchotement, et il ébaucha péniblement un sourire.

La silhouette soyeuse de cette femme avait réduit la douleur à une idée insignifiante, et il observa encore les courbes si douces de ses épaules et de ses bras, la peau splendide et satinée qui s'échappait du col de son cardigan. Avec une curiosité féminine, elle le regarda la boire des yeux, puis recula d'un dernier pas tandis qu'il essayait de la rattraper de ses deux mains, un mouvement maladroit, tant son corps était maintenant raide et douloureux.

Jessica secoua la tête, ses cheveux miroitant dans la lumière, et son souffle se fit saccadé quand elle commença à déboutonner son cardigan de sa main droite, se tortillant comme une adolescente pour se libérer de cette gangue, et Frank lui caressa doucement la gorge, descendit sur le renflement de ses seins. La tête prise de vertige, il s'avança, l'enveloppa de ses deux bras, la serra fort dans une étreinte et ses lèvres vinrent à la rencontre des siennes, ses yeux se refermèrent et leurs corps frémirent tout à coup à l'unisson.

Ils se rapprochèrent encore l'un de l'autre, se fermèrent au monde.

S'explorèrent. Se touchèrent. Se caressèrent.

Ils basculèrent sur le lit, leurs vêtements se défirent, et Jessica se coula très vite sous lui avec une grâce subtile, encore plus près, au creux de ses bras, et elle couvrit sa bouche de ses lèvres pour le réduire au silence, car il allait parler. Il commençait à douter, il commençait à penser.

– Non, murmura-t-elle, en le cherchant de la main.

Quand elle cria, douce et femelle, il la sentit s'unir puissamment à lui, s'arc-bouter à ses épaules, s'enfouir le visage dans son cou. Et ils luttèrent l'un contre l'autre, pour être plus proches. Toujours plus proches. Une proximité impossible, tels deux patineurs en action livrant une danse étroite et parfaite, chacun respirant le souffle de l'autre en une symphonie partagée, les yeux affolés, le regard défait, à la poursuite impitoyable de la chair de l'autre.

Ils firent cette sorte d'amour fou, échevelé, dont Frank Rivers avait toujours ignoré l'existence.

– Je crois bien qu'on a trouvé un filon, là, dit-elle soudain avec un petit rire, étendue, épuisée, entre ses bras.

– Ma vie entière, bredouilla-t-il, avant de s'éclaircir la gorge. Ma vie entière, je l'ai passée à te chercher, lui dit-il, ou crut-il lui dire, et dans sa tête sa voix résonna comme elle résonnait jadis ; comme elle avait dû résonner autrefois, pensa-t-il, en un temps si reculé que le bonheur paraissait un lointain souvenir.

Et il entendait ce souvenir à présent telles des vagues perdues s'écrasant sur un rivage très éloigné et il se redressa, ses yeux rivés aux siens pour voir si elle avait entendu, ou s'il avait même parlé.

Jessica lui écarta les cheveux du front et se nicha contre lui, ses lèvres embrassèrent doucement ses yeux, qui se fermèrent alors que le corps de Frank tremblait légèrement.

– J'aurais bien aimé le savoir plus tôt, fit-elle doucement, et il y eut une tristesse soudaine dans sa voix, qui n'était pas là un instant auparavant. (Elle s'écarta de lui dans toute la splendeur de sa nudité, puis elle planta ses yeux dans les siens, scruta ces deux lacs d'un bleu profond, suivit la trace de ces cicatrices dentelées qui sillonnaient son corps du bout de ses doigts chagrinés.) Frank, chuchota-t-elle, pourquoi n'as-tu pas de famille ?

À ces mots, le corps de Rivers se raidit et il allait parler, lui expliquer, lui tendre la main pour qu'aucune mise au point ne soit nécessaire, et elle revint vite vers lui, pressa ses lèvres contre les siennes, lui offrit un baiser humide qui leur évita à tous les deux de se retourner sur le passé.

63

LUNDI 11 AVRIL,
17 H 17

Le gamin avançait en roue libre sur son vélo Schwinn rouge, il dévalait la rue en une glissade fluide, ses cheveux roux brillaient dans la lumière de la fin d'après-midi, ses yeux vert menthe scintillaient, grands ouverts, impatients. Là-bas, devant sa maison, le sergent Rivers tenait son chien et Tripode couinait, tirait pour retrouver sa liberté, sa forte carcasse blonde chancelant, mal à l'aise sur ses pattes – ses quatre pattes. L'antérieure droite était d'un blanc éclatant.

– Bon, Elmer, appelle-le, fit l'inspecteur.

– Viens, mon chien ! s'écria le jeune garçon d'une voix suraiguë.

Son masque de taches de rousseur se fronça sur l'arête de son nez et il accéléra, penché sur son guidon, puis il jeta un coup d'œil par-dessus son épaule.

– Allez... Viens, Tripode !

Avec un mouvement hésitant, le chien essaya en boitillant, à sa manière habituelle, mais il n'y arriva pas. Il retombait avec raideur sur sa patte droite, celle où il n'y avait précédemment que du vide, et ses yeux marron et tristes regardèrent son camarade de jeu passer à toute vitesse.

Il s'avança, claudiquant, puis subitement s'arrêta et s'assit, en agitant cette jambe étrangère devant lui. Voyant cela, Elmer vira sur place et pédala dur, de toute son énergie, puis sauta le rebord du trottoir tout près de Dudley Hall.

– Qu'est-ce qui ne va pas ? fit-il, tout essoufflé, en descendant de sa selle.

– Elmer, chuinta Duddy, va le choper, montre-lui juste ce qu'il doit faire et il te suivra.

Le gamin s'approcha et, aussitôt, d'un bond, le chien fut sur lui, le culbuta en pleine poitrine et le repoussa de ses deux membres antérieurs.

– Ouah ! s'esclaffa le garçon, et le chien surexcité lui mordilla ses vêtements. Tripode, assis ! s'écria-t-il, et Hall vint se camper au-dessus d'eux.

– Il a pas encore trop pigé ce que c'est, voilà tout, fit l'Enterreur, la mine amusée. Fais-le donc un peu marcher, notre Tripper.

Et Elmer obtempéra, frictionnant le poitrail de l'animal jusqu'à ce qu'une patte de derrière vienne marteler le sol, et il le poussa à marcher. Le chien était sur ses quatre membres et il avançait prudemment.

– C'est bien, maintenant, mets-lui juste un peu de poids sur les épaules, pour qu'il comprenne que ce truc va le soutenir. Faut qu'il saisisse qu'il peut s'y fier. Ça fait un bout de temps qu'il a plus senti c'te partie de son corps.

Elmer obéit, étreignit le chien par sa crinière de poils, y appliqua un peu de poids, puis le souleva et le laissa retomber sur sa patte. Ce mouvement plut à Tripode : et sa queue en forme de balai se mit à gifler l'air avec une frénésie de métronome.

Jessica s'approcha, le visage tiré, les yeux légèrement gonflés par le manque de sommeil. Elle tenait un plateau de rafraîchissements et marcha gracieusement vers Frank.

– Où est Jackie ? demanda subitement Hall.

L'inspecteur haussa les épaules.

– D'après moi, occupé à se créer des souvenirs.

Le braiment des pistons des appareils de respiration artificielle se répercutait dans les couloirs de l'unité de soins intensifs du Suburban Hospital et on aurait dit qu'une équipe de plongeurs était en train de respirer bruyamment par le nez en eau profonde, parmi les odeurs d'antiseptique. Scott se tenait juste à la porte de la chambre n° 7 B, dans un couloir bleu pastel, avec un essaim d'infirmiers en blouse verte qui couraient en tous sens.

Les équipes médicales passaient dans un fracas métallique avec des chariots et des équipements vitaux, et il recula, attendant patiemment que quelqu'un ressorte par la porte en bois restée fermée, derrière lui. Cela faisait quatorze heures, ce qui avait laissé à l'équipe du MAIT le temps de se doucher et de dormir. Il changea de position, fit passer le poids de son corps d'une jambe sur l'autre, dans son costume gris, un carnet en main, afin de prendre quelques notes.

Les coupures que lui avait infligées Gregory Corless le brûlaient, la douleur était intense, cuisante, c'étaient comme des flammes coléreuses qui lui léchaient les jambes et l'entrejambe, et il avait beau se tortiller dans toutes sortes de positions, il était incapable de trouver la bonne.

Il repensait à tout cela, se demandant comment Irma Kiernan s'y était pris avec Kimberly et Leslie Clayton quand elles s'étaient présentées au parc du C & O canal, le jour de leur excursion pédagogique, exigeant d'elles qu'elles laissent leur sac dans la maison de l'éclusier, afin de pouvoir réaliser des empreintes de leurs clefs.

La porte s'ouvrit et le Dr Anh-Bich Pham sortit de la salle d'un pas tranquille. Dès qu'elle le vit, elle retira son masque chirurgical bleu et lâcha un soupir perturbé.

– Comment va-t-il ? lui demanda-t-il d'emblée.

Elle haussa un sourcil préoccupé.

– Vous devriez vous reposer, commandant, répliqua-t-elle d'une voix glaciale. Si jamais ces points de suture se rouvrent, vous allez être très malheureux.

Il opina, l'air de réfléchir.

– Quant à votre patient, pour le moment, nous avons épuisé tous les moyens de traitement, nous devons donc attendre.

Il a souffert d'une grave hémorragie cérébrale, une attaque. Il semblerait que trois régions du cerveau soient atteintes.

– Alors il est paralysé ?

– Complètement, soupira-t-elle, sauf pour le système respiratoire. Nous n'avons presque jamais vu d'attaque aussi violente, avec une destruction totale du cervelet et du bulbe rachidien, et ce qui signifie – elle remua les mains – qu'il n'a aucune chance de retrouver de quelconques facultés motrices.

– Il va survivre ?

– Vous pouvez appeler cela comme ça. Comme je vous l'ai dit, il a retrouvé sa capacité de respirer, mais il ne guérira pas. C'est impossible. D'après les examens, je puis vous affirmer que son cerveau est comme noyé dans une encre noire.

– Combien de temps lui reste-t-il ?

Elle haussa les épaules.

– Six mois, peut-être plus, c'est impossible à dire. S'il pouvait se nourrir par voie orale, il conserverait plus de chances, mais je crains fort qu'il ne possède plus aucune capacité motrice. Il ne peut même pas cligner de l'œil, alors nous utilisons des gouttes pour lui humidifier les yeux.

– Il peut voir ?

– Eh bien, oui. Nous l'avons branché sur électroencéphalogramme, avec un moniteur qui affiche les fonctions cérébrales. D'après les réactions de la machine, il peut penser et il peut voir ; en d'autres termes, nous ne pourrons pas obtenir une ordonnance du tribunal justifiant la suppression du respirateur artificiel. Si ce n'est au prix d'énormes difficultés. (Elle se frotta les yeux.) D'ici à ce qu'un tribunal statue, de toute manière, il sera mort.

– Mais il est capable de comprendre ?

– Je ne sais pas vraiment ; ses ondes cérébrales réagissent à la conversation et j'en conclus que l'ouïe n'est pas gravement endommagée. Maintenant, combien de temps cela durera, impossible de l'affirmer, je ne peux qu'imaginer la terreur que cela représente de subir une paralysie totale, tout en restant capable d'entendre et de voir. Cela ne doit faire qu'aggraver encore les choses.

Il hocha la tête.

– Puis-je lui rendre visite, ou est-ce trop tôt ?

– Deux minutes, fit-elle, et elle se retourna pour lui ouvrir la porte. Seulement, allez-y doucement, nous ne pouvons pas prévoir comment son cœur va réagir à l'excès de stress.

C'était un box aux cloisons pâles et blanches et, au centre de la pièce, le lit était entouré d'appareils. Sur un matelas aux draps rabattus, les membres écartés, gisait l'animal qui avait tué Diana Clayton et sa famille, Samantha Stoner, sa mère et sa sœur, et Scott ne pouvait que deviner le reste.

Même enfermé dans ce corps raidi, son visage émacié, figé, avait l'air cruel, les joues creusées, les lèvres aussi fines qu'une escalope de veau, les yeux noirs pointés vers le plafond. Il avait la tête rasée et emmaillotée de gaze blanche.

Sur sa gauche, il y avait l'équipement de réanimation d'urgence et à sa droite l'électroencéphalogramme qui dévidait ses graphiques bleus, contrôlant ses ondes cérébrales. De ce cadavre blafard, mais vivant, des tubes surgissaient de toutes parts, du nez, de la bouche, entre les jambes, sous chaque aisselle.

– Cela affiche l'activité du cerveau, lui expliqua le Dr Pham, et, au moment où elle prononçait ces mots, une petite onde lumineuse s'épanouit sur l'écran bleu et le traversa comme une vague. Il nous a entendus entrer, regardez ça.

Tandis que la ligne lumineuse se calmait, le médecin se pencha au-dessus de Dorn pour lui glisser une goutte de liquide dans chaque œil. Des yeux fixes, figés au milieu du crâne.

– Comment vous sentez-vous ? lui demanda-t-elle à voix basse, et Scott regarda avec intérêt le moniteur afficher une deuxième ligne bleue en forme de vague.

Elle lui souleva son masque à oxygène, lui tamponna les lèvres et la langue avec une compresse humide.

– Vous voyez, il nous entend bien, et, juste à l'instant où elle dit cela, le bipeur à sa ceinture se déclencha, émettant une série de tonalités stridentes.

– Zut, soupira-t-elle. Deux minutes, je reviens tout de suite.

Scott resta là en silence, à scruter le petit tueur.

Lentement, il passa sur la droite du lit, pour avoir une vision bien nette du moniteur des ondes cérébrales ; dès qu'il s'approcha, une ligne bleue et plate ondula légèrement avant de se résorber. Il demeura juste en dehors de son champ visuel et attendit que le seul bruit qui subsiste soit celui de cette succion sèche des poumons artificiels du patient, sombre et creux, comme si le braiment des pistons était produit par ses victimes.

Lentement, il vint se coller plus près du lit.

– Salut, Zak ! lança-t-il, et la ligne bondit en un pic aigu.

Les yeux noirs basculèrent vers lui avec une fixité frémissante. Il sortit la photo de Samantha de sa veste et la tint juste au-dessus de son visage, lui barrant la vue, et instantanément le moniteur traça une vague océanique démontée, aux pics et aux crêtes dentelés.

– C'est bien ce que je pensais, en conclut-il, la voix feutrée. Les Stoner t'envoient leur bon souvenir.

Promptement, il recula et attendit que la ligne retrouve son défilement horizontal, qu'elle ondoie en vagues plus molles et clapote gentiment. Il sortit de sa serviette le portrait de Kimberly, la photo de cette fillette presque parfaite dans son cadre d'argent, et le lui présenta ; la ligne demeura plate, et puis tout à coup l'écran explosa en une série de volutes entortillées. Scott contracta la mâchoire et de la bile lui remonta dans la gorge. Il eut du mal à la ravaler. Il lâcha la photo sur la poitrine de sa proie et se pencha si près que ses lèvres vinrent presque le toucher.

Il passa la main derrière la tête de l'autre et, d'un coup sec, lui arracha son oreiller.

– Maintenant, écoute-moi, espèce de fils de pute, s'entendit-il siffler. Il y a enfin une justice, alors laisse-moi t'expliquer ce qui est train de t'arriver...

Il s'interrompit, car le moniteur d'ondes cérébrales lâcha un *bip* très audible ; les lignes frappèrent le bord de l'écran et les pupilles noires se dilatèrent comme du bitume en fusion.

Il attendit, puis se pencha de nouveau sur lui.

– J'ai parlé avec les médecins et ton état ne va pas s'arranger. En fait, tu es en train de mourir, très, très lentement.

Bip, bip, bip, insista le moniteur, avant de se taire.

– Ton corps se dessèche comme un poisson échoué. Tes pieds, tes mains, tes jambes, tes bras, tout ça va se démantibuler, un truc après l'autre, se ratatiner comme des limaces arrosées de sel et pourrir...

Biiiiip...

Le moniteur afficha une robuste série de vagues en forme de crêtes et il recula, mais à peine, sur un nouvel enchaînement de *bip, bip, bip*, des lignes et des ombres de lignes qui culminèrent et retombèrent, et puis il s'approcha encore plus, jusqu'à ce que ses lèvres soufflent leur moiteur à la face du tueur.

– Tes yeux vont se fendiller comme des grains de raisin au soleil, jeta-t-il, et tes poumons vont se racornir et se déchirer comme de vieux sacs en papier. Et à la fin – il marqua un silence –, personne ne sait combien de temps ça prendra, mais ton foie et tes reins subiront leurs premières défaillances, et toi, tu seras encore en vie. Tu ne seras pas encore tout à fait mort...

Le moniteur bipa, les lignes explosèrent, puis s'affaissèrent. Il souleva la main gauche du tueur, au contact froid et ramolli. Avec une méchanceté effrayante, le policier fatigué abattit brutalement sa paume droite sur la main de sa proie, une gifle terrible, cinglante, qui claqua comme un coup de feu, expédiant les petites lignes bipeuses hors de l'écran.

Il attendit.

– Et je vais passer pas mal de temps avec toi, Zak, parce que tu ne seras plus en mesure d'éviter mes questions. Ton cerveau est branché à cette machine qui répondra à ta place... et tu as trente-six années de tueries et de tortures à raconter avant de mourir. Je ne vais pas t'accorder une mort facile...

Biiiip...

Il recula dans un rapide entrechat, affichant un air de tristesse et de réserve, les bras croisés, car le Dr Pham venait d'ouvrir la porte et s'était ruée sur son patient. Elle lui prit le poignet et entama son décompte.

– Que s'est-il passé ? demanda-t-elle assez froidement.

Il eut un geste d'impuissance.

– Je lui ai raconté ce qui était arrivé à son amie Irma, qui n'a pas pu accomplir sa mission en déclenchant une explosion dans leur petite pièce aux joujoux, et ensuite comment elle s'est tranché les veines. Mais vous savez, Dr Pham, je ne crois pas qu'il ait compris ce que je disais...

De nouveau, le moniteur entra en ébullition, une tonalité dense, perçante, pénétrante.

– Je vous en prie, fit le médecin, son cœur...

– Nous l'avons retrouvée agrippée à sa Legion of Merit, elle s'était vidée de son sang sur cette foutue médaille, il y en avait partout...

Biiippp...

– Laissez-le tranquille ! ordonna Pham, et elle lui administra encore une goutte de collyre dans les yeux.

D'une main douce, elle lui referma la bouche, remit le masque à oxygène en place et activa le flux.

– Doc, demanda-t-il, pensez-vous qu'il sera encore là pour me recevoir en juillet ? Je reviens pour l'anniversaire d'un jeune garçon.

– C'est un pari intéressant, lâcha-t-elle, pince-sans-rire. Il m'a juste l'air de réagir au stress, à l'angoisse de la paralysie. Nous devrions le laisser dormir. Et vous aussi, commandant, vous devriez dormir.

– Oui, admit-il, avec un sourire sombre. Car nous ne nous endormons pas que nous n'ayons fait le mal.

Le Dr Pham inclina la tête.

– Cela me dit vaguement quelque chose. Cela vient de la Bible ?

– Non, non, mon enfant. Il s'agit d'un ancien proverbe, l'un des préférés d'un de mes très vieux amis.

– Pardon ? fit-elle, avec un sourire.

– Et le sommeil nous est ôté, si nous ne causons la chute de certains. Car nous mangeons le pain de la méchanceté et nous buvons le vin de la violence.

ÉPILOGUE

Le soleil de cette fin d'après-midi filtrait à travers les arbres dans le jardin derrière la maison des Janson où, une nuit plus tôt, un tueur était venu les traquer. Jessica se tenait à la fenêtre de la cuisine avec Jack Scott, elle préparait le dîner en regardant son fils jouer.

– Frank ! s'écria Elmer tout excité, et sa voix jaillit par la fenêtre avec une joie douce et innocente. Frank, Tripode court !

Rivers sourit largement et leur fit signe de continuer. Jessica vint aussitôt glisser son bras sous celui de Scott.

– C'est un homme très spécial, fit-elle affectueusement, en le conduisant à la table de la cuisine.

– Ne le laissez pas s'échapper, lui conseilla-t-il placidement, et elle répondit d'un clin d'œil en lui tirant une chaise.

Il s'assit gauchement, ses blessures lui fouettant encore le torse avec toute l'intensité d'un lendemain d'épreuves, et elle se rendit compte de ses difficultés.

– Je pense que vous ne devriez pas sortir de votre lit, fit-elle avec sollicitude.

Il acquiesça.

– Je me suis déjà senti en meilleure forme, sauf dans mon cœur.

Et il observa attentivement la jeune mère qui s'assit à ses côtés, en écartant ses boucles de son front.

– Alors, voudriez-vous je vous prie demander quelque chose à votre cœur pour moi, dit-elle, les yeux gonflés par le manque de sommeil, un léger tremblement dissimulant la crainte dans sa voix.

Il lui sourit avec chaleur.

– Je crois savoir ce que vous ressentez, déclara-t-il avec gentillesse, en lui tendant la main. (Ce geste fit monter les larmes aux yeux de la jeune femme.) Elmer et vous, vous êtes en sécurité. Ce qui vous perturbe maintenant, c'est le fait que des hommes puissent être si cruels et sans raison.

Les yeux baissés, elle soupesa ces propos, les médita intérieurement.

– Il n'est pas surprenant que cette épreuve vous laisse si attristée et si inquiète. Mais je peux vous l'assurer, même si Elmer est devenu plus vigilant, il n'a pas été atteint par tout ceci et même...

– Il aime attirer l'attention, dit-elle, achevant sa phrase à sa place. Mais, en réalité, ce n'est qu'un petit garçon, monsieur Scott, il n'a pas saisi la gravité de la situation et ne la saisira peut-être jamais.

Il acquiesça. Ils restèrent assis en silence un long moment, à regarder Elmer, l'inspecteur Rivers et Tripode. De temps en temps, le vieil fossoyeur offrait ses conseils au garçon, avant de cracher un jus rouge sur la pelouse, et Jessica détournait promptement le regard. Puis, de manière inattendue, elle se pencha vers Scott et le scruta au fond des yeux. C'étaient deux puits profonds et tristes.

– Je sais, déclara-t-il, l'air sombre.

– Alors vous saviez que je l'avais senti venir ? Et moi qui croyais que je déraillais !

Elle pointa son index contre sa tempe.

Il opina.

– Ce n'est pas inhabituel, certains confondent cette sensation avec des symptômes grippaux.

– Dès le départ, énonça-t-elle, j'ai su que quelque chose ne tournait pas rond, mais j'étais incapable de mettre le doigt dessus, j'avais une sensation horrible, une intuition. (Elle plaça la main contre son cœur et se pencha au-dessus de la table.) Hier soir, avant même que le capitaine Drury ne vienne nous chercher, j'avais la chair de poule, le cœur palpitant.

Elle ferma les yeux et une larme coula sur sa joue.

– Laissez-moi vous confier un secret, dit-il doucement.

Elle hocha la tête, en faisant de ses doigts ce geste de serment qu'elle avait vu Elmer faire mille fois, et il se rapprocha d'elle.

– Vous avez ressenti les choses de manière instinctive, purement et simplement. Vos émotions et votre âme vous ont avertie du danger. Vous êtes en sûreté maintenant, mais si jamais vous deviez de nouveau éprouver ces sensations, je vous en prie, fiez-vous à elles. Elles peuvent vous sauver la vie, elles mentent rarement.

Elle l'approuva. Ses jolis yeux verts scintillaient de larmes.

– C'est malheureux, madame Janson, mais dans notre pays, les femmes et les enfants sont presque toujours les victimes potentielles de l'exploitation et de la violence. Je souhaite seulement que d'autres mères sachent ce que vous savez déjà. L'instinct maternel est une arme formidable, qui vous rend capable de sentir ce que d'autres ne voient pas.

Elle haussa un sourcil interrogateur.

– Fiez-vous à votre instinct, insista-t-il, c'est aussi simple que cela. Il vous avertira mieux que quiconque ne pourrait le faire. Alors écoutez-le. Que vous souffle-t-il, à cette minute ?

Elle ferma les yeux, réfléchit un moment.

– Je me sens vidée, dit-elle, très déprimée et fatiguée.

Il hocha la tête.

– Alors, c'est que la menace a vraiment disparu. (Il esquissa un sourire en se levant, et regarda vers la porte.) Votre garçon et son chien, ajouta-t-il doucement, quel qu'en soit le motif, ils m'ont amené ici et je leur en suis vraiment reconnaissant.

Ils suivirent ensemble leurs deux ombres qui prenaient leur essor sur la pelouse, côte à côte, en parfaite symétrie, comme un esprit brisé qui soudain se recompose tout entier. Elle pressa doucement sur la main de Scott quand il ouvrit la porte et ils s'avancèrent dans le patio d'un pas nonchalant. À droite de l'entrée, une rangée de roses parfumées était en fleur. L'une d'elles, d'un jaune éclatant, escaladait la treille peinte en vert.

– Celles-ci, c'est le père d'Elmer qui les a plantées.

Elle sourit, se pencha et, d'un geste sec, cueillit un bouton parfait. Elle le lui tendit et ils firent le tour du jardin, s'arrêtèrent devant les lys qui s'épanouissaient dans un déluge de couleurs, suivis de longs rangs de tulipes à l'éclat distingué. Et pourtant, malgré toute la beauté de cet après-midi printanier, il se sentit attiré par une gerbe toute simple de grandes herbes réunies dans un pot ordinaire près de la porte, où Elmer les avait laissées.

Il revint à ces fleurs, sachant qu'il y reviendrait toujours, avec leurs pétales si rayonnants, chatoyants dans la lumière déclinante, avec leurs rubans rouges comme autant de chandelles allumées. Jessica soupira, lui posa délicatement la main sur le bras et vit cette flamme rouge se refléter dans ses yeux d'un gris perle fatigué, et ses traits durs et usés.

Et, sans savoir pourquoi, elle comprit subitement qu'elle se souviendrait toujours de lui, non pas tel qu'il était ici, tout meurtri, tailladé, usé, mais debout sous la pluie froide et battante, au bord d'une route perdue, présent pour réconforter des gens qu'il ne connaissait pas.

Une rafale de vent traversa tout à coup le jardin.

Les roses vacillèrent, fouettées par le souffle. Les cimes des arbres sifflèrent, des pétales blancs tombèrent d'un cornouiller. Ils voletèrent à travers le jardin, tournoyèrent autour de ses pieds et, d'instinct, il plaça son corps dans une position protectrice, autour de ces petites fleurs.

Il resta un long et tendre moment dans la lumière mourante, s'imaginant Kimberly plantant des fleurs près de sa porte, en attendant que sa mère rentre à la maison. Ensuite, Victoria, pas la vieille femme, mais l'enfant qui avait autrefois reçu son prénom. Et ensuite Samantha, qui passa en se dépêchant, pourchassant sa sœur dans une clairière fleurie, en un temps pas si lointain.

Son visage sculpté et ses yeux dorés demeuraient un souvenir lancinant. Et, à cette seconde fugitive, il vit tous ces visages peu à peu se réunir, ces visages perdus, qui lui demandaient : pourquoi ?

Il était temps d'y aller, se dit-il.

Sa promesse allait aux vivants.

Remerciements

Sans les contributions expertes et le soutien de certains, ce livre n'aurait pu être écrit. À John F. Scott, Tuck Woo, Peter F. Thall, A. Plesser, Robert N. North, Jim Morresette, Gordon Irons, John Barlett ; et les nombreuses contributions de l'US Park Police, de la police de Montgomery County, de la police d'État du Maryland, de l'US Secret Service, du National Science Board, du National Center for Missing & Exploited Children et des sections de recherche du ministère fédéral de la Justice – tous mes remerciements pour les précisions techniques de haut niveau qu'ils m'ont apportées. Toutes les libertés prises avec la vérité l'ont été de mon fait.

À Jonathan Atkin, Sandy Blanton, C. David Chaffee, Alan R. Gartenhaus, Howard et Katie Rosenburg, Jim Slade, Thomas A. Thinnes, M. et Mme William O'Donnell, tous mes remerciements – votre mari n'a pas cessé de me faire rire.

À Susan E. Wynne, dont les réflexions et les conseils se reflètent à chaque page, ma plus profonde reconnaissance pour ses infaillibles talents créatifs. À mon agent, Peter Lampack, qui a mené ce projet jusqu'au bout, en essuyant un orage de protestations et de controverses, mon éternelle gratitude pour le résultat inestimable qu'il a su obtenir.

À mes éditeurs américains, Elaine Koster et Kevin Mulroy ; et à mes éditeurs britanniques, Clare Bristow et William Massey – mon amical salut pour avoir su prendre une initiative audacieuse là où d'autres, plus timorés, n'auraient pas osé se risquer.

Et à Clive Cussler, le doyen des auteurs américains de romans d'action et d'aventures, toute ma gratitude, du fond du cœur. C'est grâce à ses enseignements et à ses leçons en matière de narration que ce livre a pu être achevé.

Mis en pages par DV Arts Graphiques à La Rochelle
Imprimé en France par Normandie Roto Impression s.a.s.
Dépôt légal : janvier 2013
N° d'édition : 061 – N° d'impression : 131012
ISBN 978-2-35584-061-6